i 文庫

〈トニ・モリスン・セレクション〉

パラダイス

トニ・モリスン
大社淑子訳

epi

早川書房

6707

PARADISE

by

Toni Morrison

Translated by
Yoshiko Okoso
Published 2010 in Japan by
HAYAKAWA PUBLISHING, INC.
This book is published in Japan by
arrangement with
INTERNATIONAL CREATIVE MANAGEMENT, INC.
through TUTTLE-MORI AGENCY, INC., TOKYO.

ロイスに

数多い罪の中に、そして不節制の中に、そして悪しき情熱の中に、そして（人を）制する欲情の中にあるものは、多くの甘美な相《すがた》を呈している。その後に彼らは酔いから醒めて、憩いの場所に昇り行くであろう。そして、彼らはそこに私を見いだすであろう。そして、彼らは生きるであろう。そして、彼らは再び死ぬことはないであろう。

ナグ・ハマディ文書（荒井献訳）

目次

パラダイス

ルビー

彼らは最初に白人の娘を撃つ。あとの女たちは、ゆっくり片づければいい。ここで急ぐ必要はない。彼らは町から十七マイルも離れたところにいる。そして、町は他のどの町からも九十マイルは離れている。修道院には、隠れ場所はたくさんあるだろうが、時間はあるし、夜は明けたばかりだ。

彼らは九人で、踏みにじったり殺したりしなければならない女たちの倍以上だ。いずれの方法を取るにせよ、道具は揃っている。ロープ、椰子の葉で作った十字架、手錠、メース（重い頭のついた鋼鉄製の攻撃用棍棒）、サングラス、それに磨き上げた美しい銃。

彼らはこれほど修道院の奥に入ったことはない。何人かはポーチの近くにシボレーを停めて、紐に吊したトウガラシを買いにきたことがあるし、バーベキュー・ソースを一ガロン買うため台所に入った者もいる。しかし、廊下やチャペルや学習室や寝室を見たことのある者はほとんどいない。だが、いま全員がそれを見ようとしている。ついに地下室を目にするのだ。そして、まもなくオクラホマの空を輝かす陽光に汚穢をさらすだろう。それまでの間……彼らは着ている服にはっと驚く——突然、着るものを間違えたことに気づくからだ。だが、七月の暑い日の夜明けに、この場所の奥深くひそむ冷たさをどうして推測することができただろうか。彼らのTシャツ、仕事着、ダシーキ（アフリカの民族衣装をまねて黒人が着る華やかな色彩の上着）は、熱病のように冷たさを吸いこんでいる。労働靴をはいてきた男たちは、大理石の床に轟く足音に気が萎え、プロケッズ（スニーカー）をはいている者は沈黙にいらだつ。だが、ここには荘厳さがある。ネクタイを締めた二人だけがここにふさわしく見え、一人一人が心のなかで、この家は修道院になる前、横領者が大金をかけて作った無用の大建築だったことを思い出す。橙色やバラ色をした大理石の床が、チーク材の床に早変わりした館。セメントに混ぜこんだ雲母が前日の光をたたえ、五十年前に壁紙を剥がして白く塗った壁に模様をつけている。浴室の豪華な器具は、尼僧たちが嫌悪感を催して丈夫で地味な栓に取り替えていたが、豪奢な浴槽や流しは取り替えに多大な費用がかかるため冷たく朽ちるにまかされている。横領者の気まぐれ建築のうち取り壊しができたのはとくに食堂のなかで、尼僧たちはそこを学習室に作り替えていた。かつてそこには、口を封じられたアラパホ族の娘たちがすわり、学ぶ端から忘れていた。

いま武装した男たちが物色している部屋では、マクラメ編みの籠がフランダースの枝付き燭台の隣にぼうと浮かび、ブドウの蔓で飾られた壁龕《へきがん》のなかでキリストと聖母が光っている。聖十字架会《セイクレッド・クロス》のシスターたちがニンフというニンフをのみで削り取っていたが、ニンフの大理石の髪がいまなおブドウの葉にからみ、実にまといついている。男たちが散開して、ゆっくり、眺め、耳をすまし、ここにひそむ女たちの悪意とふくれかけたパン生地のイーストとバターの匂いに油断なく気を配りながら館の奥深く入るにつれて、寒気がひとしお増してくる。

男たちの一人、いちばん若い男が無理して振り返ってみる。自分が巻きこまれたこの夢がどうなるか見たいからだ。撃たれた女は大理石の床に苦しそうに横たわったまま、彼に手を振る――あるいは、そう見えただけかもしれない。だから、色をのぞけば、夢はまず安泰だ。彼はいままで、このような色つきの夢を見たことはない。毒々しい赤の一刷けにたわむれるインペリアル・ブラック、こってりした、熱っぽい黄色。いとも簡単に落ちた女の服のような。リーダーが立ち止まり、左手を上げる。背後の影をとどめるためだ。彼らは立ち止まり、ライフルとピストルの握りを慣れた仕草で調整しながら息を整える。リーダーは振り向き、分かれて行け、と身振りで命令する。おまえたち二人は台所へ行け、もう二人は二階に上がれ、あとの二人はチャペルだ。彼は、自分と、弟と、夢見心地の男を地下室偵察のために残す。

彼らは黙ったまま、急ぎもせず、優雅に分かれて行く。最初、銃を撃って修道院のドアを開いたとき、使命の性格を思うと目くるめく思いがした。しかし、結局、標的はごみみたいなやつらにすぎない。ドアから外へ吹き飛ばされたあと、ときどき舞い戻ってきた人間の屑だ。だから、いま害毒は手の内にある。最初の女（白人の女）を撃って、それがはっきりした。バターのように純粋な憎しみの油が天辺にあって、その粘り気の強さが下を安定させている。

外では、腰の高さまで霧が出ている。まもなく霧は銀色に変わり、子供たちが遊べるほど低く草の葉に虹をかけるが、やがて太陽が霧を焼きつくし、渺々と広がるヒメアブラスキや、たぶん魔女の道まであらわにすることだろう。

台所は、二人の男の生家より広い。天井は納屋の垂木ほど高く、棚の数はエイス食料品店より多い。テーブルは少なくとも十四フィートはあり、彼らが狩りだしている女たちが不意を突かれたことは容易に見てとれる。一方の端に、ひきわり小麦を入れた四つの鉢があり、そばにミルクを満たした水差しが置いてある。もう一方の端では野菜を刻んでいたのが中断されたらしく、一握りの緑色の紙吹雪のように青葱が山形に盛られ、その上に、薄い輪切りの華やかな色の人参が載っている。丸のまま皮を剝いたじゃがいもは骨のように白く、湿って、みずみずしい。料理用レンジの上では、スープがグツグツ煮えている。レンジは火口が八つあるレストラン並みの大きさで、大きな鋼鉄のフードの下の棚では、十二個のパンの山がふくれている。踏み台が倒れている。窓はない。

一人の男が裏戸口へ歩きながら、もう一人に食料貯蔵室を開けるよう合図をする。裏口のドアは閉まっているが、錠は下りていない。外をのぞくと、年取った牝鶏が目に入る。鶏のふくれて赤い臀部は、奇形——黄身が二つも三つも入った大型の変な形の卵の殻——を生み出すのに大事にされたのだろう、と彼は思う。向こうの鶏小屋から、鶏が動きまわる柔らかな音が聞こえる。誇らしげにぶらぶら歩く若鶏が中庭の霧のなかに姿を消し、また現われ、再び姿を消す。両側の平たい目は朝食以外何物にも無関心だ。石段のまわりの泥には足跡一つ見えない。男はドアを閉め、食料貯蔵室の相棒のところへ行く。二人はいっしょに埃だらけの貯蔵用広口瓶と、昨年の缶詰の残りを仔細に眺める。トマト、いんげん、桃。だらしがないな、と彼らは思う。八月はもうすぐだというのに、ここの女たちは広口瓶を洗うどころか、選り分けてもいない。

彼はスープの鍋の下の火を止める。母親はこの鍋と同じくらいの大きさの鉢で彼に湯浴みをさせた。それでさえ、彼女が生まれた土の家では贅沢なことだった。いま彼が住んでいる家は大きく、居心地がよく、この町は彼が生まれた場所に比べると、まばゆいほどだ。彼の生地は五十年のうちに、立っていたのが地に這いつくばるというていたらく。オクラホマ居留地の夢の町、ヘイヴンから、オクラホマ州のゴーストタウン、ヘイヴンになり果てた。一八八九年にはすっくと立っていた解放奴隷たちは、一九三四年にはひざをつき、一九四八年には地を這い、のたうちまわっていた。だからこそ、彼らはここの修道院にやってきたのではないか。確実に、ああいうことが二度と起こらないようにするためだ。内外のどんなことも、あれだけの苦労のし甲斐があった全員黒人の町を腐敗させないように。彼が知っている町、話に聞いたことのある他の町はすべて、白人の町に屈伏するか、併合された。でなければ、ヘイヴンのように縮んで編目模様のようにスカスカだ。基礎の外郭は、生い茂る草の生え方でそれとわかり、なくなった窓ガラスの後ろで壁紙が反り返っている。学習室の床は、鐘楼のほうへ伸びたニワトコの木に押されてズレている。一九〇五年には千人いた住民は、一九三四年には五百人になった。それから二百人になり、八十人になった。綿産業が崩壊したり、鉄道会社がどこか他のところに鉄道を敷いたりしたため八十人になった。かつては大家族が生きていくために必要な唯一のありがたい手段だった農業は、結婚した息子たちがそれぞれ分け前を手に入れるにしたがって半端農業になり、息子たちの分け前は、彼らの子供たちに分けるためにさらに細分化した。ついには、愛想をつかして出て行かなかったきれぎれの土地の持ち主たちでさえ、白人投機師たちのどんな言い値でも歓迎するようになった。町を出て、どこか他の場所でやり直してみたいと熱烈に望むようになっていたからだ。今度は大都会にしよう、あるいは小さな町でもいい——すでに出来上がっているところなら、どこでもいい。

だが、彼も他の連中も——みんな復員軍人だ——違う考えを持っていた。昔のヘイヴンを愛していて——ヘイヴンという概念と、その広がりを——バターンからグアム、硫黄島からシュトゥットガルトまで、その愛情をやさしく育みながら、持ち続けていた。そして、もう一度やってみようと心に決めたのだ。彼はレンジの構造と出力に感心しながら、そのフードに触れた。かつて彼の生まれ故郷の真ん中に座していた煉瓦のオーヴンと同じ長さだ。彼らは合衆国に帰ってくると、オーヴンを解体し、煉瓦と灰受け石、鉄のプレートを、二百四十マイル西へ——古いクリーク・ネイションからはるか遠くへ運んでいった。昔々機知のある政府は、クリーク・ネイションを「未指定地域」と呼んでいた。オーヴンの鉄の口が再度セメントできちんと固められ、よく見えるようにすり減った文字が磨きあげられたとき、みんなで行なった儀式を彼はよく覚えている。彼自身、文字が一八九〇年の新設当時と同じほど光り輝くよう六十二年間にたまった煤と獣脂を取りのぞく手伝いをしたのだから。それ——祖父たちが組み立てたものを解体すること——がつらかったとしても彼らが耐えてきた辛苦、新しくやり直さなかったら遭遇したかもしれない苦況に比べると、なんでもない。世界を相手に戦ってきた新父祖として、機略で世界を負かした始祖たち以下にはなれなかったし、なる気もなかった。始祖たちは危険や自然の敵意をものともせず、泥のなかからヘイヴンを切り出し、町作りを優先させて勝利を確実にするだけの知恵を備えていた。オーヴン。頭のように丸く、欲望のように深い。荷車のなかや、そのそばで暮らし、戸外で煮炊きをして、芝やメスキート（米国南西部のマメ科の低木）を刈り取ってシェルターを作り、始祖たちは最初にオーヴンを作った。持てる大部分の力を巨大で非の打ち所のない設計のオーヴン作りに注ぎこんだのだ。彼らを養い育て、彼らがやりとげたことの記念碑となるオーヴンを。完成したとき——一つ一つの淡色の煉瓦が完璧に積み上げられ、煙突は広く高くそそり立ち、木釘や金網はしっかりと固定され、煙は後ろの穴から着実に送り出され、火口の扉が垂直に据え付けられたとき——金物屋が仕事をした。彼は銃身や折れた心棒、薬缶や曲がった釘から、縦二、横五フィートの鉄板を作り、それをオーヴンの口の根元にはめこんだ。例の言葉がどこから出てきたかは、いまだにわからない。彼が聞いたことか、でっちあげか、荷台で、道具の上に体を丸めて眠っていた間にささやかれた言葉か。彼の名はモーガン。彼が鍛造した数語は彼が作り上げたのか、盗んできたのか、誰が知ろう。最初は祝福の言葉に見え、のちには彼らを当惑させ、最後にはなくなったと言明された言葉。

男は台所の流しを見る。それから長いテーブルのほうへ歩いていき、ミルクの入った水差しを取り上げる。最初はそれを嗅ぎ、ピストルを右手に持ったまま、左手で水差しを口のところまで持ち上げ、時間をかけてゆったりと飲んだので、冬緑油の匂いが漂ってきたとき、ミルクは半分なくなっていた。

上の階では、二人の男が廊下を歩き、四つの寝室を点検する。各室のドアには名前を書いたカードがセロテープで留めてある。最初の名前は〈セネカ〉。口紅書きだ。次は〈ディヴァイン〉。大文字で、インクで書かれている。女たちはいずれも、常人のようにベッドではなく、ハンモックで寝ることがわかったとき、彼らは心得顔を交わしあう。ハンモックのほか、幅の狭い机か、脇テーブルのようなものを別にすると余分の家具はない。もちろん、クローゼットに服はない。女たちはいつも、体に合わない汚い服を着ていたし、まともに靴と呼ばれるものははいていなかったからだ。だが、奇妙なものが鋲やセロテープで壁に留めてあるし、隅に立てかけてある。一九六八年のカレンダー。さまざまな日付け（四月四日、七月十九日）に大きなX印がついている。血書の手紙。ひどく汚れていて、その悪魔の文言は解読することができない。占星術の天空図。プラスティック製の女の半身像の首に斜にかかった中折れ帽。かつてはキリスト教信者——そう、とにかくカトリックだった——が住んでいたというのに、どこにも十字架はない。だが、何よりも二人の男の警戒心を呼び起こしたのは、一連の幼児靴の類だ。これは、最後に入った寝室の、小ベッドから垂れた綱にリボンで結わえつけられている。ひび割れて固くなった環型おしゃぶりが、小さな靴の間にぶら下がっている。目で合図して、一方の男が相棒に廊下の反対側の四つの寝室を見に行けと言う。彼自身は、花束のような赤ん坊の靴のほうへ歩み寄る。何を探しているのだろう。もっと多くの証拠か。彼にははっきりわからない。血か。ひょっとして、白い小牛革の靴に残された小さな足の指か。彼は銃の安全装置をはずして、廊下の向こう側の探索に合流する。

三つの部屋は普通だ。乱雑だが――一つの部屋の床は、食べ残しがこびりついた皿や汚れたカップで足の踏み場もなく、山のような服の下でベッドは見えない。もう一つの部屋には、これ見よがしに人形でいっぱいの二つの揺り椅子が置いてある。三番目の部屋は大酒飲みの残滓と匂いがこもっているものの――少なくとも普通だ。

彼の唾液が苦くなる。この場所は病んでいるとは知っているものの、胸をよぎる鋭い憐憫の情に驚かされる。何が女たちをこういう目に遭わせたのかと、彼は考える。彼女たちの単純な頭は、どうしてこんなことを考えついたのか。胸のむかつくセックス、欺瞞、子供たちにたいする狡猾な拷問？　遠く離れたここの、館のなかに囲いこまれた広々とした空間のなかで――誰からも邪魔されず、侮辱もされず――彼女たちは、彼の知っている女性ほぼ全員の価値に疑問を呈したのだ。父が二年間取り入れのたびに、ひそかに貯えた冬コートの代金、そのあざらしの毛の襟を撫でるとき、母の目に宿った光。妹の十六歳の誕生日に、びっくりさせようと彼と弟が開いたパーティ。だが、静かで秩序立った共同体から二十マイルとは離れていないここに、彼がこれまで知っている女たち、または話に聞いたことのあるどんな女とも違う女たちがいた。場所もあろうに、ここのこの場所に。彼の町は、ユニークで孤立していて、自己満足するに足る町だった。刑務所はなく、その必要もない。彼の町から犯罪人が出たこともない。あばれて、家族に屈辱を与えたり、町の自信を脅かしたりした一、二の人々は、十二分に面倒を見てもらった。確かに、町のどこにも自堕落な女、だらしのない女はいない。その理由は明らかだと彼は思った。最初から、町の人々は自由だった上、保護されていたのだから。夜眠れない女はいつでもベッドから出て、ショールで肩を包み、月の光を浴びながら階段にすわっていることができた。その気になれば庭に出てもよく、そのまま道を下ってもいい。街灯はないが、恐れる必要もない。道路脇からシューッという音が聞こえてきても、けっして怖がる必要はなかった。音を立てたのが何であれ、彼女を狙って忍びよるものではなかったからだ。九十マイル四方、彼女を餌食にしようとするものは何もなかった。彼女は好きなだけゆっくり歩き、食事の支度や、戦争や、家族のことを考えてもいいし、目を上げて星を眺め、全然何も考えなくてもいい。街灯も恐怖もなく、歩いていけた。そして、少し離れた家から明かりが洩れ、腸がつまった赤ん坊の泣き声が注意を惹いたとしたら、その家まで歩いて行き、赤ん坊をなだめようとしている女にそっと声をかけてもいい。二人の女はかわるがわる幼児のお腹をさすり、揺すってやり、ソーダ水を少々飲ませようとするかもしれない。赤ん坊が静かになると、二人はしばらくいっしょにすわって、ゴシップに花を咲かせ、他の人たちを起こさないようくすくす低く笑うかもしれない。

それから女は、気持ちを一新して眠る気になり、自分の家に帰ろうと決めてもよし、そうでなければ、方向を変えずに同じ道をどんどん歩き続けてもよい。他の家々の前を過ぎ、三つの教会を過ぎ、家畜の飼養場を過ぎて、はるばると。町の彼方の境界線を越えてもよい。境界線付近で彼女を狙っているものはないのだから。

　廊下の両側には浴室がある。男たちは浴室に入るとき、どちらも口を動かしてはいない。両者とも、どんな事態が起ころうと心構えはできていると信じているからだ。いちばん大きい浴室では、広々とした洗面台に比べると蛇口の栓が小さすぎ、貧弱すぎる。浴槽は四人の人魚の背中に載っている——人魚の尾は浴槽を支えるために大きく割れ、胸は浴槽を安定させるため反り返っている。足元のタイルは瓶のような緑色だ。トイレのタンクの上にはモデス（タンパックス）の箱が置いてあり、汚物入れがそばにおいてある。トイレット・ペイパーはない。チョーク色のペンキが塗ってないのは一つの鏡だけだが、男はそれを無視する。女たちか女の血を求めて徘徊する己れの姿を見たくないからだ。安堵して彼はそこを出て、ドアを閉める。安堵して彼はピストルを下に向ける。

　階下では、二人の男、父と子の顔に微笑はない。もっともチャペルに入ったときは口元がほころびそうになったが。あれは真実だったからだ。つまり、ここでは彫刻の偶像崇拝が行なわれていたからだ。白い服を着て、白と金色のケープをまとった小さな男女像が、壁龕のなかにしつらえられた棚の上に安置されている。赤ん坊を抱いているか、抱いているらしい仕草。無表情な顔が偽りの無垢を装っている。彼らの足元で蠟燭が燃えていたのは明らかで、まさにプリアム師が言った通り、おそらくは食物も捧げられていたらしい。入り口の両側に小さな鉢が置いてあったからだ。この件が落着したら、プリアム師にいかに彼が正しかったかを告げ、公然とマイズナー師を笑ってやろう。

町の教会の会衆間には和解しがたい確執があった。しかし、今回の行動の必要性については、三つの教会の代表者たちの意志は一つだった。しなければならないことはやれ。修道院も修道院の女たちも存続してはならない。

かわいそうに。かつて修道院は無愛想とはいえ、本物の隣人で、トウモロコシや、バッファロー・グラスや、クローヴァーに囲まれ、道路からはほとんど見えない泥道で通じていた。大邸宅を改造して作られた修道院は、町の建設以前からそこにあって、十五家族が到着したとき、アラパホ族の最後の女子寄宿生たちはすでにいなくなっていた。二十五年前のことだ。その頃、男たちはみんな、抱いていた夢のおかげで一回り人間が大きくなった。町の中心を通るまっすぐな道路を切り開き、道の片側に舗装した歩道を作った。五百エーカー以上を所有していたのは七家族、三家族は千エーカー近く所有していた。やがて、道路に名前がつくと、オシーという名の男が祝賀の競馬を組織した。軍隊からの放出テント、建築途中の家、新しく切り開いた土地から、人々が手持ちの物を携えてやってきた。大事にしまっていた物が出てきたし、とりあえずの物もある。ギターや、遅成りのメロン、ハシバミ、ルバーブのパイ、ハーモニカ、洗濯板、ロースト・ラム、ペッパー・ライス、リル・グリーン（ブルースの人気歌手）、〈イン・ザ・ダーク〉（曲名）、ルイ・ジョーダン・アンド・ヒズ・ティンパニー・ファイヴ（バンド名）、自家製ビール、フライにして、グレイヴィーでとろ煮にしたマーモットの肉。女たちは派手なスカーフを頭に巻き、子供たちは野生のケシと川べりの蔦で作った帽子をかぶっている。オシーは二歳馬と四歳馬を持っていた。両馬とも足が速く、花嫁のように美しい。他の馬たちはただの当て馬にすぎない。エイスのまだらの馬、ミス・エスターの軽量の老馬、ネイサンの農耕馬と雌馬の四頭全部、それに、土手で草を食んでいる、あまり人に慣れていない、誰のものともわからないポニー。

騎手たちは鞍をつけるか、つけないかで長い間言い争いをしたので、乳飲み子を抱えた母親たちはすぐ馬に乗るか、さもなければ役割を交替しておくれと言った。男たちはハンディキャップについて意見を戦わせ、思いのままに二十五セントの賭けをした。発走の合図のピストルが鳴ったとき、飛び出したのはわずか三頭にすぎなかった。残りの馬は横にそれるか、建築途中の家々のそばに積み上げられた材木を越えて走り去った。ついに、レースがまともに行なわれるようになったとき、女たちは牧場からどなり、他方子供たちは金切り声をあげて肩の高さまで生い茂った草のなかで踊った。ポニーが最初に走り終えたが、二ファーロング（一ファーロングは八分の一マイル）走ったところで騎手を振り落としたので、勝ち馬はネイサンの鳶色の雌馬に決まった。ポピーをいちばんたくさん頭につけた小さな女の子が、オシーの名誉戦傷章《パープル・ハート》が下がった一等賞のリボンを献呈する役に選ばれた。勝者は当時七歳で、まるでケンタッキー・ダービーで優勝したかのように笑っていた。いま彼は修道院の地下室のどこかにいて、恐ろしい女たちがいないか見張っている。女たちは、一人ずつこへやって来たとき、尼僧でなかったのは確かだった。本物の尼僧でもなければ、尼僧のふりもしなかった。しかし、何か他の宗派のメンバーだと考えられていた。事実は誰も知らない。だが、知ろうが知るまいが大したことではなかった。彼女たち全員がいまでも交替で、老いた女子修道院長《マザー・スーペリアー》や昔のメイドのように、農産物や、バーベキュー・ソースや、おいしいパンや、世界中でいちばん辛いトウガラシなどを売っていたからだ。高値を払えば、紐につないだ濃紫色のトウガラシとか、それから作った薬味を手に入れることができた。どちらもとびきりの辛さで臓腑を焼いた。薬味はきちんと手をかければ何年も保ったし、種を播こうとやってみた顧客は大勢いたが、そのトウガラシは修道院の庭以外どこにも育たなかった。

奇妙な隣人だが、害はないね、とたいていの人は言った。害がないどころか、ときには役に立つことさえあった。彼女たちは人々を泊めてやった――道に迷った人々や、休む必要のある人々を。かつては、親切にもてなされ、おいしい食物をもらったという報告があったが、いまは、それが全部嘘っぱちや見せかけ、実際の出来事を包み隠す計画的な偽装だったことをみんなが知っている。ひとたび緊急事態が明らかになると、三つの教会全部の代表者たちがオーヴンに集まった。オーヴンに集まったのは、警告をすべて無視した女たちに対して取るべき行動を決める会合を開くとすれば、どの教会で開くか、意見が一致しなかったからだ。

それは秘密会議だったが、噂は一年以上もささやかれていた。その間中ずっと蓄積されてきた憤懣が、証拠の形を取った。一人の母親が、冷たい目をした娘に階段から突き落とされた。一つの家族に四人の肢体不自由児が生まれた。娘たちがベッドから出るのを拒んだ。蜜月旅行の最中に花嫁が姿を消した。元旦に、二人の兄弟が撃ち合いをした。性病の注射を受けるためデンビーに行くのが日常茶飯事になった。その上、この頃オーヴンで行なわれていることは想像を絶する。そういうわけで九人の男たちは、そこで集まると決めたとき、全員を猟銃で脅かして追い払わねばならなかった。そのあとでようやく、事態を自分たちの手で処理するため、懐中電灯の明かりの下にすわることができたのだ。春の恐ろしい発見以来彼らが集めていた証拠は、否定することができない。これらの大惨事全部をつなぐ一つのもの、それは修道院にあった。そして、修道院には例の女たちがいた。

父親は、左右の座席を調べながら通路を歩く。彼はブラック&デッカーの光を各々の座席の下に縦横に走らせる。ひざ休めは上に倒してあった。祭壇のところで彼は立ち止まる。淡黄色をした一つの窓が、頭上の薄暗がりのなかに浮かんでいる。すべてが汚れているようだ。彼は食物の供物が残っているかどうか見ようと、小さなグラスが載った壁つきの盆に近づく。汚れとクモの巣を除けば、赤いグラスは空だ。たぶんグラスは食物入れではなく、献金用なのだろう。でなければ、ごみ入れか？　いちばん汚いグラスにはガムの包み紙が入っている。ダブルミントだ。

彼は首を横に振り、祭壇のところで再び息子に合流する。息子が指さす。父親はかろうじて日の出を告げている黄色い窓の下の壁に光を当てる。巨大な十字架の外郭が目に入る。かつてキリストがいた空間は、ペンキ塗り立てのようにクリーンだ。

地下室に近づいている兄弟は、かつてはまったく同じ容貌をしていた。二人は双子だったが、いまでは妻たちのほうが彼らよりお互いによく似ている。一人は人あたりがよく、機敏で、テ・アモの葉巻を吸う。もう一人はもっと頑丈で、意地が悪いが、祈るときには顔を隠す。しかし、二人とも大きく見開いた無邪気な目をしており、いま閉じたドアの前に立っている彼らはともに、一九四二年、軍隊に志願したときと同じように、ひたむきだ。あの頃、彼らは出口を探していた——無一物で、借り物ばかりの人生からの出口を。だがいまは、内側にいたい。四〇年代当時、彼らは失うものがなかった。いまでは、すべてが彼らの保護を必要としている。町が築かれた当初から、彼らは孤立が安全性を保障してはくれないことを知っていた。道に迷ったか、目的のないよそ者たちが、この眠ったような町にはほとんど目もくれずに素通りするだけではなかった時代には、強くて町を守る気概のある男たちが必要だった。この町には、一マイル四方に三つも教会があるのに、旅行者に便利なものは何もなかった。飲食店もなければ、警察もなく、ガソリン・スタンドや、公衆電話、映画館、病院さえなかった。ときどき、よそ者たちが若くて酔っ払っているか、または年取って素面だったりして、道路脇をぶらぶら歩いている三、四人の黒人少女を見かけたとしよう。彼女たちは数ヤード歩いて、話をするために立ち止まり、スキップして進んだり、立ち止まって笑ったり、ふざけてお互いの腕を叩きあったりする。ひょっとすると、よそ者たちは少女たちに関心を持つかもしれない。車は三台。たとえば、五三年型のベルエア。緑の車体に内部はクリーム色、ライセンス・ナンバーは085B。六気筒型で、リア・フェンダーはダブル・モールディング、パワーグライドのオートマティック二段変速装置つきだ。それから、四九年型のダッジ・ウェイフェアラー。車体は黒、後ろの窓にはひびが入っている。泥よけフェンダー、流体駆動装置、市松模様のグリル。三台目はアーカンソー州のナンバー・プレートがついた五三年型オールズモービル。運転者は速度を落とし、窓から頭を突き出して、どなる。いたずらっぽく目を細めて、少女たちの周囲をぐるぐるまわる。Uターンやkターンをやり、家々の前の草の種を撒き散らし、エイス食料品店の前の猫たちを驚いて飛びのかせる。ぐるぐるまわり。少女たちは後退りしてしっかり固まりあうが、その目は、恐怖で凍りつく。その瞬間、一度に一人ずつ、町の男たちが家々や、裏庭や、銀行の足場や、飼料店から姿を現わす。よそ者の一人はズボンの前を開けて窓からぶら下がり、少女たちを怖がらせている。少女たちの小さな心臓は飛び上がるが、すばやく目を閉じることができず、ぐいと横を向く。しかし、町の男たちは確かにそれを見、この最も好戦的な身振りのなかによそ者たちの欲望を認めてほほえむ。いやいやながら、心ならずもほほえむのだ。以前からとは言わないまでもこの瞬間以後、この男は最後の死病にかかるまで黒人たちに可能なかぎり重大な害を及ぼすことがわかっているからだ。

さらに多くの男が現われ、ますます数が増してくる。彼らの銃は何も狙ってはいず、ゆるやかに腿のところに当てられているだけだ。二十人の男たち。いまは二十五人だ。それが、まわっている車を取り囲む。0をまわしてオペレーターを呼ぶいちばん近い電話からは九十マイル、いちばん近い保安官からも九十マイル離れている。乾いた日なら、タイヤの後ろから舞い上がるほこりが全員を変色させたことだろう。実際は、残していくタイヤの跡から少々砂利が跳ね上がっただけだった。

双子の兄弟はずばぬけた記憶力をもっている。二人とも、かつて起こった事件全部の詳細をおぼえている――目撃したことも、目撃しなかったことも。よそ者の車が女の子の周囲をぐるぐるまわった日の正確な気温も。同様に、この地方のありとあらゆる農場の収穫物のブッシェル数も。どんな話の細目や趣旨もけっして忘れなかった。とくに、祖父――オーヴンの黒い口に言葉を書きこんだ男――が話してくれた要《かなめ》になる話は。どうしてヘイヴンの建設者やその子孫は自分たち以外誰も許せないかを説明する話。ミシシッピー州とルイジアナ州の二つの教区からオクラホマ州への旅の途次、百五十八人の自由な黒人たちはヤズーからフォート・スミスにいたるどんな小さな土地からも歓迎されなかった。富裕なチョクトー族や貧乏白人からは拒絶され、番犬から追い立てられ、テント生活の娼婦やその子供たちからは嘲笑された。それでいて彼らは、すでに建設中の黒人の町からこのような攻撃的な妨害を受けようとは夢にも予想していなかった。ヘラルド紙の特別記事の見出し「来たれ、備えある者も、ない者も」に、自分たちが入ると思ったのは誤りか。利口で、強く、自分の土地で働く熱意に燃えていたので、彼らは十二分に備えができており、それが運命だと信じていた。だが、「自活する」黒人の条件を満たすだけの金がないことがわかって、傷つき、混乱した。要するに、彼らは貧しすぎ、汚なすぎる風体をしていたため、黒人の家屋敷保有者を募集している共同体に住むことはおろか、入ることさえできないのだった。幸運な人々から軽蔑的に拒絶されて、彼らの血の温度は二度変わった。最初は、「家庭や教会や学校より居酒屋や街頭博打のほうを好むやから」と書かれて血がたぎったが、自分たちのすばらしい歴史を思い出して、冷静になった。熱すぎる決意として始まったものは、冷血な妄執となった。「やつらはおれたちを知らず、おれたちのことをわかってもいない」と一人の男が言った。「いまおれたちはやつらと同じように自由だし、昔はやつらと同じように奴隷だった。この扱いの違いはいったい何のためだ？」

拒否され、入ってこないよう見張りを立てられたので、彼らはルートを変えて、未指定地域の西側、ローガン郡の南を進み、カナダ川を渡ってアラパホ族の領内に入った。不幸な目に遭うたびに不屈に、誇り高くなり、不幸な経験の詳細は双子の強力な記憶に刻みこまれた。薄暗い納屋のなかで、日の入りにオーヴンのそばで、または日曜日の祈禱会の午後の光のなかで、飾り気のない物語が話され、語り直された。四人の黒い肌をした強盗の鞍の話。彼らは乾いた水牛の肉をご馳走して、そのあとライフル銃を強奪した。キャンプのなかや周囲をねじれた形で走っていた通風筒の音がしなかったこと。眠っていた子供が、目がさめたら空中を浮遊していた話。チョクトー族の見張りが乗っていた馬のつや。夕食のとき、暗すぎて火明かりでできること以外どんな仕事もできなかったときなど、始祖たちが旅の話を語った。彼らを——水のあるところへ、また労働を提供して、その見返りに荷車や、馬や、牧草を入手する交渉ができるクリーク族のほうへ、あるいは東西五十マイルに及ぶ牧羊犬のいる町や、身寄りのない奔放な女たち、河床の砂金の噂といった悪魔の悪事を避けるほうへ——導くために神が与えたもうたしるしについて。

双子は、祖父がオーヴンの口に彫りこむ文字を選んだのは、正義の道がいかに難しいかを発見したときだったと信じている。釘は非常に高価だったので、家具を留めつけているのは木製のダボだった。しかし彼は、何か永続的で重要なことを語るために、三インチと四インチの、曲がった釘とまっすぐな釘の宝物を犠牲にしたのだ。

ひとたび文字が彫りこまれると、自分たちで作り上げた言葉の意味を考える暇もないうちに、乾燥を待つオーヴンの隣に屋根が作られた。ヘイヴンの人々は木枠や間に合わせのベンチに腰を下ろして、話し合いや、社交や、焼きたての鳥獣肉を楽しむために集まった。のちに、バッファロー・グラスの野原が消えて、真ん中に通りが走る小ぎれいで小さな町が現われ、木造家屋や、一つの教会、学校、店がそこにできたときも、町民たちは相変わらずそこに集まった。彼らはホロホロ鳥や鹿を丸ごと焼き串に刺した。また、あばら肉を裏返し、冷めかけた小牛の脇腹肉に余った塩をすりこんだ。当時はゆっくり時間をかけて調理する時代だった。炎は非常に小さくしてあったので、二十ポンドの七面鳥を焼くのに一晩かかり、脇腹肉は骨まで焼くのに二日かかった。家畜が処理されたときはいつでも、または燻製にしてない鳥獣肉への嗜好が高まったとき、ヘイヴンの人々は獲物をオーヴンに持ち寄り、ときどきそこに留まって、薬味や「焼けている」かどうかの正しい基準についてうるさいことを言ったり、モーガン家の人々と言い争ったりした。彼らはそこに留まって、ゴシップに花を咲かせ、苦情を言い、大声で笑い、軒先の陰を歩きながらコーヒーを飲んだりした。そして、声の届く範囲にいた子供たちは、団扇《うちわ》で蝿を追えとか、薪を運べとか、仕事台を片づけろとか、突き固め石で地面を突けなどと命令されることがよくあった。

一九一〇年、ヘイヴンには二つの教会、オール・シティズンズ銀行、校舎のなかの四つの教室、五軒の乾物や飼料や食料などを売る店があったが、これらの場所に行くよりオーヴンへ往復する人の流れのほうが多かった。オーヴンが生きているかぎり、どの家族も簡単な調理ストーヴ以外何も要らなかった。そして、オーヴンはいつでも生きていた。町の他のすべてが死にかけていた一九三四年でさえ、生きていた。電気を引く話はおしゃべりの域を出ないことが白昼のように明らかになり、ガスの供給ラインや下水はタルサの驚異にすぎないことがわかったときも、オーヴンは生きていた。大干魃がくるまでは、水道の水がなくても別に不便は感じなかった。井戸が深かったからだ。少年の頃、双子は井戸のそばに枝を差しのべているハコヤナギからぶら下がり、危険を冒して澄みきった水の上を揺れながら、自分たちの足が水に映っているのにみとれたものだ。何度も何度も彼らは、最初の収穫や家畜からとった最初のブロック肉で手にした現金で、男たちが女に買ってやった青いドレスやボンネットの話を聞いた。ザイオン教会の床が張られるやいなや注文されたセント・ルイス製のピアノが、芝居じみた到着の仕方をしたときの有様。双子は、静かにピアノのまわりに群がった他の少女たちにまじって、助祭が彼女たちの手を叩いて払い除けてしまうまで、そっとピアノを撫でたり、キーを叩いてみたりした十歳のときの母親を想像した。リハーサルのとき、彼女たちの澄んだソプラノは「神はわれらを守りたまう……」と歌った。こう言って差し支えなければ、神は確かに面倒を見てくれた。面倒見をやめるまでは。

双子の兄弟は一九二四年の生まれ。二十年間というもの、これまでの四十年がどういうものだったかという話ばかりを聞かされた。彼らは耳を傾け、一つ一つの事柄すべてを想像し、記憶に留めた。各々の細部が強烈な喜びを与え、夢のようにエロティックで、スリルに富み、彼らが戦ってきた戦争よりはっきりした目的があったからだ。

一九四九年、若く、結婚したばかりの双子は、愚か者どころか大変賢かった。戦争になるずっと前、ヘイヴンの住民たちは町を出はじめており、まだ荷造りしていない者も町を出る計画を立てていた。双子はだんだん先細りになる戦後の未来をじっと見つめ、一八九〇年に始祖たちがしたことを繰り返そうと町の若者たちを説得したが、これは難しいことではなかった。十世代にわたる人々が外の世界にあるものを知っていた。かつては自由で、人を招いていた空間が、監視する人もなく、沸き返っている。どの立ち木の後ろ、質素であろうと豪奢であろうと、どの家のドアの後ろも、その気になればでたらめな組織的悪がいつでもどこからでも噴出してくる真空状態になっている。そこでは、子供たちは弄びものに、女たちは狩られる獲物になり、当人自身でさえ抹殺されることがあった。そこでは会衆が武器を持って教会へ行き、どの馬の鞍にもとぐろを巻いた綱が載っている。そこでは、白人の男たちが固まっているとみんな警官隊に見え、独りでいるのは死ぬことと同義だった。しかし、町の守り方についての教えが学ばれ、過去三世代の間にもう一度学び取られた。そういうわけで、何をいちばん先にすべきかを知っていた元奴隷のように、元兵士たちはオーヴンをこわし、自身のベッドを解体するより早く、二台のトラックに積みこんだ。八月の半ばの夜明け前に、十五の家族がヘイヴンを去った——何人かの人々のように、マスコウギやカリフォルニア、またはセント・ルイスやヒューストンやラングストンやシカゴではなく、オクラホマのさらに奥地をめざして。祖父たちが築きあげた町を汚す屈服した状況からできうるかぎり這いあがるために。

「どのくらい?」と、子供たちが車の後部座席から訊いた。「どのくらいかかるの?」「すぐだよ」と両親は答える。何時間経っても、答えは同じ。「すぐよ。もうすぐよ」ビーヴァー・クリークがピストルのような形をした州の銃口部を抜け、さらには解雇されたときの給料をプールして買った何エーカーもの草原（一九四九年の竜巻のあとでは、いやが上にも安くなった）を流れていくのが見えたとき、目的地にはもうすぐ、時間通りに着きそうに思われたからだ。

彼らがあとに残してきたのは、かつては誇らかな通りが雑草で息の根を止められている町だった。いまでは、頑固な十八人の人々が監視している。彼らは、とうの昔に出ていった孫たちから手紙が来たら、どういう風に郵便局に行けばいいか思案していた。かつてオーヴンのあったところでは、小さな緑色の蛇が陽光を浴びて眠っている。二十五年のち、まっさらの新しい町のなかで、一つの修道院が純粋に破壊的な力の点で、蛇や、大恐慌や、税官吏や、鉄道を打ち負かすとは、いったい誰が想像しただろうか。

いま、あらゆるものの指導者である兄弟の一人が、地下室のドアをライフルの銃尾で打ち破る。もう一人は、甥といっしょに数フィート後ろで待っている。三人全員が意を決し、真相を知ろうと胸を躍らせながら、階段を駆け降りる。失望はしないだろう。彼らが目にするのは、悪魔の寝室、浴室と、邪悪なベビーサークルだから。

甥はいつも、母親が力のかぎり懸命に頑張っていたことを知っていた。彼女はどうにか息子が勝ち馬に乗るのを見はしたものの、それより先は体力が続かなかった。兄弟や小さな息子とともに旅してきたこの場所に名前をつける議論にも、十分な関心を払う体力さえ残っていなかった。三年間、ニュー・ヘイヴンというのが大部分の人たちが同意した名前だった。大声で他の名前を示唆する人はいたけれど――新しいとか、繰り返しというような、失敗を仄めかす名前はやめようと、彼らは言った。太平洋で戦った退役軍人はグアムがいいと言い、他の連中はインチョンがいいと言った。ヨーロッパで戦った人々は、子供たちだけが発音して喜ぶような名前を提案しつづけた。女たちは、甥の母親が死ぬまで、はっきりした意見は持たなかった。彼女の葬式――町で最初の葬式――が、議論の予定と必要性を打ち切った。女たちが町に一族の一人の名前をつけたからで、男たちは反対しなかった。よろしい。では、ルビーにしよう。若いルビーだ。

その名は彼のおじたちを喜ばせた。おじたちはその名で、妹の死を悼むと同時に、死んでしまった友人兼義弟に敬意を払うことができるからだった。しかし、オシーのパープル

・ハートを勝ち取った男、父親の犬の鑑札の継承者、残りの生涯、母親の名前が標識にペンキで書かれ、封筒に書かれるのを目撃する甥は、これらの悲しいしるしのおかげで影が薄くなった。パープル・ハートや、鑑札や、郵便局の宛名が、なんとなく彼には重荷になった。彼の母親を知っていて、看病をした女たちはルビーの息子を甘やかした。父親といっしょに入隊した男たちは、ルビーの夫の息子をひいきにした。おじたちは彼が当然参加するものと考えた。オーヴンで決定がなされたとき、彼はそこにいた。しかし、二時間前、みんなが赤肉の最後の一切れを呑みこんだとき、おじの一人はただ彼の肩を叩いて、こう言っただけだ。「トラックにコーヒーがあるよ。おまえのライフルを取ってこい」言われた通り、ライフルを取ってきたが、椰子でできた十字架も持ってきた。

　彼らが出発したのは、朝の四時だった。到着したときは五時に近かった。エンジンの音をさせたり、姿を隠す暗闇をヘッドライトが照らしだしたりしては困るので、最後の数マイルを歩いたからだ。彼らはトラックをシンオークの雑木林に停めた。この地方では、光は何物にも邪魔されず、何マイルもの間まっすぐ照らすからだ。五十マイル離れていても、ケーシング・ヘッド（鉱井の外につき出している部分）は見えないが、蠟燭をともしたバースディ・ケーキは、マッチを擦るやいなや目に留まる。目的地から半マイルの間、霧が腰の高さまで彼らを包んでくれた。修道院に着いたのは太陽が昇る数秒前、館を眺め、いかに館が黒々と、神の大地から不吉に切り離されて、ぼうっと浮かんで見えたかを、それ以後ずっと記憶に留めるだけの時間があった。

かつての食堂で、いまは壁に押しつけられたいくつかの机の収納場所として以外、何の機能も持たない学習室からの視界は開けている。ルビーの男たちは、窓際に寄り集まる。修道院の他の場所では証拠を裏書きするもの以外何も見つけることができず、ここに集まったのだ。オクラホマ州ルビーの新父祖たち。最初の冷気は去っている。霧も晴れた。彼らは意気さかんだ――汗と、夜の正義の匂いで熱くなって。視界は開けている。

追っかけろ。甥が考えるのはそれだけだ。四百ヤードをダッシュする者、でなければ三マイルをランニングする者。女たちのうち二人の首は可能なかぎり後ろに反っている。早く走ろうと両腕を伸ばしてポンプのように動かしている間、こぶしは固く握りしめている。一人は縮れた頭を下げて、大きく開いた大気と時間に突っかかり、一方の手を将来のどこにも見えない勝者の決勝線を求めて前に差し出している。口は開いて息を吸いこみはするが、何も吐いてはいない。全員の脚は地面を離れ、大きく開いてクローヴァーの上を翔んでいる。

聖母マリアの贖いを受けていない大胆不敵な黒いイヴたち。彼女たちは、霧を燃やしつくし、いまその聖油を鳥獣の皮に注ぐ太陽に向かって跳ね上がる。恐怖に襲われた雌鹿のように。

神は自分たちに味方していると信じて、男たちは狙いを定める。ルビーのために。

メイヴィス

赤ん坊が窒息死したとき、近所の人々は喜んでいるように見えた。たぶん、赤ん坊を死なせたミントグリーンのキャデラックが、しばらくの間近所に迷惑をかけていたのだろう。もちろん、近所の人たちは義理を果たした。食べ物を持ってきたし、お悔やみの電話をかけ、弔慰金を集めたが、明らかに興奮で眼がきらめいていた。

新聞記者が来たとき、メイヴィスはソファの隅に腰かけていたが、ビニール・カバーの縫い目にたまったポテト・チップスのかけらを搔きだしたものか、さらに深く埋めこんだものか、決めかねていた。しかし、新聞記者は最初に写真を撮りたがった。それでカメラマンが、メイヴィスはソファの真ん中にすわって、生き残っている子供たちは悲しみに狂乱している母親の両脇にすわるよう指示した。もちろん、父親もいっしょに写真に入ってほしいと記者は言った。ジムとおっしゃいました？　ジム・オールブライトさんですね？

しかしメイヴィスは、彼は具合がよくないので、出てきません、彼なしでやってもらわなきゃ、と言った。記者とカメラマンが目くばせをしたので、メイヴィスは、とにかくフランクが——ジムではない——浴槽の端にすわって、シーグラム（ウィスキー）をラッパ飲みしているのを、たぶん知っているのだろうと考えた。

メイヴィスはソファの真ん中に移り、他の子供たちが来るまでに爪からポテト・チップスのかすを取りのぞいた。他の子供たちは、これから先ずっと「他の子供たち」のままだろう。サルは母親の腰に手をまわした。フランキーとビリー・ジェイムズは、彼女の右側にぴったり寄り添った。サルが、メイヴィスをぎゅっとつねった。メイヴィスにはすぐ、娘はカメラやその他の前で神経質にはなっていないことがわかった。つねり方が長々と続き、鋭くなったからだ。サルの爪は血が出るほど食いこんでいる。

「今度の事件はつらかったでしょうね」記者はジューンだと名乗った。

「ええ、わたしたち全員にとって、つらかったです」

「何かおっしゃりたいことはありません？　他のお母様方に知ってもらいたいこととか？」

「はあ？」

ジューンが足を組んだので、彼女がはいている白いハイヒールの靴はおろしたてであることが、メイヴィスにはわかった。靴底がほとんど汚れていないからだ。「ほら、不注意を警告するとか、注意するとか、いうような」

「そうねえ」メイヴィスは深く息を吸いこんだ。「何も思いつかないわ。たぶん。わたしは」

カメラマンはしゃがみ、頭を傾けていろんなアングルを試してみた。

「この恐ろしい悲劇が何かの役に立つように」ジューンは悲しげにほほえんだ。

メイヴィスは、サルの爪が食いこまないよう背筋を伸ばした。カメラがカシャッと鳴る。

ジューンはフェルト・ペンをかまえた。すぐれものだった。これまでメイヴィスはそんなものを見たことがない――紙の上にインクは残すけれど、乾いていて、全然しみができないのだ。「いま、知らない人たちに言うことはないわ」

カメラマンはもう一度正面の窓のブラインドを調節してから、ソファのところへ戻って、メイヴィスの顔のそばに黒い箱を突きつけた。

「わかります」とジューンが言った。彼女の目はやさしくなったが、目の光は隣人たちと同じだった。「それに、あなたをこんな目に遭わせるのはつらいんですが、たぶん、いきさつだけ話してくださることはできるでしょ？　購読者の人たちは、本当にびっくりしているの。双子のお子さんだったとかで。ああそうだ、毎日毎日あなたのことを祈っていると、お知らせするよう言われてきたのよ」彼女は男の子たちとサルをちらと見まわした。

「あなた方みんなもよ。あなた方一人一人、みんなのことを祈っているんですって」

フランキーとビリー・ジェイムズは、自分たちの裸足の足を見下ろした。サルは片方の手でメイヴィスの腰の肉をつかんでいながら、頭を母親の肩に載せた。

「ですから、話していただけませんか」ジューンは微笑したが、その微笑は「このお願いだけは叶えてね」と言っていた。

「えーと」メイヴィスはしかめ面をした。今度はちゃんと話したかった。「彼はスパム（豚肉の缶詰の商標）はいやだと言ったんです。わたしが言いたいのは、子供たちは好きだけど、彼はきらいだってこと。この暑さじゃ、たくさんの肉は置いておけないから。一度、ステーキの塊全部を腐らせて緑色にしちゃったことがあるんで、車に乗って出かけたんです。ソーセージを少しだけ買おうと。わたし、考えたの、マールとパールのことを。最初は連れてかないつもりだったんだけど、彼が言うには――」

「マールの綴りは、M―e―r―l―eですか」

「そうです」

「続けて」

「赤ん坊は泣いちゃいなかったし、何も悪さをしちゃいなかったんだけど、彼は頭が痛いと言って。わたしにはわかった。本当に。男の人があんな仕事のあと家に帰ってきたのに、彼の前に出せるようなまともな物をわたしが買いに行く間、赤ん坊を見てもらうわけにはいかないでしょ。そんなわけにはいかないって、わかってた」

「だから、双子を連れていったのね。どうして他のお子さんを連れていかなかったの？」

「外の裏のほうにイタチがいるんだよ」と、フランキーが言った。

「マーモットさ」と、ビリー・ジェイムズが言った。

「お黙り！」サルがメイヴィスのお腹の上に身を乗り出して、弟たちに指を突きつけた。

ジューンは微笑した。「他のお子さんを車に乗せたほうが安全だったんじゃありません？」と彼女は言葉を続けた。「年上だからっていう意味ですけど」

メイヴィスはそっとブラジャーの紐の下に指を入れて、紐を肩の上に引きあげた。「危険なんて思ってなかったから。ヒグルディ・ピグルディはすぐそこなの。コンビニに行ってもよかったけど、品物が古いような気がして」

「だから、あなたは新生児を車に残して、牛肉の塊を買いにいらしたんですね――」

「いいえ。ソーセージ」

「そうだったわ。ソーセージでしたね」ジューンは急いで書いていたが、何も消しているようには見えなかった。「わたしがお伺いしたいのは、どうしてそんなに長くかかったかってことなの。たった一つの品物を買うのに」

「かかりゃしないわ。長くなんて。五分以上いたはずない、どんなにかかっても」

「赤ん坊が窒息したんですよ、オールブライトさん。窓を閉めた暑い車のなかで。空気がなくなって。五分ではそんなこと起こらないいんじゃないかしら」

汗かもしれないが、痛みから判断すると血が出ているかもしれない。メイヴィスはサルの手を叩いて払いのける勇気はなく、ほんの少しでも痛いとは言いたくなかった。それで、代わりに唇の端をひっかいて、こう言った。「わたし、その件ではもう自分を罰したわ。でも、せいぜいそのくらいしかかかってない。わたし、まっすぐ乳製品売場に行って、アーマーズの包みを二つ取ったの。高いけど、値段なんか見もしなかった。安くて、同じほど上等なものもあるけど。でも、急いでたから、見なかった」

「急いでらっしゃったんですか」

「もちろん。彼はお腹をすかせていらいらしてたから。労働者の食べものにしちゃ、スパムなんてだめだから」

「ソーセージはいいんですか」

「わたし、厚切り肉のことを考えた。厚切り肉のことを考えたの」

「オールブライトさん、ご主人が夕食に帰られることを知らなかったんですか。毎日、帰って夕食を食べるんじゃないんですか」

彼女は本当にいい人だ、とメイヴィスは考えた。礼儀正しくて。部屋のなかを見まわしたり、男の子の足を見たりはしないし、家の裏手でガタンという音がして、そのあとトイレの水が流れる音が聞こえてきても、跳びあがったりしないから。

トイレの音がやんだとき、カメラマンがケースを閉じる音が大きく響いた。「終了」と彼は言った。「ほんとにお会いできてよかったです、奥さん」彼はかがんで、メイヴィスと握手をした。彼の髪は、記者の髪と同じ色だった。

「キャデラックの写真は十分撮った？」とジューンが訊いた。

「ばっちり」彼は親指と人差し指で0の字を作ってみせた。「みんな、ご親切に」彼は帽子に手を触れて、帰っていった。

サルは母親の腰をつねるのをやめた。前かがみになって、一心に片足を振っている。ただ、ときどきメイヴィスのすねを蹴った。

彼女たちがすわっているところからは、部屋のなかの誰にも玄関に停めてあるキャデラックは見えなかった。しかし、何カ月もの間、車は近所の人々全員から見られていたし、いまではメリーランド州民全員の目に留まる。カメラマンが州民の写真以上にたくさんキャデラックの写真を撮ったからだ。ミントグリーン。レタスのグリーン。クールな色。だが、新聞では色はわからない。わかるのは大きさと、赤ん坊が死んだという場所の派手さだけだ。もう赤ん坊の姿は永久に見られない。母親が、頼りきった赤ん坊の顔のスナップさえ撮っていなかったからだ。

サルが跳びあがって、金切り声をあげた。「あら、見て！　カブトムシ！」そして、母親の足を踏んづけた。

メイヴィスは「そうです。彼は毎日、戻ってから夕食を食べるわ」と言っていた。そして、これはどんな感じかしらと考えた。毎日家に戻ってくる夫がいるということは。かまったことじゃないけど。新聞記者が帰ったあと、メイヴィスはサルが脇腹につけた傷を見に行きたいと思ったが、フランクがまだ浴室にこもっていた。ひょっとしたら眠っているのかもしれない。それに、彼の邪魔をするのは得策ではなかった。それで、ビニール・カバーの縫い目からポテト・チップスの屑を一掃しようと思ったが、本当は、キャデラックのなかにいたかった。車は彼女のものではなかった。彼の車だったが、メイヴィスはたぶん持ち主以上にその車が気に入っていたので、予備の鍵束がなくなったと嘘をついたのだ。ジューンが帰る前、最後にメイヴィスは、車のことを話した。「でも、新しいものじゃないの。三年物よ。六五年型だから」許されれば、彼女は外のキャデラックの後部座席で眠ったことだろう。双子がいた場所に寝そべって。双子は彼女がいると喜んでくれ、苦痛の種ではない唯一の子供たちだった。だが、もちろん、そんなことは許されなかった。フランクは、死ぬまで運転はおろかキャデラックには触れないほうがいいと、彼女に言い渡したのだから。だから、車を盗み出したとき、他の誰よりも驚いたのは、彼女自身だった。

「おまえ、大丈夫か?」フランクはすでにシーツの下にもぐっていた。メイヴィスは恐怖の発作で目がさめ、恐怖はたちまち、いつものおびえに変わった。

「大丈夫よ」彼女は闇のなかで、兆候を探そうとした。あらかじめ彼の機嫌を感じるか、嗅ぎとろうとした。だが、彼からはなにも感じられず、新聞記者がインタヴューに来た日の晩の、夕食のときと同じだった。完璧なミートローフ（柔らかすぎも固すぎもせず——卵を二つ入れたおかげだ）が彼の気に入ったにちがいない。それか、さもなければ、彼の心がバランスを取り戻したのだ。お腹はいっぱいで、必要なものは何でも手元にあったから。とにかく、食卓での彼は気やすく、ふざけさえした。他方、ほかの子供たちはまったく大胆だった。サルはフランクの古い髭剃用の剃刀の刃を開いて皿のそばにおき、父親に一連の質問をしていたが、どれも「これは、よく切れるの？　たとえば……」という問いではじまっていた。そして、フランクはと言えば、「あごの毛から軟骨まで、どんなものでも切れるさ」と答えるか、または「南京虫のまつげでも切り落とすことができるよ」と答えて、サルから大笑いを引き出していた。ビリー・ジェイムズがクール・エイドのガムをメイヴィスの皿に吐き出したとき、父親はこう言った。「あのケチャップを取ってくれないか、フランキー。ビリー、お母さんの食物をいじるのは、やめなさい」

　彼女は、彼らがあのことをやるのはすぐだろうと思った。夕食のときの彼らの様子や、お互いに冗談を言いあったりなんかしているのを見て、フランクはきっと子供たちにあのことをやらせるだろうと思った。新聞の連中は、何か受けそうなことを考えつくだろう。そして、ジューン、あの「クーリエ紙が抱えている唯一の婦人記者」が、購読者の関心を惹くような記事を書くだろう。

フランクがマットレスの上に体を落ち着ける音を立てたとき、メイヴィスは体を固くしまいと努力した。彼はショーツをはいているだろうか。それがわかれば、彼がセックスをしようとしているかどうかわかるのだが、彼に触れないで知る方法はない。そのとき、フランクは彼女の好奇心を満足させようとしているかのように、ボクサーショーツの腰ゴムのパチンという音をさせた。メイヴィスはほっとして、ため息をつき、これがいびきに聞こえたらいいのに、と思った。だが、ため息をつくかつかないうちに、シーツが剝ぎ取られた。彼は彼女の寝巻を引き上げて、顔にかぶせた。メイヴィスは彼のなすがままに任せた。判断を誤った。またしても。彼は最初にこれをやって、そのあとで残りをやろうとしているのだ。他の子供たちは、くすくす笑いながらドアの後ろに隠れているのだろう。サルの目は、事故の話を聞いたときと同じほど冷たく、容赦がない。フランクがベッドに来る前、メイヴィスは自分がやる予定の何か重要なことを考えていたが、何だったのか、もう思い出せなかった。ちょうどその考えが浮かんだときに、フランクが大丈夫かと訊いたのだ。いまは本当に大丈夫だ、と彼女は思った。忘れてしまった重要なことは、もう決してやる必要がなくなったからだ。

あれは、たいていのときのように早く終わるのか。それとも、長くかかって、さまよい、言葉も出ないほど疲れてくずおれるのか。

どちらでもなかった。彼は貫通せず——彼女の顔を覆っている寝巻越しに彼女の髪の毛の束を嚙みながら、体をこすりつけてクライマックスに達した。彼女はまるで、等身大のアン人形といったところだ。

そのあと、闇のなかで彼はこう言った。「おれにはわからん、メイヴィー。本当にわからん」

訊くべきだろうか。何のこと？　いったい、どういう意味？　何がわからないって、言うの？　と。あるいは、黙っているべきか？　メイヴィスは沈黙のほうを選んだ。突然、彼は彼女に話しているのではなく、ドアの後ろでくすくす笑っている他の子供たちに話しているのだ、ということがわかったからだ。

「たぶんな」と彼は言った。「ひょっとしたら、おれたち、うまくやれるかもしれん。ひょっとしたら、だめかもしれん。本当に、わからんのだ」それから、大きなあくびをした。

「だが、どうすりゃいいのか、わからん」

それが合図だ、と彼女は思った——サルや、フランキーや、ビリー・ジェイムズへの。

その夜の残りの間、彼女は一秒たりとも目を閉じないで待った。フランクはぐっすり眠っていた。彼女はベッドからすべり出て（彼が彼女をふとん蒸しにしたり、首を絞めたりしない間にできるだけ早く）ドアを開けてもよかったのだが、ドアの向こうの息の音が気になった。サルがそこにしゃがんでいるのは確かだった——彼女の脚に飛びつくか、脚をつかもうと待ち構えて。彼女の上唇があがり、いがむ口には大きすぎる十一歳の歯を剝き出している。夜明けが重大なときだ、とメイヴィスは考えた。罠をかけることに同意はしたものの、たぶん、まだ仕かけてはないのだろう。罠のバネが締まる前にその場所を知るには、この上なく鋭敏な集中力が必要だった。

最初に灰色の光が射しそめたとき、メイヴィスは静かにベッドからすべり下りた。フランクが目をさましたら、一巻の終わりだ。赤いペダルプッシャー（ふくらはぎまでの女性用スポーツズボン）とダフィ・ダックのスエットシャツをつかんで、浴室へ行く。それから、洗濯物の籠から汚れたブラジャーを取り出して、すばやく服を着た。パンティーはなし。靴を取りに寝室へ戻るわけにはいかない。問題は、いかにして他の子供たちの部屋の前を通りすぎるか、だ。ドアは開いている。何の物音も洩れてはこなかったが、メイヴィスはそこへ近づくことを考えると寒気がした。廊下の端の左手に、台所兼食堂がある。居間は右手だ。あのドアの前を走りすぎる前に、どちらのほうへ行くか決めておかねばならない。おそらく彼女はいつものように台所へ行くと、彼らは思っているだろう。だから、たぶん玄関のほうへまっすぐ行くべきかもしれない。あるいは、ひょっとすると彼女が習慣を変えると踏んで、台所には全然罠はしかけてないかもしれない。

突然彼女は、居間のテレビの上に財布を置き忘れたことに気がついた。テレビ用キャビネットは、テレビがこわれたときから「いろんな物の収納庫」になっている。おまけに予備の鍵は、財布の裏布の破れたところにピンで留めてある。闇に目を凝らし、息を殺して、メイヴィスは急いでそっと、他の子供たちの部屋の開いたドアの前を通りすぎた。その重大な危険に背中をさらしたため、どっと体が熱くなり——汗が出ると同時に寒気がした。記憶通りの場所に財布があったばかりでなく、玄関のドアのところにはサルのガローシュ（オーバーシューズ）が置いてある。メイヴィスは財布をつかみ、娘の黄色い長靴に足を突っこんで、玄関のポーチに逃げこんだ。台所のほうは見向きもしなかったし、再び見ることもなかった。

家を出ることにあんまり夢中になっていたので、道の縁石のところからキャデラックを発進させてはじめて、メイヴィスは、次に何をするか全然考えていなかったことに気がついた。それで、ペッグの家のほうへ車を走らせた。その女性をさほどよく知っているわけではなかったが、葬式のとき、涙を流したことが印象に残っている。かねがね、ペッグをもっとよく知りたいと思っていた。だが、フランクがあれやこれやの方法で、彼女のちょっとした知りあいが友情に発展するのを邪魔だてするのだった。

一つの街灯が何マイルも彼方にあるように見え、太陽はぐずぐずしてすぐには昇ってこなかったので、ペッグの家はなかなか見つからなかった。だが、ついに探しあてたとき、彼女は通りの反対側に車を停め、少々待って、もっと空が明るくなってからドアを叩こうと思った。ペッグの家は真っ暗だった。ピクチャー・ウインドウ（一枚ガラスのはめごろし窓）のブラインドはまだ降りている。完全な静寂。ペチュニアの花のなかに木製の少女が立っている。

新しい青いボンネットで顔は隠れているが、如露《じょろ》を傾けており、後ろには木彫のアヒルの一家が並んでいる。かっきりと縁のついた刈りこんだ芝生が、高価なウールでできたカーペットの見本のように見える。何一つ、動くものはない。小さな風車も、それを取り巻く蔦も。しかし、ペッグの家の屋根より高い、年を経たムクゲが家の横手で揺れていた。冷房装置から出てくる風に揺すられて躍り、花や蕾を手荒く芝生のほうへ倒しかけている。荒々しい。荒々しく見えるムクゲの動きにつれてメイヴィスの脈拍も高まった。キャデラックの時計によると、まだ五時半にもなっていない。メイヴィスはしばらくドライヴしてから、まともな時間に戻ってこようと心を決めた。たぶん、六時に。でも、その頃にはあの人たちも起きていて、フランクにはキャデラックがなくなっているのがわかるだろう。そうすれば、彼はきっと警察に電話するだろう。

メイヴィスは自分がどんなにばかなことをしていたかがわかっておびえ、悲しくなって、縁石から車を出した。近所中が車を知っているだけでなく、今日の新聞にはその写真がでかでか載っているはずだ。フランクがこの車を買って家まで運転して帰ってきたとき、通りにいた男たちはフードを叩いて、にやりと笑い、かがみこんで内部の匂いを嗅ぎ、警笛を鳴らして、ゲラゲラ笑った。大笑いした上、さらにもう少し笑った。車の所有者は二週間ごとに芝刈り機を借りなければならなかったし、窓には網戸を取りつけることもできず、家にはちゃんと映るテレビさえなかったからだ。六本あるポーチの柱は、三ヵ月前に二本だけ白く塗ったものの、残りは相変わらず黄色で剝げ落ちかけていたし、ときどき車の持ち主は、自宅の前で——一晩中——下取りに出した車の運転席で眠っていたからだ。そして女たちは、メイヴィスが曇った日にサングラスをかけて、子供たちをホワイト・キャッスルまで乗せて行くのを目にして、あけすけにじっと見つめてから、首を横に振った。最初から、このキャデラックがいつか悪名高くなるのはわかっていた、とでもいうかのように。

時速二十マイルで車をころがしてから、メイヴィスはまだ明けきらぬ闇が隠してくれることに感謝しながら、一二一号線に入った。郡立病院の側を通るとき、沈黙した救急車が病院の私道からすべり出るところだった。白地に浮かんだ緑十字が、明るい緊急ライトの下からなめらかに、影のなかに吸い込まれて行く。彼女は十五回もあそこの患者になった——四回は出産のためだった。双子が生まれることになり、最後から二番目の入院をしたときには、メイヴィスの母親がニュージャージーから出てきて手伝いをしてくれた。彼女は家事をやり、三日間、他の子供たちの世話をしてくれた。双子が無事に生まれると、母はパタースンに帰っていった——三時間のドライヴだ、とメイヴィスは考えた。『ザ・シークレット・ストーム』が放映される前に、そこに着くことができるだろう。彼女は夏中この番組を見ることができないのをさびしく思っていた。

フィルンゴウ・ガソリン・スタンドで、メイヴィスは係員の問いに答える前、財布を調べてみた。十ドル紙幣が三枚、運転免許証の後ろに畳んで入れてあった。

「十」と彼女は言った。

「ガロンですか、ドルですか」

「ガロンよ」

メイヴィスは夜明けの光のなかで、隣の敷地にある朝食専門簡易食堂の窓が珊瑚色に映えているのに気がついた。

「あそこの店は開いてるの？」彼女は高速道路のトラックの唸りに負けないような大声でどなった。

「はい、開いてますよ」

ときどき砂利につまずきながら、彼女は簡易食堂のほうへ歩いていった。店内では、ウェイトレスがカウンターの後ろでクラブ・ケーク（カニ料理の一種）とひきわりトウモロコシのおかゆを食べていた。彼女は皿に布切れをかぶせ、口の端にさわってから、メイヴィスにおはようございますと挨拶して、注文を取った。メイヴィスが紙コップ入りのコーヒーとナプキンに包んだドーナツを二つ抱えてそこを出るとき、出口のそばのハイヤーズ・ルート・ビールの鏡にウェイトレスが大きくほほえんでいる顔が映っていた。その笑い方がガソリン・スタンドに戻るまでずっと気になっていたが、ついに車に乗りこむとき、自分のカナリヤ色のブーツの足が見えた。

簡易食堂の裏手の、ガソリン・ポンプから離れたところに駐車して、彼女は朝食をダッシュボードの上に置き、グローブボックスをかきまわした。すると、まだ封を切ってないアーリー・タイムズ（ウィスキー）の一パイント瓶と、スコッチウイスキーが一インチあまり残っている瓶がもう一本、紙ナプキン、環型おしゃぶり、数個のゴムバンド、汚れたソックス、乾電池が干上がった懐中電灯、口紅、フロリダ州の地図、ミントの口臭剤、それに数枚の交通違反の呼び出し状が見つかった。彼女はおしゃぶりを財布に入れ、髪をひねって貧弱な小さいポニーテイルを作ったところ、髪が雌鶏の羽のようにゴムバンドから突き出した。それから彼女は、見知らぬ人の口紅を口に塗りたくり、ゆったりとすわり直して、コーヒーをすすった。あんまり神経質になっていたのでミルクや砂糖をもらうことができず、ブラックを注文したのだったが、どうしても二口以上は飲めなかった。見知らぬ人の口紅が、紙コップの縁をだらしなく汚した。

　キャデラックは九十マイル進むたびに、ガソリンを十ガロン飲みこんだ。メイヴィスは母親に電話をしたものか、いきなり訪ねたほうがよいのか、迷っていた。だが、後者のほうが利口なやり方のように思われた。いまの時点では、フランクがすでに義母に電話をしたかもしれないし、まだしていなければ、いまにもしそうに思われた。母親が「娘がどこにいるか知りませんよ」と本当のことを言ってくれたほうがいい。パタースンに行くには、三時間ではなく五時間かかった。そして、パタースンの標識が見えたときには、四ドル七十六セントしか残っていなかった。燃料指示盤はEを指している。

通りは記憶にあったものより狭く感じられ、店々の様子は違っていた。北側の葉はすでに紅葉しはじめている。その下を、つまりまだら模様の紅葉のホールのなかを車で走っていくと、舗道は後退する代わりに前にすべっていくように思われた。彼女が早く走れば走るほど、さらに長い道路が先方に現われてくるような気がした。

キャデラックは母親の家から一ブロック手前で、エンジンが止まった。しかし、メイヴィスはどうにかこうにか交差点を横切って車を惰走させ、縁石のところに寄せることができた。

早すぎた。母親は、迎えの車が午後の子供たちを連れて帰るまでは、幼稚園から帰ってこないだろう。ドアの鍵はもうトナカイの毛皮の下には置いてなかったので、メイヴィスは裏のポーチにすわって、苦労して黄色い長靴を脱いだ。自分の足がまるで誰か他の人の足のように見える。

フランクはすでに朝の五時半、メイヴィスがペッグのムクゲを眺めていたときに電話をかけていた。バーディ・グッドローは、何の話をしているのか全然わからないわ、いったいぜんたい自分を何様だと思っているの、眠りの最中にわたしをベッドから引きずり出すなんて、と言って、彼の電話を切ってやったわ、とメイヴィスに言った。だが、彼女は喜んではいなかった。そのときも、あとで、娘が地獄からやって来たコウモリのような顔をして台所の窓を叩いていたときも。ドアを開けるが早いか、彼女はそう言った。「メイヴィス、あんたは地獄からやって来たコウモリのような顔をしてるよ。小さな子供の長靴をはいて、いったいここで何をしてるの」

「母さん、ちょっと入れてくんない、いい？」

バーディ・グッドローの家には、かろうじて二人分の仔牛のレバーがあった。母娘は、台所で食事をした。メイヴィスは顔を洗い、髪を梳かして、アスピリンを飲み、少しだぶついてはいるがバーディの家庭着を着て、いまは人前に出られる様子をしている。

「ねえ、ちゃんと話しておくれ。話してもらう必要があるというわけじゃないけど」

メイヴィスはエンドウ豆をもう少し食べたかったので、少しでも残っていないかと、鉢を傾けた。

「こんなことになるって、わかっていたんだよ。誰にでもわかるさ」と、バーディは言葉を続けた。「蚊ほどの脳味噌がありゃ、わかるはずだよ」

ほんの少しあった。テーブル・スプーン二杯分だ。メイヴィスは、デザートはあるんだろうかと考えながら、豆をかき出して自分の皿に入れた。フライドポテトが少しばかり、まだ母親の皿に載っている。「母さん、それも食べる？」

バーディは自分の皿をメイヴィスのほうへ押しやった。四角の小さなレバーも、玉葱も少し残っている。メイヴィスはそれを全部、自分の皿にかきこんだ。

「おまえには、まだ子供たちがいる。子供たちには母親が必要なんだよ。おまえがどんな経験をしてきたかは、わかってる。でも、おまえには他の子供たちもいるんだからね」

レバーは奇跡だった。母親はいつも、固い膜という膜は全部取りのぞくのだ。

「母さん」メイヴィスは紙ナプキンで唇を拭いた。「どうしてお葬式に来てくんなかったの」

バーディは体をまっすぐにした。「為替は受け取らなかったのかい。花は?」

「もらったわ」

「なら、どうしてか、わかってるでしょ。選ばなきゃならなかったんだよ――埋葬を援助するか、旅費を払うか。両方する余裕はなかったからね。その件はみんな話しただろ。わたしはおまえたち両方に、どちらがいいかって率直に訊いたよ。すると、おまえたちは二人とも、お金のほうがいいって言った。二人とも、そう言ったんだよ、両方が」

「連中はわたしを殺そうとしてるのよ、母さん」

「これから先わたしが死ぬまでいつまでも、そんなことをごたごた言い続けるつもりなの? おまえや、おまえの子供たちにあれほど尽くしてあげたのに」

「すでに殺そうとしたんだけど、わたしが逃げたのよ」

「わたしには、おまえしかいないんだよ。おまえの兄弟は出征して、あんなふうに撃たれて死んだのだから――」バーディはテーブルをピシャッと叩いた。

「わたしを殺す権利なんてないわ」

「何ですって?」

「彼は、他の子供たちに殺させようとしてるのよ」

「何? 何をするって? おまえの言ってることがちゃんと聞こえるように、大きな声で話しなさい」

「連中がわたしを殺そうとしてるって、言ってるの」

「連中? 誰? フランクかい? 連中って何のことさ?」

「あいつらみんな。子供たちも、よ」

「おまえを殺すって? おまえの子供たちが?」

メイヴィスはうなずいた。バーディ・グッドローはまず目を大きく見開き、それから、掌で額を支えていたので、ひざを見つめた。

二人はしばらくの間、それ以上しゃべらなかったが、あとで、バーディが流しのところでこう訊いた。「双子もおまえを殺そうとしていたの?」

メイヴィスは母親をじっと見つめた。「いいえ。もちろん、違うわ。母さん、気でも狂ったの? 双子は赤ん坊なのよ!」

「ええ、わかってますとも。ちょっと訊いただけよ。ふつうじゃないから。小さな子供たちが……」

「ふつうじゃない？　あんなの――悪いことよ。でも、子供たちは彼が言いつけることはやるの。いまは何だってやるわ。もうすでに、やろうとしたのよ、母さん！」

「やろうとしたって、どういうふうに？　何をやったの？」

「サルは剃刀を持っていて、あいつら笑いながら、わたしを見てたのよ。ずっと目を離さず」

「サルは剃刀で何をやったの？」

「お皿のそばに剃刀を置いて、わたしを眺めていたのよ。あいつら、みんなが」

どちらの女も、その件は二度と口にしなかった。バーディがメイヴィスに、そんな話を二度とけっしてしなければ、ここにいてもいい、それが唯一の条件だ、と言ったからだ。もしフランクが電話をかけてきても、または他の誰かがかけてきても、メイヴィスがここにいるとは絶対に言わないけれど、殺しについて一言でもしゃべったら、すぐフランクに電話をかける、と。

一週間後、メイヴィスは道路を走っていた。しかし、今回は計画があった。何日か前、彼女は母親が低い声で電話の送話口にこう言っているのを聞いた。「急いでここへ来たほうがよさそうよ。一刻も早く《プロント》ね」メイヴィスは、バーディが幼稚園に行っている間、金、アスピリン、塗装、下着、金、アスピリン、塗装、下着と考えながら、家のなかをぐるぐる歩きまわった。そして、最初の二つについては、見つけうるかぎりのものを手に入れた。

戦死した兄弟の一人の写真に立てかけてあった、政府の茶封筒二枚に入っていた小切手と、バイエルンの二瓶全部。それから、バーディの宝石箱からライン・ストーンのブローチを二個盗り、母親がとても上手に隠したと思っていた車の鍵を盗み返した。次に、芝刈り機用のガソリン二ガロンをキャデラックのタンクに注ぎこみ、もっとたくさんのガソリンを買いに車で出た。ニューアークでは、アール・シェイブ塗装会社を見つけ、YWCAの寄宿舎で二日間待って、車体に紫紅色のスプレーをかけてもらった。広告には二十九ドルと書いてあったのに、結局それは標準サイズの車だけのことだとわかった。キャデラックのために彼女が支払わねばならなかったのは、六十九ドルだった。下着と皮紐のサンダルはウールワースで買った。グッドウィルの店では、ノーアイロンの薄青色のパンツ・スーツと、白い木綿のタートルネックのセーターを買った。カリフォルニアにぴったり、と彼女は考えた。まったく、ぴったりだわ。

助手席に手が切れそうな新しいモービルの地図を置き、メイヴィスはスピードをあげてニューアークを出、七〇号線に向かった。東部地域があとへあとへとすべり去るにつれて、彼女はしだいに幸せになってきた。この種の幸福感を感じたことは、これまで一度しかない。子供のときに乗ったロケット・ライドだ。ロケットが下りにかかって急降下するときは、うれしくて頭がくらくらした。体がさかさまになって環状線の上部の弧を通る直前、ロケットの速度が落ちてくると、スリルは大きいが落ち着いたものになる。彼女は他の乗客といっしょにきゃあきゃあ騒いだが、胸の中には頑丈な金属の車体に安全にベルトで縛りつけてもらった上で危険に対峙する安定した興奮があった。サルはロケット・ライドを嫌っていたし、あとでメイヴィスが遊園地に連れていったとき、男の子たちもいやがった。いま、カリフォルニアへの逃避行の間、ロケット・ライドとそのスピード感の記憶が、思いのままに湧いてきた。

地図によると、道はまっすぐだった。彼女がやらねばならないのは、七〇号線を見つけてそこをひた走り、ユタ州に入ったところで左に曲がって、ロサンジェルスへ行くことだけだ。のちになって、そんな旅行の仕方――まっすぐ――をしたことを思い出した。一つの州から隣の州へ。地図が約束している通りに。資金が減って硬貨だけになると、メイヴィスはヒッチハイカーを探さねばならなくなった。だが、最初と最後の女の子をのぞけば、乗せた女の子たちの順番を覚えてはいない。女の子を拾うのは、この上なく簡単だった。彼女たちは安全な旅の仲間だとメイヴィスは考えていたが、ガソリンや食べ物の援助をしてくれ、ときには無料で泊まれる宿に誘ってくれた。彼女たちは腰骨の低いところにベルトを締め、裾がフレアになったジーンズをはいて、主要道路や、交差点や、橋へ向かう傾斜路、ガソリン・スタンドやモーテルの端を優雅に飾っている。つやのない髪を揺すったり、アフロに結った髪を突っ立たせていたりして。白人の女の子がいちばん人なつっこい。黒人の女の子は、打ち解けるのに時間がかかった。だが全員が、カリフォルニアに行く前の世界について語ってくれた。物知り顔のおしゃべり、ベル・チャイムのような笑い、とげとげした沈黙の下で、彼女たちが描写した世界はメイヴィス自身のカリフォルニア以前の生活——悲しくて、怖くて、みんな間違っている——とまったく同じだった。高校は退屈で、両親はばか、ジョンソンはぞっとするし、おまわりは豚、男はネズミ、男の子は、ど阿呆よ。

最初の女の子は、ゼインズヴィルの郊外にいた。家出娘が姿を現わし、道路脇の簡易食堂にすわって、自分の金を数えていたのは、そこだった。メイヴィスは彼女が女性用のトイレに入るのに気がついた。その後、かなり時間が経ってから出てきたとき、彼女は違う服を着ていた。今度はロング・スカートに、腿まで届く流れるようなブラウス。外の駐車場で、娘はキャデラックの助手席の窓に走り寄って、乗せてくれと頼んだ。メイヴィスがうなずくと、娘はうれしそうにほほえんで、ドアをぐいと引き開けた。少女は、名前はサンドラだがダスティと呼んでほしいと言った。そして、三十二マイルの間、しゃべり続けた。メイヴィスについては何一つ関心を持たず、ダスティはマロマーズ（マシュマロの類）を二つ食べて、しゃべりにしゃべった。たいていは首にかけた六枚の犬の鑑札の持ち主の話だった。高校のクラスで知り合った男の子や、中学のときから知っていた男の子たち。二枚の鑑札は彼らとデートしたときにもらった。残りの鑑札は、家族の人々にねだってもらってきたという——思い出の品だ。みんな死んだか、行方不明になった犬の。

メイヴィスはコロンバスを通って、女友達の家にダスティを降ろすことに同意した。彼女たちが到着したときは、小雨が降っていた。誰かがこの季節最後の芝刈りを終えていた。茶褐色の絵具を塗ったように貼りついたダスティの髪、新しく刈った芝が雨に濡れて放つ、すばらしい匂い、犬の鑑札の鳴る音、マロマーズの半分。それが、ヒッチハイカーを乗せて最初のまわり道をしたときの、メイヴィスの思い出だった。最後のハイカーをのぞくと、他の連中は順序立てて思い出すことはできない。休憩所の松の木陰のベンチにすわった男を見たのは、コロラド州だったろうか。彼は新聞を読みながら、ゆっくり、とてもゆっくり食べていた。あるいは、その前だろうか。陽光が射しているのに、寒かった。とにかくそこの近くで、彼女はライン・ストーンのブローチを盗んでいった女の子を拾ったのだ。しかし、それより前――セント・ルイス付近でだったかな？――彼女は、七〇号線の上で震えていた二人の女の子に助手席のドアを開けてやった。風雨にさらされた彼女たちのアーミー・ジャケットは、あごのまわりまできっちり留められている。皮の厚底靴、厚い灰色のソックス。相変わらず両手をポケットに突っ込んだまま、彼女たちは鼻を拭いた。遠くではないの、と彼女たちは言った。ほんの数マイル離れたところ、と彼女たちは言った。その場所、きらきら光る緑色の墓地には、公園のように人が大勢いた。一列に並んだ車がネックレスのように入り口を飾っている。グループになった人々、孤独な散歩者たち、みんなが陸軍士官学校の生徒たちにまじって、辛抱強く風にさらされていた。少女たちはメイヴィスにお礼を言って車を降り、ほんの少し走って、墓地のそばの会葬者の群れに合流した。メイヴィスは不自然なほど明るい緑色に驚いて、ぐずぐずしていた。彼女が考えていたのは、陸軍士官学校の生徒たちは本物の兵士になる――だが、若い、とても若くて、彼らの前にある墓石と同じほど新鮮に見える、ということだった。

メイヴィスがベニーを拾ったのは、そのあとにちがいない――最後のヒッチハイカーで、いちばん好きな女の子だったが、彼女のレインコートとサルの長靴を盗んだ。ベニーは自分と同じように、メイヴィスがはるばるロサンジェルスへ行こうとしていることを知って喜んだ。彼女、つまりベニーは、サンディエゴをめざしていた。ベニーは大げさな話もささやかな話も得意ではなく、よく歌った。真の愛、偽りの愛、贖いの歌、気まぐれな喜びの歌。涙を誘うものもあり、他はわざとばかばかしくしたものだった。メイヴィスもときどき、いっしょに歌ったが、たいていのときは聞き役にまわった。百七十二マイルの間、一度も聞き飽きたことはない。次から次へ何マイルもの行程が、ベニーの声の悲痛な美しさにはげまされ、和らげられて、過ぎていった。

ベニーは、ハイウェイの休憩所では食事を取りたがらなかった。メイヴィスの要望で休憩所に停まった場合は、メイヴィスが溶けるチーズやポテトフライをがつがつ食べる間、ベニーは水だけ飲んだ。ベニーは二度ばかり町の案内をして、黒人街を探した。あそこなら、「健康にいいものを」食べられるわよ、とベニーは言った。そうしたところでは、ベニーは何度も注文して、付け合わせなどをゆっくり着実に食べた。そして、いつも何かお持ち帰り分を買った。お金には注意深かったが、別に心配しているようでもなく、ガソリンを入れるたびに費用は折半した。

メイヴィスは彼女が何をしようとしているのか、ロサンジェルスでは(そうね、サンディエゴだったわね)誰に会うのか、けっして教えてはもらえなかった。「楽しくやってくのよ」というのが、メイヴィスの質問にたいする唯一の答えだった。それでいて、カンザス州のトピーカとローレンスの間で、彼女はメイヴィスの透明なビニールのレインコートとサルの黄色い長靴を盗んで、姿を消した。ふしぎだった。メイヴィスの五ドル札はまだ、シフト・レバーにゴムバンドで留めてあったからだ。彼女たちはヒッキーという名のむさくるしいレストランで、バーベキューとポテトサラダを食べ終えたところだった。ベニーの「お持ち帰り」の注文は包装ずみで、テーブルの上に載っている。「わたしがここの分は持つわ」彼女は請求書のほうにうなずきながら、言った。「あなた、出発する前にトイレに行ったら」メイヴィスが出てきたとき、ベニーとお持ち帰りのリブ肉は消えていた。「いったいどうして、わたしにわかるのよ?」というのが、ウェイトレスの答えだった。「一ペニーのチップさえ置かなかったんですからね」

メイヴィスは二十五セント白銅貨を取り出して、カウンターの上に置いた。それから車のなかで数分待ってから、なつかしい七〇号線へ戻る道を探すことにした。

キャデラックのなかにベニーが残していった沈黙は耐えがたかった。メイヴィスはラジオをつけっぱなしにしたが、ベニーの歌の一つが出てくると、ベニーより下手な歌い方を嘆きながらいっしょに歌った。

エッソのガソリン・スタンドでは、恐怖に襲われた。

トイレの鍵を返そうとしながら、メイヴィスはふと窓の外を見た。すると、向こうのガソリン・ポンプを守っている形の蛍光灯の下で、フランクがキャデラックの窓からなかをのぞきこんでいた。二週間であれほど髪が伸びるものだろうか。それに、彼の服ときたら。黒い革ジャンに、シャツはほとんどおへそのところまで開けて、金鎖をかけている。メイヴィスは縮みあがり、店員からじっと見つめられると、つまずいたようなふりをしようとした。逃げるところはない。彼女は棚にあったコロラド州の地図をかきまわした。それから、もう一度外を見た。彼はいなくなっていた。近くに車を停めて、彼女が出てくるのを待っているのだろう、と彼女は考えた。

金切り声をあげて、そんな人は知らないふりをしよう、と彼女は考えた。彼と戦って、警察を呼ぼう。車はもうミントグリーンじゃないんだから。でも、ああ、どうしよう——ナンバー・プレートは元のままだ。登録簿は彼女が持っている。彼が権利証を持ってきていたら、どうしよう。告示が出ているのだろうか。彼女は静かに立っていられなかったが、避難するところはない。それで、前に、進んだ。走るまい。つまずかないようにしよう。

頭を下に向けて、財布のなかの二十ドル紙幣を探そう。

車に戻って、係員が代金を受け取るのを待っている間、彼女はサイドミラーやバックミラーで周囲を点検した。何もない。彼女は支払いをすませて、イグニッション・キーをまわした。ちょうどそのとき、黒い革ジャンを着て、シャツの前を開いた半身が右側のミラーに映った。金鎖が蛍光灯の光を捉えている。彼女は懸命に気持ちを抑えようとしたが、キャデラックはよろめきながら、ガソリン・スタンドの外へ出た。いまでは恐怖に襲われて、何を探すのか忘れた。どこの合流点か？　右に曲がって、南に行くのだ。いや、西だ。どこから七〇号線に入るのか。でも、ここは東だ。ランプの出口は、どこだろう？

一時間後、彼女は前に二度も走った道をまた走っていた。できるだけ早くその道から出ると、幅の狭い橋と倉庫が並んだ通りに出た。とにかく二級道路のほうがいいだろう、と彼女は決めた。警官の数も少ないし、信号も少ない。信号のたびに震えながら、彼女は町の外に出た。夜になったときは、一八号線を走っていた。こうして走りに走ると、ついに、エンジンに燃料を注ぐ煙霧のほか何もなくなった。キャデラックはため息もつかねば、咳もしなかった。ただ井戸のような闇のなかで止まっただけだ。ヘッドライトはタールマカダム舗装道路を三十フィートばかり照らしている。メイヴィスはライトを消して、ドアをロックした。ほんの少し勇気を出して、と彼女はささやいた。あちこち走りまわっている少女たちのように。もし彼女たちがうろつきまわったり、車に飛びこんだり、ヒッチハイクで埋葬式に行ったり、奇妙な界隈を食べ物を探しまわったり、たった一人で、またはお互い同士だけで守りあって進んでいけるとしたら、きっとわたしだって、闇のなかで朝を待つことはできるはずだ。彼女は大人になってからずっとそんなことをやってきたし、真昼間がいちばんよく眠れるのだった。その上、結局、十代の娘ではない。二十七歳になる母親で……

アーリー・タイムズは役に立たなかった。涙があごを濡らし、首筋から這いこんだ。最終的なアーリー・タイムズの功績は、彼女を寝入らせたことだけだった。

メイヴィスは口がフェルトになったような感じがして、目がさめた。醜く、目の焦点も定まらず、何でもむさぼり食べたい気持ちだった。太陽が赤い西瓜に似て、食べられそうに見えたからだ。彼女を包んでいるけばけばしく青い地平線は、誘いもせず、非難もせず、十億マイルもの間、何一つない空漠さに支えられていた。

選択の余地はない。彼女はダスティが教えてくれた通りに用を足し、車に帰って、別の車が通りかかるのを待った。ベニーは利口だった。彼女はソースの滴る食べ物の箱を持たないでは、どこにも出発しなかったから。メイヴィスは、自分の馬鹿さ加減が乾いた麻袋のように頭の上にかぶさってくる感じがした。アメリカを横断することもできない大人の女。二十分以上にわたる計画も立てられない女。雑草で体を拭くことさえ教えてもらわねばならず、あんまり愚かなので、赤ん坊の息ができるように車の窓を開けておくことさえしなかったばか女。いまでは近づいてくる金鎖からどうして逃げたのか、その理由さえわからなくなっていた。フランクの言う通りだ。最初の最初から、彼女について彼が言ったことは絶対に正しかった。つまり、地球上でいちばん頭の悪い雌犬だった。

待っている間、どんな車もトラックもバスも近づいてはこなかった。彼女はうとうとしたあと、恐ろしい思いがして目がさめ、再びうとうとした。突然、はっきりと目がさめ、すわり直して、飢え死にはしまいと心を決めた。街道を行く娘《ロード・ガール》たちだったら、漫然とそこにすわっているだろうか。ダスティは？　ベニーは？　メイヴィスは周囲を仔細に眺めた。十億マイルの間何一つないと思われたのに、遠くに木立が見える。これは雑草か、何かの作物だろうか。あらゆる道路はどこかへ通じているのではなかったか。メイヴィスは財布を持ち、レインコートを探して、それがなくなっていることに気がついた。「ちくしょう！」と彼女は叫んで、ドアをバタンと閉めた。

午前中はずっと、同じ道路を歩いていた。太陽がいちばん高くなったとき、彼女はもっと狭い道に入った。そこが陰になっていたからだ。そこもまだタールマカダム舗装道路だったが、二台の車が路肩を使わないで通るだけの広さはない。道路脇の木々が尽きたとき、前方左手に一軒の家が見えた。小さい家らしく、近そうに見えたが、しばらくすると、そのどちらでもないことがわかった。そこへ行くには、何エーカーものトウモロコシ畑を通り抜けねばならなかった。家の裏側が見えているのか、宅地内車道がないのか、どちらかだ。近づくにつれて、家は石造り――たぶん、砂岩だろうが、年月のせいで黒ずんでいる――であることがわかった。最初、窓がないように思われたが、やがて彼女はポーチのはじまりを見分けることができ、一階の大きな窓の反射が見えた。右手にぐるりとまわると、玄関のドアではなく、横手にまわる宅地内車道がちらと見える。メイヴィスは左に曲がった。ポーチに近い芝生は手入れがしてあった。石段の両側の頂部装飾は鉤爪でしっかり支えられている。メイヴィスは石段をのぼり、ドアをノックした。返事はない。車道側にまわると、野菜畑の端に赤い木製の椅子に腰かけている女性が見えた。

「すみません」メイヴィスは、口のまわりを両手でメガフォンのように囲って、叫んだ。

女はこちらを向いていたが、どこを見ているのか、メイヴィスにはわからなかった。サングラスをかけていたからだ。

「すみません」メイヴィスは近寄った。もう叫ぶ必要はない。「ずっと向こうで、エンジンが止まっちゃったの。誰か助けてくれませんか。電話をかけたら、来てくれるところがありますか」

女はエプロンの端を両手で引き寄せながら立ち上がって、こちらへやってきた。彼女は小さな白い花模様がついた黄色い木綿の服を着ていた。帆布のように見えるエプロンの下には、かわいいボタンがついている。ローヒールの靴には靴紐がなかった。頭にはつばの広い麦藁帽子をかぶっている。太陽がじりじり照りつけ、熱風が巻き起こって、帽子の縁をひるがえした。

「ここには電話はないね」と彼女は言った。「お入り」

メイヴィスは彼女のあとにしたがって、台所に入った。そこで女は、レンジのそばの箱のなかにエプロンからペカンを落とし入れ、帽子を脱いだ。二本のハイアワサ編みにした髪が、両肩に垂れた。それから彼女は靴をするりと脱ぎ、煉瓦をかませてドアを開けたまにしてから、サングラスを取った。台所は広く、いい匂いがたちこめ、一人住まいの女の乱雑さが見てとれた。メイヴィスのほうに背中を向けたまま、彼女は訊いた。「あんた飲んべえなの？」

酒を出そうとしているのか、くれと言っているのか、メイヴィスにはわからなかった。

「いいえ、飲んべえじゃないわ」

「ここじゃ、嘘は許されないのよ。ここでは、本当のことなら何でもいいんだけど」

びっくりして、メイヴィスは、掌に息を吹きこんだ。「あら、ちょっと前には夫のお酒を少し飲んだけど、いわゆる飲んべえじゃないわ。わたしはただ、そうねえ、疲労困憊してるだけ。ずいぶん長いことドライヴして、それからガソリンが切れちゃったから」

女はレンジの火をつけるのに懸命になっていた。編み髪が前に落ちてきた。

「あなたの名前を訊くのを忘れてたわ。わたしの名はメイヴィス・オールブライトよ」

「みんなは、わたしをコニーって呼ぶわ」

「コーヒーがあったら恩に着るわ、コニー。コーヒーがあれば、の話だけど」

コニーは振り向きもせずに、うなずいた。

「あなた、ここで働いているの？」

「ええ、働いてるわ」コニーは胸の上から編み髪を持ちあげ、肩の後ろに落とした。

「ここにご家族がいらっしゃるの？　わたし、ずいぶん長い間ノックしたみたい」

「家族はいないわ。二階に女性が一人いるだけよ。彼女はその気があってもドアには出てこれないし、出る気もないわ」

「わたし、カリフォルニアに行くつもりだったの。車にガソリン入れるのを手伝ってくれる？　ここから出る道も教えてくれる？」

女はレンジのところで、ため息をついたが、返事はしなかった。

「コニー？」

「考えてるのよ」

メイヴィスは台所を見まわした。台所は彼女の中学校のカフェテリアと同じほど大きく見え、同じような木製のスウィング・ドアがついていた。彼女は、これらのドアの向こうにある部屋また部屋を思い描いた。

「あなたがた、こんなところに二人きりでいて怖くないの？　外は何マイルもの間何もないように見えるけど」

コニーは笑った。「怖いものは、いつも外にいるとはかぎらないのよ。怖いものはたいてい、心のなかにいるわ」彼女は鉢を持ってレンジから向きなおり、それをメイヴィスの前に置いた。メイヴィスは絶望して、湯気を立てているじゃがいもを見つめた。その上でバターの塊が溶けている。ゆうべ飲んだアーリー・タイムズのせいで空腹が嘔吐感に変わったが、彼女はありがとうと言って、コニーの手からフォークを取った。とにかく、コーヒーは飲めそうだった。

コニーは彼女の隣にすわった。「たぶん、わたしがいっしょに行ってあげられるわ」と彼女は言った。

メイヴィスは顔をあげた。サングラスをかけていない女の顔を見たのは、それが最初だった。彼女は急いで食べ物のほうに視線を戻して、フォークで鉢をつついた。

「あんたとわたし、二人でカリフォルニアに行くってのはどう？」

メイヴィスは女の微笑を感じたが、それに面と向きあうことはできなかった。じゃがいもを温める前、この女は手を洗っただろうか。彼女はペカンではなく、クルミの匂いがした。「ここで、どんな仕事をしているの？」メイヴィスはむりして、じゃがいもの小片を味わった。しょっぱい。

「海のそばなの、カリフォルニアは？」

「ええ、海岸に沿ってるわ」

「もう一度海を見るのはすてきだろうねえ」コニーはメイヴィスの顔をじっと見つめた。

「波また波また波。大きな海。青、青、青でしょ？」

「みんなそう言うわね。さんさんと陽光の注ぐカリフォルニア、海岸、オレンジ……」

「たぶん、わたしには日当たりがよすぎるわね」コニーは急に立ち上がって、レンジのところへ行った。

「ここよりも日当たりがよすぎるってことはないわ」バター、塩、トウガラシをすりつぶして、じゃがいもに混ぜこんであるのは、それほど悪くはなかった。メイヴィスはすばやく食べていた。「何マイルも走って、ほんのちょっとの陰もないんだから」

「その通りね」とコニーは言った。彼女はコーヒーのカップ二つと蜂蜜の壺をテーブルの上に置いた。「世界には陽の光が多すぎるわ。悩んじゃう。これ以上は浴びられない」

台所のドアから微風が吹きこみ、食物の匂いをもっと甘い香りに変えた。メイヴィスはコーヒーが出たらがぶ飲みしようと思っていたが、塩気のきいた熱いじゃがいもで満足したので、がまん強くなっていた。それで、コニーを見習って、蜂蜜をスプーンですくってカップに入れ、ゆっくりかきまわした。

「どうすればガソリンが手に入るか、何かいい案を考えてくれた？」

「しばらく待ちなさいよ。たぶん今日。明日かもしれない。誰かが買い物にきてくれるから」

「買う？　買うって何を？」

「菜園のものよ。わたしが料理したもの。みんなが自分では育てたくないもの」

「そして、そのうちの一人が、わたしをガソリン買いに連れていってくれるの？」

「もちろん」

「誰も来なかったら？」

「いつだって来るわよ。いつも誰かが来る。毎日。今朝だって、すでにトウモロコシ四十八本とトウガラシをまるまる一ポンド売ったわ」彼女はエプロンのポケットを叩いた。

そっとカップを吹きさましながら、メイヴィスは台所のドアのところに行って、外を眺めた。最初ここに着いたときは、家に誰かがいたのがあんまり嬉しかったので、庭を仔細に見る余裕がなかった。いま彼女は、赤い椅子の後ろに花々が何列もの野菜のなかに混じっていたり、並んでいたりするのを見た。ある場所では、土を高く盛ったところに支柱をかった植物が線ではなく環を描いて育っていた。見えないところで若鶏がコッコッと鳴いている。最初彼女が雑草ばかりだと思った庭の一部は、近くで眺めると、メロン畑だった。その向こうは、トウモロコシ帝国だ。

「あれをみんな、あなた一人でやってるんじゃないでしょ？」メイヴィスは庭を指す仕草をした。

「トウモロコシをのぞけば」とコニーは言った。

「あらまあ」

コニーは朝食の鉢を流しに置いた。「顔を洗いたいでしょ？」

スウィング・ドアの向こうにずらりと並んでいると想像していたたくさんの部屋が怖くて、彼女は浴室へ行きたいと言い出しかねていた。ここの台所にいれば安全だ。台所を出ると思うと、不安になった。「誰かが来るかどうか、待ってみるわ。それから、きちんと身じまいするつもり。ひどい恰好してるのはわかってるけど」彼女はほほえんだ。断ったことが不安のしるしに見えないように願いながら。

「好きにすれば」とコニーは言って、サングラスをかけ、不恰好な靴をはいて庭に出るとき、メイヴィスの肩を叩いた。

一人になると、大きな台所は居心地が悪くなりはしないかとメイヴィスは思ったが、そうはならなかった。実際、台所に子供たちが――そのうちの二人はマールとパールだった――いっぱいいて、笑ったり、歌ったりしているという周辺的な感覚があった。その印象を追い払おうと固く目をつぶると、かえってその感覚が強まった。彼女が目を開けると、コニーがそこにいて、三十二クォート入りの籠を床の上に引きずっていた。

「さあさあ」と彼女は言った。「役に立つことをしてみたら」

メイヴィスはペカンに顔をしかめ、コニーが集めてきたクルミ割りや、爪楊枝や、鉢を見て首を横に振った。「だめだめ」と彼女は言った。「お手伝いのできる何かほかのものを考えてよ。そんなものの殻むきしてたら、気が狂っちゃう」

「狂ったりしないから。やってごらんよ」

「うー。わたしにはできない」メイヴィスは、コニーが道具を揃えるのを眺めた。「新聞紙を下に敷かないの？　お掃除が簡単でしょ」

「この家には新聞紙はないのよ。ラジオもないわ。わたしたちが知ることのできるニュースは、誰かが面と向かって話してくれるものだけ」

「いいじゃないの」とメイヴィスは言った。「この頃のニュースときたら、最低のものばかり。とにかく、どうしようもないんだから」

「あんたはあきらめが早すぎるわ。あんたの爪を見てごらん。強くて、鳥の爪みたいに湾曲してるじゃないの——完璧なペカン用の爪よ。そんな指の爪は、剝くたびに果肉を完全に取り出すことができるのよ。きれいな手ね。それでいて、あんたはできないって言う。気が狂うなんて。立派な爪が役に立ってないのを見ると、こちらのほうが狂っちゃう」

あとで、急に美しくなった自分の手がペカンを剝くのを見ていると、メイヴィスは六年級の教師が本を開くさまを思い出した。冊子の角を持ちあげ、端を撫でてしおりに触れ、頁を愛撫してから、指の先で並んだ活字をたどるのだ。彼女を見ていると、腿が溶けてくるような感じがした。いま、ペカンを剝きながら、彼女は優雅さを犠牲にしないで手の動きを節約しようとしていた。コニーは、メイヴィスにこの半端仕事をはじめさせたあと、

「マザーの具合を見に」行かなければならないと言って、出ていった。テーブルの前にすわり、ドアからの風が運んでくるいい匂いを嗅ぎながら、メイヴィスはコニーの母親はいくつなのだろうかと思った。娘の歳から判断すると、九十にはなっているはずだ。また、顧客が来るまでどのくらいかかるだろうか、とも考えた。まだ、誰もキャデラックにさわってないだろうか。どのガソリン・スタンドに行くかわからないが、そこで、なつかしい七〇号線に、または二八七号線でもいい、そこへ戻る道を示す地図が見つかるだろうか。それから北のデンヴァーに行こう。それから、さっと西へ行く。運がよければ、夕食までには出発できるだろう。運が悪ければ、朝出発してもいい。とにかく、コンクリートの道に戻って、カーラジオに耳を傾ける。カーラジオがあったからこそ、何時間ものノンストップのドライヴの間――二本の指がもっといい歌、もっとすてきな声を探していらいらとダイヤルをまわしながら――ベニーが残していった沈黙を乗り切れたのだ。いま、そのラジオは野原を越え、一本道路をくだり、さらにもう一つの道路をえんえんとたどった、はるか彼方にある。遠い。その音があるはずの空間には……何もない。ただの空虚だ。ラジオがつくりあげてくれるありがたい歓びがなかったら、あの空虚さのなかにちゃんとすわっていることはできなかっただろう。忙しく働く自分の指に感心しながらすわっているテーブルから、ラジオのないわびしさが迫ってきた。静かでひそやかな火が息をして、火勢を増す音を吐きだしている。殻の割れる音、果肉が鉢のなかに落ちる小さな音、どんな場合にも役立つ調理用具、昆虫のささやき、長い草の議論、トウモロコシの茎が立てる遠いしわぶき。

平和だった。だが、彼女はコニーが戻ってきてくれればいいと思った――赤ん坊が歌っているような気がして、ぎくっとしなくてすむように。ちょうどコニーの不在が長すぎるように思われたとき、メイヴィスは砂利を嚙む車の音を耳にした。それから、ブレーキのかかる音。ドアの閉まる音。

「こんにちは」気軽で、くつろいだ女の声。

メイヴィスが振り向くと、黒い肌の女が目に入った。しなやかで、すばやい身のこなしが石段をのぼり、期待しなかったものを見て立ちすくむ。

「あら、ごめんなさい」

「いいんです」とメイヴィスは言う。「彼女は二階よ、コニーは」

「あら、そう」

この女は、とても注意深くわたしの服を見ているわ、とメイヴィスは思った。

「あら、すてき」彼女はテーブルに近づきながら、言った。「本当にすてき」彼女はペカンの鉢に指を突っこんで、いくつかすくい取った。メイヴィスは彼女がそれを食べると思ったが、女はペカンの山の上にそれを落とした。「ペカンパイがなかったら、感謝祭なんてできないんじゃない。全然ね」

どちらの女も裸足の足がピタピタ歩いてくる音を聞かなかった。スウィング・ドアは音がしなかったので、コニーは幽霊のように入ってきた。

「まあ、コニー！」黒人の女は両手を広げた。コニーはその腕に入り、二人は体を揺らしながら、長い間抱擁しあった。「わたし、この人を死ぬほど怖がらせたわ。これまで一度も、知らない人がこの家のなかにいるのを見たことがないんですもの」

「はじめてのお客さんよ」とコニーが言った。「メイヴィス・オールブライト。こちらはソーン・モーガンよ」

「こんにちは、ハニー」

「モーガン、ミセス・モーガンよ」

メイヴィスの顔は赤くなったが、とにかく彼女は微笑して、言った。「すみません、ミセス・モーガン」そして、一方では、女の高価なオクスフォード（外出用の浅い靴）、透き通った靴下、ウールのカーディガン、ドレスの仕立て——夏向きの淡青のクレープで、白い襟がついている——を観察した。

ソーンはかぎ針編みのバッグを開いた。「ほら、また持ってきてあげたわよ」と彼女は言い、飛行士風のサングラスを掲げてみせた。

「よかった。一つしか残ってないから」

ソーンはメイヴィスのほうをちらと見た。「彼女はサングラスを食べるのよ」

「わたしじゃない。この家が食べるの」眼鏡のつるを耳の後ろに合わせながら、コニーは戸口で黒いレンズを試してみた。彼女はまっすぐ顔を太陽のほうに向け、それから挑戦的な響きをこめて「はあ！」と叫んだ。

「誰かが殻むきペカンを注文したの、それとも、これはあなたの考え？」

「わたしの考えよ」

「パイがたくさん作れるわね」

「パイ以上のものが作れるわ」コニーは流しの水道栓の下でサングラスをすすぎ、ステッカーを剝がした。

「別に聞きたくはないから、話さないでいいわ。わたしが来たのはなぜか、わかってるでしょ」

コニーはうなずいた。「この女の人のために自動車用ガソリンを手に入れてくれない？　彼女を連れていって、連れて帰ってくれる？」彼女は新しいサングラスを拭いて、磨いて、くもりやタオルの糸くずはついていないか、調べていた。

「あなたの車はどこにあるの？」ソーンが訊いた。その声には驚きがこもっている。革紐サンダルをはき、皺だらけのスラックスに子供用の汚れたスエットシャツを着た人間が車を持っていようとは思わなかった、というように。

「一八号線」とメイヴィスは言った。「ここまで歩いてくるのに何時間もかかったわ。でも車のなかには……」

ソーンはうなずいた。「喜んで。でも、あなたを連れて帰るのは、誰か他の人に頼まなきゃならないわ。連れて帰ってあげたいんだけど、用事がありすぎるのよ。息子が二人とも休暇で帰ってくるから」誇らしげに、彼女はコニーを見た。「あっという間に家がいっぱいになってしまう」それから「マザーの具合はどう？」

「長くはないね」

「本当にデンビーかミドルトンへ入れなくてもいいの？」

コニーは飛行士風サングラスをエプロンのポケットにすべりこませて、食料貯蔵室のほうへ行った。「病院じゃ、一回しか息をしないだろうね。二度目は最後の息になるから」

コニーがペカンの籠の天辺に置いた小さな袋は、手榴弾かもしれない。オールズモービルの座席の上のメイヴィスとソーン・モーガンの間に置かれた布製の包みは、ただならぬ緊張感を放っていた。ソーンは、それがそこにあることを確かめるように、たえずそれに触れている。台所での気楽なおしゃべりは消えた。突然、杓子定規になってソーンはわずかしか口を利かず、メイヴィスの質問には最少限の答え方をして、自分のほうからは何も訊かなかった。

「コニーは親切な人でしょ？」

ソーンは彼女を見た。「ええ、親切よ」

二人は二十分ほど走った。ソーンは、どんなにわずかでも道の登りや曲がりでは慎重になった。何かを見張っているように見える。彼女たちは何もない荒野の真ん中のポンプ式ガソリン・スタンドに停まって、片足を引きずりながら窓のところに来た男に運搬用のガソリンを五ガロン頼んだ。長い沈黙をはさみながら、五ガロン缶について議論が闘わされた。男はメイヴィスに支払ってもらいたがったが、彼女は車のタンクにガソリンを入れに戻ってきたとき、借りを払うと言った。男は疑っていた。ついに、彼らは二ドルの前金を入れることで折り合った。ソーンとメイヴィスは走り去り、別の道路に入って、一時間と思われるほど東に向けて走った。装飾的な木の標識を指して、ソーンは言った。「ほら、着いたわ」標識には、天辺に〈ルビー、人口三六〇〉、いちばん下に〈ロッジ一六〉と書いてある。

この小さな町についてのメイヴィスの第一印象は、まるで誰も住んでいないみたい、なんて静かなところだろう、ということだった。一軒の飼料店と貯蓄貸出銀行をのぞけば、それとわかるほどのビジネス街はない。彼女たちは幅の広い通りを走り、教会やパステルカラーの家々の前の、きらきら光るほど刈りこまれた広大な芝生のそばを通りすぎた。大気はいい香りがする。木々は若かった。ソーンは、家々より広い、雪のように蝶々が留まっている花庭のある脇道へ折れた。

ソーンの車のなかでは、五ガロン缶の匂いはすさまじかったが、男の子のトラックのなかでメイヴィスの足元に立てかけてあると、他の匂いと区別がつかなかった。メイヴィスがソーン・モーガンに頼めなかったこと、つまりラジオのスイッチを入れること、を彼が進んでやってくれなかったら、膠と油と金属がごっちゃになったような匂いで吐きたくなっただろう。ディスク・ジョッキーはまるで家族か親友が作ったかのように、曲を紹介した。ソロモン・バーク、オーティス・レディング、ダイナ・ワシントン、アイク&ティナ・ターナー、ダコタ・ステイトン、テンプテーションズ。

跳びはねながら走っているうちに、メイヴィスは気が晴れてきて、音楽と一部を剃り上げた青年の頭を楽しんだ。彼はソーンより愛想がよかったが、話題が豊富なわけでもなかった。彼らは〈ルビー、人口三六〇〉から数マイル離れたところを走っており、《ジェット》誌のトップ二十曲のうちの七番目の曲を聞いていた。そのときメイヴィスは、ガソリン・スタンドの男以外に白人は一人も見なかったことに気がついた。

「この町には白人はいないの?」

「住民にはいないね。ときどき仕事では来るけどな」

キャデラックのところへ行く途中、遠くに館がちらと見えたとき、彼が訊いた。「あそこは、どんなところかね」

「わたし、台所にいただけよ」とメイヴィスは答えた。

「あんな大きな場所に、年取った女の人が二人いるだけだよ。まともとは思えないな」

キャデラックは無事だったが、とても熱かったので、青年はガソリン・タンクのキャップをはずす前と後、指をなめた。それにとても親切で、彼女のためにエンジンをかけてくれ、乗る前にしばらく車のドアを開けておけと言った。メイヴィスは苦労しないでも彼に金を受け取ってもらうことができた——ソーンは怖気をふるって断わった——そして、彼はラジオの《ヘイ、ジュード》の歌といっしょに走り去った。

運転席にすわり、エア・コンディションの冷たい空気で涼みながら、メイヴィスは青年のトラックのダッシュボードでラジオ放送局の周波数を確認しておかなかったことを悔やんだ。彼女はコニーの家までキャデラックを走らせながら、ダイヤルをまわしたがむだだった。それから駐車した。それ以来、内出血のように濃い色のキャデラックは、二年間そこに留まった。

男の子がエンジンをスタートさせたとき、すでに日没になっていた。彼女は、彼に方角を訊くことを忘れていた。また、二ドル前金を置いたガソリン・スタンドのある場所も思い出すことができず、暗闇のなかで探すのもいやだった。その上、コニーは詰め物をした鶏を焼いていた。しかし、一晩泊まる決心をしたのは、おもにマザーのためだった。

真ん中の白さは目がくらむほどだった。メイヴィスは、枕とボーンホワイトのシーツの間に横たわっている形を見分けるのに、しばらくかかった。威厳のある声が「見つめるんじゃないよ、お若いの」と言わなかったら、彼女はもうしばらく目が見えなかったかもしれない。

コニーはベッドの裾にかがみこんで、シーツの下に手を伸ばした。右手で彼女はマザーの踵を持ちあげ、左手でその下の枕をふくらませた。それから「足の爪を切ってあげなくちゃ」とつぶやきながら、もう一度そっと足を下ろした。

メイヴィスは闇と光に目が慣れてくると、病気の女性にしては小さすぎる――子供のベッドに近かった――ベッドの形と、それを包む闇の縁に置いてあるさまざまなテーブルや椅子を見ることができた。コニーはテーブルの一つから何かを選り分け、患者を丸く取り囲んでいる光のなかにかがみこんだ。メイヴィスは彼女の動きを追って、病める女の頭のあたりを包んでいる白い布よりさらに白い顔の唇に彼女がワセリンを塗りこむのを見つめた。

「これよりいい味がするものが、あるでしょうに」とマザーは言い、舌の先で油を塗った唇をなめた。

「食べ物ならあります」とコニーは言った。「少し食べますか」

「いや」

「チキンを少しなら?」

「いいえ。おまえさんがここに連れてきたのは誰？　どうして誰かをここに連れてきたの？」

「言ったじゃないですか。車を持ってる女の人が助けを求めてる、って」

「あれは昨日だった」

「いいえ、違います。わたしが言ったのは今朝ですよ」

「そう、じゃあ何時間も前だったね。でも、誰がわたしのプライヴァシーを邪魔してもいいって言ったの？　いったい誰が言ったの？」

「当ててごらんなさい。誰って、あなたよ。頭皮をマッサージしましょうか」

「いまはいい。あなたの名前は何ていうの？」

メイヴィスは自分の立っている闇のなかから、名前をささやいた。

「もう少しそばにお寄り。わたしの真上に来なくては、何も見えないんだからね。まるで卵の殻のなかに住んでるみたいで」

「彼女の言うことは無視しなさいね」とコニーが言った。「宇宙にあるものは、みんな見てるんだから」彼女は椅子をベッドのそばに引き寄せて、腰を下ろし、老女の手を取って、一本一本曲がった指の甘皮を撫で整えた。

メイヴィスは近づいて光の輪のなかに入り、ベッドの足元の金属の枠に手を置いた。

「いまは、大丈夫かい。車は動くようになったの？」

「ええ。大丈夫です。ありがとう」

「おまえさんの子供たちは、どこにいるの？」

メイヴィスは話すことができなかった。

「昔は、ここに大勢の子供たちがいたんだけど。ここは、学校だったのよ。美しい学校。女子校、インディアンの女の子たちの」

メイヴィスはコニーのほうを見た。しかし、コニーが見返したとき、メイヴィスは急いで目を伏せた。

ベッドのなかの女はかすかに笑った。「むずかしいでしょ」と彼女は言った。「あの目をのぞくのは。わたしが彼女をここに連れてきたときは、芝生のような緑色だった」

「そして、あなたの目は青かった」とコニーが言った。

「まだ青いよ」

「あなたがそう言うのよ」

「じゃあ、どんな色？」

「わたしと同じ色——老女の褪せた色よ」

「鏡をちょうだい」

「何もあげないで」

「まだわたしが、ここの責任者なんだよ」

「確かに、その通りです」

三人全員が、白い指をさすっている褐色の指を眺めた。ベッドの女はため息をついた。

「わたしをごらん。一人ではちゃんとすわれないのに、最後まで傲慢なんだから。神様はさぞかし大笑いしておいでだろうね」

「神様は笑わないし、遊びもしませんよ」

「しますとも。おまえさんは神様のことを何でも知ってるんだね。今度神様に会ったら、女の子を入学させるよう言っておくれ。彼女たちは戸口に大勢固まってるくせに、入ってはこないんだから。昼間は気にしないけど、夜はあの子たちに邪魔されて眠れないねえ。食べるものはちゃんと、あげてるんだろうね？　いつも、とてもお腹をすかせているんだから。食べ物はたくさんあるんだろ？　あの子たちの好きな四角いフライみたいなものじゃなくて、熱くて、おいしい食べ物をおあげ。冬はとても寒くて石炭が要るんだよ荒野の木々を燃やすのは罪だから昨日は雪が降りこんだドアの下から願わくば恵みもて我らの日《クアエスムス・ダー・プロピティウス・パーチエム》日に平安を与えたまえ《・イン・ディエーブス・ノストリース》シスター・ロベルタが玉葱を剝いていたねまた罪よりつねに我らの《エト・アー・ペッカートー・シ》解き放たれてあらん《ームス・センペル・リーベリー》ことをおまえさんはできないのあらゆる惑いに妨げられることなく《アブ・オムニー・ペルトゥルバティオーネ・セークーリー》……」

コニーはマザーの手をシーツの上に組ませて、立ち上がり、メイヴィスにあとについてくるように合図した。それからドアを閉め、二人は廊下に出た。

「彼女はあなたのお母さんだと思ったわ。あなたの話し方のせいで、あなたの本当のお母さんだと思ってた」二人は幅の広い中央の階段を降りていた。

「わたしのお母さんよ。あんたのお母さんでもあるの。あんたは誰のお母さん？」

メイヴィスは答えなかった。話すことができなかったからということもあるが、他方では、電気のない家のなかで、いったいマザーの部屋の光はどこから来ていたのか、思いだそうとしていたからだった。

ロースト・チキンの夕食のあと、コニーはメイヴィスを大きな寝室に連れていった。その四つの寝台のうち、彼女は窓にいちばん近い寝台を選んだ。そして、窓辺にひざまずいて外を眺めた。そこにかかっている月の代わりに、ミルク色の二つの月があったら、ちょうどコニーの目のように見えるだろう。その下には、掃き清められた世界があった。裁かず。小綺麗で。ゆたかで。永遠の。

カリフォルニア、どの道？

メリーランド、どの道？

マール？　パール？

その夜、彼女を食べてしまったライオンの子は、茶色の代わりに青い目をしていた。そして、今回は彼女を押し倒す必要はなかった。ライオンが左足で彼女の肩をまわしたとき、彼女は自分から頭を後ろに反らせて、のどを噛みやすいようにしてやった。また、一生懸命この夢から逃れようともしなかった。その一噛みは汁気が多く美味だったが、彼女はそれも、他の出来事も眠り通して、ついに歌声で目がさめた。

メイヴィス・オールブライトは修道院を出たり入ったりしたが、いつも戻ってきた。それで、一九七六年には、そこにいた。

その七月の朝、彼女はもう何カ月もの間、修道院と町との険悪な空気に気づいていた。だから、トラックいっぱいの男たちが霧のなかをうろつく事態を、予期することはできたはずだった。しかし、他のことを考えていた。刺青をした水夫や、エメラルドの水のなかで水浴びしている子供たちのことを。そして、前夜の歓楽に疲れはて、眠りのなかに入ったり出たりしながら漂っていた。一時間後、学習室から若雌鶏を追い出そうとしていたとき、葉巻の煙とかすかなアクァ・ヴェルヴァの匂いを嗅いだ。

グレイス

歩道が燃えていたのか、彼女が靴のなかにサファイアを隠していたのか、どちらかだった。K・Dはこれまで女がそんなに小股で気取った歩き方をするところや、体を左右に振りながら歩くのを見たことがなかったので、すべてのトラブルのもとはその歩き方にあると思った。オーヴンのところでぶらぶらしていた彼も彼の友達も、彼女がバスを降りるところは見なかった。しかし、バスが走り去ったとき、忽然と彼女が現われていた——彼らのいる場所から通りを横切ったところに。ズボンはピチピチ、ヒールはあまりにも高すぎ、イヤリングは大きすぎたので、髪型を笑うのを忘れたほどだ。彼女は一九四九年以来見かけない、ばか高いブロック・ヒールで小股に歩きながら、セントラル街を横切って彼らのほうへやってきた。

彼女は急ぎ足で歩いていた。真っ赤に焼けた石炭の上を歩いているのか、さもなければ、足指のところに何かが刺さって痛いとでもいうかのように。何か貴重なものだろう、とK・Dは考えた。でなければ、彼女はそれを取りのけたはずだから。

彼は食堂を通って、道具箱を運んできた。サイドテーブルの上の籠からは、細幅のレースがこぼれている。ソーンおばは囚人のように針仕事をしていた。毎日、規則的に、無料で、使いきれないほどのレースを作るのだ。外の、裏手の、左手にまわっている庭は、草一本なく、みごとに耕されている。K・Dは右に曲がって、小屋のほうへ行き、中に入った。コリー犬は、彼を見て嬉しそうに騒ぎたてた。グッドをすわらせるには、その上にまたがらねばならなかった。指に触れる彼女の耳は柔らかく、樟脳に浸した木綿で耳を拭く彼の手際は熟練している。ダニがコーヒーかすのように落ちてきた。彼が掌を彼女のあごの下に入れると、彼女は彼のあごをなめた。もう一匹のコリー犬のベンは、前足の上に頭を乗せて、眺めている。スチュワード・モーガン牧場で暮らすのはいいが、犬はダニなど厄介な荷物を背負いこむことになった。彼らは一年に二度、数日間ルビーに来てK・Dに世話をしてもらわねばならなかった。彼は箱から毛梳きブラシを取り出した。グッドの毛の奥深くブラシを入れ、なめらかに毛を梳きながら、モータウン流の裏声で、彼女が子犬だったときに作ってやった歌を歌う。「へーい、グッドのいい子ちゃん、いい子にしてろ、グッド・ドッグ、グッド・ドッグ。ぼくのかわいいグッドちゃん、みんながほしい、グッグッド・グッド・グッド・ドッグ。みんながほしい、グッド、グッド・グッド・グッド・ドッグ」

グッドはうれしくて、伸びをした。

今晩、当事者だけが集まる予定だった。当事者全員が。すなわち、すべてを始めた張本人だけをのぞいて。彼のおじ、ディークとスチュワード。マイズナー師。アーネットの父親と兄。彼らは平手打ちについての議論はするが、妊娠のことは議論しない。靴にサファイアを隠している女について議論しないことは、確かだ。

彼女がいなかったとしたら。彼女のおへそがジーンズのウエストからのぞいていず、彼女の胸がおとなしくしていたとしたら。彼らが行動の仕方――どんな態度を取ればいいか――を考えだすまでの数秒間、胸がおとなしくしていさえしたら。人前で、女の子たちがまわりにたむろしていなければ、彼らにはわかったはずだ。グループとして、直ちに正しい態度が取れただろう。しかし、アーネットがそこにいて、泣き言を言っていたし、ビリー・デリアもいた。

K・Dとアーネットは、他の人々からは離れていた。話し合うためだ。彼らはピクニック用ベンチとテーブルの後ろにあるシンオークの木立の近くに立っていた。彼の考えでは、これ以上ないほどむずかしい話し合いをするために。アーネットが言ったのは、「じゃあ、この件を、あんたどうするつもり？」ということだった。彼女が言いたいのは、わたし、九月にラングストンに行くのよ、そして、妊娠していたくないし、かと言って、中絶もいや、結婚するのもいや、独りでつらい思いをするのも、家族に直面するのもいや、ということだった。彼はこう言った。「じゃあ、きみはこれをどうするつもりなんだね？」心で考えていたのは、きみはおぼえていられないほどたくさんの社交の場で、ぼくを追いつめ、ついに同意したら、きみのズロースを引き下げる必要さえなかった、きみが機先を制したんだから、これはぼくの問題じゃないね、ということだった。

バスが走り去ったとき、二人は脅しを隠したり、お互いの嫌悪感を出しあったりしはじめたところだった。みんなの頭が、すべて、そちらを向いた。第一に、彼らは町で一度もバスを見たことがなかったからだ——ルビーは、どこか他のところへ行く途中の停留所ではなかった。第二に、どうしてバスが停まったのか、見るためだった。バスが走り去ったとき、学校の校舎とホーリー・リディーマー教会の間の路肩に立っていたものの光景は、オーヴンのまわりでぶらぶらしていた人々全員の注意をしっかりと惹きつけたのだ。彼女は口紅をつけてはいなかったが、百五十フィート離れたところからでもその目は見ることができた。一同の上に降りた沈黙は永遠に続くかと思われたが、そのときアーネットが沈黙を破った。

「あれが、あんたのお望みの売春婦なら、飛んでいきなさいよ、ニガー」

K・Dはアーネットの清潔なシャツウエストドレスから額に落ちた前髪、それから彼女の顔——すねて、からんで、非難している顔——を見て、顔を平手で打った。さっと変わった彼女の表情を見れば、打っただけの甲斐はあったというものだ。
誰かが「おう！」と言ったが、たいていの彼の友達は、彼らのほうへ近づいてくる超魅力的な乳房の品定めをしていた。アーネットは逃げた。ビリー・デリアも。しかし、さすがに親友らしく振り返って、むりやり地面を見たり、明るい五月の空を仰いだり、自分の爪の長さを見つめたりしている彼らの姿を見た。

グッドの手入れは終わった。彼女の腹の毛はほんの少し刈ってやってもいいだろう――毛のもつれをほどくには刈るしか方法がない――だが、彼女は美しい。K・Dはベンの毛の手入れをはじめ、その間アーネットの家族にたいする弁明の下稽古をしていた。彼がこの出来事をおじたちに話したとき、二人は同時にしかめ面をした。表情はともかく、仕草はまるで鏡像のようだった。ディークは葉巻に火をつけたのにたいして、スチュワードは新しいブルー・ボーイを吐き出した。おじたちはいかに嫌悪感を抱こうとも、彼やモーガン家の金を危うくするような解決策の交渉はしないことを、K・Dは知っていた。祖父が双子にディーコン（助祭）とスチュワード（執事）という名をつけたのは、理由があってのことだった。また、彼らの家族が二つの町を興し、白人の法律や、クリーク同盟参加種族や、盗賊や、悪天候と戦ってきたのは、牧場や、何軒かの家、それに飼料店とドラッグストアと家具店に抵当を取って金を貸している銀行などを、アーノルド・フリートウッドのポケットに入れるためではなかった。従兄たちのバラバラの骨が二年前に埋葬されて以来、彼らの希望でもあり絶望でもあるK・Dは、副知事、州の監査役、二人の市長を含む家系の最後の男性だった。彼の行ないは、いつものように、監視と重大な矯正が必要だった。あるいは、おじたちは別の見方をするだろうか。ひょっとしたら、アーネットの赤ん坊は男の子で、モーガンの甥の息子になるかもしれない。そうなると、アーネットの父親のアーノルドには、モーガン家が尊重しなければならない権利が備わるのだろうか。

ベンの毛を愛撫し、絹のような毛並みから毛玉を拾いながら、K・Dはおじたちのように考えてみようとした――だが、むずかしい。それで、考える努力を放棄して、自分の好きな夢にすべりこんだ。だが、このときの夢には、ジジとその超魅力的な乳房が入っていた。

「こんにちは」彼女は娼婦のようにチューインガムを鳴らした。「ここはルビーなの？」

バスの運転手が、ここがルビーって言ったんだけど」

「うん、そうさ。うん、その通りだね」ぶらぶらしていた男の子たちが異口同音に答えた。

「この辺にモーテルある？」

それを聞いて、彼らは笑い、気が楽になったので、誰を探しているのか、どこから来たのかと、彼女に訊いた。

「フリスコよ」と彼女は言った。「それに、ルバーブ・パイ。ライターある？」

では、夢はフリスコの話になるのだろう。

モーガン家の男たちは全然譲歩してはいないものの、会合場所の選択については居心地の悪い思いをしていた。マイズナー師は典例に従うのがいちばんで、傷つけられた人々を攻撃者の家に呼びつけ、一家に加えられたひりひりする侮辱の上塗りをするよりは、フリートウッド家に行くほうがよいと考えたのだ。

K・Dとディークとスチュワードは牧師館の居間にすわって、ただうなずき、なだめるように鼻を鳴らしていただけだったが、K・Dにはおじたちが何を考えているか、わかっていた。彼は、スチュワードが煙草の位置を変えて、その汁を口に含んでいるさまを見た。これまでのところ、マイズナーが作った消費者信用組合は、利益を考えない団体だった――教会員たちへの小額の緊急ローン、罰則なしの返済計画。子豚型の貯金箱みたいだな、とディークが言った。しかし、スチュワードはこう言った。うん、いまのところはな。ルビーに来るためマイズナーがあとにしてきた教会の評判が、彼の後から漂ってきた。人々を扇動するための秘密集会、白人の法律を回避するというよりは、むしろそれとの対決。彼が州に期待しているのは、明らかだった。州はかつて、一人の学生――黒人少女――の便宜をはかるため、まったく新しい法律学部を作ろうと決めたのだった。だが、その一方で、隔離主義を保護しようともした。別の黒人学生が独りでそのなかにすわれるように教室のすぐ隣にドアなしのクローゼットを作った州にも、変化の可能性があると彼がまじめに考えているのは、明らかだった。それは、K・Dの母親、母の兄たち、彼の従兄たちや、その他の全員がヘイヴンを出ていく前の、四〇年代のことだった。そのときK・Dは乳飲み子だった。いま、およそ二十年後になって、おじたちは毎週マイズナー師の説教に耳を傾けるが、いつもの説教が終わると、オールズモービルとインパラの運転席にすべりこみ、始祖たちのリフレインを繰り返すのだった。「オクラホマは、インディアンと黒人と神の混じりあい。他のすべては家畜の飼料」彼らが当惑したことに、マイズナー師はしばしば家畜の飼料をテーブルに出す食べ物のように扱った。あのような男は、奇妙な行動を奨励し、十代の少女の味方をし、地盤をフリートウッド家に移すようなことをやりかねない。あのような男は、進んで金を捨ててしまい、顧客たちに妙な考えを起こさせる。利子率には選択の余地があるなどと、人々に考えさせるのだ。

それでも、バプテスト教会は町でいちばん大きいばかりか、最も勢力の強い会衆を擁していた。それで、モーガン家の人々はマイズナー師の意見を注意深く選り分け、どれが簡単に無視できる勧告であって、どれが従わなければならない命令であるかを判断した。

彼らは、マイズナー師の家の居間からフリートウッド家まで、三マイル足らずのところを二台の車で乗りつけた。

オクラホマの町のどこかで、スイミング・プールの陽光に照らされた水が六月の声を増幅させている。K・Dは一度そこへ行ったことがある。彼はおじといっしょにミズーリ・カンザス・テキサス線に乗り、おじたちが赤煉瓦の建物のなかで仕事の話をしている間、外の縁石のところで待っていた。近くから興奮した声が聞こえてきたので、何が起こったのか見に行った。すると、波形金網フェンスの後ろに、広い継目のないコンクリートに縁取られた緑色の水が見えた。いまでは、それが平均的な大きさだったとわかっているものの、当時は地平線いっぱいに広がって見えた。何百人もの白人の子供が、水のなかでひょいひょい跳びはねていて、その声は世界でいちばん純粋な幸せのほとばしりのように思われた。歓びの印象があまりにも強かったので、涙が出た。いまオールズモービルは、ジジがガムをポンと鳴らしたオーヴンのところでUターンし、K・Dはまたしても、きらきら光る水と水泳者たちの六月の声に憧れる、心のときめきを感じた。おじたちは、その都市のビジネス街を彼を探して歩かねばならなかったため機嫌が悪く、汽車の上でも、その後のルビーに帰る自動車のなかでも、彼を叱った。当時の小さな代償、そして現在の小さな代償。「いったいどうして、こんな厄介なことをしでかしたのか。おまえは、同年輩の連中といっしょにいなけりゃならん。とにかく、どうしてフリートウッドの女なんかと寝たがるのか。あの若い者の子供たちがどういう有様か考えてみろ。くそっ！」という小言の爆発。こうした小言全部が爆発したが、害はない。かつてきらきら光る水をすでに見たように、彼はすでにジジを見たのだ。しかし、スイミング・プールとは違い、彼はこの娘にもう一度会うだろう。

彼らはフリートウッド家の横手に、バンパーとバンパーが触れ合うほどくっつけて駐車した。ドアをノックしたとき、マイズナー師をのぞくと、めいめいがその家の病んだ匂いをできるだけ吸うまいと、口で息をしはじめた。

アーノルド・フリートウッドは、子犬のテントや、藁ぶとんや、床の上には、二度と寝たくなかった。そういうわけで、彼はセントラル街に建てた広壮な家に四つの寝室を作った。自分と妻に一部屋、二人の子供たちめいめいに寝室を割り当てたところ、自慢の種の客用寝室ができた。息子のジェファースンがベトナムから帰って花嫁のスウィーティを自分の寝室へ連れていったとき、客用寝室はまだ残っていた。その部屋は、ジェフとスウィーティの子供たちの病室が必要にならなかったら、子供部屋になったはずだった。いろんな事情のなりゆきで、アーノルドはいま、食堂のソファベッドで寝ていた。

男たちはしみ一つない椅子の上にすわって、マイズナー師がどこにも姿の見えない女たちとの会見を終えるのを待っていた。ミセス・フリートウッドと呼ばれる女は二人とも、持てるすべての精力と時間と、愛情を――これまでのところ――まだ生きている四人の子供たちに注いでいた。アーノルドとジェフは、その献身的愛情に感謝してはいたものの、怒ってもいて、自分たちの恥を避けていた。彼らとの同席、彼らのそばにすわっているのは、つらい。会話はさらにむずかしかった。

K・Dは、フリート（アーノルド・フリートウッド）がおじたちに借金していることを知っていた。それから、ジェフが誰かを殺したくて仕方がないことも知っていた。彼は、復員軍人庁は殺せなかったので、他の人たちに八つ当たりするかもしれなかった。それで、マイズナー師がほほえみながら階段を降りてきたとき、一同はほっとした。

「はい、さて」マイズナー師は両手を組み合わせ、すでに相手を倒したというかのように、その手を肩のところで振った。「ご婦人方は、コーヒーを持ってきてくださると約束なさいました。あとでライス・プディングも、とおっしゃっていたようです。これは、話し合いをはじめる最高のきっかけになると思いますが」彼は再びほほえんだ。マイズナーは、牧師にしてはハンサムすぎると言ってもいいほどだった。顔と頭だけでなく、体もみごとに整っている。事実上、すべての人たちから称賛のまなざしを受けた。だが、まじめな人間で、この明らかな美貌を怠惰へのブレーキとして使った——そのため、努めて用心深く会衆を取り扱い、何事も当然だとは考えなかった。女たちの称賛や男たちの羨望も、当然だとは思わなかった。

デザートに関しては、誰も微笑を返さなかった。それで、彼がもう一押しした。

「わたしが知っている範囲で、状況をご説明しましょう。わたしが間違っていたり、何か言い忘れたりしたら、どうぞみなさん、正してください。わたしの理解しているところでは、ここにおいでのK・Dがアーネットにたいする暴力行為を、重大な暴力行為を働いたのです。ですから、いま、K・Dの短気は困ったものだと言ってもいいでしょう。そして、謝る義務が——」

「若い女にたいして短気を起こすような年じゃねえだろ」ランプの光からいちばん遠い低い椅子にかけていたジェファースン・フリートウッドが、怒り心頭に発した面持ちで割りこんだ。「あんなの、短気とは言わねえよ。おれなら、違法って言うぜ」

「そうですな、あの特定の瞬間、彼は社会慣行をはるかに外れていたようです」

「ちょっと、牧師さんよ。アーネットは十五歳なんだぜ」ジェフはK・Dの目をにらみすえた。

「そうだとも」とフリートが言った。「彼女は二つのとき以来、殴られたことなんかないんだ」

「それが問題なんだ」とスチュワードが言った。すぐかっとなって乱暴な言葉を吐くので、口を閉ざして、もっと慎重な自分のほうに話させてくれと、ディークから釘を刺されていたのだったが。いま、その言葉を聞いて、ジェフが椅子から立ち上がった。

「おれの家に来て、おれの家族の悪口を言うんじゃないぜ！」

「おまえの家かい？」スチュワードはジェフからアーノルド・フリートウッドのほうへ目を走らせた。

「親父、聞いたかい。誰かが怪我しねえうちに、こんな話し合いなんか止めちまったほうがいいと思うな」

「おまえの言う通りだ」とフリートが言った。「いまわれわれが話をしているのは、おれの子供のことなんだからな。おれの子供だよ！」

立っているのはジェフだけだったが、いま、マイズナーも立ち上がった。「みなさん、お静かに！」彼は両手を差し上げ、すわっている男たちの上にそそり立って、説教用の声を上手に使った。「ここにいるわたしたちは人間です。神から選ばれた人間なんですよ。あなた方は、神の作品を溝のなかに叩きこむつもりですか」

K・Dはスチュワードがつばを吐きたい衝動と戦っているのを見て、立ち上がった。

「聞いてください」と彼は言った。「すみません。本当にすまないと思っています。できることなら、撤回したいのですが」

「やったことは、撤回できません」マイズナーは両手を下げた。

K・Dは言葉を続けた。「ぼくは、あなたのお嬢さんを尊敬しています――」

「いつからだ？」と、ジェフが訊いた。

「いつも尊敬してますよ。彼女がこれくらいのときから」K・Dは手を腰のあたりで平らにして見せた。「誰にでも訊いてください。彼女の女友達のビリー・デリアに訊いてください。ビリー・デリアが証人になってくれますよ」

この天才的パンチの効果は、てきめんだった。モーガン家のおじたちはにやにや笑いをかみ殺し、他方フリートウッド家の人々は、父子とも毛を逆立てた。ビリー・デリアは町でいちばんの尻軽女で、その度合いが加速しているという噂だったからだ。

「これはビリー・デリアの話じゃないだろ」とジェフが言う。「おまえが、おれのかわいい妹にした仕打ちの話なんだぜ」

「ちょっと待って」とマイズナーが言った。「K・D、どうしてそんなことをしたのか話してくれたら、たぶん、もっといい解決の方法が見つかるんじゃないかな。どういうわけで？　何が起こったんです？　酒を飲んでいたんですか。彼女が何かきみを怒らすようなことをしたんですか」彼は、こういう率直な質問が正直に話し合う場を作ってくれるだろうと期待していたのだった。そうすれば、男たちは話し合いをぶちこわしにするような態度をやめて、なんとか折り合うことができるだろう。だが、突然、みんなが黙ってしまったので、彼は驚いた。スチュワードとディークが同時に鼻をかんだ。アーノルド・フリートウッドは靴の先を見つめた。何かがおかしい、とマイズナーは感じた。その居心地の悪い沈黙のなかで、彼らは頭上で軽く靴の踵が鳴る音を聞くことができた。女たちが歩きまわり、世話をし、食べ物を取ってきて、食べさせている——自力では生き得ない子供たちを救えることなら何だろうと、手を尽くしてやっているのだ。

「理由なんてどうでもいい」とジェフが言った。「おれの知りたいのは、それでおまえがどうするかってことだ」彼は「どうするか」という言葉を口にしたとき、人差し指を椅子の腕に突きつけた。

　ディークはふんぞり返って、股をさらに広げた。自分の縄張りに入ってきたことを歓迎するかのように。「何を期待しているのかね」と彼は訊いた。

「まず第一に、謝れ」とフリートが言った。

「いま、謝りました」とK・Dが言った。

「おれにじゃない。彼女にだ。彼女にだよ！」

「わかりました」とK・Dは言った。「謝ります」

「よかろう」とディークは言った。「それが第一だ。第二は何だ？」

　ジェフが答えた。「二度と彼女に手を触れないほうがいいぜ」

「手は触れません」

「第三があるのか」ディークが訊いた。

「本当にその気があるのか、知らなくちゃならん」とフリートが言った。「嘘ではないという証拠が要るな」

「証拠？」ディークは当惑したようなふりをした。

「妹の評判に傷がついたんだ、そうだろ？」

「うん。それはわかるよ」

「取り返しはつかないだろ？」ジェフの質問は、挑戦と問いかけをいっしょにしたようなものだった。

ディークは身を乗り出した。「それはどうかな。彼女が大学に行くって話を聞いたぜ。そうなりゃ、こんなこと、どうでもよくなるさ。たぶん、費用を少し援助してもいいよ」

ジェフは鼻を鳴らした。「その件はよくわからんな」彼は父親を見た。「父さん、どう思う？　それが……」

「彼女の母親に訊いてみないと。メイブルはこの件でまいってるからね。たぶん、おれよりまいってるんじゃないかな」

「じゃあ」とディークは言った。「彼女とこの話をしてくれないか。彼女が賛成するようなら、銀行に来てくれ。明日」

フリートはあごをひっかいた。「約束はできないよ。メイブルはとっても気位が高いんでね。とっても気位が高いんだ」

ディークはうなずいた。「もっともな理由があるじゃないか、娘が大学に行ったりなんだりするんだから。おれたちは、そんないいことに邪魔が入らないよう願ってるよ。町の誇りになるからね」

「学校はいつ始まるのかね、フリート」スチュワードが首をかしげた。

「八月だと思うよ」

「その頃には、彼女は用意ができているのか」

「どういう意味だ？」

「そうさな」とスチュワードは答えた。「八月はまだ先のことだろ。いまは五月だよ。彼女は気が変わるかもしれんからな。ここにいると決めるかもしれん」

「おれは父親なんだぜ。娘の気持ちはおれが決める」

「その通りさ」とスチュワードは言った。

「じゃあ決まりだね？」とディークが訊いた。

「さっき言った通りだ。母親に話してみなければならん」

「もちろん」

「彼女が鍵なんだ。妻が鍵なんだよ」

その晩はじめて、ディークが大っぴらにほほえんだ。「女がいつも鍵なんだ。神よ、女たちを祝福したまえ」

マイズナー師は、やっと息のできる空気にありつけたというように、ため息をついた。「神の愛がこの家に宿っているんです」と彼は言った。「ここに来るたびに、それを感じますね。来るたびにです」彼は天井を眺めた。他方、ジェファースン・フリートウッドは、傷ついた目をして彼を見つめていた。「わたしたちは神の力は大事にしますが、神の愛を無視してはいけません。わたしたちを強くするのは、神の愛ですからね。紳士の方々、兄弟、祈りましょう」

彼らは頭を下げ、マイズナーのみごとな言葉と、どこにも姿の見えない女たちのコッコッいう不安定な足音に、おとなしく耳を傾けた。

翌朝マイズナー師は、いかによく眠ったか、われながら驚いていた。前夜のモーガン家とフリートウッド家との話し合いの結果、彼は不安になっていた。フリートウッド家の居間には灰色グマがいた——静かで、目には見えないが、巧妙な動きを不可能にする。二階で、彼は女たちを笑わせた——えーと、とにかくメイブルを笑わせた。スウィーティはほほえんだが、彼の冗談を楽しんでいなかったのは明らかだった。彼女の目はいつも子供たちに注がれている。体がすべる。反りかえる。空気を吸う——彼女はベビーベッドの上にかがみこみ、慣れた手つきですばやく整えてやる。しかし、その表情には、どことなく横柄なところがあった。まるで「わたしをおもしろがらせるようなものがあるかしら。それなのに、なぜあなたは、おもしろがらせようとするの？」と言うかのように。彼が彼女に祈りに加わってほしいと言ったとき、彼女は黙って従った。頭を垂れ、目を閉じてはいたが、静かに「アーメン」と言ってから彼に向かいあったとき、彼は、たったいま自分が語りかけていた神と自分との関係はあいまいで、新しすぎるのにたいして、彼女と神との関係は、長い間の高度な関係で、完全に息があっているような感じがした。

彼はメイブル・フリートウッドについてはもっと幸運だった。メイブルは彼の訪問を喜び、会話を不必要に長引かせるほどだったから。階下では、彼が集めた男たちが、オーヴンで起きたことを教えてもらったあと、待っていた――灰色グマと同じように。

マイズナーはしばらく眠気と戦いながら、満足のいく終わり方をしたのだと自分を納得させた。短気は抑えられ、解決策が生まれ、平和の宣言がなされたのだから。少なくとも、彼はそう願った。モーガン家の人々はいつも、二重の会話をしているように見える――声に出してしゃべっている言葉と、それに平行した耳には聞こえない対話。彼らは一人の男のような振る舞い方をしたが、ディークの態度には、弟をかばっているのではないか――出来の悪い子供をかばうときのように、つっかい棒をしてやっているのではないかと、マイズナーに思わせるものがあった。アーノルドの侮辱された様子には、はにかみがあった。誰もが期待しているばかりか、心得てもいる公式には、何の重みもなかった。ジェファースンは敏感すぎる。しかし、マイズナーをいちばんいらだたせたのは、K・Dだった。人の機嫌を窺いすぎる。口のうまい謝罪。狡猾な微笑。マイズナーは、女を殴るような男は軽蔑していた――それに、十五歳だと？　いったいK・Dは、自分が何をやっていると考えていたのか。もちろん、ディークやスチュワードとの関係が彼を守ってくれたのだが、それに頼っているような男を好きになるのはむずかしい。おじさんにはへいこらして、女に暴力を振るうとは。それに、あの晩おそく、マイズナーが、アンナ・フラッドが夕食用に持ってきてくれたステーキのフライとじゃがいもを温めながら窓から外を見ると、K・

Dがスチュワードのインパラに乗って、セントラル街をスピードをあげて走っていくのが見えた。微笑を浮かべて――それは確かだ――あの狡猾な微笑を浮かべて。
あのような心にひっかかる思いがあったので、ほぼ一晩中眠れないだろうと思っていたが、朝になると、この上なく甘美な眠りを味わったかのように目がさめた。アンナがくれた食べ物のせいだ、と彼は思った。それにしても、K・Dは町を出る道を通って、いったいどこへ行こうとしていたのだろう、と彼は考えた。

男と女がとこしえに愛を交わしている。四時間ごとに光が変わると、彼らは新しいことをはじめる。砂漠の端で、アリゾナ州の空模様に合わせて愛を交わす。彼らを止めるものは何もない。止めたいと思うものもない。月の光が男の背の曲線を照らし、太陽の光が女の舌を暖める。場所さえわかれば、彼らを見失うことも間違えることもない。I‐三号線に沿ったツーソン郊外の、ウィッシュと呼ばれる町だ。その町を通りすぎ、最初の道を左に曲がる。道が尽きて本格的な砂漠がはじまるところを、まっすぐ進む。トリクイグモには毒があるが、歩いて行かねばならない。タイヤはその地域を走ることはできないからだ。最大一時間も歩けば、この上なく美しい愛の交歓を見ることができるだろう。ときにはやさしく、ときには荒々しい。だが、けっしてやめない。砂嵐が来ようと、暑さが華氏百八度を上下していようと、やめない。もし忍耐強くかまえて、不規則な砂漠の雨に濡れる二人を捉えたとすれば、体の色が深まるのがわかるだろう。だが、彼らは、まれな、まじりけのない雨のなかでも、愛の営みを続けている——アリゾナ州ウィッシュの黒人のカップルは。

　何度も何度もマイキーはジジに、彼らがどういうふうに見えるか、故郷の町の郊外でどういうふうに〈彼ら〉を探せばよいか、を話した。彼らは地方の人々を当惑させている点をのぞけば、観光客の呼び物になったかもしれないし、なることもできただろう。彼らを吹き飛ばすため、あるいは、セメントで彼らを隠すために組織された憂うるメソディストの委員会が発足したが、数回予備調査をしただけで、立ち消えになった。委員会の委員たちによると、彼らの反対は、セックスに反対なのではなく、性的倒錯に反対なのだった。というのは、非常に注意深く眺めた人々によると、そのカップルは、泥のなかで愛を交わす二人の女性だったからだ。他の連中は、同じように注意深い観察（クローズアップにしたり、双眼鏡で見たりした）のあと、いや、二人の男だった——ゴモラのように大胆な男だった、と言った。

　しかし、マイキーは体に触れたので、事実として、一人は女で、もう一人は男であることを知っていた。「だから、どうだっていうんだ？」と彼は言った。「つまるところ、ハイウェイの上でやってるんじゃないんだ。彼らを見つけるには、道を外れて、ずっと歩いて行かなけりゃならないんだぜ」メソディストの人々は彼らを追放したがったが、同時に、そこにいてもらいたくもあったのだ、とマイキーは言った。臆病風に吹かれて夢精もできない、一群の抑圧された赤首（南部の貧乏な白人労働者）ですら、カップルが必要なことを知っていた。彼らの近くへ一度も行ったことはなくとも、彼らが外のあそこにいる、ということを知る必要があるのだと、彼は言った。日の出に、彼らは銅色に変わる。だから、夜っぴて愛を交わしていたことがわかるだろう、と彼は言った。正午には銀色がかった灰色になる。それから、午後は青、夕べは黒に変わる。動く、動く、始終動いている。

ジジは、彼がそのくだりを話すのが好きだった。「動く、動く、始終動いている」

二人が別れたのは、マイキーが九十日の刑をくらったからだ。ジジは手首にエイスの包帯を巻いて、緊急治療室から釈放された。すべてがあまりにも早く起こったので、どこで会うか計画をたてる暇がなかった。裁判所指定の弁護士は、保釈はなし、判決猶予もなしだ、と言いながら出てきた。彼の依頼人は、まるまる三カ月をつとめなければならなかった。判決の刑期マイナス留置場で過ごした三週間を計算したあと、ジジは上訴裁判所の弁護士を通じてマイキーにメッセージを送った。メッセージは「ウィッシュ四月十五日」というものだった。

「何だって？」と弁護士が訊いた。

「ただそう言ってちょうだい。ウィッシュ四月十五日、って」

マイキーは彼女のメッセージにたいして、何と言ったのか。

「『異議なし！』」と彼は言った。「『異議なし！』」

マイキーもなし、ウィッシュもなし、I－三号線もなく、砂漠で愛を交わす者もなくなった。ツーソンで彼女が話をした人はみんな、彼女は気が触れていると考えた。

「たぶん、わたしが探している町は小さすぎて地図にないのかもしれない」と彼女は言ってみた。

「じゃあ、州警察官に訊いてごらん。どんな小さな町でも知っているからね」

「その岩は道から離れたところにあるの。愛を交わしている男女みたいなの」

「そうさな、砂漠でトカゲがそうやってるところを見たことがあるよ」

「サボテンじゃない、たぶん？」

「いまとなりゃ、その可能性はあるな」

彼らは弱々しく笑った。

電話帳の名前のところに指を走らせ、その地方にはマイキーの苗字、ルードという名前の人はいないことがわかったとき、ジジはあきらめた。いやいやながら。しかし、砂漠での永遠に続く交合には、命がけで執着していた。社会正義や、正直な人々の防衛といった心を捉えて放さない夢——両手のなかに血を吐いていた少年の思い出より強く——の下で、砂漠の恋人たちのことを考えると、胸が張り裂ける思いがした。その話は、マイキーが考えだしたものではない。彼は間違ったところにその話を組みこんだかもしれないが、彼女が生涯を通じて、どこかに……存在していると知っていたものを、表面に持ち出しただけだった。たぶん、メキシコには。彼女がめざしているのは、メキシコだった。

麻薬は強かった。いつでも男には不自由しなかったが、十日後、彼女は泣きながら目をさました。そして、ミシシッピー州アルコーンに料金受信人払《コレクト・コール》いで電話をかけた。

「帰ってこいよ、ジジ。おまえの気に入るほど世の中変わってきただろ？　とにかく、みんな死んじまった。キング。ケネディ家の連中がもう一人。メドガー・エヴァーズ（一九六三年に暗殺された公民権運動の活動家）。Xという名のニガー（マルコムX）、やれやれ、おまえが出ていってから死んじまった人全員なんて思いつかねえよここの連中は言うに及ばずL・Jをおぼえてるか国道二号線の脇のスーパーで働いていたんだが真っ昼間にピストル持った人間が入ってきたこれまで誰も見たことないような形したピストルなんだぜ……」

ジジは、電話のそばの漆喰壁に頭をもたせかけた。この食料雑貨店の外では、店員が何人かの子供たちに向かって箒を振りまわしている。女の子たち。下着は着ていない。

「帰るわよ、おじいちゃん。いま、家に向かってるわ」

たいていのときは、二つの座席を占領していた。体を伸ばせる空間。眠り。バックパックに丸めて詰めこんだ月遅れの《ランパーツ》を読む。サンタフェ線に乗りこんだとき、汽車は青い軍服を着た空軍兵士をいっぱいに乗せて出発した。まもなくガールスカウトの女の子たちがどやどや乗りこんできた。しかし、ミズーリ・カンザス・テキサス線に乗り換えてからは、車両は一度も満席にならなかった。

イヤリングをつけた男は、彼女を探しにきたわけではない。彼女のほうが彼を探しだしたのだ。ポリエステルに身を包んでおらず、チェスターフィールド以外の煙草を吸いそうに見える誰かと、話がしたかったからだ。

彼は背が低く、小人症と言ってもおかしくないほどだったが、着ている服は東海岸の粋なものだった。彼のアフロヘアーはくしゃくしゃではなく、小綺麗で、首のまわりには金鎖のネックレスをかけ、それに合ったイヤリングを片方の耳に下げている。

給仕はしつこく食堂車と呼んでいたが、実はスナックバーで、二人はそこに隣りあって立っていた。彼女は氷なしのコークとブラウニーを注文し、彼は氷だけの大コップの代金を払おうとしていた。

「それは、ただのはずよ」ジジはカウンターの後ろにいる男に言った。「コップの代金なんて払う必要ないわ」

「すみません、お客さん、わたしはただ規則に従っているだけなんで」

「わたし、氷は注文しなかったわ。その分引いてくれたかしら？」

「もちろん、引きませんよ」

「心配してくれなくて結構」と背の低い男は言った。

「心配なんかしてないわ」とジジは言った。それから、カウンターの男に向かって「ちょっと、聞いて。料金のかからない、わたしの分の氷を彼にあげてちょうだい。いい？」

「お客さん、車掌を呼びましょうか」

「あんたが呼ばなきゃ、わたしが呼ぶわ。これは、列車強盗じゃないの——汽車がお客を強奪しているのよ」

「かまいませんよ。ほんの少額なんだから」

「でも、原則は原則よ」

「五セントの原則なんて、全然原則ってもんじゃないですよ。その男は五セント要るってんだ。どうしても要るってんだ」背の低い男はほほえんだ。

「何もぼくが要るって言ってるんじゃないですよ」と係が言う。「規則なんです」

「二枚やるよ」と男は言い、二番目の白銅貨を受皿のなかにはじきこんだ。

ジジはにらみつけ、イヤリングの男はほほえみながら、いっしょにスナックバーを出た。

彼女はその件をもっと話し合おうと、通路をへだてて男の向かいに腰を下ろした。その間、男は氷を噛んでいた。

「ジジよ」彼女は手を差し出した。「あんたは？」

「ダイスさ」と彼は言った。

「さいの目切りってとこ？」

「いや、さいころのほうだ」

彼は冷たい、冷たい手で彼女にさわり、二人は何マイルもの間、いろんな話を作り出した。ジジは気やすくなったので、男女が交わっているように見える岩を見たり聞いたりしたことがあるか、と彼に訊きさえした。彼は笑って、いいや、と言ったが、かつて小麦畑の真ん中に湖のある場所の話を聞いたことがある、そして、この湖の近くに、お互いに抱擁しあっているような二本の木が生えているそうだと言った。その上、正しく二本の木の間に体をすべりこませると、そうさな、どんな人間も作り出したり、まねしたりできないような陶酔を味わうことができるって話だよ。「そのあとじゃ、誰もその人を拒絶できないっていう噂だぜ」

「いま、わたしを拒絶する人なんていないわ」

「誰もかい？　おれの言うのは、だーあーれーも、ってことだよ」

「その場所、どこにあるの？」

「ルビー、オクラホマ州のルビーさ。何にもないところの遠い真ん中だぜ」

「あんた、そこへ行ったことあるの？」

「まだだよ。でも、調べに行こうと思ってる。そこにはアメリカ中でいちばんおいしいルバーブのパイがあるっていう話だよ」

「ルバーブって、大嫌い」

「大嫌い？　ジジ、じゃあ、あんたは生きたとは言えないな。全然生きちゃいないよ」

「わたし、家に帰るとこなのよ。家族に会うの」

「家はどこにあるの？」

「フリスコよ。家族はみんなフリスコに住んでるの。ちょっと前、おじいちゃんと話したばかり。みんな、わたしを待ってるわ」

ダイスはうなずいたが、何も言わなかった。

ジジはブラウニーの包み紙を空の紙コップに詰めこんだ。わたし、見放されてるわけじゃない、と彼女は考えた。全然、見放されてなんかいない。わたし、おじいちゃんに会いに行けるし、湾岸地方に帰っても……

汽車の速度が落ちた。ダイスは立ち上がって、頭上の棚から荷物を下ろした。彼はとても背が低かったので、爪先立ちしなければならなかった。ジジが手を貸したが、彼は別に気にしている様子はなかった。

「じゃあ、ここで降りるからね。あんたと話ができて、楽しかったよ」

「わたしも」

「幸運を祈るよ。気をつけてな。酔っぱらうんじゃないよ」

バーベキュー・グリルみたいなものの前に立っていた男の子たちが「いや、ここはミシシッピー州のアルコーンだよ」って言ったら、たぶん彼女はそれを信じただろう。同じ髪型、同じ目つき、同じ田舎風のだらけた笑い方。彼女の祖父が「田舎の田舎」と呼んだものだ。そこには女の子も何人かいて、男たちの一人と喧嘩しているように見えた。とにかく、あの人たちはあんまり助けにはならないだろう。しかし彼女は、通りを歩いていくとき、幾重もの剥き出しの好色な波が背中を打つのを楽しんだ。

まず、小麦粉のように細かいほこりが目や口に入ってきた。それから、風が髪をめちゃくちゃにした。すると突然、彼女は町から出てしまった。地元の人がセントラル街と呼ぶ通りが切れて、ジジは町の中心に着くと同時に、ルビーの端に来ていた。音のしない風は、空からというより地面から湧いてくる。一瞬、彼女のヒールが鳴ったかと思うと、次の瞬間には渦巻くほこりのなかで無音になった。両側には、丈なす草が水のように逆巻いている。

彼女は五分前、いわゆるドラッグストアに立ち寄って紙煙草を買い、バーベキュー・グリルのそばの男の子たちは真実を語っていたことを知った。モーテルはない。そして、パイがあるとしても、レストランで食べるわけにはいかなかった。レストランもなかったからだ。バーベキュー・グリルのそばのピクニック用ベンチより他には、腰を下ろす公共の場所はない。彼女の周囲には、閉じられたドアと閉まった窓しかなかった。窓辺の開いていたカーテンは急いで閉められた。

ルビーってこれだけなんだ、と彼女は考えた。マイキーが、汽車のなかのあの嘘つき変人を送りこんだにちがいない。彼女は見たかっただけだった。小麦畑の真ん中にあるものだけでなく、世界が（岩や、木や、水で）みずから言わなければならないことがあるかどうか知りたいだけだった。遺体袋とか、靴をだめにしまいとして手のなかに血を吐いている少年以外のことを。だから。アルコーン。ミシシッピー州アルコーンでやり直してもいい。遅かれ早かれ、飼料種苗店のそばに駐車しているトラックの一台が出発しなければならないだろう。そうしたら、ヒッチハイクして、さっさとここをおさらばしよう。

髪を押さえ、風に目を細くしながら、ジジは飼料店まで歩いて帰ろうと考えていた。ハイヒールの足にはバックパックは重すぎたし、動かなければ、風のほうが彼女を倒してしまいそうだった。吹きはじめたときと同じように突然、風が凪いだ。風のない、ぽっかり開いた真空のなかで、彼女はこちらに近づいてくるエンジンの音を聞いた。

「修道院へ行くのかい？」つばの広い帽子をかぶった男が、ヴァンのドアを開けた。

ジジはバックパックを座席に放りあげて、乗りこんだ。「修道院ですって？　冗談でしょ。修道院以外のところなら、どこでもいいわ。本当のバスの停留所か、鉄道の駅か、そんなところに降ろしてくれる？」

「あんたは運がいいよ。鉄道の駅へ連れていってあげよう」

「まあ、すてき！」ジジは両足の間にはさんだバックパックをかきまわした。「新車の匂いがするわ」

「ピカピカの新品さ。あんたたちは最初のお客さんだ」

「あんたたちって？」

「寄り道しなきゃなんねえ。別のお客も汽車の旅をするんでね」彼はほほえんだ。「おれの名前はロジャー、ロジャー・ベストだよ」

「ジジよ」

「でも、あんたはただだ。もう一人からはお代をいただくけどな」と彼は、道から目を逸らしながら、言った。助手席側の窓から景色を見るふりをして、彼はまず彼女のおへそを眺め、それから、ずっと下のほうを、次いで上のほうを見た。

ジジは鏡を引っ張りだして、できるだけ上手に風に荒らされた髪を整え、こう考えた。ええ、わたしは確かに、ただだわ。

本当にただだった。ちょうどロジャー・ベストが言ったように、生きている人間は無料だったが、死者は二十五ドルかかるのだった。

ポーチの石段にすわっている女は、ときどき飛行士用のサングラスを外して、目を拭いた。一本の編み髪が、麦藁帽子から背中の上にこぼれた。ロジャーはひざをついてかがみこみ、ジジには長い時間と思える間、何やら女に話しかけ、それから二人して中へ入った。ロジャーは出てきたとき、顔をしかめて、財布を閉じようとしていた。

「ここには手伝う人がいないんだよ。あんたは、なかで待ってればいい。遺体を運びおろすのに、しばらく時間がかかるからね」

ジジは振り返って背後を見たが、仕切りの向こう側は見えなかった。

「まあ、なんてこと！　これは霊柩車なの？」

「ときどきさ。ときには救急車になる。今日のところは、霊柩車さ」いま彼は、すっかり仕事に打ちこんでいる。もう彼女の胸をすばやく見ることはしない。「二十時二十分には、ミズーリ・カンザス・テキサス線に乗せなくちゃならん。それに、間に合うようにではなくて、きっかりその時間に行ってなくちゃならない」

ジジは急ぎながらも不器用に、いまは霊柩車になったヴァンから降りた。しかし、家をまわり、幅の広い木の階段をのぼって、あっという間に玄関のドアを通り抜けた。彼は「修道院」と言った。だから、すてきだが厳しい女性たちが黒い長袖の上に帆船のような帽子をかぶって漂うように歩いているのだろう、と彼女は考えていた。しかし、誰もいなかった。その上、麦藁帽子の女も姿を消している。ジジは大理石の広間を通り抜けて、倍ほども広い別の広間へ入った。暗がりのなかで、廊下が左右に伸びているのが見える。前にはもっと多くの幅の広い階段があった。どちらの方角へ進むか決めかねているうちに、ロジャーが後ろから、車のついた金属製のものを運んできた。彼は階段のほうへ行きながら「全然助けにはならん、全然」とつぶやいていた。ジジは右に曲がり、二枚のスウィング・ドアの下から光が洩れているほうへ急いだ。内部はこれまで見たうちで最大の台所になっていて、見たこともないような長いテーブルが置いてある。彼女はそこにすわって、親指の爪を嚙みながら、死んだ人間といっしょに車に乗っていくのは、どれくらいいやなものだろうか、と考えていた。バックパックには薬草が少し入っている。たくさんじゃないけど、死人の影響を防ぐには十分だろう、と彼女は考えた。それから、手を伸ばして、目の前に置いてあるパイの外側を少しつまみ取った。すると、そこには、ほとんど手をつけてない食べ物がいっぱい置いてあることに、はじめて気がついた。いくつかのケーキ、もっとたくさんのパイ、じゃがいもサラダ、ハム、ベイクド・ビーンズを盛った大きな皿。尼僧たちがいるにちがいない、と彼女は考えた。ひょっとしたら、これはみんな葬式から来たのかもしれない。突然、正当な弔問客のように、彼女はがつがつ食べはじめた。

ジジが、皿からすくい取って食べる間も惜しんで、さらに多くの食べ物を皿に盛りあげながらがつがつ詰めこんでいると、女が麦藁帽子もサングラスも取った姿で入ってきて、冷たい石の床に横たわった。

ジジはベイクド・ビーンズとチョコレートを口いっぱいほおばっていたので、しゃべることができなかった。外でロジャーの警笛が鳴った。ジジはスプーンを下に置いたが、女が横たわっているところへ歩いていきながらも、ケーキにかぶりついていた。それから、しゃがんで口を拭いて、言った。「何かお手伝いできる？」女の目は閉じていたが、彼女はいいえというように、首を振った。

「ここには呼べば、来てもらえる人がいるの？」

そのとき、彼女は目を開いたが、ジジには何も見えなかった――ふつう虹彩の端があるところには、かすかな輪しかない。

「ヘイ、お嬢、来るのかね？」ロジャーの声は、エンジンのうなり声に重なって、遠く小さく聞こえた。「汽車に乗せなきゃなんないんだよ。時間通りに！　時間きっかりに行ってなくちゃいけないんだよ」

ジジはいっそうかがみこみ、まったく魅力のない目をのぞきこんだ。

「誰か他にいるかって、訊いたのよ」

「あんた」と彼女はつぶやいた。「あんたが、ここにいる」一言一言が、酒臭い息の波に乗って、ジジのところへ漂ってきた。

「聞いてるのか？　一日中待ってるわけにはいかないんだよ」ロジャーが警告した。

ジジは空いているほうの手を女の顔の上で振って、女が酔っ払っているだけでなく目が見えないことを確認しようとした。

「そんなこと、やめな」女はささやき声だが、怒って言った。

「あら」とジジは言った。「あれかと思っちゃった。椅子を持ってきてあげようか？」

「もう行くぞ。聞こえたか？　行っちまうぞ！」ジジはエンジンが回転して、霊柩車が二ュートラルからバックにギアを切り替える音を聞いた。

「乗り遅れちゃう。わたしにどうしてほしいの？」

女は寝返りして横向きになり、両手をほおの下に組んだ。「いい子にして。見ててくれるだけでいい。十七日間も目を閉じてないのよ」

「じゃあ、ベッドのほうがよくないの？」

「いい子にして。いい子だから。誰も見てくれる人のいないところで眠りたくないの」

「床の上で？」

だが、彼女はもう寝入っていた。子供のような息をしながら。

ジジは立ち上がって、ゆっくりケーキを呑みくだしながら、台所を見まわした。少なくとも、いま、ここに死人はいない。霊柩車の音は小さくなり、やがて消えた。

横領者の館が一フィートごとに語っているのは恐怖であって、勝利ではない。弾丸を詰めた弾薬筒のような形をした館は、北の行き止まりまでカーヴしている。そこには、かつて居間と食堂があった。彼は迫害者が北から来ると信じていたにちがいない。一階中の窓という窓はすべてこの二部屋に集中していたからだ。見張り所のように。南の端では、彼の欲望のしるしが二つの部屋にこめられていた。特大の台所と、金持ちのゲームができる部屋。どちらの部屋も見晴らしはよくないが、台所には館の二つの入り口の一つがあった。ヴェランダは北から弾丸の先端のまわりをカーヴして、主玄関を通りすぎ、壁に沿って続き、弾薬筒の平たい端――南の端――で終わっている。寝室からの眺めを別にすると、誰も家のなかから日の出を見ることはできなかった。そして、日の入りが見える場所もない。したがって、光はいつも人をあざむいた。

彼はこの砦のなかで、羽振りのよいたくさんの社交の会を計画していたにちがいない。八つの寝室、二つの巨大な浴室、一階と同じほど広い空間を占めている倉庫から成る地下室。また、続けて何日も泊りこんで家に帰ることを忘れるほど完全に、客たちを楽しませたかったのだろう。だが、客のもてなし方は、彼の人柄と同じように洗練されてもいないし、興味深いものでもなかったにちがいない――主に、食物、セックス、玩具に限られていたのだから。隠れ家風のこの建物で二年間過ごしたあと、彼はまさに恐れていた通り、北部の警察官に逮捕されたが、その前、一つの官能的大パーティを催した。そのとき、警察官の一人が、彼の最初にして唯一のパーティに出席していたのだった。

この家がわずかな金額で売りに出されて、ここに引っ越してきた四人の尼僧教師は、横領者の明らかな歓楽の名残りを精力的に消してまわったが、彼の恐怖を隠すことはできなかった。つまり、閉じられ、守られた「裏手」、用意万端整えて油断なく見張っていた「先端」、いまは爪しか残っていないが、怪奇な彫刻によって守られた玄関のドア。尼僧たちは、この彫刻をすぐ取り外した。がたがたの、調子の悪い台所のドアだけが、唯一の弱点だった。

ジジは多少とも空腹を満たしたおかげで、これ以上ないほど上機嫌になり、酔っ払いの女が台所の床の上で眠っている間、館中を歩きまわっていると、食堂が学習室に模様替えされているのがすぐわかった。居間はチャペルになり、ゲーム室は事務所に変えられていた――玉突きのキューやボールはあったが、玉突き台はない。それから彼女は、尼僧たちの努力の失敗の跡を発見した。ホールの天井から吊り下がっているシャンデリアの燭台部分は、女性の半身像だ。カールした髪が蔦に巻きついているが、かつてその蔦はいまは削り取られている顔に触れていたはずだ。広間の剝げかけたペンキの層からは、天使童子が姿を現わしかけていた。先端が乳首の形をしたノブ。クローゼットのなかに積み重ねられた絵草紙のなかでは、昔の衣服をつけた半裸の怠け者たちが、酒を飲んだり、互いに愛撫しあったりしている。地下室の階段の下には、ヴィーナス像が一、二体、いくつかのヌード彫刻にまじっている。ジジは、流しや浴槽から削り取った真鍮製の男性性器さえ発見した。それは鉋屑入りの木箱のなかにしまってあったので、その金物の要求がいかに忌まわしいものであろうと、尼僧たちはそれでも金属自体は大事にしていたかのように思われる。ジジは、ペニスから水が出る仕かけになった睾丸をまわしてみながら、その備品をもてあそんだ。彼女はマリファナタバコ――ミング・ワン――の最後の一口を吸って、吸いさしをゲーム室にあった雪花石膏《アラバスター》のヴァギナのなかに入れた。男たちは、満足して葉巻の灰をこうした灰皿にはじき落としたのだろうと、彼女は想像した。あるいはたぶん、見ないでも火のついた葉巻の先が、ゆっくり微妙な頭頂部を描くのを知っていて、そこに葉巻を置いただけかもしれない。

彼女は寝室を避けた。どれが死人の寝室だったのか、わからなかったからだ。しかし、浴室の一つを使うために入ったとき、浴室での行動はすべて鏡に映るように設計されていることに気がついた。その上、その鏡が他の鏡に映っている。壁のタイルにしっかりはめこまれた鏡の大部分は、表面にペンキが塗ってある。彼女は、浴槽を支えている人魚をよく見ようとかがみこんだとき、床のタイルに囲まれた木製の平板にハンドルが取りつけられていることに気がついた。手を伸ばしてハンドルを持ちあげることはできたが、動かすことはできなかった。

突然、彼女はまたも猛烈に空腹になったので、台所へ戻った。食べて、女の言う通りにするつもりだった。いい子にして、彼女が――ひとりで薬からさめるのを怖がる年取った幻覚剤使用者のように――眠っている間、見てあげるのだ。ジジがマカロニと、ハムを少々と、ケーキをもう一つ食べ終えたとき、床の上の女が身動きして、体を起こした。しばらく両手で顔を押さえてから、目をこする。

「具合はよくなった？」ジジが訊いた。

彼女はエプロンのポケットからサングラスを取り出して、かけた。「いいえ。でも、休まったわ」

「じゃあ、よかった」

女は起き上がった。「そうね。ありがとう――いてくれて」

「どういたしまして。二日酔いはつらいからね。わたしはジジ。誰が死んだの？」

「愛してた人」と女は言った。「二人いたんだけど、彼女は最初で最後の人なの」

「あら、お気の毒に」とジジは言った。「彼は彼女をどこに連れてったの？　霊柩車に乗ってた洒落男のことだけど」

「遠いとこ。彼女の名前がついている湖よ、スーペリア湖。あそこが希望だったの」

「他に誰がここに住んでるの？　このお料理、みんなあんたが作ったんじゃないでしょ？」

女はフライパンに水を入れ、頭を振った。

「これから何するつもり？」

「ジジ、ジジ、ジジ、ジジ、ジジ。蛙の鳴き声みたいね。あんたのお母さんは、何ていう名前をつけたの？」

「お母さん？　自分の名前をわたしにつけてくれたのよ」

「どんな？」

「グレイスよ」

「グレイス。それよりいい名前ってある？」

れるのか。

何もない。全然何もない。かりに慈悲と単純な幸運がさっさと逃げだすような朝が来たとしたら、恩寵《グレイス》だけが助けてくれるだろう。しかし、それはどこから、どのくらい早く来てくれるのか。見ることと従うことの間にある、あの聖なるくぼみに恩寵は入りこんでくれるのか。

青年の目を見て楽しむ行為からピリッとした刺激をすべて奪い去ったのは、自己犠牲型の女が二つのベイクド・アラスカ（アイスクリームの焼いたもの）のように、皿の上に乳房を載せて捧げている絵だった。ジジは、彼が視覚と戦って、そのたびに敗北するさまを眺めた。彼は名をK・Dと言い、話している間中胸のくぼみと同じほど、彼女の顔を懸命に楽しもうとしていた。それはふつう、彼女が期待し、挑発に乗って、歓びを得る戦いだった。だが、一時間前に目がさめたとき目の前にあった絵がこの歓びを台無しにした。

死人が出たばかりの二階で眠る気はなかったので、ジジは、かつてはゲーム室だった事務所の革のソファを選んだ。窓はなく、光源としてはいまでは切られてしまった電気しかなかったので、その部屋は長い間ぐっすり眠るにはもってこいの部屋だった。彼女は午前中をすっかり取り逃がし、午後になって、眠りに入ったときと大して変わらない暗がりのなかで、目をさました。眼前の壁には、前の日見て歩いたときにはほとんど目に入らなかったエッチングがかけてある。いま、廊下から入ってくるわずかな光のなかで、それが視線の先にぼうと大きく浮かびあがった。女だ。ひざまずいている。打ちひしがれた表情。乞うような目を上げて、両手を差し伸べ、皿の上に彼女の贈り物を載せて神に捧げている。ジジはすぐそばに寄り、爪先立ちして、自己犠牲の顔つきをした女は誰なのか、見ようとした。「シエナの聖カタリーナ」という名前が、金色の額縁にはめこまれた小さな板金に彫りこんである。ジジは笑った――真鍮のペニスが箱のなかに隠してあり、プディングみたいな胸が、皿の上で人目にさらされている――しかし、実際のところ、全然おかしくはなかった。それで、前日に町で見かけた青年が、台所のドアのそばに車を停めて警笛を鳴らしたとき、彼にたいする関心には、かすかないらだちがこもっていた。彼女は彼の言葉に耳を傾け、目のなかの戦いを眺めている間、入り口に寄りかかってジャムつきパンをかじっていた。

彼の微笑は愛らしく、声は魅力的だった。「そこいら中きみを探しながら、車を乗りまわしていたんだよ。ここに来ているって聞いたものだから。まだいるかもしれないって思ってね」

「誰がそんなこと言ったの？」

「友達さ。ええと、友達の友達だよ」

「あんたの言うのは、あの霊柩車乗りの洒落男のこと？」

「うん。鉄道の駅に行くって話だったのに、きみの気が変わったんだって」

「ここじゃ、確かにニュースはあっという間に広まるのね、たとえ他のことは何一つ早く進まなくても」

「ぼくらは、うまくやるさ。ドライヴはどうだい？　好きなだけ速く走るぜ」

ジジは、親指と人差し指からジャムをなめ取った。彼女は左のほうの庭を見やり、遠くに金属のきらめきか、あるいは、ひょっとしたら光を反射する鏡のようなものを見たと思った。州警察官のサングラスのきらめきのような。

「ちょっと待って」と彼女は言った。「着替えしてくるから」

ゲーム室で、彼女は黄色いスカートに、えんじ色のトップを着た。そのあと、占星術の図表を眺めてから、持ち物を（いくつかのおみやげといっしょに）バックパックに詰めた。そして、バックパックを車の後部座席に放りこんだ。

「ヘイ」とK・Dが言った。「ぼくら、ちょっとドライヴするだけだよ」

「ええ」と彼女は答えた。「でも、誰にもわかんないじゃない？　わたし、また気が変わるかも」

二人は、青空の下を何マイルもドライヴした。ジジは実際、汽車やバスの窓からの景色をよく見ていなかった。彼女の興味に関するかぎり、ここには何もない。しかし、インパラに乗って突っ走るのは、DC10で飛んでいるようなものだった。そして、何もない荒野が――無視できない、自分専用の、デザイナーの空に――変わった。おまけに、からっぽでもなく、いきいきして、視覚冥利に尽きる美しさにみちていた。

「そんな短いスカート、これまで見たことないな」彼は愛らしい微笑を浮かべた。

「ミニよ」とジジは言った。「実社会では、ミニスカートって言うの」

「みんなから、じろじろ見られたりするんじゃないか」

「じろじろ見れば。何マイルもドライヴして。交通事故起こして。ばかなこと言ってりゃいいわ」

「きみは、それが好きなんだね。だが、ミニなんて、きっとそのためにあるんだろうな」

「じゃあ、あんたの服を説明して。わたしのを説明するから。たとえば、どこでそのズボン、買ったの？」

「このズボンのどこが悪いんだ？」

「悪かないわよ。ねえ、あんた、口喧嘩したいんだったら、連れて帰ってよ」

「いや、いや。口喧嘩なんてしたかないよ。ぼくはただ……ドライヴしたいだけさ」

「ほんと？　どのくらい速く？」

「言っただろ。ぼくが運転できるかぎり速く、さ」

「何時間くらい？」

「きみのお望み通り」

「どこまで？」

「どこまでも」

砂漠のカップルは大きい、とマイキーは言った。どこの角度から見ても、空をふさいで、動く、動く、と彼は言った。嘘つき、とジジは考えた。この空じゃない。ここの、この空は、乳房を皿に載せている女も含めて、どんなものよりも大きいから。

メイヴィスは台所のドアの近くの宅地内車道に入ってきたとき、あんまり強くブレーキを踏んだので、座席から包みがすべり落ち、ダッシュボードの下に落ちた。庭の赤い椅子にすわっている人物は全裸だ。帽子の縁の下で顔は見えなかったが、サングラスをかけていないのはわかった。一ヵ月留守にしただけだったが、そのうちの三週間は、ここへ帰りたくてたまらなかった。何かが起こったにちがいない、と彼女は考えた。マザーに。コニーに。ブレーキが軋んだのに、日光浴している人物は動かない。メイヴィスがキャデラックのドアをバタンと閉めたとき、はじめてその人物は体を起こして、帽子をあみだにした。メイヴィスは「コニー！　コニー？」と叫びながら、庭の端に急いだ。「いったい、あんたは誰？　コニーはどこにいるの？」

裸の女はあくびをして、陰毛をひっかいた。「メイヴィスなの？」と彼女は訊いた。

少なくとも自分のことは知られており、話されていることを知ってほっとしながら、メイヴィスは声を低くした。「そんな恰好して、外のこんなところで、いったいあんたは何をしてるの？　コニーはどこ？」

「そんな恰好って何さ？　コニーはなかよ」

「あんた、裸じゃないの！」

「ええ、それが、どうしたの？　葉巻吸う？」

「あの人たち、知ってるの？」メイヴィスは家のほうをちらと見た。

「レディ」とジジは言った。「あんた、これまで一度も見たことないものとか、あんたの持ってないものを見てるの？　でなきゃ、あんたは着物気違い？　それとも、何者？」

「まあ、帰ってきたのね」コニーが両腕を大きく開いて、メイヴィスのほうへ階段を降りてきた。「あんたがいなくて、さびしかった」二人はしっかり抱きあい、メイヴィスは自分の胸にぴったりついた女の心臓の動悸に身をゆだねた。

「コニー、彼女は誰？　彼女の服はどこにあるの？」

「あら、あれはかわいいグレイスよ。彼女はマザーが死んだ翌日に来たの」

「死んだって？　いつ？」

「もう七日になるわ。七日よ」

「でも、わたし、おみやげ持ってきたのに。みんな、車のなかにあるわ」

「無駄ね。とにかく、彼女には要らないわ。心ががりがり噛まれているみたい。でも、いまあんたが帰ってきてくれたから、お料理しようかっていう気になったわ」

「あんた、食べてないの？」メイヴィスは冷たいまなざしで、ジジをちらと見た。

「少しは。お葬式の料理を。でも、いまから新しく料理を作るわ」

「たくさん、あるのよ」とジジが言った。「わたしたち、まだ少しも食べてない――」

「あんたは、服を着なさい！」

「くそくらえ！」

「着なさいな、グレイス」とコニーが言った。「行きなさい、いい子だから。何か着ても、同じように愛してるわ」

「彼女、日光浴の話、聞いたことないの？」

「さあ、行って」

ジジは、メイヴィスに差し出した両頬を大げさにひねるまねをしながら、行った。

「彼女、どんな岩の下から這い出してきたの？」メイヴィスは訊いた。

「お黙り」とコニーが言った。「すぐ彼女が好きになるわ」

絶対に、とメイヴィスは考えた。絶対に、好きになんてなるものか。マザーは死んだが、コニーは大丈夫だ。もう三年近くここにいるけど、この家はわたしたちの住みかだ。わたしたちの。彼女のではない。

二人はお互いに殴りあう以外のことは、何でもやった。そして、とうとう殴りあいをやった。この避けがたい出来事を延期したのは、よるべない愛のためであり、ピチピチの服

を着た、とても若い娘が網戸を叩いたからだった。「助けてくれる義務があるわ。わたし、

「わたしを助けてくれなくちゃ」と彼女は言った。

レイプされたの。それに、もう八月だし」

この言葉の一部だけが、真実だった。

セネカ

何かが窓ガラスをひっかいていた。再び。ダヴィは寝返りして腹ばいになり、その音を聞くたびに窓の外を見たくなる気持ちを抑えつけた。彼ではない。彼はけっして夜は来なかった。彼女はわざと、日常のことを考えようとした。明日の夕食は何にしようか。

菜園でとれた豆にこだわる必要はない。缶詰でも間に合うだろう。スチュワードの味覚には、その違いはわからないだろうから。二十年間嚙み煙草のブルー・ボーイを頬に詰めこんでいたおかげで、まず最初に彼の味覚は幅がせばまって香辛料をほしがるようになった。次いでピリピリするトウガラシだけを要求するところまで落ちこんだ。

二人が結婚したとき、ダヴィはけっして夫の味覚に合うようなおいしい料理は作れないと確信していた。この双子の弟は、兄のディークより味にうるさいという評判だったからだ。戦争から復員してきて、双子の兄弟は二人とも南部料理に飢えていたが、三年間それを夢見ていたために期待が高まり、雪より軽いビスケットを作ることのできるラードの味や、ひきわりトウモロコシのおいしさを決める匂いの強いチーズの役割を過度に評価していた。除隊になって帰郷したとき、ディークは牛の足の骨から甘い髄液を吸ったり鶏の骨を粉になるまで嚙んだりしながら、うれしくてハミングしていた。だが、スチュワードはすべてを違う風に記憶していた。クローヴはハムの天辺にちょこんと載せるのではなく、組織の深いところに入れておくべきじゃないかね？　それに、フライドチキン風ステーキの付け合わせは——ヴィダリア玉葱と、スペイン玉葱のどちらだったかな？

結婚式の日、ダヴィは花柄の壁紙のほうを向き、窓を背にして立っていた。そうすれば、姉のソーンからよく見えるからだ。ソーンが縫目を描いている間、ダヴィはスリップの裾を持ち上げていた。小さなブラシが脚の後ろをくすぐったが、彼女はまったく動かなかった。一九四九年には、ヘイヴンでも他の世界でも絹の靴下はなかったが、結婚式のとき、明らかに素肌とわかるのは神と儀式を嘲弄することになるからだ。

「彼はわたしの料理では満足しないと思うわ」ダヴィは姉に言った。

「どうして？」

「わからないけど。彼はわたしの料理を賞めてくれて、それから、次の機会にはこうすればよくなるって言うんですもの」

「動かないで。ダヴィ」

「ディークはあんたにそんなこと言わないでしょ？」

「言わないけど。他の点ではうるさいのよ。でも、わたしがあんただったら、悩まない。彼がベッドで満足してれば、食事のことなんか何でもないから」

二人はいっしょに笑い、ソーンは縫目描きを全部やり直さねばならなかった。

さて、一九四九年の大問題は、煙草が解決してくれた。豆が庭から取ってきた新鮮なものか缶詰かは、どうでもよくなった。地獄のように辛い修道院のトウガラシが、あらゆる料理の面倒を見てくれるからだ。豆の栽培に苦労するのは徒労だ。缶詰の豆にティースプーン一杯の砂糖とバターを少々落としこめば、十分だった。彼がいつも豆に振りかけるわずかな濃紫色のトウガラシが、微妙な味はみんなふっ飛ばしてしまうからだ。たとえば、遅摘みの南瓜《かぼちゃ》を考えてみるがいい。

最近いつもダヴィ・モーガンは、夜に夫のことが頭に浮かぶと、どれだけのものを彼が失ったかを考えてしまう。彼の味覚は、彼女が数えあげる多くの例の一つだ。彼自身の（そして、ルビーの全住民の）評価とは逆に、スチュワードがたくさん手に入れれば入れるほど、それだけ彼の喪失は明らかになった。一九五八年には最高値で牛豚群を売ったが、オクラホマ・シティの例のドラッグストアですわりこみをしていた学童たちを公然と侮辱したため、教会事務長の職にたいする州選挙では敗退した。彼は生徒たちを組織していた女性たちに、憎しみにみちた手紙さえ書いたのだ。彼の立場がわかっても、彼女は驚かなかった。十年前彼は、ノーマンでの全国黒人地位向上協会の人種差別反対訴訟の扱い方を批判して、サーグッド・マーシャルを「扇動ニグロ」と呼んだことがあったからだ。一九六二年には、牧場に一万フィートの穴をあけた天然ガスのおかげで彼のポケットは金でいっぱいになったが、彼らの土地は縮まって玩具のような牧場になってしまった上、そこを見るからに美しい土地にしていた木立もなくなった。彼の生え際と味覚は、年を追うごとに後退した。小さな喪失が積み重なり、その頂点に大きなものが来た。一九六四年、彼が四十歳のとき、妖精の呪いが本物になった。夫婦のどちらも子供を持つことはできないとわかったからだ。

ほぼ十年経ったいま、彼の言葉によると、マスコウギでの不動産売買で彼は土地を「整理」した。ダヴィはいま、彼が他の何を失うか考える必要はなかった。彼はすでに、オーヴンの口に書かれた言葉の件で、マイズナー師にたいする負け戦をやっていたからだ。この喧嘩は、一部には誰も口にはしないことで煽られている、とダヴィは考えていた。つまり、全家族のドアの後ろにひそむ、問題児とか挙動の悪い若者たちのことだ。アーネットは大学から帰郷していたが、ベッドから出ようとしないし、ハーパー・ジュリーの息子のミーナスは、ベトナムから帰って以来、毎週末には酔っ払っている。ロジャーの孫娘のビリー・デリアは、完全に姿をくらました。ジェフの妻のスウィーティは、誰も言わない冗談に笑いに笑っている。K・Dは、修道院にいるあの娘と面倒な関係になっている。何人かの他の連中の生意気な態度、ふくれっ面、公然たる挑戦は言うまでもない――オーヴンを「しかじかさようの場所」と名づけたがり、そこにはもともと、スチュワードとディークをあれほど怒らせた言葉が書かれていたはずだと決めつけた若者たち。ダヴィは、姉（義理の姉でもある）とその話をした。それから、メイブル・フリートウッド、アンナ・フラッド、クラブの二人の女性たちとも。意見はさまざまで、混乱しており、矛盾していさえした。この件では、みんなが感情的になっていたからだ。また、若者たちがミス・エスターが指で覚えた記憶を嘲笑して、前の世代全員を侮辱したからだ。ミス・エスターは間違っていたかもしれないと礼儀正しくほのめかしたりはせず、発音できない文字を指でたどり、読めさえしない見えない言葉を記憶するなんて不可能だと大声でやじったのだ。

「彼女は、その言葉を見たの？」と息子たちは訊いた。

「見るどころか、それ以上だ！」と父親たちはどなった。「彼女はそれを感じ、触れ、指でなぞったのだ！」

「彼女が盲人なら、信じるよ。点字の場合に似てるからね。だが、自分の墓のなかから這い出てその前に立っても、墓碑銘さえ読めない五歳の子供だろ？」

双子はしかめ面をした。フリートは義母の名にし負う寛大さを考えて、教会の座席から飛び出したが、人々から取り押さえられた。

メソディスト教会員は初めの頃、バプテストの連中の意見の衝突にほほえんだ。ペンテコスト派は大声で笑った。だが、長くは続かなかった。お膝元の若い教会員たちが、オーヴンの言葉についていろいろな意見を述べはじめたからだ。各教会の会衆のなかには、ヘイヴンを出て新規まき直しをやった十五家族の一員か、その親類がいた。オーヴンは一宗派のものではなかった。全員のもので、全員がカルヴァリ教会に集まるよう要請された。この件を議論するために、とマイズナー師は言った。天候は涼しく、庭の芳香は強く、彼らが七時半に集まったとき、雰囲気は快く、人々は好奇心を感じていただけだった。そして、マイズナーの開会の辞の間中、この雰囲気が続いた。ひょっとしたら若者たちは神経質になっていたのかもしれないが、ルーサー・ボーチャンプの息子のロイヤルとデストリが皮切りとして話しはじめると、その声があまりに甲高くなったので、女たちは当惑してハンドバッグのほうへ目を伏せ、男たちは衝撃を受けて瞬きするのを忘れた。若い連中が静かに話し、自分たちの育てられ方をよかったと認めた上で意見を述べたとしたら、みんなにとってよりよい結果になっただろう。しかし、彼らは議論は望まず、教えたがったのだ。

「どんな元奴隷も、四六時中怖がってろ、なんてわれわれに言いやしないよ。神に『用心しろ』なんて。神様がわれわれに物を投げつけ、われわれを押さえつけようとしたらいけないから用心して、いつも頭をひょいと下げたり、どっかにもぐりこんだりしろ、なんて」

「大人に話すときは、ていねいな口を利け」とサージャント・パースンが言った。

「すみません。しかし、これはどんなメッセージなんですか。苦労してわが道を進み、無から町を作るだけの勇気ある元奴隷が、そんなこと考えるはずがありませんよ。どんな元奴隷も――」

ディーコン・モーガンがさえぎった。「おまえが話しているのは、おれの祖父のことだ。元奴隷と呼ぶのはやめろ。元奴隷というのが彼の全人格を表わすみたいに。彼は、元副知事、元銀行家、元助祭、それに他のたくさんの〈元〉がつく役職者だったんだ。その上、わが道なんか進んじゃいなかった。自分たちの道を進むグループ全体の一部だったんだ」

マイズナー師の目を捉えたため、青年は譲らなかった。「彼は奴隷時代に生まれたんでしょう。それなら、奴隷じゃなかったんですか」

「奴隷制の時代に生まれた者全員が奴隷だったとはかぎらないさ。おまえが言うような意味では」

「意味は一つしかありません」とデストリが言った。

「おまえは、自分が話していることの意味がわかってない！」

「わかってる者なんているもんか！　全然わかっちゃいないんだ！」とハーパー・ジュリーが叫んだ。

「静かに、静かに！」マイズナー師が割りこんだ。「兄弟姉妹、わたしたちがこの集会を神ご自身の家で開いたのは、努力して、見つける——」

「神の家の一つだ」とサージャントがどなった。

「いいでしょう、神の家の一つです。しかし、どの家であろうと、神はそこにいる人々の尊敬を要求なさるのです。わたしの言うことは正しいですか。正しいですか」

ハーパーはすわった。「言葉の点は謝るよ。神にたいして」彼は上を指差しながら、言った。

「神はお喜びになるかもしれません」とマイズナーが言った。「お喜びにならないかも。あなたの尊敬を神に限らないでください、兄弟ジュリー。神は尊敬に反するあらゆるやり方に警告なさっているのです」

「マイズナー師」プリアム師が立ち上がった。彼は浅黒い、針金のような男で——白髪で印象深い様子をしている。「ここに問題があります。あなた、わたし、みんな、です。問題は、われわれのうちの何人かの話し方です。もちろん、大人はちゃんとした言葉を使わなければなりません。しかし、若い人々は——彼らの言ってる言葉は対話というよりは口答えに聞こえますよ。わたしたちがここに来ている目的は——」

ロイヤル・ボーチャンプが人もあろうに、彼を、プリアム師をさえぎった！『答える』のでなきゃ、対話って何だい？　あんたたちはみんな、ぼくらが話をするのがいやなんだ。あんたたちがいま話していることに賛成しなきゃ、どんな話だって『口答え』になっちまう……」

一同は青年の無礼にあまりにも驚いたので、彼の言葉はほとんど耳に入らなかった。

プリアムは、ロイの両親――ルーサーとヘレン・ボーチャンプ――がいる可能性を無視して、ゆっくりマイズナーのほうを向いた。「師、あの青年を黙らせておけないのかね」

「どうしてそんなことができましょう？」とマイズナーは訊いた。「わたしたちがここにいるのは、ただ話すためだけではなくて、聴くためでもあるんですから」

愕然としたあえぎが聞こえたというよりも、感じられた。

プリアムが目を細めて反論しようとした瞬間、ディーク・モーガンが列から離れて、通路に立った。「ええと、わたしは聴いていたんだが、必要なことはみんな聴いたと思う。さて今度はみんなのほうが、わたしの言うことを聴いてくれ。本当に、しっかりと。誰も――わたしの言うのはどんな人間もっていう意味だ――オーヴンを変えたり、妙な名前で呼ぶことはならん。われわれの祖父が作ったものを損なってはならん。彼らは一つ一つの煉瓦を全部、一度に一つずつ自分たちの手で作ったんだ」ディークはしっかりとロイを見つめた。「彼らは粘土を掘った――おまえたちじゃない。煉瓦箱を運んだ――おまえたちじゃない」彼はデストリ、ハーストン、カリーン・プール、ローカスとリンダ・サンズを視野におさめるため、頭をめぐらせた。「彼らはモルタルを混ぜた――おまえたちの一人じゃない。彼らは、自分たちの家が棒切れと芝土だったときに、あのオーヴンのために強くて立派な煉瓦を作ったんだ。わたしの言ってることがわかるか？　だから、われわれは彼らがやりぬいたことを尊敬しているのだ。あの男たちが――おい、聞いてるか？　奴隷じゃない、元とか、そんなもんじゃない――作った煉瓦ほどやさしく扱われたものは何もない。あいつらに言ってやれ、サージャント、解体作業がいかに細心の注意を要するものだったか、われわれがどんなに注意深かったか、どんな風に一つ一つの煉瓦を包んだか、を。彼らに言ってやれ、フリート。おまえ、シーライト、おまえ、ハーパー、わたしが嘘をついてるかどうか、彼に言ってやれ。わたしと弟があの鉄板を持ち上げた。われわれ二人だ。文字がいくつか落ちたとしても、わたしたちのせいじゃない。わたしたちは、まるでメエメエ鳴く小羊のようにあれを藁にくるんだのだ。だから、八十年後に、あれほど苦労して学んだ男たちより自分たちのほうがよく知っていると主張するようなことは誰にもさせないと言っておく。わたしの言うことをよくわかってくれ。わたしにたいして、好きなだけ短気なことをほざいてみろ、手をくだしたこともない仕事をバカにすることができると考えているんだったら、おまえたちはこれから先ろくなことはないぞ」

二十通りの「アーメン」という声が、ディークの宣言に重みをつけた。もしマイズナーが次のように言わなかったら、ディークが述べた要点がそこで議論を打ち切らせたはずだ。

「ディーク、わたしの見るところでは、彼らはオーヴンを尊敬してますよ。彼らがオーヴンに新しい生命を与えたいというのは、その価値を認識しているからですよ」

若者たちの立場を尊重するこの第二の風向きの変化で起こったささやき声は、怒号にまで高まった。それが鎮まったのは、ひとえに反対者たちがどういう反応を示すか聴こうとしたからだった。

「彼らはあれに何も与えず、殺して、自分たちが作った何かに変えたがっているんだ」

「あれは、ぼくらの歴史でもあるんです。あんた方だけのものじゃない」とロイが言った。

「じゃあ、そのように行動しろ。たったいま、言っただろ。オーヴンはすでに歴史を持ってるって。おまえたちが、それをやり直す必要はない」

「ちょっと待ってください、ディーク」とマイズナーが言った。「言われたことを考えてください。名前のこと——オーヴンに名前をつける話——は忘れてください。問題になってるのは、モットーをはっきりさせることです」

「モットー？　モットー？　わたしたちは命令のことを話しているんですよ！」プリアム師は、優雅な指で天井を指さした。「『神の額の皺に用心しろ』これが、白昼のようにはっきりオーヴンが述べていることです。示唆じゃなく、命令ですよ！」

「いや、違います。白昼のようにははっきりはしていません」とマイズナーが言った。「それは『神の額の皺……』と言ってます。『用心しろ』という言葉はありません」

「あんたはいなかったじゃないか！　エスターはいたんだ！　それに、あんたは最初のときも、ここにいなかった！　エスターはいたんだ！」アーノルド・フリートウッドの右手が、警告のために震えた。

「彼女は赤ん坊だったんです。間違えたのかもしれません」とマイズナーが言った。

いま、フリートが通路のディークに合流した。「エスターは生涯、そんな性質の間違いは一度もしなかった。彼女はヘイヴンとルビーについても、知るべきことはみんな知っていたんだ。彼女はわれわれが道路を作る前にわれわれを訪ねてきて、この町に名前をつけたのだ、くそっ。すみません、ご婦人方」

デストリは緊張のあまり、いまにも涙を流しそうに見えたが、手を上げて、質問した。「すみません。どうして『皺になれ』って読むのが、そんなにいけないんですか。『神の額の皺になれ』っていうのが」

「おまえは神にはなれないんだよ」ネイサン・デュプレイが頭を振りながら、親切に答えた。

「神になるってことじゃありませんよ。神の道具、神の正義になるってことです。一つの人種として――」

「神の正義とは、神御一人のものだ。神の言うことをやらなければ、いったいどうして神の道具になれるんだね？」とプリアム師が訊いた。「あんたは神に従わなくちゃならん」

「その通りです。しかし、いまでもぼくらは神に従っています」とデストリが言った。

「神の掟に従ったら、ぼくらは神の声、神の応報になるでしょう。民族として――」

ハーパー・ジュリーが彼を黙らせた。「あれは『用心しろ』と書いてあるのであって、『なれ』ではない。『用心しろ』っていうのは、『見張っていろ。力はわがもの。それに慣れろ』っていう意味だよ」

「『なれ』っていうのは、神を脇に置いて、おまえが力だっていう意味になる」とサージャントが言った。

「ぼくらが〈力〉なんです、もしぼくらが――」

「ぼくの言いたいことがわかりますか？　ぼくの言いたいことがわかりますか？　だって。あいつの言うことを聴いてくれ！　あれを聞いただろ、牧師さん。あの男の子には革紐が要るよ。冒瀆だ！」

予想通り、スチュワードが最後の言葉――あるいは、少なくとも最後の言葉としてみんなが覚えている言葉――を述べた。その言葉で、集会が終わりになったからだ。「よく聞いてくれ」と彼は、ブルー・ボーイのせいでだみ声ながらはっきりした声で言った。「もしおまえらが、おまえらのうちの誰でもいい、あのオーヴンの口の言葉を無視したり、変えたり、取り去ったり、加えたりしたら、おれが頭を吹っ飛ばしてやる。垂れ目の蛇のようにな」

ダヴィ・モーガンは夫の脅迫に背筋が冷たくなり、床板を見つめることしかできなかった。そして、いま彼の喪失はいったい目に見えるどんな形を取るのだろうかと考えた。

何日もあとになって、彼女はいまだに、誰が、あるいは、どちらの側が正しいのか、決めかねていた。そして、スチュワードを含む他の人たちと議論していると、誰であれ、そのとき自分が耳を傾けている人に賛成したくなるのだった。この問題は、「友達」が帰ってきたら、話してみようと思った。


カルヴァリ教会の集まりからの帰途、スチュワードとダヴィは行き先について、ささやかながらいつものような言い争いをした。彼は牧場に向かっていた。そこは、天然ガスの権利を売ったのでうわべだけの牧場に成り果てていたが、スチュワードの心のなかでは、それが家だった――休日にはアメリカの旗がひるがえり、名誉ある除隊の書類が額に入れて飾ってあるところ、彼が姿を現わすと、かならずベンとグッドが狂ったように尻尾を打ちつけてくるところだった。しかし、ダヴィにとっては聖マタイ通りにある彼らの小さな家――双子がけっして転売しない抵当流れの家――のほうが、ますます家らしく思えてくるのだった。そこは姉の家に近く、カルヴァリ山にも、女性クラブにも近かった。そこはまた、彼女の「友達」がわざわざ訪れてくれるところだった。

「すぐそこで降ろしてちょうだい。残りの道は歩くから」

「風邪引いて死んじまうよ」

「いいえ、死ぬもんですか。いまは、夜ひんやりするのが気持ちいいわ」

「ダヴィ、おまえには手を焼くよ」と彼は言ったが、彼女が降りる前、彼女の腿を軽く叩いた。

ダヴィはゆっくりセントラル街を下っていった。はるか彼方の、オーヴンに近いところに六月中旬（一八六二年六月十九日にリンカーンが奴隷解放宣言に署名したことから、黒人はこの日を祝祭日とする慣わしがある）のピクニックで使った提灯が吊り下がっているのを見ることができた。もう四カ月になるが、それを下ろして来年のためにしまっておこうとする人はいない。いま提灯は、そこの陰で行なわれている自由をことほぐ他の行為のために——ほんの少し、かろうじて見える程度の——光を提供している。左手には銀行があった。どの教会に比べてもさほど高くないが、それでいて、通りを睥睨しているように見える。兄弟のどちらも、ヘイヴン銀行のような二階はほしがらなかった。ヘイヴン銀行の二階には、ロッジが事務所を持っていた。兄弟は銀行業務以外の理由で、人や車が自分たちのビルへ入るのを好まなかった。父親が持っていたヘイヴン銀行は多くの理由で崩壊したが、その理由の一つは構内でロッジの会合を開かせたことだ、とスチュワードは主張した。「集中して物を考えることができなくなる」と彼は言った。三つ通りを隔てて右側の、パトリシア・ベストの家の隣には、牧場の家が完成するまでの間、ダヴィが教えていた学校がある。ソーンのほうが長く教えていたが、家がすぐそばだったからだ。いまでは、パットが独りで学校を経営している。マイズナー師とアンナ・フラッドが黒人の歴史のクラスと、放課後のタイプの授業を担当している。学校の一方の側にある花と野菜は、パット自身の家の前庭の続きだった。

ダヴィは左に曲がって、聖マタイ通りに入った。月の光が白いフェンスをきらめかせている。フェンスは、菊、ジキタリス、ヒマワリ、コスモス、ギボウシを押しとどめようとして、斜めにかしいでいた。他方、ミントやシルヴァーキングが、スレートの下のほうの空間で押しあいへしあいしている。夜空は、みごとな蓋のように芳香を凝縮し、貯え、強め、香りが逃げていくほんのわずかな微風も許さないように見えた。

庭の戦い——勝ち、敗け、いまだに窮地に陥っている——は、ほぼ終わった。戦いは一九六三年に——あの頃は時間があった——突然はじまり、十年間荒れ狂った。ルビーが築かれた一九五〇年に二十代だった女性たちは、十三年間、夢にも見なかった恩恵が増していくのを見守ってきた。彼女たちは柔らかいトイレット・ペイパーを買い、ぼろの代わりにふきんを使い、洗顔専用、おむつ専用の石鹸を使った。ルビーの全家庭で、いろいろな設備がポンプで注入し、ブーンとうなり、吸い上げ、のどを鳴らし、ささやき、流れている。そして、時間ができた。台所の調理用ストーヴで薪の世話をする必要がなくなったので十五分、シーツや仕事着も洗濯板の上で叩いたりごしごし洗ったりする必要がないので、まるまる一時間、絨毯は叩く必要がなく、カーテンは張り器の上にピンで留める必要がないので十分が浮く。食べ物は長持ちするので、まとめ買いをすることができるため、さらに二時間。大喜びの夫や息子たちは、彼女たちと同じように得意になって、五回の値上げ、すなわち、ポンド、梱《こり》、生体重（解体処理前の家畜の体重）当たりの収益を、ケルヴィネイター（ケルヴィンが発明した皿洗い機）、ジョン・ディア（農耕用トラクター）、フィルコ社のテレビ、フィッシャー社製の車のボディなどに注ぎこんだ。鋼鉄や、ベルトや、バルブや、ベークライトの部品の上に重ねられた白い磁器のボディは、彼らに深い満足感を与えた。ブーンとうなり、鼓動し、柔らかくのどを鳴らす音が、女たちに時間を与えた。

　ヘイヴンでは注意深く掃き、水を撒いた土の庭だったものが、ルビーでは芝生となり、とうとう最後に、前庭は完全に花の天下となった。花庭になったのは、花作りの暇ができたという以外もっともな理由はない。食用以外の植物を栽培する習慣と関心が広がって、土地もこの傾向に屈した。ここでは挿し木、あそこでは根分け、球根一つか二つを交換したり分け合ったりが、熱狂的な庭の拡張に発展したので、夫たちはないがしろにされて文句を言い、がっかりするほどわずかな大根の収穫や、あまりにも短いコラードやビートの列に苦情を言った。女たちは裏手の菜園を維持していたが、少しずつその産物は花に似てきた。つまり、必要性からではなく、欲望に動かされていた。アヤメ、フロックス、バラ、シャクヤクが、ますます多くの時間を取り、つつましい自慢の種になり、あまりに多くの空間を占めるようになったので、新しい蝶はルビーで、卵を産もうと何マイルもの旅を続けることができた。アカシアの下からはひそかに蛹が吊り下がり、蝶はそこから、何十年もソバやクローヴァーのなかで餌を見つけていたシジミチョウやキチョウに合流した。ウルシから樹液を飲んでいたレッド・バンドは、ジュエル・フラワーやキンレンカを好む新来のクリーム色の蝶や白蝶と張り合い、黒レースに覆われた巨大なオレンジ・ウイングは、パンジーやスミレの上をうろついた。その涼しい十月の夕べ、蝶は歳月を重ねた庭競争のように去っていたが、結果は残っていた――肥沃な、手を入れすぎた庭、灌木と卵の連なり。潜伏していた。春が来るまで。

小径を縁どる柵に触れながら、ダヴィは石段をのぼった。そこのポーチの上で彼女はためらい、きびすを返してソーンを訪ねようかとも考えた。ソーンは早く集まりから帰っていた。ソーンのことが心配だった。ときどき、五年前の息子たちの死とは関係なく落ちこむ時期があるように思えたからだ。たぶん、ソーンもダヴィが感じているもの――一人ではなく、二人の夫を持っている重荷――を感じているのかもしれない。ダヴィは立ち止まり、それから気が変わって、ドアを開けた。つまり、開けようとした。だが、鍵がかかっている――まただ。最近スチュワードがはじめたこの習慣に、彼女はかんかんに怒った。まるで銀行みたいに、家にも門をかけるなんて。ダヴィは、ルビー中でドアに鍵をかけているのは、自分たちの家だけだと確信していた。いったい彼は何を恐れているのだろう？

彼女はドラセナの鉢の下の皿を撫でて、合い鍵を拾い上げた。

あの最初の訪問の前、一つの兆候があったが、それは二度と起こらなかった。彼女は二階にいて、この抵当流れの小さい家を掃除していた。そして、立ち止まって、寝室の窓からのぞいたのだ。下のほうで、葉の重い木々は絵のように動かなかった。七月。乾燥している。華氏百一度。それでも窓を開けると、一年間空き家だった部屋が生き返るように思われた。しばらく時間がかかったが——ここを叩き、一、二度引っ張って——彼女はついに、どうにか窓をすっかり上まで開けることができ、庭がどうなっているか見ようと、体を乗り出した。窓際での彼女の位置からすると、木々が裏庭の大部分を隠していたので、木立の広がりの彼方を見るには、ほんの少し伸びをしなければならなかった。そのとき、力強い手が巨大な袋の奥底に入って、幾握りかの花びらを空中に撒き散らした。あるいは、そう見えた。蝶々だ。柿色の羽でできた震えるハイウェイが、常緑の木々の梢を横切り——それから、姿を消した。

あとで、彼女が木立の下の揺り椅子にすわっていたとき、彼がやって来た。彼女はそれまで一度も彼を見たことはなく、彼の容貌に地元の家族の特徴を見出すことはできなかった。最初は、ハーパーの息子のミーナスだろうと思った。ミーナスは酒飲みで、かつてはこの家の所有者だった。しかし、この男はまっすぐ、急ぎ足で歩いていた。まるで約束に遅れたので、この庭をどこかへ行く近道に使っているというかのように。たぶん、彼は揺り椅子の軽い軋みを聞いたのだろう。ひょっとしたら、この家宅侵入が安全なものかどうか思案したのかもしれない。とにかく、振り返って彼女を見たとき、彼はほほえみ、掌を上げてあいさつした。

「こんにちは」と彼女は声をかけた。

彼は方向を変え、彼女がすわっている近くに来た。

「あなたは、この近所の人？」

「近くです」と彼は言ったが、唇を動かしてそう言ったわけではない。

この人は散髪する必要があるわ。

「ちょっと前、蝶々を見たのよ。あの上のほうに」ダヴィは指さした。「オレンジがかった赤だったわ。派手な色。以前あんな色見たことなかった。子供のとき、よく珊瑚って言った色みたいだった。南瓜の色だけど、もっと強いの」彼女はそのとき、いったいわたしは何の話をしているんだろう、と考えた。そして、彼女が描写しているものにたいして彼があれほどの関心を見せなければ、何か礼儀正しい終わりの言葉を――たぶん、暑さとか、夕方になれば涼しくなってほっとするとかいうような言葉を――もごもご言ったにちがいない。彼の仕事着は清潔で、アイロンがかけてあった。白いワイシャツの袖は、肘の上までまくりあげている。なめらかな筋肉のついた彼の前腕を見て、彼女は彼の顔から受けた印象をもう一度考えた。つまり、栄養不良じゃないかという印象を。

「あなた、あんな蝶々を前に見たことある？」

彼は頭を横に振ったが、明らかにその質問が重大だと考えたらしく、腰を浮かせて彼女の前にしゃがんだ。

「どこかにお出かけなら、引き止めないわ。ただ、そうね、とってもきれいな眺めだったから」

彼は同情したようにほほえみ、彼女が指差した方角を見やった。それから立ち上がり、草の上にすわったわけではないのに、仕事着のお尻をはたいてから、言った。「ここを通り抜けしてもいいでしょうか」

「もちろん、いつでも。いま、ここには誰も住んでないのよ。ここの持ち主は、ここを維持できなくなったの。でも、いい家でしょ？　わたしたち、たぶん、ときどきここを使おうかって考えてるの。夫が……」彼女は無意味なことをしゃべっているとわかっていたが、彼のほうは熱心に、注意深く、一語一語に耳を傾けているように見えた。とうとう彼女は――しゃべり続けている自分の愚かさがあまりにも恥ずかしくなって――話しやめ、いつでも好きなときに近道をしてもいいという許可を繰り返した。

彼は礼を言って、木々の間を急ぎ足で歩きながら、庭から出ていった。ダヴィは、向こうの家々を覆っている影のレースのなかに彼の姿が消えていくのを見つめていた。

彼女は、柿色の羽を二度とけっして見なかった。しかし、彼は帰ってきた、ほぼ一カ月のちに、それから一、二カ月ごとに出たり入ったりした。ダヴィは彼が誰なのか、スチュワードか、他の人に訊いてみようと思いながら、いつも忘れた。若い人々はどこの誰か、だんだんわかりにくくなっているし、友人や親戚の者がルビーを訪れる場合、昔の人たちがやったように、いつも礼拝に出て会衆に紹介してもらうとはかぎらない。彼女は彼の年を訊くことはできなかったが、少なくとも自分より二十歳は若いと思った。たぶん、それだけが、彼の訪問を秘密にした理由なのだろう。

問題は、彼が来たとき、彼女がばかなことばかりしゃべることだった。そんなことが心のなかにあろうとは、自分も知らなかったようなことを。歓び、悩み、世の中の重大問題とは関係のない事柄。それでいて、彼は彼女の言うことに熱心に耳を傾けるのだ。なぜかはわからないが、ひとたび彼の名前を訊けば、彼は二度と来なくなることを彼女は確かに知っていた。

彼女が一度アップル・バターつきのパンをあげると、彼はそれを残さず食べた。

ますます頻繁に、彼女は聖マタイ通りに留まる理由を考えだした。彼に会いたいとか、探そうとするわけではなく、彼はそこに来たことがあり、また来るだろう――おしゃべりや、一口の食べ物、かんかん照りの午後には冷たい水を求めて――と知って、満足するためだった。彼女の唯一の恐れは、誰か他の人が彼の話をするとか、彼といっしょに現われるとか、彼女より先に彼の友達だったと主張することだった。しかし、誰もそんなことはしなかった。彼は、彼女独りのものであるように思われた。

そういうわけで、カルヴァリ山で若者たちとの議論があった日の晩、ダヴィは抵当流れの家の錠に鍵を差しこんだ。こんなことをさせるスチュワードにたいして怒り、集まりが険悪な雲行きになったことで心を乱されて。彼女は熱いお茶のカップを手にしてすわり、幾篇かの詩や詩篇を読み、みんなを怒らせている問題について考えをまとめようと思ったのだ。午前中に「友達」が来るかもしれない。もし来たら、彼の意見を訊こう。しかし、結局お茶や読書はやめにして、お祈りをしたあと、ベッドにもぐりこんだ。だが、答えの出ない問題が浮かんできて、眠れなかった。富を捨てることとは別にして、金持ちは善人になれるだろうか。この件も「友達」に訊こう。

いま、ついに、少なくとも、裏庭は彼を迎えることができるほどきれいになった。最初の訪問のときはめちゃくちゃで、手入れがしてなかったし、ごみだらけだった――野良猫、庭蛇、迷い鶏などの住み家で――見せられるものは、珊瑚色の羽をした蝶々だけだった。彼女は独りで、庭の手入れをしなければならなかった。K・Dは尻ごみして、想像力の欠けた口実を並べたてた。若い人たちの関心を惹きつけるのはむずかしい。ビリー・デリアは彼女の手伝いをよくしてくれた。他の点では男の子のことで頭がいっぱいだったので、これは驚くべきことだった。しかし、それもうまくいかなかった。しばらくの間彼女を見かけた人はいないし、母親のパット・ベストは、すべての質問をはぐらかしてしまう。父親にたいする町の扱いをいまだに怒っているのだろう、とダヴィは考えた。ビリー・デリアは集まりには出ていなかったが、その場には彼女の態度が反映していた。あの奇妙なバラ色がかった黄褐色の肌と、言うことをきかない褐色の髪をした小さい少女の頃から、彼女はすべてに——園芸以外のすべてに——唇を突きだした。ダヴィは彼女がいないのを寂しく思い、オーヴンのメッセージを変えるという提案をビリー・デリアはどう思うだろうかと考えた。

「神の額の皺に用心しろ」か？　「神の額の皺になれ」か？　彼女自身は、「神の額の皺」だけで、どんな年齢、どんな世代の人々にも十分だろう、と考えた。その意味を特定化し、特殊化し、固定化するのは、無益だった。するべき必要のある唯一の釘付けは、すでになされていた。十字架の上で。そうではないか？　「友達」に訊いてみよう。それから、ソーンに告げよう。その間に、窓ガラスをひっかく音はしなくなった。眠りに落ちる寸前、缶詰の豆でも同じようにおいしいものができるということが、彼女にはわかっていた。

スチュワードは窓をまわし下げて、つばを吐いた。風のせいで、それが自分の顔にかからないよう注意して。彼は胸が悪くなっていた。「猶予をください」。それが、あの若い馬鹿者たちが実際にオーヴンの上に書きたがっていたスローガンだ。甥のK・Dと同様、町作りにみんながどんなに苦労したか、全然わかってないんだ。自分たちが、何から保護されているのか。どんな屈辱に直面しないですんでるのか。いつものように車の持つ最大限の速度で走って、ひとたび牧場のほうに向かう田舎路に戻ると、スチュワードは「用心しろ」と「なれ」との違いや、ビッグ・パパならどういうふうに説明しただろうか、という問題に頭をしぼった。個人的には、そんなことはどうでもよかった。要点は、どうしてそれを変えるべきか、変えてはいけないのかということではなく、そうした考えを吹き込むことでマイズナー師は何を得るのか、という問題だった。結局、マイズナーはどのくらい馬鹿者になったか、を考えながら、彼はもう一度つばを吐いた。愚かで、たぶん、危険でもある人物。あの世代――マイズナーや、K・Dの世代――は、次の世代に到達するために、犠牲にしなければならないのだろうか、と彼は考えた。彼自身の父親や祖父がスチュワードの世代にしてくれたように、訓練し、磨きあげることのできる孫や、曾孫の世代のために。あそこには断絶はなく、あのとき、猶予なんてものはなかった。期待は高かったが、報われたのだ。あの善人たちほど、自分の行動に責任を持った人々はいない。彼は、兄のエルダー・モーガンの話、ニュージャージー州の港にリヴァプール号から降りたときの話を思い出した。ホボーケン。一九一九年。汽車に乗る前、ニューヨーク周辺の散歩をしていて、彼は二人の男と一人の女が口論しているのを見た。服装から街の女だと推測して、彼女の職業にたいして軽蔑の念をおぼえ、最初はどなっている男たちとの繋がりを感じた、とエルダーは言った。突然、男たちの一人が、こぶしで彼女の顔を打った。彼女は倒れた。すると、同じように突然、その情景から日常の色がすべり落ちて、白黒になった。エルダーは、口が乾いた、と言った。二人の白人男は、歩道の上に手足を広げて倒れている意識不明の黒人の女に背を向けた。エルダーが何も考えられないうちに、男たちの一人が気を変えて、戻ってきて、女の腹を蹴った。エルダーは、そこへ駆け寄って男を引き離すまで、自分が走っていることを知らなかったという。立て続けに十カ月の間、走り、戦ってきたので、まだ、衝動的な暴力から乳離れしていなかったのだ。エルダーは白人の男のあごを殴り、二番目の男から攻撃されるまで殴り続けた。誰も勝った者はいない。みんなが傷ついた。女はまだ、歩道の上に横たわっている。そのとき、小さな群衆が大声で警官を呼びはじめた。エルダーはおびえて走りだし、オクラホマに帰りつくまで、ずっと軍隊用外套を脱がなかった。上官が、軍服の状態を見たら困るからだった。後に、妻のスザンナが軍服を洗い、アイロンをかけ、繕ってくれたとき、彼は妻に、糸をほどいて、上着のポケットはひらひらのまま、シャツの襟は裂け、ボタンはぶら下がるか、なくなったままにしておけと言った。血痕を保つには遅すぎたが、彼は血のついたハンカチを、二つの勲章といっしょにズボンのポケットにたくしこんだ。彼はどうしても、あの白人男のこぶしが黒人女の顔を打つさまを、心から追い払うことができなかった。女の職業をどういう風に考えていようと、彼は死ぬまで、彼女のことを考え、彼女のために祈った。スザンナは長々しい反論を展開したが、モーガン家の男たちが勝った。エルダーは、彼の要求通りに埋葬された。つまり、裂け目を誇示した軍服を着て。彼は走って、女を置き去りにした弁解はしなかった。また、神の猶予も期待しなかった。そして、神からいきさつを訊かれたら、答える用意はできていた。スチュワードはこの話が好きだったが、それが売春婦を守り、売春婦のための祈りにもとづいていることを考えると、気持ちが萎えてきた。彼は白人の男たちに同情してはいなかったが、彼らの言いたいことは理解でき、そのこぶしが自分のものだったらと考えるだけでアドレナリンを感じた。

スチュワードは車を停めて、家に入った。彼はダヴィなしではどんなベッドに入る楽しみもなく、こんなにもしばしば彼女が町に留まるのをやめさせる理由をもう一度考えようとした。だが、無駄だろう。彼女には何一つ拒絶できないからだ。彼はコリー犬に会いに行き、下働きの者がどれだけいい仕事をしているか見ようと、犬を連れ出した。彼らは地元の人間で、その妻や父親を彼はよく知っていた。彼らは同じか、近くの教会に通い、彼と同じほど「猶予をください」という考えを嫌っていた。またしても、苦々しさが湧いてくる。彼に息子があったら、廉直さの純粋な模範となって、マイズナーの男らしさの観念なんか笑いとばしてやれるのに。あれは生意気な口答えだ。名前は変わる——まるで言葉の魔術が、男であるために必要な勇気と何かの関係があるかのように。

スチュワードは犬に革紐をつけて、馬小屋の門を外した。彼の好みは、朝の四時頃馬に乗ること、日の出までナイトに乗ることだった。彼は牧場を歩きまわるのが好きだった。

そこでは、すべてが戸外にあるからだ。ナイトに鞍を置くと、彼はそのたびに、自分の土地にいれば、ビッグ・パパや、ビッグ・ダディや、七十九人全員がオクラホマのフェアリを出たあと感じたような、絶望の思いを絶対に味わわないですむことを知って、新しい驚きを経験するのだった。彼らは徒歩だった。完全に打ちのめされ、怒っていた。だが、子供の足の状態以外、何物も恐れてはいなかった。彼らは概して健康だった。しかし、妊娠した女には、ますます多くの休息が必要となった。ドラム・ブラックホースの妻、セレスト。彼の祖母、ミス・ミンディ。それに、彼自身の母、ベック。みんなお腹に子供を抱えていた。彼らの心を岩にし、永久に変えてしまったのは、妊娠した妻や、姉妹や、娘が宿を断られるのを見る恥辱だった。その屈辱は、絶えざる痛み以上に響いた。骨を砕くかとさえ思われた。

スチュワードは、父と祖父が話した物語の細部という細部を全部記憶していた。そして、彼らの恥辱を想像するのに何の苦労もいらなかった。たとえば、ダヴィは流産する前はいつも腰のくびれに片手を当て、両目を細くして、内部を、いつも胎内の赤ん坊を見つめた。カラーのついた服を着て、上等な靴をはき、大言壮語する男たちが、「ここから出て行け」と彼女に言い、彼、スチュワードがそれにたいしてなすすべがなかったら、どんな気持ちがするだろうか。一九七三年のいまでも、自由の風にナイトのたてがみをなびかせながら、自分の土地を馬で駆けていてさえ、あのような無力感を思うと、誰かを撃ち殺したい気になった。七十九人。所持品は革紐で背中に背負うか頭の上に載せ、年若い者は、交代して履く共同の靴を履いていた。止まるのは、用を足すときと、眠るときと屑物を食べるときだけ。屑と煮物、屑とトウモロコシケーキ、屑と猟鳥獣の肉、屑とタンポポの葉。屋根や、魚や、米や、シロップの夢を見ながら。ザウァークラウトのようなぼろをまとい、ボタンのついた清潔な服や、両袖のついたシャツを夢見ていた。彼らは縦列を組んで歩いた。ドラムとトーマス・ブラックホースが先頭に立ち、足を悪くしていたビッグ・パパは戸板の上にすわり、かついでもらって、しんがりを進んでいた。フェアリのあとでは、どの道を行けばいいのかわからず、道を教えてくれるかもしれないし、他の思いがあるかもしれないような人には会いたくなかった。彼らは荷車の道から離れて歩き、松林や河床には近々と寄り、フェアリからいちばん遠いという以外特別な理由もなく、北西をめざしていた。

三日目の夜、ビッグ・パパは息子のレクターを起こし、身振りで立てと言った。二本の棒きれに体ごと寄りかかり、彼はキャンプ場から出てささやいた。「おれについて来い」レクターは帽子を取りに戻り、父親のつらそうな、のろい歩みに従った。彼は警戒して、老人は真夜中に町に着こうとしているのか、暗い芝土の家が小山の一面に固まりあっている農場の一つに入植の申しこみをしようとしているのか、と考えた。しかし、ビッグ・パパは、松林の奥深く彼を連れこんだ。そこでは、松脂の匂いが最初はすてきに思われたが、まもなく頭が痛くなってきた。空には、星がきらめいている。星のおかげで三日月が小さく見え、抜け落ちた鳥の羽のように見えた。ビッグ・パパは立ち止まり、うなりながら努力して、ひざまずいた。

「わが父よ」と彼は言った。「ここにゼカライアがおります」それから数秒間、完全に沈黙していたあとで、レクターがこれまで聞いたことのない、この上なく甘美で、悲しい旋律をハミングしはじめた。レクターもビッグ・パパにならってひざまずき、一晩中そのままの姿勢を取った。彼はあえて老人に触れもせず、ハミングの祈りの邪魔もしなかったが、同じ姿勢を保つことができず、尻をついてすわり直し、ひざの痛みを和らげた。しばらくしてから、彼は腰を落としてすわり片手に帽子を持ち、頭を垂れて、耳をすまし、眠らず、理解しようとした。しかし、ついに仰向けに寝て、木々の上を星が流れるのを眺めた。悲痛な音楽が彼を呑みこみ、彼は地面から数インチ上を漂っているような気がした。のちになって、彼は眠ってはいなかった、一晩中、耳を澄まして観察していたのだ、と誓って言った。松の木々に囲まれて、彼は地平線が白んでくるのを見たというよりは感じとった。足音を聞いたのは、そのときだった――巨人の歩みのような轟く音を。そのときまで筋肉も動かさず、歌うのもやめなかったビッグ・パパは、ただちに沈黙した。レクターは体を起こして、周囲を見た。足音は耳を聾するばかりだったが、どちらの方向から来るのか、聞き分けることはできなかった。空の散光の縁が広がるにつれて、彼は木の幹の影絵を見分けることができた。

彼らは同時に、彼の姿を見た。見たところ小柄な男で、足音の大きさから考えると、小さすぎた。男は、彼らのところから歩き去ろうとしていた。黒いスーツを着ていたが、上着は右手の人差し指で肩にかけている。シャツは幅広のサスペンダーの間で、白く光っていた。棒きれの助けも借りず、一言もうならず、ビッグ・パパは立ち上がった。二人はいっしょに、男が空のいちばん白んだところから歩き去るのを眺めた。一度、彼は去りかねて立ち止まり、振り向いて彼らを見たが、彼らは男の顔立ちを見分けることはできなかった。彼が再び歩きはじめたとき、左手に手提げ鞄を持っていることに、二人は気がついた。

「走れ」とビッグ・パパが言った。「みんなを集めてこい」

「独りで、ここにいるわけにはいかないだろ」と、レクターは言った。

「走れ！」

それで、レクターは走った。

みんなが目をさましたとき、レクターは、彼とビッグ・パパが夜を過ごしたところへ一同を導いてきた。彼らはちょうどその地点で、ビッグ・パパが棒きれを投げ捨て、日の出に背を向けた形で、松の木よりまっすぐ立っているのを見いだした。歩く男の姿は見えなかったが、ゼカライアの顔いっぱいに広がった平和の表情が一同に浸透して、みんなの心を落ち着かせた。

「神はわれわれと共にある」とゼカライアが言った。「神が導いてくれる」

そのとき以来、旅は目的にみちたものとなり、わずかな苦情も聞かれなくなった。ときどき、歩く男が再び姿を現わした。河床のほとり、丘の頂きに、あるいは岩に寄りかかって。一度だけ、誰かが勇気を奮いおこして、どのくらいかかるのか、とビッグ・パパに訊いた。

「これは、神の時間なのだ」と彼は答えた。「おまえたちがはじめたり、終わらせたりすることはできない。それから、もう一つ言っておこう。神はおまえのために、おまえの仕事をしてはくれない。だから、元気を出して歩け」

大きな足音が続いたとしても、彼らには聞こえなかった。ゼカライアとときに一人の子供をのぞいて、歩く男を見た人はいない。レクターは、二度と彼の姿を見なかった――終わりまで。つまり、二十九日のちまでは。「近づくな」と発砲によって警告され、畑の黒人女から食べ物をもらい、二人のカウボーイにライフルを強奪されたあと――こうした事件は彼らの確固たる平和をまったく乱しはしなかった――レクターと彼の父親は、再び彼を見た。

そのときはもう九月に入っていた。他の旅行者なら、冬をひかえて目的地もはっきりしないのに、インディアンの土地に入っていくのは用心したことだろう。しかし、不安だったとしても、彼らの様子からはわからなかった。レクターは丈高い草のなかに寝そべって、粗末な罠のバネが跳ねるのを待っていた――兎がかかればいいと思ったが、マーモット、ホリネズミでもよかった――そのとき、ちょうど前方の草の分かれ目を通して、歩く男が立って、周囲を見まわしているのが見えた。それから男はしゃがんで、手提げ鞄を開き、なかをかきまわしはじめた。レクターはしばらく見つめてから、草のなかを後向きに這っていき、それから飛び上がって、キャンプ場まで一目散に走り帰った。そこでは、ビッグ・パパが冷たい朝食を食べおわるところだった。レクターは見たことを描写し、二人は罠のあるところへ急いだ。歩く男はまだそこにいて、手提げ鞄からある物を取り出し、他のものをしまっている。彼らが見ているうちに、男は消えはじめた。彼の姿が完全に消えたとき、彼らは再び足音を聞いた。どちらとも定めがたい方角からドスン、ドスンという音が聞こえた。後ろのほうで、左手で、いまは右手に聞こえる。あるいは、頭上か？　それから、突如として静かになった。レクターは前方に這い、ビッグ・パパも這った。歩く男が残したものを見るために。彼らは三ヤードも行かないうちに、草のなかでバタバタいう音を聞いた。すると、罠のなかに、餌も引き紐も手つかずのまま、ホロホロ鳥がかかっていた。雄で、ずば抜けて美しい羽をしている。目を見交わしながら、彼らは鳥をそのままにして、歩く男が手提げ鞄の中身を広げたと思う地点へ行ってみた。目に見えるものは何もない。草がへこんでいるだけだ。ビッグ・パパはかがんで、そこに触れた。それから、草がいちばん寝ているところに手を押しつけて、目を閉じた。

「ここが」と彼は言った。「ここが、おれたちの場所だ」

だが、もちろん、そうではなかった。とにかく、まだ、そうなってはいなかった。そこはステイト・インディアンの一家族の所有地で、最終的に抵当なしで土地を手に入れるには、一年四ヵ月の交渉と、土地のための労働が必要だった。大地より空のほうが広く、腰の高さまで草が生い茂っているのを見たとき、普通ならみずみずしい緑地から広くて何もない土地へ来たことが、落ちぶれたような感じを抱かせたかもしれない。しかし、始祖たちには贅沢のしるしに思われた――それは魂と心的能力の豊かさそのもので、境界がなく、敵が隠れることのできる、深い、脅かすような森のない、自由を表わしていたからだ。この自由は、一年に一度当てにできるカーニヴァルやホーダウン（スクエアダンスの一種）のような娯楽ではなかった。地位ある人々の食卓からのおこぼれでもない。ここの自由は、自然界が課すテスト、毎日人間が独りで受けなければならないテストだった。そして、その人間は十分に長い間、十分な数のテストに合格したら、王者になれた。

ひょっとしたら、ゼカライアはさらなる串焼きにした兎や、冷たいバッファローの肉を絶対に食べたくなかったのかもしれない。ひょっとしたら白人から役職を追われ、黒人から家屋敷の構築を断られ、ルイジアナとはまったく違うその荒野に恒久的な呼び物を作りたかったのかもしれない。とにかく、みんなが臨時の住まい――差し掛け小屋や、地下壕――を作り、ステイト・インディアンが貸してくれた二頭の馬に荷車を曳かせて木材を運んでいた間、ゼカライアは数人の男を囲いこんで、料理用のオーヴンを作らせた。彼らは、家族の女たちには白人の台所で働いたり白人の子供を養育したりする者は一人もいないということを誇っていた。畑仕事はつらく、地位を約束してもくれないが、白人の台所で働く女は、確実ではないにしても強姦される可能性が明らかにある、と彼らは信じていた——確実であろうとなかろうと、考えるだに耐えられないことだった。そういうわけで、その危険性を、苛酷な労働の相対的安全性と取り換えたのだ。共同体の「台所」をあれほど気持ちのよいものにしたのは、こうした考え方だった。彼らは非凡だった。義務を果たし、摘み、耕し、一七五五年以来ルイジアナで交易してきた。当時、ルイジアナはミシシッピーを含んでいた。それが二つの州に分かれたとき、一八六八年から一八七五年まで、彼らは両方の州の統治を手伝った。だが、その後は農耕労働者に落ちぶれた。そして、二百年以上の間、子種を増やしつづけた。お互いに何も拒まず、誰にも頭を下げず、創造主にのみひざまずいた。いま、始祖たちの生涯と事業を思い起こして、スチュワードの心は平静になり、決心は固まった。想像するがいい、と彼は考えた。ビッグ・パパや、ドラム・ブラックホースや、ジュヴェナル・デュプレイが、使いこんだ鋼鉄の言葉を変えたいという子犬どものことをどういうふうに考えるかを。

太陽は、まだしばらくは昇らないだろう。スチュワードはもうこれ以上馬に乗っていることはできなかった。それで、ナイトの向きを変えさせ、家路をたどった。ダヴィが町で夜を過ごすのを思いとどまらせるために、自分が言うべき言葉、するべき行動を考えながら。隣に横たわる彼女の髪のいい匂いを嗅がないで眠ることはできなかったから。

夜明け前の同じとき、ソーンはルビーでいちばん大きい家の台所に立って、窓の外の暗がりにささやいていた。

「気をつけなさいよ、ウズラちゃん。ディークがおまえを鉄砲で撃とうとしているからね。それに、帰ってきたら、わたしの清潔な床に袋いっぱいのおまえを放り出して、こんなことを言うんだよ。『これで、夕食ができるな』って。誇らしげに。まるでわたしに贈り物をくれるみたいに。おまえがすでに羽をむしられ、洗われ、料理されているみたいに」

台所には新しく取りつけた蛍光灯の光が氾濫していたので、ソーンは薬缶が沸騰するのを待つ間、外の暗がりを見ることはできなかった。彼女は夫が帰る前に、十分に煎じ出した強壮剤を摂っておきたかった。コニーが準備したものの一つが、彼女の指の先に置いてある。蠟引き紙の包みに入った、小さな布の袋だ。中身は、コニーが二度目に彼女を救ったときのものだ。最初のときは、恐ろしい間違いだった。いいえ、間違いじゃないわ、罪だった。

ディークがそっとベッドから出て狩猟服を着たとき、彼女は真夜中だと思った。しかし、彼がソックスのまま忍び足で階下に降りていったとき、彼女は夜光時計を見た。三時三十分だ。もう二時間眠ろう、と彼女は考えた。だが、目がさめたときは六時だった。だから、急がねばならなかった。朝食を摂って、彼のビジネス用スーツを並べておく。しかし、その前に強壮剤だ――いまは、とても必要だ。大気が再び薄くなりかけているからだ。大気は、まるで使いすぎたかのように薄くなりはじめた。スカウトが殺されたときではなく、二週間のちだった――スカウトの遺体が送り出される前だ――そのとき、イースターも死んだという知らせが入った。まだ赤ん坊みたいな気がするのに。一人は十九歳で、もう一人は二十一歳だった。二人が入隊したとき、彼女はなんと誇らしく、幸せだったことか。実際、彼女は二人に入隊を勧めさえした。彼らの父親は、一九四〇年代に軍隊勤務をした。おじたちも。ジェフ・フリートウッドは、ぴんぴんしてベトナムから帰ってきた。それに、ほんの少し精神的に動揺しているように見えるけれど、ミーナス・ジュリーも生きて帰ってきた。彼女はばかのように、息子たちは安全だと信じていたのだった。ルビーの外にあるオクラホマのどの場所より安全だと。シカゴより、軍隊にいるほうが安全だった。イースターは、シカゴに行きたがった。バーミンガム、モントゴメリー、セルマ、ワッツより安全。一九五五年のミシシッピー州マネよりも、一九六三年のミシシッピー州ジャクソンより、ニューアーク、デトロイト、首都ワシントンより安全だと。彼女は、アメリカ合衆国のどの都市より戦争のほうが安全だと考えていた。いま彼女のもとには、一九六八年に出され、彼女が息子の最後の形見を埋葬した四日後になってデンビー郵便局に配達された、開封してない四通の手紙がある。だが、どうしても手紙を開くことができなかった。一九六八年の感謝祭には、二人とも休暇で帰ってきた。キング牧師が暗殺されてから七ヵ月目だった。ソーンは、二人の息子が生きているのを見て、解放奴隷のように泣いた。撃たれもせず、リンチもされず、苦しめられもせず、監獄にも入れられなかった、彼女のかわいい、黒い息子たち。「祈りが聞き届けられたわ！」二人がいっしょに車から降りてきたとき、彼女はそう叫んだ。あれが、五体満足な彼らを見た最後だった。コニーが、二つの感謝祭のパイを焼くのに十分な殻むきペカンを売ってくれた。あの日、車が故障したとかいう女の子があそこにいた。ソーンは彼女を車に乗せて、目的地に行くのに必要なガソリンを買いに連れていったが、彼女は留まり続けている。だが、マザーが死ぬ前、どこかに出かけたにちがいない。でなければ、コニーが野原で火をたく必要はなかったはずだから。あの黒い煙がなかったら、誰も知らなかっただろう。アンナ・フラッドがあれを見て、車で出かけ、ニュースを知ったのだ。

あのときも、ソーンは急がねばならなかった。ロジャーに話して、北の知らない人に電話をかけるため銀行に行き、近所の女たちから食べ物を集め、いくつかは自分で料理しなければならなかった。彼女と、ダヴィと、アンナが、料理をあそこへ持って行った。自分たち以外それを食べる人はいないことを、知りすぎるほど知りながら。あのときも急ぎに急いだ。遺体はすぐ北へ送り出さねばならなかったから。氷を詰めて。コニーは何となくこわれたようで、変だった。ソーンは、自分の生活をわずらわせている人々のリストに彼女を加えた。たとえば、K・D。それに、アーネット。スウィーティ。いまでは、オーヴンの場所が気にかかっている。数人の若者たちが3・2ビールを持って集まるようになり、そこで遊ぶのが好きだった小さな子供たちは家に帰れと言われた、という噂だった。さもなければ、彼らの母親たちがそう言ったのだ。それから、数人の女の子たち（彼女たちは引っぱたいてやる必要があると、ソーンは考えた）が、そこにいる理由を考えだした。アーネットや、ビリー・デリアがよくやったように。

これらの若者たちには何か仕事が要るのだ、と人々は言った。しかしソーンは、しなければならないことはとても沢山あることを知っていたので、それが理由ではない、と思った。何かが行なわれていたのだ。オーヴンの裏の壁に描かれた、赤い爪をした真っ黒なこぶし以外の何かが。誰も自分がやったとは言わなかった――しかし、みんなが否定したことよりもっと衝撃的だったのは、彼らが消すのを拒否したことだった。そこに屯《たむろ》している連中は「いやだ」と言った。ぼくたちが描いたのじゃありません。いやです、消す気はありません。ケイト・ゴライトリとアンナ・フラッドが、ブリロ・クレンザーと、ペンキ用のシンナー、バケツ一杯の熱い石鹸水を使って、最後には消してしまったのだが、五日間が過ぎた。その間、町の指導者はかんかんに怒って、そこに屯していた連中以外の者がそれを消すのを禁止した。爪の先を真っ赤に染め、上ではなく、横に突き出しているこぶしは、こぶしの一撃以上に人々を傷つけ、そのしこりは長く尾を曳いた。それは、ケイトやアンナの清掃が消すことのできない小言や、憎悪のこもった苦痛を生み出した。ソーンには理解できなかった。彼らを扇動したり、焚きつけたりして、オーヴンを醜く汚し、大人に挑戦させるような白人は、(道徳的な者も、悪意のある者も)周囲にいない。事実、地元の市民たちは繁栄しており、十年以上も幸せに暮らしてきた。牛肉や小麦でたっぷり金が入り、戦争中、天然ガスの権利は売られ、石油が買物の資金を提供し、投機を支えていた。しかし、戦争中、ルビーが繁栄していた間、怒りが他の場所を天然痘のように荒らしていた。悪の時代だ、とプリアム師がニュー・ザイオン教会の説教壇から述べた。世の終わりの日々ですぞ、とホーリー・リディーマー教会のケアリ牧師が言った。カルヴァリ教会では、すぐには何も言われなかった。そこの会衆はいまだに新しい牧師を待っていたからだ。新しい牧師は、一九七〇年にやって来たとき、喜びの訪れを述べた。「我は、汝の眼前で、汝の敵を打ち負かそう」と、神、神、神がのたもうた、と。

それは、三年前のことだった。いまは一九七三年だ。ソーンが、つねに罪を犯すのに必要な助けを求めて修道院に行かなかったら、いま彼女のかわいい娘は――娘だったろうか?――十九歳になっているはずだ。そのすぐあと、物干し綱のそばに立って、シーツをピンで留めようと風と格闘していたとき、ソーンは目を上げて、庭にいた婦人がほほえんでいるのを見た。彼女は褐色のウールのガウンを着、白リネンの古くさいボンネットをかぶり、ペック籠《バスケット》を手にしていた。レディが手を振ったとき、ソーンは口一杯に洗濯用のピンをくわえていたが、見知らぬ人の挨拶にできうるかぎりていねいに答えた――自分では礼儀正しいと思える会釈で。レディは向き直って、歩き続けた。ソーンは二つのことに気がついた。籠はからだったが、レディは、まるでいっぱいになっているかのように両方の手でそれを下げていたこと。それは、やがて来るもののしるし――彼女を押しひしぐむなしさと、重すぎて担えない不在――であったということを。いまになって、それがわかった。また、自分にそう告げるよう誰がレディを送ったかも、わかった。

シューシューいう蒸気の音が、後悔の一覧表に割りこんだ。ソーンは、カップのなかの小さなモスリンの袋の上に熱湯を注ぎこんだ。それから、受け皿をカップの上に載せて、薬がしっかりと滲み出すようにした。

ひょっとしたら彼らは、彼女の赤ん坊が小さかったときのやり方に戻るべきなのかもしれない。全員が建て、種を播き、取り入れるのにあまりに忙しく、喧嘩したり、悪いいたずらなど考える暇がなかったときのやり方へ。カルヴァリ山が完成する前のやり方へ。あの頃、洗礼は快い水のなかで行なわれた。美しいバプテスマ。長調の和音や涙や、ついに救われたという興奮でいっぱいの、心に沁みるバプテスマ。あの頃は牧師が女の子を両腕に抱えて、けっして放さず、一人一人を新しく清められた水に浸けた。他の人々は、息を止めてそれを見つめた。息を止めて、女の子は一人ずつ順番に立ち上がった。濡れた白い寛衣が、陽光に照らされた水中で大きくうねる。髪からも顔からも水を滴らせながら、彼女たちは天を仰ぎ、それから頭を垂れて、「さあ、行きなさい」の命令に従う。それから、「娘よ、汝は救われたり」という保証。聖水に触れたときの、この上なくやさしい調べは、倍加し、三倍になる。それから、他ののどから出た他の旋律が響き、最初の調べといっしょに流れる。木々にとまった鳥も沈黙して、それにあやかろうとつとめているかのよう。それから、ゆっくりと、手に手をたずさえ、支える肩に頭を載せて、祝福され、救われた人々が、浅瀬を渡って土手に着き、そこからオーヴンまで歩いていく。乾かし、抱擁し、お互いにお祝いを述べあうために。

いま、カルヴァリには屋内プールがあった。ニュー・ザイオンとホーリー・リディーマーには、まっすぐもたげた頭にわずかな水を滴らせる特別な容器がある。

洗礼式がなければ、オーヴンに実際の価値はない。初期のヘイヴン時代に必要だったものは、ルビーでは全然必要ではなくなった。彼らが乗ってきたトラックは、料理用ストーヴも運んできた。彼らが食べる肉は、裏庭でこっこと鳴いた。あるいは、ハンマーの下でひざをつき、のどを包丁で切られてキーキー鳴いた。ヘイヴンの初期とはちがって、ルビーが築かれたとき、猟鳥獣《ゲーム》の肉はゲームだった。男たちがオーヴンを解体し、包み、運び、再び組み立てたとき、女たちはうなずいた。しかし、心のなかでは、オーヴンに取られたトラックの空間を怒っていた——もう数袋、種の袋が載せられるし、離乳した子豚や、子供の小寝台さえ載せられるからだった。それを組み立てるのに費やした時間にも憤慨した――それだけの時間があれば、屋外便所のドアをもっと早くつけられるだろうに。もし文字を記した板金がそれほど重要なら――彼女が目撃した集まりの一部から判断すると、重要だと思う――どうしてそれだけ外して持ってきて、煉瓦を五十年来のままにしておかなかったのか。

ああ、男たちはオーヴンの再構築をなんと喜んだことか。それは、男たちをどんなに誇らしげに、どんなに献身的にしたことか。これまでのところは、いいことだった、と彼女は思う。しかし、行きすぎた。実用的な道具が聖堂になったのだ（恐ろしい申命記だけでなく、すてきなコリント前書も警告しているではないか）。そして、神を怒らせたものと同じように、自滅してしまったのだ。あれを違う種類のオーヴンに変えたむら気な若者ほど上手に、この点を明らかにしたものはない。人間の肉を暖めるオーヴンに。

ロイヤルと他の二人、すなわち、デストリとパイアス・デュプレイの娘の一人が、集まりを要請したとき、みんなはすぐ賛成した。何年間も、町の集会を要請する者はいなかったからだ。ソーンやダヴィを含む全員が、若者たちはまず自分たちの行為を詫び、それから、そこを清掃して維持すると約束するだろうと思っていた。その代わりに、彼らは自分たち自身の計画を持ってやってきた。あのこぶしが始めたことを完成する計画を。ロイと呼ばれるロイヤルが発言し、メモなしで、わかりにくいという点をのぞけば完全な演説をした。彼が話していることがわかった者はなく、理解できた部分はまったく愚かしかった。彼は、ルビーの人々はものすごく時代遅れで、ルビー以外のあらゆるところでは事情が変わっている、と言った。彼はオーヴンに名前をつけたがり、そこで会合を開きたがった。自分たちに醜い名前をつけながら、いかに自分たちが美しいかを語るために。アメリカ人ではなくて、アフリカ人だというような名前。アフリカについてソーンが知っていることときたら、宣教師協会の募金のために出した七十五セントくらいのものだった。彼女にたいするアフリカ人の関心と同様、彼女は、アフリカ人については同じ程度の関心しか持っていなかった。つまり、無関心だった。しかし、ロイは彼らのことを、隣人か、さらに悪いことには、家族であるかのように話した。そして白人については、まるで彼らを発見したばかりのような話し方をした上、自分が学び知ったことはニュースだと考えているように見えた。

それでいて、彼の演説には他の、それ以上のものがあった。賛成、不賛成ということよりもむしろ、一種の勇み足の非難というようなものがあった。白人を非難するのはいいが、彼ら自身をも非難していた——耳を傾けている町の人々、自分たち自身の親、祖父母、ルビーの大人たちを。あたかも白人に対処する、もっと新しい、男らしい方法があるとでもいうかのように。ブラックホース家や、モーガン家のやり方ではなく、新しい言葉、新しい肌の色との繋がり、新しい髪の刈り方などでいっぱいの、何かアフリカ人式のやり方が。

知恵で白人を出し抜くのは臆病な行為だ、と仄めかした。白人にははっきり告げて、拒絶し、対決しなければならない、と。昔のやり方は遅すぎるし、ほんの数人にかぎられており、弱いからだ、とも言った。この最後の非難でディークの首はふくれあがり、週日に彼は、自分の脳髄を破裂させないために、ウズラの脳髄を撃ち抜いているのだった。

いま、この瞬間にも、彼がウズラの袋を引きずりながら入ってくるだろう。そして、あとで、ソーンは、柔らかくこんがり焼けたウズラの半身を大皿に盛って食卓に出すだろう。それで、カップの中身が滲み出している間、ソーンはライスにしようか、さつまいもにしようかと考えた。彼女が最後の一滴を飲み終えた瞬間、裏のドアが開いた。

「それは何だ？」

彼女は、彼の匂いが好きだった。湿った風と草の匂い。「何でもないわ」

ディークは、床の上に袋を投げ出した。「じゃあ、少しくれよ」

「ばかなこと言わないで、ディーク。何羽なの？」

「十二羽だ。サージャントに六羽やった」ディークは腰を下ろし、上着を脱ぐ前に長靴の紐を解いた。「夕食二度分はあるだろ」

「K・Dはいっしょだったの？」

「いや、どうしてだ？」彼は長靴を引き抜くのに、うなり声をあげた。

ソーンは長靴を取り上げて裏のポーチに置いた。「この頃、彼はなかなか捕まらないわね。何かやってるんだと思うわ」

「コーヒーは火にかけたかい？　どんなことだ？」

ソーンはドアを閉める前に、暗い大気を嗅いで、その重さをはかってみた。「はっきりとは、わからないけど。でも、外出用の靴をはく理由をいっぱい並べたてたわ」

「女の子の尻を追いまわしてるのさ。しばらく前、足を引きずりながら町にやってきて、あそこの修道院に泊まってる女の子、おぼえてるだろ？」

ソーンは、コーヒー缶を胸のところに抱えて蓋を取りながら、彼のほうに向いた。「どうして『足を引きずりながら』って言うの？　どうしてそんなふうに『足を引きずりながら』って言わなくちゃならないの？　彼女を見たの？」

「いいや、だが他の連中がそう言ってたよ」

「それで？」

ディークはあくびをした。「それで、何もないさ。コーヒーをくれ、ベイビー、コーヒー、コーヒー」

「じゃあ、『足を引きずりながら』って言わないで」

「オーケー、オーケー。彼女は足を引きずっちゃいなかったよ」ディークは笑って、戸外用の服を床に落とした。「ふわふわ漂ってきたのさ」

「クローゼットに入れたらどうなの、ディーク？」ソーンは防水ズボン、黒と赤の上着、フランネルのシャツを眺めた。「それは、どういう意味なの？」

「彼女の靴はヒールが六インチあるって聞いたからさ」

「嘘でしょう」

「それに、飛んでたんだ」

「へーえ。でも、まだ修道院にいるんだったら、まともな人にちがいないわ」

ディークは足指をマッサージした。「きみは、あそこの女たちをひいきにするんだね。おれがきみだったら、用心するな。いま、何人いるんだい？　四人？」

「三人よ。年取った婦人は亡くなったから。おぼえてる？」

ディークは彼女を見つめたが、そのあと、目をそらせた。「どの年取った婦人だ？」

「修道院のマザーよ。いったい、誰だと思ったの？」

「ああ、そうだったね。うん」ディークは、足の血行を刺激し続けた。それから、笑った。

「はじめてロジャーが、大きな新しいヴァンを使わなくちゃならなかったときだったね」

「救急車よ」と、ソーンが、彼の服を集めながら言った。

「翌日、三回分の支払いを持ってきたな。他はうまくいってるといいがね。このあたりにゃ病院も葬儀の仕事も十分じゃないから、彼の持ってるバカ高い自動車のもとが取れないんだ」

コーヒーの香りがしはじめ、ディークは両方の掌をこすり合わせた。

「彼のとこ、左前なの？」ソーンが訊いた。

「まださ。だが、彼の収益は病人と死人に頼ってるからね。早く破産してくれりゃいいって思うぜ」

「ディーク！」

「息子たちに、何一つやってくれなかったじゃないか。子猫みたいに袋に入れて、埋めやがって」

「すてきなお棺だったわ！　すてきな！」

「その通りさ、だが、その中は……」

「やめて、ディーク。どうしてやめられないの」ソーンはのどに手を当てた。

「やつは、うまくやりくり算段すると思うよ。彼より先におれがお陀仏すれば、だが。その場合には、そうさな、きみはどうすればいいか、わかってるだろう。おれは絶対に、あのヴァンに乗ってどこへも行きたくないね。最高級の棺がほしいよ。そうなりゃ、やつはなんとかうまくやっていけるさ。フリートも困ってるらしい」彼は流しのところに立って、両手に石鹼を塗りつけた。

「いつも、そんなこと言ってるけど。どうして？」

「通信販売さ」

「何ですって？」ソーンは、夫の好きな青い大カップにコーヒーを注ぎ入れた。

「きみたちはみんな、デンビーに行くだろ？　トースターとか、電気アイロンがほしいときには、カタログから注文して、わざわざあそこまで取りに行くじゃないか。そうなりゃ、彼はどうなる？」

「フリートの店には品物が少ないのよ。それに、あるものって言ったら、古すぎちゃって。あの安楽椅子ときたら、ウインドウのなかで三回も色が変わっちゃったわ」

「だからなんだよ」とディークが言った。「古い在庫品を動かすことができなきゃ、新しい物は買えないからね」

「彼、昔はうまくいってたわ」

ディークは、コーヒーを少し受け皿に入れた。「十年前、いや五年前かな」黒い液体が、彼の息の下でさざなみを立てた。「男の子たちがベトナムから帰ってきて、結婚し、家を持つ。戦時費だ。農場はうまくいってるし、みんなもうまくいっている」彼は受け皿の縁からコーヒーを飲み、満足のため息をついた。「さてと……」

「わたしにはわからないわ、ディーク」

「おれには、わかるよ」彼は、彼女にほほえんだ。「きみは、わかる必要ないさ」

彼女が言いたかったのは、彼の言ってることがわからない、ということではなかった。どうして彼は、友達の金銭的問題のことを心配して助けてやろうとは思わないのか、わからない、ということだった。たとえば、どうしてミーナスは、自分が買った家を自分の物にしておくことができないのか。しかし、ソーンは説明しようとはしなかった。彼の顔をしげしげと見ただけだった。なめらかで、二十六年経ってもまだハンサムだし、いまは、満足で輝いている。その朝の狩猟がうまくいったので、彼は落ち着き、事物があるべき姿に戻ったのだ。コーヒーはちょうどいい色で、ちょうどいい温度だった。そして、今夜、脳髄のないウズラが彼の口のなかで溶けるだろう。

毎日、天候さえよければ、ディーコン・モーガンは光輝く黒いセダンを四分の三マイル走らせた。聖ヨハネ通りの自宅から、角を右に曲がってセントラル街に出、ルカ、マルコ、マタイ通りを通り、それから銀行の前できれいに駐車する。一本の葉巻を吸うよりわずかな時間、歩きさえすれば行き着くところへ車で通うばかばかしさは、彼の考え方のなかでは、この身振りの重みに比べれば取るに足りなかった。彼の車は大きく、車に乗って彼がすることは何でも馬力があって、評判の対象になった。いかに自分で車を洗って、ワックスをかけるか——K・Dや他の山っけのある若者たちには絶対にさわらせなかった。車のなかでは、いかに嚙み煙草は嚙んでも、絶対に葉巻は吸わなかったか。けっして車に寄りかかることはしないが、その近くに立って誰かと話をする場合には、いかに指の爪でフードを撫で、彼だけに見える斑点をこすり落とし、ハンカチで目に見えないしみを磨き取るか。彼は友達といっしょに、自分の虚栄心を笑った。彼の弱点にたいする人々の喜びようは、畏怖の念と表裏の関係にあることを知っていたからだ。彼（と双子の弟）が金を蓄積する魔術的なやり方。彼の予言的知恵。完全な記憶。記憶のなかでも最も強力なのは、いちばん幼いときの思い出だった。

四十二年前、彼はビッグ・ダディ・モーガンのモデルTの後部窓のところで手を動かす空間を戦いとった。母親や、小さい妹のルビーに、手を振る空間が要るからだった。家族の他の人々——父親、プライオアおじ、兄のエルダーと、双子のスチュワード——は、二つの食物を入れたペック籠に体を押しつけて、ぎゅうぎゅう詰めこまれていた。彼らが始めようとしていた旅は、何日も、おそらくは二週間かかりそうだった。第二のグランド・ツアーだと、ダディは言った。最後のグランド・ツアーだとプライオアおじが笑った。

第一の旅は一九一〇年のことで、双子は生まれていなかった。その頃、ヘイヴンはまだ産みの苦しみを続けていた。ビッグ・ダディは、兄のプライオアと長子のエルダーを乗せて、他の黒人町を調査し、視察し、判断するために、その州中と州境の彼方まで車を走らせたのだ。彼らはオクラホマ州内の五都市と、州外の二都市を訪問する予定だった。ボウリー、ラングストン・シティ、レンティーズヴィル、タフト、クリアヴュー、マウンド・ベイアウ、ニカディーマス。結局、彼らは四都市しか訪問できなかった。ビッグ・ダディと、プライオアおじと、兄のエルダーは、際限もなく、その旅について話した。いかに彼らが牧師、薬剤師、乾物屋の所有者、医者、新聞の発行者、学校教師、銀行家と知恵を競いあって、討論したか。彼らはマラリアや、酒の請求書、白人移住者の脅威、クリーク自由民の問題、後援者の信頼性、書物による高踏的学問の実用性、技術教育の必要性、州への昇格の結果、彼らの周囲に渦巻く任意ならびに組織化された白人の暴力と結社について議論した。彼らはトウモロコシ畑の端に立ち、何列もの綿花畑を歩いた。また、小印刷所、雄弁クラス、教会の礼拝、製材所を訪れ、灌漑方法、保管制度を視察した。主に、彼らは土地、家々、道路を見て歩いた。

十一年後、タルサは爆破され、ビッグ・ダディやプライオアやエルダーが訪問したいくつかの町はなくなった。しかし、多くの困難にもめげず、一九三二年、ヘイヴンは繁栄していた。金融の崩壊はまだ到来していず、個人の貯蓄は安泰だった。ビッグ・ダディ・モーガンの銀行はリスクを冒さなかったし（一部には、白人銀行家が彼らを締め出したため、また一部には、出資式の株が十分保護されていたためだった）、全家族はすべてを共有し、誰も困った人がいないよう配慮した。綿花の収穫がだめだって？　その場合、サトウモロコシの栽培者は、自分たちの利益を綿花の栽培者と折半した。小屋が焼けたって？　すると、松材の伐採者が、その晩あとで拾いあげることができるように、ある地点で木材が確実に「事故で」荷車からころげ落ちるようにしてやった。豚が隣人の畑をほじくり返したって？　すると、その隣人は、みんなから元通りにしてやろうという申し出を受け、豚を殺したときにはハムをあげると約束された。薪割り台の事故で怪我した手が治りかけていた男が二度目の清潔な包帯を巻きに行くと、その間に誰かが新しい薪を割って積み上げてくれた。一八九〇年、オクラホマにいたる道中、世界から拒絶されたヘイヴンの住民たちは、お互い同士には何物も拒否せず、困窮者はいないか、足りないものはないかと、いつも気を配っていた。

モーガン家の人々は、こうしたいくつかの黒人の町の失敗がうれしいということは認めなかった――彼らは一八九〇年の拒絶を、脳髄に撃ちこまれた弾丸のように持ち歩いていたのだが、ただ神の正義は不可解だと言っただけで、まだ子供の双子を連れ、自分たちの目で見る第二の視察旅行に出発した。

彼らが見たものは、ときには無であり、ときには悲しく、ディークはすべてをおぼえていた。荷物をまとめてさっさと移動する奴隷小屋のような町。富に酔いしれている町。他の町は眠っているふりをしていた――舗装してない道路の、ペンキも塗ってない家々に、金や、免状や、功績を死蔵していた。

繁栄している町の一つで、彼とスチュワードは、市庁舎の石段の上に並ぼうとしていた十九人の黒人女性を見た。彼女たちは、二人がそれまで見たこともないような軽やかで繊細な布地でできた夏服を着ていた。たいていの服は白だったが、二人はレモン・イエロー、一人は鮭《サーモン》色の服を着ていた。また、ベージュや、灰色がかったローズ色、白っぽい青などの、小さな淡色の帽子をかぶっていた。かぶっている人の、大きなきらきら光る目に注意を喚起する帽子。ウエストは、首より大して太くはない。彼女たちは、写真屋が黒布の下から頭を出し、もう一度その下に頭を隠すまで、笑ったり、からかったりしながら、身なりを整えていた。首尾よくポーズしたあと、彼女たちは小さなグループに分かれ、さざなみのような笑い声で細いウエストを曲げながら、腕を組んで歩いていった。一人がもう一人のブローチを直してやり、一人はもう一人と手帳を交換した。薄い皮靴をはいたほっそりした足が、くるっとまわって、こつこつ足音を響かせながら歩いていく。午後の陽光に輝く彼女たちのクリーム色の肌が、彼をはっとさせた。若いほうの数人が、通りを横切って、横木柵のそばを通りすぎた。近くを、彼とスチュワードがすわっていたすぐそばを。彼女たちは、少し離れたレストランに行くところだった。ディークは音楽的な声を聞いた。低くて、楽しそうで、秘密の情報にみちている声。そして、彼女たちが通りすぎたあとからは、風に乗ってビジョザクラの匂いが漂ってきた。双子は、目を見交わすことさえしなかった。一言も交わさないで、二人は柵を越えることに同意した。二人がズボンとシャツを破りながらその場で苦闘していたとき、黒人のレディたちは振り返って、二人を見た。ディークとスチュワードがちょうど望み通りの微笑をもらったとき、ビッグ・ダディが会話を中断して、ポーチから降りてきた。そして、それぞれのズボンの腰をつかんで息子たちを引き上げ、ポーチに放りあげると、ステッキで尻を打った。

いまでも、ビジョザクラの匂いをはっきり嗅ぐことができる。いまでさえ、あの夏服や、陽光に輝くクリーム色の肌は、彼を興奮させた。彼とスチュワードは柵を越えられなかったら、わっと泣きだしたことだろう。そういうわけで、その旅のいきいきした細部――悲しみ、頑固さ、狡猾さ、富――に混じった、十九人の夏のレディたちについてのディークのイメージは、写真屋のそれとは違っていた。彼の記憶はパステル色で、永遠だった。

カルヴァリでの集まりの翌朝、鳥の捕獲数に満足し、眠れなかったため疲れはせず逆に興奮していたディークは、銀行を開ける前、オーヴンを調べてみようと心を決めた。それで、セントラルを右に曲がる代わりに左に曲がり、学校の西側を通りすぎた。エイス食料品店、フリートウッド家具・電気器具店、それに東側の数軒の家。オーヴンの場所に着くと、彼はそこを一巡した。こぶしもない。いくつかのソーダ水の缶と、ごみ箱からこぼれた紙屑のほか、そこはからだった。ぶらぶらしている連中もいない。いまエイスの店の所有者になっているアンナ・フラッドに、話さねばならないだろう――彼女の店で買ったものから出てきたごみや、ソーダ水の缶を掃除するように、と。彼女の父親のエイスはいつも、それをやっていた。まるで自分の家の台所のように、その場所を掃除していた。内も外も。放っておいたら、道路の向こう側まで全部掃いたことだろう。セントラル街に引き返すとき、ディークは、マイズナーのおんぼろフォードがアンナの店のそばに停まっているのに気がついた。左手の彼方から、学童たちが、彼も丸暗記したことのある詩をグループで暗唱している声が聞こえてきた。ただ彼の場合、ダンバーの詩を一度聞いただけで、全文を完全に、永久におぼえてしまったのだ。彼とスチュワードが入隊したとき、おぼえることはわんさとあった——軍隊用ネクタイの結び方から、鞄の詰め方まで。そして、ヘイヴンの学校時代と同じように、彼らはすべてを理解するのも、記憶するのも一番だった。だが、そのうちのどれも、彼らが家で学んだこと、暖炉に火が燃えている部屋の床にすわって学んだことに勝るものはない。家では、戦争の話、大移動——移動した者、しなかった者の話、知的な男たちの失敗と勝利——その恐怖、勇気、混乱、深くて永遠の愛の物語、に耳を傾けた。彼らが持っていた一冊の本に書いてあったすべてのこと。金色の文字が入った黒い革表紙。若葉より薄い、花びらより薄いページ。天辺がすり切れて革紐のようになった背表紙。人の手に触れて皮膚のように薄くなったページの隅。強い言葉。最初は奇妙に聞こえるが、しだいに親しみを増し、その言葉を聞けば聞くほど、わがものにすればするほど、重みと催眠的な美しさを増してくる言葉。

ディークがセントラルを北に向かって進んでいくと、その通りや脇道がいつもと同じようにく満足のいくものに思われてきた。勤勉さにみちた白と黄色の静かな家々。そこには、優雅な黒人女性がいて、役に立つ仕事をしている。過剰な豊かさもなければしみったれたところもない、秩序立った食器戸棚。洗濯して、完璧にアイロンをかけたリネン類。味つけしてロースト の準備ができた美味な肉。この大事な光景をK・Dや怠け者の若者たちに乱されてたまるものか。

　ヘイヴンの初期の時代に比べると、すべてが遠く隔たってしまった。祖父ならいまの生活の安楽さ――長年の労働を対価とする交渉の代わりに、手持ちの金で財産を買う安楽さ――を嘲笑するだろう。また、孫の話を聞いてきまりの悪い思いをするだろう。ヘイヴンの人々はかつて、ただ生きていくために、連日十八時間から二十時間働かねばならなかったのに、孫たちはいま、その代わりに週に五日、十二時間しか働かないからだ。また孫たちは、まともに妻や八人の子供たちの口を養う必死の必要性があるからではなく、娯楽のためにウズラを狩ることができるからだ。そして、祖父は冷たい涙目を細めて、オーヴンの有様を見るだろう。もはや、なされたこと、必要なこと、病気、誕生、死、転入、転出を報告する集会場ではない。かつてオーヴンは、受洗者が聖別された生活に入る至福に立ち合ったが、いまは落ちぶれて、怠惰な若者を見ることしかできない。サージャントの息子のうちの二人、プールの三人の息子、二人のシーライト、二人のボーチャンプ、デュプレイ家の子供たちのうち二人――サットとパイアスの娘たち。アーネットとパット・ベストの一人娘も、よくそこでぐずぐずしていたものだった。彼ら全員はどこか他の場所にいて、伐り、缶に詰め、繕い、運んでいるべきだった。オーヴンの一つ一つの煉瓦は、かつては神の名を讃える生《なま》の調べを聞いたものだが、いまはラジオ音楽、レコード音楽――アンナの店からオーヴンまで蛇のように這う黒い針金を通ってきたときにはすでに死んでいる音楽――を聞く羽目に陥っている。しかし、祖父はうれしがりもするだろう。初期の頃のように、子供や大人が夜集まって、頁岩《けつがん》のかけらの上に字や数字を小石で書いて、読める人から読み方を習う代わりに、ここには学校もあるからだ。彼らがヘイヴンに建てたものほど大きくはないが、一年に八カ月開いていて、経営の費用を州に乞うたことはない。たったの一セントも。

そして、ちょうどビッグ・パパが予言したように、彼らが団結して、いっしょに働き、祈り、身を守ったら、けっしてダウンズ、レキシントン、サパルパ、黒人が一夜にして追われたガンズのようにはならないだろう。また、衝動的な鞭打ち、殺人、放火による追放の犠牲者は言うまでもなく、タルサ、ノーマン、オクラホマ・シティの死者や身体障害者の群れには入らないだろう。ここの亀裂、あそこの裂け目を別にすれば、ルビーのすべては無疵だった。オーヴンを移したことは間違いだったのか、当然受けるべき尊敬と健全な有効性を得るには、基礎としてもとの土壌が必要だったのか、尋ねる必要はないだろう。いや、いや、ビッグ・パパ。いや、ビッグ・ダディ。おれたちは、正しいことをやったのだ。

ディークは、自信以上の力をこめて気持ちを奮いおこした。ソーンについてますます心おだやかではなくなっていたからだ。どこが悪いのか、はっきりとはわからない。ただ、着実に旗色が悪くなっていくのだ。彼は彼女と悲しみを分かちあった。正確に彼女と同じほど、痛切に息子の死を悲しんだ、と思う。ただこの件については、自分のほうが妻よりずっと多くを知っている点だけが違う。彼は、大部分のモーガン家の男たちと同様に、戦争を自分の目で見た。それは、死を目のあたりに見たということだ。他人に死が訪れたとき、それを見てきたし、他人に自分が死を与えたときも、それを見てきた。彼は、死体が横たわるのではないことを知っていた。たいていのとき、死体はばらばらになる。あの箱に入れて送られてきたもの、ミドルトンのプラットフォームで汽車から引き出したものは、十九歳の兵士の半分の重さしかない拾い集めた部分だということを、彼は知っていた。イースターとスカウトは人種混合部隊に入っていた。もしソーンがそれについて考えたことがあったとしたら、何かが欠けていたとしても、部分はすべて黒人のものだと知って、わが身を幸運だと思ったかもしれない――それは、黒い頭に白い腿や足をつけないように、衛生兵が一生懸命守ろうとしていた規則であり、礼儀だった。ソーンが、ありそうなことを考えたとしたら――ああ、なんてことだ。彼は、コーヒーを飲みながら、ロジャーにはできないことを口からすべらせたのを後悔した。彼女には、自分がロジャーにしたたった一つの質問を想像だにしてもらいたくなかった――まずスカウトについて、次にイースターについて、彼はこう訊いた。みんな黒いか？　その意味は、黒くなければ、白いところは捨ててしまえ、ということだった。ロジャーは人種的に一貫していることを誓った。それで、堂々とした柩はモーガン家の感謝のしるしであり、ソーンにたいする慰めの源となった。それでいてあの喪失感の残滓が、彼にはどうしようもない形で蓄積しているように思われた。彼は、彼女が飲んでいる薬を信用しなかったし、確かにその出所も信用していなかった。しかし、彼女の態度には彼があげつらえるものは何もない。彼女は、善良な女性に可能なかぎり美しかったし、よく家庭を守り、あらゆるところでいい仕事をした。事実、彼が望む以上に気前がよかったが、それは苦情とも言えないことだ。この件は、どうしようもない。ソーンは、二人の息子の死に打ちひしがれていた。彼は、すべての息子を失って打ちひしがれている。双子の弟には子供がなかったので、モーガン家は家系の終末を迎えていた。そう、もちろん、エルダーの子供たちがいる――一群れの子供たちが、自宅以外のあらゆるところを泊り歩いている。そのうち何人かが一週間の予定でルビーを訪れたが、結局滞在を切り上げてしまった。彼らは平和を沈滞、勤勉さを退屈、暑さを侮辱的だと考えて、一日も早く逃げだしたがったのだ。だから、彼らをモーガン家の合法的な家系の一部と考えることさえ無益だった。彼とスチュワードのほうが、より真実な後継者だった。その証拠はルビー自身だ。正当な後継者以外の誰が、正確にゼカライアとレクターがやったことを繰り返しただろうか。しかし、任務の一部は種を増やすことだったので、K・Dがその唯一の手段だと考えることは、ディークには大きな痛手となった。妹と、彼らが妹をくれてやった軍隊の相棒との息子であるK・Dが。妹のことを考えるといつも胸のなかにできるしこりには、なれっこになっている。ルビー。彼とスチュワードが生涯を通じて保護してやった、あのかわいい、つつましやかな、よく笑う娘。彼女は旅行中に病気になった。治りそうに見えたが、再び急速に弱ってきた。彼らは、重要な医学的治療が要ることが明らかになったとき、それを供給する手段はなかった。彼らは、彼女をデンビーに連れていった。それから、さらにミドルトンへ。しかし、黒人は病室へ入れてもらえなかった。正規の医者は、誰も黒人を診ようとしなかった。彼らが第二の病院へ着いたとき、彼女は体の自由が利かなくなっており、次いで意識も失った。彼女は、看護師が診てくれる医者を探そうとしている間に、待合室のベンチの上で死んだ。その看護師が連絡を取ろうとしていたのが獣医だったことがわかったとき、兄弟は死んだ妹を両腕に抱えて家路に着いたが、帰りつくまでずっと二人の肩は震えていた。ルビーは死体仮置場を利用せず、スチュワードの牧場のきれいな地点に埋葬された。取引をしたのは、そのときだった。まさしく、神との取引の形での祈り。まさしく神は、イースターとスカウトが家に送られてきた一九六九年までは、この取引を礼遇しているように見えた。その後、兄弟はこの取引の期限と条件をよりよく理解するようになった。

たぶん彼らは一九七〇年に、K・Dとフリートの娘との結婚を思い止まらせたとき、間違いをおかしたのだろう。彼女は妊娠していたが、しばらくあの修道院に泊まっていたあと、たとえ産んだとしても、彼女のもとに子供はいないことがはっきりした。おじたちは、フリートウッドの血を引く子なら障害を持って生まれてくるのではないかと心配していた。

その上、他のふさわしい候補者がごろごろいた。だがK・Dは相変わらず、地獄への入り口が大きく開かれているあそこに滞在中の風来坊の一人と遊びまわっている。彼に、次のように知らせてやる潮時だろう。どの女郎屋の窓にも赤提灯が下がっているわけではない、ということを。

ディークは銀行の前でブレーキを踏んだとき、前方に一人の姿を認めた。すぐ彼女とわかったが、注意深く見守った。第一に彼女は外套を着ていなかったから、第二に、六年間家の外にいる彼女を見かけたことがなかったからだ。

セントラル街は、ゆるい勾配のついた、幅の広い三マイルのタールマカダム道路だったが、オーヴンにはじまり、サージャントの飼料種苗店で終わっている。セントラルの東に当たる四本の脇道には、福音書の名前がつけられている。五番目の通りが必要になったとき、そこには聖ペテロという名がつけられた。のちになって、ルビーが発展してくると、セントラルの西側にも道路が作られた。これらの新しい道路は東側道路の続きだったが——東側道路からセントラルをまっすぐ横断して伸びていた——従属的な名前がつけられた。そういうわけで、東の聖ヨハネ通りは、西に来ると、十字ヨハネになった。聖ルカ通りは十字ルカ通りになった。この命名法の健全さがみんなを喜ばせたが、とくにディークの気に入った。その上、すでに建っている家々の後ろや先のほうの敷地や地所には、他の家々を建て増す（必要とあらば、モーガン兄弟銀行の融資を受けて）余地があった。ディークが見ている女は、十字ペテロ通りを出て、サージャントの飼料種苗店のほうへ行こうとしているように思われた。だが、そこでは止まらなかった。その代わりに、きっぱりと北に歩いていた。そこには十七マイルの間、何もないことをディークは知っていた。本人の性質に因んだ名前のついた、このいちばんかわいい《スウィート》女の子は、冷たい十月の朝、外套も着ないで、一九六七年以来足を踏みだしたことのない家からこれほど遠く離れて、いったい何をしているのだろう。

後部ミラーに映った一つの動きが、彼の注意を惹いた。小さな赤いトラックが、南の郡から近づいてくるのが見える。運転しているのはアーロン・プールだろう。ディークは、遅刻しそうだ、ということがわかった。というのは、アーロンがローンの最後の支払いを持参することになっていたからだ。一瞬、アーロンを待たせて車を走らせ、スウィーティに追いつこうかとも考えたが、ディークはエンジンを切った。彼の事務員兼秘書のジュライは、十時まで来ないし、善良でまじめな町の銀行が、時間通り開かないことがあってはいけないから。

アンナ・フラッドが言った。「ねえ、ちょっと彼を見てちょうだい」

彼女はディークのセダンがオーヴァンを一巡し、それから、ゆっくり彼女の店の前を通りすぎるのを眺めていた。「どうしてあんなにうろつかなくちゃならないのかしら」

リチャード・マイズナーは、薪ストーヴから顔を上げた。「いろんなことをチェックしているだけだろ」と言って、火を燃やす仕事に戻った。「その権利があるよ、そうじゃないか？　彼の町みたいなものだって言わなかった？　彼とスチュワードの？」

「言わないわよ。この町の所有者みたいな行動をしてるけど、所有なんかしてないわ」

マイズナーはごうごう燃える火が好きだった。いま熾している火は、まもなく勢いよく燃えだすだろう。「だが、この町を築いたんだろ？」

「いったい、誰と話をしているの？」アンナは窓から離れて、彼女のアパートに通じる裏の階段のほうへ来た。そこで、肉の残りとシリアルの入った鍋を、階段の吹き抜けの下にすべりこませた。子を産んで意地悪くなった猫が、警戒するような目で彼女をにらんだ。

「十五の家族がこの町を作ったのよ。十五家族で、二家族じゃないわ。一人はわたしの父だし、一人はおじで――」

「ぼくの言うこと、わかるだろ？」マイズナーは、彼女の言葉をさえぎった。

アンナは、一腹の子猫が入っている箱の内側を見ようとして暗がりをのぞきこんだ。

「わからないわ」

「金さ」とマイズナーは言った。「モーガン家には金がある。彼らが町に財政援助をした、と言うべきだったかもしれないね――町を築いた、と言わないで」

猫は、見られている間は食べようとしなかった。それで、アンナは子猫を見るのをやめて、リチャード・マイズナーのところへ戻ってきた。「あなたは、そこでも間違ってるわ。みんなが協力したのよ。銀行という考えは、協力の一つの方法にすぎないわ。これまでいつもやってたように使ってしまえる預金をする代わりに、たくさんの家族が株を買ったのよ。そういうふうにしたから、お金は安全だったの」

　マイズナーはうなずいて、両手を拭いた。それ以上議論はしたくなかった。アンナは、投資と協力の違いを理解しようとしなかったからだ。ちょうど、薪ストーヴのほうが彼女の小さな電気ヒーターよりずっと暖かいということを、信じようとしないのと同じように。

「モーガン家には資産があったのよ。それだけのことだわ」と彼女は言った。「昔のヘイヴンにあった、お父さんの銀行からの。祖父のエイブル・フラッドは、彼のパートナーだったのよ。みんなが彼のことをビッグ・ダディって呼んでたけど、本名は――」

「知ってる、知ってる。レクターだろ。レクター・モーガン。ビッグ・ダディとしても知られる。キリスト教国全土にわたってビッグ・パパとして知られた、ゼカライア・モーガンの息子だ」それから彼は、ルビーの市民たちが気に入って吟唱するリフレインを引用してみせた。「レクターの銀行は倒れたけれど、レクターのほうは倒れない」

「それは本当よ。銀行は閉鎖しなければならなかったけれど――四〇年代のはじめに――売り払ったわけじゃないから。わたしの言う意味は、あの人たちは十分なお金を持っていたから、わたしたち、やり直すことができた、ってこと。あなたが考えてることはわかってるけど、本当の意味でうまくいかなかった、とは言えないのよ。ここでは繁栄してるわ。みんなが」

「みんなが信用貸しで繁栄してるんだよ、アンナ。これは、同じことじゃないぜ」

「だから？」

「だから、信用貸しがなくなったら、どうなる？」

「なくなるはずないわ。わたしたちが銀行を所有してるんですもの。銀行がわたしたちを所有してるわけじゃない」

「ああ、アンナ。きみにはわかってないんだろ？　理解してないんだよ」

彼女は、自分の好きな人をマイズナーがこきおろしているときでさえ、彼の顔を見るのが好きだった。たとえば、彼はスチュワードを軽蔑しているように見えたが、サソリの教訓を彼女に教えてくれたのはスチュワードだった。アンナは四歳のとき、父親の店の新しいポーチにすわっていた——一九五四年のことだ——当時、誰も彼もが何かを建てていた。他方、スチュワードを含む一団の男たちが、エイス・フラッドが商品の棚並べを終えるのを手伝っていた。彼らは急いで昼食を食べたあと、なかで休んでいた。他方、アンナは石段の上の蟻の行列の邪魔をしようとしていた。蟻の通り道に障害物を置き、蟻が葉っぱの端に登り、真新しい緑の山は旅程の避けられない一部であるかのように、旅を続けるのを眺めていた。突然、彼女の裸の足の近くからサソリが飛び出したので、彼女は大きく目を見開いて、店に駆けこんだ。話がぴたりとやみ、その間、男たちは、こんなに慌てて幼児が割り込んできたわけを推し量ろうとした。そのとき、彼女を両手で抱きあげ、次のように訊いて、彼女の恐怖を取りのぞいてくれたのはスチュワードだった。いったい、どうしたの、器量よしちゃん？　アンナは彼にかじりついた。他方彼は、サソリの尻尾が上がっているのは、彼女が怖がっているのと同じほどサソリのほうも彼女を怖がっているのだと説明してくれた。デトロイトで、赤ん坊のような顔をした警官が銃を扱っているのを見て、彼女はサソリのこわばった尻尾を思い出した。一度、彼女はスチュワードに、双子というのはどんな気持ちかと訊いたことがある。「言えないな」と彼は答えた。「一度も双子じゃないことがないから。だが、普通よりずっと完全な感じがするんだと思うよ」

「一度も寂しくならないような気持ち？」とアンナは訊いた。

「うん、そうだな。そんなふうな。だが、もっと、こう……優秀だっていうみたいなものさ」

エイスが死んだとき、彼女はルビーに帰ってきて、全部売り払って――店も、アパートも、車も、ありったけを――デトロイトに戻るつもりだった。そのとき、彼が独りで、おんぼろフォードに乗ってやってきたのだ。カルヴァリ教会の新しい牧師が。

アンナは木製カウンターの上で腕を組んだ。「わたしがこの店の所有者よ。父が亡くなって――店はわたしのもの。家賃もなし。抵当もなし。税金と町の費用だけ。わたしはいろんなものを買って売るの。値上げもわたし次第よ」

「きみは幸運なんだ。農場はどうだい？　凶作になったら、そう、たとえば続けざまに二年凶作になったら？　サンズ老夫人や、ネイサン・デュプレイは、自分たちの株を取り出しに来るだろうか？　それを担保に借りるか？　銀行に売るかい？　どうなんだ？」

「あの人たちがどうするかは、わからないわ。でも、あの人たちが損をすれば、銀行の得にはならないってことは、わかるの。だから、もっと多くの種、もっと多くのグワノ(窒素肥料)やなんかを買うお金をあげるのよ」

「金を貸すっていう意味？」

「あなたの言うこと聞いてると、頭が痛くなるわ。あなたが昔いたところじゃ、そういうことはみんな本当でしょうけど、ルビーは違うのよ」

「そう思うよ」

「そうなの。起こりかけている問題は、確かにお金のことじゃないわ」

「じゃあ、何なんだ？」

「はっきり言うのはむずかしいけど、ディークがオーヴンを見まわってるときの顔つきがきらい。いまじゃ、毎日よ。見まわりというより、狩りだしてるって感じ。連中は、ほんの子供なのに」

「あの最初の落書が、たくさんの人を怖がらせたようだね」

「どうして？　ただの絵じゃないの！　誰かが十字架を燃やしたように考えるのね！」困惑して、彼女はいろんなものを拭きはじめた――広口瓶、ケースの前面、ソーダ水のクーラー。「彼は保安官みたいに子供たちを狩りだすんじゃなくて、親に話すべきなのよ。子供たちには、ここにある以上のものが必要なんですもの」

マイズナーは、これ以上同意できなかった。マーティン・ルーサー・キングの暗殺以来、新しい公約が誓われ、法律が導入されたが、大部分は装飾的なものだった。彫像、通りの名前、演説。まるで何か貴重なものが質入れされ、質札がなくなったようなものだった。それこそ、デストリ、ロイ、リトル・マースや、その他の人々が探しているものだった。たぶん、最初の落書者もそれを探していたのかもしれない。とにかく、質札が見つからなければ、彼らは質屋に押し入るかもしれない。質問は、まず第一に、誰が質入れしたか、どういう理由からか、ということだった。

「きみは、それが原因で出ていったって言ったね――何もすることがないって――だが、どうして帰ってきたか、一度も話してくれたことがない」

アンナは、それをすべて説明する気はなかった。それで、彼がすでに知っていることを脚色した。「ええ、そうね。北で何かできるだろう、って思ったのよ。がっかりしないですむ何か本当のことを。でも、それだけよ、よくわからないけど。話したり、走りまわったり。わたし、混乱してたの。それでも、町から出たことを全然後悔してないわ――うまくいかなかったけど」

「そうだね。理由は何であれ、うまくいかなかったことがうれしいよ」彼はアンナの手を撫でた。

アンナも愛撫を返した。「わたし、心配しているの」と彼女は言った。「ビリー・デリアのことを。わたしたち、何かしなきゃいけないわ、リチャード。コーラス大会や、バイブル・クラスや、出来のいい野菜に贈るリボンや、赤ん坊のお祝い以上のことを……」

「彼女はどうしたの？」

「あら、わからないわ。彼女、しばらく前にここに来たの。わたし、すぐ彼女が何か考えていることがわかったけど、店の品物を積んだトラックが遅く来たものだから、あまり話す暇がなかった」

「それは、つまり、どういうこと？」

「彼女は行っちゃったわ。少なくとも、わたしはそう思うの。誰も彼女を見かけた人はいないんですもの」

「彼女のお母さんは何て言ってる？」

アンナは肩をすくめた。「パットは話しづらい人よ。ケイトが彼女にビリー・デリアのことを訊いたんだけど――コーラスの練習会で見かけないものだから。彼女がどうしたと思う？　ケイトの質問に別の質問で答えたのよ」アンナは、パット・ベストの柔らかい、冷たい声のまねをした。「『どうして、そんなこと知らなくちゃいけないの？』。彼女とケイトは仲がいいのよ」

「彼女はあぶないことをしていると思うかい？　誰にも行く先を知らせないで、そんなふうに姿を消すことはできないだろ？」

「どういうふうに考えたらいいのか、わからないわ」

「ロジャーに話してみたまえ。彼は知ってるだろう。彼女のおじいさんなんだから」

「あなたが話してよ、わたしでなくて」

「ねえ、ロジャーにたいするこの感情はどうしたんだ？　ぼくはここに、ほぼ三年いるけど、彼のことになると、どうしてみんなが凍ったようになるのか、わからないよ。これは、葬儀屋をやってるせいなの？」

「たぶんね。それと、そうね、彼は自分の奥さんの『埋葬準備をした』のよ。わたしの言う意味がわかれば、の話だけど」

「ああ」

「それは、考えてみる価値のあることでしょ？」

「それでも」

二人はしばらく黙って、それについて考えた。それから、アンナがカウンターをまわって窓際に立った。「ご存じ？　あなたの天気予報、ぴったりだったわ。わたしがあなたの言うこと信じないで、結果的に誤ったの、これで三度目よ」

マイズナーは、彼女のところに行った。窓ガラスに触れるだけで、温度が急に十度台まで下がったことがわかった。

「さあさあ、明るくしてよ」と彼女は言った。崇拝しているこの男の言葉通りになるのであれば、自分が間違っていることさえ嬉しくて、笑いながら言った。彼女にたいする彼の明らかな関心——彼女であって、他の誰でもないこと——について、とやかく批判する教会の女たちはいた。そして、パット・ベストは、彼にたいする関心を上手に隠していた。だが、アンナは自分に対するマイズナーの関心という件については、おそらく、このハンサムで知的な男と町の人々のさまざまな娘や姪にたいするそれぞれの計画以上のものがあると、にらんでいた。批判は大部分が、彼女のまっすぐにしない髪のためであることは、はっきりしていた。なんてこと。彼女がデトロイトから帰ってきたとき、どうしてもしなければならなかった会話ときたら。奇妙で、愚かしく、私的な領域にずかずか入ってくる詮索だった。彼女は、まるで自分の陰毛や腋の下の毛を議論されているような気がした。もし彼女が全裸で通りを歩いたとしても、彼らは彼女の頭の上の毛のことだけを批評するだろう。この話題は、ミーナスがヴァージニア州から家に連れてきた娼婦より多くの熱意を呼びおこし、より多くの意見を招き、より多くの怒りを引き出した。彼女が他のたくさんの事柄を混同していた時代に、この件が、多くのことをはっきりさせてくれたということがなかったら、おそらく彼女は、最後には、もう一度髪をまっすぐにしたかもしれない――恒久的に変わってしまったわけでも声明を出したわけでもなかったから。彼女は即刻、友達とそうでない人を見分け、裕福に育った人と、逆境で育った人、脅迫されている人、不安定な人を認めることができた。ダヴィ・モーガンは、彼女の髪が好きだった。パット・ベストはきらっていた。ディークとスチュワードは頭を振った。ケイト・ゴライトリは大好きで、アンナがきちんとした形に髪を整えるのを手伝った。プリアム師は説教のはじめから終わりまで、その話をした。K・Dは笑い、大部分の若者は、アーネットをのぞいてそれを称賛した。ガイガー計量器のように、わたしの髪は平静さや、がやがやした奥の深い無秩序の度合いを記録するみたい、と彼女は考えた。

すてきな匂いのする火が、母猫をおびき寄せた。彼女はストーヴの後ろで丸くなった。目は掠奪者――人間であろうと、他のものであろうと――にたいして、油断なく身構えていたけれど。

「コーヒーをいれましょう」とアンナは言って、ホーリー・リディーマーの上の雲を眺めた。「ひどい天気になるかもしれないわ」

エイス・フラッドは、山をも動かすたぐいの信仰を持っていたので、長続きするような店を建てた。砂岩。そこいらの教会より頑丈だった。階上には、家族のための部屋が四つあった。階下には広い倉庫、小さな寝室が一つ、棚、蓋つき大箱、ケース、抽き出しを詰めこんだ天井高十五フィートの店がある。窓は普通の住宅用タイプだった——彼は商品を展示したくもなかったし、その必要もなかった。大きく、無益な、「のぞき用」板ガラスは、不用だった。人々が店のなかに入ってきて、店にあるものを見ればいいじゃないか。たくさんの種類は置いてなかったが、在庫は豊富だった。死ぬ前、彼は自分の店がルビーの必要品供給店から、ある品目のファンが後援する一つのビジネスに変わっていくのを目撃した。彼らは彼のつけた値段に失望し、安くて（よい）品物を求めてますます頻繁にデンビーにトラックを走らせるようになったけれど。アンナは、それをすっかり変えた。いまエイス食料品店は商品目録の規模では不足があるとはいえ、ヴァラエティとスタイルの点では強みを発揮していた。彼女は寒い日には無料でコーヒーを出し、暑い日にはアイス・ティーを出した。また、年寄りや、農場からドライヴしてきてしばらく休憩したがっている人々のために、小さなテーブルと椅子を置いた。そして、最近大人たちは——特別な行事をのぞいて——店の隣のオーヴンに出入りはしないので、そこに好んで集まってくる若者たちの口に合うものを揃えた。彼女は自家製のパイを売り、デンビーで手に入れたたくさんのキャンディといっしょに自家製のキャンディを売った。それから、一種類といわず三種類のソーダ水を置いた。ときには、修道院でとれた八岩層のように黒いトウガラシも売った。また、父親がやったように、地元産のバターや塩漬け豚肉といっしょに、豚の頭の形をしたチーズをクーラーに入れていた。しかし、缶詰、乾燥豆、コーヒー、砂糖、シロップ、ベーキング・ソーダ、小麦粉、塩、ケチャップ、紙製品――誰も家で作ろうとは思わないし、作れない全品目――が、かつてはエイス・フラッドが衣類、労働靴、軽器具、灯油などに使っていた空間を占めている。いまは、サージャント飼料種苗店が靴や、器具や、灯油を売り、ハーパーズ・ドラッグストアが針、糸、市販の薬、処方薬、衛生ナプキン、文房具、煙草を売っている。ブルー・ボーイをのぞいて。スチュワードはブルー・ボーイをエイスの店で買っていて、その習慣を変えようとはしなかった。

アンナの手腕により、エイス食料品店は豊富な品揃え、居心地のよさ、柔軟性のおかげで繁盛した。土曜には裏手でミーナスに床屋をさせたので、付随的に売り上げが増えた。また、階下にはきれいなトイレがあったので、臨時の利用者はありがたがって、出て行く前、何かを買った。農場の女たちは、教会のあとペパーミントを買いにきた。男たちは干しブドウの袋を買いにきた。そしてかならず、男女とも小さな品を棚から選び出すのだ。

リチャードの熾した火で、アンナはすっかり満足してほほえんだ。だが、牧師の妻にはなれそうもない。絶対に。なれるかしら。それに、彼は妻になってくれと申し出てはいない――だから、いまはストーヴの火と、彼の首筋、姿の見えない子猫の存在を楽しもう。

しばらくして、ステーション・ワゴンがやってきて店のすぐそばに駐車したので、マイズナーとアンナは、赤ん坊の青い目に熱があるのを見てとることができた。母親は子供の頭を肩に載せるように抱き、その黄色い髪を撫でている。四十がらみの都会風の服を着た運転者が降りてきて、アンナの店のドアを押した。

「やあ、いかがですか」彼は微笑した。

「元気ですよ。あなたは？」

「道に迷ったらしいんですよ。一時間以上、西十八番地を探してるんですがね」彼はマイズナーを見、けっして道は訊かないという男の規則を破ったことを弁解するようににやりとした。「家内が停まらせたんですよ。そこを通ったと言ってね」

「あなたが通ってきた道を、ずっと戻ったところですよ」マイズナーがアーカンソー州のナンバー・プレートを見ながら、言った。「しかし、見つけ方を教えてあげましょう」

「ありがたいな。本当に感謝しますよ」と男は言った。「この辺に医者はいないでしょうね？」

「この辺にはいませんね。デンビーまで行かなくては」

「赤ん坊はどこが悪いんですか」とアンナが訊いた。

「吐きたがるんです。熱もあるし。ぼくたち、かなり準備はいいんですが、こんな小旅行に誰がアスピリンや咳止め薬を詰めてきますか。ありとあらゆる、いまいましいもの全部なんて思いつきゃしませんよ、ねえ？　ちくしょう」

「赤ん坊が咳をしてるの？　でも、咳止め薬が要るようには見えないわ」アンナは目を細めて窓の外を見た。「寒いから、ここに入ってくるよう奥さんに言いなさいよ」

「ドラッグストアなら、アスピリンがありますよ」とマイズナーが言った。

「ドラッグストアなんか見なかったな。どの辺にあるんですか」

「通りすぎたんです。でも、ドラッグストアのようには見えませんからね――普通の家みたいなところです」

「じゃあ、どうやって探せばいいんです？　この辺の家には番号もついてないようですからね」

「何がほしいのか言ってくれれば、買ってきてあげますよ。それから、赤ん坊をなかに連れてくるよう、奥さんに言いなさいよ」マイズナーは外套のほうに手を伸ばした。

「アスピリン少々と咳止め薬だけです。本当にすいません。家内を連れてきましょう」

開いたドアから吹きこんだ突風がコーヒーカップをかたかた鳴らした。男はステーション・ワゴンに帰っていった。マイズナーはがたがたのフォードで出て行った。アンナは、シナモン・トーストを作ろうかと考えた。パンプキン・ブレッドは、もう古くなっているだろう。熟れすぎたバナナがあればよかった――赤ん坊は便秘してるみたいだから。アップル・バターといっしょに、つぶしてあげたのに。

男は、頭を振りながら戻ってきた。「エンジンをかけっぱなしにしておきます。家内が車のなかにいるって言うもんだから」

アンナはうなずいた。「遠くへ行くんですか」

「ラボックです。ねえ、そのコーヒーは熱いんですか」

「ええ。コーヒーはどんなのがお好き？」

「ミルクなしの砂糖入りです」

彼が二口すすったとき、ステーション・ワゴンの警笛が鳴った。「くそっ。すみません」と彼は言った。また戻ってきたとき、彼はかんぞうと、ピーナッツ・バターとクラッカー、ロイヤル・クラウンを三本買って、妻のところへ持っていった。それから、コーヒーを飲み終えようと引き返してきて、黙ってすすった。その間、アンナは火をつついた。

「一八号線に乗ったら、給油したほうがいいですよ。大吹雪が近づいてますから」

彼は笑った。「大吹雪？　テキサスのラボックに？」

「まだテキサスじゃないでしょう」とアンナは言った。彼女は窓のほうを見て、二人の人物が近づいてくるのを認めた。それから、マイズナーが肩でドアを押しあけた。スチュワードがすぐあとに続いている。

「さあ、揃いましたよ」とマイズナーは言って、瓶を手渡した。男はそれを受け取って、大急ぎでステーション・ワゴンに帰っていった。マイズナーは方角を教えてあげようと、そのあとに続いた。

「あいつらは誰だ？」とスチュワードが言った。

「ただの道に迷った人たちよ」アンナは、三十二オンス入りブルー・ボーイの缶を手渡した。

「道に迷った連中か、迷った白人か？」

「あら、スチュワード。やめてよ」

「大きな違いだぜ、アンナお嬢さん。大きな。そうでしょうが、牧師さん？」マイズナーは、ちょうど中に入ってくるところだった。

「白人だって、他のみんなと同じように道に迷いますよ」とアンナは言った。

「生まれながらに迷ってるのさ。この世を乗っ取って、まだ迷ってるんだよ。そうだろ、牧師さん？」

「あんた、矛盾したこと言ってるんじゃない？」アンナは笑った。

「神には一つの民族しかないんですよ、スチュワード。それは、わかってるでしょう」マイズナーは両手をこすりあわせ、それから息を吹きこんだ。

「牧師さん」とスチュワードが言った。「これまで、あんたが無知から、いろんなことを言うのを聞いてきたが、無知にもとづいたことを言うのを聞いたのは、これがはじめてだ」

マイズナーが微笑して答えようとしたとき、道に迷った男がマイズナーに薬の代金を払おうと、再び店のなかに入ってきた。

「大吹雪が近づいてるよ」スチュワードは、男の軽装と薄い靴を見た。「どこかで吹雪を避けたほうがいいかもしれんな。ガソリン・スタンドは一八号線だ。もしおれがあんただったら、あれより先には行かないね」

「急いで吹雪より先に行っちまいますよ」男は財布を閉じた。「一八号線で給油はしますが、今日中に州境は越えますよ。どうもありがとう。とっても助かりました。あんた方みんなに感謝します」

「あいつら絶対に、人の言うことは聞かないんだから」ステーション・ワゴンが走り去っていくとき、スチュワードが言った。彼自身は、家畜がみんな凍ってしまった一九五八年にこの辺りにいたので、水を汲み、釘で留め、アルファルファを鋤ですき、水曜以来食料を貯蔵していた。彼は煙草とシロップを買い、ダヴィを家に連れ帰るため町に出て来たのだった。

「ねえ、スチュワード」とマイズナーが言った。「ロジャーの孫娘のビリー・デリアを見ましたか」

「おれがなんで彼女を見なきゃなんないんだ？」

「誰も見かけない、ってアンナが言うもんだから。もちろんわたしたちは、彼女のお母さんには訊いてないんですがね」

スチュワードはカウンターの上に手の切れそうな五ドル紙幣をおいたが、「わたしたち」という言葉に引っかかった。「あそこじゃ、何も教えてもらえんだろう」と彼は言った。彼女が駆け落ちしたって、大した痛手にはならんだろう、と考えながら。パットにはいい気味だ、と彼は考えた。彼女は他人のことには鼻を突っこみたがるくせに、自分のことになると蛤のように口を閉ざしてしまうんだからな。「それで思い出した。ディークが言うには、今朝スウィーティを見かけたそうだよ——ただ道路を歩き続けていたそうだ。外套も、何も着ないで」

「スウィーティが？　家の外にいたって？」アンナはとうてい信じられないという口調。

「道路って、どこの？」とマイズナーが訊いた。

「まさかスウィーティじゃないでしょ」

「彼女だったと、ディークは誓って言ったぜ」

「ちがいないな」とマイズナーは言った。「わたしも、彼女を見ましたよ。わたしの家のすぐ外で。彼女がノックするだろうと思ったんですが、回れ右して、セントラルのほうへ戻っていきましたよ。家に帰ると思われたんですがねえ」

「帰らなかったんだよ。彼女はサージャントの店を通りすぎて、ずっと先を歩いていたって、ディークは言ってたな——兵隊みたいに行進して、町から出て行ったって」

「ディークは、彼女を止めなかったの？」

スチュワードは、彼女の言葉が信じられないというように、アンナを見つめた。「彼は銀行を開けようとしていたんだよ」

マイズナーはしかめ面をした。アンナが、何であれ彼が言おうとしていたことを断ち切った。「みなさん、コーヒーはいかが？　たぶん、パンプキン・ブレッドもいいんじゃないかしら？」

二人の男は申し出を受けた。

「誰かがジェフに言ったほうがいいわ」それはアンナの声だったが、三人が三人とも、棚が並んでいる壁の向こうの、フリートウッド家具・電気器具店のほうをちらと見た。

リチャード・マイズナーの視線、スチュワード・モーガンの観察力による予報に反して、空の小さな断片が、水彩パレットの上にきらめいた。オレンジがかったピンク、ミントグリーン、海岸の青の上に。白目色をした空の残りは、この奇妙な、絵本のような陽光の裂け目を明るく輝かす引き立て役だった。それは、まるまる一時間続いて、見る人みんなを興奮させた。それから色褪せ、鉛色の空が、仮借ない風の上にどっかりと腰を下ろした。正午には、最初の雪が降りはじめた。肌を刺す小石のような雹が、風の前を、溶けるのではなく跳ねとんだ。二時間後の第二の雪は、跳ねとびはせず、静かに降り積もって、万物を覆いかくした。

スウィーティは言った。「まっすぐ帰ってくるわ、ミス・メイブル」「一分も留守にはしないわ、ミス・メイブル」

そう言うつもりだった。たぶん本当に、言ったのかもしれない。とにかく、頭ではそう言おうと思っていた。しかし、子供の一人がごろごろ喉を鳴らす前に急いで帰ってこなければならなかった。

ポーチや歩道の上では、スウィーティの大股の足取りは決然としていた――まるで行かねばならない重要な場所があるかのように。しなければならない重要なことがあり、ほんの数分しかかからないので、すぐ帰るはずだった。痛みを和らげるために小さなお尻をマッサージしてやるとか、痰をサイフォンで吸い取ったり、食物をつぶしてやったり、歯をみがき、爪を切り揃え、尿を取ってやり、または、両腕に抱いて揺すってやるか、歌ってやるのに、間に合うように。しかし、たいていは見守ってやるのだが、それに間に合うように。義母がそこにいるのでなければ、決して目を離さないように。また、義母がいれば、いっしょに見守ってやれるように。というのは、ミス・メイブルの目はかつてのように鋭くなくなったからだ。他の人々も援助を申し出てくれた。最初は何度も何度も、いまはまばらに。しかし、彼女はいつも断った。見守るのはスウィーティがいちばん上手だった。義母は二番目に上手だ。アーネットもかつてはよくやってくれたが、もういなくなった。ジェフと義父は、見守ることはもちろん、見ることさえできなかった。

問題はけっして、目ざめているときに見守ることではない。眠っている間も見守ることだ。六年間というもの、彼女はベビーベッドのそばの藁ぶとんか、ジェフといっしょのベッドで眠った。呼吸を病室につなげ、耳の穴は大きく開けて聴き澄まし、筋肉という筋肉をすぐ飛び出せるよう緊張させて。彼女は少し夢を見たので、自分が眠ったことがわかったが、何の夢かは思い出すことができなかった。しかし、眠りながら同時に見守ることは、しだいにむずかしくなってきた。

夜が明けて、メイブルがコーヒーを持って暗い部屋に入ってきたとき、スウィーティは立ち上がって、それを受け取った。メイブルがすでにお風呂の湯を入れて、タオルをたたみ、寝室の椅子の上に新しいナイトガウンをかけてくれていることは、わかっていた。それから、髪を結ってあげようとメイブルが言うこともわかっていた——髪を編み、洗い、ロールで巻くか、または頭皮をひっかいてくれる。コーヒーは黒くて、砂糖が入っていて、すばらしいだろう。しかし、いまこのときだけは、コーヒーを飲んで、朝日のなかでベッドに入ると、今度だけは二度と目がさめないこともわかっていた。そうなると、誰が彼女の赤ん坊を見守ってくれるのか。

それで、彼女はコーヒーを受け取り、こう言った。あるいは、言うつもりだった。「すぐ帰るわ、ミス・メイブル」

階下で、彼女はコーヒーのカップと受皿を食卓の上に置き、それから、顔も洗わず、外套も着ず、髪も櫛を入れないまま、玄関のドアを開けて、出てきたのだった。急いで。

彼女は倒れるか、気絶するか、または凍りついて、その後しばらく無にすべりこむまで歩こうとは思っていなかった。彼女がやりたかったささやかなことは、夜明けのコーヒー、すでに湯を張った風呂、たたまれたナイトガウン、それから、見守りながらの眠り、こういうことをこの順に、毎日毎日、永遠に繰り返すことをしない、とくに、今日のこの特別な日にはしない、ということだった。順番を変えるためにできるのはただ一つ、何かを違ったふうにやるのではなく、違うことをやらねばならない、と彼女は考えた。一つだけ可能性が生まれてきた——家を出て、六年間足を踏み入れたことのない通りに出ていくのだ。

スウィーティはセントラル街の端から端まで歩き——福音書の名前のついた通りを通りすぎ、ニュー・ザイオン教会、ハーパーズ・ドラッグストア、銀行、カルヴァリ山教会を通りすぎた。それから、十字ペテロ通りに入り、そこから出て、サージャント飼料種苗店の前を通りすぎた。道路の性質が二度変わるルビーの北では、彼女の脚はすばらしくよく動いた。肌もすばらしかった。寒さを感じなかったからだ。慣れない新鮮な外気が鼻孔を痛くしたが、彼女は大気に顔を向けて、それに耐えた。自分がほほえんでいることは知らなかった。真新しい七三年型ピックアップ・トラックの荷台から彼女を眺めていた少女も、知らなかった。少女はスウィーティが泣いていると思った。そして、田舎道で泣いている黒人の女の姿が、またしても彼女の胸を引き裂いた。

少女は、隠れ家のからの木枠の間からスウィーティを眺めた。南行きのフォードのトラックは、スウィーティのそばを通るとき、速度をゆるめ、それから止まった。車のなかで、運転手とその妻が顔を見合わせた。それから、運転手が窓から体を乗り出し、頭をねじ曲げて、スウィーティの背中に向かってどなった。「手助けがいるかい」

スウィーティは頭の向きを変えもしないし、申し出にありがとうとも言わなかった。夫婦は顔を見合わせた。夫のほうは、ギアをドライヴに入れるとき、歯を吸った。幸運なことに、その地点で道路は傾斜していた。でなければ、悲嘆にくれたヒッチハイカーは、トラックの後ろから飛び降りたとき、怪我をしたにちがいない。夫婦は後部ミラーのなかに、乗せていたとは知らなかった乗客が、哀れな女のもとに走り寄っていくさまを見ることができた。「ありがとう」とさえ言わない育ちの悪い女のもとに。

悲嘆にくれた少女は女に追いついたとき、いま泣いている女は決然とした泡になっているが、その泡に触れるとか、話しかけるとか、割りこんではいけないと考えるだけの分別は備えていた。それで、はき古した白いローファーの上の形のよい黒い踵を眺めながら、十歩ばかり後ろをついて歩いた。たるんだポケットのついた、皺の寄った淡青のワイシャツドレス。寝癖のついた髪——一方は押しつけられてぺしゃんこになり、もう一方はくしゃくしゃになっている。そして、ときどき、くすくす笑いのように聞こえるむせび泣きを洩らしている。

二人はこのようにして、一マイル以上歩いた。歩く人はどこかへ行こうとしており、ヒッチハイカーはどこへでも行こうとしていた。生き霊とその影。

その朝は寒く、くもっていた。道の両側で、風が丈の高い草をなびかせている。

十五年前、悲嘆にくれたヒッチハイカーは五歳で、五日四晩を自分が住んでいる建物のすべての家のドアをノックして過ごした。

「姉さん、ここに来てないかしら?」

何人かは「いいえ」と言い、また、何人かは「誰?」と言った。何人かは「あなたの名前は何ていうの?」と言った。大部分の人は、まったくドアを開けなかった。それは一九五八年のことで、その頃、子供は真新しい政府の住宅中どこででも安全に遊ぶことができた。

最初の二日は、上の階にも上がり、ただの一軒も落とさないよう確かめながら巡回したあと、彼女は待った。姉のジーンは、いまにも帰ってきそうだった。食卓の上には夕食の食べ物が並んでいたからだ——ミートローフ、インゲン豆、ケチャップ、白パン——それに、水差しいっぱいのクール・エイドが冷蔵庫に入っていた。彼女は二冊のぬり絵、一組のトランプ、おしっこをするベビー・ドールで遊んだ。また、ミルクを飲み、ポテト・チップスを食べ、アップル・ジェリーつき塩ふりクラッカーを食べ、少しずつミートローフを食べ、結局全部平らげた。夕食に残されたのはきらいなインゲン豆だけになったとき、それはあまりにもしなびて、ぐじゃぐじゃになっていたので食べられなかった。

三日目になると、彼女はどうしてジーンが行ってしまったのか、どうすれば引き戻せるかが、わかりはじめた。それで、歯をみがき、耳を注意深く洗った。トイレも使ったらすぐ水を流すようにして、ソックスをたたんで靴のなかに入れた。また、クール・エイドを拭き取り、水差しのなかからガラスの破片を取り出すのに長い時間を費やした。冷蔵庫から取り出そうとしたとき、水差しが割れたからだ。彼女はパンの箱にローナ・ドーンズ（クッキー）が入っているのを思い出したが、あえて椅子の上に登ってそれを開けることはしなかった。これが彼女の祈りだった。もしわたしが言われないでもあらゆることをきちんとやれば、ジーンが帰ってくるか、または、アパートのドアの一つを叩いたとき、そこにいるだろう！　ほほえんで、両手を差し出して。

一方で、夜は恐ろしかった。

四日目、歯ブラシが血でピンク色になるまで十八本の乳歯をみがいたあと、彼女は窓から外の、暖かい雨のしぶきを通して、朝、仕事に行く人々や学校へ行く子供たちを眺めた。そのあと長い間、誰も通らなかった。それから、男の上着を着た年取った女が、こぬか雨を背景に、屋根のように彼女の頭上にそそり立った。それから、一人の男が芝生の禿げたところに種を播いていた。それから、背の高い女が窓を通りすぎた。外套も着ず、頭には何もかぶらないで。彼女は腕の外側や、手首の内側で目に触れていた。泣いていたのだ。

あとになって、六日目に、社会福祉事業員がやってきたとき、彼女は、全然ジーンに似ていない――ジーンとは肌の色も違う――泣いていた女のことを考えた。しかし、その前、つまり五日目に、その間中ずっとそこにあった彼女あてのものを見いだした――あるいは、気づいたと言うべきだろうか。祈りを聞いてもらえないことに気落ちして、歯ぐきからは血を流し、飢えにさいなまれた彼女は、よい子になることをあきらめ、椅子にのぼって、パンの箱を開いた。ローナ・ドーンズの箱に立てかけてあった封筒には、すぐわかる文字が書いてあった。口紅で書いた彼女自身の名前。彼女はクッキーの箱に手を入れるよりも先に、封筒を開いて、一枚の紙を引っぱり出した。もっとたくさんの口紅の文字が書いてある。ここでもいちばん上に書いてある彼女の名前といちばん下の「ジーン」より他に、理解できるものは全然なかった。その間には、派手な赤いしるししかない。

　幸せに包まれて、彼女は手紙を折って封筒に戻し、それを靴に入れて、そのあとずっと持ち歩いた。それを隠し、それを守る権利のために戦い、ごみ箱から救いだした。彼女は六歳の熱心な一年生になり、ようやくその紙に書かれた手紙全部を読むことができるようになったが、歳月が経つうちに、手紙は爆竹の赤に汚れた一枚の紙になってしまい、判読できる字は一字も残っていなかった。しかし、社会福祉事業員に付き添われて、やがて経験する二軒の養家のうちの最初の養家に行く気になったのは、安全に靴のなかに入れていたその手紙のおかげだった。彼女は、そのときはほんの少し、あとではもっとたくさん、泣いている女のことを考えたが、ついに女は時折見る胸の張り裂けそうな夢になった。

　草を乱していた風は、いまでは雪を運んでいる——まばらで、砂まじりで、ガラスのように肌を刺す。ヒッチハイカーは立ち止まって、ダッフルバッグから派手な肩かけを引き出し、それから走って、歩く女に追いつき、彼女の肩を包んでやった。

スウィーティは両手を振りまわしたが、ついに邪魔立てされているのではなく、暖かく包んでくれていることがわかった。ウールの布で肩を包んでもらっている間も、全然立ち止まらず歩き続けた。くすくす笑いながら——でなければ、むせび泣いていたのだろうか。

ヒッチハイカーは、木枠の間に隠れていた間、三十分足らず前に大きな家を通りすぎたことを覚えていた。トラックで二十分かかるところは歩行者なら何時間もかかるだろうが、暗くなるまでにそこへ着けるはずだと考えた。問題は寒さだった。もう一つの問題は、泣いている女をどうやって止め、休ませ、ひとたび避難所に着いたら、なかに入れるかということだった。このような目は珍しいものではない。病院では、昼も夜も歩きまわる患者の目だ。路上では、閉じこめられていないので、このような目をした人々は永久に歩き続ける。ヒッチハイカーは話をして時間を過ごそうと心を決め、自己紹介をはじめた。

スウィーティは彼女の言ったことを聞き、招かれざる連れのほうにほほえんだ顔——あるいは泣いている顔だったろうか——を向けようとしたとき、家を出てからはじめてつまずいた。罪だ、と彼女は考えた。わたしは罪と並んで歩いていて、罪のマントをまとっている。「お慈悲を」と彼女はつぶやき、小さな笑い声——あるいは泣き声——を立てた。

修道院が見えてきたときには、スウィーティはくつろいでいた。彼女は道路を吹きあげる身を噛む寒さは全然感じていなかったが、髪を覆い、靴に入る暖かい雪に慰められていた。そして、並んで歩く罪の形からこれほどはっきりと守られ、それとは繋がりのないことを感謝していた。スウィーティにとっての恩寵のしるしは、暖かい雪がいかに罪の形を鞭打ち、沈黙させ、凍りつかせ、苦しい息づかいをさせ、かろうじてついて来させているか、それにたいして彼女、スウィーティのほうは身を切る風にも屈せず、行進していることだった。

スウィーティは自発的に、宅地内車道をさっさと歩いて行った。しかし、残りは悪魔にまかせた。

ドアをがんがん叩いたとき、開けてくれた女は「まあ！」と言って、二人をぐいとなかに引き入れた。

スウィーティには、女たちは鳥、それも鷹に思われた。彼女をくちばしでつつき、羽ばたきをする。それで汗が出てきた。彼女がもっと強かったら、赤ん坊の看病で徹夜をしたためこれほど疲れていなかったら、戦って女たちを追い散らしただろう。実際のところ、祈るより他にできることは何もなかった。女たちは彼女をたくさんの毛布を重ねたベッドに寝かせたので、汗が耳まで流れこんだ。女たちが出したものを、彼女は全然食べも飲みもしなかった。唇を閉じ、歯を噛みしめているだけだった。黙って、熱心に、救いを求めて祈った。すると、あろうことか、祈りは聞き届けられたのだ。彼女は一人にしてもらえたからだ。静かな部屋のなかで、スウィーティは神に感謝して、静かで苦しい眠りに漂いこんだ。彼女の目をさまさせたのは、震えではなく、赤ん坊の泣き声だった。弱ってはいたものの、彼女は起き上がった。あるいは、起き上がろうとした。頭は痛み、口は乾いている。彼女は自分がベッドのなかではなく、暗い部屋の革のソファに寝ていたのがわかった。鷹の一羽が血のように赤い唇をして、灯油ランプを持って部屋に入ってきたとき、スウィーティの歯はがちがち鳴っていた。鷹はこの上なくやさしい声で、悪魔のするように彼女に話しかけた。しかし、スウィーティが救い主を呼ぶと、それは出て行った。家のどこかで子供が泣き続けている。その声が、スウィーティを有頂天にした——彼女は、自分の子供の泣き声をこれまで一度も聞いたことがなかったからだ。あの、持続的で、リズミカルで、慕わしげな、はっきりした声を一度も聞いたことがなかった。それは国歌か、子守歌か、または、十戒の心身を緊張させる調べのようだった。彼女の子供たちは全員が沈黙している。突然、歓喜のただなかで、怒りがこみあげた。ここの悪魔のなかで赤ん坊が泣いているというのに、彼女の家では全然泣いていないなんて。

一羽は食べ物の盆を持ち、二羽の鷹が戻ってきたとき、彼女は訊いた。「どうして、あの子はここで泣いてるの？」

もちろん、彼女らは否定した。ずうずうしく嘘をつき、部屋中あちこちへ移っていく泣き声を否定した。鷹の一羽は次のように言って、彼女の気を逸らそうとさえした。

「子供たちが笑うのは聞いたことがあるわ。ときには、歌ったりして。でも、泣き声は一度も聞いたことないわね」

もう一羽はくすくす笑った。

「ここから出してちょうだい」スウィーティは一生懸命どなり声を出そうと努力した。

「家に帰らなくてはいけないの」

「あなたを連れてってあげる。車のエンジンが暖かくなったら、すぐ」同じ狡猾な悪魔の口調。

「いま」とスウィーティは言った。

「アスピリンを飲んで、これを少し食べなさいな」

「いま、この場所から出してちょうだい」

「なんていう雌犬かしら」と、一羽が言った。

「熱のせいよ」と、もう一羽が言った。「だから、お黙り」

忍耐し、主の訓戒以外すべての音を締め出したおかげで、彼女は外に出ることができた。そして、最初は宅地内車道の端の雪に埋まった錆色がかった赤い車に入り、最後には、讃えよ、讃えよ、神の聖なる御名を、夫の腕に飛びこむことができたのだ。

夫はアンナ・フラッドといっしょにいた。彼らは、彼女が救い主を呼んだ瞬間から、こちらへ来る途上だった。スウィーティは、文字通りジェフの腕のなかに飛びこんだ。

「こんなところで、おまえは何をしてたんだ？　おれたち、一晩中連絡が取れなかったんだよ。気でも違ったのか、スウィートハート？　いったい、どうしたんだ？」

「あの人たちがこうしたのよ。わたしを連れ去ったの」スウィーティは泣いた。「ああ、神様、わたしを連れて帰って。わたし、病気なの、アンナ。赤ん坊の面倒みなくちゃならないわ」

「しーっ。そんなこと心配しないで」

「でも、面倒みなくちゃ、みなくちゃ」

「もう、よくなるさ。アーネットが帰ってくるからね」

「ヒーターつけて。とても寒いの。どうして、こんなに寒いんだろう？」

　セネカは天井を見つめていた。小寝台のマットレスは薄くて、固かった。ウールの毛布はあごを引っかいた。おまけに宅地内車道の雪かきをしたので、両方の掌が痛い。彼女はこれまで、床の上や、ボール紙の上、悪夢を生むウォーター・ベッドの上で寝てきた。それに、続けて何週間も、エディーの車の後部座席にいた。しかし、彼女はこの清潔で、幅の狭い、子供っぽいベッドで眠ることはできなかった。

　泣いている女は、気が狂っていた——前夜も、翌日の朝も同様に。セネカは一晩中、メイヴィスとジジに耳を傾けて過ごした。彼女たちは、よくコニーという名前の人の話をしていたが、この家は二人のものであるように思われた。彼女たちはセネカのために料理を作ってくれたが、詮索はしなかった。また、セネカの名前について論議したことをのぞけば——どこで、そんな名前がついたの？——まるで彼女について何でも知っていて、彼女が滞在するのが嬉しいというような態度だった。あとで、午後になって、彼女が疲労のため倒れそうになったとき、彼女たちは二つの小寝台のある寝室へ彼女を案内した。「しばらく昼寝しなさいよ」と、メイヴィスが言った。「夕食ができたら、呼んであげる。チキンのフライは好き？」セネカは吐きそうな気がした。

彼女たちは、お互いを嫌いあっていた。それで、セネカは両方にたいして平等にほほえみ、愛想よくした。一人がもう一人を罵り、意地の悪い冗談を言うと、セネカは笑った。他方が嫌悪感に目を丸くすると、セネカは理解を示す視線を走らせた。いつも調停者だ。「はい」、または「気にしないわ」、または「わたしが行くわ」という人間。そうしなければ——どうなる？　彼女たちはセネカが気に入らないかもしれない。泣くかも。出て行くかも。そういうわけで、彼女は二人の気に入るようベストを尽くした。たとえ聖書が靴より重くなったとしても。すべての初犯者と同じように、彼は両方をすぐほしがった。セネカはサイズ十一のアディダスを見つけるのに苦労はしなかったが、インディアナ州プレストンでは、宗教書専門だろうと、普通書専門だろうと、本屋はあまり発展していなかった。それで、彼女は回り道をしてブルーミントンへ行き、『暮らしの聖書』と呼ばれる本と、カラー写真はないが、誕生、死、結婚、受洗の日付を記録するため沢山の罫を引いたページつきの聖書を、見つけだした。何年にもわたる家族全員の行動のリストがあるとはすばらしいものに思えたので、彼女はそれを選んだ。もちろん、彼は怒った。あんまり怒ったので、黒と白の贅沢なランニング・シューズを手に入れた喜びがかすんでしまったほどだった。

「おまえは、何一つ、まともなものは買えないのか？　小さな聖書一冊も？　いまいましい百科全書でなくて！」

彼は告発された通りに有罪になった。彼女は彼を知ってからわずか六ヵ月にしかならないが、彼にはすでに、彼女がいかにどうしようもない人間かということがわかっていた。それでも彼は巨大な聖書を受け取り、それと靴を、彼の名前と番号を記入して受付に置いてくれと言いつけた。そして、番号を書き取らせた。まるで彼女が並んだ五つの数字を記憶できないというかのように。彼女はハム・サンドイッチも持ってきていた（彼の手紙によると、面会所ではピクニック・タイプの昼食は摂れるとのことだったので）。しかし、彼はあんまり神経質になり、いらだっていたので、食べなかった。

他の面会者たちは、囚人たちと楽しい時間を過ごしているように思われた。子供たちはお互いにからかい合い、父親の腕のなかで丸くなり、父親の顔や髪や指で遊んでいた。女たちは男に触れ、ささやき、大声で笑った。彼らは常連だった——バスの運転手や、看守や、コーヒー・ワゴンの係などと馴染みだった。囚人たちの目は、喜びでやさしくなっている。彼らはすべてに気がつき、すべてを批評した。小さな男の子たちが厚い茶封筒に入れて持ってくる通知表、幼い少女の髪どめ、女たちの外套のさま。彼らは注意深く、そこにいない友人や家族の細かい状況に耳を傾けた。そして、あらゆる家庭内のニュースにたいして忠告や指示を与えた。セネカには、彼らは恐ろしく男らしく思われた――面会の段取りの仕方が指導者然としている。すわる場所、包み紙の置き場所から、医学上の忠告や送ってもらう本にいたるまで。彼らがけっして話さないのは、なかで何が行なわれているか、ということだけだった。それに、いつだって看守の存在を認めようとはしなかった。おそらく、彼らの頭にはアッティカ（ニューヨーク州アッティカの刑務所のことか？）があったのだろう。

たぶん彼の刑期が過ぎていくうちに、エディーもあんなふうになるのだろう、と彼女は考えた。この面会は、彼の起訴認否手続以来最初のものだったが、このときの怒り狂った犠牲者面は、なくなるのだろう。泣き言を言い、何もかも他人のせいにした。聖書はあまりにも大きかったので、彼を当惑させた。サンドイッチには、マヨネーズの代わりにカラシをつけろ。彼は、学校のカフェテリアでの彼女の新しい仕事については何も聞きたがらなかった。ソフィーとバーナードだけが、関心の的だった。それから、犬の餌が。夜、あいつらに散歩させてるか？　長いこと、たっぷり走る必要があるんだよ。外に出るときだけ、口輪をつけろ。

彼女は四つのことを約束して、エディー・タートルと面会用ホールで別れた。犬の写真を送ること。ステレオを売ること。彼の母親に貯蓄債券を現金に換えさせること。弁護士に電話をかけること。送る、売る、換える、かける。これが、彼女の記憶法だった。

バスの停留所へ向かって歩いていたとき、セネカはつまずいて、片方のひざをついた。看守が進み出て、助け起こしてくれた。

「注意してくださいよ、お嬢さん」

「すみません。どうも、ありがとう」

「あんた方、女の子は、どうしてこんなものはいて歩けるって思うのか、わからんね」

「あなた方にいいってことでしょ」彼女は微笑しながら、言った。

「どこで？　オランダでかい？」彼は二列の金歯を見せて、嬉しそうに笑った。

セネカは粗く編んだ手提げの調節をしてから、彼に訊いた。「ここからウィチタはどのくらいあるんですか」

「旅行の仕方によるな。車なら、そうだな、えーと、十時間か十二時間だろうね。バスなら、もっとかかるよ」

「あら」

「ウィチタに家族がいるのかね？」

「ええ、いいえ。えーと、ボーイフレンドの家族がいるんです。彼のお母さんを訪ねる予定なんです」

看守は帽子を取って、クルーカットを撫でつけた。「そいつはいいね」と彼は言った。「ウィチタにはおいしいバーベキューがあるよ。忘れないで、食べておいでよ」

たぶんウィチタのどこかには、とてもおいしいバーベキューがあるのだろう。しかし、ミセス・タートルの家にはなかった。彼女の家は厳格な菜食主義だった。ひづめや、羽や、甲羅や、鱗のあるものは全然、食卓に現われなかった。七つの穀物と、七つの緑——毎日、各々の一つ(一つだけ)を食べなさい。そうすれば、永久に生きることができますよ。そ
れをやるつもりなの。それに、いいえ、誰のためであろうと、主人が残してくれた貯蓄債券を現金に換えるつもりはありませんよ。子供を轢いて、逃げたような人は論外、たとえその人間が自分の一人息子であろうと。

「あら、違うのよ、ミセス・タートル。彼は、それが小さな子供だったことを知らなかったんです。エディーは、それが……」

「何ですって?」ミセス・タートルが訊いた。「彼はそれを何だと思ったの?」

「彼が言ったことは忘れちゃったんですけど、彼がそんなことをしない人だってことはわかってます。エディーは子供が好きですもの。本当です。本当に、とってもやさしい人ですわ。わたしに聖書を持ってきてくれ、と言いましたもの」

「彼はいま頃、それを売り払ってるわ」

セネカは目を逸らした。テレビのスクリーンがちらちらしている。スクリーンの上では、

重々しい顔つきをした男たちが、お互いに静かに、礼儀正しく、嘘をつきあっていた。

「ねえ、あんた。あんたが彼を知っていたのは、農作物が実る暇もないくらいの期間じゃないの。わたしは、これまでずっと彼を知ってるのよ」

「はい、奥様」

「あんたは、わたしを救貧院に入れて、口先のうまい弁護士を金持ちにするようなことを、わたしが彼にさせると思ってるの？」

「いいえ、奥様」

「あんたは、テレビでウォーターゲイトの弁護士のこと見てた？」

「いいえ、奥様。はい、奥様」

「そんじゃあ、この件についてもう一言も言いなさんな。あんた、夕食は食べるの？　食べないの？」

穀物はホィートブレッド（精白した小麦粉と精白しない小麦粉の両方を使ったパン）で、緑はケールだった。濃いアイス・ティーが両者を流しこむ手伝いをしてくれた。

ミセス・タートルは夜のベッドを提供してはくれなかったので、セネカはバッグを肩にかつぎ、ウィチタのやわらかい夕べの大気に包まれて静かな通りを下って行った。彼女はこの旅をするのに、職を捨てたわけではなかったが、上司は、こんなに早く欠勤するのは新しい従業員にとっては有利にならないことを、はっきりさせた。ひょっとしたら、彼女はもう鹹になっているのかもしれない。たぶんミセス・タートルは、「もう帰ってこなくてもいいですよ」という連絡があったかどうか知るための電話を、同居者にかけさせてくれるかもしれない。セネカは踵を返して、いま来た道を引き返した。

ドアのところでノックしようと手を上げたとき、彼女はむせび泣きを聞いた。どうしようもなく最高に悲痛な母親の泣き声——世界にまたとないような泣き声。セネカは後退り、それから窓のところへ行き、心臓を押し下げようとして左手を胸に当てた。彼女は手をそのままにして——小さな赤い弁が、つっかえたり、よろめいたりしながら、常態に戻ろうとしているさまを想像しながら——逃げるように煉瓦の石段を降りて歩道に出、泥道の端を通り、それから、タールマカダム舗装道路へ、それからバスの停留所までずっと続くコンクリートの道を歩いた。かびの生えたプラスティックのベンチにぺたんとすわりこんだときはじめて、彼女は頭のなかで荒れ狂っていた感情に身をまかせてわっと泣きだした。ミセス・タートルは独りになって目撃者がいなくなると、理性や人格をかなぐり捨て、その肉はけっして食べない羽や鰭やひづめのあるものとまったく同じように金切り声をあげたのだ——カモメや、雌クジラや、母狼が、自分の子供をさらわれたときに嘆くように。両手を髪に突っこみ、涙に濡れた顔に大きく口を開けて。

　息を切らせ、乾いた口をして、セネカはむせび泣きから逃げだした。広い通りも狭い通りも駆けぬけ、ビジネス街の近くに来て、ようやく速度を落とした。バスの発着所に着いて、彼女はピーナッツとジンジャー・エールを自動販売機で買ったが、たちまち後悔した。本当にほしかったのは甘いもので、塩辛いものではなかったからだ。両ひざを開き、足首を交差させて待合室のベンチにすわり、彼女はナッツをポケットに入れて、ジンジャー・エールをすすった。ついに恐怖は鎮まり、傷ついた女の叫びは日常的な車の流れと区別できなくなった。

夜が訪れ、バスターミナルは朝の通勤時と同じほど混んできた。暑い九月の日は、太陽が沈んでも涼しくはならなかった。待合室のむっとする空気と外気の間には、大した差異はない。乗客たちとその連れは落ち着いていて、旅行や別れにもあまり関心を示していないように見える。たいていの子供たちは、ひざや、荷物や、座席の上で眠っていた。眠ってない子供は、周囲の人々を悩ませている。大人たちは切符をいじり、首の汗を拭い、赤ん坊を撫でたり、お互いにささやき合ったりしていた。兵士たちとその恋人は、ガラスの後ろに貼ってある時刻表を調べている。ニット帽をかぶった四人の十代の少年たちが、自動販売機のそばで小さな声で歌っていた。灰色のお抱え運転手の制服を着た男が、出迎える客を探しているかのように徘徊している。車椅子に乗ったハンサムな男が自分で車を操作して優雅に入り口から入ってきたが、不便なドアの作りにほんの少し困惑したようだった。

バスが出発するまで二時間二十分あった。それで、通りすぎた映画館の一つで時間を過ごしたものかどうかと、セネカは考えていた。《セルピコ》、《エクソシスト》、《スティング》がきわめて有望な選択肢だったが、エディーの腕に肩を抱かれないでどれかを見るのは裏切りのような気がした。彼が苦境にあるのに彼を助けようとする自分の努力が失敗したことを思って、彼女は重いため息をついた。しかし、涙が出てくる危険はない。彼女はローナ・ドーンズの箱のそばにジーンの手紙を見つけたときですら、涙を流さなかった。たぶん二軒の養家の両方の母親から気に入られ、愛されていたのだろうが、母親たちが好意を持ったのはセネカ自身ではなく、彼女が叱責をおとなしく聞き、与えられたものを食べ、持てるものは分かちあい、けっして一度も泣かなかったためだということはわかっていた。

例の運転手が彼女の前に立って微笑したとき、ジンジャー・エールはストローのなかでからから鳴っていた。

「すみません、お嬢さん。ちょっとお話ししてもいいでしょうか」

「ええ。本当に、もちろん」セネカはさっと体を動かして、ベンチの上に空間を作ったが、彼はすわらなかった。

「もし関心がおありでしたら、ちょっと複雑ですが非常に簡単な仕事に五百ドル差し上げる権限をわたしは委託されております」

セネカは口を開けた。複雑で簡単ですって？　と訊くつもりだった。彼の目は灰色で曇っており、制服のボタンが古代の金のようにきらめいた。

「いいえ、ありがとう。わたし、この街から出ていくところですから」と彼女は言った。「二時間したら、わたしの乗るバスが出るんです」

「わかります。しかし、この仕事は長くはかかりませんよ。たぶん、わたしの雇い主――彼女はすぐ外にいます――とお話しになれば、彼女のほうからご説明するでしょう。もちろん、急いでどこかへいらっしゃる用がなければ、の話ですが」

「彼女？」

「そう、ミセス・フォックスです。こちらへどうぞ。ほんの一分しかかかりません」

駅の入り口から数ヤード離れた明るい街灯の下で、リムジンがエンジンの音をさせていた。運転手がドアを開けると、非常にきれいな女の頭がセネカのほうを向いた。

「こんにちは。わたし、ノーマよ。ノーマ・キーン・フォックス。ちょっとしたお手伝いをしてくれる人を探しているの」彼女は手を差し出さなかったが、その微笑を見て握手をしてくれたら、とセネカは思った。「その件、お話ししてもいいかしら？」

女が着ていた麻のブラウスはスリーブレスで、襟ぐりのカットは深い。ベージュのスカートは長かった。彼女が組んでいた脚をほどいたとき、セネカは派手な色のサンダルと珊瑚色の足の爪を見た。シャンペン色の髪は、イヤリングのない耳の後ろに撫でつけられている。

「どんなお手伝いですか」セネカは訊いた。

「なかに入って。説明できるように。車のドアを開けたまま話すのはむずかしいから」

セネカはためらった。

ミセス・フォックスの笑い声は、暖かいベルの響きだった。「大丈夫よ。もし気に入らなければ、この仕事を引き受けなくてもいいんだから」

「引き受けないとは言ってません」

「それなら、入って。ここのほうが涼しいわ」

ドアの閉まる音は柔らかく、深みがあった。それに、ミセス・フォックスのバル・ア・ヴェルサイユ（香水の名）には抵抗できなかった。

内密なことなの、と彼女は言った。もちろん、非合法ではないわ。ほんの私的なことよ。あなた、タイプは打てる？　少し？　この辺の人じゃない人がほしいの。五百ドルなら十分だと思うわ。本当に頭のいい人なら、ほんの少し高くしてもいいけど。仕事をしないと決めても、デイヴィドがバスの停留所まで車で送ってあげるわ。

そのときはじめて、セネカはリムジンがもう駐車してはいないことに気がついた。車内のライトはまだついている。空気はひんやりして、リムジンはゆったりと走っていた。

ここは世界のなかでもすてきな地域よ、とノーマが続けた。でも、狭量な考え方をする人たちが住んでいるの、わたしの言う意味がわかれば、の話だけど。それでも、他の場所には住みたくないわ。夫はわたしの言うこと、信じないのよ。友達もそう。わたし、東部の出身なんですもの。わたしが東部に帰ると、みんなはウィチタ？　って言うわ。そんなふうなの。でも、わたしはここが好き。あなたはどこの出身？　そう思ったわ。この辺では、そんなジーンズはかないもの。でも、ここの人たちもはくべきよ。つまり、いいお尻をしてれば、ってこと。あなたみたいな。ええ。息子はライスにいるの。たくさんの人がわたしたちのために働いているわ。でも、わたしが何かできるのは、レオンが――それが夫よ――いないときだけ。もし賛成してくだされば、そこがあなたの出番よ。結婚してる？　そうねえ、わたしがしてほしいのは、頭のいい女性ならできること。あなた、口紅つけてないわね。いいわ。あなたの唇はそのままで、すてきですもの。わたし、ディヴィドに言ったの。頭のいい娘を探してきて、って。農家の娘はだめ。酪農場の花形もだめ、って。彼はとっても優秀。あなたを見つけてきたんですもの。わたしたちの家は少し街から外れてるの。いいえ、ありがとう。わたし、ピーナッツは消化できないのよ。あらまあ、それじゃお腹がすいてるでしょ。おいしい夕食を食べましょうね。それから、何をしてもらいたいか説明するわ。指示に従えば、本当に簡単なことよ。内密な仕事だから、地元の人よりよそ者のほうがいいの。それ、みんなあなた自身のまつげ？　あらまあ。ディヴィド？　今夜マティが本格的な夕食作ったかどうか、知ってる？　魚じゃないことを願うわ。それとも、あなた、魚が好き？　カンザス州は鱒がおいしいのよ。フライにしたチキンなら、同じようにおいしいと思うわ。ここには、すてきな飼い方をした鶏がいるのよ——たいていの人間よりおいしいものを食べてるの。いいえ、それは捨てないで。わたしにちょうだい。誰にわかるの？　いつか役に立つかもしれないわ。

セネカは次の三週間を豪奢な部屋で、豪奢なノーマと過ごし、きれいすぎて食べるのが惜しいような食事をした。ノーマは彼女をたくさんのすてきなものの名前で呼んだが、一度も本名を訊かなかった。玄関のドアは錠を下ろされたことがなかったので、出ていきたければいつでも好きなときに出ていくことができた。彼女は、孔雀の羽から情けない屈辱まで、甘やかしから戯れの虐待まで、キャヴィアのタルトから汚辱まで揺れ動きながら、そこに留まっている必要はなかった。しかし、苦痛が喜びを象《かたど》り、ぴりっとした味を添えた。屈辱が降伏を深く、やさしいものにした。長く続くものに。

レオン・フォックスがすぐ帰ると知らせる電話をかけてきたとき、ノーマは彼女に五百ドルとカシミヤの肩かけを含む何枚かの衣服をくれた。約束通りディヴィドがボタンをいっそう陽光にきらめかしながら、彼女をバス停まで車で送ってくれた。ドライヴの間、彼らは口を利かなかった。

セネカはコーヒー・ショップで立ち止まり、市立公園で休んで、何時間もウィチタの街をさまよった。どこへ行けばいいか、何をすればいいか、まったく途方にくれて。刑務所のそばに仕事を見つけて、彼のそばにいてやろうか？　つまり、彼の指示に従い、彼の母親の貯金を引き出せなかったことを詫びるのか？　シカゴに帰ろうか？　エディー以前の生活に戻ろうか？　インスタントの友達。早い者勝ちの仕事。臨時の住居。盗んだ食物。エディー・タートルは六カ月間彼女に落ち着いた生活をさせてくれたが、いま、彼はいなくなった。あるいは、ただ動き続けているべきなのか？　デイヴィドはノーマのために、道に迷った子犬のように彼女を拾った。いや、子犬ですらない。だが、ペットのように。しばらく――ほんのわずかな時間――遊んでいたいが、飼う気はないペット。愛ではない。名前さえつけなかった。ただ食物を与えて、いっしょに遊び、それから、犬自身の住まいに戻す。彼女は五百ドル持っていた。エディー以外には彼女がどこにいるか知る人はない。たぶん、こんなふうにその金は持っているべきなのだろう。

セネカは何もまだ決めていないときに、最初の隠れ家――セメントの袋を載せた平たい荷台――を見た。彼女が見つかったとき、運転手は彼女をタイヤに押しつけ、質問と、罵言と、脅迫を浴びせながら、軽いいちゃつきをやった。最初セネカは何も言わなかったが、突然トイレに行かせてくれと頼んだ。「行きたいのよ、とっても」と彼女は言った。運転手はため息をついて彼女を放し、彼女の背中に向かって最後の警告をどなった。そのあと彼女は数回ヒッチハイクをやったが、お義理の話をするのがひどくいやだったので、トラックにしのびこむ危険をおかすようになった。彼女ははっきりした目的地を持たない旅行をするほうが好きで、社会からは隔絶し、もの言わぬ積み荷の間に隠れた――彼女がそこにいると知っている者はいない。真新しい七三年型ピックアップ・トラックの木枠の間に隠れていたとき、外套も着ていない女のあとについていくためそれから飛び降りたのは、これまでやったことのない初めての明確で自主的な行為だった。

すすり泣いていた女——あるいは、くすくす笑いをしていたのだろうか——は、もういない。雪はやんだ。階下で、誰かが彼女の名前を呼んでいる。

「セネカ？　セネカ？　おいでよ、ベイビー。あんたを待ってるんだから」

ディヴァイン

「愛について話させてください。このばかげた言葉は、あなた方が誰かを好きになるとか、誰かがあなた方を好きだとか、または、何かを得るためや、ほしい場所を手に入れるために誰かをがまんすることができるかどうかということに関わっていると、あなた方は思っているでしょう。または、あなた方の体がコマドリやバイソンのように他の体に反応することに関係があると、考えているでしょう。ひょっとしたら、いろんな力や自然や運命がいかに恵み深いか、とくに、あなた方を障害者にしたり、殺したりはしないが、もしそうするとすれば、あなた方自身のためにそうするのが愛だと、考えているかもしれない。

愛は全然そういうものではありません。自然には、愛のようなものはないのです。コマドリや、バイソンや、あなた方の狩猟犬の打ち振る尻尾にも、満開の花や乳を飲む馬の子にも愛はないのです。愛はひとえに神の《ディヴァイン》賜であり、いつもむずかしいものです。もしやさしいものだと考えるなら、あなた方は愚か者です。自然だと考えるなら、あなた方は盲目です。それが神であることをのぞけば、それは理屈も動機もない、学習によって学び取る実際的教訓なのです。

あなた方は、これまで耐えてきた苦しみとは関係なく、愛に値しません。誰かがあなた方にたいして不正を働いたからと言って、愛には値しません。ただ愛がほしいからと言って、愛に値するものではありません。あなた方はただ――実行と、注意深い考慮によって――愛を表現する権利を得るのです。あなた方は愛の受け取り方を学ばねばなりません。つまり、神の愛を受けるにふさわしい者にならねばなりません。神の御心を行なわねばなりません。神に思いをいたさねばなりません――注意深く。あなた方が勤勉なよき学習者ならば、愛を示す権利を獲得できるかもしれません。愛は贈り物ではないのです。免状、すなわち、ある種の特権を与える卒業証書です。愛を表現し、愛を受け取る特権です。

あなた方は、どうして卒業したことがわかるのでしょう? わかりませんね。あなた方が確かに知っているのは、あなた方は人間であり、したがって教育を受けることができ、学習方法を学ぶことができ、神に関心があるということです。神は神ご自身にしか関心がありません。これはつまり、愛にのみ関心があるということです。わたしの言うことがわかりますか。神はあなた方に関心はないのです。神は愛に関心があり、その関心を理解して分かちあう人々に愛がもたらす至福にのみ関心があるのです。

結婚の宣誓をして、長い年月を歩く準備のできていない者、または、神の真実の愛を正しく把握する気のない者は繁栄しません。彼らは、コマドリや、カモメや、生命のために番うその他の生き物のように、抱擁しあうかもしれません。しかし、この重大な道を避けるならば、すべてがその永遠の命の性格によって判断されるこの瞬間、彼らの抱擁は全然意味をなしません。神よ、純真で聖なる者を祝福したまえ。アーメン」

長老プリアム師の言葉に唱和し、そのあとに続くいくつかのアーメンの声は声高で、他は控えめだった。何人かは全然口を開かなかった。問題は「なぜ」ではなくて「誰」ということだわ、とアンナは考えた。プリアムは誰を弾劾しているんだろう。彼は若者たちに語りかけ、その利己的な生活を正せ、と警告しているのだろうか。あるいは、あのこぶしがオーヴンに現われる前から若者たちの落ち着きのなさと挑戦が彼の心を痛めていたが、それを許した親たちを非難しているのだろうか。きっと、長期にわたる大規模のメソディスト教育の重みで、リチャードを圧倒しようとしているのだろう、と彼女は考えた。同僚が伝えた神のメッセージ、ひとたび点火されると、うなり、のどを鳴らし、神の仕事のみならずその人自身の仕事もさせるが――怠ければ、凍ったクラッチのように魂を固定化して錆びつかせてしまう、永久的な内燃機関としての神についてのメッセージを打ち砕く石。

それにちがいない、と彼女は考えた。プリアムはマイズナーを標的にしているのだ。彼は花嫁花婿の前に立って司式はせず、式の前にルビーのほとんど全員から成る会衆に二言三言（ほんの少し！）挨拶するよう頼まれた客員牧師にすぎない。会衆のわずか三分の一だけがプリアムの教会の教会員だった。そして、結婚式の日に花嫁花婿を死ぬほど怖がらせたりしないのは確かだから。彼が花嫁の母親と義姉を侮辱するつもりのないことも、はっきりしている。花嫁の母親と義理の姉は、障害のある赤ん坊の世話という憂愁をマントのようにまとい、これまで期待してきたすべての夢にたいするこの致命的な打撃についても神を恨むようなことはせず、年を経るごとに不動の信仰を増していくように思われた。また、花婿には生きている親はいないが、プリアムに彼のおばたちを困らせる気がないのは確かだ――ソーンの息子たちは死に、ダヴィには子供がないので、これらの敬虔な女たちが、モーガン家の唯一の「息子」を愛した（おそらくは、愛しすぎたと言うのだろう？）ため、また、以上の喪失で心を引き裂かれたり、心を閉ざしたりしなかったからと言って、彼女たちを苦しめようとしてはいないからだ。確かに違う。それから、プリアムが花婿のおじたち、ディーコンとスチュワードを怒らせようとしてはいないことも確かだ。この双子は、まるで神は彼らの物言わぬビジネス・パートナーであるかのような態度を取っている。プリアムはいつも彼らを賞賛しているように見えたし、何度も彼らはカルヴァリ教会ではなく、ニュー・ザイオン教会に所属すべきだと仄めかした。カルヴァリでは、教えるということは子供たちに話をさせることだと考えている男の、いやに感傷的な説教を聞かねばならなかったからだ。まるで子供たちには、これまで世間が聞いたこともなければ、すでに対処したこともない重要な意見があるというかのように。「神はあなた方に関心はないのです」という言葉のとげを感じる人が他にいるだろうか。または、誰が「愛は自然だと考えるなら、あなた方は盲目です」という火傷にひるむだろうか。リチャード・マイズナー以外の誰が？　マイズナーはいま立ち上がって、「捕虜は取らない」主義の長老、プリアム師の燃えたぎる息の下で、みんなの記憶に残るような、もっとも期待された結婚式の司式をしなければならなかった。もちろん、プリアムがアンナ自身に話しかけ、次のように告げているのでなければ。しがみつきたければ、他人にしがみついてもいい。だが、神にしがみついているのでなければ（つまり、プリアムの神に）あなたの結婚は証書をもらうだけの価値はない。彼女とリチャードが結婚の話をしていることをプリアムは知っているし、また、マイズナーが若い不服従者を組織するのを彼女が手伝ったことも知っているからだ。「皺になれ」と。

　祭壇のまわりの生け花を、不良実生のミントが圧倒していた。ワイルド・スウィート・ウィリアムと呼ばれるフロックス（クサキョウチクトウ属）といっしょに、ミントの灌木が教会の窓の下で、育っていた。教会の窓は十一時に、昇る太陽に向かって開かれた。四月の空から降りそそぐ光は、神の賜だった。教会内部では、ピカピカに磨きあげられたカエデの座席が、春のように白い壁、控え目な説教壇、ほとんど杭垣のように見える気持ちのよい手摺りを引き立たせていた。手摺りのところでは、聖体拝領者がいま一度聖霊を迎えるためにひざまずくことができる。祭壇の上の、清潔で明るい空間の高いところに、三フィートのオークの十字架がかかげられていた。何物にも邪魔されず、すっきりと。いかなる金といえどもその完璧さとは競えず、その平衡を乱すこともない。キリストの肉体のもだえや失神が、その叙情あふれるいかめしさをふくれ上がらせることもない。

ルビーの女たちは化粧をしないし、娼婦の香水もつけなかった。そのため、ミントとスウィート・ウィリアムの肉感的な匂いが、会衆の心をかき乱し、美味佳肴が山と盛られたソーン・モーガンの家での楽しいときを期待して目くるめく思いをさせた。誰もが奏でる音楽がある。竪型ピアノを弾くジュライ。男声コーラス。ケイト・ゴライトリのソロ。ホーリー・リディーマー教会の四重奏。ブルードという名の夢見る目をした少年が、石段の上でハーモニカを吹くだろう。きちんとアイロンをかけた晴れ着が揃うだろう。人々が木に寄りかかったり、草の上にすわったり、インゲンのクリーム煮のお代わりを扱いそこなったりするうちに、着ていることを忘れてしまう絹のドレスや糊の効いたワイシャツ。砂糖に酔った子供たちの賛美歌《シャウト》。床から拾いあげた結婚式の贈り物の包み紙がかさかさと鳴る音。贈り物はとてもきれいに包んであるので、包みこまれた贈り物より包み紙のほうがずっと貴重に思われる。農民や牧場主や小麦作りの女たちは、椅子から引っ張り出され、拍手を受けて昔のダンス・ステップを繰り返す。十代の子供たちは笑い、欲望を隠そうとしてまばたきをする。

しかし、宴の歓びや、ウェディングケーキにはしゃぐ子供たち以上に、一同が期待したのは二家族の結合と、四年間この二家族と友人たちに沁みこんだ敵意の終焉だった。花嫁が認めもせず、発表もせず、産みもしなかった、ことによったら生を享けたかもしれない赤ん坊をめぐる敵意。

いま、彼らはすわった。アンナ・フラッドと同じように。いったいプリアム師は自分が何をしているると考えているのだろうか、と思いながら。どうして、いま棺衣をかけるのか。どうして不良実生のミントとフロックスの匂いを減らし、彼らを待っているラムのローストやレモン・パイの味をまずくするのか。どうして調和を破り、この結婚がもたらす平和を頓挫させるのか。

リチャード・マイズナーは、自分の席から立ち上がった。困惑して。いや、怒って。あんまり怒ったので、彼は同僚牧師の顔を見ることができず、どんなに深く傷ついたかを見せつけた。プリアムの批判の間中、彼は無表情のまま座席にすわった女たちの復活祭の帽子を見つめていた。その朝早く彼は、婚姻という聖なる儀式をはじめるための五、六行の開会の言葉を準備した。そして、これらの言葉をヨハネの黙示録第十九章七、九節の周囲に注意深く巧みに配し、「小羊の婚姻の宴席」のイメージを強調し、芯を抜いてこの結婚にこめられた和解の精神を明らかにした。それから間をおかず、お互いにたいする夫婦の貞節のみならず、モーガン家とフリートウッド家全員の新しい責任を確認するため、黙示録からマタイ伝第十九章六節の「彼らはもはや、ふたりではなく一体である」に移った。

いま彼は、祭壇の前に忍耐強く立っている二人を見て、彼らは自分たちに向けられた非難を理解しただろうか、あるいはちゃんと聴きさえしただろうかと思った。だが、彼にはわかった。彼の選んだ仕事にたいするこの致命的な見方は、彼の信念すべてにたいする故意の攻撃だということがわかった。突如として彼は、悪魔と同列だという「傲慢な牧師」にたいするアウグスティヌスの怒りを理解し、共感した。アウグスティヌスは言葉を続けて、神のメッセージは使者によって汚されるものではない、と言った。「［光］は汚れたものを通りぬけても、それ自体は汚されない」と。アウグスティヌスはプリアム長老に会ったことはないが、彼に似た牧師を知っていたにちがいない。しかしアウグスティヌスが、こうした牧師たちを悪魔の仲間だとしりぞけても、説教壇から語られた言葉が人々に与えた痛手を癒しはしないだろう。アウグスティヌスなら、プリアムがたった今万物の上に撒き散らした毒にたいする鎮痛剤として、どんな言葉を述べるだろうか。支配できるものは支配し、支配できないものは嚙み砕きたいという本能と戦うのは至難の業だということを見いだした男たちの頭上に、倦まずたゆまず掠奪者を手なずけようとしている女たちの心のなかに、大人たちは、配偶者を見つけるまでは子供を人間とは見なさないことを知り、自分たちの評価にたいするこの打撃からいまだに立ち直っていない子供たちの顔に、そこに凍りついたように立ち、私的な恥辱を薄めてくれるこの公的な契約を切望している花嫁花婿の顔に注がれたこの毒にたいして。マイズナーは、プリアムの言葉が戦争の拡大であることを知っていた。プリアムは、若者たちに壁の外へ、町境の外に出ろと勧め、彼らを導き、彼らを越境させ、市民戦士としての自覚を持てと教えたマイズナーの活動にたいして、宣戦布告をしたのだった。マイズナーはまた、闇に葬られた赤ん坊についての公然たる秘密が牙のように、争いの領域に深く食いこんでいることも知っていた。

この場にふさわしい言葉が頭に浮かんできたが、自分の深い個人的な傷をあらわにしないでそれを述べることはできないような気がして、マイズナーは説教壇から離れ、教会の後ろの壁のほうへ歩いて行った。そこで彼は体を伸ばし、両手を差し上げて、ようやくそこにかかっている十字架を外すことができた。それから、十字架をかついで、からの聖歌隊席を通り抜け、ケイトのすわっているオルガン、プリアムがすわっている椅子のそばを通って、壇上に上がり、みんなに見えるよう十字架を自分の前に立てた——みんなが見てくれさえしたら。場所や人種を問わず、人間が最初に作り出したしるしは確かにどんなものだったのか、見てほしい。縦の線と、横の線だ。子供のときでさえ、彼らは雪、砂、泥のなかに、指でそれを描いた。土のなかに棒切れで十字架の形を置いた。凍ったツンドラ地帯、広々とした大草原の上に、骨でそれを形作った。小石で川床にそれを描いた。ノームから南アフリカまで、洞窟の壁や露出岩の上にそれを刻みこんだ。アルゴンキン族、ラプランド人、ズールー族、ドルーイド僧——全員がこの原始のしるしの指の記憶を持っている。円は最初のものではない。平行線も三角形も最初ではなかった。他のすべてのしるしの下にあったのは、これ、このしるしだった。顔の造作にされたこのしるし。抱擁しようとする人間の立ち姿を表わすこのしるし。プリアムがやったように、これを外してみるがいい。そうすれば、キリスト教は世界中の他のどんな宗教とも変わらなくなってしまう。出ししぶる権力者に猶予を願う請願者の群れ。運命から身をかわし、毎日の悪を避けようとする悩める信者たち。荒野を抜ける呪われた旅をどうにか切りぬけようとする弱者たち。光を奪われ、選択の叶わぬ永遠の闇に投げこまれた明視者たち。このしるしがなければ、信仰者の生活は神を讃え、懲らしめを受けるだけに限られる。賛美は信用貸しであり、懲らしめはけっして支払うことのできない借金にたいする利息だった。あるいは、プリアムが言ったように、いつ「卒業」したか、誰にもわからない。しかし、このしるしがあれば、このしるしが永遠であり、基礎となる宗教においては、そう、生命などまったく別の問題にすぎなかった。

見えるか？　これら二本の交差する線に磔られたこの孤独な黒い男の処刑が。彼は、人間の抱擁のパロディとしてそこに張りつけられ、これほど便利で、これほど認めやすく、意識として意識のなかに埋めこまれ、平凡であると同時に崇高なこの二本の棒切れに縛りつけられている。見えるか？　毛糸のようにもじゃもじゃした彼の頭が、首の上にもたげられたかと見る間に胸に垂れるのを交互に繰り返し、その真夜中の肌の光が埃でくもり、擦り傷の筋がつき、唾や尿で汚され、熱い、乾いた風で白目色になり、そしてついに、太陽が恥辱でくもるにつれ、彼の肉も夕べと見まがう午後の光のふしぎな翳りに調和していくさまが。この天候のなかでは、光の変化はつねに唐突で、ふしぎな翳りは、彼と、両脇に並んだ他の死刑囚を包みこみ、この原罪のしるしの影絵は偽りの夜空に溶けこんでいく。数百を数えるなかのこの公式の殺人が、いかに大きな違いを生み出したかを見るがいい。神と最高経営管理責任者の男と請願者との関係を一対一にしたのだ。彼が捧げている十字架は抽象で、不在の体は現実だった。しかし、この二つが結びつくと、人間を楽屋からスポットライトの当たる舞台の中央へ、舞台の袖でのつぶやき声からその生涯を語る物語の主役へと引き出すのだ。この処刑が、自己とお互いを尊敬することを――恐怖からではなく、のびのびと――可能にした。これが、愛だった。動機のない尊敬だ。こうしたことすべては、自分のみを愛する怒りっぽい神ではなく、人間を愛しうる者にした神の存在を証明している。神自身の栄光のためではない――けっして。神は人間がお互いに愛し合うさまを愛し、人間が己れを愛するさまを愛し、両方の愛を実践し愛を知って死んだ十字架上の天才を愛したのだ。

しかし、リチャード・マイズナーは、こうしたことを落ち着いて話すことができなかった。それで、彼は両手でオークの十字架を捧げて、そこに立ち、刻々と時間が過ぎるままにした。自分では言えないこと、すなわち、神はあなた方に関心を持っているだけでなく、神はあなた方であることを、十字架に言ってほしいと願いながら。

　彼らは、これがわかるだろうか。わかるだろうか。

目のある人にとっては、花婿の顔は見ものだ。彼は、マイズナー師が捧げに捧げている十字架を見上げた。マイズナーが何も言わず、閉じられた時間のなかで、ひたすら十字架を捧げているさまを。その間、耐えがたい沈黙は、時折咳や、静かなはげますようなぶつぶつ声で破られた。人々はすでに、この結婚式にいらだっていた。ハゲタカの群れが町の上を北に向けて飛ぶのが見られたからだ。彼らの頭にあったのは、それが凶兆（ハゲタカは町を旋回した）か、吉兆（着陸したものはいない）かという問題だった。愚か者め、と彼は考えた。この結婚が不運なものだとしても、鳥とは何の関係もないのだから。

　急に、開けた窓だけでは十分でなくなった。美しい仕立ての黒いスーツを着ていた花婿は、汗をかきはじめた。三二口径の弾丸のように、怒りが体を貫いた。どうして誰も彼もが、ぼくにはまったく関心のない喧嘩の続きをやるために、ぼくの結婚式を利用して、儀式をめちゃくちゃにしてしまうのか。彼は、早くこの式を終わらせたかった。終わって、おしまいにするのだ。そうすれば、おじたちは黙り、ジェフとフリートは、ぼくについての嘘っぱちを触れて歩くのをやめ、ぼくはルビーの既婚資産家の男のなかに場所を占め、アーネットがくれた手紙を全部焼いてしまえるだろう。だが、そうすればとくに、あのいまいましいジジをぼくの生活から完全に追い払ってしまえるだろう。途方もない歓びから体の仇敵に変わる砂糖のように、ジジにたいする彼の憧れは彼を毒し、彼を糖尿病の、愚かで、無力な人間にした。数カ月にわたる危険を伴う甘美な逢引きのあと、彼女は無関心になり、退屈し、憎みさえしはじめた。丈高いトウモロコシのなかで彼は彼女を待ち、月光のなかを彼女に逢うため鶏小屋の後ろを這った。彼女をもてなすために他人の金を使い、彼女にドライヴさせるためにトラック以外の車を使いたくて嘘をついた。彼女のためにマリファナを植え、八月の暑さのなかで、彼女の腿の内側を冷やそうと氷を抱えていき、彼女の好きな乾電池用ラジオを買い、シェニール糸のワンピースを買ってやったら、彼女は嘲笑した。何よりも、彼は何年も彼女を愛してきた。いつしか慕情から忍び逢いに移っていった苦しい、屈辱的な、自己嫌悪にみちた愛。

彼はアーネットから来た最初の手紙は読んだが、他の手紙は屋根裏にあったおばの靴の箱に入れておいた。オクラホマ州ラングストンで投函された十一通の開封してない手紙を誰かに見られる前に、彼は急いでそれを焼き捨てたかった（あるいは、たぶん読みたかったのだろう）。手紙はすべて愛と悲しみについて、悲しみを超える愛について書かれたものだと、彼は思いこんでいた。何でもいい。だが、いずれにせよ、彼が経験してきたほどの愛と悲しみについて、いったいアーネットが何を知っていると言うのか？　彼女は、一目見ようと、シンオークの灌木のなかに一晩中すわったことがあるだろうか。ただ見るために、はるばるとデンビーまでおんぼろキャデラックのあとを尾けたことがあるだろうか。女たちに家から叩き出されたことがあるのか。女たちに罵られたことは？　それでいて、それでもなお、なお離れていることができないことは？　つまり、おじたちが彼を引きずり下ろして、法とその結果を与えるまでは、離れていることができなかったのだ。そういうわけで、彼はここに、祭壇の前に立っていた。彼の肘は花嫁の細い手首を支え、ポケットには彼女がお守りにくれた復活祭の椰子の十字架を入れて。彼はまもなく義兄になる人が、右側で重苦しい息遣いをしているのに気がついた。また、彼の後頭部にきりきり穴をあけるビリー・デリアの敵意にも。この閉塞的な怒りは永久に続くだろうと、彼は確信した。マイズナーは、自分が捧げている十字架で口が利けなくなったように見えたからだ。

花嫁は恐怖に襲われて十字架を見つめた。彼女はとても幸せだったのに。とうとう、とてもとても幸せになれたのに。大学から帰郷するやいなや彼女を閉じこめる寒々とした寂しさ、両親の家での仮借ない閉塞感、心身の機能がこわれた姪と甥の世話に伴う真新しい嫌悪感、母親を警戒させ、義姉を困らせ、兄と父を激怒させた睡眠の必要性、K・Dについての驚きと心配だけが中断する何もすることのないまったくの無為から解放されて。彼は彼女の最初の十二通にたいして一度も返事をくれなかったが、彼女は手紙を書き続けた。しかし、あとの四十通は投函しなかった。彼女は家から離れていた最初のまる一年、一週に一通ずつ手紙を書いた。そして、彼を絶対的に愛していると信じていた。彼は、彼女が自分について知っているすべてだったから——これはつまり、自分の体について知っていることはすべて、彼と繋がりがあったという意味だ。ビリー・デリアをのぞくと、自分のことを考える他の方法があると教えてくれた人はいなかった。母も、義姉も教えてはくれなかった。去年、大学三年生になって、彼女が復活祭の休暇で家に帰ると、彼が彼女に会いたいと言い、二度夕食に訪れ、子供たちの日帰りピクニックの手伝いをするためネイサン・デュプレイの牧場に彼女を連れていった。そして、そのとき結婚しようかと言った。それは、このすばらしい四月の今日の日までずっと続いた奇蹟だった。すべてが完璧だった。彼女の生理は訪れて、去っていった。上から下まですべてソーン・モーガンのレースでできた花嫁衣装は、まったくすばらしい。兄のチョッキに押しこんである金の結婚指輪には、絡み合った二人の頭文字が彫りこまれている。ぽっかり胸に開いていた穴はついに閉じられた。それが、いま最後の瞬間になって、牧師は妙なふうに体を揺すり、結婚をさえぎり、歪め、ひょっとすると破壊しようとさえしているように見える。花崗岩のように堅い顔をして、そこに立ち、これまで誰も十字架を見たことがないかのように十字架を捧げている。彼女はマイズナーがうまくやってくれることを願って、自分の手首を支えている腕に指を押しつけた。言って、早く言って！　「深く愛する者よ、われらがここに集いたるは……われらがここに集いたるは」と。突然、音もなく、マイズナーが強制した押し殺した沈黙のなかで、正確に胸の穴があったところに小さな裂け目ができた。彼女は息を止め、靴下の伝線のようにそれが広がってくるのを感じた。まもなく小さな裂け目がぽっかり口を開け、大きく、さらに大きく広がり、彼女の力をすべて吸い上げてしまうだろう。そうしてついに、必要なだけを手に入れると、割れ目を閉じて、心臓が鼓動するのを許すだろう。彼女はこうした現象を知っており、K・Dと結婚すれば永久に治るだろうと考えていた。しかし、いま「われらがここに集いたるは……」の言葉を待ち、「あなたはこの……」を切望していると、彼女にはよくわかってきた。正確に、何が欠けていたか、これから先もつねに何が欠けているかが、わかった。

言って、お願いだから、と彼女はせきたてた。お願い。そして、早く、早く。わたし、やるべきことがあるのよ。

ビリー・デリアは、左手から右へ花束を持ちかえた。小さな刺が白い木綿の手袋越しに指を刺した。フリージアの花は閉じかけている。閉じるだろうと思った通りに。ティーローズだけが当てにできる約束のように元気だった。彼女は黄色い蕾を引き立たせるにはコゴメナデシコがいいのではないかと言ったが、どの庭にもこの花はないことを知って驚いた。コゴメナデシコはどこにもなかった。それで、ノコギリソウにしようと言ったら、花嫁は家畜が食べる雑草を結婚式に持つのはいやだと断った。そういうわけで、彼女たちは二人とも、水をほしがるフリージアと、不相応な退位を迫られたティーローズの花束を抱えているのだった。掌に加えられた傷を別にすると、マイズナーがむりやりみんなを待たせることになっても、彼女は別に気にもしなければ驚きもしなかった。これは、みんなが休戦だと考えている、このばかげた結婚式を構成する、もう一つのばかげた一コマにすぎない。しかし戦争は、モーガン家や、フリートウッド家や、そのどちらかに味方をしている人々の間の戦争ではなかった。ジェフがピストルを持ち歩くようになったのは事実だし、スチュワード・モーガンとアーノルド・フリートウッドが通りでどなりあったことも、人々がアンナ・フラッドの裏部屋のミーナスの床屋にだべりに行くのは、散髪のためではなく、郊外の修道院で行なわれている非道な行為の噂に苦情を言ってため息をつくためであることも、このゴシップにもとづいて、プリアム師がエレミヤ書第一章五節から引用した説教をしたということも事実だった。「わたしはあなたをまだ母の胎につくらないさきに、あなたを知り、あなたがまだ生まれないさきに、あなたを聖別し」。マイズナー師はコリント人へのパウロの言葉で反撃した。「……このうちで最も大いなるものは、愛である」。しかし、ビリー・デリアにとっては、真実の戦いは幼児の命や花嫁の評判をめぐるものではなく、不服従に関するものだった。その意味はもちろん、種馬が、誰が雌馬とその子馬を支配するかという問題で戦っている、ということだ。長老のプリアムは聖書と歴史を味方につけ、マイズナーには聖書と未来が味方だった。いま彼は、世界が彼の立場を理解するまで世界を待たせるつもりなんだわ、と彼女は考えた。

ビリー・デリアは、マイズナーの探るような目から視線を下げ、花嫁の頭の幅の広いレースを見、それから花婿の首筋を見て、すぐにかつて愛した馬のことを考えた。伝説的な競馬の記憶を名前に留めているのは花婿だったが、それによって人生をめちゃめちゃにされたのは彼女のほうだった。ルビーが築かれたとき、K・Dが乗った勝ち馬のハード・グッズはミスター・ネイサン・デュプレイのものだった。その競馬の何年もあとのことだが、彼女がまだ歩けないとき、ミスター・ネイサンがハード・グッズの裸の背に彼女をひょいと乗せたことがある。彼女は馬の背に乗って途方もなく大喜びをしたので、それを見てみんなが笑った。そのとき以来、毎月かそれくらい、用事で町に出てくると、彼は馬の鞍を外し、彼女の家の隣の校庭をまわって馬を曳いてきた。そして、掌で彼女の腰をつかんで、こう言うのだった。「こんな子供たちを馬に乗せるがいい。この地方にゃ、もっとたくさんの女騎手が要るからな。誰も彼もが自動車がほしいと泣きわめく。だが、小さいうちから子供を馬に乗せたほうがいい！　ハード・グッズは一度もパンクしたことはないぞ！」ビリー・デリアが三歳になるまで――まだ、毎日下着を着るには小さすぎた――こういうことが続いた。そして、彼女の肌が律動的に動くあの幅広い動物の肉に触れてなんという完璧さを味わったか、これには誰も気づかず、注意もしなかった。彼女が裸で懸命にハード・グッズを摑まえ、馬の背骨の摩擦に耐えている間、大人たちはほほえみ、彼女の喜びを喜んで、ミスター・ネイサンを逆行者のニグロと呼び、どこかに時間通り着けるようギアの切り替え方を習わなくちゃ、と言うのだった。それから、ある日。ある日曜日のことだ。ミスター・ネイサンがまたがって、ハード・グッズが通りを駆けてきた。ビリー・デリアは長いこと馬も乗り手も見なかったので、走り寄るなり、乗せてくれとせがんだ。ミスター・ネイサンは、礼拝のあと立ち寄ると約束した。まだ日曜日の服を着たまま、彼女は自宅の庭で待った。教会の礼拝後の群衆のなかをかきわけかきわけ彼が来るのが見えたとき、彼女はセントラル街の真ん中まで走り出た。そこで日曜日のパンティーを引きおろしてから、ハード・グッズの背中に乗せてもらおうと両腕を差し伸べたのだ。

そのあと、すべてが瓦解するように思われた。わけもわからず母親から鞭打たれ、何年もかかってようやく彼女は恥辱のわけを理解することができた。いじめがはじまったのはそのときで、母親が教師であっただけ、残酷さを増した。突如として、遠慮なく彼女を見つめる少年たちの目に暗い光が宿る。突如として、女たちは奇妙なほど緊張し、男たちは目を逸らす。おまけに、母親はたえざる監視をするようになった。ネイサン・デュプレイは、もう乗せてやろうとは言わなくなった。彼女にとってハード・グッズは永遠に失われた。公には、K・Dを背中に乗せた勝ち馬として、個人的には、小さな少女の恥の対象として、記憶された。ミセス・ダヴィ・モーガンと彼女の姉のソーンだけが、こだわりなく親切に扱ってくれた——通りで彼女を呼び止め、髪のリボン結びを直してくれたり、菜園での彼女の仕事を賞めてくれたりした。かつてミセス・ダヴィ・モーガンが彼女を呼び止め、メーキャップと考えたものをビリー・デリアのバラ色の唇から拭き取ったとき、彼女は微笑してそれをやり、いやなお説教はしなかった。拭いたハンカチがきれいなままだったので、詫びさえした。彼女たちとアンナ・フラッドの帰郷がなかったら、ビリー・デリアは十代を生きることができなかっただろう。また、アンナもモーガン家のレディたちも、一人っ子の奇嬌さを彼女に意識させることはなかった――たぶん、彼女たち自身、子供がないか、ほとんどいなかったためだろう。たいていの家族は九人、十一人、十五人もの子供を誇っていたからだ。だから、彼女と、姉妹はなく兄が一人しかいないアーネットが、親友になるのは必然だった。

彼女は人々が自分のことを放縦な女と考え、最初から、裸の肌を馬の背に押しつけるのを不安がるどころか望んでいた女、ただその興奮を得るだけのために、日曜の人前でズロースを落とした女として見ていることを知っていた。十四歳でセックスをしたのはアーネット（花婿と）だが、ビリー・デリアのほうがその重荷を背負った。彼女はすぐ、母親からビリー・デリアに近づくなと警告された少女たちの目に宿る用心深い表情を学びとった。実は、男から触れられたことはなかったのだ。これまでのところ。彼女はいま、どうしようもなく二人の兄弟への恋に落ちていたので、彼女の処女性はマイズナー師が高々と掲げる十字架と同じほど沈黙していた。彼女が処女だとは誰一人信じてはいなかったけれど。

　いま彼の目は閉じられている。あごの筋肉は時ならず動いている。彼は十字架を、あたかもハンマーであって、誰かを傷つけてはいけないので下ろすまいとしているかのように、掲げていた。ビリー・デリアは、彼が再び目を開いて花婿を眺め、それで彼の頭を打ち割ってくれればと願った。だが、だめだ。そうなれば、花嫁付き添い人が軽蔑している夫をついに勝ち取った花嫁が困るだろう。アーネットとの関係の前にも、後にも、ビリー・デリアに誘いをかけた夫。アーネットがいなかった間、彼女のことをすべて忘れて、着用者が五十歳以下ならどんなドレスをも追いかけた夫。未来の花嫁を妊娠させ、教会の許しを求めなければならないのは将来の未婚の母であることを（将来の父ではない）知っていて、彼女一人に処理をまかせた夫。ビリー・デリアはそのようなことを聞いた。しかし、ルビーで妊娠した少女は誰でも、少年に熱意があろうとなかろうと、結婚を当てにすることができた。彼は相変わらず彼女の家族の近くに、彼自身の家族といっしょに住まねばならなかったからだ。相変わらず教会で彼女に会い、あるいはどこだろうと他の場所でも会わねばならなかったからだ。しかし、この花婿は違う。この花婿は四年間、花嫁が苦しむままに放っておき、別の女のベッドから蹴りだされてはじめて結婚に同意した。あんまりひどく蹴りだされたので、すぐには祭壇に来られなかったほどだ。彼女は、蹴り女が到着した日のことをありありと覚えている。すでに花婿のお尻向けにデザインされた靴をはいて。この奇妙な顔つきの少女にたいするビリー・デリアの憎しみはただちに生まれ、永久に続いたはずだった。冷たい十月のある日のこと、母との喧嘩がひどく険悪なものになって彼女自身修道院に避難したことがなければ。その日、母はまるで男のように彼女と戦った。彼女はアンナ・フラッドの家に逃げた。アンナは、配達の仕事を片付けている間、二階で待てと彼女に言った。ビリー・デリアは数時間と思える間、裂けた唇をなめ、目の下の腫れに触りながら、独りで泣いていた。アポロのトラックがちらと見えたとき、彼女は裏の階段からそっと下へ降り、彼がソーダ水を買っている間に車のなかへすべりこんだ。どうすればいいか、どちらにもわからなかった。アポロは、自分の家族の家に連れて行こうと申し出た。しかし、顔のことを彼の両親に説明し、十二人の兄弟姉妹たちの凝視に耐えねばならないのが恥ずかしく、彼女は彼に修道院に連れて行ってくれと頼んだ。あれは、一九七三年の秋のことだ。そこで彼女が見たことと、学んだことが、彼女を永久に変えた。アーネットの花嫁付き添い人を承知したことは、ルビーで彼女がやる最後の感傷的な事柄だった。彼女はデンビーで職につき、車を買った。どうしようもない二重の愛を別にすれば、おそらくセント・ルイスまで車を駆ったことだろう。

ロに煙草を詰めていようがいまいが、スチュワードは忍耐強い男ではない。それで、マイズナーの行動を眺めている自分が案外落ち着いているのに我ながら驚いた。周囲では、会衆全員がささやいたり目くばせしたりしはじめていたが、スチュワードは自分は彼らほど混乱していないと思い、心の安まる煙草の固まりはなかったにもかかわらず、ささやきも目くばせもしなかった。幼少の頃、彼はビッグ・ダディが必需品をヘイヴンに持ち帰るため六十五マイルの旅をした話をするのを聞いた。一九二〇年のことだ。州の禁酒法は、いまや全国に広がっていた。震え肺炎と呼ばれる病気がヘイヴンに蔓延して、ビッグ・ダディは旅行ができる数少ない健康者の一人だった。彼は独りで出発した。馬に乗って。ローガン郡で必要なものを手に入れ、薬は外套の下に包みこみ、他の荷物は馬にくくりつけた。ところが道に迷い、陽が沈んでのち、どの道をたどればよいかわからなくなった。左手のかなり近そうなところにキャンプファイアの匂いがしたが、見ることはできない。それから、突然右手に、オーイという叫び声と、音楽と、砲声が聞こえた。だが、そちらの方角には光はない。姿の見えないよそ者に両側からはさまれ、闇のなかで立往生して、彼は煙と肉の匂いのするほうか、音楽と鉄砲のあるほうか、どちらへ馬を進めるか決断しなければならなかった。あるいは、どちらにも行かないか。キャンプファイアは、火に当っている強盗たちかもしれない。音楽は興に乗ったリンチ者かもしれない。だが、馬が決めてくれた。他の馬の匂いを嗅いで、馬はキャンプファイアのほうへ速足で進みはじめた。そこでビッグ・ダディは、三人のソーク族とフォックス族のインディアンの男が穴のなかに隠した火の近くにすわっているのを見いだした。彼は馬を降り、帽子を手にして注意深く近寄り、「こんばんは」と言った。男たちは彼を歓迎してくれ、彼の行く先を聞いて、町に入るなと忠告してくれた。あそこの女たちはこぶしで戦うんだ、と彼らは言った。子供たちは酔っ払っている、男たちは議論も論議もしないで小火器にものを言わせるだけだ、禁酒法なんか適用されるものか。彼らは、そこで十二日間飲み続けていた家族の一人を救い出しに来た、と言った。すでに、おれたちの一人がそこに行って、彼を探しているんだよ。その町の名前は何ていうのかね？　と、ビッグ・ダディは訊いた。ピューラ・サンガーでさあ、と彼らは答えた。北の端には「ニグロお断わり」と書いた看板があり、南の端には十字架がある、という。ビッグ・ダディは彼らのところで数時間をすごし、夜が明ける前にお礼を言ってそこを出た——家に帰る道を探すため、元来た道をたどったのだ。

スチュワードははじめてこの話を聞いたとき、父親が右は銃砲、左は見知らぬ者にはさまれ、たった一人で暗闇のなかにいた瞬間を思い、口を閉じることができなかった。しかし、大人たちは笑って、他のことを考えた。「一方の端はニグロお断わりで、もう一方の端に十字架があるんなら、中間には悪魔が跳梁しているよ」スチュワードには意味が取れなかった。いったいどうして悪魔が十字架の近くにいられるのか。二つのしるしの間の繋がりは何だろう？　しかし、そのとき以来、彼は売春婦の胸の間に十字架を見たし、何マイルにも広がった軍隊墓地の十字架、ニグロの裏庭で燃えている十字架、殺人鬼の前腕に彫りこまれた刺青の十字架を見た。また、ルビーのかわいい娘たちを侮辱しに来た白人たちでいっぱいの、車の後部ミラーからも十字架がぶら下がっているのを見た。マイズナー師は何を考えているのかしらんが、間違っている。持ち手がダメなら、十字架だってダメなのだ。いまスチュワードは指で口髭に触れていたが、双子の兄が足を踏みかえ、自分の前の座席をつかんで、マイズナーの行動をやめさせる準備をしているのに気がついた。

ソーンはディークの隣にすわって、彼の重苦しい呼吸を聞きながら、いかに重大な間違いを犯してしまったかを理解した。彼女がまさに夫の腕に触れて立ち上がるのをやめさせようとした瞬間、マイズナーがついに十字架を下ろして、式の開始の言葉を述べた。ディークはゆったりとすわり直して鼻をふんふん言わせたが、すでに被害は出ていた。彼らは、そもそものはじまりに舞い戻っていた。ジェファースン・フリートウッドがK・Dに銃を突きつけ、スチュワードとアーノルドの押し合いにミーナスが割って入らねばならず、メイブルが全教会お菓子セールにケーキを送らなかった昔に。結婚の発表で呼び起こされた平和と善意は、いま崩壊した。彼女の家での披露宴は、この問題の蒸返しになるだろう。それに、いちばん心配なのは、人の知らないうちに、ソーンがコニーと修道院の女たちを結婚の披露宴に招くという間違いを犯したことだった。警告を読みちがえた彼女は、ルビーがこれまで見たこともない最大の混乱状態の一つの女主人役をやろうとしているのだった。死んだ息子の両方がケルヴィネイターによりかかって、スペイン・ピーナッツの殻をむいている。「流しにあるのは何？」イースターが彼女に訊いた。彼女はそちらを見て、羽――派手な色だったが、鶏の羽のように小さい――が流しに山をなしているのを見た。それで彼女は考えた。鳥は全然殺さなかったし、羽もむしらなかった。それに、わたしは絶対に羽を流しなんかに置かないわ。「わからないわ」と彼女は答えた。「母さん、羽は集めたほうがいいよ」とスカウトが言った。「羽を置くとこじゃないからね」彼らは二人とも笑って、ナッツを噛み砕いた。彼女は、あんな色の羽をしているのは何の鳥だろう、と思いながら、目がさめた。何組もの番《つが》いのハゲタカが町の上を飛んだとき、彼女は、あれが夢の意味だわ、と考えた。つまり、どんなことであれ、この結婚は何物も修復しない、ということだ。いまは、息子たちが何か他のことを言おうとしたのだと彼女は思う。色に注意を集中していたが、要点は流しだった。「羽を置くとこじゃないからね」彼女が招いた見知らぬ羽は、彼女の家にはそぐわなかった。

ついにケイト・ゴライトリがオルガンのキーに手を触れ、新婚夫婦が会衆のほうに向き直ったとき、ソーンは泣いた。一部には、花嫁花婿の哀しげで明るい微笑のためであり、一部には、いまぶらぶらと行動を開始して、彼女の家に向かっている悪意を恐れたためだった。

モーガン兄弟がめったにお互いに話しあったり顔を見あったりしないことは、とうの昔から気づかれていた。それは、お互いに嫉みあっているからだ、と言う人もいた。意見が同じように見えるだけで、奥底には相互的な忿懣があり、それが些細なことで顔を出すのだ、とも言った。たとえば、自動車論議では、一人はものすごくシボレーが気に入り、もう一人は頑固にオールズモービルを擁護したではないか。だが、実のところ、兄弟はほとんどすべてに同意しただけでなく、たとえ沈黙の会話であろうと永遠の会話を続けていた。各々が相手の考えを顔と同じほどよく知っており、ほんのときたま確認のために、ちらと見る必要があるだけだった。

いま二人は同じことを考えながら、ディークの家の違う部屋に立っていた。幸運なことに、マイズナーは遅れ、ミーナスはしらふで、プリアムは勝ち誇り、ジェフはスウィーティにかかりきっていた。結婚式に出ていたメイブルが、披露宴に出られるよう義理の娘を解放してやったのだ。結婚した二人は、正しく振る舞っていた——ときおり微笑がくもったが——それでも、まともに振る舞っていた。ケアリ牧師は——愛想よくにこやかで——事態を平穏に保つにはもってこいの人物だった。彼と妻のリリーは、二重奏ができるので貴重な存在であり、もし彼らが何かの音楽をはじめることができれば……

スチュワードがピアノを開き、他方ディークは客たちの間を縫って歩いた。スウィーティやジェフといっしょにうなずいたり、ほほえんだりしているプリアム師のそばを通るとき、ディークは安心させるように彼の肩を叩いた。食堂では、料理のテーブルを見て客たちが感嘆の声をあげていたが、まだ子供のほか料理に手をつける人はいなかった。贈り物のテーブルを囲む甘ったるい声は緊張して、大げさに聞こえる。スチュワードは、鉄灰色の髪と無邪気な目を完全にうまく均衡させ、ピアノのところで待っている。まわりの子供たちは瑪瑙のように輝き、女たちはまだ新しい復活祭の服を着て光り輝いていたが、静かだった。キーキー鳴る男たちのおろしたての靴はメロンの種のようにきらめいている。全員が緊張しており、過度なほど礼儀正しかった。ディークはケアリ夫妻の説得に手を焼いているのだろう、と彼は考えた。スチュワードは煙草のほうに手を伸ばし、心のなかで双子の兄に誰か他の人たちを――男声コーラスか、ケイト・ゴライトリを――早く頼めとせきたてた。プリアムがみんなをもう一度戦闘部署につけようという考えを起こさないうちに、または、神よ、助けたまえ、ジェフがまた復員軍人庁にたいする苦情を復唱しはじめないうちに。ひとたびあれがはじまったら、次の標的はK・Dだ。K・Dは一度も軍務についたことがないからだ。ソーンはどこにいるのだろう？　と彼は考えた。スチュワードはダヴィが花嫁の髪からヴェールを取り外しているのを見ることができ、彼の無邪気な目は、いま一度妻の姿態をほれぼれと見た。何を着ても――日曜の晴れ着でも、白い教会の制服でも、彼自身のバスローブを着てさえ――彼女の体を眺めると、満足のほほえみが浮かんでくる。しかし、いまディークが気を散らすときじゃない、と警告している。それで、スチュワードはダヴィ賛美をやめて、兄の努力が成功したのを見た。ケイトがピアノのほうにやってきて、腰を下ろした。彼女は指をしなやかに曲げてみてから、弾きはじめた。

最初は準備の顫音で、親しみのある咳払いや、期待のつぶやき声が起こった。そのあと、サイモンとリリー・ケアリがいっしょにハミングをしながら、やってきた。何の歌からはじめるべきかを考えながら。古びたキャデラックの警笛が聞こえてきたのは、彼らが《とうとき主よ、わが手を取りたまえ》の三分の一を経過したところで、人々が音楽のほうに微笑を向けていたときだった。

コニーは来なかったが、彼女の下宿人たちは来た。メイヴィスがジジとセネカを後ろに乗せ、新人を助手席に乗せて、キャデラックを運転してきた。結婚式にふさわしい服を着ている者はいない。彼女たちはゴーゴー酒場に行く女の子のような恰好で、車からぞろぞろ降りてきた。ピンクの半ズボン、ほんの少ししか体を覆っていないトップ、シースルーのスカート。目は化粧しているが、口紅はつけていない。明らかに下着は着ていないし、靴下もはいていない。腕、耳たぶ、首、踝、鼻孔さえ飾るために、イゼベル（イスラエル王アハブの妃で放らつと悪行で名高い）・の倉庫を襲ったのだろう。メイヴィスとソーンは芝生の上で互いに挨拶したが、居心地が悪そうだった。他の二人の女たちはぶらりと食堂に入って、料理のテーブルを点検した。彼女たちは「ハーイ」と挨拶し、声高に、レモネードとパンチ以外飲むものはないのかしら、と言う。事実、なかった。そこで、彼女たちは数人の他の若者たちがすでにやったことをやった。つまり、モーガン家の裏庭をぶらりと出て、アンナ・フラッドの店の前を通り、オーヴンに行ったのだ。すでにそこにいた四、五人の地元の娘たちはいっしょに固まって、引き下がり、その場所をプール家の男の子たち、すなわち、アポロ、ブルード、ハーストンに明け渡していた。シーライト家のティモシー・ジュニアとスパイダー。デストリ、ヴェイン、ロイヤルに。ミーナスも彼らに合流したが、話相手のジェフは来なかった。見ていた花婿も来なかった。ダヴィはラムの切り身から脂身を取りのぞいていたが、そのとき音楽が鳴った。その大音響にびっくりして彼女は指を切り、それを吸った。そして、オーティス・レディングが「ああああああ、嬢ちゃんが……」と金切り声をあげて、賛美歌のもの静かな祈りの声をかき消した。家の内も外も、通りの上でも、ビートとヒートが無情に高まった。

「ああ、あの人たち、ただ楽しんでいるだけですよ」プリアム師の後ろの声がささやいた。彼は誰が言ったのか見ようと振り向いたが、言葉の主がわからなかったので、窓の外をにらみ続けた。あんな女たちのことはわかっている。子供のように、いつもおもしろおかしいことを探し、それに入れあげるが、それを手に入れるにはいつだってちょっとしたツキが要る。車に乗せてもらうとか、手を貸してもらうとか、五ドル紙幣とか。誰かが彼女たちを許すか、甘やかしている。彼女たちが平和を乱したら、その誰かは地面を見て、何も言わない。彼は妻と目を見交わした。妻はうなずいて、窓のそばを離れた。娯楽に憑かれている大人の存在は、進行中の頽廃の明らかな兆候だということが、自分と同じように妻にはわかっているのだ。まもなく国中が、耳ざわりな音楽とうつろな笑いで音痴になって、つまらない曲に酔うだろう。だが、ここは別だ。ルビーはそうさせない。長老のプリアムが生きている間は、そうはさせないぞ。

修道院の娘たちは踊っている。両腕を頭上に上げ、あれこれの踊りをやり、それから他の踊りをやる。彼女たちはにっと笑い、キャンキャンと吠えるが、誰のほうも見ていない。自分たちの揺れている体だけがあるのだ。地元の娘たちは肩越しに見て、鼻を鳴らす。ブルード、アポロ、スパイダーなど、洗練された目と鋼鉄のような筋肉をした農場の男の子たちは体を揺すり、パチンと指を鳴らす。ハーストンが伴奏を歌う。二人の幼い少女が自転車に乗ってくる。大きく目を見開いて、彼女たちは踊っている女たちを見つめる。あっと驚く髪をした女たちの一人が、自転車を借りてもいいか、と訊く。それから、もう一人が。彼女たちは、風が長い花柄のスカートをどう扱おうが、ペダルを踏むといかに乳房が上下に踊るか、まったく気にしないで、セントラル街を自転車で走る。一人は踝をハンドルに載せて、惰性で走り、もう一人は、後ろの座席にブルードを乗せ、ハンドルの上に乗って走る。世界中でいちばん短いピンクの半ズボンをはいた娘は、両手で自分の体を抱いて、ベンチにすわっている。彼女は酔っ払っているように見える。だが、彼女たちみんなが酔っ払っているのではないだろうか。男の子たちは笑う。

アンナとケイトは、ソーンの庭の端まで自分たちの皿を持って行った。

「どの人？」アンナがささやいた。

「あそこにいる人よ」とケイトが言った。「ブラウスの代わりにぼろをまとっている人」

「あれはホールター（袖と背中のない婦人用ドレス）よ」とアンナが言った。

「ホールター？　わたしにはシャツみたいに見えるけど」

「彼女が、K・Dがつきあっていた人？」

「そうよ」

「あそこの人は知ってるわ。店に来たことがあるから。他の二人は誰？」

「知るもんですか」

「ちょっと。あそこにビリー・デリアがいるわ」

「当たり前じゃない」

「あら、やめてよ、ケイト。ビリー・デリアは入れないでよ」

彼女たちは、じゃがいもサラダをスプーンですくって口に入れた。その後ろから、ミセス・プリアムがつぶやきながら、やって来た。「あら、ら、ら、ら、ら」

「こんにちは、アリスおばさん」とケイトが言った。

「これまで、こんな騒ぎ見たことある？　きっと、この人たち全員のうち一人だってブラジャーつけてる人はいないんでしょうね」アリスは、微風のなかで帽子の天辺を押さえた。

「あなた方、どうしてみんな笑っているの？　こんなこと、全然おもしろくないと思うけど」

「ええ、もちろん、おもしろくはないわ」ケイトが言った。

「これは結婚式なのよ、覚えてる？」

「おっしゃる通りよ、アリスおばさん。あなたの言う通りだと、言ったわ」

「あなたの結婚式に、誰かがいやな踊りしてたら、どんな気がする？」アリスの明るく、黒い目は、アンナの髪をじろじろ見た。

ケイトは同情をこめてうなずき、その間、どんな微笑も洩れないように、唇を固く閉じていた。アンナはこの厳しい牧師の妻の前で、ひどく侮辱されたような顔つきをしようとした。心のなかでは「おやまあ、もしリチャードと結婚したら、この町では一時間ももたないわ」と考えながら。

「わたし、牧師本人をつかまえてこれをやめさせなくちゃ」アリスはこう言って、決然たる様子でソーンの家のほうへ歩いて行った。

アンナとケイトは数拍子待ってから、どっと笑いはじめた。他にどんな欠点があろうと、修道院の女たちがこの日を救ってくれたのだ、とアンナは思った。気を散らすには、他人の罪ほど好都合なものはない。若者たちは間違っていた。彼女の額の皺になれ、だわ。でも、この件について言えば、とにかく、リチャードはどこにいるのだろう？

ひざまずいて、リチャード・マイズナーは自分の怒りと、怒りの扱い方を誤ったことに腹を立てていた。障害には慣れ、不賛成の扱いには熟達しているはずであるのに、この件の原因と思われるものに強く反応しすぎて、怒り心頭に発しているのだった。彼は神をとても愛していたので、傷ついた。ときにはこの同じ愛のせいで、大声で笑ってしまうこともあったけれど。それに、彼は同僚たちを深く尊敬していた。何世紀もの間、彼らは耐えぬいてきたではないか。説教し、心をこめて賛美歌を歌い、踊り、吸収し、議論し、相談を受け、嘆願し、命令して。彼らの情熱は、彼らと彼らの信徒にたいしてたえまなく戦争をしかけてくる土地の上で、燃えるか、または溶岩のようにくすぶっていた。目的や報酬のいずれの点でも、栄誉なき臆病な戦争。勝者の卑劣さと同じく虚言ではびこる、原則なき戦い。舞台の上でも、書物のなかでも、彼や彼の同胞は喜劇の心髄、パロディのナイフが刺さる選ばれた背中となった。彼らは死刑囚監房の在監者からは罵られ、女衒からは軽蔑された。けちくさい献金の皿ですら、惜しそうに与えられた。それでいて、こうしたことすべてを通して、もし神の精神がすべり落ちてしまいそうになると、彼らはそれしか方法がなければ歯を使ってでもそれにしがみつき、必要なら手づかみでそれを捉えた。彼らはそれを、取り壊しを待つ建物へ、白人の会衆が逃げてしまった教会へ、キルトのテントへ、谷間や、開拓地の丸太小屋へ持って行った。そして、警察が見てはいけないからと、月光に照らされた小屋でそれをささやいた。木立の後ろや芝土の家で、ごうごうと鳴る風をも恐れぬ力強い声で、そのために祈りを捧げた。彼らはみがきあげられた靴や、はき古した長靴をはき、古びた車やリンカーン・コンティネンタルに乗って、十分に食べていようが、栄養が不足していようが関係なく、アビシニア教会から店頭へ、巡礼始祖の浸礼教会から打ち捨てられた映画館までへめぐり、あるときには低くちらつき、またあるときにははうき星のように燃え上がる彼らの光で、日々の闇を貫いた。彼らは黒人の子供たちの顔から白人のつばを拭いてやり、見知らぬ人を警察や民兵隊から隠し、命を救う情報を新聞より早く、ラジオより上手に伝達した。病む人の部屋では、死の目と口をのぞきこんだ。泣く母がいれば、その頭を自分たちの肩に押しつけ、そのあと命を断たれた娘を墓地へ運んだ。彼らは一つ鎖に繋がれた囚人のために泣き、治安判事と議論した。全会衆を声のかぎりに叫ばせたこともある。陶酔で。信仰で。死は命であったことを、知らないのか？神の目からすれば、すべての生命は聖なるものであったことを、知らないのか？　悪の姿には動揺したが、その大鼻はなじみがあった。しかし、真の驚異は、神の恩寵が取る驚くべき形と質にある。すなわち、迫害の時代の福音書、競争を禁じられた人々の絶妙な勝利、長靴に踏みつけられるのを拒否した人々——ヨブの忍耐すら落ちつきのなさに見えるほどの経験をした人々——の高潔な正義。周囲のすべてが見苦しいときの優雅さ。

リチャード・マイズナーは、こうしたことすべてを知っていた。しかし、彼の知識と尊敬がいかに無瑕のものであろうと、いまの内なる震えには手の施しようがない。プリアムは、復讐への貪欲な欲求、鎮めるには理解しなければならない欲求を包む膜を、指でもてあそんだのだ。ついに、時代の波が彼にまで押し寄せたのか。キング暗殺のあと高まった人心の荒廃、スローモーションの津波のように高まった荒廃が、いま彼を押し流しているのだろうか。あるいは、不健全な大統領の長々と続いた屈辱を目にする不幸なのか。長い理解できない戦争が、彼に感染したのか。それが、ぼろぼろの終焉に近づいたからといって、花にひそむウィルスのように作用しているのだろうか。彼の高校のフットボール・チーム全員が、あの戦争で死んだ。十一人の肩幅の広い青年が。彼らはマイズナーが振り仰ぎ、模範にした青年たちだった。彼はいま、彼らの無益な死にのどを詰まらせているのだろうか。それが、この暴力をふるいたい切望の発端なのか。

あるいは、ルビーが原因か。

彼を怒らせたのは、この町、これらの住民たちの何だろう？　彼らが他の共同体とちがうのは、二つの点だけだ。美しさと孤立。彼らはみんな美しかった。無類に美しい者もいる。三、四人をのぞけば、彼らは石炭のように黒く、強壮で、どっちつかずの目をしていた。全員が、よそ者にたいして氷のように冷たい疑念を抱いていた。その他の点では、すべての小さな黒人共同体と何ら変わるところはない。自己防衛的で、神を愛し、節約はするが、吝嗇ではなく、彼らは貯えて、費やした。銀行預金や、他の快適なものも好んだ。マイズナーはここに来たとき、彼らの欠点は正常で、その不賛成は普通だと思った。彼らは隣人たちの成功を喜び、怠け者、だらしない者は嘲笑するが、その揶揄は明るい笑いにみちていた。かつてはそうだった、と言ったほうがいいかもしれない。いま、かつてはよそ者にしか見せなかった氷のような警戒心が、しだいにお互い同士に向いてきたように思われる。自分が、それを助長したのだろうか。自分がいなければ、おそらく論争はなかっただろうし、こぶしの落書も、オーヴンの口の消えた言葉についての口論もなかっただろう。これは認めざるをえなかった。十数人の若者たちと開いた集まりについて警告されることもなかっただろう。確かに、ビジネスマンの間の物理的反目は言うまでもなく、公的な反目はなかったはずだ。それに、逃亡者は絶対にいなかっただろう。飲酒も。町のもつれをほどいた上での自分の役割を認めても、マイズナーはまだ不満だった。権利の主張や、黒人問題にもっと大きな役割を果たそうという要求に、どうしてあれほど頑固に反対し、あれほどの悪意を見せるのか。彼らはどの民族にもまして、純粋な意志の必要性、勇気と真心の報酬を知っているはずではなかったか。どの民族にもまして、ねじ曲げる権力のメカニズムを理解しているはずではなかったか。

　何度も何度も、全然挑発されたわけでもないのに、彼らは物語の貯蔵庫から祖先の話、祖父母や曾祖父母、彼らの父母の話を引き出した。危険な対決、賢明な策略。忍耐、機知、技術、強さへの証言。幸運や憤激の話。だが、どうして自身を語る物語がないのだろう？彼らは、自分たち自身については口を閉ざした。言うべきこと、語りつぐべきことを持たなかった。あたかも過去の英雄的行為があれば、未来を生きるのに十分であるかのように。あたかも子供ではなく、複製を望んでいるかのように。

マイズナーは、そこにひざまずいて答えを待ち望んでいた。しだいに増える質問のリストではなく、答えを。だから、し慣れていることをした。結婚披露宴に遅刻して、心を騒がせながら耐えぬいている間に、神の降臨を願ったのだ。神とともにあることが、怒りを鎮めてくれた。牧師館を出てセントラル街に曲がったとき、彼は同行者の軽い息遣いを聞いたが、忠告も慰めの言葉も得られなかった。ハーパーのドラッグストアの前を通るとき、オーヴンの近くに群衆が集まっているのが見えた。すると、調整の悪いエンジンの音が爆発するように響いて、そこから、キャデラックが飛び出した。一分も経たないうちに、車は彼のそばを通りすぎ、そのとき乗っている者のなかに二人の修道院の女を認めた。彼がモーガン家の庭に着いたとき、客たちはすでに散っていた。甘いものに堪能した子供たちがスチュワードのコリーと走ったり、ころがったりしている。オーヴンには人けがない。ソーンとディークの家に足を踏み入れた瞬間、すべてが輝いているのが見て取れた。ミーナスが出てきて、彼を抱擁した。プリアム、アーノルド、ディークが、没入していた会話をやめて、彼と握手した。ケアリ夫妻は、コーラスに伴唱してもらって二重唱をしている。

それで彼は、ジェフ・フリートウッドが、二、三週間前にピストルを向けた当の男——新婚早々の花婿——と楽しそうに笑っているのを見ても驚かなかった。花嫁だけが歪んだ顔に見えた。

キャデラックのなかでは、みんな押し黙っていたが、別に気まずくはなかった。乗っている女たちのうち、スーツを着た男たちに大きく期待していた者はいなかった。だから、邸内から出て行けと言われても、別に驚きはしなかった。「この女の子たちに自転車を返してやれ」と一人が言った。「ここから出て行け」ともう一人が、ロ一杯の煙草のなかから言った。笑って、はやしたてていた若者たちは、無言のうちに出て行けと命令された。七フィートの身長のある男が彼らを見て、頭を振っただけだ。彼女たちは、追い払われたことを別に怒ってはいなかった——たぶん、少しはじれただろうが、本気で怒ったわけではない。運転していた一人は、火をつけてない爆発物のように見えない男をこれまで一度も見たことがない。もう一人の助手席にいた女は、たぶん自分自身がかき立てた退屈な性的イメージを考え、またしてもどこか他の場所へ出て行くと断言した。本当に楽しんだ第三の女は後部座席にすわって、怒りの外見は知っているけど、どんな感じがするかは知らないわ、と考えていた。彼女はいつも、言われた通りに行動してきた。それで、男が「この女の子たちに……」と言ったとき、微笑して言われた通りにした。四番目の乗客は、追い払われたことに感謝していた。その日は修道院に来てから二日目、誰にも一言もしゃべらなくなってから三日目だった。今日をのぞけば。今日、ビリーなんとかいう少女がやってきて、彼女のそばに立った。

「あんた、大丈夫？」彼女は貝殻ピンクのドレスを着て、シャワーキャップの代わりに、小さな黄色いバラの花を髪にピンで留めていた。「パラス？　あなた、大丈夫？」

彼女はうなずいて、震えまいとした。

「あそこにいれば安全よ。でも、何かほしいものがあるかどうか訊きにきてあげるわ。いい？」

「ええ」とパラスはささやいた。それから、「ありがとう」

だから、ほら。彼女はこの一言を言うために、唇をほんの少し開いたのだ。でも、黒い水は滲みこんでこなかった。寒さがまだ骨を震わせていたが、薄黒い水は後退した。いまのところは。もちろん、夜になると水が戻ってきて、彼女はまた水のなかに浸かってしまう――首の下を何が泳いでるかは、考えまい。彼女が注意を集中するのは、水の表面と、端のほうを舐め、それからさらに遠くでちらちらする黒いものの上に射す懐中電灯の光だけだ。下のほうで体に触れるのは、彼女が五歳のとき父が買ってくれた鉢のなかの魚のように、かわいい小さな金魚だったら、とひたすら願って。または、グッピーか、エンジェル・フィッシュだったらいいのに。鰐や蛇はいや。これは湖で、沼でもなければ、サンディエゴの動物園で見た水族館でもない。水の上に漂っていると、ささやき声が呼び声より近くなる。「ほら、猫ちゃん、ここよ、猫ちゃん。猫、猫、猫の子猫ちゃん」が遠くにひびく。だが、「懐中電灯をくれ、ひょうたんなす。あれが、そうか。行こう。たぶん溺れたんだ。だめだ」が、耳の後ろの皮膚にすべりこんできた。

パラスは車の窓から、まったく変わらない空、あまりにも特徴がないので走っている車の中にいるという感覚さえなくなりそうな景色をじっと見つめた。ジジのバブルガムの匂いが紙煙草の匂いと混ざりあって、吐き気がしそうだった。

「ほら、猫ちゃん。ここよ」パラスは以前、この言葉を聞いたことがある。一生にも感じられるほど前の、人生でいちばん幸せな日のことだ。エスカレーターの上で。去年のクリスマス。気の狂った女が口にした言葉だ。彼女はいま、この女を最初に見たときよりはずっと細かく、ありありと見ることができる。

赤いプラスティックの髪留めで分けられた頭の天辺の髪は、いまは二、三インチしかないが、もっと長かったら小さなポンパドゥールかカールにすることができただろう。結局、どちらにもできず、子供の髪留めで固めた毛の房にすぎなかった。他の二つのヘア・クリップは一つが黄色、もう一つは安っぽい紫色で、指くらいの毛の束をこめかみのところで留めている。黒いベルベットのような顔は見ものだった。ビスケット大の深紅の丸い頬紅と、唇の縁から曲がってはみ出したあざやかな赤紫の口紅、頬骨のほうまで引きのばされた黒い眉墨で、肌はまったく見えない。彼女の身を飾る他のものは、すべて目を奪い、目を打つものばかり。白いプラスティックのイヤリング。銅のブレスレット。のどのまわりにはパステル・カラーのビーズ。それに、下げたバッグのなかには、それに輪をかけた、もっと、もっと、たくさんの装飾品が入っている。彼女が持っていたのは、二つのBOAC の機内持ち込み用バッグと、葉巻の箱の形をした編みこみ式金属のハンドバッグだ。彼女は白い木綿のホールターに、申し訳程度の赤いスカートをはいている。短い脚にはいた長靴下は、黒人女性の脚に似合うとされるシナモン色だが、走るとみんなの注意を惹いた。ハイヒールが両方ともひどく減っていたからだ。内腕の皮膚と小さなたくましい腹を見ると、四十前後と思われるが、五十歳かもしれないし、二十歳かもしれない。昇りのエスカレーター上で彼女が踊っているダンス、うねる尻、揺れる頭は、照明の悪い部屋でゆっくりと腰をまわして踊る、過ぎし昔のカップルを思い出させた。一九七四年の刺激的なゴーゴーではない。歯の処置はどこでもできたはずだ。ジャマイカのキングストンか、ミシシッピー州のパス・クリスチャン。アディス・アババかワルソーか。すばらしい金だった。そのため、彼女がほほえむと年齢が知れた。他方、残りの服装からは窺えない生まじめな印象をも与えていた。

たいていの人は彼女から目を逸らし——足元の流れていく金属の段々に目を落とすか、デパートを生き返らせているクリスマスのデコレーションを眺めた。しかし、子供たちとパラス・トルーラヴはじっと女を見つめた。

カリフォルニアのクリスマスはいつもすばらしいご馳走だが、この年のクリスマスは驚異になるはずだった。光輝く空と熱が、人工雪につやを出し、緑と金、ピンクと銀色の花輪を大きく見せた。荷物をいっぱいに抱えたパラスは、下りエスカレーターでどうにかこうにか足を踏み外さないですんだ。彼女は、どうしてルージュと金歯の女に魅了されたのか理解できなかった。二人に共通したものは何もない。パラスの耳たぶから下がったイヤリングは十八金で、はいていたブーツは手作り、ジーンズはあつらえの品、革のベルトのバックルは、みごとな銀細工だった。

パラスは軽い恐怖に襲われて、よろめきながらエスカレーターから降りると、入り口のドアに突進した。ドアの外にはカルロスが待っている。いまわしい女の歌声が、デパート中に流れるキャロルと溶けあった。

「ここには猫ちゃん。猫ちゃんがほしい、猫ちゃんが」

「メーイヴィース」

メイヴィスは彼女のほうを見ようとはしなかった。ジジはいつも、粘っこいバブルガムの紐のように彼女の名前を引き伸ばして、醜くしてしまう。

「時速十マイル以上は出せないの？　なあんてこと！」

「車のファン・ベルトを新しくしなきゃいけないのよ。それに、四十マイル以上出すつもりはないわ」とメイヴィスは言った。

「十、四十なんて。歩いてるようなもんだわ」ジジはため息をついた。

「たぶん、ここで停めて、歩くのがどんなもんか、あんたに経験してもらおうかしら。停めてほしい？」

「わたしをこけにしないでよ。あそこののらくら者のところまで、わたしを引きずってって……あの男の子、見た、セン？　ミーナスよ。わたしたちのところに泊まったとき、粗相した子よ」

セネカはうなずいた。「でも彼は、意地悪なことは全然言わなかったわ」

「わたしたちを追い出そうとする連中を止めもしなかったじゃない」とジジが言った。

「あの吐いたもの全部、あの粗相をわたしがきれいにしてあげたのに」

「コニーが泊まってもいいって言ったのよ。それに、わたしたち、みんなで後始末したじゃないの」とメイヴィスが言った。「あんただけじゃないわ。それに、誰もあんたを引きずったんじゃない。あんた、行く必要なかったんですもの」

「ばかね。彼は振顫譫妄症だったのよ」

「窓を閉めてちょうだい、メイヴィス」とセネカが頼んだ。

「後ろに風が入りすぎるの？」

「彼女がまた震えてるから。寒いんだと思うわ」

「九十度もあるのよ！　いったいぜんたい、彼女どうしたの？」ジジは、震えている少女をじろじろ見た。

「停めようか？」とメイヴィスが訊いた。「彼女、また吐くかもしれないでしょ」

「いいえ、停めないで。わたしが抱いてるから」セネカは両腕のなかでパラスの位置を整え、鳥肌だった腕をこすってやった。「ひょっとしたら、車酔いかもしれない。わたし、パーティに出たら、少し彼女の気が晴れるかしらと思ったの。でも、悪くなったみたい」

「あの、阿呆な、出来損ないの町に行ったら、誰でも吐きたくなるわ。あれが、あの連中がパーティって言うものだなんて、信じられない。あんなの賛美歌じゃないの！」ジジは笑った。

「あれは結婚式で、ディスコじゃないのよ」メイヴィスは、首の下に吹き出してくる汗を拭った。「おまけに、あんたはただ、あんたのかわいい仔馬に会いたかっただけじゃない」

「あのど阿呆に？」

「ええ。彼によ」メイヴィスは微笑した。「もう結婚しちゃったから、取り戻したいんでしょ？」

「取り戻したければ、いつでも取り戻せるわよ。わたしがしたいのは、このいまいましい場所から出て行くことだけよ」

「あんた、四年間そう言い続けてるじゃないの――そうでしょ、セン？」

ジジは口を開いたが、思い止まった。四年だったろうか。二年だ、と思ってたのに。だが、少なくとも二年間はあのいやなやつ、K・Dと遊びまわって過ごしたのだ。あいつが、遠くに連れていくだけの金を手に入れると約束したから、あんなに長いことわたしを捉えさせていたのだろうか。または、わたしをここに留まらせたのは、他の約束があったからだろうか。冷たい水のそばで、絡み合っている木々を見せると言ったりして。「その通りよ。でも、いまは本気なの」彼女はそうメイヴィスに言い、本当に、本気だと思った。

メイヴィスが、信じられないと不平を言ったあと、車は再び静かになった。パラスはセネカの胸に頭を休め、この胸が消えてなくなり、その代わりに、七百マイルの間中彼女が望んだときにはいつでもそうしてくれたように、カルロスの固くてなめらかな胸がほおを支えてくれたらいいのに、と思った。十六歳の誕生日のお祝いにもらった、作りつけの八トラック式テープ・デッキつきの彼女の赤いトヨタには、クリスマスの贈り物がぎっしり詰まっていた。誰の母親でも喜びそうなものだが、色とスタイルのヴァラエティに富んでいた。彼女は、十三年間会ったことのない女性を喜ばせるものが何もないという事態を避けるため、あらゆる色と種類を揃えたのだ。クリスマスの直前に、カルロスがハンドルを握っていっしょにドライヴに出かけたのは、母に会うための休暇の旅だった。父親から逃げているのでもなく、世界中でいちばんクールで、いちばん豪奢な男との駆け落ちでもなかった。

すべては注意深く計画された。神様や、鷲の目をしたハウスキーパーや、兄のジェロームが見てはいけないので、品物は隠し、動きはカムフラージュした。父はいつも周囲にいなかったので、何かに気づくことはなかった。彼はささやかな顧客リストを持った弁護士だったが、そのうちの二人は、一流のクロスオーヴァーの黒人芸能人だった。ミルトン・トルーラヴはリストの天辺に彼らの名前があるかぎり、もっと多くの顧客を獲得する必要はなかった。もっとも彼は、ヒットチャートに載って、彼のリストに留まってくれるような他の若い役者や演奏家を探し続けてはいたけれど。

カルロスが援助してくれると、この計画は簡単であるばかりか、わくわくするほど楽しいものになった。女友達についた嘘は固めなければならなかったし、あとに残した品目で、逃亡ではなく、帰郷の意志を示さねばならなかった。(複製の運転免許証、ぬいぐるみのクマ、時計、化粧品、宝石、クレディット・カード) この最後の項目を残しておくため、おびただしい額の小切手を現金化し、ドライヴに出発する当日に買物をしなければならなかった。彼女はもっとたくさんのもの、ずっと、ずっとたくさんのものをカルロスに買ってやりたがったが、彼は強く反対した。彼は、知り合ってからずっと——四ヵ月間——一度も彼女から贈り物を受け取らなかった。食事代さえ払わせてくれなかった。彼は美しい目を閉じ、まるで彼女の申し出が彼を悲しませているかのように、首を振った。パラスは、彼女のトヨタが発進しなくなった日に、学校の駐車場で彼に会ったのだった。実際に彼に会ったのはその日だったが、何度も彼を見かけてはいた。彼は、映画俳優のような顔をした彼女の高校の用務員だった。女生徒はみんな、彼にメロメロだった。彼がアクセルを床まで押し下げ、ガソリン管にガソリンがあふれているとパラスに告げた日がはじまりだった。彼は、彼女がもう一度エンストしないように、念のため自分のフォードで家までついて行ってあげると申し出た。彼女はエンストを起こさず、彼はサヨナラと手を振った。パラスは翌日、彼に贈り物――アルバム――を持って行ったが、受け取ってもらうのに苦労した。「きみにチリドッグをご馳走させてくれさえすれば」と彼は言った。パラスは、それが嬉しくて心が躍り、口がフェルトになったような感じがした。その後、二人は毎週末に逢った。彼女は愛を交わしてもらおうと、考えつくかぎりのあらゆることをやってみた。彼は情熱的にネッキングには応えたが、数週間、けっしてそれ以上は許さなかった。彼は「結婚したら」と言うタイプの男だった。

カルロスは、実は用務員ではなかった。彫刻家で、パラスが画家の母親の話をして、住んでいる場所を告げると、彼はほほえんで、芸術家には理想的なところだ、と言った。あらゆることが、あるべき場所に納まった。カルロスは休暇中に文句一つ言われず簡単に職を離れることができた。ミルトン・トルーラヴは、顧客のパーティや、公開コンサートや、テレビの取引などでことのほか忙しかった。パラスは何年分もたまった母からの誕生日やクリスマスのカードを調べていちばん最近の住所を探しだした。こうして恋人たちは、障害も暗雲もなく出発した。クリスマス・キャロルを台無しにした、狂った黒人女をのぞいては。

パラスはセネカの胸にすり寄った。その胸は居心地がよくなかったが、苦しい寒さを弱めてくれた。前部座席の女たちはまたもや喧嘩をはじめており、その調子の高い声を聞くと頭が痛くなった。

「露出症の雌犬め！　ソーンはわたしたちの友達よ。今度彼女に何て言えばいいの？」

「彼女はコニーの友達でしょ。あんたとは何の関係もないわ」

「わたしは彼女にトウガラシを売る係だし、強壮剤も作るわ……」

「それがあんたを何にするっていうのさ？　化学者？　あれはただのローズマリーに、ふ《ブ》すま《ラン》を少々、それにアスピリンを混ぜあわせるだけじゃないの」

「それが何であろうと、わたしの責任なのよ」

「コニーが酔っ払っているときだけ、の話でしょ」

「あんたの意地悪い口で彼女のことをしゃべらないで。あんたが来るまで、コニーは一度も酔っ払ってたことなかったわ」

「それはあんたの言い草でしょ。彼女はワイン・セラーでも眠ったりするじゃないの」

「彼女の寝室がそこにあるのよ！　あんたは、本当にばかね」

「彼女はもうメイドじゃないんだから。寝たけりゃ、二階で寝ることだってできるのに。ただあの酒の近くにいたいだけじゃないのさ」

「やれやれ、あんたの厚かましさは大嫌いだよ」

セネカが調和を取り戻そうとする静かな声で割りこんだ。「コニーは酔っ払っちゃいないわ。不幸なのよ。でも、わたしたちといっしょに来るべきだったわね。少しは気が変わったでしょうに」

「よかったわよ、本当によかった！」とジジが言った。「あの、くそいまいましい牧師タイプがやってくるまでは」彼女はおしまいになりかけた紙煙草から、新しい煙草に火をつけた。

「あんた、二分くらい煙草吸わないでいられないの？」メイヴィスが訊いた。

「いられないね！」

「あのニグロがあんたのどこに惚れたのか、わからないわ」メイヴィスが続けた。「でも、たぶん、わかるな。あれを服でおおうことさえできないように見えるからね」

「妬いてるの？」

「まさか」

「まさか、まさか、か。十年間、誰もあんたにファックしてないんだろ、この干上がったカスカスの殻を」

「出ていけ！」メイヴィスは金切り声を上げて、ブレーキを踏んだ。「わたしの車から、とっとと出てお行き！」

「降ろしてみなよ。わたしに触れでもしたら、あんたの顔、引き裂いてやるからね。このいまいましい悪党め！」彼女は煙草の火をメイヴィスの腕に押しつけた。

車中の狭い空間では、二人はうまく戦うことができなかったが、それでも懸命に戦った。セネカはパラスを両腕に抱いて、二人の戦いを見守った。昔むかし、彼女は二人を引き離そうとしたことがあったが、いまではずっと賢くなった。二人は疲労困憊すると喧嘩をやめ、彼女が割って入ったときより長い間平和になるからだ。ジジはメイヴィスの爆発しやすい弱みを握っていた。何であれコニーを侮辱することと、彼女の逃亡状態に言及することだった。最近の旅行でメイヴィスは、重窃盗罪と、遺棄、それに二人の子供の殺害容疑で彼女にたいする逮捕令状が出ていることを、母親から知らされていた。

キャデラックは揺れた。ジジは喧嘩好きだったが、虚栄心も強かった——自分のかわいい顔を台無しにする打ち身やひっかき傷はつけたくなかったし、たえず髪のことを心配していた。メイヴィスは敏捷ではなかったが、着実に、楽しんで殴った。ジジは血を見て、自分の血だと思いこみ、車からころがり出た。メイヴィスは、彼女のあとを追っかけた。矢のように飛ぶ一羽の鳥も見えない、灼けた金属のようなからっぽの空の下、彼女たちは道路や路肩の上で戦った。

パラスは、泥をかき乱し、草を押しつぶしている体に魅せられて、すわり直した。オクラホマのからっぽの空の下、またはニューメキシコ州メヒタの描かれた空の下で、見守る人に気づかず、一心不乱になっている肉体。ディー・ディー・トルーラヴの興奮した抱擁とキスのあとの数ヵ月。母の部屋の窓から見た壮大な景色に感嘆した数ヵ月。すばらしい食事を楽しんだ数ヵ月。ディー・ディーの友人たち——あらゆる種類の芸術家、すなわち、インディアン、ニューヨーク人、年取った人々、ヒッピー、メキシコ人、黒人——に混じって芸術的な話をした数ヵ月、ディズニーだけが作れるとパラスが感じた星空の下で、三人で語り合った数ヵ月。こうした数ヵ月を重ねたあと、カルロスが深いため息をつきながら、言った。「ここは、ぼくの家だね。これが、ぼくが探していた家庭なんだ」月の光に濡れた彼の顔は、パラスの心臓をしめつけた。母はあくびをした。「もちろん、そうよ」と、ディー・ディー・トルーラヴが言った。カルロスも、あくびをした。ちょうどそのとき、パラスは見て取るべきだった——同時のあくび、落ち着いた声音。彼女は簡単な算数をしてみるべきだった——カルロスの年齢は彼女よりもディー・ディーのほうに近かったのだ。気づきさえすれば、おそらく彼女は、他人に見られる可能性など全然脳裏になく、草のなかでうめき声をかわしながら肉体が取っ組みあうのを事前に阻止することができただろう。それから、仰天してトヨタに駆け寄り、行く先もわからずやみくもに道路を走り、側面からトラックに衝突することもなかっただろう。柔らかいものが下から触れてくる水もなかったはずだ。

またしても見えない鱗や触手が軽く打ち、薄気味悪くくすぐるのを感じて、パラスは女の組み打ちの光景から目を逸らした。それから、腕を上げてセネカの首にまわし、その小さな胸に自分の顔をいっそう強く押しつけた。

セネカだけが、トラックが近づいてくるのを見た。運転者は速度を落とした。ひょっとすると道路をふさいだキャデラックを迂回しようとしたのかもしれないし、援助を申し出ようとしたのかもしれない。だが彼は、無法者の女たちが、服は裂け、秘密どころは露出して、地面の上をころがっているのが目に入るだけ長く停車した。また、他の二人の女が後部座席で抱きあっているのが目に入るだけ、留まっていた。長いこと、彼の目は大きく見開かれていた。それから彼は首を振って、トラックのエンジンを加速した。

とうとうメイヴィスとジジは、あえぎながら横たわった。やがて、一人、次いでもう一人が起きあがってすわり、自分の体に触れて傷の具合を確かめた。ジジは、なくなっていた靴を探した。メイヴィスは髪をまとめていたゴムバンドを探す。一言も交わさないで、彼女たちは車に戻った。メイヴィスは片手で運転した。ジジは、怪我をしていないほうの口に紙煙草をくわえた。

一九二二年、白人の労働者は仲間うちで笑っていた――何もない荒野の真ん中の、大きな石の家を。インディアンは笑わなかった。気候はきびしく、木が少ない地域では、薪を燃やすのは冒瀆、石炭は高価、乾燥させた牛糞は不潔なので、この館の存在は気の触れた考えにしか見えなかった。横領者は何トンにもおよぶ石炭を注文したが、いっさいその石炭を使うにいたらなかった。この屋敷を受け継いだ尼僧たちは、忍耐心と灯油と幾重にも重なった絶妙な習慣を持っていた。しかし、春や夏や暖かい秋の日々には、この家の石の壁が恵みの涼気を提供した。

ジジは階段を駆けあがり、メイヴィスより先に、浴槽に湯を張ることのできる浴室に飛びこんだ。鉛管がごぼごぼ鳴っている間に服を脱ぎ、一つだけ残ったペンキの塗ってない鏡に自分の体を映してみた。片方のひざと両肘をのぞくと、傷はさほどでもない。もちろん、爪は裂けているが、目が腫れ上がるとか、鼻が折れるとかはしていない。でも、明日になれば、もっとたくさんの打ち身が現われるだろう。困ったのは、唇の裂けたところが腫れていることだった。押すと、じわっと血の滴が滲み出てくる。と、突然、カリフォルニア州オークランドの通りをみんなが駆けていた。サイレン――警察だろうか？　救急車か？　消防車か？――が鼓膜を震わせた。前進してくる警官隊の壁が、東と西の通路を遮断している。走っている人たちは、買ったものや見つけたものを投げ捨てて、逃げた。彼女とマイキーは最初手をつないで、散っていく群衆の後ろから脇道を走っていた。小さな家々や芝生のある通りを。銃声もしなかったし、発砲もなかった。女の子たちの音楽的な金切り声と、戦闘的な顔つきをした男たちの変わらないどなり声だけが聞こえる。そう、サイレンの音はした。それに、遠いメガホンの声。だが、ガラスの割れる音や、体を叩く音、銃声はしなかった。それなのに、どうして幼い少年の白いワイシャツに赤い地図が広がっていったのだろう？　彼女にははっきり見えなかった。群衆がふくれあがり、それから、何か前方のものにさえぎられて立ち止まった。マイキーは数人分の肩を隔てた向こうにいて、押し進もうとしている。ジジはもう一度、みずみずしい緑の芝生の上の少年を見た。彼はりゅうとした身なりをしていた。蝶ネクタイ。白いワイシャツ。つやのある編上げ式の靴。いま、ワイシャツは赤い牡丹に覆われて汚れている。彼がぐいと身をひねると、血が口からあふれ出てきた。すると彼は、血がすでにワイシャツを汚しているように靴を台無しにしてはいけないので、注意深く両手を差し出して血を受けようとした。

負傷者は百人以上、と新聞が報じた。発砲や撃たれた少年のことは何も書いてない。両手に血を受けようとした、小綺麗で幼い黒人少年のことは書いてなかった。

水が浴槽のなかに滴り落ちている。ジジは髪にローラーを巻いた。それから、腹ばいになって、浴槽の下に隠してある箱についての自分の仕事がどれだけ進捗したか、もう一度調べた。箱の上のタイルは完全に外れているが、金属の箱はそこにセメントで固定されているように見える。浴槽の下に手を入れるのが問題だった。K・Dに話せば、助けてくれたはずだが、中身を彼と分けなければならなかっただろう。たぶん、黄金とダイヤモンド。

いくつかの現金の大きな包み。中身が何であれ、それは彼女のものだった――それに、コニーが多少ほしがれば、コニーのものだ。だが、他の誰のものでもない。絶対にメイヴィスのものじゃない。セネカは全然ほしがらないだろう。それに、割れたガラスのような目をして、カールした髪の豊かな、最近来たあの女の子は――彼女が誰で、どんな仕事をしているのか、誰が知ろう？　ジジは立ち上がって、皮膚から埃と土を払い落とし、それから浴槽に入った。彼女は浴槽のなかにすわって、選択肢のおさらいをした。コニー、と彼女は考えた。コニー。

それから、泡があごまで来るよう仰向けになって、彼女はセネカの鼻、眠っているときの鼻孔の動き方を考えた。ほほえんでいようがいまいが変わらない、彼女の唇の突き出し方や、完璧に広げた翼のように見える眉毛を考えた。それに、彼女の声ときたら――柔らかくて、ほんの少し飢えているような。キスのような。

廊下のもう一方の端の浴室では、意気高揚したメイヴィスが、流しで体を洗っていた。それから、夕食を作るため階下に降りていく前に、服を着替えた。残りの鶏をトウガラシや玉葱といっしょに乱切りにして、タラゴンや、何かのソース、たぶんチーズといっしょに和え、コニーが作り方を教えてくれたパンケーキのようなものに包めばいいだろう。それなら、コニーが喜んでくれるだろう。それを一皿、階下のコニーに持っていって、起こったことを話してあげよう。喧嘩の話はしない。重要ではないから。実は、彼女は喧嘩を楽しんだのだ。殴って、殴って、ジジに嚙みついたことさえ、爽快だった。お料理のように。それは、古いメイヴィスは死んだということの、さらなる証拠だった。夫は言うまでもなく、十一歳の娘からも自分の身を守れなかった人間。簡単な食事さえ思いつくことも、作ることもできず、調整食品や、ドライヴ＝スルーに頼っていた人間が、いまは、毎日買物に行かないでも、クレープに似たおいしい料理が作れるのだ。

しかし、セックスをしてないことにジジが触れたのは痛かった――ところで、セックスなしということは、ある意味ではおかしかった。彼女とフランクが結婚した頃、彼女はセックスが好きだった。少しばかり。それから、セックスは必要な拷問に変わった。長くなったが、椅子から張り倒されることとあまり変わらなくなった。修道院で暮らした数年間は、そういうものから解放されていた。それでいて、夜、例のものがやってきても、彼女はもうそれと戦わなくなった。昔むかし、それは時折訪れる悪夢――ライオンの子が彼女ののどを嚙むのだ――だった。最近、それは別の形――人間――を取るようになった。そして、彼女の上に乗るか、後ろから近づいてきた。「夢魔よ」とコニーは言った。「戦いなさい」と彼女は言った。しかし、メイヴィスには戦えなかったし、戦う気もなかった。いま、夢魔を歓迎するのは、ジジが言ったことが原因になっているのかどうか知らねばならない。彼女はいまでもマールとパールの声を聞き、彼らが修道院の部屋という部屋を飛びまわっている物音を聞くことができた。たぶん、彼女は、笑っている子供たちと、彼女を愛している「母」に、夜の訪問者を加えれば、幸福な家族のようなものができるということを認めて、コニーに告白しなければならないのだろう。それより、こちらのほうにしよう。コニーに夕食を持って行ってあげたとき、披露宴のことを話そう。いかにジジがみんなにきまりの悪い思いをさせたか、とくに、ソーンを困らせたか。それから、夜の訪《おとな》いをどうすればよいか、彼女に訊こう。コニーならわかってくれる。コニー。

ノーマ・フォックスのカシミヤの肩かけが、いま一度役に立った。セネカはそれでパラスをくるんでやり、何かほしいものがあるか、と訊いた。水は？　食べるものは？　パラスはいらないという身振りをした。まだ泣けないんだわ、とセネカは考えた。苦痛があんまり深く食いこみすぎている。それが上がってきたら、涙が出るだろう。それが起こるとき、コニーがそばにいてくれたら、とセネカは願った。そういうわけで、セネカはでき得るかぎり懸命に少女を暖めてやり、重い髪をなでてやり、蠟燭を持って彼女をコニーのところへ案内した。

地下室の一部で、ドーム天井のついた冷たい巨大な部屋には、瓶を寝かせた棚がずらりと並んでいる。コニーと同じほど年を経たワイン。尼僧たちは、めったにワインに手を触れなかった、とコニーは言った。彼女たちが切望していたミサを取り行なうため、司祭に来てもらえた場合にのみ、ワインを飲んだ。それから、いつかのクリスマスのとき、彼女たちは、ラム酒の代わりに一九一五年産のヴーヴ・クリコに浸してしっとりさせたケーキを作った。周囲の陰のなかには、トランクや、木箱、使われなくなったか、壊れた家具の形がひそんでいる。磨き上げた大理石のヌードの女、粗い石の男。いちばん遠い端にコニーの部屋に通じるドアがあった。そこは、メイヴィスの言ったように、メイド用に作られた部屋ではなかったが、当初の目的ははっきりしなかった。コニーはそこを使い、暗いので気に入っていた。太陽の光は、そこでは脅威にならなかったからだ。

セネカはノックしたが、返事がなかったので、ドアを押し開けた。コニーは柳細工の揺り椅子にすわって、軽くいびきをかいている。セネカが入ると、彼女はすぐ目をさました。

「誰がその光を持ってるの？」

「わたしよ——セネカ。それに、友達が一人」

「あそこに置いて」彼女は、背後のタンスを指した。

「こちらはパラス。二日前に来たの。彼女があなたに会いたいと言ったので」

「本当に？」とコニーが訊いた。

蠟燭の光では、はっきり見るのはむずかしかったが、セネカは聖母マリアと、光沢のある尼僧の靴、ロザリー、それに、ドレッサーの上で水差しの水に根を下ろしかけているものを認めることができた。

「誰があなたを傷つけたの？」とコニーが訊いた。

セネカは床の上にすわった。彼女は、パラスが多少口を利くにしても、多くを語ることはないだろうと思っていた。しかし、コニーは魔法だった。彼女は片手を差し出しただけなのに、パラスは彼女のもとに行き、そのひざにすわり、最初は話しながら泣いていたが、その後は泣くだけになった。他方コニーは、「これを少しお飲み」、「なんてきれいなイヤリングかしら！」、「かわいそうな子ね、かわいそうな、かわいそうな、かわいい子。あの連中が、わたしのかわいい、かわいそうな子を傷つけた」と言った。

会談はワイン漬けになって、一時間ほどかかった。それは後ろ向きで、ところどころに穴があいて、不完全だったが、とにかく出てきた——かわいい人の、誰が彼女を傷つけたかという話が。

靴がなくなったの、と彼女は言った。それで、最初、誰もわたしのために立ち止まってはくれなかった。それから、と彼女は言った。中折れ帽をかぶったインディアンの女の人が。あるいはむしろ、トラックいっぱいのインディアンの人たちが夜明けに止まって、わたしに声をかけてくれた、と言ったほうがいいかもしれない。半ズボン姿で、足を引きずりながら、裸足で道路脇を歩いていたとき。男の人が運転していた。その人の隣には、ひざに子供を乗せた女の人がいた。その子が男の子か、女の子か、わたしには見分けがつかなかったわ。後ろには六人の若い男たちがいた。乗せてくれるという申し出を受け入れることができたのは、その女の人のおかげよ。帽子の縁の下の、みぞれのような灰色の目は無表情だったけれど、男のなかの彼女の存在が、みんなをお行儀よくさせていたの――彼女のひざの上の子供と同じように。

「どこに行くの？」と彼女が訊いた。

　そのとき、パラスは自分の声帯が働かないことに気がついた。音を作る能力にかけては、背後の野原で軋み音を立てている孤独な風車にもおよばないことに気がついた。それで、トラックがめざしている方向を指さした。

「じゃあ、後ろにお乗り」と女が言った。

　パラスは男たちの間に乗りこんだ――たいていは同じ年頃だった――そして、できるだけ彼らから遠いところにすわった。その女性が、彼らの母、姉、おばか――彼らを押し止める影響力のある人だといいのに、と祈りながら。

　インディアンの男の子たちは彼女をじっと見つめたが、何も言わなかった。両腕でひざを抱き、彼らは笑いもしないで、彼女のピンクの半ズボンや、デイグロー（顔料に加える蛍光着色剤）のTシャツを眺めた。しばらくすると、紙の袋を開いて、食べはじめた。彼らは彼女に、厚いボローニャ・ソーセージの入ったサンドイッチと、彼らがリンゴのようにかじっている玉葱の一つを差し出した。断ると侮辱になるのではないかと思ったので、パラスは受け取り、次いで、自分ががつがつと犬のように余さず食べて、鵜呑みにしているのを見出だし、自分が飢えているのに驚いた。トラックの揺れと動揺が眠りを誘い、彼女は二、三分眠ったり覚めたりした。だが、そのたびに彼女は、黒い水が口や鼻に入ってくる夢と戦って目を覚ました。彼らはまばらな家々、アグウェイ食料品店、ガソリン・スタンドなどのある場所を通ったが、かなり大きな街に着くまで止まらなかった。街に着いたときには、午後遅くなっていた。トラックはからっぽの通りを下って、〈原始〉という看板の出ているバプテスト教会の前で速度を落とした。

「あなたは、ここで待ちなさい」と女が言った。「誰かが出てきて、面倒を見てくれるから」

少年たちが降りるのに手を貸してくれ、トラックは立ち去った。

パラスは教会の石段の上で待った。目に入る家はなく、通りには誰もいなかった。太陽が沈むと、空気が冷たくなった。裸足で燃えている足の裏だけが、骨の髄に達する寒さから気を逸らせてくれた。ついにエンジンの音が聞こえて、目を上げると、例のインディアンの女性が再び目に入った――だが、今回は一人で――同じトラックを運転していた。「乗りなさい」と彼女は言い、数ブロック走って、パラスを波型の屋根のついた低い建物に連れてきてくれた。「そこへお入り」と彼女は言った。「診療所よ。あんたは悩みがあるのか、何かはわからないけど、わたしには悩みがあるように見えるわ。悩んでる少女みたい。でも、ここでそんなこと言うんじゃないよ。本当かどうかは知らないけど、そのことには触れないで。聞いてるの？　言わないほうがいいと思うわ。ただ殴られたとか、放り出されたとか、そんなことを言いなさいね」

目はきびしかったが、そのとき女はほほえんだ。「あんたの髪は、ふわふわしてきれいね」彼女は帽子を取って、それをパラスの頭に載せた。「さあお行き」と彼女は言った。

パラスは、彼女と同じほど黙りこんでいる他の患者たちといっしょに待合室にすわった。頭にスカーフを巻いた二人の年配の女。眠っている母親の腕に抱かれた熱のある赤ん坊。受付係は不健全な好奇心で彼女を見たが、何も言わなかった。暗くなるのは、何となく怖かった。そのとき、二人の男が入ってきたが、そのうちの一人は、手の一部が切り離されていた。パラスと眠っている女はまだ診てもらっていなかったが、タオルを血で染めている男が先になった。受付係が彼を案内している間に、パラスは玄関から走りだして、建物の横手をまわった。そこで、彼女は玉葱とボローニャ・ソーセージのありったけを吐いた。はげしく吐きながら、見るより先に、二人の女が近づいてくるのが彼女には聞こえた。二人ともシャワーキャップと青い制服を着ている。

「あれをごらんよ」と一人が言った。

二人はパラスのところへ来て、頭をかしげながら、立って彼女が嘔吐しているのを眺めた。

「あんた、ここに来たの、それとも出てくの？」

「妊娠してるにちがいないわ」

「あんた、看護師さんに会おうとしてるの、ハニー？」

「彼女、急いだほうがいいわよ」

「彼女をリタのとこへ連れてこうよ」

「あんたが連れて行きな、ビリー。わたしゃ、行かなくちゃいけないから」

「彼女、帽子はかぶってるけど靴はないわねえ。いいわ。行きなさいよ。じゃあ、明日」

パラスは胃を押さえ、口でようやく息をしながら、体を起こした。

「聞いて。緊急じゃなければ、診療所は閉まりかけてるわ。あんた、妊娠してないのは確か？」

パラスは、新たな吐き気を抑えようとして、身震いした。

ビリーは振り向いて、友達の車が敷地を出ていくのを見守り、嘔吐物を見下ろした。それから、いやな顔もしないで、それが見えなくなるまで泥を蹴りかけた。

「あんたの財布、どこにあるの？」と彼女は、埋められた嘔吐物からパラスを引き離しながら、訊いた。「どこに住んでるの？　みんなはあんたを何て呼んでるの？」

パラスはのどに手を当てたが、出るのはただ鍵が間違った鍵穴のなかでまわろうとして立てるような音だけだった。彼女にできるのは、首を横に振ることだけだった。それから、人けのない遊び場のたった一人の子供のように、泥のなかに足指で自分の名前を書いた。それから、少女が先に吐いたものを隠した仕草を真似て、ゆっくりと名前を消し、赤い土で完全にそれを覆った。

　ビリーはシャワーキャップを取った。彼女はパラスよりずっと背が高かったので、伏せた目をのぞきこむには、かがみこまねばならなかった。

「あんた、わたしといっしょにおいで」とビリーが言った。「あんたは、わたしが見たなかでいちばんかわいそうなケースよ。いくつか見てきたけど」

　彼女は静かに、力づけるように話しながら、夕べの青い大気のなかを車を走らせた。

「そこは、しばらく泊まれるところよ。質問はされないわ。一度泊まったことがあるけど、みんな親切にしてくれた。ずっと親切だったわ、それに比べると——ええと、とても親切。怖がらないで。わたし、昔は怖かったけど。あの人たちが怖かったのよ。ここじゃ、あの人たちみたいな娘はたくさんいないわね」彼女はそう言って笑った。「ひょっとしたら、ほんの少し狂ってるけど。でも、自由で、くつろいでるわ、何となく。全然服を着てなくても、びっくりしないで。最初、わたしもびっくりしたわ。でも、よくはわかんないけど、何でもなかった。わたしがそんな恰好で歩きまわったら、母は次の週まで起きられないほどわたしを殴るわね。とにかく、そこで心を落ち着けて、いろんなことを考え直すことができるわ。いつだって、誰も何もあんたの邪魔はしないから。あの人たち、あんたの面倒を見るか、放っておいてくれるわ——どちらでもあんたの好きなように」

　遠くに見える銀色の縁をのぞくと、まわりの青が深くなった。野原は暖かい風のなかで小波を立てたが、二人が修道院に着いたときパラスはまだ震えていた。

彼女をメイヴィスに引き渡したあと、少女は言った。「あんたの様子訊きに、また来るわ。いい？　わたしはビリー・ケイトー」

蠟燭は燃えて一インチになったが、炎は高かった。パラスは手の甲で口を拭った。揺り椅子は揺れている。コニーの息はとてもゆっくりだったので、パラスは彼女が眠っているのだと思った。彼女は、肘をひざの上に載せ、片手であごを支えて、彼女を見上げているセネカを見ることはできたが、蠟燭の光はメヒタの月光のように顔をひずませた。

コニーが身動きをした。

「わたしは、誰があんたを傷つけたかって訊いたのよ。それなのに、あんたは誰が助けてくれたかを話してる。そちらのほうは、もう少し秘密にしておきたいっていうの？」

パラスは何も言わなかった。

「あんた、いくつ？」

彼女は「十八歳」と答えようとしたが、真実のほうを選んだ。「十六歳よ」と彼女は言った。「来年、四年生になるところだったの」

彼女は失われた三年生の年を思ってもう一度泣きたかったが、コニーが乱暴に彼女を突ついた。「立ちなさい。あんた、わたしのひざを折るつもり？」それから、ずっとやさしい声で、「さあ、もう行って、少し眠りなさい。好きなだけここにいて、その気になったら、残りを話してちょうだい」

パラスは立ち上がったが、揺れていたのと、ワインとで少しふらついた。

「どうもありがとう。でも。父さんに電話かけたほうがいいと思う」

「連れてってあげるわ」とセネカが言った。「電話のあるとこ、知ってるから。でも、泣くのはやめなくちゃいけないわ、いい？」

それから、目は蠟燭の炎のぼんやりした明かりに慣れていたので、彼女たちは注意深く闇のなかを通って部屋を出た。パラスはロサンジェルスの明るすぎるくらい明るい光のなかで育ち、地下室のない家で暮らしてきたので、地下室を映画の悪、ごみ、またはむずむずするものと結びつけて考えた。彼女はセネカの手をしっかり握って、口で息をした。しかし、その仕草は本物の恐怖ではなく、怖いことが起こりそうだというおびえを表わしていた。事実、二人が階段をのぼっていくとき、平和に祖母が揺り椅子を揺すっているイメージや、腕や、ひざや、歌声のイメージが彼女の心を落ち着かせた。この家全体が、狩人はいないが刺激的な保護区域のように、恵まれた男けのなさが滲みこんでいるような感じがした。まるでここでは、この家にある多くの部屋の一つで、自分自身に会うことができる――制限されない正真正銘の自分だが、彼女は「クールな」自分と考えた――とでもいうかのように。

トルティヤに似たものの皿が、テーブルの上に載っている。おめかししておとなしくなったジジは、農業関係のニュースや、カントリー・ミュージックや、聖書の話なんかではなく、彼女の聞きたいものを演奏している一つの局を探そうとして、広帯域ラジオをいじっていた。片方が垂れ下がった唇だけが、メーキャップを損なっている。メイヴィスはレンジのところにいて、何やら調理法をつぶやいていた。

「コニーは大丈夫？」二人が入ってくるのを見て、メイヴィスが訊いた。

「もちよ。彼女はパラスに親切だったわ。そうでしょ、パラス？」

「ええ。とってもいい人。わたし、いま気分がよくなったわ」

「わう。あれが話してるわ」とジジが言った。

パラスはほほえんだ。

「でも、あれはもう少し吐くつもり？　それが問題よ」

「ジジ。黙れってば」メイヴィスは、同情をこめてパラスを見た。「クレープは好き？」

「うん。飢えてるの」パラスが答えた。

「たくさんあるわ。コニーの分はのけておくから。ほしければ、もっと作ることだってできるのよ」

「あれには服が要るわね」ジジは、仔細にパラスを吟味した。「わたしの持ってるものは、合わなさそう」

「彼女を『あれ』って呼ぶの、やめなさい」

「あれの持ってるもので、持つ価値のあるのは帽子だけよ。あんた、どこに置いたの？」

「彼女に合いそうなジーンズ持ってるわ」とセネカが言った。

ジジは鼻を鳴らした。「まずは、かならず洗うことね」

「もちよ」

「もち？　どうして、あんた『もち』って言うの？　あんたがここに来てから、一つでも洗うの見たことないわ。あんた自身も含めてね」

「やめなさい、ジジ！」メイヴィスが、くいしばった歯の間から言った。

「でも、見たことないのよ！」ジジは、テーブルの上からセネカのほうへ体を乗りだした。

「わたしたち、物持ちじゃないけど、石鹼だけはあるのよ」

「わたし、洗うって言ったでしょ？」セネカは、あごの下から汗を拭いた。

「どうして袖をまくり上げないの？　あんた、麻薬常用者みたいに見えるよ」と、ジジが言った。

「よく言うわ」メイヴィスはくすくす笑った。

「わたしは麻薬の話をしてるんで、マリファナじゃないよ」

セネカはジジを見た。「わたし、化学薬品を体に入れちゃいないわ」

「でも、昔はやってたんだろ？」

「いいえ、昔もやってなんかいなかったわ」

「じゃあ、あんたの腕、見せておくれ」

「さわらないで！」

「ジジ！」メイヴィスがどなった。セネカは傷ついたように見えた。

「オーケー、オーケー」ジジが言った。

「どうして、あんたはそんなふうなの？」セネカが訊いた。

「悪かったわ。いい？」それは珍しい謝罪だったが、外見上は本気に見えた。

「一度も麻薬やったことないわ。一度もよ！」

「悪かった、って言ったじゃない。ちきしょう、セネカ」

「彼女はいじめ屋なのよ、セン。いつだってチクリと針を刺すんだから」メイヴィスは自分の皿を洗った。「あんたの皮膚に針を入れさせちゃだめよ。そこには血が流れてるんだからね」

「くそっ、黙れ！」

メイヴィスは笑った。「ほら、またはじまった。『悪かった』って言うのが、このていたらく」

「わたし、セネカに謝ったわ、あんたにじゃないよ」

「もうやめましょうよ」セネカはため息をついた。「ワインを開けてもいい、メイヴィス？」

「いいってもんじゃないわ、命令よ。わたしたち、パラスのお祝いしなくちゃ。そうでしょ？」

「それに、彼女の声も」セネカがほほえんだ。

「それに、彼女の食欲も。彼女を見てよ」

カルロスは、パラスの食欲を殺した。彼が彼女を愛していた（あるいは、愛していたように見えた）とき、最初のあのチリドッグ以外、食物はわずらわしいものとなり、コークを飲む口実、外出する理由になった。小学校以来、苦労して落とそうとしていた体重は溶け去った。カルロスは一度も体重の批評はしなかったが、彼女が丸々と太っていた最初のときからとにかくパラスが好きで——彼女を選び、彼女と愛を交わした——という事実のおかげで、彼にたいする信頼感は揺るぎないものになっていた。だから、いちばんやせていたときに裏切られたことが、彼女の恥辱を増した。むりやり湖に隠れねばならなくなった悪夢の事件が、しばらくの間、裏切りに、つまり彼女が母の家から車で逃げねばならなくなった傷に取って代わった。蠟燭に照らされた部屋の暗がりにいても、彼女はそれをささやくことすらできなかった。声は戻ってきたが、自分の恥辱を述べる言葉は、ポリープのようにのどを離れなかった。

クレープのようなトルティヤを覆っている溶けたチーズは、ピリッと辛かった。鶏の細切れは、獣肉のような本当の旨味があった。初物のトウモロコシから滴り落ちている淡色の、ほとんど白いとも言えるバターは、彼女が慣れていたものとはまったく違う。生クリームのような、甘味のある味だ。パンのプディングには、温かい砂糖のソースがかかっている。それから、次から次に出てくるワイン。恐怖、口論、嘔吐、泥のなかのすさまじい喧嘩、闇のなかの涙——その日一日の荒々しいドラマはすべて、食物を嚙む歓びに霧消した。コニーに夕食を運んで行ったメイヴィスが戻ってきたとき、ジジは探していた局を見つけ出し、踊りながら、受信状態をよくするためラジオを開いた裏戸口まで運んでいた。それから、踊りながらテーブルのところに戻って、自分のグラスにもっとワインを注いだ。両眼を閉じ、腰で輪を描き、彼女は両腕を魔法の踊り手の首にまわした。他の女たちは夕食を終えながら、ジジを見守った。前年の最高ヒット曲〈キリング・ミー・ソフトリー〉になったとき、彼女たち全員がジジのあとに続くのに時間はかからなかった。メイヴィスでさえ。最初は別々にパートナーを想像しながら。それから、ペアを組んで相手を想像しながら。

その夜、彼女たちはワインに慰められて、死んだようにぐっすり眠った。ジジとセネカは一つの寝室に。メイヴィスは別の部屋に一人で寝た。パラスも一人で、ゲーム／事務室のソファの上で眠った。そのとき、ノックの音を聞いた。

その若い女は白い絹の靴をはき、木綿のサンドレスを着ていた。そして、まっさらの陶器の皿にウェディングケーキの一切れを載せている。彼女の微笑は堂々としていた。「わたし、もう結婚してるのよ」と彼女は言った。「彼はどこ？　でなければ、彼女だったのかしら？」

その晩おそく、メイヴィスは言った。「わたしたち、彼女に鎮静剤のひとつをあげなくちゃいけなかったわね。何かを」

「彼女は狂ってるのよ」ジジが言った。「わたし、彼女については全部知ってるよ。K・Dがみんな話してくれたもの。彼女は完璧にイカレてるのよ。やれやれ、彼も大変だ」

「どうして、結婚式の夜に彼女はここに来たの？」とパラスが尋ねた。

「長い話よ」メイヴィスは腕にアルコールを軽く叩きつけながら、血のにじんだ引っかき傷を、前にジジからつけられた傷と比べていた。「何年も前にここに来たの。コニーが彼女の赤ん坊を取り上げてやったのよ。でも、彼女はほしがらなかった」

「それで、その子はどこにいるの？」

「マールやパールといっしょだと思うわ」

「誰？」

ジジはメイヴィスをちらと見た。「死んだのよ」

「彼女、それを知らないの？」セネカが訊いた。「彼女は、あんたたちみんなが殺したって言ったわ」

「彼女は完璧に頭がイカレてるって言ったじゃない」

「彼女、そのすぐあと出て行ったの」とメイヴィスが言った。「彼女が何を知ってるか、わたしは知らないわ。赤ん坊を見さえしなかったもの」

彼女たちは、その場の様子をありありと思い浮かべて、言葉を切った。そむけた顔、新生児の哀しげな泣き声を聞きたくないからと耳をふさいでいた両の手。だから、乳首もない。小さな口に入れるものは何もなかった。寄り添ってやる母の肩もない。彼女たちの誰も、そのあと起こったことを知りたいとも、思い出したいとも思わなかった。

「ひょっとしたら、それは彼の子、K・Dの子じゃなかったかもしれない」とジジは言った。「ひょっとしたら、彼女、彼を出し抜いていたのかもしれない」

「それで？　それが彼の子じゃなかったら、どうだって言うの？　彼女の子だったんでしょ」セネカは、傷ついたような声を出した。

「わたしには、わからないわ」パラスはストーヴのほうへ行った。そこには、パンのプディングの残りが置いてある。

「わたしにはわかるわ。ある程度」メイヴィスはため息をついた。「みんなにコーヒーを入れるわ」

「わたしはいらない。ベッドに戻るから」ジジはあくびをした。

「彼女は本当に狂ってた。彼女、無事に帰れると思う？」

「聖セネカ、お願いだから」

「彼女は泣き叫んでたわ」セネカは、ジジをにらみながら言った。

「わたしたちもよ」メイヴィスは、コーヒーを計ってパーコレーターの籠に入れた。

「ええ。でもわたしたち、彼女の悪口は言わなかった」

ジジは歯を吸った。「結婚式の夜に死んだ赤ん坊を探しに来るよりほか、ましなことができない精神病者を何て呼べばいいか、あんたにどうしてわかるの？」

「気の毒って言ったら？」

「気の毒、くそくらえ」ジジは答えた。「彼女はただ、結婚したあのクソ野郎にしがみついていたいだけよ」

「あんた、寝に行くって言わなかった？」

「行くわよ。おいで、セネカ」

セネカは同室者の言葉を無視した。「コニーに言うべきじゃない？」

「何のため？」メイヴィスがピシャリと言った。「ねえ。わたしは、あの女の子をコニーのそばに近寄らせたくないのよ」

「彼女、わたしを噛んだみたい」パラスはびっくりしたように見えた。「見て。これは歯型じゃない？」

「あんた、何したいの？　狂犬病の予防注射？」ジジはあくびをした。「おいでよ、セネカ。へい、パラス。気持ちを楽にしなさいな」

パラスはにらんだ。「わたし、独りでここに寝たくない」

「誰が寝なくちゃいけないって言った？　あんたがそう望んだのよ」

「二階には、余分のベッドはないわ」

「あら、なんてこと」ジジは廊下のほうへ歩きはじめ、セネカがあとに続いた。「なんて赤ん坊なの」

「言ったでしょ。他のベッドは地下室にしまってあるのよ。明日、一台出してあげるから。今夜はわたしといっしょに寝ればいい」とメイヴィスが言った。「心配しなさんな。彼女、戻ってはこないわよ」彼女は裏のドアに錠を下ろし、それから立ったまま、コーヒーが濾過されるのを見守った。「ところで、あんたの名前、何ていうの？　つまり、苗字のほうだけど」

「トルーラヴよ」

「冗談でしょ。それで、お母さんがパラスって名前つけたの？」

「いいえ、父です」

「彼女の名前は何ていうの？　あんたのお母さん」

「ディー・ディー。ディヴァインの約《つづ》まった形なんです」

「おおおお、すてき。ジジ！　ジジ！　あんた、聞いた？　彼女の名前はディヴァインだって。ディヴァイン・トルーラヴだって」

ジジは走り戻ってきて、戸口から頭を突き出した。セネカも。

「そうじゃないってば！　それは、母の名前なんです」

「彼女はストリッパー？」ジジはにやにやしている。

「芸術家よ」

「あの人たちみんな、芸術家よ、ハニー」

「彼女をからかわないで」とセネカがつぶやいた。「一日中大変だったんだから」

「オーケー、オーケー、オーケー。おやすみ……ディヴァイン」ジジは、ドアからもう一度消えた。

「彼女の言うこと、気にしないで」セネカが言った。それから、出ていくとき、すばやくささやいた。「彼女、心が狭いんだから」

メイヴィスは相変わらずほほえみながら、コーヒーを注ぎ、パン・プディングを切った。彼女はパラスに給仕してやり、パラスの隣に腰を下ろして、コーヒーの湯気をふうふう吹いた。パラスはデザートの三切目を突ついた。

「歯型を見せて」とメイヴィスが言った。

パラスは横を向き、Tシャツの首を引っ張って、肩を出した。

「おおおお」メイヴィスはうめいた。

「ここじゃ、毎日がこんなふうなの?」パラスは彼女に訊いた。

「いいえ、とんでもない」メイヴィスは傷ついた肌を撫でてやった。「ここは、地球上でいちばん平和なところよ」

「明日お父さんに電話かけるところへ連れて行ってくださる?」

「ええ。朝いちばんに」メイヴィスは撫でるのをやめた。「あんたの髪が気に入ったわ」

二人は夜食を黙って食べた。メイヴィスがランプを取りあげたので、台所は闇に包まれた。彼女たちがメイヴィスの部屋のドアの前に来たとき、彼女はそれを開こうとしなかった。凍りついたように立っている。

「あれ、聞こえる? あの子たち、幸せなのよ」彼女は、笑っている唇を覆って言った。

「わたしには、わかってた。あの赤ん坊が好きなのよ。本当に大好きなの」彼女はパラスのほうに向いた。「あの子たち、あんたも好きよ。あんたはディヴァイン(神々しい)だって考えてるもの」

パトリシア

緑と赤の切り抜き細工用紙から切り取られたベルと松の木が、食堂のテーブルの上に小綺麗に積み上げられている。みんな出来上がった。キラキラ光る照明さえあれば、飾りつけは完成だ。去年、彼女は、小さな子供たちに飾りつけをやらせるという間違いをおかした。彼らの指や肘から膠《にかわ》を洗い落とし、髪やほおから銀のかけらを拾い上げたあとで、とにかく大半の装飾をやり直さねばならなかった。今回彼女はベルや木を手渡す一方で、膠の雫もいちいち自分で監視するつもりだった。学校のクリスマス劇を上演するために、町中が手助けをしたり、おせっかいを焼いたりした。年配の男たちは演壇の修理をして、まぐさ桶を組み立てた。若い男たちは新しい宿屋の主人たちを作って、仮面をペンキで塗りかえた。女たちはベビー人形を作り、子供たちはクリスマスの晩餐のご馳走の色つきの絵を描いた。大部分がデザートだった――ケーキ、パイ、ステッキ型キャンディ、果物――

焼いた七面鳥の絵は、小さな指には難しすぎたからだ。小さな子供たちがベルや松の木を銀色に塗り終えると、パトリシア自身がその天辺に輪を取りつけた。東の星はハーパーの役割だった。彼は毎年、修理がいらないかどうか調べ、先が尖っていて、黒い布の空を背景にちゃんと光って見えるかどうか確認した。彼女は、老ネイサン・デュプレイがもう一度開会の挨拶をしてくれるだろう、と思った。とてもいい人だが、要点を離れないで、うまくやりおおせることができないのだ。教会のプログラム――説教、聖歌、子供たちの暗唱、つっかえたり、泣いたり、何も言葉が出なくなったりしないで、上手に暗唱できた子供たちへのご褒美などがある――のほうがもっと正式だったが、聖子降誕を特徴とした全町民を巻きこむ学校のプログラムのほうがずっと古く、教会ができる以前から行なわれていた。

最近とは違い、一九七四年の十二月の日々は暖かく、風が強かった。空はコーラスガールのように振る舞っていた。淡色の憂鬱な朝を、夕方、派手な色のリボンと取り替えたのだ。火山が動き、無慈悲な空の下で溶岩がたちまち冷える創世記の時代からさっと吹き下ろしてきた鉱物の匂いが空に漂っている。冷たい石をみがいて、彫刻を施し、最後には、岩石収集家が愛するような断片に崩してしまう風。かつてはシャイアン／アラパホ族のなびく髪を吹きあげたのと同じ風が、バイソンのたてがみの固まりを肩から分けて、お互いに相手が近いことを知らせた。

彼女は一日中、そしていまも、鉱物の匂いに気がつき、答案の点つけと飾りつけを終わったので、コーラスガールの空で繰り返しのショーが見られるかどうか点検した。しかし、もう終わっていた。ただいくつかのライラック色の雲が、デイグローの太陽を追いかけているだけだった。

彼女の父親は、夕食の食卓で計画中のガソリン・スタンドについて滔々と述べた独白で疲れきり、早々と寝に行っていた。イーグル・オイル会社が彼をあおっていた――大きな石油会社に話しても無駄ですよ。ディークとスチュワードは乗り気で、誰かを説得して土地を売ってもらえるなら、ローンを承認しようと言っていた。したがって、問題はどこに作るか、ということになった。アンナの店の向かいか？　いい場所だが、ホーリー・リディーマー教会はそう考えないかもしれない。じゃあ、北にするか？　サージャントの飼料種苗店の隣は？　顧客は大勢いるだろう――誰もガソリン買いにわざわざ九十マイルも遠くへ行きたくないし、住んでいるところにガソリン・タンクを置きたくもないだろう。道路は？　ルビーの南北に走る舗装道路を延長して、郡道路に接続している二本の泥道は、どうにかしなければならない。もし彼が営業許可を取ったら、郡が両方をタールマカダム舗装道路にしてくれるかもしれない。しかし、それが問題だ。地元の人々にこの請願に賛成してもらうのはむずかしい――年寄りは、戦闘を開始するだろう。彼らは郡道路から離れていて、道に迷った人々か事情通の人たちだけしか来ない、というのが好きなのだ。

「だが、考えてみろ、パッツィ。ちょっと考えてみろ。おれは車やエンジンを修理して、タイヤや、バッテリーや、ファン・ベルトを売ることもできるんだ。ソーダ水も。アンナの在庫にないものを。彼女を怒らせても意味ないからね」

パトリシアはうなずいた。とてもいい考えだ、と彼女は思った。父の考えることはみんないい。彼の獣医の仕事（非合法だった――免許を持っていなかったから――が、いったい誰が事情をよく知っていて、ウィズダム・プールが母馬の産道にひっかかった小馬をぐいと引き出すのを手伝ってもらうために、百マイル車を飛ばしたがるだろうか？）。解体処理業務（彼のもとへ殺した雄の仔牛を持ってくるがいい――彼は皮を剝ぎ、断ち割り、肉を切り分け、冷蔵してくれる）。そして、もちろん救急車／死体処理の仕事がある。彼は医者になりたくて、その勉強もしたので、彼の事業の大部分は病人や死者の処置と関係があった。ガソリン・スタンドの思いつきは、彼女がおぼえているかぎりでは、外科に関係のない最初の提案だった。（彼がエンジンの分解のことを話したときは、目が輝いたけれど）彼女は、彼が医者だったらいいのに、医学校に入学させてもらえたらよかったのに、と思った。そうしたら、今日、母はひょっとしたら生きていたかもしれない。でもやっぱり生きていなかったかもしれない。デリアが死んだとき、たぶん彼は、死体処理学校の代わりにミーハリーに行っていたことだろう。

パットは階段を上がって寝室に入り、晩の残りを歴史の企画の仕事をして過ごそうと心を決めた。あるいは、かつては歴史の企画だったが、いまでは、それと関係がなくなった仕事と言ったほうがよいかもしれない。それは、ルビーの町民にたいする贈り物としてはじまった——系図の集大成だった。十五家族の各々の系図。さかさまになった木。幹は空中に突き出し、枝々は斜めに下がっている。木々が完成したとき、彼女は、誰が誰から出たかという枝を注で補足しはじめた。たとえば、彼らがどんな仕事をしたか、どこに住んだか、どの教会に所属していたか、というようなことを。いくつかの気の利いたタッチ（トーマス・ブラックホースの妻のミッシー・リヴァーズはミシシッピー川《リヴァーズ》のそばで生まれたのだろうか。彼女の名前が示唆することは……）は、自伝を書かせた生徒たちの作文から収集した。だが、もうこの方法は使えなくなった。子供たちがゴシップを聞かせろとか、個人的な情報、または、秘密とさえ言えるものを暴露するよう頼まれるといって、父兄から苦情が出たからだ。その後、注の大部分は人々との話とか、聖書を見せてくれと頼むとか、教会の記録を調査するとかして集めた。彼女が手紙や結婚証明書を見せてくれと頼んだところ、仕事はうまくいかなくなった。女たちは目を細めてから、微笑して、コーヒーを入れ直しましょうと言った。目に見えない扉が閉まり、会話は天気の話に移った。しかし、彼女はそれ以上の調査をしたくもなかったし、必要でもなかった。家系樹はなおときどき書き替える必要があったが——誕生、結婚、死——注が増えるにつれて、補足的な注にたいする彼女の関心も増してきた。その結果、彼女は客観的な評言という見せかけはすっかり捨てた。この企画は、彼女自身の目以外、どんな人の目にも不適切なものになった。いまは、「m.（既婚のしるし）」が冗談、夢、法律の侵犯になりかねない時代になった。法律の侵犯という点では、挫折感のあまり、彼女は親指の爪を噛んでいたものだ。母のように、一つの名前しか持っていなかった女たちは、どういう人間なのか。セレスト、オリーヴ、ソロウ、イヴリン、パンジー。ありふれた苗字を持っていた女たちは、どういう人たちなのか。ブラウン、スミス、リヴァーズ、ストーン、ジョーンズ。また、結婚した相手の男によってアイデンティティを決められた女たち――結婚が適用される場合は――がいる。モーガン、フラッド、ブラックホース、プール、フリートウッド。ダヴィは、モーガン家の聖書を数週間貸してくれた。しかし、彼女はブラックホース家の聖書を二十分見ていただけで、さらに先に進むには、また、ルビーの十五家族、ヘイヴンにおける彼らの祖先、さらにさかのぼってミシシッピーや、ルイジアナの祖先たちを正確に記録するためには、新しい種類の木が必要だということを確信した。空虚な時間を充たすためにはじめた自発的な行動は、悪感情の筋がついた重労働になった。こうした悪感情は、隣人についてあまりに多くのことが知られてくると、花粉のように皮膚の上に貼りついた。町の公的な物語には、説教壇上で入念に磨き上げ、日曜学校のクラスや儀式のさいの講演から練り上げたたくましい公的生命がある。どんな脚注も、亀裂の発見も、質問も、鋭い想像力と、口承の歴史に飽き足りない頭脳のしっかりした忍耐力を必要とした。パットは、可能な場合には物語の裏付けとなる文書の証拠がほしかった。証拠が手に入らない場合は解釈した——自由に、だが洞察力を働かせた、と彼女は思う。というのは、彼女だけが、こういう作業に必要な感情的距離を置くことができたからだ。彼女だけが、ブラックホース家の聖書中なぜイーサン・ブラックホースの名前に横線が引かれているのか、モーガン家の聖書では、ゼカライアの名前の隣にある大きなインクのしみが何を隠しているかを、見抜くことができた。彼女の父は、あることは話してくれ、他のことについては話そうとしなかった。ケイトやアンナのような女友達は率直だったが、年配の女性たち——ダヴィ、ソーン、ローン・デュプレイ——は、ほんの少ししか話さず、たいていのことは仄めかすだけだった。「ああ、あの兄弟は何だか意見が合わなかったらしいわよ」ソーンが名前を抹消された大おじについて言うのは、それだけだった。それ以上は、一言も言わなかった。

九組の完全な大家族が最初の旅をした。彼らは、オクラホマ州フェアリで拒絶されて、追い出され、旅を続けて、ヘイヴンを築いた。彼らの名前は伝説になっている。ブラックホース、モーガン、プール、フリートウッド、ボーチャンプ、ケイトー、フラッド、それに両デュプレイの家族たち。彼らの兄弟姉妹、妻、子供たちを入れると、彼らは全員で七十九人か八十一人になる（二人の盗まれた子供たちを数に入れるか入れないかで、この差が出る）。他の家族のばらばらの縁者たちも、彼らといっしょにいた。姉妹が一人、兄弟が一人、四人の従兄弟、死んだ兄弟、姉妹、姪、甥たちの子供たちの世話をしているおばさん、大おばさんたちの一隊。右の数字に加わるほぼ五十人のこれらの縁者たちの切れぎれの物語は、ピクニックや教会の晩餐会でのゴシップや思い出話、家庭内の雑用や髪結いについての女同士の話として、パットの生徒たちの作文に顔を出した。孫娘に頭皮を引っかいてもらっている間、床の上にすわっている祖母は、大声で回想するのが好きだった。そんなとき、出てきた話の断片が、子供時代についての空隙や、成人してからの時代にまつわる曖昧な点を、火花のように照らしだすのだ。逸話が、キャンプファイアのとき彼らを取り巻いた空間をよみがえらせ、冗談が、眠る間も握って離さない記念品——指輪、懐中時計——を描き出し、彼らがまとっていた服を描写する。兄弟の大きすぎる靴、大おばのショール、妹のレース飾りのついたボンネット。彼らは、旅人を見かけて合流させてくれと頼んできた、十二歳から十六歳までの男女の孤児の話をした。また、さらってくるしかできなかった二人のよちよち歩きの子供についても話した。子供たちが見つかった環境では、それ以外に方法がなかったからだ。もう八人。そういうわけで、総勢約百五十八人が、旅を終えた。

彼らがフェアリの外れに着いたとき、ドラム・ブラックホース、レクター・モーガンと兄弟のプライオアとシェパードが名乗りをあげに行くことに決まり、その間他の人たちはゼカライアといっしょに待つことになった。その頃ゼカライアは、片足があまりにも悪化して、介護がなければ、未知の男たちの前でまっすぐ立つことはできなくなっていた。彼が名乗りをあげに行くとしたら、その未知の男たちの尊敬を要求しなければならず、彼らに憐れまれたら、真二つに折れてしまったことだろう。彼の足には、弾丸が貫通したのだった——誰が、何ゆえに、という背景は誰も知らなかったし、認めもしなかった。物語の要点は、弾丸が入ったとき、彼が叫びもせず、足をひきずって逃げもしなかった点にあるらしいからだ。彼が後ろに控えて、代わりに友人や息子たちに語ってもらわねばならなかったのは、この傷のためだった。しかし、結果的には、それが恵みとなった。実際の「拒絶」を目撃しないですんだからだ。また、他の人間に向けた信じがたい言葉が人間の口から、一つの点をのぞいてすべての点で彼らに似た人間の口から出るのを聞かないですんだからだ。その後、この人々はもはや、九組の家族に何人かが加わったものではなくなった。彼らの身にふりかかった極悪非道の行為によって、固く結ばれた旅人の一団となった。白人に対する恐怖は発作的だが、抽象的だった。彼らは明快な憎しみを、彼らを侮辱した男たちに向けた。最初は排除し、それから、その追放状態で生きるための主食を提供するなど、言葉で表現することもできないほど矛盾したやり方で侮辱した男たちに。ヘイヴンやルビーの町民たちについて誰もが知りたいと思うことはすべて、何よりも、その一つの拒絶から派生した事柄にあった。だが、この派生からの派生は、別の話だった。

パットは窓のところへ行って、窓を押し開けた。母の墓は庭の端にある。風が、まるで黒いちりめんの空からスパンコールを外そうとしているかのように、ひゅーひゅーと吹いていた。ライラックの茂みが家の側面を叩いた。かすかな鉱物の匂いは、大気中の夕餉の匂いで打ち消されていた。パットは窓を閉め、記録に追加項目を書き込む準備をしようと机に戻った。

アーネットとK・Dは昨年四月に結婚し、来年三月に子供が生まれる予定だった。つまり、ローン・デュプレイがそう言った。ローンはそういうことに詳しかった。ローンは盗まれた子供の一人だ。フェアリ・デュプレイが、芝土の家のドアの外で岩のように静かにすわっている彼女に気がついた。汚れた環境のなかの黙せる子供の姿は、彼らが出会ったもう一枚の寂しい絵に留まったはずだが、ただその場の悲惨さはどうにも許しがたかった。当時フェアリは十五歳で、頑固だった。彼女とミッシー・リヴァーズが調べに行った。家のなかには死んだ母親がいて、パンの一かけらも目にとまらない。ミッシーはうめいてから、つばを吐いた。フェアリは「ちくしょう。主よ、お許しください」と言って、赤ん坊を抱きあげた。二人が他の人に見てきたことを話すと、七人の男がシャベルを取った。ドラム・ブラックホース、彼の息子のトーマスとピーター、レクター・モーガン、エイブル・フラッド、ブルード・プール・シニアとネイサン・デュプレイの父親のジュヴェナル。彼らが掘っている間に、フェアリは赤ん坊に水に浸したトウモロコシケーキを食べさせた。プレイズ・コンプトンがペティコートを裂いて、赤ん坊を包んでやった。フルトン・ベストは、がっしりした十字架を作った。両脇を二人の息子、シェパードとプライオアにはさまれ、だめになった足を踵の上にきちんと立てたゼカライアが、埋葬の祈禱を捧げた。娘のラヴィング、エラとセラニーが、墓に入れるピンクのノコギリソウの花を摘んできた。子供をどうするか――どこにあずけるか――について、まじめな討議が交わされた。男たちは頑固に、半分飢えた赤ん坊を四分の一飢えた自分たち自身の子供たちに付け加えまいとするように見えたからだ。だが、フェアリが大変な闘志をみせたので、一同の反対は弱まり、そのあとフェアリはビティ・ケイトーと名前の件で話し合った。ここでもフェアリが勝ち、赤ん坊をローン（寂しい、孤独などという意味）と名づけた。彼らは、そういう状態の彼女を見出したからだ。彼女はいまだにローンだった。一度も結婚しなかったからだ。そして、彼女を育て、産婆術について知ってるかぎりの技術を教えこんだフェアリが死んだとき、ローンはすぐその衣鉢を継いで、万人の誕生の仕事を引き受けた。ただ、アーネットはいま、どうしてもデンビーの病院に行って子供を産むと言い張っている。それは、骨の髄までローンを傷つけた（彼女はいまだに、ちゃんとした女は家で赤ん坊を産むもので、酒場の女だけが病院で分娩すると信じていた）。しかし、フリートウッド家の最後の障害のある赤ん坊が生まれて以来、ローンはまったく健康な母親の三十二人の健康な赤ん坊を取り上げたという事実があるにもかかわらず、フリートウッド家の人々はいまだに、スウィーティとジェフの子供たちについては彼女にも一半の責任があると考えていることを、彼女は知っていた。それでローンは、アーネットの予定日は一九七五年の三月だということ以外、何も言わなかった。

パットはモーガン家のファイルを見つけ出し、これまでのところ、一行しか書いていない箇所を開いた。

カフィ・スミス（K・Dとしても知られる［ケンタッキー・ダービーのように］）

アーネット・フリートウッドと結婚。

彼女はもう一度、ルビー・モーガンが結婚した青年はどんな人だったのか、と考えた。彼女の兄たちの軍隊の友人だと、言われている。しかし、どこの出身だろう？　彼の名前、カフィは、ゼカライアが副知事に立候補するため改名した前の名前と同じだ。苗字のほうは、これ以上ないというほどありふれている。彼はヨーロッパで殺された。だから、彼を十分よく知っている人はいない。妻さえよくは知らなかった。彼の写真を見ると、息子にスミス一等兵の面影は全然ないことがわかる。K・Dは、ブラックホースとモーガン家の血を鏡のようによく映している。

K・Dとアーネットの項の下にはあまり空間がなかったが、パットは、たぶん二人には大した空間は要らないだろうと考えた。来年生まれる予定の赤ん坊が生きのびたとしたら、一人っ子になるのは確実だ。アーネットの母には、二人しか子供がなかった。その一人は、障害児の父親だ。それに付け加えて、これらのモーガン家の子孫は、初期のモーガン一族のように多産ではない。彼らはゼカライアとは大違いだ。

ゼカライア・モーガン（本名カフィ。ビッグ・パパとしても知られる）ミンディ・フラッドと結婚。［注意せよ。アンナ・フラッドの大おば］

ゼカライアには十四人子供があり、そのうち生き残ったのは九人だった。パットは彼らの名前に指を走らせた。プライオア・モーガン、レクター・モーガン、シェパード・モーガン、エラ・モーガン、ラヴィング・モーガン、セラニー・モーガン、ガヴァナー・モーガン、クィーン・モーガン、スカウト・モーガン。スクリップ黒インクで余白にさっと書きこんである昔の注の一つは、次のように述べている。「彼らが妥協して、女の子に支配的で、権威のある名前をつけるには、七人の子供が生まれるまで待たねばならなかった。彼らは彼女を〝クィーニー〟と呼んだと思う」。もう一つの評言は、ゼカライアの名前のところから矢印が出て、ページの裏まで広がっている。「彼は改名した。カフィ（Coffee）というのは、生まれたときの名前である――おそらくは、Kofiの綴り間違いであろう。また、ルイジアナ州のモーガン家の人々も、ヘイヴンのモーガン家の人々も、モーガンという名の白人の家で働いたことはないので、彼は苗字と名前を、気に入ったものカライア（日本語聖書ではザカリヤ）か、バプテスマのヨハネの父親のゼカライアか？　呪いの巻き物と、枡《ます》に入った女たちを見たゼカライア。ヨシュアの汚れた服が礼服に変わるのを見たゼカライア。不服従の結果を見たゼカライア。慈悲や憐れみの情を見せなかった罰は、あらゆる民族の間への四散と、富裕な土地が荒涼たる土地に変わる悲劇だった。こうしたことすべては、ゼカライア・モーガンの場合にぴったり当てはまる。呪いと、鉛の蓋のついた枡《ます》に押し込まれて、家のなかに隠された女たち。だが、とりわけ、四散が当てはまる。四散は彼を脅かしたはずだ。グループや、部族や、しっかり結合した家族の崩壊。カフィの場合には、バンカー・ヒル以前からいっしょに暮らすか、互いに近くに暮らしていた家族集団の分裂。彼は、自分の知っている人々全員が分裂させられ、見知らぬ国のそれぞれ違う地域へ投げこまれ、互いに見知らぬ者になっていく恐怖を想像するのに、何の苦労も要らなかっただろう。一家族の特徴となるあごの線や、別の家族のものとわかる目つきや歩き方の区別ができなくなるのを恐れたことだろう。自分自身が三世、四世の孫の世代に再形成されるのを見られない恐怖。自分の前の世代がどこに埋められているか、知らなければ、どういうふうに連絡を取ればいいか、わからない恐怖。それが、カフィが自分で選んだゼカライアの姿だったろう。もし彼が、力強い牧師が語る王座につくヨシュアの話を聞いたなら、それが彼に訴えかけたことだろう。彼は王、ヨシュアに因んだ名前をつけようとはせず、カフィが多少知っていた事柄について神と天使が普通に話しかけた目撃者の名前をつけたのだ」

彼女がスチュワードに、彼の祖父はどこから苗字を取ってきたのかと訊いたとき、彼は鼻を鳴らして、もともとはモーガンではなくモインだと思う、と言った。でなけりゃ、ル・モインか、そんなようなもんさ。だが、「彼をブラック・カフィと呼んだ人たちもいたんだよ。おれたちは彼をビッグ・パパと呼び、おやじをビッグ・ダディと呼んでいたけどね」。それで終わりだというように。少し侮辱されたような顔をして。彼自身は、ビッグであろうとなかろうと、パパでもダディでもなかったからだ。モーガン家の家系は、多産系ではなかったからだ。ゼカライア（ビッグ・パパ）の息子の一人、レクターには、妻ベックとの間に七人の子供があったが、四人だけが生き永らえた。すなわち、エルダーと、双子のディーコンとスチュワード、それにK・Dの母親のルビーだ。エルダーは妻スザンナ（スミス）・モーガンと六人の子供を残して死んだ——息子たちは、全員がヘイヴンから、北部の州に引っ越した。ゼカライアが知ったら、きっと嫌がったことだろう。引っ越しは、彼にとっては「四散」だったから。彼は正しかった。というのは、確かに、そのとき以来、富がふくれあがっていく間でさえ、多産性はしぼんでしまったからだ。金が多くなればなるほど、子供の数は少なくなった。子供の数が少なくなればなるほど、その少ない子供に与える金は多くなった。最も富裕な人々——ディークとスチュワード——が、K・Dの結婚の結果にあれほど熱心になっているのは、十分な金を蓄積したという意識があるからだ。少なくとも、パットはそう考えていた。

しかし、彼ら全員が、すなわち、完璧な九家族の各人、全員が、名前のあとに彼女の選んだ小さなしるしをつけられていた。8-R。炭坑の深い、深い層につけられた名前、八岩層の略称だ。背が高く、優雅で、青黒い肌をした人々。その澄んだ大きな目は、彼らのような八岩層ではない人たちにたいして彼らが本当にどう感じているかはまったく語らない。ルイジアナ地域がフランス領だったとき、スペイン領になったとき、再度フランス領になったとき、次いでジェファースンに売られ、一八一二年に州になったとき、そこにいた人々の子孫。一部はスペイン語、一部はフランス語、一部は英語から成る独自の方言を話す人々。南北戦争のあと、白人に挑戦し、白人から隠れて、ルイジアナの小作人として留まり、働くためにできうるかぎりの努力をした人々の子孫。地域の事情に通暁した得難い存在が買われて、三人の子供たちが州議会や郡役所での統治に選出された人々、不正な行為の証拠もなしに遠慮会釈なく役所から放り出されたとき、彼らが他の知的労働に従事するのを不可能にした本当の理由かもしれないと推測したものを、信じようとしなかった人々の子孫。役所から追放されたり、辞職を勧告されたりした（ミシシッピー、ルイジアナ、ジョージア諸州で）黒人の大半が、一八七五年のパージのあと、さほど影響力はない地位ながら、それでもホワイトカラーの仕事に就いた。サウス・キャロライナ州出身の一人は、道路掃除人として生涯を終えた。しかし、彼らだけ（ルイジアナのゼカライア・モーガンとジュヴェナル・デュプレイ、ミシシッピー州のドラム・ブラックホース）が貧乏と（どちらか、または両方）農業労働に落とされた。国家再建のための栄光に満ちた五年間のあとに続く、綿花、木材、または米作関係の肉体労働を求めた十五年間。彼らは、自分たちの不運中の不運は、彼らを他の黒人の同僚たちからはっきりと区別する唯一の特徴のためではないかと、疑いつつ、なお口に出して言わなかったに相違ない。八岩層。一八九〇年に、彼らはすでに百二十年この国にいたことになる。そういうわけで、彼らはお互いと、この歴史、これらの歳月と、腐敗することのない立派な人格を保持して、「脱出路《ラン》」まで歩いた。こうしてミシシッピーやルイジアナからオクラホマまで歩き、注意深く折りたたんで靴のなかに入れておくか、たたんで帽子の縁にはさんでおいた広告に述べられていた場所に着いたのに、追い払われたのだ。今回、理由はこの上なくはっきりしていた。十世代というもの、彼らは、これまで無くそうと戦ってきた差別は自由対奴隷、金持ち対貧乏人の差別だと信じていた。つねに、ではないが、ふつう、白人対黒人の差別。ところが、いま、彼らは新しい差別を見た。肌の色の薄い黒人対黒い肌の黒人。おお、白人の頭のなかでは違いがあると知ってはいたものの、これまで、黒人自身にとってそれが重要であり、重大な結果を招くとは考えたことさえなかった。彼らの娘たちが花嫁として避けられ、彼らの息子は最後になるまで選ばれず、社交の場で彼らの姉妹といっしょにいるのを見られると黒人自身がきまりの悪い思いをするほど重大であるとは。彼らが当然と思ってきた人種的純粋さのしるしが、汚辱であろうとは。彼らを枯渇させると信じて、ゼカライアが恐れていた四散は、いま、さらに危険なレベルの悪となった。というのは、彼らがもし分裂したり、不純な人々から侮られたりしたら、そのときは、死と同じほど確実に、この十世代は未来永劫に子供たちの平和を脅かすからだ。

パットは、八岩層の男たちの次の世代がゼカライアが恐れていたように四散して軍隊に入ったら、この問題はおしまいになって、なくなるだろうと確信していた。おしまいになって、なくならねばならない。彼らが「拒絶」と呼ぶ排斥は火傷に等しく、その傷ついた組織は一九四九年には麻痺していた。そうではないか？　いいえ、違う。その特定の戦争を生き延びた人々はただちに帰郷して、ヘイヴンのなれの果てを見た。そして、他の黒人兵士の睾丸がなくなっていたことや、南部の田舎者の一隊や南軍兵士たちから勲章がもぎ取られていたという話を聞き――「拒絶」第二部を認めた。それはちょうど、「戦争に疲れきった兵士たち！　帰ってくるな！」と書いたパレードの旗を見ているような感じがしたことだろう。それで、彼らは再び旅をした。ちょうど最初の旅人たちが、最初の町で冷遇されたあと、けっして他の黒人町を探さなかったように、この世代はどの組織にも属さず、内戦にも加わらなかった。彼らは八岩層の血を固め、いつもの傲岸さを失わず、さらに西へ行った。新父祖たちは、ディーコン・モーガン、スチュワード・モーガン、ウィリアム・ケイトー、エイス・フラッド、アーロン・プール、ネイサン・デュプレイ、モス・

デュプレイ、アーノルド・フリートウッド、オシー・ボーチャンプ、ハーパー・ジュリー、サージャント・パースンン、ジョン・シーライト、エドワード・サンズ、それからパットの父のロジャー・ベスト。ロジャーは血の掟を破った最初の人間だった。誰も認めていなかった掟が、存在していたのだ。ミシシッピー出身の連中が、「拒絶」したのは肌の色の薄い黒人だったことに気がつき、それを記憶に留めたときに確立された掟。「拒絶」したのは、青い目、灰色の目、上等のスーツを着た黄色い男たちだったが、物語によると、彼らは親切なところもあった。食物と毛布を彼らにやり、彼らのために募金までしたが、八岩層の男たちが一晩以上滞在するのを拒絶した点では頑固だった。物語では、ゼカライア・モーガンとドラム・ブラックホースが、女たちに食物を食べることを禁じたという。また、ジュープ・ケイトーは、毛布をテントのなかに残し、そのいちばん上に三ドル九セントの寄付金を置いてきたという。だが、ソーンは、祖母のセレスト・ブラックホースがひそかに引き返し、食物を取ってきて（だが、金は取らなかった）、子供たちに分けろと言って、妹のサリー・ブラックホース、ビティ・ケイトー、プレイズ・コンプトンにひそかに渡した、と言った。

そういうしだいで掟ができ、掟は静かに生き続けた。ゼカライアがオーヴンの口に灼きこんだヒントをのぞいては、掟はけっして語られることはなかったからだ。あれは掟以上のものだった。なぞだった。「神の額の皺に用心しろ」。この言葉のなかの「汝」という呼びかけは（了解ずみで文字には表わされていないが）信者にたいする命令ではなく、彼らを拒絶した人々にたいするおどしの言葉だった。彼が、幾重もの意味を持ったこれらの言葉――まったくその通り――を考え出すには、何ヵ月もかかったにちがいない。厳しく、神への服従をうながしているように見えながら、狡猾に、了解済みの固有名詞の本体を明示せず、神の皺が降りかからせるかもしれない事柄も対象となる人間も特定しない言葉。だから、マイズナーが組織した十代の若者たちがそれを「神の額の皺になれ」と変えたがったのは、彼らが考えていた以上に洞察力に富む行為だった。彼らがミーナスにしたことを見るがいい。ミーナスに強要して、結婚しようと彼が連れてきた女を返すか、帰らせたのだ。ヴァージニアから来た、かわいい砂色の髪をした少女。ミーナスは彼女のために買った家を失い（あるいは、無理矢理放棄させられた）、それ以来しらふだったことがない。そして、週末ごとのミーナスの泥酔を彼らはベトナムの記憶のためだと言い、また、ミーナスが彼らの髪を刈ってやるとき、彼といっしょに笑うが、パットはミーナスを見て、絶望状態にある愛を知った。彼女はその愛をミーナスの目のなかに見、同様に、父の目のなかにも見た。企業的冒険で隠そうとしながら、ほとんど隠しおおせていない父の愛を。

パットはK・Dのページをしまう前に、急いで余白に書きつけた。「誰かがアーネットを殴った。みんなが言うように、修道院の女たちだろうか。あるいは、秘密にしてあるけれど、K・Dだろうか」。それから、彼女は〝ベスト、ロジャー〟のファイルを出した。

タイトル・ページの裏には、次のようなラベルが貼ってある。

ロジャー・ベスト　デリアと結婚

彼女は次のように書いた。「父さん、みんながわたしたちを憎んでいるのは、母さんが父さんの最初の顧客だったからではないのです。母さんが貧乏白人のように見え、わたしのような貧乏白人に見える子供たちを持つことになったので、憎んでいるのです。わたしは、父さんのような、彼らのような八岩層の男、ビリー・ケイトーと結婚したけれど、父さんやみんなにはわかっていたように、薄い色の肌を娘に伝えました。シーライト家の人々と結婚したサンズ家の多くの人々が、確実に子供たちが他の八岩層の家族と結婚するよう、どんなに注意していたか、見てください。わたしたちは、最初の目に見える異常者だったのです。しかし、肌の色とは何の関係もない、目に見えない異常者もいました。夫婦はみんな牧師さんが司式する結婚をしたがっていて、そういう結婚をした人たちは大勢いることを、わたしは知っています。しかし、フェアリ・デュプレイが「引き継ぎ」と呼んだことを実施した人たちも大勢いました。若い未亡人が、独身男性の家を引き継ぐかもしれません。やもめ男が友人や遠い縁者に、思わしい結婚相手のいない娘を引き継ぐことができるかどうか、尋ねるかもしれません。ビリーの家族のように。彼の母親のフォーンはブラックホース家の生まれでしたが、彼の祖母のおじ、オーガスト・ケイトーに引き継がれました。あるいは、別の言い方をすれば、ビリーの母は彼女自身の大おじの妻だったのです。さらに、別の言い方をすれば、わたしの夫の父親、オーガスト・ケイトーは祖母の（ビティ・ケイトー・ブラックホースの）おじであり、それゆえビリーの大曾おじでもあるのです。（ビティ・ケイトーの父親のスタール・ケイトーは、オネスティ・ジョーンズという女性を引き継ぎました。娘にフレンドシップという名前をつけると言い張ったのは、彼女にちがいありません。おそらく、生涯の残りの間、子供がビティと呼ばれるのを聞いて怒っていたはずです）ビティ・ケイトーはピーター・ブラックホースと結婚し、彼女の娘のフォーン・ブラックホースはビティのおじの妻であり、ピーター・ブラックホースはビリー・ケイトーの祖父ですから――そう、血の掟の問題がおわかりでしょう。遠い、ということはわかってます。オーガスト・ケイトーが少女のフォーン・ブラックホースを引き継いだとき、彼は老人でした。それに、ブラックホースの許可がなければ、絶対にそれはやらなかったでしょう。その上、もし浮いた評判の持ち主だったら、彼はけっして許可をもらえなかったでしょう。というのは、結婚外の交合や引き継ぎはいやな顔をされるばかりでなく、当人を完全に追放することもあり得るからです。だから、不倫者は荷物をまとめて出ていったほうが身のためでした。イーサン・ブラックホース（ドラムの末の弟）と、ソレイスという名の女の場合のように（これが、彼の名前に横線が引かれていたわけを語ってくれるでしょう)。また、ミーナスの母親のマーサ・ストーンの場合も、確かにこのケースだと思われていました(結局ハーパー・ジュリーは、妻が自分を裏切った相手を誰と考えればよいか、決めることはできませんでしたが)。そういうわけで、オーガスト・ケイトーは誘惑や、家族の外に目を向けるという考えを避け、トーマスとピーター・ブラックホースに、ピーターの娘のフォーンをくれるよう頼みました。彼女には一人しか、つまり夫のビリーしか、子供ができなかったのは、たぶん彼が老齢だったためでしょう。それでも、ブラックホース家の血はそこにあるわけで、そのため、わたしの娘のビリー・デリアはソーンとダヴィにとって五段階(?)離れた従妹に当たります。ピーター・ブラックホースはトーマス・ブラックホースとサリー・ブラックホースの弟で、トーマス・ブラックホースはソーンとダヴィの父親だからです。さて、サリー・ブラックホースはアーロン・プールと結婚して、十三人の子供を産みました。その一人にアーロン・プールという名前をつけようとしましたが、サリーが怒りの発作を起こしたので、アーロンは、どんな人の予想よりも陰鬱なユーモアをこめて、ディーパーという名前をつけました。しかし、この十三人の子供たちのうちの二人にビリー・デリアは恋をしています。これにも何からまくいかないことがあるのですが、数と血の掟以外、それが何なのか、わたしにはわかりません」

パットは最後の一文に下線を引き、それから母親の名前を書き、その下に線を引き、ハートで囲んで、書き続けた。

「母さん、女たちは本当に努力したのです。本当に努力しました。ケイトのお母さんのキャサリン・ジュリーは覚えているでしょう？　彼女と、フェアリ・デュプレイ（もう死にました）と、ローンと、ダヴィ・モーガンとチャリティ・フラッドです。でも、当時車を運転できる人がいなかったのです。母さんは、彼らが心の奥底ではあなたを憎んでいたと考えておいでにちがいありませんが、みんながみんなそうではありません。ひょっとしたら、憎んでいた人はいなかったかもしれません。彼女たちは、助けを求めるために修道院へ行ってくれと男たちに頼んだのですから。わたしは彼女たちの声を聞きました。ダヴィ・モーガンは、家から家を訪ねて誰か探そうと出て行ったとき、泣いていました。キャサリン自身の夫、ハーパー・ジュリー、チャリティの夫のエイス・フラッド、それにサージャント・パースンの家に（あの無知なニグロが、自分の名前はピアスンであるのを知らないなんてことが、どうして起こったのでしょう？）。すべての断りは真実で、もっともでした。妻が頼んでさえ、彼らは口実をもうけたのです。母さん、あなたを見下げていたからだということは、わかってます。それに、苗字がなく、後楯になってくれる一族もなく、陽光のように明るい肌の色をした女、人種的に不純な妻と結婚したことにたいして、父さんを軽蔑していたからです。産婆は二人とも厄介なお産に関わりあっていました（早産で、逆児でした）。彼女たちが望んだのは、修道院の尼僧たちの一人を連れてくることだけでした。ミス・フェアリが、彼女たちの一人は昔病院で働いていた、と言ったからです。キャサリン・ジュリーが、ディークが家にいるかどうか見ようと、ソーンの家に行きました。彼はいませんでしたが、ダヴィがいました。シーライト家、次にフリートウッド家に行ったのは、ダヴィです。歩ける範囲のどの家にも行ったのです。モス・デュプレイ家の人たちは、ずっと、ずっと遠いところに住んでいました。ネイサンも同様です（彼なら、馬のハード・グッズにまたがって、助けを求めにイエス様のところへ駆けて行ったでしょう）。スチュワードも、プール家の人々も、サンズ家の人々も、残りの他の人々も同じでした。とうとう、プリアム長老の同意を取りつけることができました。しかし、彼が靴の紐を結んだときは、もう手遅れでした。ミス・フェアリはあなたのベッドのそばから駆け出して、プリアムの家に行き、ドアからどなりました――あんまり疲れていて、ノックすることができず、あんまり怒っていて、なかへ入ることができなかったのです――こう言いました。「また靴を脱げばいいよ、長老さん！　葬式には間に合うように、あんたの牧師服を用意しておけばいい！」それから、彼女はそこを立ち去りました。

父さんが帰ってきたとき、どうすればいいか、また、父親か夫がいようがいまいが、あなた方二人が埋められる前、死体はどのくらい持つか、ということについて、みんなは病気になるほど心配していました。しかし、父さんは母さんが死んでから二日目に帰ってきました。だから、まっとうなお通夜をする暇はありませんでした。そういうわけで、母さんは父さんの最初の仕事になったのです。それに、彼はすばらしい仕事をしました。あなたは美しかった。曲げた腕に赤ん坊を抱いて。母さんはきっと彼を誇りに思ったでしょう。父さんは、死体処理の卒業式に出たことにたいして自分を責めるより他には、誰も責めませんでした。わたしたちはその件について喧嘩をしました。彼は、あの八岩層の男たちは、白人を町に連れてきたくなかったのだ、または、白人の家に車で行って助けを求めたくなかった、または、あなたの薄色の肌をひどく軽蔑していたので、どうして行けないのか、さまざまな理由を考えだしたのだという、わたしの意見に同意しないのです。父さんは、産褥で死んだ女の人は一人ならずいる、と言うので、わたしは、誰が？　と言いました。そういうわけで、産褥で死んだ連れのいない母さんは死に、赤ん坊は死にました。女の子だったらフォースティーン、男の子だったら、父さんの長兄に因んでリチャードと名づけようと、母さんが計画していた赤ん坊は死にました。母さん、赤ん坊は女の子でした。フォースティーン、わたしのかわいい妹。わたしたちは、いっしょに育ったことでしょう。パトリシアとフォースティーン。たぶん、肌の色は明るすぎるでしょう。でも、いっしょにいれば、そんなこと、わたしたちには問題にならなかったでしょう。いいチームが組めたでしょうに。おぼえておいて下さい、わたしにはおばもおじもいないのです。父さんの兄弟姉妹はみんな、歩く肺炎と呼ばれる病気で死にましたが、一九一九年に流行したインフルエンザにちがいありません。それで、わたしはビリー・ケイトーと結婚しました。一部には彼が美しかったからであり、一部にはわたしを笑わせてくれるから、また一部には（大部分？）ケイトー家、ブラックホース家の真夜中の肌と、棒のようにまっすぐな髪というブラックホース家の特徴を備えていたからです。ソーンやダヴィの髪のような、イースターやスカウトが持っていたような髪です。でも、彼、ビリーは死にました。それで、わたしは明るいけれど、白くはない肌をした赤ん坊を連れて、裏に死体置場とあなたの墓石のある、あなたの小さくてきれいな家に戻ってきました。そして、率直に子供たちに教えています。子供たちは、他のみんなと同じように、父さんの苗字を使って、わたしをミス・ベストと呼びます。わたしがパット・ケイトーだった時代は非常に短かったからです」

こうした言葉は、もうとうの昔にページの裏を覆いつくしていたので、彼女は新しい紙を使って書き続けた。

「あなたとK・Dのお母さんをのぞいては、ルビーではこれまで誰も死んでいないと言ってもいいでしょう。わたしがルビーではと言ったことに注意してください。彼らは、自分たちは恵まれた民族だと思って、それを非常に誇りに思っているのです。これはみんな、一九五三年以後、死んだ人はみんなヨーロッパや朝鮮やこの町以外のどこかで死んだからなのです。スウィーティの子供たちでさえ、まだ生きていますし、生きなければならない理由は何もないということは神様だけがご存じです。さて、途方もないことに聞こえるでしょうが、不死の主張は、父さんの葬儀の仕事にたいするこの町の非難だと、わたしは思います。なぜって彼は、わたしたちの戦死者や、修道院の誰かや、どこか他の場所での事故を待たねばならないからです。でなければ、彼の救急車はけっして霊柩車にはならないでしょう。（ビリーが死んだとき、あんまり歪んでいて指も入らない金指輪を含むわずかの「私物」より他には、埋めるものは何もありませんでした）彼らは、父さんが最初に血の掟を破ったので、非難されるだけのことはあると考えています。ですから、父さんを成功させないという理由だけで、死ぬのを拒否するということを彼らはやりかねないと思っています。結果的には、戦死者と他の町での事故（ミス・フェアリはヘイヴンから帰る旅の途中で亡くなりましたし、エイス・フラッドはデンビーの病院で亡くなりましたが、ヘイヴンに埋葬されました）だけが、父さんがもらった仕事で、それだけでは、とうてい十分だとは言えません。救急車の仕事も十分ではありません。それで、わたしは、教職にたいして町が払ってくれるお金はちょうど家計費だけあるから、彼がディークの銀行への出資を担保にこれ以上お金を借りる必要はないし、ガソリン・スタンドやそんなことはみんな忘れるべきだと、一生懸命父さんを説得しようとしています」

椅子の背によりかかって、パットは頭の後ろで手を組み、もっとたくさんの人たちがネイサンやローンのように年を取ったら、どうなるのだろうと考えた。そのときは、父の技術が必要になるだろうか。それとも、彼らはルイジアナから出てくるときにしたことをやるだろうか。つまり、倒れたところに埋めるだろうか。または、彼らが正しいのだろうか。死はルビーに入らないよう、さえぎられているのだろうか。パトリシアはもう疲れて寝に行きたがったが、まだデリアを放すことはできなかった。

「あれは、ちょっとしたドライヴでした、母さん、ヘイヴンからここまでは。あなたとわたしが、母さん、あのやせた、青黒い巨人の間にまじって。彼らも、彼らの妻も、あなたの長い茶色の髪の毛や、蜂蜜の斑点がついたような目を眺めはしませんでした。父さんが、頭のことは気にするな、大丈夫だから、と言ったのでしょうか。彼らがいかにあなたを必要としたか、通りの角に彼らが車を停めている間、いかにあなたを使って必需品やミルクの缶を店で買ってこさせたか、覚えていますか。それが、あなたの肌が役に立つ唯一の機会でした。他の点では、彼らにとっては邪魔だったのです。どうしてヘイヴンが存在したか、どうして新しい町を作らねばならなかったかを思い出させたからです。白人たちが作った血の一滴法は、そんなものがあると誰も教えてくれなければ、生活の規定にはしがたい法律でした。わたしたちが町を通り抜けるとき、または、保安官の車が近くにいるとき、父さんはわたしたちに、座席から降りて、車の床に横になれ、と言いました。知らない人に、あなたは黒人であって、さらに悪いことには、彼の妻だと言っても、無駄だからです。あ新婚の花嫁になった、ソーンや、ダヴィも、あなたと女同士の話をしたのでしょうか。あなたはまた妊娠したと思ったのですが、彼女たちも同様でした。ですから、あなた方は、どういう気持ちがするか、いっしょに話し合ったのでしょうか。痔に効くお茶を入れたり、舐めるための塩や、ひそかに食べる銅土をお互いに分け合ったりしたのでしょうか。わたしは、ビリー・デリアがお腹に入っているとき、ふくらし粉がほしくて仕方がありませんでした。わたしがお腹に入っているとき、あなたもそうでしたか。すでに四人の子供を持っていたアーロンの妻、サリーのように、子供のある年配の女性たちは忠告してくれたのでしょうか。アリス・プリアムはどうだったのでしょう？　彼女の夫はまだ「師」ではなかったのですが、彼はすでに神の召命を受けていて、牧師になる決心をしていました。ですから、あの夫妻は若いとき、慈悲深い、信心深い感情を抱いていたにちがいありません。彼らはすぐあなたを歓迎してくれましたか。あるいは、オーヴンが組み立て直されるのを待っていたのですか。あるいはまた、次の年、人々の流れが帰ってきたとき、あなたに直接話し、まっすぐ目を見て話すことができるように、洗礼を施してくれましたか。

あのアフリカン・メソディスト・エピスコパル・ザイオンのピクニックで、父さんはあなたに何と言ったのですか。テネシー州の基地に駐屯していた黒人兵士たちのために開催されたピクニックです。あなた方のどちらも、相手が何を言っているか、どうして判断できたのですか。彼はルイジアナの言葉、あなたはテネシーの言葉を話していて。音調があまりにも違うので、音は体の違う部分から出てくるような気がしました。それはちょうど、二人の違う作曲家が譜表に書いた叙情詩を聞いてるようなものだったにちがいありません。

しかし、あなた方が愛を交わすとき、彼は『きみを愛してる』と言ったはずです。そして、あなたはそれを理解し、それはまた真実だったのです。わたしは、あれ以来父の目に絶望を見てきたからです――どんな投機的事業を考え出そうと関係なく」

パットは書くのをやめて、中指のたこをこすった。ペンをしっかり握っていたので、肘も肩も痛くなった。廊下の向こうの寝室のドアを通して、父のいびきが聞こえてきた。いつものように、彼女はいい夢を見てほしいと願った――毎日、人の機嫌をうかがい、償いをしようとして過ごす彼の毎日の不幸を拭い去ってくれるような夢を。母と結婚したことより他には、彼を軽蔑している人間から認めてもらおうとあれほど小心翼々としていなければならないようなどんな掟を彼が破ったのか、彼女は考えつくことができなかった。父は一度、軍隊から帰ってきたとき、ヘイヴンがどんなふうに見えたか、話してくれたことがあった。彼は父親の家のポーチにすわって、咳をしていた、と言った。彼がわたしたちのために泣いていることが、誰にも知れないようにするためだった。彼の父のフルトン・ベストと母のオリーヴは家のなかにいて、とても悲しみながらG・I法案資金のために彼が書いた応募書類を読んでいた。彼は医科大学に行くための大学教育を受けたかったが、たった一人の生き残った子供でもあった。他の兄弟はインフルエンザの流行で死んでしまったからだ。彼の両親は、彼が再び出て行くことも、町に残って、人の心より他のあらゆる場所で永久に抹消されてしまうことも、どちらにも耐えられなかった。彼がひび割れたコンクリートのメイン通りの左右を見渡していたところ、エイス・フラッドとハーパー・ジュリーが彼のところに来て、計画がある、と言った。ディークとスチュワードにも計画があった。その内容を聞いたとき、彼が最初にしたのは、戦争中に彼の子供を産んだ、ハシバミ色の目と淡褐色の髪をした少女に手紙を書いたことだった。彼が彼らに、わたしたちのことを話さなかったのは、いいことだった。話したらきっと、のちにミーナスを説得したように、彼に結婚を思いとどまらせたにちがいない。たぶん、彼らがそうすることがわかっていたのだろう。だから、彼はすぐわたしたちを迎えにやったのだろう。「いとしいデリア。来てくれ。すぐに。ここに郵便為替を同封する。心を安んじるには大変な苦労が要りそうだ。きみたちみんながここに着くまでは、気が狂いそうな気がする……」。わたしたちが着いたとき、彼らは口をあんぐり開けたことだろう。しかし、スチュワードの他には、誰も直接には何も言わなかった。その必要はなかったのだ。オリーヴは寝てしまった。フルトンはぶつぶつ言いながら、ひざをこすっていた。スチュワードだけが大声で、次のように言う勇気があった。「やつは、おれたちが捨ててきた糞を連れてきてやがる」。ダヴィが彼を黙らせた。ソーンも。しかし、フェアリ・デュプレイは彼を罵って、こう言った。「神様は、醜いやり方はお嫌いなさる。神様があんたの愛する者も拒否なさらんよう、用心しなさいよ」。一九六四年にいたるまで、ダヴィがうんと考えたにちがいない言葉。一九六四年には、呪いが完全になったからだ。しかし、彼女たちは女にすぎなかった。

そして、彼女たちの言ったことは、パラダイスに行く途中の善良で勇敢な男たちから簡単に無視された。彼らはまた、目的地に到達した。そして、最後には、糞が埋められるのを見て満足した。とにかく、糞の大部分が。だが、その一部はまだ地上に残っていて、年長者たちが一度も獲得したことのない知性のレヴェルで、彼らの孫たちを教えている。

パットは歯を吸ってさあやるぞと、ベスト家のファイルを脇に押しやった。それから、作文ノートを選び出し、ラベルも序文もなしで、書き続けた。

「彼女はわたしの言うことは聞かない。一言も。デンビーの診療所で働いている――掃除だと思うが、本人は、着なければならない制服のせいで看護師の助手だと言っている。彼女がどうやって生活しているかは、知らない。親切な家族の家に一部屋借りていると言う。わたしは信じない。とにかく、全部は。例のプール家の男の子の一人が――たぶん、両方が――彼女を訪ねてくるのだ。わたしにはわかっている。というのは、いちばん下の妹のダイナがクラスの生徒たちに、上の兄がポーチのいたるところにサンタクロースやクリスマスのライトがついた家を彼女に見せたと話したからだ。そう、そこがルビー以外の大した場所であるのは、確かだ。彼女は嘘をついている。わたしは、嘘つきの子供を持つより蛇に噛まれたほうがましだと思う。彼女をあれほどひどくぶつ気はなかったのに。ぶったとは気づかなかった。わたしはただ、彼女の嘘つきの口が何もしてないと言うのをやめさせたかっただけだ。わたしは、彼らを見たのだから。三人全員がオーヴンの後ろにいて、彼女はその真ん中にいた。それに、ここでシーツを洗うのはわたしだ」

パットはやめて、ペンを置いた。それから、片手で目を覆い、見たことと、見るのを恐れていることとを分けて考えようとした。シーツはこれと何の関わりがあるのだろう？血があってはならないところに血があり、血があるはずのところに血がなかったのか。あれは、一年以上前のことだった。すべてが記憶のなかに灼きついていると、彼女は思った。喧嘩をしたのは一九七三年の十月だ。そのあとビリー・デリアは逃げだして、二週間と一日修道院にいた。彼女は、パットが十二歳以下の生徒を教えていた午前中の授業のときに帰ってきて、家にいるつもりはないと言うだけの間、留まっていた。母娘は醜い憎しみの言葉を交わしたが、前回のように相手の体に手が出る喧嘩になると困るので、両者ともお互いにそばには近づかないようにした。彼女はプール家の男の子の一人と出て行き、今年のはじめまで帰って来なかった。そのときは仕事の話をして、住所を書き残していった。それ以来、パットが娘を見たのは二回だけだ。一度目は三月、二度目はアーネットの結婚式のときだった。式のとき娘は、花嫁付き添い人と付き添い人の長の両方をやった。アーネットは他の誰も望まなかったし、とにかく他の少女たちは誰も、ビリー・デリアといっしょに通路を歩いて行くことになるのなら、そんな栄誉はほしがらなかったからだ。あるいは、そうパットは考えた。彼女は結婚式には出たが、披露宴には出なかった。しかし、何一つ見過ごさなかった。修道院の女たちが来てオーヴンのところで起こったことは、逐一見た。パットは彼らを見た。プール家の青年たちも見た。それから、ビリー・デリアがすわって、旧友であるかのように修道院の女たちの一人と話すところも見た。プリアム師とスチュワード・モーガンが女の子たちと言い争うのを見たし、彼らが車で走り去ったあと、ビリー・デリアがアポロとブルード・プールを従えて、ゆっくり歩き去る前、花束をアンナのごみ缶に投げこむのを見た。

ビリー・デリアは翌日、自分の車で出て行ったが、結婚式のことも、披露宴のことも、修道院の女たちやその他のことについても、一言も彼女には話さなかった。パットは、どうしてあのアイロンが自分の手に握られたのか、娘の頭に叩きつけようと、ロイヤル・イーズと呼ばれる一九五〇年代のジェネラル・エレクトリック社製の電気アイロンをつかんで、階段を駆けあがりたくなるような、どういう言葉が言われたのか、思い出そうとした。人々のなかでもいちばんおとなしい彼女が、すんでのところで自分の娘を叩き殺すところだった。子供たちを愛し、子供たちをお互いのみならず、あまりに厳しい親たちからも守ってきた彼女が、自分の娘に襲いかかったのだ。自己訓練の結果、理性的で静かな立ち居振る舞い、慎重さと威厳を身につけた彼女が、階段をころがり落ち、あんまりひどい怪我をしたので、二日間授業を休まねばならなかった。彼女は学校には行ったが独学で、太陽のように明るい色の肌をした苗字のない女の私生児の娘が、愛らしいばかりか、非常な有用性と貴重な価値を持っていることを、確実にみんなに知らせることができたのだ。どうしてあのアイロンを取り上げることができたのか理解しようとして、パットは、ビリー・デリアが幼児だった頃からずっと、どういうわけか彼女のことを誘惑に陥りやすい女だと考えていたことに気がついた。パトリシア・ケイトーが望んでいるようなレディの資格には応えられない可能性の強い女として。それは、通りの真ん中でパンティーを引き下ろしたあの事件のせいだろうか。あのとき、ビリー・デリアはまだ三歳だった。娘が八岩層だったら、彼らはこの事件であれほど娘を非難しなかっただろう、ということをパットは知っていた。彼らはあの事件をありのままに見ただろう——罪のない子供だけがあんなことをするのだと。確かに。わたしは何かを見落としているのだろうか。他に何かあるのだろうか。しかし、いまこの夜のしじまのなかで彼女が直面している問題は、自分はビリー・デリアを守ったのか、犠牲にしたのか、という問題だった。そして、いまもなお犠牲にしているのだろうか。階段を駆け上がったとき、彼女が手にしていたロイヤル・イーズは、八岩層の心のなかに住む若い女を打ち壊すためで、娘である少女を壊すためではなかった。

パットは下唇をなめ、塩の味を感じた。そして、正確に言ってこの涙は誰のためだろうか、と思った。

ルビーでいちばん年長の男だという評判のネイサン・デュプレイは、聴衆を歓迎した。彼は毎年、最年長者の問題に疑義を呈し、いとこのモスを指したり、サイモン・ケアリ師を選んだほうがもっと適切だろうと言ったりした。だが、最後には、町から説得された形を取った。ケアリ師は長く話しすぎるし、その上最初の家族のなかには入っていず、彼の到着は第二次世界大戦ではなく、朝鮮戦争に結びつけられていたからだ。ネイサンは背の高いがっしりした男で、非常に愛想のよい親切な人柄だったので、スチュワード・モーガンでさえ彼を賞めていた。ネイサンは、先代モーガンの娘のマースと結婚した。二人には生き残っている子供がなかったので、彼は他人の子供を心底からかわいがり、毎年の子供の日のピクニックの主人役をつとめ、リハーサルの微調整をやり、ポケットに咳止めドロップや癇癪玉を入れておいて、子供たちに配ってやるのだった。

いま、降りたばかりの馬の匂いをかすかにさせながら、彼は演壇に登って、聴衆を見渡した。ネイサンは咳払いをして、われながら驚いた。言おうと準備してきた言葉が頭から消えてしまっていたからだ。そして、実際に言った言葉は何か他の催しにふさわしいような気がした。

「われわれがルイジアナを出たとき、わたしは五歳で、ここの、この新しい場所に来るためへイヴンをあとにしたトラックに飛び乗ったときは、六十五歳でした」と彼は言った。「もしマースが生きていたら、また子供たちのうち一人でもまだ地上にいたら、わたしはここへ来なかっただろうということは、わかっています。あなた方はみんな、わたしの赤ん坊が――みんな――一九二二年の竜巻でさらわれたことをご存じでしょう。わたしとマースは、知らない人の小麦畑で子供たちを見つけました。しかし、わたしはここに来たことを一度も後悔したことはありません。一度も。この土地には、これまで味わったことのない甘い蜂蜜があります。それにわたしは、土そのものが砂糖のような味がする場所でサトウキビを切ったこともあります。だから、これは大変なことです。いいえ、わたしはこれっぽちも後悔したことはありません。しかし、いま、わたしの心には悲しみがあります。たぶん、主が誕生されたこの季節に、それが何かわかってくるでしょう。のどの、この渇き。乾かない目の涙。わたしは、神様がふつう人間にお許しになる以上の歳月を見てきました。しかし、この渇きは新しいものです。涙も同じです。心のなかを仔細に眺めてみるとき、見つけだせるのは、しばらく前に見た夢だけです」

いちばん後ろから二番目の列に、ローン・デュプレイがリチャード・マイズナーの隣にすわり、彼のもう一方の側にはアンナがすわっていた。ローンは前にかかんでアンナをちらと見やり、自分も頭が狂いかけているのかどうか、知ろうとした。アンナはほほえんだが彼女を見返さなかったので、ローンは老ネイサンの辻褄の合わないもう一つの夢に耐えるため、またすわり直した。

ネイサンは、細部をはっきり思い出そうとしているかのように指で頭をかき、目を閉じた。

「豆の列の間を、一人のインディアンがこちらにやって来ました。シャイアン族だと思います。豆の蔓は柔らかく、緑色でした。花が一面に咲いていました。彼は豆の列を眺めて、悲しそうに首を振りました。それから、気の毒に、水が悪い、と言いました。水はたくさんあるが汚れている、と言ったのです。わたしは、だが、ここを見てくれ、一面の花を見てくれ、と言いました。わたしには最高の収穫のように思えるが、と。すると彼は、いちばん背の高い綿花が最高の作物を産むとはかぎらない、と言いました。おまけに、ここの花は間違った色をしている。赤いじゃないか、と。わたしが見ると、確かにピンクに変わり、それから赤になろうとしていました。血の滴りのように。わたしは少し怖くなりました。しかし、もう一度目を戻すと、彼の姿は消えていました。そして、花びらはまた白くなっていました。この光景は、わたしたちが今晩また話す物語に似ていると思います。それは、わたしたちが理解すれば、わたしたちの収穫が立派なものになることを示しています。しかし、理解しなければ、わたしたちを破壊することもできます。血まみれにすることもできるでしょう。神よ、純真で聖なる人々を祝福したまえ。何物もわたしたちをお互いから、また、祝福を授けてくださるお一人からも引き離さないように。アーメン」

ネイサンが感謝のつぶやきではなくとも思いやりに満ちたつぶやき声のなかを演壇から降りると、リチャード・マイズナーはこの中休みを利用して、アンナに何事かをささやき、席を離れた。彼は三十八人の他の人々とアラバマ州の小さな監房に入れられたとき以来、悩まされたことのなかった閉所恐怖症の波が寄せてきそうな感じがして、それを和らげようと思ったのだ。当時彼はきまりの悪い思いをした。汗と嘔吐感は、仲間に恐怖のせいだと受け取られるからだった。そして、どんな危険をおかそうが、どんなに熱心に危険な対決にのぞもうが、込みあった監房は情け容赦もなく十代の若者たちの前で彼に屈辱を味わわせるということがわかったのは、つらい勉強になった。いま、このぎっしり詰まった学校の教室で閉塞感の猛襲に悩みながら、彼はパット・ベストのところへ行った。彼女はホールに立って、ドアから劇や聴衆を眺めていたところだった。彼女の背後の壁の前には、長いテーブルの上にケーキや、クッキーや、パンチが並んでいる。

「こんばんは、牧師さま」パットは彼を見なかったが、戸口から彼を通そうと、体を横に向けた。

「こんばんは、パット」彼はハンカチで首の汗を拭いながら、言った。「わたしには、このほうが気持ちがいいね」

「わたしも。ここからだと、首を伸ばしたり二つの帽子の間からのぞいたりしなくても、みんな見えますから」

彼らは、パーケール・シーツで作ったカーテン――洗って、注意深くアイロンをかけてある――が揺れている間、聴衆の頭の上を見渡した。白いサープリス（聖歌隊員が着る白衣）を着た子供たちが、カーテンの間から縦に並んで出てきた。まじめな顔をし、非の打ちどころのない髪をして完璧さを期してはいるものの、ひざまであるソックスが踵までずり落ちたり、蝶ネクタイが右に曲がったりするので、ときどき緊張が崩れた。ケイト・ゴライトリをちらと見たあと、彼らは同じように息を吸いこんで歌いはじめた。「きよしこのよる、ほしはひかり……」

二節目で、リチャード・マイズナーは、パットのほうにかがみこんだ。「ちょっと、お願いしてもいいでしょうか」

「どうぞ」彼は寄付を頼むのだろうと、彼女は考えた。彼は、ノーマンで逮捕され、不法所持、抵抗、放火、風紀紊乱、教唆、その他「ノー」と言ったか、言おうと考えた黒人少年にたいして検察当局が法令集のなかから探しだすことのできるかぎりの罪状で告発されている四人の十代の少年たちの法的弁護の支援をするため、募金をしていたが、（彼が希望している額から考えると）思わしくないからだった。彼らはほぼ二年間、監獄に入れられている、とリチャード・マイズナーは会衆に言った。起訴認否手続きが取られたとき、彼らはすでに二十カ月も格子の後ろに入れられていた。裁判の日取りが決められようとしていたが、弁護士たちに、すでに提供した業務にたいする報酬と、今後の業務にたいするもっと多くの報酬の支払いをする必要があった。いまのところ、マイズナーは女たちが出したものしか集めていなかった。女たちは、少年たちをこうした立場に追い込んだ不法行為より、少年たちの母親の苦痛のほうを重要視している。しかし、男たち、すなわち、フリートウッド、プリアム、サージャント・パースン、モーガン兄弟は、頑固に拒否していた。リチャードが十分注意深く請願の文章を練らなかったことは、確かだった。彼は政治的基金より、むしろ放蕩息子基金を作るべきだった。そうすれば、カルヴァリ教会の外に立って、懇請を続けている間、生まれてからこの方ずっと銃を扱っている男たちから「おれは、暴力の味方はしないんでね」という言葉を聞かないですんだだろう。あるいは、「家庭の躾もなってない、銃を持った若い違法のニグロたちは、刑務所に入れておく必要があるね」という言葉を。もちろん、これはスチュワードの言葉だった。少年たちは銃を持っていなかったし、デモは違法ではない、とリチャードがいかに強調しても、男たちは財布の口を固く閉じていた。パットは、もし直接頼まれたら、できるだけたくさん寄付しようと決心した。彼が彼女の気前のよさを必要としていると考えると、うれしかった。だから、リチャード・マイズナーが考えていたのは全然そういうことではないとわかって、彼女は当惑した。

「わたしは、プール家の状況をなんとか円滑におさめようとしているのです。そして、あなたさえよければ、ビリー・デリアと話したほうがうまく行くと思うのですが。彼女は今夜、ここに来るでしょうか」

パットは肘を押さえて、彼のほうを向いた。「お役に立てませんね、牧師さま」

「確かですか」

「あそこで何が起ころうと、ビリー・デリアに関係がないということは確かよ。おまけに、彼女はもうここには住んでいません。デンビーに引っ越したんです」彼にたいしてこれほど敵対的な態度を取るのはやめにしたかったが、例のプール家の若者たちと娘との関係を言われたのでは、自制することができなかった。

「彼女の名前が一、二度出てきたんですよ。しかし、ウィズダム・プールは役に立つ情報を何もくれないんです。何かがあの家族をばらばらにしていますね」

「あの人たちは詮索されるのが嫌なのよ、牧師さん。それが、ルビーの特徴よ」

「それはわかるんですが、こんな事件は広がって行くし、一家族の問題に留まらないんですよ。わたしが最初にここに来たとき、それははっきりしてましたね。何か問題が起こりそうなときは、それを担当する代表団が作られたものです。人々が脱落するのを防いだんです。自分の目でも見たし、当事者にもなりましたからね」

「知ってます」

「この共同体は、かつては蠟のように緊密でしたよ」

「いまだにそうよ。危機にさいしては。でも、そうでなければ、あの人たちは人づきあいを避けるの」

「『わたしたち』っていう意味じゃないんですか。『わたしたちは人づきあいを避ける』っていう意味では？」

「わたしがそう言ったら、あなたはいろんな問題の説明をわたしに求めるかしら？」

「パット、お願いだから。わたしの言うことを変に取らないでくれ。わたしはただバイブル・クラスの若者たちが親のことを話すのに『彼ら』と言うのを思い出しただけだから」

「バイブル・クラスですって？　戦争クラスって言ったほうがよさそう。わたしの聞いたところでは、なんか好戦的なんですってね」

「ひょっとしたら戦闘的かもしれません。でも、好戦的じゃない」

「新しいブラックパンサー（急進的な黒人解放運動政治結社）じゃないの」

「あなたは、そんなふうに考えてるんですか」

「どういうふうに考えればいいのか、わからないわ」

「じゃあ、説明しよう。ここのたいていの人とはちがって、ぼくらは新聞や、いろいろ違う種類の本を読む。時代に遅れないようにしてるんですよ。そして、確かに、ぼくらは防御の戦略を討議します。攻撃ではなくて、防御です」

「あの人たちに、その違いがわかるの？」

　彼はすぐ答える必要はなかった。拍手がはじまり、子供たちの聖歌隊の最後のメンバーがカーテンの後ろに消えてしまうまで、続いたからだ。

　誰かが天井のライトを消した。静かな咳が、暗がりを親しみやすいものにした。ゆっくりと、油をよくひいた滑車の上で、カーテンが開いた。人物の背後に大きな影を投げている舞台の袖に置かれたライトの下で、フェルトの帽子をかぶり、だぶだぶのスーツを着た四人の人物がテーブルのところに立って、巨大なドル紙幣を数えている。各々の人物の顔は、黄色と白の仮面で隠されていた。仮面は光っている目と、新しい傷のように赤い、うなり声をあげている唇を際立たせている。テーブルの正面には「宿屋」と書かれた看板が鋲で留めてあるが、その上で彼らは金を数え、チューチューいう音を立て、裂けた服を着た聖家族の一行がゆっくりしたツーステップで近づいたときにも、それをやめなかった。金のあるテーブルの前には、七組のカップルがずらりと並んでいる。少年たちは杖も持ち、少女たちはベビードールを抱き締めている。

マイズナーは彼らを眺め、パットの質問にはもっと時間をかけて考えてから答えることにして、舞台上の子供たちが誰なのか見分けることに注意を集中した。ケアリのいちばん下の四人の娘たち、すなわち、ホープ、チェイスト、ラヴリーに、ピュア。ダイナ・プール。パイアス・デュプレイの娘たちの一人——リンダ。それから、男の子たちは、金が置いてあるカウンターまでツーステップをしている間も、男らしく杖を握っている。ピースとソラリン・ジュリーの二人の孫たち、すなわち、アンセルと、みんながフルーツと呼んでいる少年。妹のダイナと組んでいるジョー＝トーマス・プール。ドリューとハリエット・パースンの息子のジェイムズ。ペイン・サンズの息子のローカス。それに、ティモシー・シーライトの二人の孫、スティーヴンとマイケル。仮面をつけている二人は、明らかにボーチャンプ——ロイヤルとデストリだ。すでに六フィートを越す十五歳と十六歳だ。だが、マイズナーは、他の二人については確信が持てなかった。これは、彼が劇を見た最初だった。劇はいつも、クリスマスの二週間前に開催される。そのとき彼は、年に一回家族を訪ねるためジョージア州に帰っていた。今年は、家族全員の集まりが新年に予定されているので、旅行は延期になった。彼は、もしアンナが同意すれば、彼女を連れていって、家族の者によく見てもらい、彼女にも家族の者をよく見てもらいたいと思っていた。彼は新しい教区の候補者になるということを司教に仄めかしておいた。別に急ぐことはない。だが、ルビーで十分役に立っているかどうかは確信が持てなかった。キリストは裁き手であると同時に戦士であるということを語ってやり、教えることのできる若者たちがいるかぎり、どんなところでもいい、と考えていた。白人はキリスト教にたいする特権を持っていないばかりか、しばしばその邪魔になるということを。また、イエスは白い宗教から解放されているということも。彼はこうした子供たちに、尊敬を乞う必要はない、それはすでに自分たちのなかにあるので、ただそれを示せばいいだけだ、ということを知ってもらいたかった。しかし、ルビーで見いだした抵抗に彼はいささか疲れかけていた。生徒たちは、彼が手を貸して教えこんだ信念について懲罰されることがますます多くなっていた。そしていま、パット・ベストが――毎週木曜日の午後、黒人史をいっしょに教えている――パットが、彼のバイブル・クラスを打ち砕き、自尊心と傲慢を混同し、覚悟のほどを不服従だと考えている。彼女は教育を、職を得るために必要なだけの知識をもつことだと考えているのだろうか。彼女は彼と同じように、あのルビーの頑固者たちに未来を託すことはできないと考えているように思われる。だが、変化を奨励したりはしない。黒人の歴史や昔の業績リストは彼女には十分だろうが、いまの世代には不十分だ。誰かが彼らと話さねばならない。そして、誰かが彼らの言うことに耳を傾けなければならない。でなければ

……

「これらの若者たちはどんなに利口か、あなたは誰よりもよく知っているはずです。誰よりもよく……」彼の声は細くなって、「きよしこのよる」の下に消えていった。

「わたしが教えていることは十分よくはない、と考えていらっしゃるの？」

彼女は彼の心を読んだのだろうか。「もちろん、いいですよ。ただ十分ではないのです。世界は大きいし、われわれはその膨大さの一部なんだ。彼らはアフリカについて知りたがってるし――」

「ああ、お願い、牧師さん。感傷的なことを押しつけないで」

「自分を根から切り離してしまえば、人は萎れますよ」

「枝がシロアリの食いかけになっているのを無視する根なのに」

「パット」彼はおだやかな驚きをこめて、言った。「あなたはアフリカを軽蔑している」

「いいえ、軽蔑などしてません。ただ、わたしにとっては、何の意味もないの」

「じゃあ、意味があるのは何だ、パット？　あなたにとって何らかの意味があるのは、い

ったい何だ？」

「元素と原子価の周期的な図表かしら」

「悲しいね」と彼は言った。「悲しくて、冷たい」リチャード・マイズナーは背を向けた。

ローカス・サンズは家族のグループを離れ、大きいが割れている声で仮面の人々に向かって言った。「わたしたちを入れてくれる余地はありますか」

仮面は互いに顔を見合わせ、それから請願者のほうに向き、それからまたもや顔を見合わせた。そのあと、怒ったライオンのように頭を振って、吠えた。「ここから、出て行け！　行け！　おまえたちのための余地はない！」

「しかし、妻が妊娠しているんです」ローカスは杖で指した。

「わたしたちの子供たちが、渇きで死にかけているんです！」ピュア・ケアリが、人形を高く掲げた。

仮面の男たちは、頭を振って、吠えた。

「それは、わたしには、あまり親切な言葉じゃないわね、リチャード」

「えっ？」

「わたしは悲しくもないし、冷たくもないわ」

「わたしの言ったのは図表のことで、あなたのことじゃない。あなたの信念を分子に制限することですよ、まるで——」

「わたしは何も制限しちゃいないわ。外国にたいするばかげた愛情が——アフリカは外国だし、実際、五十もの外国から成っているのよ——こうした子供たちの解決法になるということを信じていないだけ」

「アフリカはぼくらの故郷なんだよ、パット。好きか嫌いかに関係なく」

「わたし、本当に関心ないの、リチャード。あなたはどこか外国の黒人と一体化したがっているけれど、どうして南アメリカじゃいけないの？　または、さらに言えばドイツだったら？　あそこには、繋がりができたら楽しい褐色の赤ん坊が何人かいるわ。それとも、あなたが探しているのは、奴隷制を持たない何かの過去なの？」

「それが、どうしていけない？　奴隷制の前にはたくさんの生活がまるごとあったんだ。だから、ぼくたちは、それがどういうものか知らなくちゃならない。つまり、奴隷の精神構造を一掃するつもりなら、ということだけど」

「あなたは間違ってるわ。そんなことを無理して一生懸命やろうとしているのなら。奴隷制は、わたしたちの過去よ。どんなものも、それを変えることはできないわ。確かに、アフリカだって変えられない」

「ぼくらは世界に生きているんだよ、パット。全世界に。ぼくたちを分断し、孤立させるのが――いつだって、それが彼らの武器だった。孤立は世代を殺すんだ。それには未来がない」

「彼らが自分たちの子供を愛してない、と考えていらっしゃるの？」

マイズナーは上唇をなでて長いため息をついた。「死ぬほど愛していると思ってるさ」

頭を上下に動かしたり、おじぎをしたりして、仮面の男たちはテーブルの下に手を伸ばし、食べ物の絵が貼りつけてある大きな、へなへなの四角い厚紙を取り出した。「ほら、これをやるから、ここから失せろ」食べ物の絵を床に投げてから、彼らは笑って、飛びまわった。聖家族は、蛇を投げつけられたかのように後ずさりした。それから、人差し指を突きつけ、こぶしを振って、彼らは詠唱した。「神がおまえたちを砕くだろう。神がおまえたちを砕くだろう」聴衆が同意の言葉をもごもご言った。「神が砕きたまう。神が砕きたまう」

「砕いて、土に！」それは、ローン・デュプレイの声だった。

「神を見損なうんじゃないよ、けっして」

「粉より細かく、神がおまえたちを挽きつぶすだろう」

「言えよ、ローン」

「選別のとき、神がおまえを打ちたまう！」

そして、確かに、仮面の人物はよろめき、床にくずおれる。他方、七家族は背を向ける。わたしのなかの何かが痛みを消す。説明することのできない、わたしのなかの何か。彼らの弱々しい声に、聴衆のなかの強い声が唱和する。そして、最後の言葉に、数人が目を拭っている。家族たちはキャンプファイアの形式で、舞台の右に固まっている。女の子たちは人形を揺すっている。遠く離れたまぐさ桶のなかには、幼いキリスト像はない。ゆっくりと、舞台の袖から、一人の少年が入場する。彼はつばの広い帽子をかぶり、革の鞄を下げている。家族たちが、彼の後ろに半円形を作る。大きな帽子をかぶった少年はひざまずき、鞄から瓶や包みを取り出して、それを床の上に並べる。小さな主イエスが、かわいい頭を横たえている。

要点は何か？　リチャードは自問した。ただショーを楽しんで、パットを一人にしてやればいい。彼は話し合いをしたかったので、口論したいわけではなかった。最初は、やさしい愛情をこめて子供たちの動きを見ていたが、だんだん興味が増してきた。四人の宿屋の主人と、七組のマリヤとヨセフがいたのは、できるだけたくさんの子供たちを喜ばせるためだと、彼は想定していた。しかし、おそらくは他の理由があるのだろう。七組の聖家族だって？　リチャードはパットの肩を叩いた。「誰がこれを考えだしたんです？　最初は九つの家族がいたと、あなたは話してくれたと思うんですが。他の二家族はどこにいるんです？　それに、どうして博士は一人しかいないんですか。それに、どうして彼は贈り物をまた鞄にしまうんですか」

「あなたは自分の立場が全然わかってないのね、そうじゃない？」

「では、この町を理解できるよう手伝ってくれないか。ぼくがよそ者だということはわかってるが、敵じゃないんだ」

「ええ、敵じゃないわ。でも、この町じゃ、この二つの言葉は同じ意味なのよ」

驚くべき恩寵。あの音はなんと甘美なことか。金色の紙の星が雨霰と降り注ぐなかで、家族たちは人形や杖を下に置き、輪を作る。聴衆の声が一つになってとどろく。かつて、わたしは迷える者だったが、いまは救われている。

リチャードは、席を立たざるを得なかった嘔吐感の代わりに、苦々しさがこみあげてくるのを感じた。いまから二十年、三十年のちには、あらゆる種類の人々が権利獲得運動のなかで中心的、支配的、決定的地位を要求するだろうと、彼は考えた。そのうち何人かは、正当化されるだろう。大部分の人々はまやかしだろう。新聞や、生徒たちのために買った本のなかで、否定することはできないが姿が見えないもの、それは普通の人々だった。警官に見えないようにするためスイッチを切った用務員。母親たちがデモ行進に参加できるよう赤ん坊全員をあずかった祖母。片手に新しいタオルを、もう一方の手に猟銃を持つ辺境の森林地帯の女たち。乾電池と食べ物を秘密集会に運んだ子供たち。助けが来るまで教会いっぱいの追われている抵抗者たちを平静にかくまった牧師たち。若者たちのバラバラの遺体を拾い集めた老人たち。両手を大きく広げて、おそらくは生き残ることがむずかしい警棒から老人を守ろうとした若者たち。子供たちの顔から唾や涙を拭き取って、次のように言う両親たち。「気にしないで、ハニー。全然気にしないで。おまえは、ニグロ、まぬけ、くろんぼ、ジャングルウサギ、その他白人が子供に教えて言わせているどんなものでもないし、これからもけっしてなりゃしない。おまえの本体は、神の子なんだ」いかにも。これから二十年、三十年先、これらの人々こそ、テレビで報道される人々が拠って立つ背骨を形作っているものであるのに、彼らは死んだり、忘れられたりするだろう。そして、彼らのささやかな物語は、華々しくはない記録の一部になり、あるいは脚注にすら甘んじるかもしれない。その人のためなら喜んで刀さえ取った人、その人が暗殺されて七年目の現在、マイズナーは、いま草を食んでいる牧場は自力で創造したと考えているばかりか、他の牧場の草は有毒だと信じている人々の群れを牧《ぼく》しているのだった。彼らの意見では、ブッカー・Tの解決法が毎回デュ・ボイスの問題を負かすのだ。彼らが誰であろうが、自分たちをいかに特別な人間と考えようが、政治性のない共同体はジョージアのたきつけ用の木のようにパッと燃えつきてしまう運命にある、と彼は考えた。昔は目が見えなかったが、いまは見えるようになった。

「本当に？」これは質問として述べられたが、パットには結論のように響いた。

「彼らは、あなたが考えてるよりいい人たちよ」と彼女は言った。

「彼らは、自分たちが考えてるよりいい人たちです」と彼は彼女に言った。「どうしてあんなにわずかで満足しているんだろうね？」

「ここは、彼らの家ですもの。わたしの家でもあるけど。家はわずかじゃないわ」

「そうは言ってないよ。でもあなたは、本当の家があったらどういう気持ちか、想像することもできないの？　天という意味じゃない。ぼくの言うのは、本当の地上の家だ。人が買って、築きあげ、みんなを閉じこめるか、入れないようにする砦ではない。本当の家なんだ。行って、侵略し、人々を殺戮して、ようやく手に入れる場所でもない。自分のものだと主張し、銃で脅して奪ってくるような場所でもない。そこに住んでいる人たちから盗んでくる場所ではなく、自分自身の家なんだ。曾曾祖父母へさかのぼり、その曾曾祖父母、その曾曾祖父母へさかのぼって、西欧の全歴史を通り、組織化された知識の初めを通り、ピラミッドや、毒矢を通ってさかのぼり、雨が新しかった時代、植物が歌えることを忘れ、鳥が自分は魚だと考えた時代より前、神がよし！　よし！　と言われた時代――そこ、その人自身の民が生まれ、生き、死んだことがわかっている時代。それを想像してみたまえ、パット。その場所を。わたしの家に住む、わたしの民にでなければ、いったい神は誰に話していたのかい？」

「あなたはお説教してらっしゃるわ、牧師さま」

「いや、きみに話しているんだよ、パット。きみに話しているんだ」


子供たちが半円を解き、おじぎをするためにずらりと並んだとき、最後の拍手がはじまった。観衆が立ち上がったとき、アンナ・フラッドも立ち上がって、パットとリチャードが立って上気して視線をからませているところへ、人々を押し分けながらやって来た。この二人の女性は、若くて独身でハンサムな新しい牧師がどちらのほうを選ぶか、推測の対象になっていた。アンナとパットだけが、ちょうど適齢の独身女性だったからだ。新しい牧師は、もっと若い女性のほうがいいと言うのでなければ、この二人の間から選ばねばならなかった。二年前、アンナのほうが勝った——彼女はそれを確信していた——明らかに。これまでのところ。いま彼女は、クリスマス劇の間、彼が彼女よりパットといっしょにいるほうを好んでいるのを見て、違うふうに考えるかもしれない人たちの舌を凍結したいと望みながら、顔いっぱいに微笑を浮かべて、リチャードのほうに歩いてきた。彼らは求愛にも注意を払い、人前ではけっして相手に触れなかった。彼女が彼に夕食を作ってあげるときは、かならず牧師館には煌々と明かりが灯っているように気をつけた。そして、ルビー中が見られるように、彼は七時半までに車か徒歩で彼女を家まで送った。それでもなお、まだ日取りが決まっていないので、口さがない連中が何やら言い出すかもしれなかった。しかし、ふさわしい振る舞いをするということ以上に心に引っかかっているものがあった。つまり、リチャードの目の光だ。彼女には、最近それが鈍ってきたように思われる。まるで、命がかかっている戦争に負けたというかのように。

会場から出てきた群衆がおしゃべりしたり、笑ったりしながら、食べ物のテーブルのほうに押し寄せる前に、彼女はリチャードのもとへ来た。

「こんにちは、パット。どうなさったの、リチャード？」

「しばらくの間、あそこの犬みたいに具合が悪かったんだ」と彼は言った。「さあ、もう一度具合が悪くなる前に、外に出ようじゃないか」

彼らは別れを告げたので、幸せな親たちと話がしたいのか、食べ物のテーブルの番をするのか、帰るかどうか決めるのは、パットしだいになった。彼女が最後の方法を取ろうと決めたとき、カーター・シーライトが彼女の足を踏んだ。

「おお。すみません。ミス・ベスト。ごめんなさい」

「いいのよ、カーター。でも、落ち着いてちょうだい」

「はい、先生」

「それから、忘れないで。お休みがすんだらすぐ、あなたとわたしで補講しますからね。一月六日よ、聞いてる？」

「出席です、ミス・ベスト」

「出席します、じゃないの？」

「はい、先生。行きます」


台所でお茶のための湯をわかしながら、パットは力まかせに戸棚の扉をバタンと閉めたので、カップがカタカタと鳴った。彼女が怒っているのは誰の行動のせいなのか、アンナが悪いのか、自分自身が悪いのかは、どちらとも決めがたかった。少なくとも、アンナの振る舞いは理解することができた。自分の利害を守っているのだ。だが、どうして自分は自分が感じてもいない情熱をこめて、人々や物事や思想を守ろうとしたのか。観衆があの劇を見て涙を流すほど深い歓びをおぼえたと思うと、胸が悪くなった。自分がそのなかで育ってきたあのナンセンスはすべて、憎んでいる言いわけのように思われた。どうして九でなくて七家族なんだ？　と訊いたリチャードは正しかった。パットは生まれてからずっと、あの劇を見てきた。聖歌隊以外、どの役にも一度も選ばれたことはなかったが。あれは、ソーンが学校で教えていたときだった——数がおかしいことに、彼女が気づく前だった。八家族しかいないことがわかったのは、しばらくしてからだった。彼女がケイトーの系統が切られていることを理解したときには、別の抹消が起こっていた。誰か？　最初の九家族の一部ではなかったが、それに準ずる身分がもらえるほど早くヘイヴンに来たのは、二家族しかなかった。ジュリー家（彼らの孫のハーパーは――彼にとって幸いなことに――最初のブラックホース家の一員と結婚した）と、彼女の父の父、フルトン・ベストだ。彼らは最初の家族とは見なしてもらえなかった。だから、それは――誰か？　もしアンナがリチャード・マイズナーと結婚するのなら、確かにフラッド家ではないだろう。それは、考慮されないのだろうか。リチャードはフラッド家の家系を救えないのだろうか。あるいは、プール家だろうか。ビリー・デリアのせいで？　違う。あの家族には船何隻分もの男性がいる。それはアポロやブルードが戯れた証拠になるかもしれないが、もしそれが抑止力になるとすれば、K・Dがアーネットと結婚するまでは、モーガン家の人々自身が重大な危険に直面していたことになる。そして、もしアーネットが娘でなく息子を産んだとしたら、彼らの地位はどのくらい安全になるのか。フリートウッド家も同じだ。ジェフとスウィーティは、必要とされるだけの資格はないのだから。両方の家族にとって、アーネットは重要な立場にある。

お茶の用意はできた。パットはしかめ面をして、その上にかがみこんだ。この難問を解こうとあんまり一生懸命になっていたので、彼女は、ロジャーが戸口の框に立つまで、彼が入ってくる物音が聞こえなかった。

「おまえは早く帰ってきたんだね」と彼は言った。「わしらは、クリスマス・キャロルを合唱して少し歩いたんだよ」

「あら、そうお」パットはむりにほほえんだ。

「おいしいケーキも食べ損なったよ」彼はあくびをした。「あとで、ローンのための寄付金に応じたよ。やれやれ、あの女は狂ってるね」疲れすぎていて笑う気力もなく、ロジャーは頭を振って、ほほえんだ。「だが、若いときにはいい人だった」彼は部屋を出ようとして背を向けて、言った。「じゃあ、おやすみ、ベイビー。わしは、明日の朝早く、タイヤをきしらせなけりゃならんから」

「父さん」パットは、彼の背中に話しかけた。

「う、うん？」

「どうしてあの人たちは変えたの？　昔、劇には九家族いたでしょう。それから、何年も何年も八家族だったの。いまは、七家族になってるわ」

「いったい何の話をしているんだね？」

「わかってるでしょ」

「いいや、わからんね」

「劇よ。どうして、聖家族はだんだん数が少なくなるの？」

「ケイトが、あれをみんなやってるんだ。それに、ネイサンが。子供たちの選抜っていう意味だが。たぶん、いつもの規模にするだけの数がいなかったんだろう」

「父さん」彼は、彼女の口調に疑いの響きを聞いたにちがいない。

「なんだい？」聞いたとしても、それは表面に出なかった。

「あれは、肌の色なんでしょ？」

「何だって？」

「この町で、人々が選ばれたり、順位をつけられたりするやり方よ」

「ああ、違うさ。そうだな、ほんのちょっと感情を害したことがあったかもしらんが——昔のことだ。だが、大したことは何もなかった」

「なかった？　父さんが結婚したとき、スチュワードが言った言葉はどうなの？」

「スチュワード？　ああ、そうか。モーガンの連中は自分たちのことをとっても重大に考えるんでね。ときには、重大に考えすぎるよ」

パットはカップを吹いた。

ロジャーは彼女の沈黙をしばらく推し量ってから、さほど居心地の悪くない話題に戻った。

「わし自身は、あの劇はかなりよくできてると思ったよ。だが、ネイサンはどうにかしなきゃならんな。彼はもう、抽き出しのなかのいちばんよく切れるナイフじゃなくなったからね」それから、あと知恵のように言った。「マイズナー師は、何を言わなきゃならなかったのかな？　後ろのあそこじゃ、ひどくまじめな話をしているようだったがな」

彼女は顔を上げなかった。「ただの……話よ」

「おまえたち二人に何か起こっているのかな？」

「父さん、お願いだから」

「訊いたって悪かないだろ？」彼は言葉を切って、返事を待った。しかし、返事はないとわかって、暖炉のことを何かぶつぶつ言いながら出ていった。

ええ、悪いですとも。パットは注意深くスプーンからすすった。リチャード・マイズナーに訊いてみればいい。わたしがついさっき彼にしたことを訊いてみるがいい。あるいは、他のみんながすることを。彼が質問をすると、彼らは明らかなこと、皮相的なこと以外どんなものからも彼を締め出してしまう。そして、わたしだけは正確に、それがどういう気持ちがするものか、誰よりもよく知っている。舞台上で八歳の子供たちが演じるようなことではない、ということを。

十五分後、パットは、デリアの墓から七十ヤード離れた庭のなかに立っていた。日が暮れて少し寒くなったが、まだ雪が降るほど寒くはない。レモン・ミントは萎びたが、ラヴェンダーとセージの茂みは元気がよく、芳香を放っている。風だと言えるほどの風はない。だから、石油缶のなかの火はたやすく扱うことができた。一冊ずつ、彼女は厚紙のファイルとたくさんの紙を――ホチキス止めにしたのも、バラのものも――炎のなかに投じた。作文ノートの表紙は千切り取らねばならず、それが火を覆い消してしまわないよう棒で斜めにしておかねばならない。煙はいがらっぽかった。それで、後ろにさがり、ラヴェンダーの小枝を集めて、それも火のなかに入れた。これにはしばらく時間がかかったが、ついに彼女は灰に背を向け、燃えたラヴェンダーの匂いを曳きずりながら家に入った。それから台所の流しで両手を洗い、顔に水をはねかけた。すると、清潔になったような感じがした。たぶん、それで笑いはじめたのだろう。最初は軽い笑いだったが、その後ははげしく、テーブルにすわったときは、頭をのけぞらせて笑った。彼らは本当に、これを維持していけると思ったのだろうか。数、血統、誰が誰とファックしたか。これらすべての八岩層の世代は生き続けてきたが、ついには梱をしばる針金のように細くなって終わるだろう。そう、たぶん生きていることはできるし、たぶん生きているべきだ。ルビーでは誰も死なないのだから。

彼女は目を拭って、カップを受皿から持ち上げた。紅茶の葉がくぼみに固まっている。もっと熱湯をそそぎ、ほんの少し浸しておけば、黒い葉はもう少しお茶を出してくれるだろう。さらに、もっと。いつも、ずっと。いつまでも。そして、いま、何がわかっているのか。それは、水のようにはっきりしていた。各世代は、人種的に不純物がないのみならず、姦淫からも解放されていなければならない。「神よ、純潔にして聖なる者をよみしたまえ」だ、本当に。それが、彼らの純潔なのだ。それが、彼らの聖性だ。それが、ハミングの祈りをしていた間、ゼカライアが行なった取り引きだった。恐れるべきものは、神の額ではなかった。それは彼自身、彼ら自身の額だった。だから、「神の額の皺になれ」が、あれほど彼らを怒り狂わせたのだろうか。しかし、取り引きは破られたか、変えられたにちがいない。いまは七家族しかいないからだ。変えたのは誰か？　たぶん、モーガンだ。彼らがすべてを動かし、すべてを管理しているのだから。双子は、どんな新しい取り引きをしたのだろう？　彼らは本当に、ルビーでは誰も死なないと信じていたのだろうか。突然パットは、みんなわかった、と思った。純度を落とさず姦淫もおかさない八岩層の血統は、ルビーに住んでいるかぎり、その魔法を保っていた。それが、彼らの秘訣だった。それが、彼らの契約だった。不死の契約。

パットの微笑は歪んだ。その場合、彼らを悩ますものはみんな、女から来るにちがいない。

「ああ神様」と彼女はつぶやいた。「ああ、神様、わたしは書類を焼いてしまった」

コンソラータ

地下室の清潔で気持ちのよい暗がりのなかでコンソラータは目をさまし、前夜死ななかったことにたいして、心がよじれるような失望をおぼえた。毎朝、希望をみじんに打ち砕かれ、彼女は自分のなめくじのような人生に嫌悪感をおぼえながら、地下室の寝台の上に横たわっているのだった。彼女は、すてきな名前のついた黒い瓶から少しずつすすることで、ようやく人生の一時間一時間を過ごしていた。そして毎晩眠りに入るたびに、これを最後の夜にしようと決心し、頭上をさまよう巨大な足が降りてきて、庭害虫のように自分を踏みつぶしてくれることを願った。

すでに柩のように狭い空間に入りこみ、すでに暗がりに愛着をおぼえ、長い間食欲からは遠ざかり、忘却のみを乞い願っているのに、どうしてこのように遅れているのか、彼女は理解しようと苦しんだ。「何のために？」と彼女は尋ねた。すると、その声は地下室の垂木から石の床まで詰まっている数多の声の一つとなった。週に数回、夜または昼間の影になる時間を選んで、彼女は地上に出た。そのときは、外の庭に立ったり、歩きまわったり、耐えることのできる唯一の光を見ようと空を仰いだりした。女たちの一人、ふつうはメイヴィスが、しつこく彼女に合流しようとした。しゃべりにしゃべり、いつも何やら話しながら。あるいは、他の二人が来る。すてきな名前のついた埃っぽい瓶――ジャルナック、メドック、オ＝ブリオン、サン＝テミリオン――からすることだけが、彼女たちの話に耳を傾け、ときには返事さえする勇気を与えてくれた。いちばん長くいるメイヴィスを別にすると、一人ずつ見分けることはますます難しくなってきた。彼女たちについて知っていることはあらかた忘れてしまい、それをおぼえていることは、しだいにどうでもいいことに思えてきた。彼女たちのそれぞれの声音は、同じ物語しか語っていなかったからだ。体の不調。欺瞞。それから、シスター・ロベルタがインディアンの少女たちに警告していたこと、成り行きまかせだ。この三つは破滅への道を舗装している要素であって、そのうち最も罪が深いのは成り行きまかせだった。

彼女たちは過去八年の間にやって来た。最初の女メイヴィスは、マザーが病気のときにやって来た。二番目の女は、彼女が死んだ直後に来た。それから、もう二人が。めいめいが二、三日泊めてほしいと頼んだが、全然出ていこうとはしなかった。ときどき、一人か二人がみすぼらしい小さなバッグを詰めて、別れを告げ、しばらくの間いなくなったように見えるが――ほんのわずかな間だけだ。彼女たちはいつも舞い戻ってきて、誰も、収税人さえほしがらない家に、墓地を恋している女といっしょにハツカネズミのように暮らすのだった。コンソラータは、ブロンズ色や、灰色や、青など、さまざまな色のサングラスを通して彼女たちを眺め、破滅した少女、おびえた少女、弱くて嘘をついている少女を見た。彼女は、サン＝テミリオンやいぶしたような味がするジャルナックをすすっている間は少女たちを我慢することができたが、しだいに彼女たちの首を折ってやりたい気持ちが強くなった。調理の下手な消化の悪い食べ物や、ハンマーで打つようなガツガツした音楽、喧嘩、しゃがれ声のからっぽの笑い、要求、などを止めることなら何でもやりたかった。だが、とくに成り行きまかせを止めたかった。シスター・ロベルタなら、彼女たちの手をピシャピシャ叩いたことだろう。彼女たちは絶対に必要なこと以外は何もしないばかりか、何かをしようとする計画さえ持たなかった。計画の代わりに彼女たちが持っていたのは願いだった――おろかな、幼児のような願い。メイヴィスは際限もなく、成功請け合いの金儲けの冒険を語り続けた。蜜蜂の巣だとか、「ベッドと朝食」と呼ばれる宿泊施設とか、配膳会社《ケイタリング》や、孤児院など。一人は、金か宝石か何かの入った宝の箱を見つけたので、中身について他の人たちをだます手助けをしてほしいと言った。もう一人は、ひそかに自分の腿や腕を傷つけている。傷痕の女王になりたくて、何でも手に入る道具――剃刀、安全ピン、果物ナイフ――を使って、肌に細くて赤い切傷をつけている。もう一人は、一種のキャバレー生活のようなもの、目を閉じて、悲哀にみちた歌が歌える込みあった場所に憧れている。コンソラータはワイン漬けのふやけた寛大さで、このような赤ん坊みたいな夢に耳を傾けてやった。そうした夢は、彼女たちの愛のささやきほどには彼女を怒らせなかったからだ。だが、愛のささやきのほうは、女たちが去っていったあとまでも長く尾を曳いた。彼女たちは、一人ずつ灯油ランプや蠟燭を掲げ、寺院か納骨堂に入る乙女のように階段を漂い降りてきて、床の上にすわり、まるで愛について何かを知っているかのように愛について語るのだった。眠っている間に愛撫に来る男、砂漠か、冷たい水のそばで彼女たちを待っている男、かつて命がけで彼女たちを愛した男、あるいは、彼女たちを愛さねばならない、愛したかもしれない、愛するはずだった男たちについて語った。

調子が最悪の日、憂鬱の胃袋が清潔な暗闇を汚してしまったようなときは、少女たちみんなを殺してしまいたくなった。おそらく、彼女のなめくじのような人生が引き延ばされているのはそのためだろう。それと、神の怒りの冷たい静謐さのため。神の許しなしで死ぬことは、魂に罪の宣告をくだすことに他ならない。しかし、メアリ・マグナの許しなしで死ぬことは、とこしえ《ペル・オムニア・サエクラ・サエクロールム》にそれを汚すことになった。もしコンソラータが間に合うときに話し、老女の心がかすんで読経口調になってしまう前に告白していたら、彼女は惜しみなく許しを与えてくれたことだろう。最後の日、コンソラータはベッドの彼女の背後にのぼり、枕を床に投げ捨て、羽のように軽い体を起こし、両腕と脚の間にその体をしっかりと抱いた。小さな白い頭は、コンソラータの胸の間に安らいだ。このようにしてメアリ・マグナは、子供のときに誘拐してきた女から揺すってもらい、祈ってもらい、誕生のときのような形で死の国に入ったのだった。実際には、彼女は三人の子供を誘拐した。一九二五年、誘拐は世界でいちばん簡単なことだった。当時まだシスターで、マザーになっていなかったメアリ・マグナは、道端のごみのなかにすわっていた二人の子供たちをそのまま残していくことをきっぱり断った。彼女はひょいと子供たちを拾いあげ、自分が働いていた病院に連れていき、オルドルノ重曹、グローヴァーズ・メインジ（カイセン用の薬）、石鹼、アルコール、ブルー軟膏、石鹼、アルコールの順で洗ってやり、それから、注意深く傷にヨードを塗った。また、子供たちに服を着せ、他の共犯の伝道シスターたちの協力を得て、いっしょに船に連れていった。彼女たちは六人のアメリカ人の尼僧で、より古い厳格なポルトガルの修道会から十二年間冷たくあしらわれたあと、合衆国に帰るところだった。インディアンと黒人に献身しており、自分たちが世話をしている確かに白人ではない三人のいたずらっ子のため割引料金の船賃を払っているシスターたちに、尋問する人はいなかった。いたずらっ子は、いまでは三人になっていた。コンソラータはすでに九歳になっていたので、最後の瞬間に連れていくことに決まったのだ。誰の基準から見ても、誘拐は救いだった。憤慨した頑固な尼僧たちが彼らをどんな生活に引きずりこもうとしているにせよ、それは、その町の糞で汚れた通りの彼らの前に横たわっていた生活に比べると、はるかにましだったからだ。一同がプエルト・リモン（コスタ・リカの滝）に着いたとき、シスター・メアリ・マグナは二人を孤児院に入れた。そのときすでに、彼女はコンソラータに恋していたからだ。緑色の目にか？　紅茶の色をした髪のせいか？　ひょっとしたら、彼女の従順さにか？　おそらくは、彼女の煙ったような、入日色の肌に恋したのかもしれない。シスターは彼女を被保護者として、この気むずかしい尼僧が任命された任地――北アメリカ西部の荒涼とした地点にあるインディアンの少女たちのための孤児院兼寄宿舎――へ連れて行った。

進入路に近い看板には、青地に白い文字で「クライスト・ザ・キング先住民女子学校」と書かれていた。たぶん、みんなはそういう名前でそこを呼ぶつもりだったのだろうが、コンソラータの記憶しているかぎりでは、尼僧たちだけが――主に、祈禱のなかで――この正式の名前を使っていた。まったく道理には合わないが、生徒、州の役人、それから、町で出会う人々はみんな、そこを修道院と呼んでいた。

三十年というもの、コンソラータはメアリ・マグナの誇りとなり、それを維持するため、一生懸命働いた。また、尼僧自身の親は一度も聞いたことがなく、娘の発音のあとからようやく繰り返すことしかできない聞き慣れない名前の場所で、生涯をかけた教育、養育、看護にたずさわったメアリ・マグナの珍しい成功例の一つとなった。コンソラータは彼女を崇拝した。彼女が誘拐されて、病院に連れていかれたとき、人々は、病気から守ってあげるためだと言って、彼女の腕に針を刺した。そのあとでかかった重病を、彼女は楽しい経験として覚えている。子供用の病室で寝ていた間、枠取りされた美しい顔が見守ってくれたからだ。その顔には、湖のように青く澄みきって落ち着いてはいるが、底にかすかな恐怖を、これまでコンソラータが一度も見たことのない悩みを秘めた目があった。大人の目にあのような気遣いを見るためなら、病気になるだけの価値はある。死ぬ価値さえあった。ときどき、枠取りされた顔をした女が手を伸ばして、手の甲でコンソラータの額に触るか、彼女の濡れてもつれた髪をなでつけてくれた。彼女の腰や指から下がっているガラスのビーズが、瞬きをした。コンソラータは、これらの手を愛した。平たい指の爪、掌のなめらかで固い肌を。それに、微笑しない口を愛した。その口は、幸せや歓迎の気持ちを輝かせるために歯を見せる必要は全然ないように思われた。コンソラータは、衣服の下に柔らかく光っている冷たい青い光を見ることができた。そして、それは尼僧の心から出ているのだと考えた。

コンソラータは踵まで届く清潔な茶色の服を着、尼僧に伴われて、病院からまっすぐ〈アティーナス〉と呼ばれる船に乗った。パナマに寄港したあと、彼女たちはニューオーリーンズで船を降り、そこから自動車、汽車、バス、もう一度自動車に乗って、旅をした。そして、病院の針ではじまった魔法は、次から次へ積み重なった。飲めるほど澄みきった水が渦を巻いているトイレット、包み紙のなかですでに薄切りになっている柔らかい白パン、ガラスの瓶に入っているミルク。そして、毎日、一日中とくに天に話しかけるために作られた豪奢な言葉。われらのために祈りたまえ《オーラ・プロ・ノービース》。恩寵に満てる者《グラーティア・プレーナ》（マリア）よ。御名を讃《サンクティフィチェ》えさせたまえ《ートゥル・ノーメン・トゥウム》。御心の天になるごとく地にもなさせたまえ《フィーアト・ヴォルンタース・トゥア・シークト・イン・カエロー・エト・イン・テッラー》。されど、われらを解き放《セド・リーベラー・ノース・アー》ちたまえ、悪より、悪より、悪より《・マーロー・アー・マーロー・アー・マーロー》。彼女たちが学校に着いたときにはじめて、魔法のペースはゆっくりになった。そこの土地には人に勧めるようなものは何もなかったが、家はまるで城のようで、美しいものに満ちていた。しかしメアリ・マグナは、そうした美しいものをすぐ排除しなければならない、と言った。コンソラータの最初の仕事は、害をなす大理石の彫像を打ち砕き、本を焼く焚火の番をし、裸の恋人たちが火のなかから吹き上げられ、追いかけてもう一度炎にくべねばならない場合には、十字を切ることだった。コンソラータは食料貯蔵室で眠り、タイルをごしごし洗い、鶏に餌をやり、祈り、皮を剝き、庭の手入れをして、缶詰を作り、洗濯をした。野生の茂みのなかにひりひりするほどからいトウガラシがたわわに実っているのを見つけて、それを栽培したのは、他の誰でもない彼女だった。彼女はシスター・ロベルタから初歩的な調理の技術を学び、庭の仕事と同じく台所の仕事も引き継げるほど上達した。また、インディアンの少女といっしょに授業に出たが、それにはあまり愛着を感じなかった。三十年間というもの彼女は、まるで修道女になったかのように完全に、神の息子とその母に身と心を捧げた。血を流している心と無限の愛を持った女性に。けがれを知らぬ女性《クアエ・シネ・タクトゥ・プドーリス》に。処女マリアのめでたき御胎《ベアータ・ヴィシエラ・マリーアエ・ヴィルジニス》に。狭いが、タイムの甘い香りにみちた道を持つ女性に。その愛があまりにも完璧に寛く、賢人、罪人ともに、口が利けないほど驚かせた神に。わたしたちが最小限神を知り、神に触れ、神を見ることができるよう人の像《かたち》を取った神に。神の苦しみがわれわれの苦しみを映し、神の死の苦悶、疑い、絶望、失策が、われわれが陥りやすい弱さを代弁し、現世の時間を通してそれを和らげられるよう、人の像を取った神に。しかし、生きている神にたいする三十年間のこの帰依は、彼女が生きている男に会ったとき、若い雌鶏の卵のように割れてしまった。

　それは一九五四年のことだった。人々はクライスト・ザ・キング校の約十七マイル南に、家を建て、垣根を作り、土地を耕していた。彼らは飼料店を建て、食料品店を作り、メアリ・マグナが喜んだことには、九十マイルより近いところに薬局を作りはじめた。そこでシスターは、少女たちの生理に備えて何巻きもの防腐性の木綿や、細い針、彼女たちに忙しく繕いに次ぐ繕いをさせる六十番の糸、リディア・ピンカム（生理、更年期用のハーブ錠）、スタンバック粉末（頭痛薬）、それに彼女が防臭剤を作るためのアルミ塩化物を買うことができた。

　こうした買物旅行のある日、コンソラータは学校のマーキュリーのステーション・ワゴンに乗ってメアリ・マグナに同行したが、彼女たちが新しくできた道に到達する前から、何かが起こっていることがはっきりわかった。灼けつくような太陽のもとで、何か放逸なことが行なわれている。声高な応援の声が聞こえてきたし、三十人あまりの活気に満ちた人たちが静かに町作りの仕事をしている代わりに、何頭かの馬が駆けてきて庭に入り、道を駆け抜けるのが見え、人々がけたたましい笑い声をあげているのが聞こえた。髪に赤と紫の花を差した幼い少女たちは、上下にピョンピョン跳んでいた。必死で馬の首にしがみついていた少年が抱え上げられ、勝利者だと宣言された。青年や少年たちは帽子を振り、馬を追いかけ、涙でいっぱいの目を拭っている。コンソラータは、その無頓着な喜びようを見ているとき、かすかだが執拗なシャ、シャ、シャ、シャという音を聞いた。シャ、シャ。それから、ちょうどそのような肌をした、そのような男たちの記憶がよみがえってきた。彼らは通りで、怒りに燃えた心臓のように鼓動する音楽に合わせて、女といっしょに踊っていた。上体は動かないが、腰は脚の上で小さな輪を描き、脚はあまりに早く動くのでどうしてそのように楽々と動けるのか、そのわけを知ろうとしても無駄だった。しかし、ここにいる男たちは踊ってはいない。彼らは笑い、走り、お互いの名前を呼びあい、喜びのあまり体を二つ折りにしている女たちに呼びかけている。そして、彼らはここに、つまり、きらきら光る黒人たちでいっぱいの騒々しい都市ではなく、一つの村に住んでいるが、コンソラータは彼らを知っていると思った。

メアリ・マグナが薬剤師の注意を惹くまでにしばらくかかった。ついに彼は人ごみを離れて、彼女たちといっしょに家まで歩いて帰った。彼は、自宅の玄関のポーチを仕切って店として使っていた。彼は網戸を開き、礼儀正しく頭を下げて、メアリ・マグナをなかへ招じ入れた。コンソラータがはじめてその男を見たのは、石段の上で待っていたときだった。シャ、シャ、シャ。シャ、シャ、シャ。痩せた若い男が馬にまたがり、もう一頭の馬を曳いていた。カーキ色のシャツは汗でぐっしょり濡れ、ある時点で彼はつばの広い平たい帽子を脱いで、額の汗を拭いた。彼の腰は鞍の上で前後に、前後に揺れている。シャ、シャ、シャ。シャ、シャ、シャ。コンソラータは彼の横顔を見た。するとまだ死んでいなかった羽のあるものの翼がはばたいた。彼は前を通りすぎて、飼料場へ入っていった。メアリ・マグナは、あれこれ――値段や質について――少し苦情を言いながら、買物包みを抱えて出てきた。そして、ステーション・ワゴンのほうへ急いだ。コンソラータは青い織物状の外科用木綿のロールを下げて彼女のあとに続いた。ちょうど彼女が助手席のドアを開けようとしたとたん、彼がまた通りすぎた。徒歩で、道をはるか下ったところに固まっているお祭り気分の人々のところへ早く戻ろうと、軽やかに走っていた。何の気なしに、機械的に、彼は彼女のほうを見た。コンソラータは見返し、彼の足取りではなくとも、目にはためらいがあるのを見たと思った。急いで彼女は、太陽に灼かれたマーキュリーに乗りこんだ。車内での彼女の苦しげな息づかいは、暑さのせいだと言うことができただろう。彼女はその後の二ヵ月間、一度も彼を見かけなかった。しかし、その間、羽のあるものが翼を広げようともがいていたので、心が不安定になった。熱烈に祈り、特別な注意を払って雑仕事をした二ヵ月。緊張の二ヵ月でもあった。学校は閉鎖の命令を受けていたからだ。この修道会を作り、資金援助をしていた富裕な女性の寄付金は、三〇年代は生きのびたが、五〇年代に入って底をついた。善良なかわいいインディアンの少女たちはとうの昔にいなくなっていた——母親や兄弟によって連れ去られるか、卒業して敬虔な生活に入っていた。いまでは、もう三年間、学校は州の監督下にある生徒を懇請していた。不謹慎な少女たちで、シスターたちはたいていのときは上機嫌だが、その他のときは意地悪だと考えているのは明らかだった。二人はすでに逃亡し、四人だけが残っていた。シスターたちが州を説得して、もっとたくさんの不良で手に負えないインディアンの少女たちを送りこんで（その費用を払って）もらうのでなければ、修道会は閉鎖して次の任命を待たねばならなかった。州には確かに、手に負えない少女たちがいた。「手に負えない」というのは、おねしょをすることから、授業をサボることや、授業中もぐもぐ言うことまで、すべてを含むからだ。しかし、州は彼女たちをプロテスタントの学校に入れたがった。プロテスタントの学校なら、先生たちの宗教的行為とまではいかなくても、衣服は理解することができるからだ。オクラホマ州のカトリックの教会や学校は、魚にポケットを探すほど珍しい。慈善家の女性がまず第一にその館を買ったのも、そういう理由からだった。これは、問題の核心に迫りうる好機だったからだ。すなわち、神も言語も持たないと想定される先住民にその両者をもたらすことだった。彼らの食事や、衣服や、頭脳を変え、かつては彼らの生活を生き甲斐のあるものにしていたすべてを軽蔑する手助けをしてやり、その代わりに、唯一の神を知る特権と、その神による贖いの機会を提供するのだ。メアリ・マグナは学校を救おうとして、次から次へ手紙を書き、オクラホマ・シティとその先まで旅行をした。このような気もそぞろの雰囲気のなかでは、コンソラータがへまをやったり、物を取り落としたり、他に焼け焦げを作ったり、突然急いで予定もないのにチャペルへ行ったりすることは、シスターたちにとって迷惑なことではあったが、彼女たち自身の問題とは別の警戒すべき兆候とは思われなかった。どうしたのか、と訊かれたり、看過できない失策で叱られたりすると、彼女は弁解の口実を考えだした。さもなければ、すねた。毎日、あわただしく敬神の念を新たにする彼女の混乱した心のなかに大きく浮かびあがっていたのは、修道院の外に出て、もう一度町に買物に行けと頼まれることへの恐怖だった。そういうわけで、彼女は夜が明けるとすぐ庭の雑用をやり、その日の残りは家のなかでへまばかりやりながら仕事をした。だが、結局、このような努力は全然役に立たなかった。彼女のほうが彼女のもとへ来たからだ。

晴れた夏のある日、彼女が二人のふくれっ面をした州の被保護者といっしょに、しゃがんで庭の草むしりをしていたとき、背後で男の声がこう言った。

「すみません、お嬢さん」

彼がほしかったのは、黒いトウガラシだけだった。

彼は二十九歳で、彼女は三十九歳だった。そして、彼女は分別を失った。完全に。

コンソラータは処女ではなかった。彼女が鳩の翼のようにごみの上に伸びてきたメアリ・マグナの手をありがたく受け入れた理由の一つは、九歳のとき、彼女が忍ばねばならなかったみだらないたずらのためだった。しかし、その白人の男の手が彼女の汚い手を握りこんだあと、彼女は一度も男を知ったことはなく、知りたいとも思わなかった。三十年の独り身の歳月のあとでの恋わずらいが、相手を食べてしまいたいという気持ちになったのは、おそらくこのためにちがいない。

彼は何と言ったのだろう？　おれといっしょに来い、と言ったのか。きみの名は何というの？　半ペックいくらだ？　と言ったのか。あるいは、からい黒トウガラシをもっと買うために翌日姿を現わしただけなのか。もっとよく見ようと、彼女は彼のほうへ歩いて行ったのか。または、彼が彼女のほうへ来たのか。とにかく、びっくりしたように彼は言った。「きみの目はミントの葉のようだね」彼女は「そして、あなたの目は世界のはじまりのようだわ」と声に出して答えたのか。それとも、これらの言葉は心中のつぶやきにすぎなかったのか。彼女は実際にひざをついて彼の脚をかき抱いたのか。それとも、それはただ彼女がしたいと思ったことにすぎないのか。

「籠は返しに来るよ。でも、遅くなるかもしれない。お邪魔してもいいだろうか」

彼女はそれにたいして何と答えたのか、覚えていない。だが、彼女の顔は確かに、彼が知る必要のあったことを語っていた。夜、彼はそこに来たし、彼女もそこにいて、彼は彼女の手を自分の手に取ったからだ。ペック籠はどこにも見えなかった。シャ、シャ、シャ。

ひとたび彼のトラックに乗ると、車は砂利を敷いた宅地内車道と狭い泥道では速度をゆるめ、それから、道幅の広いタールマカダム舗装道路ではスピードをあげて走った。その間、二人は口を利かなかった。彼は車が好きで運転しているように見えた。鋼鉄のフードで抑えられたエンジンのうなり声、近い闇を引き分けると同時に、遠い闇——予期できるものの彼方へ——に突き入る巧妙な機械の力にたいする歓び。コンソラータには数時間と思えるほど彼らは走ったが、二人の間に言葉は交わされなかった。危険とその必要性が二人の心を一つにして、落ち着かせた。彼女は、どこへ行くのか、着いたら何が起こるのか知らなかったし、気にもしなかった。彼らが引き裂いていく闇より黒い彼のそばにすわり、予期できないもののほうへ疾走しながら、コンソラータは羽あるものの翼を開かせ、石のように冷たい子宮の壁から飛び立たせた。遠いここでは、風はヒマワリの助けにも脅かしにもならず、月も時間や、天候や、種播きや、取り入れの言葉とはならず、二人のために象《かたど》られた原始の世界の貌《かたち》となった。

ついに彼は速度を落とし、かろうじて通ることのできる道のほうに曲がった。そこでは、チャパラル（シンオークの木のやぶ）がフェンダーをこすった。その真ん中で彼はブレーキを踏み、彼女を両腕に抱いたことだろうが、彼女はすでに腕のなかにいた。

帰途、彼らは再び黙りこんでいた。愛の抱擁の間彼らが口にしたのは、言葉になろうとして言葉らしきものを身振りで表わそうとはするものの、実際は、記憶にも残らず、統御もできず、他の形に移しようもないものだった。暁の前、彼らはお互いから身を離した。あたかも逮捕されて、各々が執行猶予のない刑期に直面しているかのように。彼女がドアを開けて、車外に降りたったとき、彼は言った。「金曜日、正午に」彼がバックでトラックを出す間、コンソラータはそこに立ちつくした。夜の間中、彼女は一度もはっきり彼の顔を見なかった。だが、金曜日には。正午。彼らは白昼にあれをやりあれをやりあれをやるのだ。彼女は自分の体を抱いて、ひざをつき、体を二重に折った。彼女が歓びに突き動かされて体を揺すっている間、額が実際に地を叩いていた。

彼女は台所にするりと入って、シスター・ロベルタには雌鶏小屋に行っていたふりをした。

「ふん、じゃあ、卵はどこにあるの？」

「あ。籠を忘れたんです」

「わたしに向かってばかなまねはしないでおくれ」

「はい、シスター。気をつけます」

「何もかもめちゃくちゃになってるわ」

「はい、シスター」

「じゃあ、もうお行き」

「はい、シスター。すみません、シスター」

「何かおかしいの？」

「いいえ、シスター。何も。でも……」

「でも？」

「わたし……今日は何の日ですか」

「聖マルタの日よ」

「わたしの言うのは、週の何曜日ですか」

「火曜日よ。どうして？」

「何でもありません、シスター」

「わたしたちがほしいのは、あんたの分別で、混乱じゃないのよ」

「はい、シスター」

　コンソラータは籠をつかんで、台所のドアから走り出た。


　金曜日。正午。太陽は容赦なく熱いハンマーを振るい、すべての人間は救いを求めて石の壁の背後に逃げこんだ。コンソラータと、あの生きている男——彼女はそう望んだ——のほか、すべての人間は。太陽は彼女を鉄床に見立ててハンマーを振るったが、彼女は、その鉄床から身を守るには麦藁帽子しかなく、熱気のなかで待つしか選択の余地はなかった。彼女は宅地内車道がわずかに曲がってはいるものの、家からは丸見えのところに立っている。この土地はひづめのように平たく、赤ん坊の口のように開いている。不埒な行状を隠せるところは何もない。もしシスター・ロベルタかメアリ・マグナが彼女に呼びかけて説明を求めたら、彼女は何か口実を考えだすだろう――あるいは、何も言わないかもしれない。彼女は彼のトラックを見るより先に、その音を聞く。トラックは着いても、彼女を追い越していく。だが彼は、顔は向けないが、合図をする。ハンドルから指を上げて、前方を指差す。コンソラータは右に曲がり、彼のタイヤの音を、それから、タイヤがタールマカダム舗装道路に触れたときには、その音なき音を追う。彼は道の路肩で彼女を待っている。

トラックのなかで、二人は長い間、まじめに、注意深く、お互いに見つめあい、それからほほえむ。

彼は、休閑地の盛り上がったところに建っている焼け落ちた農家のところまでドライヴする。それから、ヒメアブラススキとハコベの原を横切り、黒い歯を見せているこわれた煙突の後ろに車を停める。手を取りあい、二人は藪や茨と戦いつつ、ついに浅い溝のところに出る。コンソラータはすぐ、彼が彼女に見せたかったものに目を留める。互いに絡み合っている二本の無花果の木。二人が完全な文章を口にできるようになると、彼は彼女を見つめて言う。

「説明しろと言わないでくれ。できないのだから」

「説明の要ることは何もないわ」

「自分の生活をうまくやっていくつもりなんだ。たくさんの人がおれに頼っている」

「あなたが結婚していることは知ってます」

「結婚をこわそうとは思わない」

「わかってる」

「そのほか何を知ってるの？」彼は人差し指を彼女のへそに入れた。

「わたしが、あなたよりずっと年上だということ」

彼は目を上げ、彼女のへそから目に視線を移して、ほほえんだ。「ぼくより年上と言えるほど経験豊富なやつはいないぜ」

コンソラータは笑う。

「確かに、きみは年上じゃないよ」と、彼は言う。「この前はいつだった？」

「あなたが生まれる前」

「じゃあ、きみはすっかりぼくのものだ」

「ええ、そうよ」

彼は軽く彼女にくちづけして、肘によりかかる。「ぼくは旅をした。いたるところを。だが、きみのような人を一度も見たことがない。どうして、きみのような人ができたんだろう？　きみは、自分がどんなに美しいか知ってるか？　自分を見たことがあるのかい？」

「いま、見ているわ」

二人がそこで会っていた間中、無花果の木には一度も実がならなかった。しかし、二人は埃っぽい葉の影と、苦悶している幹の保護に感謝した。そして、彼が持ってきた毛布の上にできるだけ長く横たわっていた。あとで、各々が乾いた溝でできた切り傷や打ち身を見た。

コンソラータはいろんな尋問をされた。彼女は答えるのを拒否して、質問を嘆きに代えた。「ここがみんな閉鎖されたら、わたしはどうなるんですか。わたしがどうなるのか、誰も教えてくれませんでした」

「ばかなこと言わないで。わたしたちが、あなたの面倒を見ることは知っているでしょうに。ずっとですよ」

コンソラータは口を尖らせ、心配のあまり狂乱して、頼りにならない人間になっているふりをした。保証してもらえばもらうほど、それだけ強くどこかへ行きたいと主張し、「独りになりたい」と言った。たいてい金曜日になると、彼女を襲う衝動だった。正午近くに。

九月になって、メアリ・マグナとシスター・ロベルタが仕事で出かけると、シスター・メアリ・エリザベスといまでは三人になった無責任な生徒たちは、荷物を詰め、掃除をし、勉強して、祈禱することを続けた。二人の生徒、クラリッサとペニーは、コンソラータを見ると、にやにや笑いはじめた。彼女たちは十四歳だった。華奢な少女たちで、美しい知ったかぶりの目をしていたが、その目は急に無表情になることもある。彼女たちはそこから脱出することを目的に暮らしており、もう学校の終わりが近づいているので、かなり上機嫌だった。最近彼女たちはコンソラータを、自分たちの生活を破壊する敵の一人というよりはむしろ同盟者と見なしはじめていた。そして、お互いにシスターが使うのを禁じている言葉でささやきあいながら、コンソラータをかばってくれ、彼女の責任になっていた卵集めをしてくれた。草取りや、洗い片付けもしてくれた。ときどき彼女たちは、頭をくっつけあい、目を輝かせながら、祖母くらいの年寄りだと思う女が、どんな天候のときでも立ってシボレーのトラックを待っているのを、教室の窓から眺めた。

「誰かわたしたちのことを知ってる?」コンソラータは親指の爪を生きている男の乳首のまわりに這わせる。

「知ってる者がいても、驚かないな」と彼は答える。

「奥さんは?」

「いいや」

「誰かに言った?」

「いいや」

「誰かがわたしたちを見た?」

「見てないと思うよ」

「じゃあ、どうして誰かが知ることができるの?」

「ぼくには双子の弟がいる」

コンソラータは体を起こす。「あなたが二人いるの?」

「いや」彼は目を閉じる。目を開いたとき、彼は目を逸らす。「ぼくは一人だけさ」

九月は、あらゆるものに油絵の具を塗りつけながら進んで行った。何エーカーにもわたるカルダモン・イエロー、焼け焦げたようなオレンジ色、何マイルもの赤茶色の土、紺碧と真夜中の色の両方に変わる青い峡谷、そして、やるせない菫色の空。十月がめぐってきて、かつては大根があった場所で瓢箪がふくれていたとき、メアリ・マグナとシスター・ロベルタが帰ってきた。牧師、弁護士、事務員、聖職者たちにいたくじらされて。彼女たちのニュースは全然ニュースではなかった。彼女自身の運命をのぞいて、みんなの運命は教皇庁で決定されようとしていた。その決定はあとで来るだろう。メアリ・マグナの七十二歳という年齢は考慮しなければならなかったが、彼女は静かな老人ホームへ入れられることは拒否していた。それからまた、財産維持の問題があった。土地財産所有権は慈善家の基金の手中（それはいま、会長の手に渡っていた）にあったので、家と土地は正確には教会の所有物ではなかった。したがって議論の主題は、現在の税金と過去にさかのぼっての税金を払わねばならないかどうか、という問題だった。しかし、税金査定者にとっての本当の問題は、どうしてプロテスタントの州のなかで、監督する男性伝道団もない奇妙なカトリックの女性たちの群れが特別扱いを受ける資格があるのか、ということだった。幸か不幸か、これまでのところここの土地にはどんな天然資源も発見されていないので、基金のほうは簡単にこの施設を厄介払いできなくなっていた。彼女たちは簡単に立ち去ってしまうこともできなかった。そんなことができようか？　メアリ・マグナは事情を説明しようと、全員を呼び集めた。一人の女の子は逃亡していた。しかし、最後の二人、ペニーとクラリッサは、スーツを着たどこかの老人の手中で形を取りかけている自分たちの運命――とにかく、次の四年間の運命――が呈示されるのを、うっとりした表情で聞いていた。そして、尼僧たちの魔手から逃げだすために必要な助けが来る途中だということを確信して、重々しく美しい頭を下げて黙って従った。

しかし、コンソラータはメアリ・マグナの言葉にはほとんど注意を払っていなかった。彼女はどこにも行くつもりはなかった。必要なら野宿してもいい、あるいは、こちらのほうがもっといいのだが、いまでは心の故郷になっている焼け落ちた家に住んでもいい、と思っていた。いまでは三度、彼女は彼に従ってこの家を訪ね、焼け縮んだ床板の上を平衡を取って歩き、十二年を経た煙の匂いを嗅いでいた。そこの、一連なりの木立さえ見えない辺鄙な場所で、寂しいサハラの砂の波の上に建てられた家のように、誰一人、何一つ火を消すものもなく、その家は風の吹くまま、火勢のままに燃えつきたのだろうか。火事は、夜、子供たちが眠っているときに起こったのだろうか。さもなければ、炎が渦を巻いて最初に燃えあがったとき、家に住む人はいなかったのだろうか。夫は六十エーカー離れたところで、束ね、烙印を押し、切り拓き、種を播いていたのだろうか。妻は額にかかる一握りの髪をかきあげながら、裏庭の洗濯だらいの上にかがみこんでいたのだろうか。そのとき、彼女は子供たちにどなりながら一杯か二杯のバケツの水をかけ、可能なかぎりのものを持ち出そうと家に駆けこんだにちがいない。手を伸ばし、つかめるだけのものを庭に積み上げる。きっと、ベルが、あの錆びた三角形のものがあったにちがいない——相手に危険が迫っていることを知らせるために鳴らすもの、叩くものが。夫がそこに着いたとき、煙のせいで彼は泣いただろう。だが、ひとえに煙のせいだ。彼らは泣く民族ではなかったからだ。彼はまず家畜を心配して、安全なところへ連れていくか、自由にしてやっただろう。財産に保険をかけていなかったことを思いだしながら。庭に積んであるもの以外、すべては失われた。台所のそばの、家の北西の角にあったヒマワリでさえ。妻は台所で外皮を取ったトウモロコシをかきまぜながら、よくヒマワリを眺めていたものだったのに。

　コンソラータは抽き出しをかきまわして、野ネズミにかじられたプロパンガスの領収書を見た。また、風が焼け焦げた家具をなめらかな絹布に変えているのを見た。人間が逃げていなくなった空間を地獄の形象が引き継いでいる。一種の灰の彫刻。八フィートの身長のある男が、暖炉の近くをさまよっている。彼の頑丈なカウボーイの脚、地獄の形象に直面したときの引き締めたあごの線が、地所にたいする直接の疑問に答えていた。彼の長く黒い腕の端についた指は、壁が崩れている左手の空を指さし、彼の家からただちに出て行けと命令している。指さしている男のそばの黄土色の壁にかすかに彫りこんであるのは、長さ三フィートの蝶の羽をつけた少女だ。反対側の壁に住んでいる者を、コンソラータは魚人だと考えたが、生きている男は、いや、それよりエスキモーの目に似ているよ、と言った。

「エスキモー？」彼女は、首から髪を離して束ねながら、訊いた。「エスキモーって何なの？」

　彼は笑って、カウボーイの命令に従い、彼女を引っ張って崩れた壁の瓦礫の上を越え、溝に連れ戻した。そこで二人は、無花果の木に張り合いながら、抱擁した。

　十月の半ばに、彼は一週間逢引を飛ばした。金曜日がめぐって来て、コンソラータは泥道がタールマカダム舗装道路に出会う地点で二時間半待った。もっと長く待っていたかもしれないが、ペニーとクラリッサが来て、彼女を連れ帰った。

彼は死んだにちがいない、それをわたしに教えてくれる人がいないのだ、と彼女は考えた。そして、一晩中いらいらと心を悩ました——食料貯蔵室の藁ぶとんに横たわるか、さもなければ、台所のテーブルのそばの暗がりにしゃがんで。朝になると、そのとき目にしている生きものの世界は、彼の不在で命を失いかけているように思われた。心臓は、ひどい苦しみで血行が詰まって弱くなり、静脈は、縮んだセロファンの管になったような気がした。胸がどんどん重くなり、まともに息ができなくなった。とうとう彼女は理由を知るか、彼を探しだそうと決心した。

この地域では、土曜日は忙しい日だった。彼女が田舎道の真ん中を大股で歩いていくと、週に一回来るバスが警笛を鳴らして彼女を追いのけた。コンソラータは路肩すれすれに寄って、そこを歩き続けた。排気管から吹く風に、編んでない髪の毛を煽られながら。数分後、ガソリン・トラックが彼女を追い抜き、運転手が窓から何やらどなった。半時間後、遠くに光るものがあった。車か？　トラックか？　彼か？　彼女の心臓はごぼごぼと鳴って、再びセロファンの静脈に血が滲み出しはじめた。ともすれば口元に浮かんだ微笑が顔いっぱいに広がりそうになるのを、彼女は押しとどめた。車がゆっくり視野に入ってきたときも、歩くのをやめようとはしなかった。そうよ、おお神様、トラックだ。そして、ハンドルを握る一人の人物、なんたること。いま、トラックは速度を落としている。コンソラータは振り向いて、それが完全に停まるのを見つめ、生きている男の顔を見て楽しんだ。

男は窓から体を乗り出して、ほほえんだ。

「乗せてほしいか？」

コンソラータは走って道を横切り、車をまわって助手席のドアに駆け寄った。彼女がそこに着いたとき、ドアはすでに開いていた。彼女は乗りこんだが、何らかの理由——叱りたい、二十四時間の絶望を抹消したい、少なくとも、彼が与えた苦しみは謝罪の必要がある、彼女に許してもらうには説明する必要があることを、態度で示したいという女らしい欲望——か、そのような本能が働いて、彼女は自分を失わず、手を彼の股に伸ばしたかったが、思いとどまった。

もちろん、彼は黙っていた。だが、それは金曜日の正午に迎えにきたときの沈黙ではない。あのときの沈黙は、約束に満ちていた。くつろいで。声があった。しかし、この沈黙は不毛で、酸に裏打ちされた無言だ。それに、彼女は匂いに気がついた。けっして不快ではなかったが、彼の匂いとは違う。コンソラータは凍りついた。それから、彼の顔を見つめる勇気がなくて、横目でその足を見た。彼は黒いハイトップではなく、カウボーイ・ブーツをはいている。それで彼女は、彼ではなく、彼の体に住んでいる見知らぬ人間が運転席にすわっていることを確信した。

彼女は金切り声をあげて、道路に飛び出そうかとも考えた。もし彼が触れようとしたら、戦おう。他の選択肢を考える暇はなかった。修道院に通じる泥道に近づいていたからだ。彼女がまさにドアを開けようとした瞬間、見知らぬ男はブレーキを踏んで、速度を落として停止した。彼は彼女のほうにかがみ、腕で彼女の胸をかすってドアのハンドルを上げた。彼女は急いで車から降り、振り返って、見た。

彼はステットスンの縁に触れて、微笑しながら言った。「いつでも。どんなときでも」

彼女はまったく彼と同じ顔をじっと見つめながら、後退りした。嫌悪をおぼえると同時に、憎しみに大きく見開かれた純潔な男の目に魅入られて。

この出来事があっても、無花果の木の逢引は続く。次の金曜日に、彼は正しい靴をはき、正しい匂いを放ちながらやってきて、二人は少し言い争う。

「彼は何をした？」

「何も。わたしがどこへ行くのか、訊きもしなかった。ただ連れ戻しただけよ」

「いいことをやってくれたな」

「どうして？」

「ぼくたち二人に親切にしてくれたからさ」

「いいえ、親切にしてなんかくれなかった。彼は……」

「何だい？」

「わからない」

「彼はきみに何と言った？」

「彼は『乗せてほしいか？』って言ったわ。それから、『いつでも』って言った。また、送ってくれるつもりみたいに。わたしが好きじゃないってことは、わかったわ」

「たぶん、好きじゃないんだろう。それが、どうしていけない？　きみは、彼に好いてもらいたいのか？」

「いいえ、とんでもない。でも」

「でも、何だ？」

コンソラータはまっすぐ体を起こして、火事で破壊された家の後ろをじっと見つめた。何か茶色で毛のあるものが、黒焦げになった雨受け樽の残骸に急いで飛びこんだ。

「あなた、わたしのことを彼に話したの？」と彼女は訊いた。

「きみのことは、一度も、全然話したことはないよ」

「じゃあ、どうして彼は、わたしがあなたを探しに来たってわかったの？」

「たぶん、わからなかったんだろう。たぶん、きみがあんなふうに町に歩いて行くとは思わなかったんだろ」

「彼はトラックを転回させたんじゃないのよ。北に向かってたの。だから、わたし、あなただと思った」

「いいか」と彼は言う。彼はしゃがんで、小石を投げている。「ぼくらの合図を考えておかなくちゃならない。金曜日にいつでも来られるとはかぎらないから。何か考えようよ。きみにわかるように」

二人は、うまくいきそうなことは何も考えつかなかった。最後に彼女は、金曜日に待つけれど一時間だけにする、と言った。彼は、時間通りに来なければ、全然来られないのだ、と言った。

彼の双子の弟が現われるまでは、二人の逢引の規則正しさが、彼女の渇望の刃を和らげて鈍くしていた。いま、不規則になったことで、それがナイフになった。それでもなお、さらに二度、彼は無花果の木が生命を謳歌しているところに彼女を連れて行った。そのとき彼女は知らなかったが、この二度目が最後だった。

それは十月の終わりだ。彼は焼け焦げた家の一部を馬の毛布で覆い、二人は軍隊の支給品の寝袋の上に横たわる。頭上の淡色の空には近づく黒雲の輪ができているが、二人は見上げたとしても、それは目に入らなかっただろう。それで、彼女の髪に留まり、彼の濡れた背中を冷やす、降る雪が二人を驚かす。あとで、二人は自分たちの置かれた状況を話し合う。天候と環境にさえぎられて、彼らは主に場所の話をする。彼は九十マイル北の町のことを話し出すが、急いで訂正する。二人を受け入れるようなモーテルもホテルもないからだ。彼女は、いたるところに隠れ場所があるからと修道院を提案する。彼は鼻を鳴らして、不快感を示す。

「聞いて」と彼女は言う。「地下室に小さい部屋があるのよ。いいえ、待って。ちょっと聞いて。わたし、そこを片づけて、きれいにするわ。蠟燭をともして。夏は暗くて冷たいし、冬はコーヒーのように暖かいの。お互いの顔を見るためのランプは用意するけど、誰もわたしたちを見ることはできないのよ。好きなだけ大声で叫んでも、誰にも聞こえないわ。下のそこには梨があるし、壁にはずらりとワインが並んでいる。瓶は横向きに眠っていて、それぞれにヴーヴ・クリコとかメドックというような名前と、一九一五とか、一九二六というような番号がついてるの。釈放されるのを待ってる囚人みたいに。そうしてちょうだい」彼女は彼を促す。「お願いだから、そうしてちょうだい。わたしの家に来て」

彼が考えている間に、彼女の心はさまざまな計画で走りだす。ローズマリーを枕カバーに押し込み、シナモンを浸した熱いお湯でリネンのシーツを洗う計画。二人は囚人のワインでのどを潤すの、と彼女は彼に言う。彼は低い満足した笑い声を立て、彼女は彼の唇を嚙む。あとで回想してみると、それは彼女の大きな過ちだった。

コンソラータは、そうしたこと全部ともっと多くのことをやった。地下室の部屋は、オランダ製の八本の蠟燭立てのついたシャンデリアの光できらめき、古代ハーブの匂いを放っていた。セッケル梨が白い鉢いっぱいに盛られている。それらのうち一つも彼を歓ばせはしなかった。彼は一度も現われなかったからだ。肌の上の古いリネンのするするした感触を一度も味わったこともなければ、棒型シナモンの薄片を彼女の髪から拾ってやったこともない。彼女が藁を詰めた木箱から救いあげ、異常なほど透明に磨きあげた二個のワイングラスにはうっすらと埃がたまり、その後十一月になって、感謝祭の直前に、よく働く一匹の蜘蛛が這いこんだ。

ペニーとクラリッサは髪を洗って、ストーヴのそばにすわり、指で梳《くしけず》っては乾かそうとしていた。ときどき彼女たちの一人がかがみこんで、ストーヴの光る黒いパネルを振って火に近づけた。低い声で禁じられたアルゴンキンの子守歌を歌いながら、彼女たちはいつものようにコンソラータを見守った。興奮し、躁病にかかったように精力的に働くかと思えば、ゆっくりと調子が変わって、爪を嚙んで気もそぞろの有様になる彼女の日々を見守ったように。彼女たちはコンソラータが好きだった。自分たちと同じように、彼女も盗まれてきたからだ。そして、彼女を気の毒に思っていた。彼女たちは、愛と囚われの状態の限度と可能性についての重要な教えとしてコンソラータの振る舞いを見守り、この教えを生涯の残りの間、大事に持ち歩いた。しかし、いまは目の前の将来のほうが先だった。鞄は詰め終わり、計画はでき上がっている。彼女たちに必要なものは金だけだった。

「どこにお金を置いてるの、コンソラータ？　お願い、コンソラータ。水曜日に、連中はわたしたちを矯正施設へ連れて行くんですって。ほんの少しでいいわ、コンソラータ。食料貯蔵室？　そうなの？　じゃあ、どこなのよ？　月曜日だけで一ドル二十セントあったはずよ」

コンソラータは彼女たちの言うことは無視した。「わたしを悩ますのはやめておくれ」

「わたしたち、あんたを助けてあげたじゃないの、コンソラータ。今度は、あんたがわたしたちを助けてくれなくちゃ。これは、盗みじゃないわ——わたしたち、ここで一生懸命働いたじゃない。お願い？　どんなにわたしたちが一生懸命働いたか、考えてみてよ」

彼女たちは、声では詠唱し、なだめすかしながら、髪を揺すり、危機に瀕した乙女の燃えるような目で彼女をじっと見つめた。

台所のドアを叩く音は大きくはなかったが、その内密な響きは間違えようがなかった。三つのノック。それだけだ。少女たちは髪を揺すっていた手を止めた。コンソラータは、保安官か天使に喚問されたかのように、椅子から立ち上がった。ある意味ではその両方で、一人の若い女性の形を取っていた。疲れきり、苦しそうな息をしていたが、強引にまっすぐ切りこんだ。

「ずいぶん歩きました」と彼女は言った。「どうぞ、すわらせてくださいな」

ペニーとクラリッサは、煙のように消え失せた。

その若い女は、ペニーが空けた椅子に腰を下ろした。

「何か召し上がりますか」コンソラータは訊いた。

「水を、くださいます？」

「お茶ではなくて？　あんたは凍ってるように見えるわ」

「ええ。でも、先にお水を。それから、お茶を少し」

コンソラータは水差しから水を注ぎ、かがんでストーヴの火を調べた。

「あれは何の匂い？」と訪問者は尋ねた。「セージ？」

コンソラータはうなずいた。女は指で唇を隠した。

「気にさわりますか」

「そのうち消えるでしょう。ありがとう」彼女はグラスが空になるまで、ゆっくり水を飲んだ。

コンソラータにはわかっていた。あるいは、わかっていると思ったが、とにかく訊いた。

「何をお望みですか」

「あなたの助けよ」その声は柔らかく、どっちつかずだった。裁こうとしているのでもなく、嘆願しているわけでもない。

「お助けすることはできません」

「その気になれば、助けられるわ」

「どんな種類の助けを求めていらっしゃるのですか」

「わたし、この子供は産めないの」

熱い湯が注ぎ口から受け皿の上にほとばしり出た。コンソラータは薬缶を下ろして、タオルでその湯を拭いた。彼女はこれまでその女を一度も見たことはないが――実際、少女と言ってもよく、二十代は出ていなかった――女が部屋に入った瞬間から、女が何者なのかは間違えようはなかった。彼の匂いが彼女をすっぽり包んでいた。さもなければ、彼女の匂いが彼を包んでいたと言うべきか。二人はいっしょに、フロックスやキャメイの石鹼や煙草を吸いこみ、通ってきた道にそれを吐き出すほど長い間、親密に暮らしてきたのだった。それや、その他のことも。小さな子供たちの匂い、オリーヴ油のすてきな芳香、赤ん坊用のパウダー、肉なしの食事。ここには母親がいて、母親らしくない、人でなしのようなことを言っている。それが、二枚舌さながらどっとコンソラータに迫ってきた。彼女はその舌をかわしたが、その後ろにひそむ毒素が働いて、これまで知ってはいても一度も想像したことのないものから大きな衝撃を受けた。つまり、彼女は彼の妻と彼を共有しているということ。いま彼女は、その言葉――共有――の意味を正確に表わす風景を見た。

「そんなお手伝いはできません！　あなたのどこが悪いんです？」

「わたしは二年間に二人の子供を産みました。もし、もう一人できれば……」

「どうしてわたしのところへ来たの？　どうして、わたしに頼むんですか？」

「他に誰がいて？」女は、はっきりした、事務的な口調で訊いた。

毒が広がった。コンソラータは彼を失った。完全に。永遠に。彼の妻は知らないかもしれないが、コンソラータは彼の顔を覚えていた。彼女が彼の唇を嚙んだときではなく、彼女がそこからなめとった血についてもごもご言ったときだ。彼は鋭く大気を吸って、言った。「こんなことは二度とけっしてするな」しかし、最初は驚き、次いで不快感を浮かべた彼の目が、彼女がただちに知らねばならなかったことの残りを告げていた。クローヴァー、シナモン、古くて柔らかいリネン——いったい誰が運を天に任せて、食事のように彼を食べたいと思っている女と、梨や、壁に並んだ四人のワインを試してみようとするだろうか。

「ここから、さっさと出て行ってください。あんたは、そんなことのためにここに来たんじゃない。あんたがどんな人か、わたしに告げて、見せるために来たんですよ。そして、あんたが喜んでしようとしていることを知ったら、わたしがやめると思ってるんでしょ。ふん、わたしはやめないわ」

「あなたがやめなくても、彼はやめるわ」

「あんたは、もしそう考えてるんだったら、ここへ来なかったでしょうね。あんたは、わたしがどんな人間か、わたしも妊娠してるかどうか、見たかったんでしょ」

「わたしの言うことを聞いて。彼はいまやってることを失敗するわけにはいかないんです。わたしたちのうち誰も失敗できないのよ。わたしたち、あるものを作ってるんです」

「あんた方のみすぼらしい小さな町なんて、わたしがなんで気にすることがあるの？　出て行って。さあさあ。わたしにはする仕事があるのよ」

彼女は家までずっと歩いて帰ったのだろうか。それとも、あれも嘘だったのか。彼女は車を近くに停めていたのだろうか。もし本当に彼女が歩いたとしたら、誰も彼女を車に乗せなかったのだろうか。彼女が赤ん坊を失ったのは、そのためだろうか。

彼女の名前はソーンと言った。彼女とコンソラータが親友になったとき、ソーンはそうではないと思うと言った。それを引き起こしたのは、彼女の心にひそむ悪だった。独善性といっしょに滴り落ちる傲慢だ、と彼女は言った。払うつもりもない犠牲のふりをした結果、神のやり方を弄んではいけないことを思い知ったのだ。彼女が取り引きの材料に提供した命は、沼のような赤い液体となって風にさらされたシーツと彼女の足の間に落ちた。彼女たちの友情が実るには、しばらく時間がかかった。それまでの間、女が出て行ったあと、コンソラータは貨幣の入った布の袋をペニーとクラリッサに投げてやり、「とっとと出てお行き」とどなった。

光が変わり食事も変わり、次の数日間は一つの長い悲しみにさいなまれる結果になった。その間コンソラータは、がつがつして貪欲だった愛の破片を拾い集めた。極限まで引き伸ばされたロマンスは破れて、単なる無思慮な転移を顕わにした。人はキリストに完全に身を捧げ、それから神の肉という概念を飲みこんだのだが、そのキリストから、生きている男への転移。恥。咎めなき恥。コンソラータは事実上小さなチャペルへ這い戻った。（神がそこにいて、おぼろな光のなかで赤く輝いてくれたら、と熱烈に願いながら）女たちが、そこでは筋肉の痙攣のように体が卑屈さの記憶を持たないことがわかっていて、開いた腕のなかへ飛びこむように、急いで走り戻ったのだ。嘆願の祈りは出て来なかった。いいえ、主《ドミネ》よ、われは値せず《ノーン・スム・ディグヌス》。彼女はただ、あれほど喜んで開いたひざを折って、言った。「親愛なる主よ、わたしは彼を食べたかったのではありません。ただ家に帰りたかっただけです」

メアリ・マグナがチャペルに入ってきた。そして、彼女といっしょにひざまずき、片方の腕でコンソラータの肩を抱いて、言った。「とうとう帰ってきたのね」

「あなたはご存じありません」とコンソラータは言った。

「知る必要はないの」

「でも彼は、でも彼は」シャ、シャ、シャ。シャ、シャ、シャ。彼女が言いたかったのは、彼とわたしは同じだ、ということだった。

「シ、シ、シ。シ、シ、シ」とメアリ・マグナは言った。「けっして再び彼のことを話してはいけません」

彼女はそれほど早く同意しなかったかもしれないが、メアリ・マグナが彼女をチャペルから学習室に連れてきたとき、陽光が彼女の右の目を灼き、それ以来彼女の目はコウモリ目になった。そして、暗闇のなかがいちばんよく見えはじめた。コンソラータは神の召命を受けたのだ。

メアリ・マグナは家中の者をミドルトンへの旅に連れていくため、使う余裕のない金を使った。ミドルトンでは各人が、だがとくにコンソラータは、懺悔をしてミサに出た。悔悛の模範とも言うべきクラリッサとペニーは、道路上に広告が出ていたインディアン西部美術館を訪問したいと主張したが、成功しなかった。シスター・メアリ・エリザベスは、そこへ行くのは懺悔のあとの時間の使い方としては賢明じゃない、と言った。長い帰郷の旅は、ミサ典書のページをめくるシュッシュッという音と、ときどき学校の最後の顧客たちがハミングする声のほかは、沈黙のうちに終わった。

まもなく、マザーとシスター・ロベルタだけが残された。シスター・メアリ・エリザベスは、インディアナ州の教職のポストを受け入れた。ペニーとクラリッサは東部に連れて行かれたが、のちに聞いたところによると、アーカンソー州ファイエッツヴィルで、ある晩バスから逃げたとのことだった。コンソラータ宛てに振り出し、お伽話の本に出てくる名前が署名してある郵便為替のほか、彼女たちの行方は杳として知れなかった。

三人の女は、隠退に代わる案か「ホーム」行きの知らせを待ち、それから待つことをやめて、冬を過ごした。この伝道会が企画されたときの独立という方針は、しだいに遺棄というふうに感じられはじめた。その間、彼女たちは家屋敷を維持し、基金が支払うことのできない借金は作らないための手段を講じた。サージャント・パースンは、家畜用の未熟コーンとアルファルファを作るため、彼女たちから土地を借りることに同意した。彼女たちはソースと、ジェリーと、ヨーロッパ風のパンを作り、卵と、トウガラシと、辛い調味料、ぴりぴりしたバーベキュー・ソースを売り、色褪せた青と白の校名の上に貼った四角い厚紙で、こういう品物の広告をした。一九五五年の彼女たちの顧客はたいてい、アーカンソーとテキサスの間を走るトラックの運転者だった。ルビーの市民たちは、トウガラシ以外何かを買いに立ち寄ることはまれだった。彼らは彼ら自身がすぐれた料理人であって、ほしいものは作るか、栽培するかしていたからだ。ゆたかな時代の六〇年代に入ってようやく、彼らはトラックの運転者に加わり、「修道院育ちの鶏」と彼らが呼ぶものは、わざわざ買いに行く価値があるほど自分たちの家の鶏よりおいしいと考えるようになった。それからまた、少量のハラペニョ（メキシコの極辛トウガラシ）・ジェリーとか、コーン調味料も試してみた。四〇年代に植えたペカンの若木は、一九六〇年になると丈夫な木になった。修道院は木の実も売り、収穫物のパイができると、掲示するやいなや売り切れた。彼女たちはまた非常に美味なルバーブのパイも作ったので、顧客たちの噂の種になり、地獄のように辛いトウガラシをベースにしたバーベキュー・ソースは、絶品という評判をもらった。

それは、コンソラータにとっては申し分ない生活だった。申し分ない生活以上のものだった。メアリ・マグナは彼女に、この仕事の最初の規則として忍耐を教えたからだ。彼女の堅信式の手配をしたあとで、メアリ・マグナは話があるからと若いコンソラータを脇に連れ出した。そして、二人はいっしょにコーヒーがはいるのを眺めたり、黙って庭の端にすわっていたりした。神の寛大さが忍耐という贈り物ほどよく現われている場所は他にないのよ、と彼女は言った。この教訓はコンソラータに大いに役立った。それで、彼女は自分が失いかけているものにほとんど気づかなかった。最初に捨てねばならなかったのは、第一言語の基礎だった。ときどき彼女は、自分がその中間の場所で、つまり、第一言語の規則と第二言語の語彙の間の谷間で話したり、考えたりしていることに気がついた。次に消え失せねばならなかったのは気恥ずかしさだった。最後に、彼女は光に耐える能力を失った。メイヴィスが到着したときには、シスター・ロベルタはすでに老人ホームに入っていて、コンソラータにはメアリ・マグナの世話より他に気にかかるものは何もなくなっていた。

しかし、その前、皮紐のサンダルばきの、みすぼらしい身なりの女が庭の端からどなる前、メアリ・マグナの病気の前、客あしらいの悪い灰の人間でいっぱいの家の後ろの溝に隠れていた夏から十年後、まだ献身と軽い盲目の状態にあったコンソラータは、死者を蘇生させる術を身につけたのだ。

それは抑制の歳月だった。懺悔は聴いてもらえたが、全精力を使い果たすようなものではなく、日常の事柄に費やす時間も心の余裕もあった。コンソラータは書類を必要としないことなら何でも、すべてをさばくことができるようになった。畜産地の人々を狂喜させたバーベキュー・ソースを完成し、ひな鶏と喧嘩し、にくらしいガチョウに広い寝床を作ってやり、庭の手入れをした。彼女とシスター・ロベルタはもう一度雌牛を飼ってみることに同意したので、コンソラータは庭に立って、どこに牛の囲いを作ろうかと考えていた。そのとき、首や額の生え際から汗が雨のように流れはじめた。あまりの多さに、いまではかけるようになっていたサングラスが曇ってきた。彼女はサングラスを外して、目から汗を拭いた。塩からい水を通して、一つの人影が近づいてくるのが見える。すぐそばに来たとき、それは小柄な女性の形を取った。コンソラータはめまいに襲われ、豆の支柱に掴まろうとしたが、失敗して、地面に倒れた。目がさめたとき、彼女は赤い椅子にすわっており、小柄な女性がハミングしながら、額の汗を拭いてくれていた。

「幸運だったって言いなさいよ」と彼女は言い、チューインガムの固まりのまわりから微笑した。

「わたし、どうなったの？」コンソラータは家のほうを見やった。

「変化、だと思うよ。ここにあんたのサングラスがあるわ。曲がってるけど」

わたしの名はローン・デュプレイよ、と彼女は言った。そして、わたしがトウガラシを買いに来なければ、あんたはどのくらいさや豆のなかに横たわっていたか、誰にもわからないよ、と言った。

コンソラータはあんまり弱っていて立ち上がることができなかったので、椅子の背に頭を載せて、水を所望した。

「はいはい」とローンは言った。「もう水は充分とっているはずよ。あんた、いくつ？」

「四十九歳。もうすぐ五十よ」

「ほう。わたしは七十を越えていて、自分の分際はわかってるの。あんたがわたしの言う通りにすれば、あんたの変化は簡単で、短くてすむわ」

「これがどういうことか、あんたにはわかっちゃいないのよ」

「賭けてごらん。汗だけじゃないのよ。あんたは、もっと他のことも感じているでしょ。そうじゃない？」

「たとえば、どんな？」

「もし感じていれば、わかってるはずよ」

「どんな感じがするものなの？」

「あんたが話しておくれ。ある女たちは忍耐心がなくなったって言うし、他の女たちは、なんか思い出すって言うわ、たとえば、そうねえ、あんたにはわかってるだろ？」

「のどがからからよ」とコンソラータは言った。

ローンはバッグをかきまわした。「役に立つものを煎じてあげよう」

「いいえ。シスターが。わたしが言うのは、あの人たちが嫌うだろうってことなの。あんたが台所に入って、レンジをいじりまわしたりすることはさせないだろうって思うの」

「ああ、あの人たちは大丈夫」

実際に、その通りだった。ローンはコンソラータに、純粋な塩の味がする熱い飲み物をくれた。コンソラータが自分の発作とローンの治療法の話をしたとき、メアリ・マグナは笑って言った。「そうねえ、教師であるわたしは『たわごとだ』って考えるし、女であるわたしは、役に立つものは役に立つって考えるわ。でも、十分注意してね」メアリ・マグナは声をひそめた。「彼女は実際に術を施しているんだと思うから」

ローンはめったに訪ねては来なかったが、訪ねてきたときにはコンソラータを不安にする情報をくれた。コンソラータは、魔術は信じない、教会と聖なるものすべてが、何もかもわかっているという魔術の主張とその術の実施を禁じている、と苦情を言った。ローンは攻撃的ではなかった。彼女は簡単に、こう言っただけだった。「ときどき、人間にはもっと多くのものが要るのよ」

「とんでもない」とコンソラータは言った。「誓って。信仰だけがわたしに必要なものよ」

「あんたには、わたしたちみんなに必要なものが必要なの。大地、空気、水。神様を神の要素から切り離しちゃいけないよ。神様がすべてを創造なさったんだからね。あんたは、神様と神様の仕事を分けようとがんばっているのさ。神様の世界の平衡を破っちゃいけないよ」

コンソラータは半分うわの空で聴いていた。彼女の好奇心はおだやかで、宗教上の習慣が身を守ってくれた。彼女の安全は、箒の倒れ方やコヨーテの糞に拠っているわけではなかった。奇形の動物を見ても、彼女の幸福は増しも減りもしなかった。彼女は、水との会話を思い描くこともなければ、普通の人間が自然力の結果に干渉できるとも、干渉すべきだとも思わなかった。しかし、デンビーからの道路はのこぎりのように真っすぐで、はじめてそこをドライヴする十代の若者たちは、目隠しされてもドライヴできるばかりか眠っていてもドライヴできると思いこんでいた。それこそ、スカウト・モーガンが夕方早いときに修道院のそばを通る道を走っていたとき、時折やっていたことだった。彼は十五歳で、親友の父親のトラックを運転していた。（それは、おじが運転を教えてくれたリトル・ディアの農耕作業車とは比べものにならなかった）他方、弟のイースターはトラックの荷台で眠っており、親友もそのそばで眠っていた。彼らは父親たちみんなが行くのを禁じていたブラック・ロデオを見にそっとレッド・フォークまで抜け出し、フォルスタッフ・ビールを飲んで幸せになっていたところだった。ハンドルを握っていたスカウトは心ならずも何度からうとしていたが、何度目かのときに、トラックは道を外れて傾いた。道路脇に積み上げてあって、電力会社の係員が電柱の敷設にかかろうとすればすぐ落ちてくる仕掛けになっていた柱さえなければ、おそらく重大な被害はなかったことだろうが、トラックは柱の山にぶつかって、それをはじいた。ジュライ・パースンとイースターは投げ出され、スカウトはなかから出られず、曲がった赤い線が彼のこめかみの黒い肌を際立たせていた。

コンソラータのテーブルにすわっていたローンは、事故の音を聞いたというよりは感じとった。ジュライとイースターの叫び声が、そんなに遠いところから届いたはずはない。ローンは立ち上がって、コンソラータの手をつかんだ。

「行こう！」

「どこへ？」

「近くだと思うわ」

二人が着いたとき、イースターとジュライはスカウトを車から引き出して、その死んだ体を前にして泣きわめいていた。ローンはコンソラータのほうを向いて、言った。「わたし、いまは年取りすぎて、もうできないの。でも、あんたにはできるわ」

「彼を持ちあげるの？」

「違う。彼のなかに入るのよ。彼の目をさまさせて」

「なかに？　どうやって？」

「踏みこむのよ。ただ入りこめばいい。彼を助けてやって、あんた」

コンソラータは遺体を見つめ、ためらわずサングラスを外して、髪の色を変えかけている血の滴りに注意を集中した。彼女は踏みこんだ。そして、彼が夢見ていたまっすぐに伸びる道を見、トラックのはじかれ方、頭痛、胸の圧力、息をしたくない気持ちを感じとった。彼女は、イースターとジュライがトラックを蹴って、嘆いている声を遠方からのように、聞いた。少年の内部で、彼女はピンの先ほどの光が後退していくのを見た。彼女は恐怖のように感じられるエネルギーを集めて、その光が大きくなるまでじっと見つめた。すると、空気が少しずつ、少しずつ、最初は滲みこむ程度に、それから、どどっと入りはじめた。それを見ているだけで大変な痛みを感じたが、彼女は、むずかしい状況にある肺が自分自身のものであるかのように精神を集中した。

スカウトは目を開き、うめいて、体を起こした。女たちは怪我をしていない少年たちに、彼を修道院に連れてこいと言った。彼らはためらい、目を見交わしあった。ローンがどなった。「いったいぜんたい、あんたたち、どうしたの？」

二人はスカウトが蘇生したので、心底からほっとしていたが、いいえ、ミス・デュプレイ、と彼らは言った。ぼくたち、家に帰らねばなりません。「まだ走れるかどうか、見ようや」とイースターが言った。彼らはトラックを立て直して調べ、十分運転できることがわかった。ローンは、彼らといっしょに乗って行った。自分のしたことで半分気持ちが高揚し、半分恥ずかしがっているコンソラータを残して。彼女は術を行なったのだ。

何週間もあとにローンが訪ねてきて、少年が快くなったことを話して、コンソラータを安心させた。

「あんたには天賦の才があるのよ。わたしには、はじめからわかってた」

コンソラータは唇をへの字に曲げて、「恩寵に満てるマリア様《アヴェ・マリーア・グラーツィア・プレーナ》」とつぶやきながら十字を切った。いまでは高揚感は消えており、この件は邪悪に思われた。悪魔の所業、悪魔の技術のように。メアリ・マグナや、キリストや、処女マリアに告げようとすると、何となく気がとがめて言えなかった。彼女は自分がやっていることを知らなかった。魔力に縛られていた。ローンの魔力に。そして、ローンにそう言った。

「ばかなことは言わないで。神様は間違いはなさらないんだよ。神様の贈り物を軽蔑するのは、間違ってる。あんたは、神様をあんたみたいな、ばか呼ばわりするつもり?」

「あんたの言ってることは、何もわからないわ」コンソラータは彼女にそう言った。

「もちろん、わかってますとも。あんたの精神をうんと強くして、神様があんたに与えてくれたものを使いなさい」

「神様は、わたしがあんたを無視するよう望んでいらっしゃると思うわ」

「こちこち頭」とローンは言った。それから、バッグを取り上げ、日ざかりで乗せてくれる車を待つために、宅地内車道を歩いて行った。

そのあと、ソーンが来て、こう言った。「ローン・デュプレイが、あなたがなさったことを話してくれました。わたしは、心の底からお礼を言うためにまいりました」

コンソラータには、彼女は全然変わっていないように見えた。一九五四年には苦しんだせいか粘っていた長い髪が、いまは短く切られている点をのぞけば。彼女は籠を持っていて、それをテーブルの上に置いた。「永久に、あなたのこと祈ってますわ」

コンソラータはナプキンを取った。蠟引き紙の間に丸いシュガー・クッキーが幾層にも並んでいる。「マザーは、お茶のときこれを喜ぶわ」と彼女は言った。それから、ソーンを見て、「コーヒーにもよく合うわね」

「お茶を一杯いただきたいわ。何よりも」

コンソラータはシュガー・クッキーを皿に入れた。「ローンが考えるには――」

「そんなこと、どうでもいいんです。あなたは彼をわたしに返してくれたんです」

雄のガチョウが裏庭で金切り声をあげて、自分の前から雌を追い散らしている。

「彼があんたの息子さんだとは知らなかったわ」

「ご存じなかったことは知ってます」

「それに、あれは、やらないではいられなかったことなの。わたしが言いたいのは、いわばわたしを超えたなにかの力が働いた、ってことよ」

「それも、わかってます」

「彼はどういうふうに考えてるの？」

「自分で助かったと考えてるわ」

「ひょっとしたら、彼の言う通りかもしれない」

「ひょっとしたら、その通りかもしれない」

「あんたはどういうふうに考えるの？」

「彼にはわたしたち二人がいて幸運だったと」

コンソラータは籠からクッキーの屑を振るい落とし、ナプキンをきちんと畳んで、そのなかに入れた。彼女たちは何年もの間、この籠をやり取りした。

メアリ・マグナを別にすると、「踏みこみ」は何の役にも立たなかった。それにたいする召命はなかった。コンソラータは光が自分の目に近づくのには耐えられなかったが、メアリ・マグナが病気になったときは、彼女のために光に耐えた。最初、彼女は愛するあまり死なれるのが怖くて弱気になったとき、それを試してみた——病める女を楽にするものは何もないように見えたから——そして、無力感に腹が立ってきて、上手《うわて》を取ることにした。ピンの先のようにかすかな光を見つけるために、踏みこむのだ。その光を操作し、広げ、強め、ときどき彼女を生き返らせ、起こしさえした。そして、コンソラータは「踏みこみ」にあまりにも一生懸命になったので、メアリ・マグナはランプのように輝いた。コンソラータの腕に抱かれて、最後の息を引き取るまで。そういうわけで、彼女は術を行なった。そして、彼女がこれをやったのは愛する女性のためとはいえ、破門に価する行為であって、メアリ・マグナが悪の力で自分の命が永らえられたことを知ったら、嫌悪と怒りでひるむだろうということを知っていた。あの世に入るという最後の恵みが、もっと分別を持ってしかるべき人間によって故意に遅らされたと知ったら。それで、コンソラータは一度も彼女には話さなかった。それでいて、いかにいとわしかろうと、その天賦の才は蒸発してはしまわなかった。それは誇りの罪を魔法と繋ぎ合わせるので厄介ではあったが、彼女は神を怒らせず、いま自分の魂も危険にさらさないと自分でも納得できる方法で、それと折り合いをつけた。これは、言葉の問題だった。ローンはそれを「踏みこみ」と呼んだが、コンソラータはそれを「内から見る」と言った。こうして、天賦の才は「見る力」となった。それを開発したいと思う人には誰でも、神が自由に使わせた才能。これは遠回りではあったが、彼女自身とローンの間の論争を解決し、あらゆる種類の不幸にたいする試みローンの治療法を受け入れさせ、「見る力」が燃え立っている間、他の人にたいする試みを可能にした。目に見える世界がおぼろになればなるほど、彼女の「見る力」はそれだけきらめきを増した。

メアリ・マグナが死んだとき、コンソラータは五十四歳で、通りをさまよう子供だったときとは違う意味で、また召使だったときには一度も感じたことがない意味での孤児になった。カトリック教会が人間の過度な愛にたいして警告しているのは、それだけの理由があるからで、メアリ・マグナが逝ったとき、コンソラータは二人の友人からはお悔やみを受け、メイヴィスからは支持のつぶやきと援助を、グレイスからは勇気づけの努力をしてもらったが、この世と彼女を結ぶ綱は指からすべり落ちた。彼女にはアイデンティティもなければ、保証も、家族も、仕事もなかった。死に直面し、追い立てを待ち、神に用心している自分を、彼女は、からっぽの戸棚の隅にころがっている――何も書いてない――一枚の丸まった紙のように感じた。彼らはつねに彼女の面倒を見ると約束したが、「つねに」は「あらゆる方法で」でもなければ、「永久に」でもないことを彼女には告げなかった。囚人のワインは助けにはなったものの、効力が切れるまでで、そんなとき、彼女は酒飲みの意地悪さでいっぱいになって、この家に居候している女たち全員から生命を叩きだす勇気があったらと願った。「神様は間違いはなさらないんだよ」と、ローンは彼女にどなった。たぶん、そうだろうが、ときどき神様は気前がよすぎる。たとえば、悪魔的な才能を、暗闇に住み、何か役立つことをするため寝台から起きることもできず、そこで死んで、この世から自分の悪臭を一掃することもできない、酔っ払いの、無知で、文なしの女に与えたもうた。白髪で、目は本来の機能を失い、自分がどういうふうに見えるか、想像することしかできない。色を失った目は、他人の心に起こる事柄以外、どんなものもはっきり見ることはできなかった。彼女が生きている男と泥のなかで欲情し、懸命に目を凝らしたため、はじめてちゃんと見ていると思ったあの盲いた季節の正反対だ。しかし、彼女は召命された。半分呪われ、半分祝福されて。神は緑色の目を灼きつくし、それを、使おうとすれば罰せられる純粋な視力に置きかえた。

足音がして、それからノックがあって、彼女の悲しい袋小路の思いは中断された。

少女がドアを開けた。

「コニー？」

「他に誰がいる？」

「わたしよ。パラス。わたし、また父に電話かけたの。それで、わかるでしょ。彼はタルサでわたしに会う予定なの。だから、さよならを言いに来ました」

「そうお」

「本当に楽しかった。わたし、こんな経験が必要だったの。そうね、最後に父に会ってから永遠のときが経ったみたい」

「それほど長く？」

「信じられる？」

「かろうじて。あんた、太ったわね」

「ええ。わかってるわ」

「これから、それ、どうするの？」

「いつもと同じ。ダイエットするわ」

「そういう意味じゃない。わたしが言ったのは、赤ん坊のことよ。あんた、妊娠してるでしょ」

「してないわ」

「してない？」

「してません！」

「どうして？」

「わたし、まだ十六歳ですもの」

「あら」とコンソラータは、背骨の上に浮かんでいるお月さまのような頭を見ながら、言った。その背骨には四つの小さな付属品がついている――犬猫の足か、手か、ひづめか、足が。この段階では、見分けるのがむずかしい。パラスは小羊か、赤ん坊か、ジャガーをお腹に入れていたのかもしれない。「かわいそうに」パラスが部屋から逃げだしたとき、彼女は言った。そして、愚かな若い母親といっしょに暮らす子供の生活を想像して、もう一度「かわいそうに」と言った。彼女は同じ年ごろの、もう一人の少女を思い出した。彼女は数年前にここに来た――ひどく悪い時期に。十七日間、コンソラータは独りで、メアリ・マグナのなかに入り、彼女に息を吸わせたり吐かせたりさせ、冷たい青い光を瞬かせたりした。ついにメアリ・マグナが、最後の秘蹟は受けることができなかったが逝かせてほしいと言った。二番目の少女のグレイスは、遺体が運び出された瞬間に襲ってきた恐ろしい寂しさを避けるのにちょうどいいときに到着して、コンソラータを眠らせてくれた。同時にメイヴィスも、ルルドの水と非合法の痛み止めを持って帰ってきた。コンソラータは仲間を歓迎した。仲間は、追い立てや、餓死や、罪を懺悔してない死についての自己憐憫的な物思いから、気をそらせてくれるからだった。書類や保護者を失って、彼女は、アティーナス号の手摺りのところでメアリ・マグナの手にしがみついていた九歳のときと同じほど傷つきやすかった。ローン・デュプレイやソーンがどんな援助を提供してくれようと、それは避難所を含んではいなかった。この町では、望めないことだった。

それから、ルビーの少女が来た。目の後ろにコップ一杯の涙をためて。それに他のこともあったらしい。彼女は予想されるような不安に駆られてはいず、子宮の仕事に反抗していた。彼女の嫌悪感はあまりにはげしく、肉体と心を切り離し、肉を生み出す自分の肉を、見知らぬ、反抗的な、不自然で、病んだものと見なしていた。コンソラータは、何がそのような反感をもたらしたのか推測できなかったが、とにかく反感は頑として居座っていた。そして、その反感がここでもまた、もう一人の「してません！」という叫び声にひそんでいる。純粋の恐怖。最初の少女については、コンソラータは、メアリ・マグナだったらやっただろうとわかっていることをした。つまり、彼女を静かにさせて、ときが来るまで待つように忠告した。もしそうしたければ、ここで分娩してもいいと言った。メイヴィスは大喜びで、グレイスは面白がった。彼女たちは畑の地代を持って、車で、やがて生まれてくる新生児のための買物に行き、幼稚園でも開けそうなほどたくさんの小さなブーツや、おむつや、人形を買ってきた。少女は産婆に診てもらうことはきっぱり断り、ふくれっ面をして、一、二週間静かに待った。あるいは、コンソラータはそう考えていた。陣痛がはじまるまで彼女が知らなかったのは、若い母親が容赦なく自分の腹を殴っていたことだった。コンソラータの視力がもっとよかったら、そして少女の肌が、大洋の恋人の夜のように黒くなければ、すぐ打ち身を見つけ出したはずだ。実際は、ふくれたところと、広い部分の下のほうの肌が銀色ではなく、むしろ紫色になっているのを彼女は見た。しかし、本当の損傷は、両脚の間に――情け容赦なく、繰り返して――強姦者の技術でモップの柄を挿入したためについた。狂信的な男性の活力と意図をもって、彼女は自分の人生からその生命を強打して取りのぞこうとしたのだった。そして、ある意味では、意気揚々と成功した。五ヵ月か六ヵ月だった赤ん坊が反抗したのだ。いらだち、怒り、おびえて硬くなり、赤ん坊はこれまで乗っていた叩き叩かれた船から逃げだそうとした。繊細な頭蓋骨への打撃、お尻への殴打が響いた。背骨の震え。さもなければ、望みはなかった。赤ん坊が自分を救おうとやってみなかったら、いくつかの断片に砕かれ、母親の食べ物のなかで溺れ死にしたにちがいない。それで、彼はいわば早く生まれすぎ、逃避に疲れきっていた。しかし、息はしていた。そう見えた。メイヴィスがあとを引き受けた。グレイスは寝に行った。コンソラータとメイヴィスはいっしょに、赤ん坊の目を洗い、のどに彼女たちの指を入れて、空気が吸えるようにしてやり、食べ物をやろうとした。それは数日間うまくいったが、そのあと彼は、マールやパールの仲間入りをしてしまった。そのときまでに、母親は一度も彼に触らず、ちらとも見ず、様子も訊かねば、名前もつけず、出て行ってしまった。グレイスは彼をチェと呼んだ。コンソラータは今日の日まで、彼がどこに埋められたか知らない。ただ彼女はメイヴィスがほほえみ、あやしながら、赤ん坊を運んでいく前に、三ポンドの勇敢ながら敗北した命にたいして、世の罪を取り除く神の小羊よ、われらを憐れみ《アニュス・ディ・クィー・トリス・ペッカータ・ムンディー・ミゼレーレ・》たまえ《ノービス》とつぶやいたことだけを覚えている。

それで、よかったのかもしれない、とコンソラータは考えた。あの母親との生活はチェにとって地獄になっただろうから。いま、ここでもう一人の少女が「してません！」と叫んでいる。まるで、そう言えば言葉通りになるかのように。かわいそうに。

瓶のほうに手を伸ばすと、コンソラータはそれが空になっているのがわかった。彼女はため息をついて、椅子の背によりかかった。ワインなしでは、物思いは耐えがたい。彼女にはそれがわかっていた。あきらめ、自己憐憫、黙せる怒り、消えかけた火のなかの燠のように燃えている嫌悪感と恥。悪徳の杯を満たそうと立ちあがったとき、大変な疲労に襲われて、彼女は椅子に戻らざるをえなくなった。あごの先を胸につけて。彼女は一眠りして、しらふになった。頭が痛く、口には砂を含んだような感じがあったが、すぐトイレに行く必要があって目がさめた。二階で彼女は、一つのドアの後ろでは鼻をすする音、もう一つの背後では歌う声を聞いた。再び階段を降りてきて、少し外気を吸おうと心を決め、足を引きずりながら台所を通ってドアから外に出た。太陽は沈んで、あとに親しみ深い光を残している。コンソラータは冬に荒らされた庭を見渡した。トマトの蔓は、泥のなかに落ちてつぶれた黒い実の上に、ぐんにゃりと垂れさがっている。カラシは、手をかけてやらないので腐って薄黄色になっている。メロンの株全体が、倒れて泥茶色になった菊の頭のそばに、自分の重みで陥没していた。二、三枚の鶏の羽が、可能なかぎりの外敵から庭を守る低い針金のフェンスに突きささっている。人間の助けがないので、地ネズミの穴、白アリの城、ウサギの跳梁と決然たるカラスの狼藉の痕がいたるところにできていた。彼方の取り入れのすんだきれいな畑のなかでは、トウモロコシの切り株がわびしく見える。皺の寄った指のような実がしがみついているトウガラシの茂みは、寒さでしゃちほこばっていた。土くれが脚に吹きつけるのもかまわず、コンソラータは色褪せた赤い椅子に腰をおろした。

「我は値せず《ノーン・スム・デイグヌス》」と彼女はささやいた。「でも、教えてください。あなたが約束した日々のやすらぎ、タイムの通廊、ベロニカの香りはどこにあるのですか。わたしが手に入れたとあなたが言ったクリームと蜂蜜は？　立派に果たした雑用から来る幸福、義務が与えてくれる静謐、いい仕事の祝福は？　わたしがあなたへの愛から行なったことは、それほどひどかったのですか」

メアリ・マグナは何も言わなかった。コンソラータは答えようとしない沈黙に耳を傾け、空にたいする怒りよりも驚きに打たれていた。いま空は金と青緑の羽に包まれて、報われた愛のように地平線を闊歩している。彼女は不浄なこの世界で誰からも悲しまれず、独りで死ぬのが怖かった。しかし、それこそまさに自分の前に横たわっていることだとわかっていた。なんと彼女は佳き死にあこがれていたことか。「あなたがいないのを、寂しく思うでしょう」と彼女は神に言った。「本当に寂しくなるわ」空の微光がゆらめいた。

一人の男が近づいてきた。中背で、軽やかな足取りだ。彼は宅地内車道の上までやって来た。カウボーイ・ハットをかぶっていて、それが顔を隠していたが、とにかくコンソラータには顔など見えなかっただろう。ドアに枠取りされた台所の石段の上の彼が腰をおろしたところでは、三角形の陰が顔を隠していたが、服は見えていた。白いワイシャツの上に緑色のベストを羽織り、赤いサスペンダーが茶色のズボンの両側に垂れ下がっている。靴は光沢のある黒い労働靴だ。

「あんたは誰？」彼女は訊いた。

「やめてくれよ、おれを知ってるはずだ」彼は前かがみになったので、彼女は、彼がサングラス――光るミラー・タイプのもの――をかけているのを見た。

「いいえ」と彼女は言った。「知ってるとは言えないわ」

「そうさな、重要なことじゃない。ここを旅行してるんだ」二人は十ヤードほど離れていたが、彼の言葉は彼女のほおを舐めた。

「あんた、町から来たの？」

「うん、遠い国から来たんだ。飲み物はあるかい？」

「家をのぞいてごらん」コンソラータは、蜂蜜が蜂の巣からじわじわ滲みだすように、彼の言葉のほうにすり寄りはじめた。

「ああ、そうか」と彼は言った。これでこの件はおしまい、家に行くよりはのどが渇いたままのほうがいいとでも言うかのように。

「ただ、どなりゃいいのよ」とコンソラータは言った。「女の子が何か持ってきてくれるわ」彼女は自分が軽くなり、重量がなくなったような感じがした。あたかもその気になれば、立ち上がらないでも動くことができるかのように。

「そんなことよりおれをよく知ってるはずじゃないのか？」男は訊いた。「おれは、女の子たちに会いたくはない。きみを見たいんだ」

コンソラータは笑った。「あんた、わたしより眼鏡をたくさん持ってるくせに」

突然、男は動きもしないで、彼女の隣にいた――とても楽しいときを過ごして（または期待して）いるかのようにほほえみながら。コンソラータはまた笑った。とてもおかしくて、喜劇的に思われた。彼が石段から彼女のところへ飛んで来たことといい、彼女を見つめる表情といい――いちゃつきだ、ひそかなおもしろさでいっぱいの。彼女の顔から六インチと離れていないところで、彼は山の高い帽子を取った。すると、さわやかな茶色の髪がさっと落ちてきて、滝のように肩や背中を覆った。それから彼はサングラスを外して、ウィンクした。ゆっくりした、誘惑的なまぶたの動き。彼の目は初物のリンゴのように丸くて緑色をしているのを、彼女は見た。

寒さのきびしい一月の晩、蠟燭の光の下でコンソラータは二羽の殺したばかりの雌鶏をきれいにむしって、何度も何度も洗う。それらの鶏は若い、成績の悪い産卵鶏で、産毛は抜くのがむずかしい。鶏の心臓や、首や、臓物や、肝臓が、沸騰した湯のなかでゆっくりとまわっている。彼女は皮を持ち上げて、その下に手を差し入れ、できるだけ奥に指を入れる。胸の下、翼に近いところにポケットを探す。それから、左の掌で胸を支え、右手の指は背中の皮にトンネルを掘って、そっと背骨を探る。こうしたすべての場所に――皮が外れ、かつては保護していた肉から膜が離れたところへ――バターをすべりこませる。厚く。淡い色の。ぬるぬるしたバターを。

パラスは掌のつけ根で目を拭い、それから鼻をかんだ。さて、何をしよう？

彼女がコニーに話した最後の電話の内容は、最初の電話と大して違ってはいなかった。少し短かいだけだ。しかし、それは、去年の夏の父との話し合いと言われているものと同じ挫折感を生み出した。

これは驚いたな、いったいぜんたい、どこにいるんだね？　おまえは死んだと思ってたよ。ありがたいねえ。車は見つかったんだが、片方がひどくへしゃげていて、誰かが備品を取ってしまっていたよ。おまえ、大丈夫か？　おお、ベイビー。父さん。やつはどこにいる――あいつの尻を動けなくなるまで鞭打ってやる。何が起こったのか、話してくれ。おまえのひどい母さんは、いつもの通りわけのわからんことを言っておる。やつはおまえに怪我をさせたのか？　いいえ、父さん。ふん、じゃあ、どうしたんだ？　やつは一人だったのか？　わたしたちは学校を訴えているんだよ、ベイビー。あいつらをひどい目に遭わせてやる。彼じゃなかったの、何人かの男の子がわたしを追っかけたのよ。何だって？　トラックで。彼らはわたしの車にぶつけて、むりやりわたしを道に降り立たせたの。わたしは走って、それから――やつらは、おまえを強姦したか？　父さん！　そのまま待ってくれ、スウィートハート。ジョー・アンが例の探偵を呼んでくれるからな。彼に、パラスが出ていると言ってくれ。いや、彼女は元気だ。何でもいいから、彼を呼んでくれ、いいな？　さあ、話してくれ、ベイビー。わたし。どこにいるんだ？　父さん、わたしを連れにきてくれる？　もちろん、行くとも。すぐに。金は要るか？　空港か、汽車の駅に行けるか？　どこで待ってるかだけ教えてくれ。待ってくれ。たぶん、警察に電話すべきだろうな。地方警察っていう意味だ。警察がおまえを空港に連れていってくれるだろう。おれに電話するよう、警察に言え。いや。駅から電話してくれ。どこにいるんだね？　パラス？　どこから電話をかけてるんだ？　パラス、聞こえるか。ミネソタよ。ミネソタ？

何てこった、おまえはニューメキシコにいるんだとばかり思っていたよ。いったい、そこに何があるんだね？　ブルーミントン？　いや。セント・ポールだ。おまえはセント・ポールの近くにいるのか、スウィートハート？　どこの近くでもないのよ、父さん。田舎みたいなとこ。警察に電話しろ、パラス。警察に連れにきてもらえ、聞いてるか？　いいわ、父さん。その後、駅から電話をくれ。オーケー。わかったかい？　おまえは怪我をしたりなんかしてないんだね？　ええ、父さん。よかった。じゃあ、いいな。わたしはここにいるからね。もし外出するようなことがあったら、ジョー・アンがいる。やれやれ、おまえのおかげで大変な目に遭ったよ。だが、何もかももう大丈夫だ。おまえが帰ってきたら、あのバカヤロウの話をしよう。もう、いいか？　電話してくれ。わたしたちは話し合わなくちゃならん。愛してるよ、ベイビー。

話し合い。確かに。パラスは誰にも電話しなかった──警察にも、ディー・ディーにも、父にも──八月まで。彼はかんかんに怒ったが、それでも旅行費を電信で送ってくれた。

もし連中が、彼女のいないところで、カルロスを前にして彼女を笑い者にしたとしても、彼女をだしに冗談を言ったとしても、それはただ弱い感覚として伝わってきただけだ。学習室に入るときの中断された身振り、彼女がロッカーから向きを変えるときの視線の流れ、込みあった昼食のテーブルに彼女が加わったときの不確かな微笑。彼女は本当の意味で人気があったことは一度もないが、彼女の住所と父親の金がその事実を隠していた。いまや、彼女は誰もが隠そうとしない公然たる揶揄の的になった。(パラス・トルーラヴが用・務・員と駆け落ちしたんですって。すてきじゃない?)彼女は最終的な戦いが行なわれるその場所、高校の組織された塹壕に帰ってきた。そこでは、恥とは、ホールをずっと歩いて行って皿を取り替えるときのことであり、失敗とは、文字合わせ錠《コンビネーション・ロック》の不器用な扱い方、いやなのは、コンドームの薄い膜で噴水が詰まっているときのことだ。そこでは、衣服と玩具の交換を別にすると、親切な意図など存在しない。そこは乙にすました態度が支配するところで、判断は即刻、追放は永久的となる。それに、大人には手がかりがつかめないところだ。そこと同じほど騒々しく、恐ろしいのは刑務所だけだ。というのは、その規則と儀式の下には、人を悩ます暴力の生活が刻みつけられていたからだ。平和でよく整った家庭から来た人々は、門を入るやいなや襲いかかってくる残酷さに圧倒された。若者の浮かれ騒ぎの装いをした残酷さに。

パラスは努力した。しかし、屈辱が彼女をすりへらした。ミルトンは母親のことで、彼女に悪罵を浴びせかけた。彼は自分の所属する世界以外の人間と結婚する場合の結果について、警告されていた。そして、その警告はすべて事実となった。ディー・ディーは無責任で、道徳感がない。真実を言えば、身持ちの悪い女だ。パラスは曖昧な、どっちつかずの返事をした。彼はいまだに、犯罪的な傾向のある従業員は言うまでもなく、だらしのない危険を招く環境にしたということで、学校を相手取って訴訟を続けていた。しかし、

「誘拐」の「犠牲者」は自分の意志で行ったのですよ。それに、「州境を越えた」旅行の目的地は「犠牲者」自身の母親の家だったのです。それが、どの程度犯罪的と言えますか？　父親の家で、我々が知っておく必要のある何かが行なわれていたのではないですか。娘が逃げ出して、母親のもとへ行きたいと、それを熱心に望むような何かが？　その上、学校の校内では何も不適切なことは行なわれておりません――「犠牲者」の車の修理と、安全に家まで送り届けたほかにには。また、「誘拐」は学校が閉まっていた休日に行なわれたのです。さらに、「犠牲者」はみずから進んで行っただけでなく、自発的に男（芸術家でさえある男）に同行するために、協力し、友人をだましさえしたのですよ。彼には前科はなく、高校での態度も仕事の仕方も模範的でした。彼女は性的に彼から襲われたのですか。「犠牲者」は言った。いいえ、いいえ、いいえ、いいえ。彼は彼女に麻薬を与えたとか、違法な煙草の類を与えたのですか。パラスは首を振って、いいえと言った。それをやったのは母だったことを思い出しながら。あなたの車にぶつかった人たちは誰ですか。知りません。一度も彼らの顔は見ませんでした。そこから逃げだしたのです。どこへ？　わたしはヒッチハイクをして、泊めてもらったこともあります。誰です？　ある人々。教会みたいなところです。ミネソタですか。いいえ、オクラホマです。住所はどこです、電話番号は？　父さん、やめてよ。わたしは家に帰ったんだから。いいでしょ？　うん、だが、おまえの心配をしなきゃならんのが困るんだ。心配しないで、しないで。

パラスは調子が悪かった。食べるものはたいてい吐いてしまうのに、どれもが体重を増やすのだ。感謝祭は、神の摂理が整えてくれた食べ物を食べて独りで過ごした。クリスマスには息抜きをさせてくれと頼んだが、ミルトンはだめだと言った。おまえは、ここにいなさい。シカゴだけよ、と彼女は言った。父さんの妹を訪ねるだけ。とうとう彼は同意して、彼の重役秘書が手配をしてくれた。パラスは十二月三十日までおばの家に泊り、それから（安心させるような嘘の手紙を残して）立ち去った。タルサ飛行場で車と運転手を雇って、はるばる修道院に行くには二時間半かかった。ちょっと訪問するだけよ、と彼女は言った。みんながどうしてるか見に行くだけ、と彼女は言った。それから、自分以外誰をだませるか、見たいから。見たところ、誰もいそうにない。すぐコニーの姿がちらと浮かんできた。さて、どうしよう？

コンソラータは鶏を傾け、銀色とバラ色をした空洞をのぞきこむ。彼女は塩を投げ入れ、まわりをすっかり洗い流す。それから、外側の皮にシナモンとバターを混ぜ合わせたものをすりこむ。スープを斑入りにしている首の肉、心臓、臓物の断片に玉葱を加える。雌鶏が柔らかくこんがりと焼けるやいなや、肉汁を再利用できるように、彼女は鶏を脇に取りのける。

生温く、浅い。浴槽の湯は腰までしか来なかった。ジジは深くて、熱くて、泡がいっぱい立っている風呂が好きだった。館の鉛管はこわれかけていて、色のついた水を出すし、うめき声を出すかと思うと、二階までは水が上がらなかったりする。井戸の水が、彼女以外誰も維持しようとは思わない薪を焚くボイラーを通して上がってくるのだ。彼女は、何ガロンものちりちりするほど熱い湯をガタガタの設備から溜めようとするので、いつも人に迷惑をかけていた。水道設備は、冬になるといつにもまして悪くなった。もちろんセネカは、台所のストーヴからバケツ数杯の湯気の立つお湯を浴室まで運んでくれたりなど、よく手伝ってくれた。泡立てようと、彼女は顆粒状のアイヴォリー・スノーを注ぎこみ、できるだけ上手に水をかきまわしたが、その結果はがっかりするようなぬるぬる水になった。彼女はセネカにいっしょにお風呂に入ろうと誘ったが、いつものように断られた。ジジはなぜ友達が裸の姿を見られたくないと思うのか、その理由はわかっていたが、彼女がめったに入浴しないことをどうしてもからかわないではいられなかった。ジジは血のついたトイレット・ペイパーを見たことはあるものの、セネカの肌についた肉の畝は衣服の下に手を入れてはじめて感じられるものだった。ジジは可能なかぎり無遠慮で、気にさわることを言いたいたちだったが、傷についてセネカに尋ねることはできなかった。その答えは、血を流していた黒人少年の光景にあまりにも近いものになるかもしれなかったから。

彼女は脚を伸ばし、足先を上げてほれぼれと眺めた。昔、彼女が屋根裏に横たわっていて、K・Dが裸で彼女に背を向けてすわっていたときなど、彼の背骨の上に足を上げて何度も眺めたように。彼女はときどき、彼がいないのを寂しく思った。むら気で、傷つきやすく、熱望し、たくさん、たくさんの譲歩をしてくれた彼の混沌とした愛情。そう、彼女はほんの少し彼を虐待した。そして、彼の有用性と思慕の情を楽しんだ。そのいずれについても、ほとんど経験がなかったからだ。マイキー。誰もあれを愛とは呼べないだろう。しかし、K・D版の愛のおもしろさは長続きしなかった。彼女はあまりにもしばしば彼をからかい、侮辱し、拒絶したので、彼は家のまわりをぐるぐる彼女を追いかけ、捕まえて、殴った。メイヴィスとセネカが彼を引き離し、彼に向かって台所用具を振るって、そこから追い出した——彼女たち三人が、彼の罵り言葉にたいしてさらにすさまじい罵詈雑言で答えながら。

ああ、そうだ。いまはもう新しい年なんだ、と彼女は考えた。一九七五年。新しい計画を樹てよう。古い計画は結局、がらくただってことがわかったのだから。彼女はついに浴室のタイルのなかから箱を取り出したとき、証書がいっぱい詰まっているのを発見して大声で騒ぎたてた。銀行員もおもしろがって笑い、それを額に入れるか、顧客を楽しませるために展示用のケースに入れる栄に浴すためには二十五ドル払いましょう、と言った。西部最大の詐欺師の一人の証拠書類が見られるのは、毎日のことではありませんからね。彼女は五十ドルくれと手を差し出し、足音高く銀行を出て、どこでもいいからドライヴして、とメイヴィスに命令した。

わたしといっしょにセネカも連れ出そう。今度こそ永久に。騒々しい世界に戻るのだ。どうにかして。どこかに。彼女の母親の行方はわからず、父親は死刑囚監房にいた。祖父だけが残っており、ミシシッピー州アルコーンのすてきなトレイラーに住んでいる。彼女はこれまであまり注意深く考えたことはなかったが、いま、正確に言って、なぜ出てきたのだろうと思った。つまり、騒々しい世界から。それはただ、血を流している少年や、砂漠で愛を交わしている二人組についてのマイキーの冗談や、湖のそばに絡み合う二本の木があると言った小柄な男の助言のせいだけではない。マイキーの前、ああしたことすべての目的は忘れられ娯楽や冒険になりはてた。挑発的なデモ、パンフレット、口喧嘩、警官、すわりこみ、指導者たち、議論、あまりにもたくさんの議論があった。どれも重要ではなかった。ジジは石鹼のついた手を上げて、髪に巻いたローラーを巻き直した。高校生も大学生も、誰も、他の少女たちでさえ、彼女のまじめさをまじめに考えてはくれなかった。彼女が印刷することができなかったら、誰も彼女がいることを知らなかっただろう。マイキー以外は。「ちくしょう」と彼女は声に出して言った。それから、どの畜生がいちばん自分を怒らせたかわからなかったので、ひどい浴槽の水をピシャピシャ叩いた。叩くたびに歯の間から「くそっ！」と言いながら。しばらくすると、それで気分が落ち着いてきたので、彼女は浴槽にゆったりとよりかかり、顔を覆って、水の滴っている濡れた掌にささやいた。「いいえ、この愚かな、愚かな、雌犬め。おまえが十分しっかりしてなかったから。十分利口じゃなかったから。いまいましい他のどの場合とも同じように、おまえには持続力がなかった。おまえは、おもしろそうだし、うまくいくだろうと考えたのだ。一、二シーズンの間は。おまえは、わたしたちは熱い溶岩だと思い、やつらがわたしたちをこわして砂にしたとき、逃げたのだ」

ジジは泣くタイプではなかった。長い、長い歳月のあとで、自分のやってきたことには賛成できないと悟ったいまでさえ、彼女の目は砂漠の頭蓋骨のように乾いていた。

コンソラータは、小さな茶色のじゃがいもの皮を剝き、四つに切っている。それから、それを、肉汁《パン・ジュース》と、月桂樹の葉、セージで味つけした水に入れて、とろ火で煮る。そのあと長柄のフライパンに並べて、くすんだ金色になるまで焼く。それから、上にパプリカと、いちばん黒いトウガラシの種を振りかける。「おお、そうよ」と彼女は言う。「おお、そうよ」

「これはべらぼうにいい車ですよ」というのが、男の言い方だった。メイヴィスは、十年前のキャデラックにたいする彼の愛情が自分のほうにも向いてくれればいいと願った。とはいえ、彼が彼女に愛情を向けたとしても、彼女には絶対わからなかっただろう。だが、店が閉店する直前に機械工は作業を終えて、人件費五十ドル、部品代三十二ドル、オイルとガソリン代十三ドルを取った。それで、トウモロコシ畑の地代は大半がなくなった。ミスター・パースンが支払う次の地代は、三カ月は入らない。それでも、いつもの買物と、コニーがほしがっていたペンキ（赤い椅子のためだろう、と思ったが、白も頼まれたので、ひょっとしたら鶏小屋を塗るのかもしれない）、それから棒型アイスクリームを買うには十分残っていた。双子はそのアイスクリームが好きで、すぐ食べてしまう。しかし、クリスマスの玩具には手を触れていなかった。それで、メイヴィスはチューンアップと修理を待つ五時間の間に、フィッシャー＝プライス社のトラックをトンカ社のモデルカーに変え、タイニー・タイナ人形をしゃべる人形に変えた。まもなくパールはバービー人形と遊べるほど大きくなるだろう。双子がどんどん大きくなって、変化するさまは驚くほどだ。彼らは逝ったとき、首がすわっていなかったが、館で最初にその声を聞いたときはすでによちよち歩いていて、二歳になっていた。笑い声をもとにすれば、正確に年を言い当てることができる。そして、追いかけっこをして部屋部屋を走りまわっている他の子供たちとどのくらいうまくいってるか、をもとにすれば、双子がどれだけ大きくなったかがわかった。いま彼らは六歳半で、学齢に達していた。それで、メイヴィスは年齢にふさわしい誕生日とクリスマスのプレゼントを考えなければならなかった。

一九七〇年にメリーランドへの里帰り旅行をしたとき、彼女は子供たちに会いたくて仕方がなかった。彼女がサルやフランキー、ビリー・ジェイムズを入学させた学校で休憩時間の様子を眺めていたとき、サルはいま中学生で、ビリー・ジェイムズは三年生、フランキーは五年生だということを思い出して衝撃を受けた。それでも、子供たちは見ればすぐわかるという点については疑問の余地はなかった。自分から名乗りをあげるかどうかについては決めかねていたが。たぶんあれは、運動場のフェンスを握っている彼女の指が鉤爪のように曲がっていたためか、または顔にただならぬ気配が現われていたためだろう。理由は何であろうと、それが生徒たちを怖がらせたにちがいない。男がやってきて、彼女にいろんな質問をしたからだ——彼女はどの質問にも答えられなかった。それで、隠れようとする間も見ようとしながら、急いでそこを離れた。ペッグの家に行きたかったが、フランクや隣人たちに見られたくはなかった。ペッグの家を見つけたとき——ボンネットをかぶった少女は、いまだにアヒルを曳いていた——彼女は泣いた。あれほど強くて、野生的で、美しかったムクゲが、完全に伐られてしまっていたからだ。ただ、人に見られたくないという一心で、彼女は通りを走り抜けることはしなかった。また、そこにいると危ない、マールとパールのいない場所はどんなところも安全じゃないということを、彼女はただちに、すばらしくはっきりと理解した。それは、バーディに電話して、逮捕状が出ていることを知る前のことだった。

メイヴィスは暗緑色のタム（房のついたベレー帽）に髪を押しこみ、十セント・ストアでサングラスを買い、ワシントンDC行きのバス、次いでシカゴ行きのバスに乗った。そこでコニーがマザーのためにほしがっていた買物をすませ、別のバスに乗り、また別のバスに乗って、ミドルトンのバス発着所兼駐車場に着いた。そこにキャデラックを駐めていたからだ。早く品物をコニーに届け、双子といっしょになりたくて、彼女はずっとスピードをあげて飛ばした。神経質になり、浅く息をして。メイヴィスは宅地内車道で車を横すべりさせて、彼女の隠れ家にすでに住みついていた裸のジジのそばでブレーキを踏んだのだった。それから三年間というもの、彼女たちは言い争い、喧嘩をし、コニーのためにどうにか人殺しだけは避けてきた。どちらかがナイフを取り上げなかったのは、ジジがルビーから来た男に夢中になっていたためだと、メイヴィスは信じている。というのは、メイヴィスのほうは、街頭生活に強いあの雌犬の雌犬を含めて誰とでも徹底的に戦い、ナイフさえ取り上げかねなかったからだ。あの雌犬は、彼女の命を奪って、子供たちを保護者なしにしてやると脅かしていたのだから。そういうわけで、彼女はやさしいセネカを心の底から、大げさすぎるほどの気持ちで歓迎した。ジジも同じように、心からセネカを歓迎した。セネカが到着したとき、ジジはあのK・Dとかいう男をブドウの種のように吐き出したからだ。この新しい人事構成で、この場所にたいするメイヴィスの誇りは確実になった。傷ついてはいるもののかわいい顔をした、小さな、哀しげな、金持ちの少女でさえ、その邪魔はしなかった。双子は幸福で、メイヴィスはいまだに他の誰よりもコニーにいちばん近いところにいた。

そして、メイヴィスが心配しはじめたのは、二人が非常に親しく、お互いによく理解しあっていたからだった。心配なのは、コニーの夜の習慣や、彼女の酒ではない——実は、彼女が酒を飲まないことだと言ってもよい。というのは、最近なじみ深い酒の毒気が消えてなくなったからだ。何か他のことだ。まるで誰かがそばにいるかのようなコニーのうなずき方、誰もしない質問にたいして「ええ」とか、「あんたがそう言うなら」というコニーの答え方。それからまた、彼女はサングラスの使用をやめたばかりでなく、ソーン・モーガンがもう着なくなったからとよくくれていたドレスの一枚を着て、いわば毎日おめかしをしていた。足には、かつてはドレッサーの上に置いてあった光る尼僧用の靴をはいている。しかし、陽気な笑い声が耳のなかで鳴り、真冬に棒型アイスクリームが溶けている有様だったメイヴィスは、そのような事柄を判断する余裕がなかった。コニーは双子の現実性については一度も質問したことはない。説明するつもりも、真実だと知っている事柄を弁護する気もないメイヴィスにとって、その受け入れ方こそ肝心なことだった。夜の訪問者はしだいに姿を現わさなくなっており、それも気になってはいたものの、彼女の心を占めていたのは、マールとパールがなんと早く成長しているか、それに自分がついていけるかどうか、ということだけだった。

冬中貯蔵してあったため皺が寄っている六つの黄色いリンゴが芯を抜かれて、水のなかに浮いている。干しブドウは、ワインを入れた鍋で温められている。コンソラータは一つ一つのリンゴの空洞に、卵の黄身と蜂蜜とペカンとバターを混ぜ合わせたクリーム状のものを詰め、それに一つずつ、ワインでふくれた干しブドウを加える。それから、平鍋に風味をつけたワインを注ぎ入れ、そのなかにリンゴを落としこむ。甘くて温かい液体が動く。

小さな通りは狭くて真っすぐだが、彼女がそれを作るやいなや、洪水になった。ときには血を吸い取るためトイレット・ペイパーで押さえるが、血を流れさせるのも好きだった。秘訣は、ちょうどよい深さに切れ目を入れることだ。浅すぎないように。でないと、切れ目はかすかすぎる赤い線しか生み出さない。深すぎてもいけない。あまりに早く血が盛り上がってほとばしり出るので、通りが見えなくなってしまう。彼女は地図を腕から腿に移したが、古い通りや並木道を認めて嬉しく思った。ノーマでさえ、これらの並木道には怖じけをふるった。ときには、何カ月もの間、一本の通りで十分だったが、また別のときには一日に二本作ることもあった。一本の通りにほとんど閉じる間も与えず、別の道を開く。しかし、彼女は無鉄砲ではなかった。道具は清潔で、ヨード（マーキュロよりずっといい）はたくさんあった。その上、彼女はアロエ・クリームを道具一式に加えた。

養家の一軒ではじまったこの習慣は、偶然の出来事が出発点になった。養家の兄――ママ・グリアの家のもう一人の子供――がはじめて彼女の下着を脱がせたとき、ジーンズの腰の、昔は金属ボタンがついていたところを留めていた安全ピンが開いて、ハリーがそこをぐいと引いたとき、彼女の腹を引っかいた。ひとたびジーンズが投げ捨てられ、彼が彼女のパンティーにかかったとき、血の筋が彼をいっそう興奮させた。彼女は泣かなかった。それに、痛くはなかった。ママ・グリアは彼女を風呂に入れたとき、雌鶏のような声を立てた。「かわいそうに。どうして、わたしに言わなかったの？」そして、ぎざぎざの切り傷にマーキュロを塗ってくれた。彼女は何を言うべきだったのか、わからなかった。安全ピンが引っかいたことか、ハリーの行ないか？　それで、わざとピンで自分を引っかき、それをママ・グリアに見せた。そのときママ・グリアはおざなりの同情しか見せなかったので、彼女はハリーのことを話した。「そんなこと、二度と言っちゃいけませんよ。わかった？　本当に？　そんなことは、ここじゃ起こらないんですからね」好物の食事をしたあとで、彼女は別の養家に移された。何年もの間、何も起こらなかった。中学、それから十一学年になるまでは。その頃にはすでに、男の子には彼女を捕まえたい気持ち、大人の男には彼女にちらと見せたい気持ちにさせるものが自分のなかにあることに、彼女は気づいていた。もし彼女が五人の女の子と十セント・ストアのカウンターでコークを飲んでいるとしたら、くすくす笑っている友達から煽られて男の子がひょいとひねりに来るのは彼女の乳首だった。また、四人の女の子か、でなければ一人でもいい、通りを歩いているとしよう。そして彼女が、公園のベンチの上で赤ん坊の娘といっしょにすわっている男のそばを通ると、ちょうどそのとき、男はペニスを出してキスの音をさせるのだ。ボーイフレンドのところへ逃げこんでも、事態は好転しなかった。彼らは彼女の愛情を当然のことだと考えるが、友達や知らない人から体に触れられたと苦情を言うと、彼らの怒りは彼女に向けられる。それで彼女は、問題は自分のなかにあるものだということがわかった。

セネカは、あまりにもしなやかで衝撃的な言葉を使うので検閲に引っかかって出版できない詩人のように、この悪徳に入りこんだ。それは、彼女をわくわくさせた。また、落ち着かせもした。衣服生活の下でこの悪習にふけることができるため、彼女自身の目は乾いたままだったが、どういうわけかただ一つ、泣いている女を見ると心の落ち着きを失った。泣いている女の姿は、あまりにもはげしく荒れ狂う苦痛を誘発するので、彼女はその苦痛を殺すためならどんなことでもやりかねなかった。ケネディが殺されて全世界が公然と泣いたとき、彼女は十歳で、まだ歩道を切り開いてはいなかった。しかし、ある春の日、キングが暗殺され、その年の夏もう一人のケネディが殺されたとき、彼女は十五歳になっていた。そのたびに彼女は子守の仕事先に病気だという電話をかけ、家のなかにこもって、腕に短い通りや、小径や、小路を作った。彼女の血の作品はかなり隠しやすかった。エディー・タートルのように、たいていのボーイフレンドは暗がりであれをしたからだ。答えを強要する人たちには、病気の口実を考えだした。すると、即刻同情された。傷跡は確かに外科手術のあとに見えたからだ。

コニーの家で手に入れた安全性は、パラスがやって来たとき、前ほど無瑕ではなくなった。彼女はパラスを勇気づけ、食べ物を与えようと多くの時間を費やした。パラスが食べていないときは、泣いているか、泣くまいとしているからだった。昨年の八月に少女が出て行って、ほっとしたのも束の間、十二月に彼女が帰ってきて、安堵の思いは消え失せた。パラスは前よりかわいらしく、太って、ちょっと訪ねただけだというふりをした。それも、なんとリムジンで。スーツケースを三つも持って。いまは一月になっている。夜の彼女のすすり泣きは家中いたるところで聞くことができた。

セネカはもう一つの通りを作った。実際は交差路だった。ほんの少し前に作った通りと交差しているからだ。

テーブルはセットされ、食べ物が並んでいる。コンソラータはエプロンを取る。盲人の堂々たるまなざしで、彼女は女たちの顔を見渡して、言う。「わたしは、これからコンソラータ・ソーザと名乗ることにします。あなた方は、ここにいたければ、わたしの言うことをやりなさい。わたしの言う通りに食べるのです。わたしが言うときに眠りなさい。そうすれば、わたしはあなた方が何を渇望しているか、教えてあげます」

女たちはお互いに顔を見合わせ、それから、見知らぬ人間を見つめる。愛するコニーの顔立ちをしているが、どういうわけか彫りが深い——頰骨は高く、あごは強くなっている。

眉毛はいつもあれほど太く、歯は真珠のようにあれほど白かっただろうか。白髪はない。肌は、桃のようになめらかだ。どうして、彼女はあんな話し方をしているのだろう？　そして、何の話をしているのだろう？　と女たちは考える。女たち一人一人をいちばん愛しているように見えた、このやさしい、怖いところのない老婦人。一度も批判したことはなく、すべてを分かちはするが、ほんの少ししか、または全然他人の世話を必要としなかった人。感情的な投資も要求せず、つねに耳を傾け、ドアに鍵をかけたこともなく、各人をありのままに受け入れてくれた人。彼女は何を話しているのだろう？　この理想的な親、友人、その人といっしょにいれば、危険から安全に守ってもらえるこの仲間は？　彼女は何を考えているのだろう？　何一つ料金は請求せず、どんな人でも歓迎するこの完全な家主、打ち明けても、無視してもよく、嘘をついても、そそのかしてもいい、このガチョウばあさん、子供のようなむら気を起こして抱きしめても、そのまま出て行ってもいい、この戯れの母は？

「あなた方にいるべき場所があったり、あなた方を愛していて、待っている人がいれば、行きなさい」と彼女は言葉を続けた。「そうでなければ、ここにいて、わたしに従いなさい。あなた方に会いたいと思う人がいるでしょうから」

誰も出て行かなかった。いくつかの神経質な質問がなされ、怯えたくすくす笑いが一度起こり、誰かがほんの少し口を尖らせ、怒ったまねをした者もいたが、女たちはただちに、自由に出て行くことのできるたった一つの場所を、出て行くことはできないことを悟った。

しだいに、女たちは日々の感覚を失っていった。

最初、いちばん重要なものは型取りだった。まず彼女たちは、床石が海岸の岩のようにきれいになるまで、地下室の床をこすって磨かねばならなかった。それから、その場所を蠟燭で丸く囲んだ。コンソラータは各人に服を脱いで横たわれ、と言った。コンソラータの弱い視力では実物よりよく見える光の下で、彼女たちは言われた通りにした。どういうふうに横たわればいいんですか。あなた方の好きなように。女たちは両腕を脇につけたり、頭上に伸ばしたり、胸やお腹の上で交差させたりした。セネカは、最初腹ばいになったが、それから仰向けになり、両手で肩を抱いた。パラスはひざを引き付けて、横向きに寝た。ジジは両手両脚を大きく開き、他方メイヴィスは、腕には角度をつけ、ひざは内側に向けて、泳ぐ人の姿勢を取った。めいめいが冷たくきびしい床の上で耐えられる姿勢を見つけたとき、コンソラータは一人一人のまわりを歩いて、体の輪郭を描いた。輪郭が完全に描かれると、各人はそこに、そのままの姿勢でいるように指示された。話さず。蠟燭の光の下で一糸まとわず。

女たちは、はげしい疲労に身をくねらせたが、自分たちが選んだ型から出たがらなかった。何度も女たちは、もうこの上一秒たりとも持たないと考えたが、この淡色の監視する目の前で、最初に落伍する者にはなりたくなかった。コンソラータがまず口を開いた。

「傷ついて汚れたわたしの子供の体は、体は無で、精神こそすべてだと教えてくれた女性の腕に飛びこむの。わたしは別の人に出会うまでは、彼女の言うことに賛成しました。わたしの肉はあまりにもわが身に飢えていて、彼を噛みました。彼が離れて行ったとき、その女性がもう一度わたしの体からわたしを救い出すのです。彼女は二度、救うのです。彼女の体が病むと、肉にできるあらゆる方法でわたしはその世話をしました。両手両脚の間にその体を抱いた。洗ってやり、揺すってやり、そのなかに入って、息ができるようにしてあげる。彼女が死んだあと、わたしはその死を克服することができません。彼女の上にあったわたしの骨だけが、唯一のいいものです。精神ではない。骨です。男の場合と違いはありません。彼の上にあったわたしの骨が、唯一の真実のものです。それで、わたしはこの件で失われた精神はどこへ行ったのだろうと考えています。それは真実です、骨のように。それは善良です、骨のように。一つは甘く、一つは辛いのです。それは、どこに失われたのでしょう？　聞いてください、聴いて。これらをけっして二つに分けてはいけません。けっして一つをもう一つの上に置いてはいけません。イヴはマリアの母です。マリアはイヴの娘です」

それから、前置きの弁よりはっきりした言葉で（女たちのうち、それを理解したものは一人もいなかった）彼女は、白い歩道が海と出会うところ、李色をした魚が子供たちといっしょに泳いでいる場所について話した。それから、サファイアのような味のする果物、ルビーをさいころに使っている少年たちの話をした。また、神々や女神たちが会衆といっしょに教会の座席の上にすわっている、いい香りのする金の大伽藍についても話した。木立のように背の高いカーネーション、歯の代わりにダイヤモンドを入れている小人たち、詩と鐘の音で目をさます蛇について。それから、彼女は、歌は歌うが、けっして言葉は話さないというピアダーデと呼ばれる女性の話をした。

こういうしだいで、大声の夢想がはじまった。この場所で物語が生まれたのは、こういう経緯だった。半分夢想した物語や、一度も夢見たことのない物語が女たちの唇から洩れ、蠟が流れている蠟燭や、木箱や瓶の上から漂い移る埃の上高く舞い上がった。そして、誰がその夢を話したのか、それには意味があるかどうかは、けっして重要ではなかった。体が痛むにもかかわらず、あるいは痛むために、女たちは簡単に夢見る人の物語に入りこむことができた。女たちはキャデラックの熱気のなかに入り、ヒグルディ・ピグルディの冷たい空気の味を感じる。また、女たちのテニス靴の紐は解け、ブラジャーの紐が肩から落ちるたびに困ることも知っている。アーマーズの包みはべとべとする。女たちは眠っている幼児のいい匂いを吸いこみ、一人の頭が変な具合に曲がっているのに気がつきはするものの、親のくつろぎを感じる。女たちは眠っている赤ん坊の頭を直してやり、それから明らかな事実を拒否、まっこうから拒否して、車で家に帰ってくる。女たちはフランクフルト・ソーセージと、赤ん坊と、財布を腕に抱えて、次のように言いながら、ポーチの階段を登る。「この子たちは目をさましたくないみたいよ、サル。サル？　見てよ。目をさましたくないみたい」女たちは水中で水を脚で蹴っているが、やはり水面下に住む魚の目をさましてはいけないからと、あまり強く蹴ることはしない。男の声が永久に言って言っている。あいつらのものをのどの奥に突っこんでやれ。ついには、叫ぶ息も、反駁する息もなくなるまで、言って言って言っている。めいめいが瞬きをして、催涙ガスで息をつまらせ、ゆっくりと引っかかれた脛や裂けた靱帯へ手を当ててみる。昼間は廊下をあちこち走りまわり、夜はライトをつけ、丸まって眠る。五百ドルを畳んでソックスに入れ、見知らぬ人のペニスが痛く、母との張り合いがつらくて泣き声をあげる——コカインのように誘惑的で腐食させる張り合い。

大声の夢想では、独白と叫び声の違いはない。とうの昔に死んだ者、去った者への非難は、愛のつぶやきで撤回される。そのため、疲れ果て、怒りに燃えて立ち上がり、二度とこんなことするものかと誓いながら女たちはベッドへ行くが、またすることは知りすぎるほど知っている。そして、また繰り返すのだ。

命。下のそこの、限られた光の池、灯油ランプと蠟燭の蠟に煙った大気のなかに移された、現実の、凝縮された命。型取りした像は磁石のように彼女たちを引きつけた。絵の具と色チョークを買おうと言い張ったのは、パラスだった。絵の具用シンナーとセーム革も。女たちには意図がわかって、描きはじめた。最初は生まれつきの特徴を描いた。胸や、外陰部や、足の指、耳、頭の毛。セネカは、コマドリの卵の青で優雅な傷の一つを描き写し、その先端に一滴の赤を入れた。のちになって、内腿に切り傷を作りたくてたまらなくなったとき、彼女はその代わりに、地下室の床に横たわっている開かれた体にしるしをつけた。女たちはお互いに、夢見たことと、描かれたものについて話し合った。彼女があんたの姉さんだってこと、確か？　ひょっとしたら、お母さんじゃない？　どうして？　お母さんならそんなことするけど、姉妹ならしないわよ。セネカは絵の具にキャップをかぶせた。ジジは、自分の型ののどのまわりにハート型のロケットを描きこんだ。そして、メイヴィスからそれについて質問されると、父さんからもらった贈り物だけど、メキシコ湾に投げこんじゃった、と言った。なかには写真が入ってたの？　とパラスが訊いた。ええ。二枚。誰の？　ジジは答えなかった。彼女はただ、ロケットの鎖を表わす点を塗り重ねただけだった。パラスは自分の型のお腹に赤ん坊を描きこんだ。父親は誰かと訊かれたとき、彼女は何も言わず、赤ん坊の隣に長いまつげとふわふわした歪んだ口をした女の顔を描きこんだ。彼女たちは静かに、冗談も言わず軽蔑もしないで、答えを迫った。カルロス？　彼女を水のなかに追いこんだ男の子たち？　パラスは歪んだ口に二本の長い牙を描き加えた。一月が畳まれ、二月も畳まれた。三月になると、日々は夜から切り離されないで過ぎて行った。女たちは、体の部位と記憶すべき事柄の注意深いエッチングにかかり切りになっていたからだ。黄色い髪留め、赤いシャクヤク、白地に緑十字。キューピッドの弓に貫かれた壮大なペニス。ムクゲの花びら。ローナ・ドーンズ。子供っぽい太陽の下でいつまでも愛を交わしている明るいオレンジ色のカップル。

新しい修正版女子修道院長になったかのようなコンソラータの監督の下で、血の気のない食べ物と渇きを癒すための水だけ与えられて、女たちは変わってきた。女たちは、自分たちが着ている動く体を思い出させてもらわねばならなかった。その下に生きていたものは非常に誘惑的だったから。

たまに立ち寄る顧客たちは、ほとんど変化に気づかなかったかもしれない。また、どうして庭はまだ耕してないのか、誰がキャデラックの胴体に「悲しみ」と引っかき傷で書いたのか、と考えたかもしれない。さらに、ノックに応えた老婦人はどうしてひどい目を黒いサングラスで覆っていないのか、または、いったいぜんたい若い連中は髪をどうしてしまったのか、とさえ考えたかもしれない。隣人ならもっと多くのことに気づくだろう――飽満の感じ、この家の張りつめた空気、居住者たちの目に宿る異国的な感じと、はっきりこれまでとは違う表情――女たちが口を開いたときの社交的な、繋がりのある感触に気づくだろう。口を開かないときは静かで、相手をきちんと評価していた。しかし、もし友人がやって来て、最初若い女性たちの姿に警戒心を抱いたとしても、女たちの大人の振る舞いを見て警戒心を解くだろう。女たちはなんと落ち着いて、ありのままに見えることか！

そして、コニー――彼女は背中をまっすぐに伸ばして、なんと美しく見えることか！あのいつも着ているドレスがなんとよく似合っていることか！彼女が天辺に包みを載せた籠をそばに置いて運転席にするりと入るとき、最初は何が欠けているのか、はっきり言うことができないので、当惑するだろう。だが、家に近づいてくるにつれ、車がセントラル街を下っていくにつれて、彼女の視線はスウィーティ・フリートウッドの家、パット・ベストの家に留まるだろう。または、プール家の少年たちの一人か、エイスの店に行く途中のミーナスに気がつくかもしれない。そうすれば、何が欠けているのか、悟ることができる。ルビーの何人かの人々とは違って、修道院の女たちはもはや何かに憑かれてはいなかった。あるいは、狩り立てられてもいなかった、と彼女は付け加えたかもしれない。しかし、この点では、彼女は間違っていた。

ローン

　道は狭くて、曲がりは急だったが、彼女は標識を完全に倒さないでなんとかオールズモービルを泥道からタールマカダム舗装道路に出すことができた。前に、ここへ来たときは暗闇だったし、ヘッドライトは一つしかなかったので、ローンはバンパーが標識をこするのを防ぐことはできなかった。いま修道院を出てきたときには、柱が傾いて、「早摘みのムロン」と書いた看板は倒れる寸前になっていた。「綴りもろくすっぽ知らないんだから」と彼女はつぶやいた。たぶん、シーツにくるんだメロンのことだろう。あそこじゃ、大した授業はやってなかったんだ。でも、「早摘み」はちゃんと書けている。これは宣伝文句だけの話じゃない。七月はまだ終わってないというのに、修道院の庭にはすでに熟れて摘まれるのを待っているメロンがたくさんあった。女たちの頭のように。外側はなめらかで、なかは甘いが、やれやれ、鈍いんだから。誰一人耳を傾けようとしなかった。女たちは、コニーは忙しいからと言って呼んで来ようとはせず、ローンの言うことは一言だって聞こうとしなかった。女たちに話して警告しようと、夜のさなかに車を走らせてきたというのに。彼女はどうしようもない怒りに駆られて、女たちがあくびをして、ほほえむのを見つめたのだ。いまは、他に何ができるか考えなければならない。でなければ、彼らが打ち割るのは女たちの剃髪した頭になるだろう。

夜の空気は熱く、雨の匂いは遠かったが、それでも近づいているのは確かだった。二時間前に彼女はそう考えて、雨の降らないうちにマンドレークを収穫しておこうと、オーヴンの近くの川の土手を探しまわっていたのだった。そこに居合わせなかったら、男たちの言葉も聞かなかったし、彼らが計画していた悪魔の所業を知ることもなかっただろう。

雲が夜空の最高の宝石を隠していたが、ルビーへの道は献金皿のようによく知っていた。それでも、前方に——一つしかないオールズモービルのヘッドライトの先に——何か、誰かが飛び出してきはせぬかと彼女は目を細めた。オポッサムか、あらいぐまか、尾の白い鹿か、または怒った女が出て来るかもしれない。この道を通るのは女だったからだ。女だけだ。男は絶対に歩かなかった。ローンは二十年以上も通行人を眺めてきた。行ったり来たり、行ったり来たり。泣いている女、にらんでいる女、しかめ面をした、唇を嚙んでいる女、または、すっかり途方にくれている女。遠く離れたここの、ときどき黒い岩やわずかな緑が走っている赤と金色の土地、派手すぎるほど星が詰まっている空の下のここ、風が男のように人を弄び、女がルビーと修道院の間の道を悲しみを引きずって行ったり来たりするこの地。女たちが唯一の歩行者だった。スウィーティ・フリートウッドがそこを歩き、ビリー・デリアも歩いた。それから、セネカと呼ばれる少女も。メイヴィスという別の女も。アーネットも。一度だけではない。おまけに、この時期だけではない。女たちはいちばんはじめから、この道を歩いたのだ。たとえば、ソーン・モーガン。そして、昔、若かったときには、コニーも。多くの歩行者をローンは見てきた。他の人たちについては、聞いて知った。しかし、男はけっしてこの道を歩かなかった。ときどき、行く先は女たちと同じだったが、彼らは車に乗った。サージャント、K・D、ロジャー、ミーナス。そして、善良なディーコン自身も二十年前には。さて、誰かにファン・ベルトを修理してもらい、オイルパンに栓をしてもらわなければ、わたしもこの道を歩くことになるだろう。わざわざ行くだけの価値のあるところが残されていれば、の話だけど。

スピードを出さねばならないときがあったら、いまこそそのときだったが、車の状態が悪くて、それはできなかった。一九六五年には、ワイパーも、冷房も、ラジオも動いていた。いまでは、ひどいしろもののヒーターだけがオールズモービルの最初の威力を示す名残りの要素だ。一九六八年に、二人の所有者、すなわちディーク、それからソーン・モーガンが使ったあとで、ソーンが彼女にこの車を使うかと訊いた。ローンはうれしさのあまり、金切り声をあげた。とうとう、七十九歳になって、免許はなかったけれど攻撃的な彼女は、運転を習って自分の車を持つことができるのだ。もう馬を荷車につける必要はなく、どんな時間であろうと緊急呼び出しのため彼女の家の裏庭でブレーキが軋むこともない。こうした呼び出しは緊急と言っても緊急でないこともあれば、危険な状態に変わりかねない待機の場合もあった。いまでは心のままに行動して、その気になれば母親たちの様子を訊きに行ってもいいし、自分の車で患者の家に行ってもよく、いちばん重要なのは、好きなときに帰ってこられることだった。しかし、その贈り物が来たのは遅すぎた。ちょうど彼女が本当の意味で車で動けるようになったというのに、誰も彼女の技術を必要としなくなったのだ。ひづめのあるものを怒らせ、鉤爪のあるものを怖がらせ、トラクターが通る道の赤土を何週間ももうもうとかき立て続けたあとになって、彼女には行くところがなくなった。患者は彼女に突ついたりのぞいたりはさせたが、分娩となると、白人男性の冷たい手を求めて、何時間もかかって（それができれば）デンビーの病院に入るのだった。いま八十六歳になって、一度も失敗したことのない評判にもかかわらず（フェアリは一度母親を死なせたことがあるが、ローンは一度も死なせたことはない、という意味だ）、彼女たちはそのふくれた腹、金切り声、つかむ手を彼女に委ねようとはしなかった。彼女の清潔な腹帯や母親の尿の雫を笑い、彼女のいれたトウガラシ茶をトイレに流した。彼女が、彼らの家のソファの上に丸くなって、いらいらした子供たちを揺すってやったり、娘たちの髪を編んでやったあと、台所でうなずいたり、彼らの庭に食用植物を植えてやったり、過去二十五年間も適切な助言を与え、ここに呼ばれる前、ヘイヴンでは五十年間も助言し続けたりしたことは、考慮の対象にならなかった。乳の出をよくするため指を櫛のように使って胸をもむ方法、後産の処理方法、マットレスの下のナイフはどちらの方向を向くべきか、を教えたにもかかわらず。郡中を探しまわって、彼女たちが食べたがる土を取ってきてやったにもかかわらず。彼女たちのベッドにいっしょに入って、足の裏を彼女たちの足の裏に押しつけ、彼女たちが押して、押して、押し出す手伝いをしたにもかかわらず。あるいは、女たちの腹を何時間もオリーヴ油でマッサージしてやったにもかかわらず。全然考慮の対象にならなかった。ローンは、彼女たちをこの世に連れ出すほど優秀であり、彼女とフェアリが新しい場所、ルビーで仕事を続けるために呼ばれたとき、母親たちは椅子の背によりかかってひざを開き、安堵の吐息をついたものだった。いまフェアリは死んで、近所の町と同じほど多くの家族を必要とし、それだけの数の家族を誇りにしている人口にたいして一人の産婆しか残さなかったというのに、母親たちは子宮を彼女とは別のところへ持っていった。しかし、産科病室へ入る流行よりもっと多くの理由があると、ローンは考えていた。彼女はフリートウッド家の赤ん坊を取りあげた。そして、障害を持った赤ん坊一人一人が、ただ産ませただけではなく、まるで彼女が赤ん坊を作ったかのように、彼女の評判を汚したのだ。ローンは悪運のもとだという疑いと、デンビーの病院の居心地のよさがいっしょになって、そのために訓練を受けてきた仕事を彼女から奪ったのだった。

母親の一人は、一週間の休みと、運ばれてくる食事の盆、体温計、血圧のテストを愛さないわけにはいかないし、日中の昼寝と、痛み止めの薬は本当にすばらしいが、人々がたえずどういう気分かと訊いてくれるのが何よりもうれしい、とローンに言った。もし家で子供を産めば、そういうことはまったくなくなるのだ。家では、二日目か三日目にはもう家族の朝食を作らねばならないし、自分の乳と同様雌牛のミルクの質の心配もしなければならない。他の人々も同じように感じているにちがいない——贅沢な睡眠と、家から離れていられること、毎晩新生児の面倒は他の人に見てもらえることはすばらしい、と。それから、父親たち——彼らもまた、家のドアを閉め、廊下で待ち、歯を強くしようとガムを噛んでいる歯のない女のかわりに他の男が面倒を見てくれる場所にいるのが幸せなのだろうと、ローンは疑っていた。「父親の感謝を誤解しなさんな」とフェアリは彼女に警告した。「男たちは、わたしたちが怖いのよ。これから先もいつも怖がってると思うわ。彼らにとってわたしたちは、彼らと妻が孕んでいる子供との間に立つ死の侍女なのよ」こうした時期、産婆とは干渉者、命令を下す者であって、その人間の秘密の技術にあまりに多くのものがかかっており、その依存性が彼らをいらだたすのだと、フェアリは言った。とくに、ここの、平和裡に数が増えてきたこの場所では。いつものようにフェアリは正しかった。しかし、ローンには別の疑いがかけられていた。彼女は人の心が読めると言われていた。それが何であろうと神ではないものからの贈り物で、彼女は早くも二歳のときに、それを使った、つまり、母親がベッドで死んだとき、彼女は裏庭の、人に見つけてもらえる場所に身を置いたのだという噂だった。ローンはそれを否定した。他人が考えていることはみんなにもわかっているのだと思いこんでいた。彼らは、それを認めようとしないだけだと。それでいて、彼女は確かに、モーガンの記憶や、パット・ベストの歴史の本よりずっと深いことを知っていた。彼女は、記憶と歴史のいずれも言ったり記録したりできないこと、すなわち、生命の「秘訣」とその「理由」を知っていた。

とにかく、彼女の生計は破綻した（過去八年間に二回しか呼ばれなかったから）。ローンはいま、教会員や隣人たちの寛大さに依存していた。そして、薬草を集めたり、「援助の手」献金を受け取るために教会から教会を飛びまわったり、野原を調べたりして時間を過ごしていた。野原が彼女を招いたのは、それが開かれているからではなく、秘密に満ちているからだった。二、三カ月前に彼女が発見した車一杯分の骸骨のように。もしゴシップの代わりに自分自身の心に注意を向けていたら、彼女はハゲタカが姿を現わすやいなや四旬節のハゲタカ――二年前の春の雪どけの頃、すなわち一九七四年の三月のことだ――の調査をしたことだろう。しかし、モーガン家とフリートウッド家が結婚の発表をしたちょうどそのときにハゲタカの姿が見られたので、人々は、結婚がハゲタカを呼んでいるのか、結婚がハゲタカから町を守っているのか、わからなくなった。いまでは、大吹雪で迷子になった家族というご馳走にハゲタカが引き寄せられたことは、みんなが知っている。

アーカンソーのナンバー・プレートだった。咳止め薬にはハーパー・ジュリーのラベルが貼ってあった。その家族はお互いに愛し合っていた。猛禽に荒らされたあとでさえ、彼らがますます深く眠って深い寒気のなかに陥る間も抱き合っていたことを、人は見て取ることができた。

最初ローンは、そうしたことすべてをサージャントは知っていたにちがいない、と思っていた。彼は、あの辺りの畑でトウモロコシを作っていたからだ。しかし、その話を聞いたときの彼や、その他の人たちの驚いた表情は間違えようがなかった。問題は、それを警察に通報するかどうかということだった。しない、という決定が下された。埋葬することでさえ、彼らとまったく関係のない事件との関わりあいを認めることになるだろう。何人かの男たちが見に行ったとき、彼らの注意の大部分は手近の光景ではなく、視界にぼうと浮かぶ西の修道院のほうに向けられていた。あのときに、彼女は察するべきだった。彼女が最初はハゲタカに、そのあと男たちの心理に注意を向けていたら、二度とやりたくない使命のために、いま、ありったけのリグレイ・ガムとガソリンを使い果たしてしまわないでもよかったはずだ。視力はおぼろすぎ、関節は固すぎて――これは、才能ある産婆のする仕事ではなかった。しかし、神が彼女に仕事を与えたのだ。神の聖なる御心を讃えよ。そして、暑い七月の夜に時速三十マイルで走っているということは、神の時間の外ではなく内を旅しているのだということを、彼女は知っていた。彼女をあそこへ送ったのは、夜、露の降りないうちに摘んだのがいちばんいい薬草を探しに行けと勧めたのは、神だった。

　川底は乾いていた。やがて降る雨が、二またに分かれたマンドレークの根を柔らかにすると同時に、乾いた川底も改善してくれるだろう。彼女はオーヴンのほうから、軽い笑い声とラジオ音楽が流れてくるのを聞いた。若い二人組が求愛している。少なくとも、彼らは戸外にいる、と彼女は考えた。乾草置場に登ったり、トラックの後ろの毛布の下にもぐったりしてはいない。それから、笑い声と音楽がやんだ。深みのある男の声が命令を下している。懐中電灯が体、顔、手、彼らの持ち物の上に光を投げる。つぶやきもせず、二人組は立ち去ったが、男たちは居残った。オーヴンの壁に寄りかかったり、しゃがんだりして、暗がりに固まっている。ローンはエプロンで自分の懐中電灯を包み、姿を見られないようにそっと、車を停めてあるホーリー・リディーマー教会のほうへ行こうとしたが、そのとき、自分が無視したり、誤解したりした他の出来事を思い出した。四旬節のハゲタカ、アポロの新しいピストル。彼女は思い直して、完全な闇のなかに戻り、乾いた草の上に腰を下ろした。彼女は、自分の仕事を拒否した町の人々にたいする恨みを捨てなければならず、事態を無視して悪をのさばらせ、ちっぽけな復讐をするのをやめねばならなかった。目の見えない真似をすることは、神が語る言葉を避けるに等しい。神は雷鳴のような大声で指示を出すこともしないし、耳にメッセージをささやくこともしない。いいえ。彼は解放する神なのだ。人に学び方を教え、自分の目で見る方法を教える教師なのだ。もし人が虚栄の酸っぱい汁のなかに浸るのをやめ、神の世界に注意を向けるならば、神のしるしは明らかで、見るからにはっきりしている。神は彼女に、オーヴンに集まった男たちが修道院の女たちを追放しようと決心し、どういうふうにそれを実施するのか、聞いてもらいたいと思っている。そして、彼女にその証人になってほしいと考えているのなら、神はまた、それについて彼女が何かすることを望んでおられるにちがいない。最初彼女は、何が起こっているのか、何をするべきか、わからなかった。しかし、昔混乱してわけがわからなかったときのように、目を閉じて、ささやいた。「汝の意志を、汝の意志を」すると、その声は天に昇って、彼女はまるで男たちの間に立っているかのように、彼らが互いに話している言葉とその意味が、はっきり聞こえてきた。彼らが声に出して言っていることと、声に出さないことも。

男たちは九人だった。ある者は煙草を吸い、またある者はため息をつき、やがて一人ずつ話しはじめた。夜の大気のなかをでひそひそ話していくうちに、言葉はおおよその見当もつかないほど大げさになっていきはしたものの、彼らが言ったことの大部分を、以前ローンは聞いたことがあった。話題は新しいものではなかったが、説教壇から述べられたとき主題を飾っていた喜びは全然なくなっていた。ケアリ師は、この話題を捉えた説教の評判が非常によかったので、毎週この話題を少しずつ変えて説教に含めることにしていたのだ。

「あなた方は、ここに住むために何をあきらめたのですか」彼は「ですか」をソプラノのように発音して、尋ねた。「あなた方は、毎日ここで、神の美、神のゆたかさ、神の平和に包まれて生きるために、どんな犠牲を払っているのですか」

「教えてください、師よ、言ってください」

「それが何か、教えてあげよう」ケアリ師はくすくす笑った。

「お願いします」

「さあ、言ってくださいよ」

ケアリ師は右手をまっすぐ空中に上げ、指を曲げてこぶしを作った。それから、一度に指を一本ずつ開いて、会衆が失ったものを数え上げはじめた。

「テレビ」

会衆の間に、笑いのさざなみが走った。

「ディスコ」

彼らは頭を振りながら、さらに大きな声で、楽しそうに笑った。

「警官」

どよもす笑い声となった。

「映画、けがらわしい音楽」彼は左手の指で続けた。「街頭の悪、夜の窃盗、朝の殺人。昼食の酒、夕食の麻薬。これが、あなた方があきらめたものです」

一つ一つの項目が、ため息と悲しみのうめき声を引き出した。汚れたもの、残酷なもの、罪深いもの、快楽の装いをしたすべての現代的な悪を拒絶し、それから逃げだしたことにたいする感謝の思いに充たされて、会衆一人一人は、これらの「犠牲」と苦闘している人々への憐憫の情で胸がふくれるのをおぼえたものだ。

だが、ここにはどんな憐憫もない。ここでは、男たちが自分たちの身に振りかかった破滅——ルビーが、いかに耐えがたく変わっていくか——を語るとき、彼らは友情や愛の手を差し伸べてそれを修復しようとは考えていなかった。彼らはその代わりに防衛図を描き、その必要性を示す証拠の各片がすでに磨き上げた溝にぴったりはまるまで、証拠を研ぐのだった。二、三人のおしゃべりが大半で、何人かはわずかしか言わず、二人は全然何も言わなかった。しかし、沈黙はしていたが、主導権を握っているのは双子の兄弟だということを、ローンは知っていた。

あいつらがどんなに結婚式を汚したか、おぼえているかい？　おまえ何とか言ってたな？　うん、あのおんぼろキャデラックの後部座席で女たちがキスしてるのを見たのは、まさに結婚式の日だったね。当日なんだよ。その上、悪魔を喜ばすにはそれだけじゃ足りないって言うみたいに、もう二人は泥のなかで大喧嘩してやがった。本当に、泥んこになってさ。おい、おれは性悪女が大嫌いなんだ。スウィーティが言うには、やつら彼女に毒を盛ろうと一生懸命になったそうだ。おれも、その話、聞いたよ。あそこの道で吹雪に捕まって、女たちのところに避難したそうだ。もっと分別があってもよかろうに。そうさな、スウィーティのことはわかってるだろ。とにかく、あの家のどこからか物音が聞こえてきたって、彼女は言ったぜ。彼女には、小さな赤ん坊が泣いてるように聞こえたそうだ。いったいぜんたい、あそこで小さな赤ん坊が何やってるんだろう？　おまえ、おれに訊いてるのか。それが何だろうと、自然じゃないやね。ええと、昔あそこには、小さな女の子たちがいたんだろ、違うか？　うん、思い出したよ。学校だって言ったな。何の学校だ？　やつら、あそこで何教えてたんだ？　サージャント、おまえのアルファルファの真ん中にマリファナが育ってるのに気ィつかなかったのか？　うん、気がついたさ。別に驚かないよ。おれの知ってるのは、やつらがアーネットについた嘘の件で対決しようと彼女があそこに乗りこんだとき、やつらがアーネットを殴ったってことだけさ。彼女は、やつらが彼女の赤ん坊を盗んで、死産だったと言い張ってると思いこんでるぜ。妻の話じゃ、やつらは彼女に堕胎してやったそうだ。それを、信じてるのか。わからないね。でも、あの連中はそんなこと、やりかねないと思うな。おれが確かに知ってるのは、彼女の顔がいかにめちゃくちゃになってたかってことさ。ああ、なんてことだ。そんなこと、許せねえな。ロジャーが話してくれたんだが、マザーが——知ってるだろ、昔ときどきここに買物に来てた白人のばあさんだよ——ええと、彼女は死んだとき体重が五十ポンド以下しかなくても、硫黄のように光ってたって、彼が言ったよ。なんてことだ！　彼があそこに下ろしてやった女の子は、大っぴらに彼といちゃついてたって、言ったね。それは、年から年中半分裸の女か？　彼女がバスから降りたときから、あの女には何かよこしまなところがあるって、わかってたよ。とにかく、彼女、どうしてバスをここに来させたんだろうな？　なぜか、想像してみろ。おまえ、あいつらには力があるって考えてるのか。あいつらには力があるってことはわかってるんだ。問題は、誰の力のほうが強いかってことさ。どうしてやつらは、ただ出て行って、立ち去ってくれないのかね？　ふん！　おまえがもし住むことのできる古くて大きな家を持っていて、そのために働かなくてもよかったら、出て行くかい？　あそこじゃ何かが行なわれていて、そのどれも気に入らねえな。男はいなくて、女同士キスするなんて。赤ん坊隠してるんだろ。なんてことだ！　他に何があるか、わかりゃしない。ビリー・デリアがあそこをうろつきはじめたあと、彼女の身に起こったことを考えてみろ。ママを階段から突き落としたあと、子豚が乳頭を求めるみたいにあそこに行ったんだよ。あいつら、魚みたいに酒もがぶ飲みしてるって聞いたよ。おれがあのばあさん見たときにゃ、いつだって奴さん、酔っ払ってたね。やつらが結婚式に来たとき、いちばん先に口から出た言葉、おぼえてるか。何か飲むもの、ってのが、やつらが求めたものさ。そいで、レモネードのグラスもらったら、つば吐きかけられたような振る舞いしやがって、ドアから出て行きおった。あれは、忘れないよ。雌犬さ。それより、魔女に近いよ。だが、兄さん、聞いてくれ、最たるものは骨だよ。誰も知らないで家族全員があそこで死ぬなんて、おれ、信じられないな。彼らはそれほど遠くへ行ってたわけじゃないんだ。おれの言ってることがわかるか。二マイル離れてないところに大きな古い家があるというのに、彼らが道を外れて、野原の真ん中で道に迷うなんて、誰も言えないだろ。あの家を見たはずだよ。見たに決まってる。男は車を降りて、あそこへ歩いて行ったはずだ。おれの言う意味がわかるか。男は論理的に考えることはできたんじゃないか。たとえ論理的に考えられなくても、見ることはできたはずだ。釘の頭みたいに平たいここの土地で、どうしてあんなに大きい家を見損なうってことがあり得るのか。おまえは、それにあの連中が関わりあっていると言ってるのか。おい、いま起きているようなことは、かつてこの辺りじゃ起こったことはないんだからな。あの雌牛たちが町にやってくる前は、ここは平和な王国だったんだ。あいつらの前に来た連中は、少なくとも多少の宗教を持っていた。だが、いまあそこに自分たちだけで暮らしているあの自堕落女たちは、一度も教会に足を踏み入れたことがない。あいつらが宗教について何も考えていないことについちゃ、五セント白銅貨に一ドル賭けてもいいぜ。あいつら、男も要らなけりゃ、神も要らないんだ。あいつら、警告されてないとは言えないよ。最初は質問、次に警告したんだからな。あいつらがあそこに引きこもってるって言うのなら、それはまた別の話だ。しかし、引きこもるってことはしねえからな。おせっかいするんだよ。糞にたかる蠅みたいに、みんなをあそこに引っぱって行きやがる。あいつらの近くに行く人たちはみんななんとなくダメにされて、その放《ほう》埒《らっ》さがわれわれの家庭や家族のなかに滲みこんでくるんだよ。おれたちみんな、これを許しておくわけにはいかないんだ。まったく、許せないよ。

じゃあ、牙や尻尾はどこか他のところにあるっていうんだわ、とローンは考えた。向こうの、女たちでいっぱいの家じゃ何もかもが蛇のようにするする動いているっていうわけだ。鍵をかけて安全に男たちから引き離されている女たちじゃなくて、さらに悪いことには、仲間うちだけで付き合っている女たちだ。それはつまり、修道院ではなくて、魔女の集合ということになる。ローンは首を振って、ダブルミントの位置を直した。彼女は言葉の背後にある考えを見抜こうとして、半分うわの空でこうした言葉を聞いていた。考えの一部はすぐわかった。サージャントはあらゆるゴシップの切れ端にうなずき、罪のない嘘について熟考しながら、どうして責任ある男たちが治め計画的に美しく作りあげたこの町が、かつてのままでいられないのか、つまり、口答えする若者たちのいない、安定して、繁栄する町のままではいられないのかという疑問を声に出して述べていることを、ローンは知っていた。どうして若者たちは出て行って、どこか他のところで家族を（そして顧客を）作りたがらないんだろう？　しかし彼は、もし修道院の土地を所有したら、どれくらい経費を節約できるか、そして、女たちがそこから出て行ったら、そこの所有という問題ではいかに自分が有利な立場に立っているか、ということを考えているはずだった。彼がすでに修道院を訪ねたことはみんなが知っている——彼女たちに「警告」するために。それはつまり、そこを買いたいという申し入れをした、ということだ。その返答として、女たちは意味がわからないらしく彼の顔をじっと見つめるだけだったので、彼は年取った女に「よく考える」ように、「値を下げるような他の事件が起こるかもしれないから」と言った。ウィズダム・プールは、どうして自分がすでに兄弟姉妹にたいする支配権を失ってしまったかを説明する理由を探しているはずだ。かつては彼を崇拝し、彼の言うことを聞いていた者たちが、どうしていまは一人立ちしようとしてさまよっているという事情になったか、を説明する理由を。去年ブルードとアポロがやった撃ち合いは、ビリー・デリアをめぐる確執だった。そして、これは、何人かの女たちを道路に放り出す快感を得るために彼が動きまわる十分な理由になるだろう。ビリー・デリアは、そこの女たちと仲がよく、彼の弟の一人にそこまで送らせたことがある。ブルードとアポロのごたごたが危険になってきたのは、そのあとだった。兄弟のどちらも、あの女を二度と見るな、口を利くんじゃない、と言ったウィズダムの命令に従わなかった。結果は聖書的なものになった——一人の男が弟を殺そうと待ち伏せしたのだ。フリートウッド家の人々、つまりアーノルドとジェフについて言えば、そう、彼らは長い間、スウィーティの子供たちのことを誰かのせいにしたがっている。ひょっとすると産婆のせいかもしれないし、ひょっとすると政府のせいかもしれない。しかし、産婆には仕事をなくならせることしかできないし、政府は責任を取らないだろう。それに、ローンがジェフの病気の子供を取り上げたのは最初の女が到着するずっと前のことだったが、彼らはそんな些細なことがもとで、自分たちの血以外のどこかに原因を見つけることをやめはしなかった。あるいは、スウィーティの血以外の。ミーナスは、そう、彼には誰であろうと襲いたくなる十分な理由がある。あそこで何週間もアルコールの禁断治療をしていたので、彼は修道院の女たちに感謝していると、人は思うかもしれない。だが、あの女たちは、彼が人にしゃべられて覚えてもらっては困るようなことを目撃するか、見たにちがいない。または、ひょっとすると、彼が家に連れてきた女との結婚を思い止まるよう、ハーパーとその他の人々に説得されたときに感じた恥を消したいだけなのかもしれない。あのかわいいレッドボーン（アメリカ原産の赤毛の中型犬）のような女は彼にはふさわしくない、と彼らは言ったのだ。彼女は花嫁というよりは尻軽女だと、彼らは言った。彼は、自分が酒を飲むのはベトナムでの経験のせいだというふりをしていたが、かわいいレッドボーンの女を失ったことのほうが図星に近いと、ローンは考えていた。彼は町を出て、どこか他の場所で彼女といっしょに暮らしていく勇気がなかったのだ。その代わりに父親の規則に従い、それだけの代価を父に請求するほうを選んだ。苦悩を平静に受け入れるほうを。彼の後始末をしてきれいに拭き上げてやり、彼のパンツを洗い、嘔吐物を片づけ、彼のすすり泣きと同じく罵言を聞いた何人かの婚約もしてない女たちを一掃することは、しばらくの間、自分は本当に母親の弱さに汚されておらず、父親の忍耐にふさわしい男であって、レッドボーンと別れたことは正しかったと彼に確信させていたのかもしれない。ローンは、これまで数えきれないほど何回もニュー・ザイオン教会にすわって、彼の父のハーパーが信仰告白をはじめ、ついで自分自身の罪を反省しはじめ、終わりにはだらしのない女についてながながと講釈する結果になるのを聞いた。そういう女は、あなた方の子供は誰で、どんな人間で、どこにいるかも知らせてくれないのだ、と彼は言った。彼はブラックホース家の女、キャサリンと結婚したが、彼女が何をしているか、誰と会っているか、娘のケイトをちゃんと教育しているかなど、あれこれうるさく騒ぎたてて悩ませたので、妻は胃を悪くして消化不良を起こしたのだった。ケイトは彼の手から逃れたい一心で、可能なかぎり早く結婚した。彼の最初の妻、つまりミーナスの母、マーサは、彼を苦しめたにちがいない。あまりにも苦しめたので、彼は一人息子にそれを絶対に忘れさせなかった。それから、K・D、あの家族的な男がいる。彼は、修道院の女の一人がどんなに変わっているか、また、彼女がバスから降りるのを見た瞬間、どうしてそれがすぐわかったか、を話していた。ハ、ハ、ハ。彼はいまでは、四カ月の息子の父さんだ。デンビーの、黒人を喜んで診《み》る医者の好意的サービスで、手の指、足の指、そして、誰にもわからないが、たぶん、完全な頭も揃った子の父親になった。そういうわけで、彼とアーネットは二人とも、ローンを鼻であしらった。そして、いまアーネットがいかに幸福であろうと、いかに最初の「間違い」を修道院の女たちの策略のせいにしたがろうと、K・Dにはそれとは別の恨みがあった。彼がいまその名を中傷している女は、彼女が彼を扉の外に叩きだすまで、何年間も彼が追いまわした女だった。彼にそれを忘れさせるには、たくさんの赤ん坊が要ることだろう。結局、彼はモーガン一族で、彼らは一七五五年以来、なに一つ忘れはしないのだ。

ローンはこれらの個人的な動機と、スチュワードとディーコンの動機と思われるものの一部を理解していた。どちらも、支配できないものには、我慢できないたちだった。しかし、彼女はスチュワードの怨恨を想像できなかったはずだ――甥の子（たぶん？）が確かにあの場所で傷つけられたか、殺されたはずだという思いにともなう恨みを。それは、彼の血管を流れる浮遊性の疱疹だった。この疱疹は縮みもしなければ、頭にのぼりもしない。彼女にはまた、彼の脳幹の実質のなかに、兄がソーンとの結婚を破る瀬戸際まで来たときの思い出がいかに深く刻みつけられているかも、想像できなかったろう。ディークがあの毒と人を毒する目をのぞきこんでいたとき、いかに彼が正道を踏み外していたか、も。数カ月の間、あの二人は秘密裡に会っていて、数カ月の間、ディークは気もそぞろで、間違いをやり、あのふしだら女は妊娠したと思いこんでいたのではなかったか？　異人種間の子供を生んだと？　スチュワードは、自分たちが負っているもの、始祖たちに約束したもののすべてにたいする裏切りをかろうじて避けたあの事件を思うと、胸が煮えくりかえる思いがした。しかし、父たちの法則、連続と繁殖の法にたいする背信をきわどく回避したこの事件は、自分自身と兄についての大事な思いへの永久的な脅かしに比べると、些細なものに思われた。スチュワードにとって修道院の女たちは、彼と兄の青春の思い出と、二人の完璧な理解を象徴する十九人の黒人女性を侮るパロディだった。彼女たちは、二人が陽光に照らされた肌とビジョザクラを分かちあったあの瞬間を堕落させた。彼女たちは無思慮なくすくす笑いで、十九人のレディたちの耳に快い口調、陽気で誘うような笑いにこもるチリンチリンと鳴る音を踏みにじった。あの十九人のレディは、パステル色に染まった夢のなかに永久に生きるはずだったのに、この新来のみだらな女たちのおかげで、いま消滅の運命に見舞われている。彼は、夜の女の装いと娼婦の欲求でこの個人史を汚し、彼と兄が戦争中も抱き続けた幻、結婚生活に滲みこみ、町作りの努力を強化した幻を嘲弄し冒瀆したことで、彼女たちを許すことができなかった。町作りとは、その幻が繁栄するような町を作ることだった。彼はこの点で、彼女たちをけっして許さず、この慈悲心の欠如をあらためようとはしなかった。

ローンはまた、ディーコン・モーガンの誇りという氷の河も知らなかった。隠されたその膨大な量、その付加物、不動性も。コンソラータとの彼の昔の関係は知っていた。しかし、彼の個人的な恥辱を推し量ることもできなかったし、恥と、その原因と思う女の両方を抹殺することがいかに重要だと彼が考えていたかも理解できなかった。唇が流す血をなめたいために彼の唇を嚙んだ、抑制のきかない、嚙む女。金色の肌と、苔色の目をした、美しい、部外者の女。男を罠にかけ、肉に溺れることができるように、暗がりで自然にもとる行ないができるように、男を弱らす酒といっしょに彼を地下室に閉じこめようとした女。あの女はサロメで、彼はその許からあやうく逃げ出すことができたのだ。さもなくば、彼女は彼の頭を夕食の皿に載せたことだろう。あの貪欲な青姦の女は彼の人生から出て行かず、言葉巧みにソーンの愛情を手に入れ、彼が疑っているところでは、以前ほど愛情深くならせまいと邪悪な薬を強いている。だから、妻の態度を凍らせているのは、息子を失った永遠の悲しみではなく、あの女が与えて、妻がいまだに飲んでいるあの不潔なもののせいだ。その女は、他ならぬ自分の名前をみずから冗談の種にして、女のあるべき姿の戯画にしていた。

ローンはこういったことのすべてを知らず、知ることもできなかったが、十分なだけは知っていた。おまけに、懐中電灯が装備を照らしだしていた。鈍い光を放っている手錠、巻いたロープ。その他に彼らが持っているものを想像する必要はなかった。彼女はそっと歩いて、川のほとりを車のほうに進んだ。彼女は、いま聞いて推測したことは無為のたわごとではないことを確信して、「汝の意志を、汝の意志を」とつぶやいた。男たちは、単なる予行演習をしにあそこに来たわけではない。新兵訓練所の新兵のように、殺戮の準備をしている侵略者のように、彼らがそこに集まったのは荒れ狂うため、使命をよりよく貫徹するために血をたぎらせ、あるいは冷たく凝り固まらせるためだった。とくに一つの点を、彼女はすぐ理解した。歌ってない唯一の声は、聖歌隊を指導していた声だということを。

「リチャード・マイズナーはどこ？」ローンは挨拶もしないで、いきなり訊いた。彼女はマイズナーの家のドアをノックしてから中に入り、そこが真っ暗でからっぽであるのがわかった。いまは、彼のいちばん親しい隣人のフランシス・プール・デュプレイを眠りから叩き起こしたのだ。フランシスはうめいた。

「ローン、いったいどうしたの？」

「マイズナーがどこにいるか、教えてよ」

「あの人たち、マスコウギに行ったわよ。どうして？」

「あの人たち？　あの人たちって誰？」

「マイズナー師とアンナよ。会議なの。夜のこんな時間に、どうして彼が必要なの？」

「中に入れて」とローンは言った。そして、フランシスのそばを通り抜けて居間に入った。

「台所においでよ」とフランシスが言った。

「時間がないの。聴いて」ローンは会合の様子を述べてから、言った。「かなりの数の男たちが、修道院にたいして何か企んでるのよ。モーガン、フリートウッド、ウィズダムがあそこにいたわ。あそこの女たちを狙っているの」

「まあ、なんてこと。これは、いったいどういう騒動なのかしら？　その人たち、真夜中に彼女たちを脅かそうとしてるの？」

「あんた、聴いてよ。その男たちは、彼女たちにピストルの狙いを定めてるのよ」

「それは、別に何の意味もないんじゃない？　兄は教会に行くとき以外、どんなところでもライフル持たないで行ったのを見たことないわ。教会に行くときだって、ライフルは車のなかにあるのよ」

「ロープも持ってたわ、フラニー」

「ロープ？」

「直径二インチの」

「あんた、何考えてるの？」

「わたしたち、時間の無駄使いしてるわ。サットはどこ？」

「眠ってる」

「起こしてよ」

「わたし、夫の邪魔はしたくないの、どこかの無茶な――」

「彼を起こしてよ、フラニー。わたし、気違い女じゃないのよ、あんた、知ってるでしょうに」

最初の雨の雫は暖かくゆたかで、白いロコ草やウチワサボテンの匂いを北や西の地域から運んできた。また、リンドウやアメリカチョウセンアサガオを打ち叩き、チコリの葉からすべり落ちた。それはまた、庭の植物の並びの間の亀裂の入った大地の上に、水銀の玉のように、つるつるした太った玉になって転がった。ローンと、フランシスと、サット・デュプレイは台所の光の下にすわっていたので雨が降るのを見ることができ、匂いを嗅ぐことさえできたが、雨の雫は非常に静かで柔らかかったので、聞くことはできなかった。

サットは、大急ぎで出かけて彼らを止めてくれというローンの要求が神の召命であるという考えには納得しなかったが、朝になってプリアム師とケアリ師に話をするということには同意した。ローンは朝では遅すぎるかもしれないと言い、自分を悪夢からさめない子供扱いしないでまともに話してくれる人を探すと言って、憤然と出て行った。アンナ・フラッドはいなかった。ローンは、ディークのことがあるので、ソーンのところには行けなかった。また、K・Dとアーネットが昔ミーナスのものだった家に住んでいるので、ダヴィ・モーガンは町にいないだろう。彼女はケイトのことを考えたが、ケイトは父親に反対して立ち上がりはしないことはわかっていた。また、ペネロペを思い出したが、この考えも捨てた。彼女はウィズダムと結婚しているだけでなく、サージャントの娘だったからだ。ローンは、牧場や農園に出かけて行かねばならないこと、家族の絆によって判断が曇らされる傾向がいちばん少ないと思う人々の許に行かねばならないことを悟った。フロントガラス用のワイパーはあっても使えなかったので、ローンは、ゆっくりとガムを口のなかでころがしながら、注意深く運転することに精神を集中した。人けのないオーヴンのそばを車で通りすぎながら、彼女はちょうどよいときにアメリカミヤオソウを摘んだことをうれしく思い、アンナの家にも、そのはるか後ろのディーク・モーガンの家にも灯りがともっていないことに気がついた。ローンは目を細めて、ルビーの道路と郡道の間にある数マイルの泥道を進んだ。そこは、油断のならない区間だった。いま大地は雨を吸収して、干涸びた植物の根をふくらませ、できるところにはどこにでも小川を作っていたからだ。彼女は、もしこの使命が本当に神の意図ならば、何物も自分を止めることはできないと考えながら、ゆっくりと運転した。アーロン・プールの家まで半分来たところで、オールズモービルは道路脇の溝にはまって動かなくなった。

ローン・デュプレイが「早摘みのムロン」の看板を避けようとしていた頃、男たちはコーヒーや、希望によってはもっと強いものを飲みながら、細かい最終的な打ち合わせをしていた。ミーナスをのぞいて酒飲みはいなかったが、今夜のコーヒーにアルコールを加えることには誰も反対しなかった。サージャントが商売をやっている納屋みたいな建物の背後、昔彼が馬を飼っていた牧場の向こうに、小屋がある。そこで、彼は馬具一式の修理をしながら——いまではもう料金を請求できる業務ではなくなり、趣味になった——物思いにふけり、家族の女を避けていた。男の息抜き場所で、小さなストーヴ、フリーザー、仕事台と椅子が揃っており、すべてが頑丈な床の上におかれている。男たちがちょうどカップをふうふう吹きはじめたときに、雨が降り出した。二口三口飲んだあとで、彼らは裏庭のサージャントといっしょになって、麻袋を動かしたり、道具類に防水シートをかぶせたりした。彼らは、びしょ濡れになって小屋に帰ってきたとき、気分が軽くなって、突然空腹をおぼえた。サージャントはビーフステーキを提案し、男たちの食欲を満たすために必要なものを取りに家に帰った。すると、妻のプリシラが物音を聞いて手伝おうと申し出たが、彼はきっぱりと彼女をベッドに追い返した。いい香りのする雨が音立てて降っている。男たちが、古いやり方の下ごしらえをして熱いフライパンで焼いた厚いステーキを食べていたとき、小屋の雰囲気は和気藹々としながら、ピリッと緊張していた。

ルビーの北では、とくに修道院では、雨の芳香が強かった。そこでは、密集した白いクローヴァーとエニシダが、庭以外のあらゆる場所でコロニーを作っていた。メイヴィスとパラスは、その香りで眠りから起こされ、コンソラータとグレイスとセネカに、待ちかねていた雨がついに降っていることを大急ぎで告げに行った。彼女たちは台所のドアのところに集まり、最初は眺めていたが、そのあと雨を感じようと手を突き出した。指の上の雨はローションのような感じだった。それで、彼女たちは雨のなかに飛び出し、剃り上げた頭や上に向けた顔の上に香油のように注ぐ雨を受けた。はじめたのはコンソラータで、他の女たちはすばやく彼女に合流した。世界には多くの大河があり、その土手や大洋の端で子供たちは大喜びで水浴びをする。雨が少ない地域では、その喜びようはエロチックとさえ言えるほどだ。だが、これらの感覚といえども、甘美で熱い雨のなかで踊る聖なる女たちの陶酔感にはかなわない。歓喜がこれほど深くなかったら、女たちは笑ったはずだ。最近の警告や危害の知らせが頭のすみに多少残っていたとしても、抵抗しがたい雨が洗い去ってくれた。セネカは雨を抱き、ついに国庫建設住宅での暗い朝を忘れた。グレイスは、けっして血に染まってはならない白いワイシャツがみごとに洗われるのを目撃した。メイヴィスはムクゲの花びらに肌をくすぐられて身震いしながら動いている。ひよわな息子を産んだパラスは、子供をしっかと胸に抱き、その間、雨がエスカレーター上のぞっとする女や黒い水の恐怖を洗い流してくれた。庭で彼女を探しだした神にすべてを捧げたコンソラータは、誰よりもはげしく踊り、メイヴィスはいちばん優雅な踊りを見せた。セネカとグレイスはいっしょに踊り、それから離れ、新しい泥のなかをスキップした。パラスは、赤ん坊の頭から雨の雫を払いながら、羊歯の葉のように揺れている。

ついに、溝から出て、ローンは当然ながらデュプレイ家の者を一人探し出した。彼女はその家族に救われ、育てられ、それから娘の一人に教えられた。それ以上に、彼女は彼らの気質を知っていた。ブッカー・デュプレイの息子で、有名なジュヴェナル・デュプレイの甥、パイアス・デュプレイを彼女はいちばん先に選んだ。モーガン家やブラックホース家の人々と同じように、彼らは州議事堂を支配していた人間の子孫であることを誇りにしていた。しかし、モーガン家、ブラックホース家とは違い、彼らは前の世代をいっそう誇りにしていた。つまり、腕のいい職人、銃職人、縫い子、レース製造者、靴修理人、鉄器商人、石工たちを。石工たちの重要な仕事は、白人移民者に盗まれてしまった。彼らは自分たちの店が燃やされ、必需品が外に放り出されるのを見てきた世代にたいしてさらに深い尊敬の念をおぼえていた。白人の移民者たちは公平な競争を信じることができず、競争から生き残ることもできなかったので、彼らの一族は逮捕され、脅迫され、パージを受け、熟練労働や手工業から排除された。しかし、家族たちは維持できるものや、一七五五年以来獲得したものを固守した。一七五五年、最初のデュプレイ家の人間は、腕に白いナプキンをかけ、ポケットに祈禱書をしのばせていた。彼らの心を落ち着かせていた信念は、陰鬱なものではない。徳や予想外の善行は、彼らをほほえませた。熟慮の末にとった正義の行ないは、他の何ものも及ばないほど心を高揚させた。それが何か、彼らはいつも知っているとはかぎらなかったが、知ろうとして多くの時間を費やした。ジュヴェナルが州議会に選出されるずっと前から、デュプレイ家の夕食の会話は、各人が抱えている問題や、各人そして全員がそれをどういうふうに扱い、援助できるか、という点に焦点を定めていた。そして、会話の流れはつねに、ある行為の倫理性、動機の明確さ、ある行動が神の栄光をいやまし、神の信頼を受けるものかどうか、という問題をめぐっていた。現在のデュプレイ家の人々は修道院の女たちを好きでもなかったし、承認してもいなかったが、それはまったく別問題だった。ブルードとアポロの行ないは彼らを侮辱した。ウィズダム・プールは彼らの義理の娘の兄弟であり、彼が女たちへの襲撃のグループに加わっていること——理由はどうであれ——に、彼らはすぐ怪物の仕業を認めるだろう。確かに、彼らはそれを認めた。ローンが聞いたことと知っていることを彼らに話したとき、パイアスは時間を無駄にしなかった。彼はすぐ、妻のメリンダにボーチャンプ家に行くように指示した。レンとルーサーにわたしに会いにくるように言え。わたしとローンはディード・サンズとアーロン・プールの家に行く。メリンダはダヴィに知らせるべきだと言ったが、もしスチュワードがいたら、どうするかについては合意できなかった。ローンは、男たちがすでに修道院に向けて出発したかどうか、あるいは夜明けを待っているのかどうか、知らなかった。しかし、誰かが危険をおかしてダヴィに知らせるべきだと言った。ダヴィはもしその気になれば、何が起こっているのか、ソーンに知らせることができるのだから。

夜のダンスで疲れてはいたが、幸せになって、彼女たちは家に入った。体を拭きながら、彼女たちはコンソラータに、またピエダーデの話をしてくれと頼んだ。そして、その間冬緑油を頭に塗った。

「わたしたちは海辺の道にすわっていたの。彼女は、わたしをエメラルドの水で湯浴みさせてくれた。彼女の声は、街頭の誇り高い女さえ泣かせたわ。芸術家や警官の手から貨幣が降り、国一番のシェフが自分たちの料理を食べてくれと頼むのよ。ピエダーデの歌は波を静め、波は海が開けて以来聞いたことのない言葉に耳を傾けて、逆巻く途中で停止するの。多彩な鳥を肩に止まらせた羊飼いが、彼女の歌を聞いて自分たちの人生を思い出そうと山を降りてきたわ。彼女が歌っている間は、旅人たちは故郷行きの船に乗るのを拒否したものよ。夜になると、彼女は髪から星を取り出し、髪の毛糸でわたしを包んでくれた。彼女の息は、パイナップルとカシューの香りがして……」

女たちは眠り、目覚め、再び眠って、オウムや水晶の貝殻や一度も言葉を話したことのない歌う女の夢を見る。朝の四時に、女たちは一日の準備をしようと目をさます。一人がパン生地をこね、その間もう一人がレンジに火をつける。他の者は昼食のために野菜を採り、それから朝食の支度にかかる。こねて山にしたパン生地が、パン焼き用の金物皿に入れられて、ふくれるのを待つ。

男たちが到着したとき、陽光は輝きそめるところだ。薄青色の空はなかなか明けないが、男たちがシンオークの木の後ろに車を停めて、修道院に向けて歩きはじめると、太陽が神々しい青に亀裂を入れる。夜の雨は、水たまりや、路肩の水のあふれた割れ目から霧となって立ちのぼる。男たちは修道院に着くと、音のする砂利道を避け、玄関のドアまで背の高い草や時折の虹を縫って行く。おそらく、ハゲタカの鉤爪がスチュワードを俗界からさらって来たのだろう。雨でまだらに光りながら、彼らは石段の側面を固める。九人の真ん中を登っていくとき、彼はあごを上げ、それからライフルを上げて、一度も錠をおろしたことのないドアを撃つ。ドアは蝶番が外れて、斜めに内側に傾く。太陽が彼に続いて入りこみ、玄関の広間の壁に光を注ぐ。そこでは、剝げかけたペンキの下に男女の幼児がいっしょに遊んでいる姿が見える。突然、子供たちと同じ白い肌の女が現われる。スチュワードがもう一度ライフルの引き金をひくには、彼女の官能的でいぶかるような目を見るだけでよい。他の男たちは驚くが、彼女をまたいでなかに入るのをためらいはしない。彼らは武器を撫で、突然自分たちがひどく若く優秀な者に思えて、銃は装飾や、脅かしや慰め以上のものだったことを思い出す。銃は撃つためのものだ。

ディークが命令を下す。

男たちは散っていく。

台所で食事の支度をしていた三人の女たちは、銃声を聞く。しじま。もう一発の銃声。用心深く女たちはスウィング・ドアからのぞく。傾いたドアからの光を受けて、武装した男たちの影が廊下に大きく浮かび上がる。女たちはゲーム室に走りこみ、ドアを閉める。男たちが廊下に位置を占める数秒前だ。女たちは足音が通りすぎ、自分たちが出てきたばかりの台所に入っていく音を聞く。ゲーム室に窓はない——女たちは罠に落ち、罠に落ちたことを知っている。数分が経つ。アーノルドとジェフ・フリートウッドは台所を出て、空気中に冬緑油の香りが漂っているのに気づく。彼らはゲーム室のドアを開く。雪花石膏の灰皿がアーノルドのこめかみを打ち、それを振りかざした女の意気は上がる。彼女は、彼が四つんばいにつんのめるまで、打ち続ける。他方、不意を突かれたジェフは銃を構えるが、一瞬遅きに失する。玉突きのキューが彼の手首を打つと銃はすっ飛び、そのあと、キューは上向きに彼のあごをしたたかに打つ。彼は片手を上げる。最初は身を守るため、次にはキューの先をつかむためだが、そのときちょうど、シエナの聖カタリーナの額が彼の頭上に落ちる。

女たちは廊下に走りこむが、二人の人影がチャペルから出てくるのを見て凍りつく。女たちが台所に走り帰ると、ハーパーとミーナスがすぐ背後に迫る。ハーパーが一人の腰と腕をつかむ。女は手に負えず、彼は頭蓋を強打する長柄のフライパンが目に入らない。彼は倒れて、銃が落ちる。ミーナスは、もう一人の手首に手錠をかけようと苦闘しているが、父親が倒れたとき、そちらを向く。そのとたん、彼の顔を濡らしたスープはあまりに熱かったので、叫ぶことさえできない。彼は片方のひざをつく。すると、一人の女の手が、床の上でまわっている銃のほうに伸びる。傷つき、半分見えなくなっていたが、彼は彼女の左の踵をぐいと引く。女は倒れつつ、右足で彼の頭を蹴り上げる。彼の後ろから、一人の女が肉切り包丁で狙い、それを肩甲骨にあまりに深く突き入れたので、第二撃を加えようにも包丁が抜けない。それで、包丁はそこに残したまま、他の二人といっしょに庭に逃れ、家禽を追い散らして走る。

二階から降りてきたウィズダム・プールとサージャント・パースンは誰も見ていない。二人は、窓から光が注ぎこんでいる学習室に入る。そして、壁に押しつけられた机の後ろを探す。明らかに、誰も、子供でさえその小さな空間に隠れることはできないのに。

地下室では、ブラック&デッカーの長いゆったりした光の下で、スチュワードとディークとK・Dが、想像を絶した汚辱と暴力と邪道を見る。愛情をこめて描かれた汚れた絵が、石の床を覆いつくしている。K・Dは、椰子の十字架に指で触れる。ディークはサングラスを押しこんだシャツのポケットを叩く。彼は別の目的のためサングラスが要るかもしれないと思ったのだが、いま下へ下へと招くこの堕落の海から目を守るため、サングラスをかけねばならないのだろうかと考える。その上をあえて歩こうとする者はいない。予想を十二分に正当化されて、彼らは向きを変え、階段をのぼる。学習室のドアは大きく開いている。サージャントとウィズダムが身振りで彼らを招く。窓のところに固まって、五人全員は理解する。女たちは隠れてはいない。放たれている。

男たちがサージャントの小屋を出てからまもなく、ルビーの町民はオーヴンに到着する。雨脚は弱まりかけた。ごみ缶が屑といっしょにくるくるまわっている。川は水かさが増しているが、土手からあふれてはいない。代わりに、地中に浸みこんでいる。オーヴンの頭から滝のように流れる雨は、煉瓦から洗い流されたセメント漆喰のかけらで斑点のできた泥に注ぎこむ。オーヴンはほんの少し、一方に傾いている。オーヴンが載っている固く詰まった土が下から掘り崩されているからだ。トラックや車に分乗して、町民は男たちに会いに行く。

姉妹のどちらも、説得の必要はない。二人とも、恐ろしい事態が起こりかけているとわかっていたからだ。ダヴィはソーンに運転してくれと頼む。いずれも、不快な、突き上げる思いで黙りこんでいる。ダヴィは、三十年間夫がうちなる何かを毀《こぼ》つのを眺めてきた。彼は多くを手に入れれば入れるほど、器が小さくなっていく。いま、彼はすべてを破壊しているのかもしれない。二十五年間の奔放な成功が彼を混乱させたのか。彼らは白人の法から離れて暮らしてきたので、それを超越したと思ったのか。もちろん、彼以上に愛情深い夫は望めない。彼女が知りえない部分を無視しているかぎり、彼らの結婚生活は完璧だった。それでいて、彼女は「友達」が訪ねてくれた抵当流れの家を失って、寂しく思っている。K・Dがあの家に移ってから、一度だけ彼は彼女のもとにやってきた。それは夢のなかで、彼は彼女から離れようとしていた。彼女が呼ぶと、彼は振り向いた。次に覚えているのは、彼女が彼の髪を洗っているところだ。彼女はわけがわからず、目がさめた。しかし、自分の手が石鹼の泡で濡れているのをうれしく思った。

ソーンは、ディークと話さなかったこと、ただ話せばよかったのに、それをしなかったことで自分を責めている。コニーのことを知っている、三番目の子供を失ったのは、自分にたいする天罰で——彼のせいではない——と言えばよかった。コニーがスカウトの命を救ってくれてから、彼女にたいする怒りは消えた。そして、二人は仲のいい友達になったので、彼女は自分がディークも許したと思っていた。いま彼女は、空気が薄くなりすぎて窒息しそうな恐れ、息子の死にたいする救いようのない悲しみ、彼らの最後の手紙を読まないことでいつまでも痛みを感じ続けているのは、そうは見えなくても彼を罰する方法ではなかったか、と思う。とにかく、修道院の女たちの追い出しは、自分たちの結婚となんらかの関係があるのは確かだと思った。ハーパー、サージャント、それから確かにアーノルドは、ディークとスチュワードが許可して、彼らを操らなかったら、あの女たちに手を上げはしないだろう。彼女が二十二年前に話しさえしたら。話すだけでよかったのに。

「あんた、どう思う？」ダヴィが沈黙を破った。

「考えられないの」

「あの女性《ひと》たちを傷つけないわよねえ？」

ソーンはワイパーを止めた。もう、その必要はなくなっていた。「そう思うわ」と彼女は答えた。「ただ脅かすだけだと思う。つまり、出て行かせるために」

「でも、みんなはいつも彼女たちの話をしてたわね。まるで、……へどろみたいに」

「変わってるだけなのよ」

「わかってる。でも、昔はそれが十分な理由になったのよ」

「あの人たち、女なのよ、ダヴィ。ただの女なの」

「でも、娼婦だわ、その上、変人で」

「ダヴィったら！」

「これはスチュワードの言い草だけど。そして、もし彼が……」

「わたし、気にしないわ、たとえ彼女たちが――」ソーンはそれ以上悪いことは想像できなかった。二人とも黙りこんだ。

「ローンが言ってたけど、K・Dも加わってるんですって」

「当然でしょうね」

「メイブルも知ってると思う？　プリシラも？」とダヴィが訊く。

「どうかしら。わたしたちも、ローンが知らせてくれなかったら、知らなかったんじゃない？」

「大丈夫だと思う。アーロンとパイアスが彼らを止めるわ。それに、ボーチャンプも。スチュワードだって、ルーサーとはごたごたを起こさないわ」

そこで、姉妹は笑った。ささやかな望みをかけた笑い。すばらしい夜明けの大気のなかを疾走しながら、気休めを言っている。

コンソラータは目をさます。数秒前、降りてくる足音を聞いたと思った。そして、自分のそばに寝ている赤ん坊に乳をやりに来るパラスだと思った。彼女は取り替えが必要かどうか、おむつに触ってみる。何か。何かが。コンソラータは冷たくなる。ドアを開けると、遠ざかっていく足音が聞こえるが、女にしては重すぎ、数が多すぎる。彼女は眠っている赤ん坊を起こしたものかどうかと考える。それから、急いで白い襟のついた青いドレスを羽織ると、子供は寝台に寝かしたままにしておこうと心を決める。階段をのぼるとすぐ、廊下に横たわっている形が目に入る。彼女は駆け寄って、その女を両腕に抱き、頬とドレスの左側を血に染める。首の脈はあるが、かすかだ。息は浅い。コンソラータは女の頭の縮れ毛をこすって、なかに踏みこみはじめる。深く、深く、ピンの先のような光を探して。

隣の部屋から何発かの銃声が響く。

男たちは窓から、クローヴァーとエニシダのなかを駆けている三人の女たちを狙い撃つ。コンソラータは、大声で「やめて！」と叫びながら、部屋に入る。

男たちは振り向く。

コンソラータは太陽に向かって目を細め、それから、男たちの頭上の高所にあるものに気を取られたかのように、目を上げる。「あなた、帰ってきたのね」そして、ほほえむ。ディーコン・モーガンはサングラスがほしいが、シャツのポケットのなかだ。彼はコンソラータを見つめ、彼女の目のなかに、彼らから、彼自身からも奪い去られていたものを見る。彼女の唇の端に血がついている。それが、彼の息を奪う。彼は弟の手をとどめようと手を上げるが、二人のうちで強いのはどちらかがわかる。銃弾が女の額を貫く。

ダヴィは金切り声を上げる。ソーンは凝視する。

「この娘が死ぬまでには、もう少しかかるよ」ローンは白い女の傷に血止めをしながら、死ぬほどダブルミントがほしいと思う。彼女とレンが、娘をゲーム室のソファに運んだ。ローンには心臓の鼓動は聞こえない。首の鼓動はまだあるように思えるが、子供のような小さな手首をしたこの女は、すでに多すぎる血を流している。

「誰かロジャーを呼びに行った？」彼女はどなる。

「行ったよ」誰かがどなり返す。

部屋の外の騒音のため頭が痛く、チューインガムを無性に噛みたくなる。ローンは女をそこに残して、この大惨事からもう一、二人の命を救うため、何ができるか探しに行く。

ダヴィが階段の上で泣いている。

「ダヴィ、もう泣きやめなくちゃ。わたしには分別のある女性が要るの。ここに入って、少し水を取ってきてちょうだい。そこの女の子に水を飲ませてやって」彼女は、ソーンのいる台所へダヴィを引きずって行く。

その前、ディーコン・モーガンはコンソラータを台所へ運んで行き、女たちがテーブルを片づける間、彼女を両腕に抱えていた。それから、注意深く彼女を横たえた。いささかでも手荒に扱うと彼女を痛めるというかのように。彼の手が震えたのは、コンソラータが――畳んだソーンのレインコートを頭の下に入れて――安らかになったのちだった。それから彼は、負傷した男たちを助けに出て行った。ミーナスは、肩から包丁を抜き取ることができず、痛さに悲鳴を上げている。ハーパーの頭は腫れあがっていたが、脳振盪を起こしているように見えるのは、アーノルド・フリートウッドのほうだった。それに、ジェフの砕けたあごとひびの入った手首の手当てもしなければ。最初のキャラヴァンで煽られた他のルビーの町民も到着して、騒音と混雑を二重に増している。プリアム師がミーナスの肩から包丁を抜いてやったが、ジュライとフリートウッド両家の男たちにデンビーの病院に行くよう説得するのに手を焼いていた。ディード・サンズの息子からのメッセージが届いて、ロジャーはミドルトンから今朝帰る予定なので、帰りしだい娘が彼をこちらへ寄越すとのことだった。プリアム師はついに説得に成功して、怪我をした男たちを送り出した。男たちの声が大きく響き続けている。質問の猛攻撃と破滅の予言のもとで交わされた大声の非難と、静かだとは言え不機嫌な弁明との間で三十分あまり過ぎたとき、ようやく、誰かが他の女たちはどうなったか、と訊いた。パイアスがそれを尋ねたとき、サージャントは頭の動きで「あそこだ」ということを示した。

「逃げたのか。保安官のところに？」

「それはどうかな？」

「ええ、何だって？」

「みんな倒れたよ、草のなかに」

「おまえたちは、あの女たちをみんな殺戮したのか。いったい、何のために？」

「おれたちは地獄に落ちるばかりか、白人の法律に取っつかまるぜ！」

「ぼくらは、誰か殺すためにここへ来たんじゃないよ。やつらがミーナスとフリートにやったことを見てみろ。自己防衛さ！」

アーロン・プールは、この説明をしたK・Dをじっと見た。「おまえは彼女たちの家に侵入して、彼女たちが戦わないと思ったのか」彼の目のなかの軽蔑は明らかだが、ルーサーのものほど冷たくはない。

「銃を持っていたのは誰だ」とルーサーが訊いた。

「ぼくらみんな持っていたさ。だが、あれをやったのはスチュワードおじさんだった、その──」

スチュワードが彼の口に平手打ちをくれた。サイモン・ケアリが止めなかったら、もう一つの殺戮が行なわれたかもしれない。「その男を止めろ！」とケアリ師は叫んだ。それから、K・Dを指差して「おまえは面倒なことになるぞ」

パイアスはこぶしで、壁をどんと叩いた。「おまえはすでに、われわれの顔に泥を塗った。今度は、われわれを破滅させる気か。いったい、どんな疫病神に取っつかまっているのかね、おまえは？」彼はスチュワードを見ていたが、いま彼の視線はウィズダム、サージャントそれから他の二人を取りこんだ。

「この家は悪魔に取り憑かれているんだよ」とスチュワードが言った。「あの地下室に降りて、自分の目で確かめてみろ」

「弟は嘘をついている。これは、われわれのしたことだ。われわれだけの。だから、われわれが責任を取る」

二十一年間ではじめて、双子はお互いの目をまっすぐ見つめあった。

その間、ソーンとローン・デュプレイは、二つの淡い色の目を閉じてやるが、二つの目の間の、血に濡れて、まぶたのない三番目の目はどうすることもできない。

「彼女は『ディヴァイン』と言ったわ」と、ソーンはささやく。

「何だって？」ローンは遺体を覆うシーツを見つけようとしている。

「わたしが彼女のところに行ったとき。直後よ、スチュワードが……わたしが彼女の頭を抱くと、彼女は『ディヴァイン』って言ったの。それから、何か『彼は神々《ディヴァイン》しいの、彼は神々《ディヴァイン》しく眠ってるわ』っていうようなことを言ったわ。夢を見てるんだと思うけど」

「そうねえ、ソーン。彼女は頭を撃たれているからね」

「彼女は何を見たんだと思う？」

「わからないよ。でも、それが最後の夢だとしても、すてきな想いじゃないの」

ダヴィが入ってきて、言う。「彼女は死んだわ」

「あんた、確か？」とローンが訊く。

「行って、自分で見てきたら」

「そうするよ」

姉妹はシーツでコンソラータを覆ってやる。

「わたしは、あんたほど彼女をよく知らなかったわ」とダヴィが言う。

「わたし、彼女を愛してたの。神さまが証人だけど、本当に愛してたの。でも、本当の意味で彼女を知ってた人は誰もいないわ」

「あの人たち、どうしてこんなことしたの？」

「あの人たち？　あんたの言うのは『彼』じゃない？　スチュワードが彼女を殺したのよ。ディークじゃないわ」

「あんたの言うこと聞いてると、みんな彼の責任だっていうみたい」

「そんなつもりはないわ」

「じゃあ何なのよ？　どういう意味で言ったの？」

ソーンは自分がどういう意味で言ったのか、わからない。ただ、どんな小さな染みでもできうるかぎり洗い流してあげるために、どこで石鹸のかけらを見つけたらいいか、ということだけが頭を占めている。しかし、この言葉のやりとりが彼女たちの関係を修復できないほど変えてしまう。


当惑して、怒り、悲しみ、おびえた人々は、どやどやと車に乗りこみ、子供たち、家畜、畑、家庭の雑用、そして不安のほうへ帰って行った。この場所を手に入れるために、彼らはいかに懸命に働いたことだろう。かつては、いま目撃したばかりの恐ろしさからどんなに離れていたことか。どうしてこれほど清潔で祝福された使命が自己崩壊して、いま逃れてきたような世界になったのか。

ローンは、ロジャーが来るまで遺体のそばに付き添うと言った。メリンダが訊く。「じゃあ、どうやって帰るの？　あんたの車はわたしたちの家にあるわよ」

ローンはため息をつく。「そうねえ。死人は動かないからね。でも、ロジャーはたくさんの仕事をしなきゃなんないよ」車が出て行くとき、ローンは振り返って、家を見る。

「たくさんの仕事をね」

仕事はなかった。ロジャー・ベストはルビーに帰ってきて、着替えさえしなかった。救急車兼霊柩車のエンジンをふかして、猛烈な勢いで修道院に駆けつけた。三人の女が草のなかに倒れていると教えられた。一人は台所にいる。もう一人は廊下の向こうにいる、と。彼はあらゆるところを探した。草は一インチずつ、エニシダのどの区画も。雌鶏小屋まで。庭はもちろん、その向こうの畑のトウモロコシのどの列も。それから、どの部屋も。チャペルや、学習室。ゲーム室はからだった。台所も——テーブルの上のシーツと畳んだレインコートが、遺体がそこにあったという唯一のしるしだった。彼は二階の両方の浴室をのぞき、八つの寝室を全部見た。もう一度、台所と食料貯蔵室を。それから、地下室に降りて、床の絵の上を歩いた。彼が一つのドアを開けると、石炭入れが見えた。もう一つのドアの後ろには、小さなベッドがあり、ドレッサーの上に一足のピカピカの靴があった。遺体はない。何も。キャデラックさえなくなっていた。

セイヴ＝マリー

「このために、わたしたちはここに集まっているのです。この心を嚙む悲しみの瞬間――子供の短い人生と、受け入れることのできない理解できない死を考えると――わたしたちは、わたしたちの信仰を確認したり、後回しにしたり、失ったりします。ここで、時計が時を刻む今の瞬間、この場所で、すべてのわたしたちの疑問、恐怖、怒り、混乱、寂しさは溶け合い、大地を奪い去るように見えます。それで、わたしたちは倒れかけているような気がするでしょう。ここで、わたしたちは、もう立ち止まる時間だ、今回だけは持ちこたえて、神の眼の下で雀が死んだとか、佳人薄命とか（この子供は、佳人になる選択はできなかったんですよ）、死だけが民主的だとかいうようなきまり文句は排除する潮時だと、言うかもしれません。いまこそ、真にわたしたちの心に引っかかっている質問をするときなのです。いったい誰がこんなことを子供にすることができたのでしょう？　誰がこんなことを子供に許したのでしょう？　そして、なぜ？」

スウィーティ・フリートウッドは、その件を話し合おうとはしなかった。彼女の子供は、スチュワード・モーガンの土地に埋葬させるわけにはいかない、と言うのだ。これは、まったく新しい問題だった。二十年間というもの、埋葬地の問題はルビーでは持ち上がらなかった。それで、この問題を避けることができなくなったとき、悲しみと同時に驚きも見られた。スウィーティとジェフのいちばん下の子供のセイヴ＝マリーが死んだとき、人々は残りの子供、ノア、エスター、ミンもすぐあとを追うだろうと考えた。最初の子は、曾祖父の名前であると同時に、強い息子になるように強い名前を与えられた。二番目の子供は、最初の子を愛し、まったく無私に世話をしてきた曾祖母の名前のエスターをもらった。三番目はジェフが主張した名前だった——戦争と何らかの関係がある名前だ。この最後の子供の名前は懇願（または嘆き）だった。セイヴ＝マリー。この願いが聞き届けられなかったかどうかは、誰が決めるのか。このようにして、正式の墓地についての緊張した論議は、スウィーティが希望を出し、もっと多くの葬儀が予想されるから、という理由で出てきただけでなく、複雑な理由があって、ルビーはもはや死神にとって立入禁止の場所ではなくなった、という認識から生まれてきた。したがって、リチャード・マイズナーは聖別された土地の上で司式し、新しい制度をはじめようとしていた。しかし、スチュワードの牧場——そこには、ルビー・スミスが眠っている——の特別墓地を使うかどうかということは、スウィーティにとっては問題外の問題だった。兄のルーサーに影響されて、夫と義父を巻きこんだ厄介ごとの責任はスチュワードにかぶせ、彼女はむしろロジャー・ベストがやったこと（自分自身の土地に墓を掘ること）をしたほうがましだ、と言った。そして、あのすばやく終わった、会葬者の少ない裏庭の葬儀が行なわれて以来二十三年が過ぎていることは、まったく意識にものぼらせなかった。

どうして彼女がそのような大騒ぎをするのか（悲しみに非難を足すと、頭にのぼる酒のようなものになる）たいていの人は理解していたが、パット・ベストは、スウィーティの頑固さはもっと計算されたものだと踏んでいた。モーガンの申し出を拒否し、モーガンの正義に疑いを投げかければ、モーガンのポケットから何らかの恩典をしぼり出せるかもしれないという計算。そして、パットの八岩層の理論が正しければ、スウィーティの復讐心は、不滅の人間の町に本物の正式な墓地の建設を決めるという気まずい立場に八岩層の人々を置く結果になる。七月以来、地震に似た激動が起こった。そういうわけで、おだやかな十一月のある日、石鹸みたいな雲が浮かんでいる空の下で、最後のルビーの家から一マイルばかり離れているところに彼らは集まっているのだった。もちろん、そこはモーガンの土地だったが、誰もスウィーティにそう言う勇気のある人はいなかった。家族の者を奪われたフリートウッド家の人々を取り巻く群衆の間に立っていて、パットは安定性に近いものを回復した。かつての葬儀のときは、死者にたいする称賛の言葉がなかったので彼女は泣いた。いまは、持ち前の何でも公平に楽しむ自分に戻っている。少なくとも彼女は公平でありたいと思い、いま自分が感じているのは楽しさであってほしい、と思った。彼女は、自分の態度について他の見方もできることを知っており、その一部をリチャード・マイズナーは表現した（「悲しいね、悲しくて、冷たい」）が、彼女はロマンチックな人間ではなく、学者だった。だから、マイズナーの埋葬式での言葉には心を鎧って、その代わりに会葬者のほうを観察しているのだった。

彼とアンナは、修道院襲撃から二日のちに帰ってきた。そして、彼が起こったことを知るには四日かかった。パットは彼に二種類の公式の話を教えた。一つは、九人の男たちが修道院の女たちに立ち退くか、行ないを改めるようわけを話して説得しに行き、喧嘩が行なわれ、女たちは変身して薄い大気のなかに消えて行ったというものだ。二番目の話（フリートウッド－ジュリー版）は、五人の男たちが女たちを追い立てるために出かけていき、四人の他の男たち——この話の作者たち——は、彼らを抑えるか止めようとしてそこへ行った、これら四人の男たちは女たちに襲われたものの、女たちを追い出すことに成功し、女たちはキャデラックに乗って逃げた、しかし、不幸なことに、五人の男たちのうちの何人かが分別をなくして、年取った女を殺した、と言う。パットは、どちらの解釈を取るか、リチャードに選ばせた。だが、彼女自身の解釈は差し控えた。つまり、九人の八岩層の男たちが五人の罪のない女を殺した。その理由は（a）修道院の女たちは不純だから（八岩層ではないから)。(b)彼女たちは不浄だから(少なくとも姦通者であり、悪くすると堕胎者だから)。(c)彼らは殺すことができるから——それこそ、彼らにとって八岩層の所以であり、また「取り引き」の条件だった、という解釈。

リチャードは、急速に福音になりかけているどちらの話もおいそれとは信じなかった。そして、サイモン・ケアリとプリアム長老に話をした。二人は、話の他の部分を明らかにしてくれた。しかし、どちらも最終部分の意味を決めかねて、説教に織りこめられるような信頼に値する説明はできなかったので、リチャードの不満を鎮めてはくれなかった。彼に灰色の細部を提供してくれたのはローンだったが、数人の人はすぐそれを否定した。彼らが言うには、ローンは信用できないからだった。だが、彼女以外にオーヴンのところでの男たちの話を立ち聞きした者はなく、彼らが本当に話したことを誰が知ろう? 他の目撃者と同じように、彼女は弾丸が発射されたあとで到着した。そして、家のなかの二人の女が死んだのか怪我をしていただけなのかについては、彼女とダヴィの判断が間違っていたということはありうる。また最後に、彼女は生者も死者も、家の外にいる者は見ていない。

ローンについて言えば、この話が語り直される様子を見てぐらついてきた。人々は自分を立派に見せようとして、なんとその話を作りかえていることか。何も言わなかったディーコン・モーガンをのぞいて、襲撃者一人一人が違う話をし、彼らの家族や友人たちは

（修道院の近くには全然行かなかったのに）彼らを支持して、間違った情報を潤色し、作り直し、作り上げていた。デュプレイ家、ボーチャンプ家、サンズ家、プール家の人たちはローンの説明を支持してくれたが、正確で高潔だという彼らの評判でさえ、作りかえられた真理が他の地域で幅を利かすのを防ぐことはできなかった。犠牲者がいなければ、この犯罪の話は誰かの言葉遊びにすぎない。それで、彼女は口をつぐみ、確信していることは頭のなかに畳みこんでおいた。神はルビーに第二の機会を与えたもうたのだ、ということを。神はご自身を目に見える議論の余地のない存在として顕わしたもうたので、途方もないほど誇り高い人々（スチュワードのような）やどうしようもないほど愚かな人々（彼の嘘つきの甥のように）も、それを見ないわけにはいかなかったのだ。なんてことだ、神は事実上、真っ昼間に神の僕《しもべ》をすくい上げて、受け入れたもうたのだ！　まさに、彼らの目の前で！　なんたることか！　彼らは嘘を言うと彼女を非難していたので、ローンは何も言わず、神の御手が不信心者や偽証者をどういうふうに扱われるか見ようと心を決めた。彼らには、神が自分たちに語りかけられたのがわかっただろうか。さもなければ、神の道よりさらに遠く漂い流れていくだろうか。一つだけ確かなことがある。つまり、彼らはオーヴンを見ることができる。あれを誤読したり、誤って話したりすることはできないはずだ。だから、急いで駆けつけて、地すべりを直したほうがいい。手遅れになる前に——すでに手遅れになっているかもしれない。若者たちが、また例の言葉を変えたからだ。彼らはもはや自分たちを「神の額の皺になれ」と呼んではいない。オーヴンの覆いの上の落書には「ぼくらは神の額の皺だ」と書いてあった。

本当に起こったことについての解釈の違いがいかに際立ったものであろうと、一同が同意していた重大な事実があることを、パットは知っていた。つまり、あそこに行った人々はみんな、法の執行者が喜んで町中に襲いかかり（結局、彼らは白人の女を殺したのだ）事実上、ルビーの企業家全員を逮捕するだろうと確信して修道院を出てきた、ということだ。彼らは、報告したり、移したり、埋めたりする死者はいなかったことを知ったとき、すっかり胸をなでおろして、自分たちが実際にしたこと、見たことを忘れはじめた。ルーサー・ボーチャンプ――彼は最も強い弾劾論をぶった――や、パイアス、ディード・サンズ、アーロン――彼らはローンの説明の大部分に協力してくれた――がいなかったら、この事件全体がきれいに整えられすぎて消えてなくなっただろう。それでいて、彼らでさえ、死体がなければ、家のなかの不自然な死の件を報告することはできなかった。それは、やがて死体でいっぱいの自動車のなかの自然死の発見となるかもしれない。多くの人々の内密な話を明かされていたわけではなかったが、パットは、父親やケイトとの話、故意の立ち聞きなどから、四カ月あとになっても、彼らはまだこの問題を考えていること、自分たちが間違っているのかどうか、彼らが知って信じてきたこととは逆になるが、これまで自分たちの手で仲間うちで扱ってきた問題を白人の法律に任せるべきかどうか、神のお導きを願っていることを知った。この難問はすべての人を動揺させ、巻きこんだ。責任のなすりあい、理解と許しを願う祈り、傲慢な自己防衛、真っ赤な嘘、それに、リチャードが彼らに問い続けているたくさんの、答えの返ってこない質問。そういう事情で、葬式は一つの休止にはなったが、結論にはならなかった。

ひょっとしたら、この場所についてはこれまでずっと彼らのほうが正しかったのかもしれないと、町の人々を眺め渡しながら、パットは考えた。たぶん、ルビーは幸運だったのだろう。いいえ、違う、と彼女は自分の意見を訂正した。襲撃の証拠は目に見えないが、その結果は目に見えている。あそこにジェフがいて妻の体に腕をまわしており、二人とも当然ながら悲しそうに見えるものの、わずかに威厳が出てきたようにも思われる。ジェフはいま、父の家具・電気器具店の唯一の所有者になったからだ。アーノルドはしつこい頭痛に悩まされ、アーネットが出て行ったので自分の寝室ができて喜んではいるが、急にひどく老けこんだ。彼は立って頭を垂れており、その目はいたるところをさまよっているが、柩の近くは見ようとしない。サージャント・パースンは、いつものように小綺麗に見える。いまは畑の地代を待っている地主がいなくなったので、州の会計検査官が神を恐れる黒人の静かで小さな集落に関心を抱かなければ、また関心を抱くまでは、彼の貪欲さは衰えを知らないだろう。悔悛の情を見せないハーパー・ジュリーは濃紺のスーツを着て頭に包帯を巻いている。そして、メダルのようにかかげたその頭のおかげで、血まみれにされたものの、悪にたいする不屈の闘士の立場を取っている。いちばん不幸だったのはミーナスだ。もうアンナの店に来る顧客はない。一部には傷害を受けた肩のせいで床屋の道具が満足に使えなくなったためであり、また一部には、彼の飲み癖が週の他の多くの日にも及ぶようになったからだ。彼の気晴らしは、急速に終焉に近づきかけていた。ウィズダム・プールには、いちばんつらい役割がまわってきた。一族七十人が祖先の評判を落としたのは彼の責任だと考え（ブルードとアポロという彼の弟たちも同罪だが）、彼には心の平和も地位もまったく与えず、毎日毎日責めたてたので、ついに彼は、ホーリー・リディーマーの全会衆の前でひざをついて、泣いた。信仰告白のあとで、彼はようやく昔の地位に戻してもらい、悔悛の情に満たされ、新たな気持ちで、ブルードとアポロとのためらいがちな会話をはじめた。アーネットは再び妊娠した。そして、二人とも、スチュワードの土地に新しい家を建築中だ。アーネットとK・Dは、スチュワード・プール家、デュプレイ家、サンズ家、ポーチャンプ家の人々の生活、とくに、あらゆる機会を捉えてK・Dを侮辱したルーサーの生活をみじめにしてやれる地位につきたいと願っていた。最も興味ある展開を見せたのは、モーガン兄弟だった。彼らの際立った特徴は蝕まれかけている。煙草の選び方（二人は同時に葉巻と噛み煙草をやめた）、靴、服装、髭。パットは、いま二人はおそらく誕生のときよりずっと似てきたのではないかと思った。しかし、心中の違いは誰の目にも明らかなほど大きかった。傲岸で謝罪はしないスチュワードはK・Dを翼下に入れ、彼をなんとか銀行に入れて、甥と十六カ月の甥の子を金持ちにすること（だから、家の新築をはじめたのだ）に精神を集中していた。他方、ダヴィが戻ってくるのを待っていた。ダヴィは、ソーンとの間が目に見えて冷たくなっていたので、夫の許に戻りそうな様子だった。姉妹は、修道院で起こったことについて意見を異にしていた。ダヴィはコンソラータが倒れるのを見たが、誰が引き金を引いたのかは見なかったと言い張った。ソーンは一つのことを知っており、知る必要があった。つまり、それは彼女の夫ではなかった、ということだ。彼女は夫の手が、注意するような、止《と》めるような仕草でスチュワードの手のほうに動いたのを見た。彼女はそれを見、耳を傾ける人には誰にでも、何度も何度も、それを見たと言った。

いちばん変わったのは、ディーコン・モーガンだった。それは、まるで弟の顔を見ると、自分がいやになるというふうだった。誰もが驚いたことに、彼はスチュワード以外の他の人々と友情（とにかく、何らかの関係）を固めたが、その原因、理由、根拠は謎だった。リチャード・マイズナーは語らなかった。それで、誰もが確かに知っているのは、公然と行なわれた裸足の歩行だけだった。

それは九月で、ディーコン・モーガンがセントラルのほうへ歩いて行ったときはまだ暑かった。堂々たる彼の白い建物から続いている煉瓦道の右側にも左側にも菊が咲いていた。彼は帽子をかぶり、ビジネス用のスーツにチョッキを着て、白い清潔なワイシャツを着ていたが、靴は履いていなかった。ソックスもない。彼は聖ヨハネ通りに入った。二十年前の彼の楽観主義は大変なものだったので、彼はそこに五十フィート間隔で木を植えていた。セントラル街で、彼は右に曲がった。裸足の足は言うまでもなく、彼の靴の裏がそれだけのコンクリートに触れたのは、少なくとも十年前の話だった。聖ルカ通りの端に近いアーノルド・フリートウッドの店のそばを通りすぎたところで、ある夫婦が「おはようございます、ディーク」と言った。彼はまっすぐ目を前方に向けたまま、片手をあげて挨拶した。マルコ十字通りの近くの自宅のポーチから、リリー・ケアリがハローと言ったが、彼は頭を向けなかった。「車がこわれたの？」彼女は彼の足を見ながら、訊いた。セントラル街と聖マタイ通りの角にあるハーパー・ジュリーのドラッグストアのところで、彼はじろじろ見る目が自分につきまとっているのを見たというよりは感じとった。それでも、振り返って見ることもしなければ、聖ペテロ通りに近づいたとき、モーガン貯蓄貸付銀行のウィンドウをちらと見ることもしなかった。ペテロ十字通りを横切って、彼はリチャード・マイズナーの家に行く道をたどった。最後にここに来たのは六年前で、そのとき彼は怒っており、自分と弟が勝つことを疑いつつも確信していた。いまの彼の気持ちは双子には珍しいもの――すべてが不備だという思いや、抑えた寂しさ――で、それが彼の食欲も、眠りも、声まで奪っていた。七月以来、彼には、他の人々がささやき声で話しているか、遠く離れたところからどなっているように思われた。ソーンは彼を見つめていたが、思いやり深く危険な対話をはじめようとはしなかった。あたかもそれをはじめたら、彼が彼女に語る言葉が二人の生活から生命を奪うとわかっているかのように。彼は彼女に、緑の春は涸れたが、その喪失を別にすれば、彼女はすてきで、彼の信じるところでは女性にはありえないほど美しい、言うことをきかない髪が縁取っている顔は、非常に彫りが深いので触れたくなるし、話したあとの彼女の微笑は太陽を愚か者に見せるほどだ、と言うかもしれなかった。彼は妻に、「あんた、帰ってきたのね」と言った言葉は最初彼女が自分に話しかけているのかと思ったが、いまでは、そうではなかったことを知っている、と言うかもしれない。そして、女は何を見たのかすぐ知りたいと切望したが、何も見なかったスチュワード、またはすべてを見たスチュワードが、二人が別の世界を知っては困るので、女を殺して二人を止めたのだ、と。

その九月の朝早く、彼は入浴して、注意深く服を身につけたが、どうしても靴をはく気になれなかった。彼は黒いソックスとピカピカの黒い靴を長い間手に持っていたが、やがて、両方を脇に置いた。

彼はノックをして、彼より若い男が出てきたとき、帽子を脱いだ。

「マイズナー師、話があるんだが」

「お入りください」

ディーコン・モーガンはこれまで一度も、誰かに相談したり、誰かを信用したりしたことはない。彼の親密な会話はすべて、弟との言葉にならない会話か、または、男性仲間との力を誇示する会話だけだった。妻とは、ふさわしいと思う不明瞭な話し方しかしていなかった。これまで誰も、彼がマイズナー師にさらけだした生《なま》の材料を言葉に翻訳してくれと彼に頼んだ人はいなかった。彼の言葉は、鍛冶屋の徒弟が火中から引き出した鋳塊のように出てきた——熱くて、形が悪く、輝きだけが本体に似ている。彼はイタリアのラヴェンナの壁について話した。午後遅い陽光の下で白く輝き、ワイン色の影が端から迫っている。海岸で彼にS字形の貝殻をくれようとした二人の子供たちについて——彼らの顔はいかに率直だったか、鐘の音はいかに大きかったか。軍隊輸送船の上で彼の顔を焼いた塩水について。缶詰工場のドアから手を振ったスラックス姿の黒人少女たちについて。それから彼は、ダンスするよりはと、二百マイル裸足で歩き通した祖父について語った。

リチャードは熱心に耳を傾け、一度だけさえぎって、冷たい水を出した。彼はディーコンが何を話しているのかわからなかったが、この男の人生は人の住めないものであったことがわかった。ディーコンは彼が利用した女について話した。いかに自分が彼女を鼻であしらったか。彼女のだらしない気楽なやり方を見て、彼女を捨てて軽蔑してもよかろうと思ったからだ。姦通が彼を苦しめていたのは短期間（非常に短かった）だったのにたいしてその後長く悔いたのは、自分が始祖たちの呪詛したものに成り果てたということだった。つまり、人を裁き、敗走させ、困窮者、無防備な人々、違っている人々を破滅させてもよいとさえ思う、思い上がった人間になったことだ。

「その女性は誰ですか」とリチャードは彼に尋ねた。

ディーコンは答えなかった。彼はワイシャツの襟の内側に指を走らせ、それから別の話をはじめた。彼の祖父のゼカライアは、個人的な嘲弄だけでなく、役所における違法行為を報じた新聞記事の対象になったように思われる。ゼカライアは黒人にとっては恥、白人にとっては脅威と冗談両方の種になった。黒人白人を問わず、彼に他の仕事を見つけてくれる力のある人も意志のある人もいなかった。彼は地方の貧しい小学校の教職でさえ辞退させられた。援助してくれる地位にある黒人の数は少なかったが（七三年の不況はきびしかった）、彼らはゼカライアの威厳ある態度を冷淡さだと受け取り、学識のある話を傲慢さか嘲笑、あるいはその両方だと解釈した。家族は立派な家を失って、妹の家で（九人全員が）暮らしていた。妻のミンディは、家で裁縫をする仕事を見つけ、子供たちも半端仕事をした。ゼカライアには双子の兄弟があったことを知っている人はわずかで、それを覚えている人はさらに少ない。彼が名前を変える前、彼らはカフィとティーとして知られていた。カフィが州議会の仕事を手に入れたとき、ティーは他のみんなと同じように喜んでいるように思われた。そして、兄が役所から放り出されたとき、ティーも同じように侮辱され、屈辱を受けた。何年ものちのある日、彼と双子の弟が酒場のそばを歩いていると、何人かの白人がそっくりの顔をおもしろがって、兄弟に踊れと勧めた。そして、この勧めがピストルを突きつけた形を取ったので、まったく当然ながらティーは大人で、彼らより年上だったにもかかわらず、白人たちの希望を叶えてやった。だが、カフィは、その代わりに足に弾丸を受けた。その瞬間以来、彼らはもう兄弟ではなくなった。カフィは、どこか他のところで新生活をはじめる計画を樹てはじめた。彼は他の男たち、彼と同じような不幸に見舞われた他の以前の法律制定者たち――ジュヴェナル・デュプレイやドラム・ブラックホース――と連絡を取った。始祖たちの中核を作ったのは、この三人だった。言うまでもないことだが、オクラホマへの旅をはじめたとき、カフィはティーに合流しろとは言わなかった。

「わたしはいつも、カフィ――ビッグ・パパ――は間違ったことをした、と思っていた」とディーコン・モーガンは言った。「弟にしたことは間違いだと。結局、ティーは彼の双子の弟だったからだ。いまでは、あまり確信が持てなくなった。わたしはいま、カフィは正しかったと考えている。彼はティーのなかに、酔っ払いの白人の若者たちの言うことをきいたというだけでは納まらないものを見たのだと思うから。彼を恥じ入らせた何かを見たのだ。いろんなことを考えるときの弟の考え方、こんな事態に直面したときの選択の仕方。カフィは、それを許せなかった。彼が双子の弟を恥ずかしがったということではなくて、その恥が自分のなかにもあったからだ。それが怖くなったんだよ。だから、彼は去っていき、二度とけっして弟とは口を利かなかった。一言も。わたしの言うことがわかるか？」

「きっとつらかったでしょうね」とマイズナーは言った。

「わたしが言ってるのは、彼はそれ以来絶対に弟とは口を利かず、他の誰にも弟の名を呼ばせなかったということだ」

「言葉の欠乏」とリチャードは言った。「許しの欠乏。愛の欠乏。弟を失うとは、つらいことですよ。失うことを選択するのですからね。さて、それは最初の恥より悪いことじゃありませんか。どうです？」

ディーコンは、長い間自分の足を見下ろしていた。リチャードもいっしょに黙っていた。ついに、ディーコンは頭を上げて、言った。

「わたしはがんばらなければならない、マイズナー師」

「あなたなら、やれますよ」とリチャード・マイズナーは言った。「疑問の余地はありません」

リチャードとアンナは、犠牲者が都合よくみんな消えたという話が信じられなかった。それで、帰って来るとすぐ、自分の目で確かめに行った。〈ディヴァイン〉と書いた紙がセロテープでドアに留めてある寝室の磨きあげられたベビーベッドと、食料品以外、その場所に最近人が住んでいた形跡はなかった。鶏は野放しになっていたが、半分は四つ足の徘徊者に食われてしまったらしい。トウガラシの茂みは花が満開だったが、庭の残りは荒れ放題だ。サージャントのトウモロコシ畑だけが、人間らしい感触を残している。リチャードは地下室の床をほとんど見なかった。しかし、アンナはランプの光が許すかぎり綿密に調べて、K・Dがひどいと報告したものを見たが、それは、彼が見たような春画ではなく、悪魔のなぐり書きでもなかった。彼女はその代わりに、よだれを垂らしながら迫ってくる心のなかの怪物から踏みにじられないで、なんとかそれを抑制しようとする女たちの混乱状態を見た。

二人は家を出て、裏庭に立った。

「聴いてちょうだい」とアンナが彼に言った。「彼女たちの一人は、ひょっとすると一人以上かもしれないけど、死んでないと思うわ。誰も実際に見た人はいないんですもの——ただ推測しているだけでしょ。だから、町の人が立ち去ってから、ロジャーが到着するまでの間に、あの人たちはものすごく早くあそこから出てったのよ。殺された人もいっしょに連れてったの。簡単よ。そうじゃない？」

「その通りだね」とマイズナーは言った。しかし、納得した口調ではなかった。

「もう何週間も経つのに、聞きこみに来る人はいなかったわ。だから、あの人たちは報告してないはずよ。だったら、どうしてわたしたちが報告する必要があるの？」

「あそこにいたのは、誰の赤ん坊かな？　ベビーベッドは新しかったね」

「わからないわ。でも、アーネットの赤ん坊じゃないことは確かよ」

彼はもう一度「その通りだ」と言ったが、同じような疑念がこもっていた。それから、

「ミステリーはきらいだな」と言った。

「あなたは牧師ですもの。あなたの全人生をかけた信念はミステリーじゃないの」

「信念は不可解だし、信仰も不可解だ。しかし、神はミステリーじゃないよ。われわれがミステリーなんだ」

「まあ、リチャード」彼女は、もうたくさん、という口調で言った。

彼は、彼女に結婚の申しこみをしていた。「結婚してくれるかい、アンナ？」

「あら、わからないわ」

「どうしてだ？」

「あなたの火は、あんまりけちくさいんですもの」

「大事なときには、そうじゃなくなるさ」

彼女はこれまで、こんなに幸せになれるとは一度も考えたことがなかった。それなのに、ルビーに帰ってきて、一大発表をする代わりに、町の完全な崩壊と思えるものの整理をしているのだった。

「この鶏を連れて帰るべきかしら？　とにかく、みんな食べられてしまうと思うわ」

「きみがそう言うのなら」と彼は言った。

「そうは言ってないわ。ただ卵があるかどうか見てくるわね」アンナは鼻に皺を寄せ、半

インチほどの鶏の糞の間を通って、鶏小屋に入った。彼女は、おそらく新鮮だと思える五つの卵を取るため、二羽の鶏と喧嘩をした。彼女は両手を一杯にして出て来たとき、「リチャード？」と叫んだ。「これを入れるもの、何か持ってる？」庭の端に、色褪せた赤い椅子が横倒しになっている。その彼方には、花と死があった。萎びたトマトの茎が、庭の金色の花のなかに自生している葉の多い緑色の作物に並んでいる。ピンクのタチアオイはあまりに背が高いので、その倒れた頭は、派手な色をした南瓜の花の蔓いっぱいに伸びていた。人参のレースのような葉の部分は、玉葱の真っすぐな緑のスパイクの隣で、茶色く枯れているように見える。メロンは熟れた口をパックリ開き、汁の多い赤い歯茎を見せている。アンナは、なおざりと抑えがたい成長との混じりあいにため息をついた。両手に、五つの温かい焦茶色の卵を抱えて。

リチャードが彼女のほうにやってきた。「このくらいの大きさでいいかい？」彼はハンカチをさっと開いた。

「たぶん。ほら。トウガラシができてるかどうか見てくる間、持ってて」

「いやだ」と彼は言った。「ぼくが、行くよ」彼はハンカチを卵の上に落とした。

彼らが見たのは、彼が帰ってきて、二人が椅子のそばに立っていたときだった。彼女の両手は茶色の卵と白い布を注意深く抱えており、彼の指は長いトウガラシのさや――緑と、赤と、プラム色がかった黒――を持っているため、二倍になったように見えた。あるいは、見たというよりは、むしろ感じたと言ったほうがいいかもしれない。というのは、見るものは何もなかったからだ。ドアが、と彼女は、あとで言った。「違う、窓だ」と彼が、笑いながら言った。「それが、ぼくらの間の違いだな。きみはドアを見、ぼくは窓を見る」

アンナも笑った。彼らはこの問題を敷衍した。ドアにはどういう意味がある？　窓はどうだ？　出来事よりはむしろ記号に焦点を当て、パーティよりはむしろ招待に興奮して。彼らは、それがそこにあったことは知っていた。とてもよく知っていたので、長い間立ちすくんでいて、そのあとようやく後退りして、車に走り帰ったのだ。卵とトウガラシは後部座席に納まり、冷房が彼女の襟を吹きあげた。そして、彼らは車を走らせている間、さらにもう少し笑った。誰が悲観主義者で、誰が楽観主義者かについて、楽しい侮辱の言葉を交わしながら。誰が閉じられたドアを見、誰が開けられた窓を見たのか。そのほか何でもかんでも話題にした。あの身震いの瞬間を再び経験したり、二人が訝っているものを声に出して言ったりすることを避けようとして。開く必要のあるドアを通るか、またはすでに上げられて招いている窓を通るかに関係なく、人がもしそこに入ったら、何が起こるのか。もう一方の側には、何があるのか。いったいぜんたい、それは何なのか。いったい？

マイズナー師はみんなの注意を集めており、もう二、三語だけ述べることがあった。彼の視線は罪ある男たちの上に留まった。彼らのうちの七人が、何かの原始的な自衛本能に導かれて、他の会葬者から離れていっしょに固まっているように見えた。サージャント、ハーパー、ミーナス、アーノルド、ジェフ、K・D、スチュワード。ウィズダムは自分の家族のすぐそばにいた。ディーコンの姿は全然見えない。これらの男たちにたいするリチャードの考えは、寛大ではなかった。彼らが最初であろうと最後であろうと、いちばん古い黒人家族を代表していようが、いちばん新しい家族を代表していようが、最上の伝統を受け継いでいようと、いちばん哀れな伝統を継いでいようと、とにかく最後には、すべてを裏切ったのだから。彼らは白人を出し抜いたと考えているが、実は白人を模倣しているにすぎなかった。彼らは妻や子供を守っていると考えているが、実は彼らをめちゃくちゃに傷つけたにすぎない。そして、傷ついた子供たちが助けを求めると、どこか他の場所に原因を見つける。古い憎しみ、すなわち、ある種の黒人が別の種類の黒人を軽蔑し、軽蔑された黒人がその憎しみを別の段階に持っていく、こうした形から生まれた彼らの利己主義は、心を凍らせるほどの尊大さ、過ち、無情さの瞬間に、苦悩と勝利の二百年を破壊してしまったのだ。聖書に縛られず、己れ自身の歴史のうなり声に耳を聾されて、ルビーは不必要な失敗に終わったように彼には思われた。永遠の幸福を求める願いは、なんと絶妙に人間的であることか。また、それを達成しようとして、人間の想像力はなんと薄っぺらになることか。まもなくルビーは、どの田舎町とも変わらぬものになるだろう。若者は他の場所に憧れ、老人は後悔するばかり。説教は雄弁になるだろうが、それに注意を払ったり、日常生活に結びつけようとする人はますます数が減っていく。どういうふうに彼らはこの町を維持していけるのか、と彼は考えた。救われない、無価値の、他所者を排除して辛苦の末にようやく勝ち得たこの天国は。誰が、彼らをその指導者から守るのか。

突如としてリチャード・マイズナーは、ここに留まろうと思った。アンナがそれを希望しているから、または、ディーク・モーガンが彼を探しだして、さまざまな告白をしたからというだけでなく、これらの法外なほど美しく、欠点はあっても、誇り高い人々の間にいること以上に戦い甲斐のある戦いはなく、生きるのによりよい場所はないからだった。その上、彼らにとって死は新しいかもしれないが、誕生は新しいものではない。未来が門のところであえいでいる。ロジャー・ベストは彼のガソリン・スタンドを手に入れ、連絡道路が建設されるだろう。よそ者が来ては去り、来ては去り、何人かはサンドイッチや3・2の缶ビールをほしがるだろう。そうなれば、誰にわかる、ひょっとすると、簡易食堂ができるかもしれないではないか。K・Dとスチュワードはすでに、テレビについて相談をしているはずだ。葬式のときに微笑するのは不謹慎だったので、マイズナーは、かつてその破壊された両手を取ったことがある幼い少女の姿を思い浮かべた。すると、それが思考の筋を取り戻す助けとなった。会葬者に代わって問いかけた質問にたいしては、答えを出す必要があった。

「これらの質問は重要ではないと示唆してもいいでしょうか。または、むしろ、これらの質問は苦悶の問いで、知性のそれではない、と言ったほうがいいでしょうか。そして、神は知性そのもの、寛大さそのものですので、わたしたちに神の微妙さを知る心を授けてくださいました。神の優雅さ、神の純粋さを知る心。『播かれたものは、死ぬときに生きる』（コリント人への手紙第一、15 - 36参照）ということを知る心です」

小さな風が起こったが、誰かを居心地悪くさせるほどではなかった。マイズナーは会葬者の注意を失いかけていた。彼らは口を開いた墓の前に立ち、周囲のことを忘れて自分自身の物思いにふけっている。葬《とむら》いの思いは、感謝祭の計画、隣人の評価、毎日のささやかな噂話と混ざり合っていた。マイズナーはため息を抑えてから、祈禱で説教をしめくくった。しかし、彼が頭を垂れて、柩の蓋を見つめたとき、あの庭の窓が見え、それが別の場所——生命でも死でもなく、そこの、つい先にあって、自分が抱いていたとも知らなかった考えを形成するところ——に招いているのを感じた。

「待って、待ってください」彼は叫んでいた。「あなた方は、これが、あなた方の生涯と似ていないからと言って、短い、哀れな、価値を奪われた生涯だったと思いますか。あることを話させてください。彼女が受けた愛は広く、深く、彼女に与えられた配慮はやさしく、たゆみないものでした。そして、その愛と配慮は彼女を完全に包んだので、彼女が抱いた夢や、幻や、彼女がした旅は、彼女の人生をわたしたちのうちの誰の人生よりもゆたかで、貴重で、感動しないではいられないものにしたのです。おそらくは、誰の人生よりもずっと祝福されたものだったでしょう。わたしたちがその長い人生において、彼女が短い人生の毎日毎日に知ったことを知らないとしたら、それは、わたしたちの不幸です。つまり、人生のなかの生には終わりがあって、人生のあとの生は永遠ですが、神はつねにわたしたちと共にある、人生においても、そのあとでも、とりわけその間に、わたしたちが神の栄光を知ることができるように、待っていてくださるということです」彼は、自分が言ったこと、その言い方に心をかき乱されて、言葉を切った。それから、まるで幼い少女に謝るかのように、やさしく、直接彼女に語りかけた。

「おお、セイヴ＝マリー。あなたの名前はいつも『救いたまえ《セイヴ＝ミー》』と聞こえたものですよ。『救いたまえ《セイヴ＝ミー》』と。あなたの名前には、他にも何かメッセージが隠されていますか。わたしは一つだけ、みんなが見ることができるように輝きわたるものを知っています。あなたが救われていなかったことは片時もなかったということですよ、マリー。アーメン」

彼は自分の言葉が少し面映ゆかったが、その日、すべてがこれまでにないほどはっきりした。

ビリー・デリアはゆっくりと、他の会葬者から離れて歩きだした。彼女は母や祖父といっしょに立っていて、はげますようにアーネットにほほえみかけていたが、いまは一人になりたかった。これは、彼女が経験した最初の葬式だった。そして彼女は、自分の技術が必要とされることがいかに祖父をのびのびした風貌にするか、という点からこの葬式を考えていた。心にもっと強く引っかかっていたのは、好きな女たちの不在だった。女たちは彼女をとても親切に扱ってくれ、同情で気まずい思いをさせることもなく、ひたすら太陽のような愛情を注いでくれた。彼女の打ち身のできた顔と腫れあがった目を見て、女たちはグラス一杯のワインを飲ませたあとで、胡瓜の薄切りをまぶたに載せてくれた。誰もどうしてそこに来たかをしつこく聞こうとはせず、もしその気になって話したければ聴こうとしてくれた。メイヴィスと呼ばれる女がいちばん親切で、いちばんおかしかったのはジジだった。おそらくビリー・デリアは、女たちがどこにいるかについて面食らったり、どういうふうに消えたかを心配したりしていない町で唯一の人間だろう。彼女には別の疑問があった。彼女たちはいつ帰ってくるのだろうか。いつ、燃える目をして、出陣の絵の具を塗りたくり、自らを町と呼ぶこの牢獄を引き裂き踏みにじる大きな手足をして、再び姿を現わすのだろうか。祖父を破滅させようとし、母を呑みこみ、彼女自身をあわや破壊してしまおうとした町。自らの統制力を制御しきれず、おこがましくも誰は生きてもよし、誰は生きてはならず、どこで生きるかを命令し、いきいきした、自由で、非武装の女たちに雌馬の反乱を見て征伐した男たちが支配する奥地のつまらない町。彼女は心の底から、女たちがあそこにいてくれたら、と願った。黒くつやつやした顔をして、時が来るのを待ち、爪に真鍮の金具をつけ、門歯にやすりをかけて――だが、あそこに。つまり、彼女は奇跡を願った、ということだ。それほど不合理な願いではなかった。小さな奇跡はすでに起こっていたからだ。ブルードとアポロは和解して、彼女が心を決めるのを待つということに同意した。彼女は、彼らと同じように、けっして心を決めることはできないこと、彼らが心を決めたときにはじめて三人組は終わりになることを知っていた。修道院の女たちは、それを聞くと、大笑いするだろう。ビリー・デリアは女たちの先のとがった歯を見ることができた。

死刑の執行猶予は、何年もかかったが、ついに決まった。マンリー・ギブスンは、最期を見てくれる身内の者もおらず革紐で椅子に縛りつけられて死ぬのでなく、むしろ自分と同じような他人といっしょの監房で死ぬことになる。これは、いいことだった。すばらしいことだ。彼は塀の外に出るようになり、いまでは、湖のそばの道路作りをしている労働組の一員だった。湖はとても青かった。ケンタッキー・フライド・チキンの昼食は、とてもおいしかった。たぶん、走ってもいいのだろう。冗談も言えるだろう。五十二歳の無期徒刑囚が走るのだ。どこへ？　誰のところへ？　彼は十一歳の娘を残して、一九六一年から刑務所に入っていた。彼女はもう手紙を書いてくれなくなった。そして、彼が持っている唯一の娘の写真は、彼女が十三歳のときのものだ。

昼食時間は格別だった。彼らは湖のそばの、看守からよく見えるところにすわっていたが、とにかく水のそばだった。マンリーは、小さな紙ナプキンで両手を拭いた。彼の左側の二本の木に近いところに、若い女が草の上に二枚の毛布を敷き、間にラジオを置いて寝そべっている。マンリーは振り返って、徒刑囚がこれをどう考えるのか見ようとした。一般人（それも、女）が彼らのただなかにいるのだ。武装した看守たちが、頭上の道路を徘徊している。看守のうち、彼女を見たというしるしを見せた者はいない。

彼女はラジオをつけ、彼がどこかで見たことのある顔を見せて、立ち上がった。どうして叫ばないでいられようか。「ジジ！」彼は低い声で叫んだ。

娘は彼のほうを向いた。マンリーは自分を抑えて、ぶらぶらと木のほうに歩いていった。放尿に行っていると、看守が考えてくれることを願いながら。

「おれは間違ってないんだろうね？　おまえかい？」

「マン父さん？」少なくとも、彼女は彼を見て喜んでいるように見えた。

「おまえだ！　なんてことだ、わかってたんだよ。ここで何してる？　死刑の執行猶予が出たの、知ってるかい？」

「いいえ、そんなこと、全然知らなかったわ」

「そうだな、聞いてくれ。おれは外へ出られないし、何も許されちゃいない。だが、刑の執行を待つ列にゃへえっていないんだ」マンリーは、他の連中が二人に気がついたかどうか見ようと、振り向いた。「声を低くしろ」と彼はささやいた。「で、おまえ、何やってる？」彼ははじめて、彼女の服装に気がついた。「軍隊に入ってるのか？」

ジジは微笑した。「そのようね」

「そのようって？　おまえが入ってるっていう意味か？」

「あら、マン父さん、誰だってこんなもの買えるのよ」ジジは笑った。

「おめえの住所をくれ、ハニー。手紙を書いて、みんなおめえに知らせなくちゃならん。母さんから便りはあるか。彼女のおっとうはまだ生きてるか」彼は急いでいた。昼食の終わりを知らせる笛がいまにも鳴りそうだったからだ。

「まだ住所はないのよ」ジジは帽子を脱いでから、もう一度かぶった。

「ない？　そうか。じゃあ、手紙を書いてくれるだろうな、いいか？　刑務所気付だ。明日、おめえの名前をリストに入れておくからな。一カ月に二通はもれえるんだ――」

笛が鳴った。「二通だよ」マンリーは繰り返した。それから、「おい、おれがやったロケット、まだ持ってるな？」

「持ってるわよ」

「おおお、ハニー、おお、ハニー、おれのかわいい娘」彼は彼女に触れようと手を伸ばしたが、やめて、言った。「行かなくちゃなんねえ。罰点をもらうからな。刑務所気付だよ、聞いてるか？　一カ月に二通だよ」彼はまだ彼女を見つめながら、後退りした。「手紙、くれるだろうな？」

ジジは帽子を直した。「あげるわよ、マン父さん。書くわよ」

あとで、マンリーはバスのなかにすわっているとき、娘について見たもののあらゆる細部を心のなかで思い返した。彼女の軍隊用縁なし帽、作業ズボン——迷彩色の。軍隊用長靴、黒いTシャツ。そして、いま思い出すと、彼女はリュックを背負っていたと、誓って言うことができた。彼は、低くなってはいたものの前より美しく見える太陽の光のなかで暗くなりかけている湖を見やった。

ジジは服を脱いだ。夜になると湖は冷えこむので、次の日太陽がのぼっても湖はなかなか温かくならなかった。湖のこの部分は、裸で泳いでも大丈夫だった。ここは湖水地方で、ビリジアン（青緑色）の水、真っすぐな木々、そして——どんな船も漁師も来ないところもあり——王侯貴族が羨むほどの私的自由《プライヴァシー》があった。彼女はタオルを取り上げて、髪を拭いた。生えた髪はまだ一インチ足らずだったが、風や水や手足の指がそのなかで小波を立てる感触が好きだった。彼女はアロエの瓶を開けて、肌をこすりはじめた。それから、隣のタオルを真っすぐにして、湖のほうを眺めた。そこでは、彼女の仲間がちょうど岸辺に上がってくるところだった。

十五枚目の絵は、最初の絵と同じように、もっと描きこむ必要があった。最初の試みに失敗したのは、あごを思い出そうとしたからだと、ディーは考えた。だが、あごの線を省略して、娘の顔の下の部分を影にしようとすると、目がまったく違うのがわかった。十五号のカンヴァスにしたらずっとよくなったが、それでも何かが欠けている。頭はいい。だが、貧相で誰の興味も惹きそうにない体は、ヒップや肘のあたりを別の形にする必要がある。官能的でない衝動は一度も経験したことがないので、彼女は、この人物像を生き返らせるとか、新しく描き直すとかするために、自由自在に呼び出せるエネルギーが自分にあることに戸惑った。目はどうしても非難の表情になり、肌の調子がうまくいかない。そして、髪はいつも帽子になった。

ディー・ディーは床の上にすわって、絵筆の柄を指でまわしながら、描き上げた作品を点検した。それから、息を長くふーっと吐き出して立ち上がり、居間に入っていった。そこでマルガリータの最初の一口をすすったとき、ディー・ディーは彼女が庭を横切って入ってくるのを見た。バックパックに似たものを胸にくくりつけている。だが、髪はない。全然髪はなく、ちょうどあごの下に赤ん坊の頭があった。彼女が近づくにつれ、ディー・ディーは、ドーナツのように丸くて太った両足が母親の胸の上のバックパック様のものから突き出ているのを見ることができた。彼女はマルガリータを下に置き、顔をピクチャー・ウインドウに押しつけた。間違いようはない。パラスだ。片方の手はバックパックの底を支え、もう一方の手は刀を下げている。刀だろうか。パラスの顔の微笑は幸福に輝いている。そして、彼女の服は——バラ色がかった茜色と焦茶色だ——一足ごとに足首に渦を巻いた。ディー・ディーは手を振って、彼女の名前を大声で呼んだ。さもなければ、呼ぼうとした。彼女は心のなかで「パラス」と考えて、それを言葉にしたと思ったのに、出てきた音は違って、「アーグ」それから「ネエネエ」というふうに聞こえた。舌のどこかがうまく働かないのだ。パラスは足早に歩いていたが、玄関のドアのほうには来なかった。家を通りすぎて、横手にまわろうとしている。ディー・ディーはパニックに襲われて、アトリエに駆けこみ、十五号のカンヴァスをつかんで、パティオに走っていき、それを差し上げながら叫んだ。「アーグ、アーグ、ネエ！」パラスは振り向き、目を細めて、どこからその音が来るのか聞き定めようとしているかのように立ち止まった。だが、聞き取ることができず、歩き続けた。ディー・ディーは叫ぶのをやめ、ひょっとしたら誰か他の人かもしれないと考えた。しかし、髪があろうとなかろうと、あれは確かにパラスの顔だった。そうではないか。誰よりも彼女は、娘の顔を知っているはずではないか。自分の顔と同じほどよく。

ディー・ディーは、再びパラスを見た。客用の寝室（カルロス——あの下司野郎が昔眠っていた部屋）で。パラスは寝台の下を探していた。ゴボゴボいう音が口から出てくると困るので、ディー・ディーがあえて話しかけようとはせずに眺めていると、パラスは体を起こした。満足のうなり声をあげて、彼女は最初にして最後の訪問のときに忘れていった一足の靴を高く掲げた。上部が編み革になった踵の低いサンダルだが、高価な革靴で、プラスティックや麦藁みたいな材料のものではない。パラスは振り返らなかった。そして、ガラスの引き戸から出て行った。ディー・ディーはあとを追って、彼女が、道で待っていたおんぼろ車に乗りこむのを見た。他の人間が車に乗っていたが、太陽が沈みかけていたので、ディー・ディーはそれが男か女か見分けることはできなかった。彼らは、すみれ色のなかに走り去ったが、その色があまりに深かったので彼女は胸の張り裂ける思いがした。

サリー・オールブライトはカルメット通りを北に歩いていて、ジェニーズ・カントリー・インの板ガラスのウインドウの前で急に立ち止まった。四人用のテーブルに一人ですわっている女が母親であるのは確かだった。ほぼ確かだ。サリーは、女の麦藁帽子の下をのぞきこもうと近くに寄った。顔ははっきり見えなかったが、指の爪や、メニューを持っている手は疑問の余地がない。彼女はレストランのなかに入った。レジスターのそばの女性が「何かご用は?」と言った。いまではサリーが行くところではどこでも、人々が立ち止まる。みんな、髪の色のせいだ。「いいえ」とサリーは女に言った。「わたし、人を探してるんです――ほら、あそこにいたわ」そして、確信を装って、ぶらぶらと四人用のテーブルのほうに歩いて行った。もし間違っていたら、「すみません。人違いをしました」と言うつもりだった。彼女はするりと椅子にかけて、しげしげと女の顔を見た。

「まあ、母さんだった」

「母さん？」

メイヴィスは顔を上げた。「あら、まあ」と彼女はほほえみながら、言った。「まあ、なんて様子をしているの」

「わたし、はっきりしなかったのよ、帽子やなんかで。でも、まあ本当に、母さんだった」

メイヴィスは笑った。

「ああ、驚いた。わかってたのよ。まあ、母さん、ずいぶん……久しぶりねえ！」

「わかってる。あんた、食事はしたの？」

「うん。ちょうどすんだとこ。いまは昼休みなの。わたしが働いてるのは——」

ウェイトレスが注文用のメモを取り上げた。「お決まりですか」

「ええ」とメイヴィスが言った。「オレンジ・ジュース、オートミールをダブルで、卵二個をミディアムの上に載せて」

「ベーコンは？」とウェイトレスが訊いた。

「要らないわ、ありがと」

「おいしいソーセージがありますよ——小さくてつながっているんですけど」

「いいえ、要らないわ。ビスケットにはグレイヴィつけてくれるでしょ？」

「もちろんです。上にかけますか、脇につけましょうか」

「かしこまりました。お客さまは？」彼女はサリーのほうに向いた。

「コーヒーだけお願いします」

「あら、やめてよ」とメイヴィスが言った。「何か食べなさいよ。おごるから」

「何も食べたくないの」

「本当に？」

「ええ。本当よ」

ウェイトレスは去った。メイヴィスはテーブルマットや皿類をきちんと並べた。「だから、ここが好きなのよ。選ばせてくれるでしょ。グレイヴィを上にかけるか、脇につけるかって、わかる？」

「母さん！　わたし、食べ物の話なんてしたくない」サリーは、母が母娘の再会は重要じゃないような態度をとって、すっと消えてしまうような気がした。

「ええと、あんたは昔からあんまり食欲なかったわね」

「母さん、いままでどこにいたの？」

「そうねえ、わたし、帰ってこられなかったじゃない？」

「あの逮捕状なんかのこと？」

「何もかもっていう意味よ。あんたはどう？　元気にしてた？」

「たいていはね。フランキーも元気よ。オールAを取ったの。でも、ビリー・ジェイムズはあんまりよくできなかったみたい」

「あら、どうして？」

「何人かの本当に怖いチビ連中とつきあってるの」

「あら、まさか」

「母さん、彼に会いに行かなくちゃ。彼に話してよ」

「そうするわ」

「本当に？」

「先にお昼食べてもいい？」メイヴィスは笑って、帽子を取った。

「母さん、髪はみんな切っちゃったのね」ほら、また出てきた――あの、逃げていきそうな感じが。「でも、すてきよ。わたしのはどう？」

「かわいいわ」

「ううん。かわいくなんてない。毛先をブロンドにしたらいいな、って思ったの。でも、もう飽きちゃった。たぶん、わたしも髪切っちゃうわ」

ウェイトレスがやって来て、皿をきれいに並べた。メイヴィスはオートミールに塩を振り、天辺の小さなバターの塊をくるくるかきまわした。それから、オレンジ・ジュースをすすって、言った。「おおお、新鮮だわ」

あのことは急いで話した。急がねばならないと思ったからだ。何かを言うつもりならば、急がねばならなかった。「わたし、いつも怖かったのよ、母さん。いっつも。双子の事件の前から。でも、母さんが出ていってから、なおさら悪くなったの。母さんにはわからないでしょうけど。つまり、わたし、寝入るのが怖かったのよ」

「これ、飲んでごらん、ハニー」メイヴィスはジュースのグラスを差し出した。

サリーは急いで飲んだ。「父さんは——くそっ、母さんがどうしてあれを我慢できたか、わかんない。酔っ払って、わたしのところに入りこもうとするのよ、母さん」

「まあ、ベイビー」

「でも、彼と戦ったの。今度酔っ払ってこんなことしたら、のど切り裂いてやるからって言ってやった。本気で言ったのよ」

「本当に、悪かったわ」とメイヴィスは言った。「でも、他にどうすればいいか、わからなかったの。あんたは、いつもわたしより強かったじゃない」

「母さんは一度も、わたしたちのこと考えてくんなかったの？」

「いつも考えてたわ。それに、あんたたちみんなを一目見たくて、そっと帰ってきたことがあるのよ」

「嘘じゃないの？」サリーはにやにやした。「どこで？」

「たいていは学校で。あんまり怖くて家のそばは通れなかったの」

「いまじゃ、見分けられないわよ。父さんはまた結婚したんだけど、その女の人、父さんがちゃんとした行動をして、庭をきれいにしたりなんかしないと、父さんのお尻を蹴っとばすの。彼女、銃も持ってるのよ」

メイヴィスは笑った。「なかなかいいじゃないの」

「でも、わたしは家を出たの。わたしとチャーメインで、オーバーン通りにいっしょに住むとこ見つけたのよ。彼女は――」

「あんた、本当に何か食べたくないの？　とってもおいしいわよ、サル」

サリーはフォークを取り上げ、それを母の皿にすべりこませて、バターをまぶしたオートミールの塊を少量すくいあげた。フォークが口に入ったとき、二人の目が合った。このときサリーは、とても心地よいものを感じた。つかのまのものではなくて、深くて、ゆったりしていて、明るくなるものを。

「母さん、また行っちゃうの？」

「行かなくちゃいけないのよ、サル」

「また、帰ってくる？」

「もちろん」

「でも、ビリー・ジェイムズに話すようにしてね、母さん。それに、フランキーも喜ぶわ。わたしの住所要る？」

「ビリーに話すわ。フランキーに愛してるって言ってちょうだい」

「わたし、何もかもうんざりで、いやになってるの、母さん。いつも、ただもうびくびくして」

「わたしも、よ」

二人は外に立っていた。昼食をとる人々の群れが、買物客やその子供たちといっしょになって、数を増している。

「抱いて、ベイビー」

サリーは両手を母親の腰にまわして、泣きだした。

「まあまあ」とメイヴィスは言った。「いまはもう、泣かないで」

サリーは、ぎゅっと抱きしめた。

「まあ、痛い」とメイヴィスは笑いながら、言った。

「なあに？」

「何でもないわ。そちらの側はちょっと痛いの、それだけ」

「母さん、大丈夫？」

「申し分ないわ、サル」

「母さんがわたしのこと、どういうふうに考えてるかわかんないけど、わたし、いつも母さんを愛してた。いつも。あのときでさえ」

「わかってるわ、サル。とにかく、いまは、わかってるわ」メイヴィスは、娘の耳の後ろの黒と黄色の一房の髪を押しやって、ほおにキスをした。「わたしを頼りにして。サル」

「また、会えるわね、母さん？」

「さよなら、サル。バイ、バイ」

サリーは、母親が群衆のなかに消えるのを見つめた。彼女は指で鼻の下をこすり、それから、キスされたほおをそっと押さえた。わたしは住所をあげただろうか。母さんはどこに行くのだろう？　支払いはしたかしら？　いつキャッシャーに払っただろうか。サリーはまぶたに触ってみた。一分前は、二人でビスケットをグレイヴィに浸して食べてたのに、次の瞬間は、道でキスをしていた。

数年前、彼女は養家をひそかに訪ね、養母を見た――陽気で、ばかなことは言わない、子供たちが好きになるようなタイプの女を。だから、もういい。そういうことだ。よかった。彼女はもう自分の人生を歩いていける。そして、歩いてきた。一九六六年までは。そのとき、彼女の目は、大きなチョコレート色の目をした少女たちに惹かれた。セネカはもう大きくなっているだろう。十三歳だ。でも彼女は、セネカがきちんと連絡しているかどうかミセス・グリアに尋ねた。

「どなたですか、もう一度？」

「いとこのジーンです」

「そうですねえ、彼女はちょっとの間しか、ここにいなかったんですよ——本当に、二、三カ月だけ」

「どこにいるか、ご存じですか」

「いいえ、ハニー。全然知りませんねえ」

そのあと彼女は、思いがけなくショッピング・センターとか、芝居の切符を買う行列とか、バスなどで気を散らされてしまった。一九六八年には、リトル・リチャード音楽会で確かに彼女を見たと思ったが、人の波に押されて近々と見ることはできなかった。ジーンは、この破壊的な探索については慎重だった。ジャックは、彼女が前に子供を産んだこと（十四歳で）があるとは知らなかった。それで、結婚したあと、それも彼との子供ができたあとになって、彼女はあの目の探索をはじめたのだった。目撃したのは、とても変な時間の、変な場所だったので——一度は、ピックアップ・トラックの後ろから降りてくる少女は確かに娘だと思った——一九七六年についに彼女にぶつかったときには、救急車を呼びたかった。ジーンとジャックは、ぎらぎらするクリーグ・ライトに照らされたスタディアムの駐車場を横切ろうとしていた。一人の少女が、手から血を流しながら一台の車の前に立っていた。ジーンはまず血が目に入り、それからチョコレート色の目を見た。

「セネカ！」と彼女は叫んで、少女のほうへ駆け寄った。彼女が近づいていくと、別の少女に邪魔された。その少女はビールの瓶と布を持っていて、血を洗い流しはじめた。

「セネカ?」ジーンは、もう一人の少女の頭越しに叫んだ。

「はい?」

「どうしたの? わたしよ!」

「ガラスよ」と二番目の少女が言った。「彼女、ガラスの上に倒れたの。わたしが面倒を見るわ」

「ジーン! 来いよ!」ジャックは車数台離れたところにいた。「いったい、どこにいるんだい?」

「すぐ行くわ。ちょっと待って。いい?」

セネカの手を拭いていた少女は、ときどき顔を上げて、ジーンにしかめ面をした。「ガラスが入ってる?」と彼女はセネカに訊いた。

セネカは掌をなでた。最初は一方、次にもう一方を。「いいえ、入ってないみたい」

「ジーン! 車がひどく混んでくるぜ、ベイビー」

「わたしを覚えてないの?」

セネカは顔を上げた。明るい光が彼女の目を黒くした。「覚えるって? どこで?」

「ウッドローンよ。昔、わたしたち、ウッドローンのアパートに住んでたでしょ」

セネカは首を振った。「わたしが住んでたのはビーコン。運動場の隣よ」

「でも、あんたの名前はセネカでしょ、違う？」

「そうよ」

「ええと、わたしはジーン」

「奥さん、ご主人が呼んでるわよ」女友達は布切れをしぼり、残りのビールをセネカの手に注ぎかけた。

「痛っ」セネカは友達に言った。「ピリッピリよ」彼女は両手を空中で振った。

「わたし、間違ったようね」とジーンは言った。「あんたが、ウッドローン時代から知ってる人だと思ったの」

セネカはほほえんだ。「いいわよ。みんな、間違いはするものだから」

友達は言った。「もう、大丈夫よ。見て」

セネカとジーンは、二人とも見た。彼女の手はきれいになっていて、血はなくなっていた。痕が残るかも、残らないかもしれない、ほんの二、三本の筋だけだ。

「すてき！」

「行きましょう」

「じゃあ、さよなら」

「ジーン！」

「バイバイ」

スロットルを開いて加速しながらバックミラーをのぞいて、ジャックが言った。「あれは誰だ？」

「前に知ってたと思った女の子よ。あそこのウッドローンのアパートに住んでたときの。いま住宅再建計画が行なわれているところよ」

「どの住宅再建計画だ？」

「ウッドローンよ」

「ウッドローンには、どんな計画もありゃしないよ」とジャックは言った。「あれはビーコンさ。いま、取りこわしをやってるよ。だが、絶対にウッドローンじゃない。あれは、ビーコンだよ。昔の運動場のすぐ隣だ」

「あんた、それ本当に確か？」

「もちろん、確かさ。きみ、物忘れしはじめたね」


大洋の静けさのなかで、薪のように黒い女が歌っている。黒い女の隣にいるのはもっと若い女、その頭は歌う女のひざの上。こわれた指が、茶色の髪をくるくるまわす。貝殻の色という色――小麦色、バラ色、真珠色――が、若い女の顔に溶けこんでいる。彼女の目はエメラルド色、セルリアン・ブルーに縁取られた黒い顔にあこがれている。周囲の汀で光るのは、海の藻屑。破れたサンダルのそばできらめく捨てられた瓶の蓋。小さなこわれたラジオが、静かに寄せては返す波を奏している。

ピエダーデの歌が与えるなぐさめに叶うものはない。歌の言葉が呼び起こすのは、誰も経験したことのない記憶だが。他人といっしょに迎える老齢、いっしょに聞いたスピーチや、分け合って食べた、火で焦げたパン、くつろぐために家に帰るという直截な恵み――はじまった愛に戻る心安さ。

大洋がうねり、水のリズムを岸辺に送るので、ピエダーデは何が訪れるのかと見はるかす。おそらくは、もう一隻の船。だが、違う船。港をめざし、乗組員も乗客も、途方にくれ、救われて、震えている。しばらくの間、鬱々として悩んでいたからだ。さて、彼らはここのパラダイスで休むだろう。彼らが創造された当の目的の、果てのない仕事を担う前に。

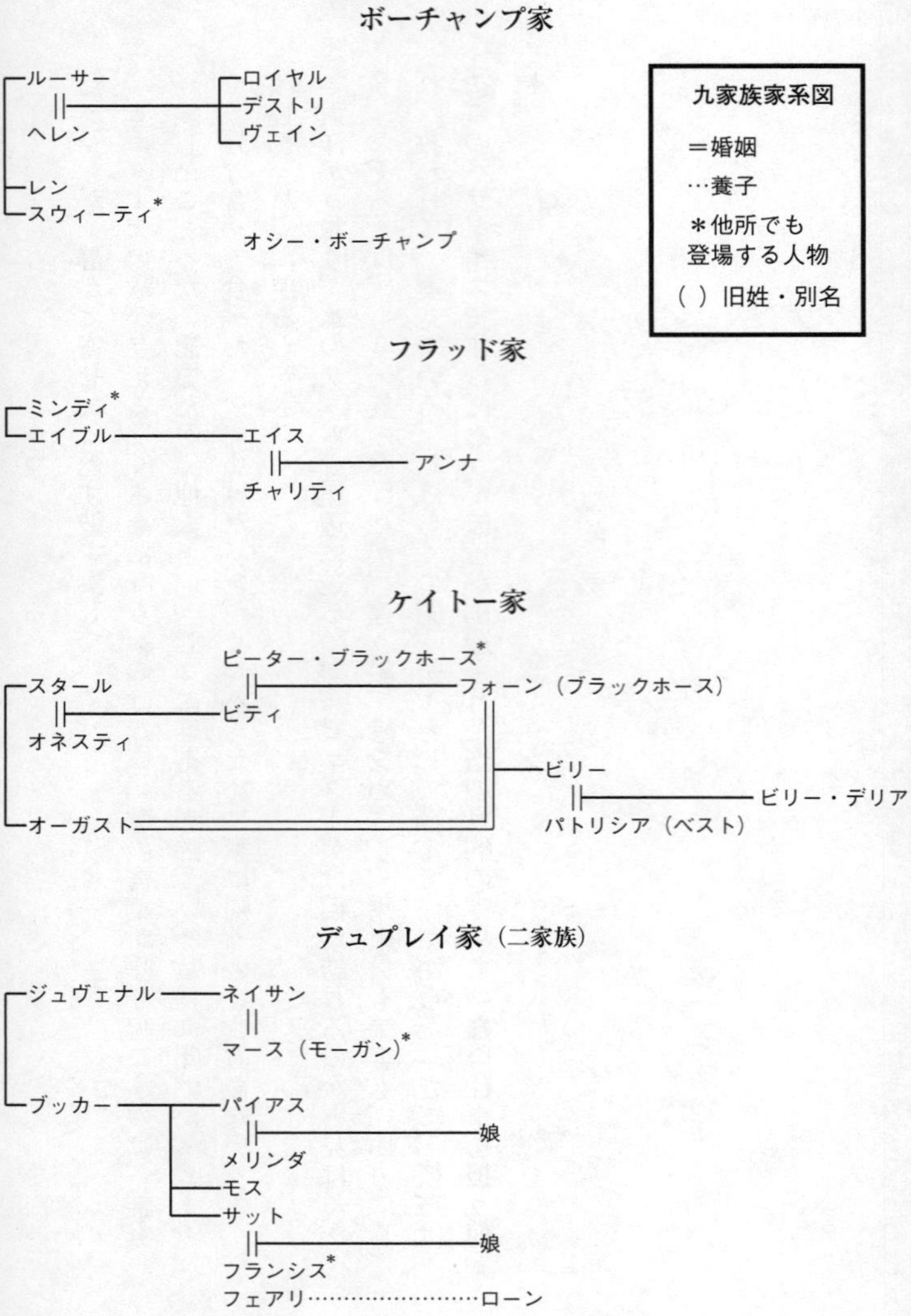
九家族家系図
＝婚姻
…養子
＊他所でも登場する人物
（ ）旧姓・別名
ボーチャンプ家
ルーサー
ヘレン
ロイヤル
デストリ
ヴェイン
レン
スウィーティ*
オシー・ボーチャンプ
フラッド家
ミンディ*
エイブル
エイス
チャリティ
アンナ
ケイトー家
ピーター・ブラックホース*
フォーン（ブラックホース）
スタール
オネスティ
ビティ
ビリー
パトリシア（ベスト）
ビリー・デリア
オーガスト
デュプレイ家（二家族）
ジュヴェナル
ネイサン
マース（モーガン）*
ブッカー
パイアス
メリンダ
娘
モス
サット
フランシス*
娘
フェアリ
ローン

ブラックホース家・プール家

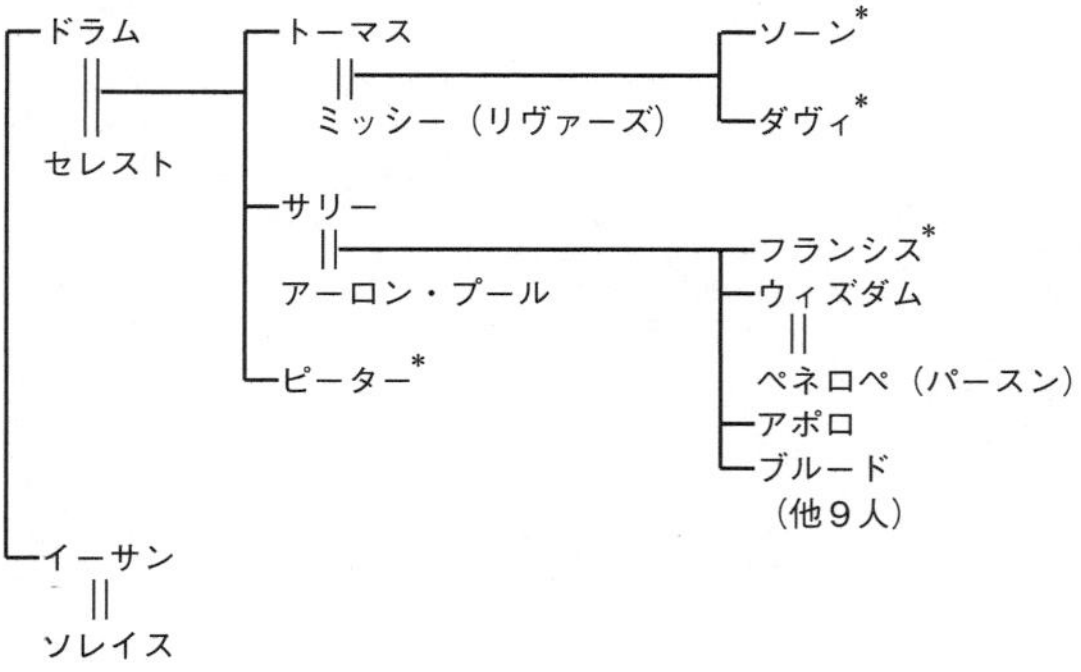

モーガン家

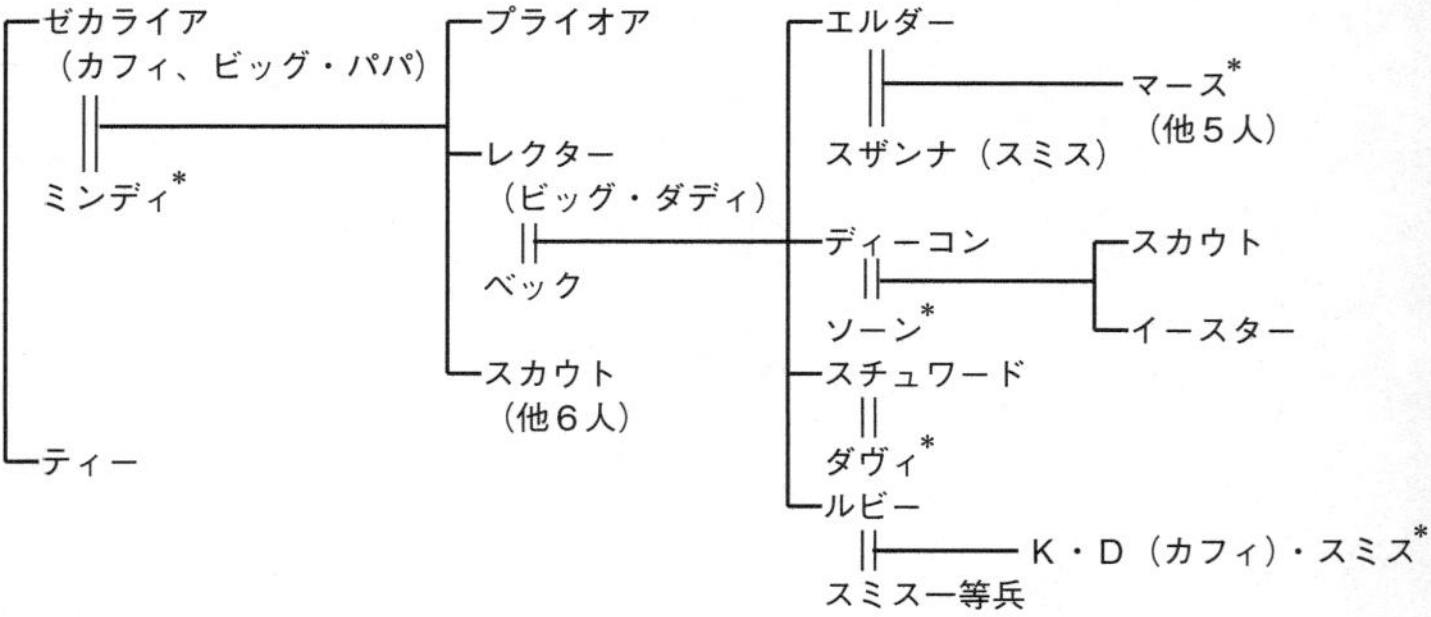

フリートウッド家

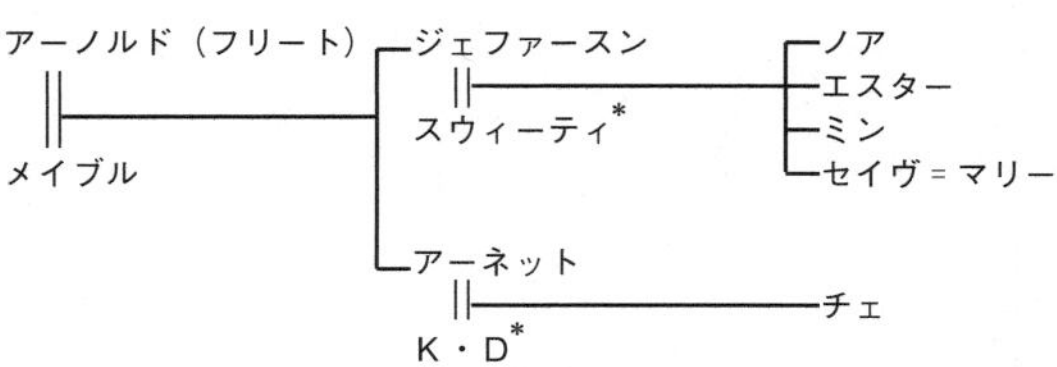

訳者あとがき

一九九三年にノーベル文学賞を受賞した後、五年を経てようやく発表されたトニ・モリスンの待望の小説『パラダイス』（*Paradise*, 1998）は、複雑な内容と思想を入念に構築した交響楽的な作品で、これまでのモリスン文学の集大成の感がある。登場人物は百五十人を優に越す。出版されるやいなや《ニューヨーク・タイムズ》のベストセラー・リストのトップに躍り出た。けっして読みやすい小説ではないのに、アメリカにおけるモリスン文学の根強い人気には驚くべきものがある。この小説については、絶賛する意見がある一方で、『ビラヴド』や『ソロモンの歌』には及ばないとする評価もあるようだが、わたしは、モリスン文学の最高傑作だと言っても過言ではないと思う。作家としての思想、技法、言語が格段に円熟してきたことに加えて、モリスン自身年輪を重ねてきたこともあり、まさに堂々たる傑作の名に恥じない。また、ここに描かれているのは、第一、二作のようなやや個人的なエピソードから発展した日常的な世界ではなく、慎重な計算のもとに構築された宇宙的な広がりを持つ叙事詩であり、歴史の断面をあざやかに示す記録文学である。そして、モリスンが描きだす風景や色彩の美しさは比類がない。

作者は執筆のさい、西部の黒人だけの町に興味を抱き、ハミルトンの『黒人の町とその利益』(Kenneth Marvin Hamilton, *Black Towns and Profit: Promotion and Development in the Trans-Appalachian West, 1877-1915*, 1991) ならびにモリスの『オクラホマのゴーストタウン』(John W. Morris, *Ghost Towns of Oklahoma*, 1978) を材源にしたと言われるが、これらの書物を読むと、こうした町作りの事情をある程度窺い知ることができる。だが言うまでもなく、モリスンはこれらの本に書かれた事実に依拠しながら、あくまでも想像の上で実に興味深い世界を作り上げている。つまり、現実的でありながら超自然的、暴力的で叙情的、魔術的で宗教的、特異でありながら普遍的、旧いと同時に新しい、読む人の心を打つ魅力にあふれた世界を構築した。

モリスンの小説はほとんどが、難解で重層的、幾重にも意味が籠められていて、何度も読み返さなければなかなか理解できないのが常だが、この小説はその最たるもので、読む人によってさまざまな分析と解釈が可能になるはずである。また、その意味と解釈を詳しく述べようとすると、まさに一冊の本が書けそうなほどさまざまな主題がひしめきあっている。モリスンの小説を読むのは一種の謎解きをするか、隠し絵を眺めているようなもので、その意味を考えることには思いがけない喜びがある。いま、主題や隠し絵の一つ一つを解釈し敷衍する余裕はないが、私が興味を惹かれた問題をざっと列挙してみたい。

まず、オクラホマへの移動と町作りがある。描かれているのは十九世紀の後半だが、どういう人々がどういう経緯でこの中西部の奥地にやってきて、どういう形で黒人の町を作り上げたか、という歴史的事実の解明がある。中心になるのは南北戦争後に解放された百五十八人の黒人グループで、彼らが苦労してヘイヴンという町を築き、やがてルビーに移り住む経緯、この「父祖」と呼ばれる人々とその家族の構成と変遷は興味深い。

次に、最も重要な主題の一つ、差別の問題が描かれている。彼らは《ヘラルド》紙の特別記事「来たれ、備えある者も、ない者も」に惹かれて、オクラホマまでやってきたものの、どこへ行っても受け入れてもらえず、かろうじて飢えをしのぐ食べ物は与えられるが、見張りを立てて町へ入るのを拒否された。こうした予想外の不運にあって最初は戸惑っていた彼らは、やがて自分たちが貧しく、真夜中のように肌の色が黒いために拒否されたことを悟る。この「拒絶」が大きな心の傷となり、その後の彼らの行動を律する指標となるが、この屈辱を梃子に団結して出来上がった町は、「八岩層」と呼ばれる漆黒の肌こそ血の純潔を示すものだとして、肌の色の薄い人間を逆差別する階級社会だった。ここでは、差別の要因が肌の色と経済問題に集約され、そうした基礎の上にこの社会を律する「血の掟」と神との契約が成り立っているが、差別が白人対黒人のものとは限らず、黒人同士の間にも、人間が存在するところにはどこにでも存在するさまが示されている。

第三に、こうした経緯で成立したルビーの町は極端なほど父権的な社会である。ある娘が権力者の甥の青年に十六歳で妊娠させられ、この問題を解決するため家族会議が開かれるが、この会議に出るのは双方の家の男性だけであって、当人はおろか女性は一人も出席していない。また、肝心の問題はうやむやのうちに経済問題にすり替えられ、彼女の父親は「おれは父親なんだぜ。娘の気持ちはおれが決める」と豪語する。

第四に、このような極端に父権的な階級社会は、町から北に九十マイル離れた修道院と呼ばれる古い館に住む女たちの自由でのびのびした社会と好対照をなしている。そこは、以前名うての横領者が建てた奇妙な館だったが、のちにインディアンの少女を対象にしたカトリックの寄宿学校になり、最後まで残った修道院長が亡くなってからは、何らかの心の傷を負ってそこへ流れついた女たちの気楽な楽園になっている。不注意から子供を車のなかで窒息死させた若い母親、母親は行方不明、父親は死刑囚監房に入っていて、恋人を失い、暴動のさい撃たれて血を吐いている少年を見た衝撃から立ち直れない女、五歳のとき母親に捨てられて自傷癖に陥った少女、母親から恋人を奪われて人生の絆を失った少女、それにスラム街のごみの山から尼僧に誘拐されて、そこに住み着いた孤独な女。これらの男に縛られない自由な女たちの共同体は、男たちが支配するルビーの町とは対照的に、無秩序で自堕落ではあるが、自由で、開放的で、人種や階級を超越した流動的な社会である。

彼女たちは他人を批判せず、あるがままに受け入れ、親切に面倒は見るが詮索はせず、喧嘩はしても排斥はせず、告白することがあれば暖かく耳を傾けてやる。したがって、町と修道院の対立に男と女の戦い、父権制とフェミニズムの戦いを読み取ることは容易だろう。

本書は九章に分かれ、このうち五章には修道院に住む女たちの名前が付されていて、彼女たちの痛ましい過去が描かれている。序でに言うと、最初の「ルビー」には同名の町が出来上がる経緯が、「パトリシア」では町の系図学者が収集した十五家族の系図とその変化が描かれ、「ローン」では有力な町の九人の男が、自堕落な女たちを追放して町を堕落と崩壊から守ろうと、武装して修道院を襲撃する有様とその結果が語られている。最後の「セイヴ＝マリー」の章では、障害を持つ少女の死を契機として、これまで不死身だと称されていた町が死を受け入れ、普通の町として再生する未来が示されている。

第五点としては、九人の男による修道院襲撃を軸に、腐敗と堕落が認められた場合、それを誰かの罪にするという弱い人間の責任転嫁、それが発展した結果としてのリンチや魔女狩りの心理とメカニズムが描写されている。悪に対処するときの人間心理、憎む対象がなくなった場合の精神の真空状態などは、すでに『スーラ』でみごとに描かれてきた。

第六点として世代間の対立がある。町を作った「父祖たち」から「新父祖たち」を経て町を支配する権力者たちは、祖先を崇めるあまり、彼らを讃え過去の業績を金科玉条のものとして、視野を広く持って世界に羽ばたきたいという若い世代の意見を認めようとしない。こうして、過去に執着する世代と未来を見つめる世代との間に葛藤が生まれ、始祖たちの団結の象徴として築かれた「オーヴン」をめぐって世代間の闘争が展開する。

七番目の主題としては、黒人の行動の思想的支柱となるブッカー・ワシントンの思想と新任の牧師マイズナーが体現するW・E・B・デュボイスの思想との相克がある。

第八は言語の問題。インディアンの少女たちを教える尼僧たちは、生徒に彼女たち自身の第一言語の使用を禁じ、信仰強化の旅行中、途中で「インディアン西部美術館を見学したい」という生徒たちの希望を認めようとはしない。母国語の喪失がいかに当人の存在の根底を揺るがし、根なし草にするかは、最高裁判事クラレンス・トマスのセクハラ事件を扱ったモリスンの論文「ポトマック河畔のフライデー」で、彼女自身が詳しく論じている。

第九に、ここでも女の友情が語られている。修道院の主となったコニーと、町のいちばんの権力者ディーコン・モーガンの妻ソーンは、最初は仇敵の間柄ではあったが、前者が後者の息子を救ってからは無二の親友となる。女同士の友情は、モリスンが『スーラ』で描こうとした最大のテーマだった。また、修道院に住む女たちは、ときに猛烈な喧嘩はするものの、強力な女同士の友情に結ばれた女性たちということができよう。こうした点にモリスンのフェミニズム的傾向を読み取ることもできる。

第十点として、モリスンはこの作品で故意に双子の問題を数多く取り上げている。ルビーの町の事実上の指導者で銀行家のディーク（ディーコン）とスチュワードの兄弟のみならず、彼らの祖父で始祖中最も重要な役割を果たしたゼカライア・モーガンも双子の兄弟だった。また、修道院にいちばん早くやってきたメイヴィスが車のなかで窒息死させた幼児も双子として設定されている。度重なるこうした双子の設定は、人間の心に潜む相反する二つの傾向を強調するためではないだろうか。

十一番目に挙げられるのは、いちばん重要な主題、宗教である。よく言われるように、モリスンは愛の三部作を意図していたらしく、『ビラヴド』では母の愛を、『ジャズ』ではエロスの愛、『パラダイス』で神の愛を描いたとされる。しかし、他の愛はともかく、宗教と神の問題の解釈は非常にむずかしい。ここでは、大きく分けて、キリスト教とコニーことコンソラータが説く特異な宗教が語られている。しかし、同じキリスト教であっても、場所により、説く人によって大きく異なるのは当然かもしれない。小さい町ながらルビーには三つの教会があるが、それぞれ牧する人によって、神の愛の解釈は一様ではない。この違いが最も顕著に表われているのは「ディヴァイン」の章で描かれるプリアム師とマイズナー師との対立だろう。さらに、修道院長、メアリ・マグナ（マザー）の説くキリスト教とマイズナー師の説くキリスト教にも根本的な違いがある。

まず、キリスト教から発して、独自の宗教の開祖となったコンソラータの考え方を見てみよう。メアリ・マグナの説くキリスト教は、コニーに忍耐を教えるかたわら、第一言語の基礎を失わせ、気後れをなくし、光の下で見る力を奪った。マザーに死なれたコンソラータは五十四歳になっていたが、故国から誘拐されてこの国に来たため、自分を証明するものや書類を何一つ持たず、生活の保障も仕事も家族もなく、心を嚙む孤独と空虚な思いのなかで、死を希求することしかできない。ところが、ある日、緑色の目をした長髪の男の訪問を受けたことから、独特な宗教を発展させて、女たちを心の暗闇から救い出す。彼女が精神と肉体を厳しく分けて考えるキリスト教の二元論を排し、心と肉の合一を説く点では、己れの肉の体を愛せと説く『ビラヴド』のベビー・サッグスを思わせる。

モリスンはあるインタヴューで、八〇年代にブラジルを訪れカンドンブレ(Candomble)の話を聞いたと語っている。これは奴隷たちがアフリカから持ってきた精霊宗教で、のちにブラジルのカトリック信仰と混ざりあって発達したものらしく、人間は肉体と精神の合一体である、肉体を持たない存在がたえず物質界と接触している、人間は癒され精神的に成長するため精霊と繫がりを持ち、それと一体化する方法を学びとらねばならないという三点を信仰の中心に置いているという。作者はこういう宗教からヒントを得て、コンソラータの宗教を創造したのではないだろうか。この宗教にはパラダイスの概念が入っている。

数多くの登場人物のうち、作者にいちばん近いのは一九七〇年に三つある教会のうちのカルヴァリの山教会に赴任してきたマイズナー師であろう。彼は祖先のことは語っても自分たちのことは何一つ語らないルビーの住民に苛立ち、バイブル・クラスや研究会を通して、なんとか青年たちの目を広い世界に向け、民族の故郷としてのアフリカに対する関心を呼び覚まそうとするが、町の人々は他所者には町の事情はわからないと頭から決めこみ、彼の言葉には耳を貸そうとはせず、公民権運動に前向きの彼の思想を危険視する。

これまで対立関係にあった二つの家族を結ぶ一世一代の重要な結婚式の冒頭に、客員牧師として挨拶したプリアム師は公然と彼の思想を批判して平和をもたらすはずの結婚式を対立の場に引き戻す。怒り心頭に発したマイズナーは結婚式の重大さを考えて、反駁することも破綻を修復することもできず、重い十字架を背負っていつまでも壇上に立ち尽くす。この受難と忍耐の姿、その折り彼の心に去来する神と十字架に対する思いはこの小説中の圧巻で、読む人の心を打つ。

その他、登場人物の何人かには神の代理人のように思える神格的人物が訪れる。森のなかで夜更けに必死に祈る開祖ゼカライアに現われる「歩く男」、ダヴィの庭を通り抜ける「友達」、ソーンを訪れる籠を持ったレディ、そして、コンソラータの心を開く謎の男。いずれも同一の存在が形を変えて顕現しているように見えるが、これは旧約聖書を模してこの小説を構築した叙事詩的な技法の一端ではないかと思われる。

さらに、修道院襲撃のあと人々が語る理由と経緯には、語り手の恣意性、利己的防御心、虚栄心などが窺われる。『ジャズ』に始まって『パラダイス』『ラヴ』など、モリスンはもっぱら語りの技法に磨きをかけてきた。その語りのメカニズム、裏に潜む人間心理の複雑な働きは興味深く、物語のさまざまなヴァージョンが生まれてくる理由を垣間見せてくれる。語りの技法が研究の好対象であることは言うまでもない。

そして、重要な問題として彼岸と此岸の問題がある。修道院の女たちは最後にどこに消えてしまったか。メイヴィスやスウィーティが聞いた子供の笑い声や泣き声はどこから聞こえてくるのか。マイズナーとアンナが見たドアと窓にはどういう意味があるのか。こうした問題は超自然的現象を好んで描くモリスン文学ならでは味わえない含蓄ゆたかな問題であって、読者にはその妖しい現象を眺めつつ自分なりに解釈する楽しみがある。

また、修道院襲撃の後日物語として、双子の不和とは別にディークの懺悔がある。どんなに近いところでも愛車に乗らずには行ったことのない誇り高いディークが、ある朝きちんとしたスーツ姿に裸足で歩いてマイズナーを訪ねる姿には、トマス・ア・ベケット殺害の責任を痛感して裸足で歩くヘンリー二世王の姿を重ねて見ることも可能だろう。彼はマイズナーを相手に、肝心な点はぼかしたまま意識の流れに近い形の懺悔を行なうが、わたしは彼のこの悔悛の姿にルビーの町と社会の蘇生と希望を見たい。感動的な情景である。

最後に「パラダイス」とは何か、という興味深い主題がある。ルビーの男たちが思い描く「パラダイス」とは、自分たちの理想を体現した地上の町、すなわち、白人に煩わされず、神との契約を守る自給自足の町であるのに対して、コンソラータが描くパラダイスは、歌う女が支配する夢の国であり、お伽話の国のようにゆたかで、光り輝き、ふしぎなものに充ちた世界である。このピエダーデが歌う海辺の風景は、地上にありながら地上を越えた意識のなかで垣間見る世界、人生という苦悩と苦悩の連鎖のなかで果てのない仕事を担う前に束の間休んで勇気を与えられる桃源郷のように思われる。また、若い女の頭をひざに載せて歌うピエダーデの姿には、ピエタの像を重ねて見ることもできよう。

モリスンはかつて「あなたにとってパラダイスとは何か」と訊かれて、「九日間の隠遁生活。完全な隠遁生活。義務も要求も何もなくて、したいときにしたいことだけをすることよ」と答えて記者を煙に巻いた（*Time*, Jan.19, 1998）が、ユートピアとは人それぞれにさまざまな形を取るものにちがいない。

以上思いつくままに主題と思えるものを列挙してみたが、そのほか動植物の扱い方とその意味、イメージやシンボル技法や構成など、論点は際限がないほど数え上げることができよう。だが、こうしたことに捉われず、読者の方々がモリスンのこの大作についてそれぞれの読み方をして、それぞれに考え、楽しんでくださることを願ってやまない。

この文庫版を出版するに当たって、編集部の永野渓子さんに大変お世話になった。紙面を借りてお礼を申し上げたい。

二〇一〇年五月十五日

1973年　第二長篇『スーラ』発表。全米図書賞の候補となる。
1976年　イェール大学の客員講師となる。
1977年　第三長篇『ソロモンの歌』発表。全米批評家協会賞、アメリカ芸術院賞を受賞。著名読書クラブ〈ブック・オブ・ザ・マンス・クラブ〉の推薦図書となる。
1981年　第四長篇『タール・ベイビー』発表。この年、《ニューズウィーク》誌の表紙を飾る。
1983年　ランダムハウス退社。
1984年　ニューヨーク州立大学の教授となる。
1987年　第五長篇『ビラヴド』発表。ベストセラーとなる。各界より絶賛を浴びるが、全米図書賞及び全米批評家協会賞の選考にかからなかったことから、多くの作家より抗議の声が上がる。
1988年　『ビラヴド』がピュリッツァー賞受賞。
1989年　プリンストン大学教授となり、創作科で指導を始める。
1992年　第六長篇『ジャズ』発表。評論『白さと想像力——アメリカ文学の黒人像』発表。
1993年　アフリカン・アメリカンの女性作家として初のノーベル賞受賞。
1998年　第七長篇『パラダイス』発表。『ビラヴド』がオプラ・ウィンフリー／ダニー・グローヴァー主演で映画化。
2003年　第八長篇『ラヴ』発表。
2006年　プリンストン大学から引退。《ニューヨーク・タイムズ・ブックレビュー》が『ビラヴド』を過去25年に刊行された最も偉大なアメリカ小説に選出。
2008年　第九長篇『マーシイ』発表。

トニ・モリスン　年譜

1931年　2月18日、クロエ・アンソニー・ウォフォードとして、オハイオ州の労働者階級の家族に生まれる。
1949年　ワシントンD.C.のハワード大学文学部に入学。大学時代にクロエからミドルネームを短くしたトニに変名。
1953年　ハワード大学卒業。英文学の学士号を取得。その後、ニューヨークのコーネル大学大学院に進学。
1955年　コーネル大学大学院で英文学の修士号を取得。修士論文は、ウィリアム・フォークナーとヴァージニア・ウルフの作品における自殺について。卒業後は、南テキサス大学で英文学の講師となる。
1957年　ハワード大学で英文学を教える。
1958年　ジャマイカ人の建築家で大学の同僚ハロルド・モリスンと結婚。その後、二児をもうける。
1964年　離婚。ニューヨーク州シラキュースに転居し、出版社ランダムハウスの教科書部門で編集者となる。
1967年　ランダムハウスの本社に異動となり、アフリカン・アメリカンの著名人や作家による出版物の編集を手掛ける。
1970年　デビュー長篇『青い眼がほしい』発表。批評的成功を収める。
1971年　ランダムハウスに勤務しながら、ニューヨーク州立大学の准教授を務める。

本書では一部差別的ともとれる表現が使用されていますが、これは本書の歴史的、文学的価値に鑑み原文に忠実な翻訳を心がけた結果であることをご了承下さい。

本書は一九九九年二月に早川書房より刊行された〈トニ・モリスン・コレクション〉の『パラダイス』を文庫化したものです。

青い眼がほしい

The Bluest Eye

トニ・モリスン
大社淑子訳

誰よりも青い眼にしてください、と黒人の少女ピコーラは祈った。そうしたら、みんなが私を愛してくれるかもしれないから。美や人間の価値は白人の世界にのみ見出され、そこに属さない黒人には存在意義すら認められない。自らの価値に気づかず、無邪気に憧れを抱くだけの少女に悲劇は起きた——白人が定めた価値観を痛烈に問いただす、ノーベル賞作家の鮮烈なデビュー作

ハヤカワepi文庫

ソロモンの歌

Song of Solomon

トニ・モリスン
金田眞澄訳

〈全米批評家協会賞・アメリカ芸術院賞受賞作〉赤ん坊でなくなっても母の乳を飲んでいた黒人の少年は、ミルクマンと渾名された。鳥のように空を飛ぶことは叶わぬと知っては絶望し、家族とさえ馴染めない内気な少年だった。だが、親友ギターの導きで、叔母で密造酒の売人パイロットの家を訪れたとき、彼は自らの家族をめぐる奇怪な物語を知る。ノーベル賞作家の出世作。

ハヤカワ epi 文庫は、すぐれた文芸の発信源（epicentre）です。

訳者略歴　1931年生，早稲田大学大学院文学研究科博士課程修了，同大学名誉教授
著書『アイヴィ・コンプトン＝バーネットの世界　権力と悪』
訳書『青い眼がほしい』『スーラ』『ジャズ』『ラヴ』『マーシイ』モリスン（以上早川書房刊）他多数

〈トニ・モリスン・セレクション〉

パラダイス

〈epi 61〉

二〇一〇年六月二十日　印刷
二〇一〇年六月二十五日　発行
（定価はカバーに表示してあります）

著者　トニ・モリスン
訳者　大《おお》社《こそ》淑《よし》子《こ》
発行者　早川浩
発行所　株式会社　早川書房
郵便番号　一〇一 - 〇〇四六
東京都千代田区神田多町二ノ二
電話　〇三 - 三二五二 - 三一一一（大代表）
振替　〇〇一六〇 - 三 - 四七七九九
http://www.hayakawa-online.co.jp
乱丁・落丁本は小社制作部宛お送り下さい。
送料小社負担にてお取りかえいたします。

印刷・株式会社精興社　製本・株式会社明光社
Printed and bound in Japan
ISBN978-4-15-120061-8 C0197

＊本書は活字が大きく読みやすい〈トールサイズ〉です